KB092521

홍천기

紅天機

2

홍천기(리커버 에디션) 2
ⓒ정은궐 2016

1판 1쇄 발행	2016년 12월 6일
2판 2쇄 발행	2021년 9월 6일

지은이	정은궐

펴낸이	박대일
편집	이문영 · 박지해 · 임유리 · 신지연 · 이지영
마케팅	임유미 · 손태석
교정	김필균
표지 디자인	디자인그룹 헌드레드
본문 디자인	박현주

펴낸곳	파란미디어
출판등록	2004년 9월 14일 제313-2004-00214호

주소	03992 서울시 마포구 동교로23길 14 국제빌딩 6층
전화	02.3141.5589 영업부 070.4616.2012 편집부
팩스	02.6499.5589
전자우편	paranbook@gmail.com
카페	http://cafe.naver.com/paranmedia
인스타그램	@paranmedia

ISBN	978-89-6371-919-1(04810)
	978-89-6371-917-7(전2권)

홍천기

붉은 하늘의 기밀 紅天機

정은궐 장편소설

2

파란

차례

第五章 一

붉은
하늘

1

| 세종 20년(무오년, 1438년) 음력 1월 24일 |

눈을 떴다. 앞으로 붉은 세상이 보였다. 아니, 누워 있으니 붉은 하늘이 보인 셈이다. 만수의 흐느끼는 소리가 들렸다. 주변을 더듬었다. 이불이 만져졌다. 베개도 베고 있었다. 그렇다면 눈앞에 보이는 건 하늘은 아닐 터이다. 어떻게 된 일인지 기억을 더듬었다.

경회루를 걷고 있었다. 간의대에서 새벽의 별들을 관측하고 있는 서운관 관원들에게 가기 위해서였다. 지진이 있었다. 크지는 않은 진동이었다. 그런데 이상한 소리가 들렸다. '하가'를 부르는 소리였다. 그러자 기억 속에서 봉인되어 있던 과거의 소리가 함께 들렸다. 그리고 호랑이가 나타났다. 눈에 보이는,

정확하게는 인간의 세상에 속하지 않아서 눈에 보이는 호랑이였다. 그에 놀라서 뒷걸음을 치다가 연못에 빠졌다. 기억은 거기까지였다.

"만수야."

"네, 시일마님. 정말 큰일 날 뻔하셨습니다. 엉엉."

"여기가 어디냐?"

"방입니다."

"어디에 있는 방?"

"경복궁에 있는 시일마님 방이요. 경회루 연못 옆에 쓰러져 계신 걸 군졸들이 발견하고 여기까지 업고 왔습니다. 아무래도 연못에 빠지셨던 것 같다고."

"누가 구해 낸 거지?"

"스스로 나오신 거…… 아니었습니까?"

기억에 없다. 또다시 기억하지 못하는 사이에 움직인 것인가?

"오늘이 며칠이지?"

"24일이요."

단 하루도 지나지 않았다. 새벽에 나갔던 그날 그대로다.

"지금 시간은?"

"이제 막 아침 해가 뜨고 있습니다."

시간도 거의 지나지 않았다. 다행이 아닐 수 없었다. 그나저나 어떻게 연못 속에서 나온 거지? 마魔의 짓인가?

"하가야."

새벽에 들었던 소리였다. 이번에도 귀를 거치지 않고 머리로 바로 들리는 듯했다. 분명 호랑이 같았는데. 하람이 자리에서 벌떡 일어나 앉았다.

"으악!"

하람이 비명을 지르며 앉은 채로 뒤로 슬금슬금 물러났다. 만수가 더 놀라서 말했다.

"왜, 왜 갑자기 그러십니까?"

등 뒤로 병풍이 닿았다. 더 이상 물러날 수가 없었다. 하람이 눈을 감았다가 다시 떴다. 눈앞에 붉은 기운을 뚫고 들어온 무언가가 있었다. '하가'를 부르는 소리는 새벽의 것과 같은데 지금 눈앞에 있는 건 호랑이가 아니었다. 사람의 형체였다. 그중에서도 소녀의 모습이었다. 완전한 성인은 아니지만, 그렇다고 아주 어린 소녀는 아닌 모습.

"마, 만수야. 이 방에 너와 나 외에 또 누가 있느냐?"

"아무도 없습니다. 의원은 왔다가 조금 전에 갔고요. 다시 불러올까요?"

"아, 아니다. 괜찮……."

소녀가 방긋 웃으며 말했다.

"하가야."

"마, 만수야. 들었느냐?"

"뭐를요? 왜 자꾸 그러십니까, 무섭게……."

"아, 아니다. 아무것도 아니야."

보이는데도, 들리는데도 하람은 만수를 위해 태연한 척하려고 애를 썼다. 어떻게 말을 걸어야 할지 몰라서 눈만 껌벅거렸다. 분명 저잣거리의 노파, 혹은 젊은 여인처럼 대화를 할 수 있을 것이다.

"너는 누구지?"

소녀 대신에 만수가 울먹거리면서 말했다.

"시, 시일마님, 왜 그러십니까? 여기 우리 외에 누가 있다고. 무섭다니까요."

"아! 미안하다. 내가 아직 잠이 덜 깨서."

만수에게 들리지 않게 대화할 수 있는 방법이 없나? 저잣거리의 노파처럼. 그러고 보니 그와는 완전히 다르다. 그 거지 노파는 귀로 들리는 소리였다. 눈에 보이는 존재라고 해서 전부 비슷한 건 아닌가 보다. 그 노파에 따르면, 인간 또는 한때 인간이었던 귀鬼는 볼 수 없는 눈이라고 하였다. 그렇다면 지금 눈앞의 소녀도 사람이나 귀鬼는 아니라는 의미다. 만수 눈에 보이지 않고, 소리가 들리는 방식이 다른 걸 보면 거지 노파와도 조금은 다른 존재임이 확실하다.

"하가야, 또 나를 잊어버린 거야?"

오래전부터 한양에 살던 사람의 억양, 현재 양주에 살고 있는 옛 한양 사람보다 더 짙은 억양이었다. 소녀가 실망한 표정으로 고개를 갸웃했다.

"바보."

'누구지?'

머릿속의 생각이었다. 이건 소리 없는 질문과도 같았다. 그런데 이 소리를 들은 듯 소녀가 웃었다.

"호령虎靈. 네가 그렇게 불렀어. 언제나."

'호령? 내가 그렇게 불렀다고?'

"응. '호령아!' 이렇게. 그래서 나도 '하가야!' 이렇게 불렀어."

아! 지금 확실히 대화가 되고 있다. 호령이 귀여운 얼굴로 깊은 한숨을 내쉬었다.

"휴! 같은 설명을 왜 자꾸 하게 만들지? 바보."

같은 설명을 자꾸 했다는 건 이전에도 자주 만났다는 뜻인데, 하람은 호령을 전혀 알지 못했다. 만났던 기억조차 없었다. 호령이 입은 옷은 요즘의 복식이 아니었다. 정확하지는 않지만 아마도 고려조 때의 것인 듯했다. 나이 대를 짐작하는 것도 어려웠다. 이것은 호령이 아니라, 다른 여자들과 비교할 눈이 없는 하람의 문제였다. 아마도 눈이 보이는 사람이 호령을 보았다면 충분히 유추해 낼 수 있었으리라.

'새벽의 호랑이는 그럼⋯⋯.'

"나잖아. 너의 눈에는 호랑으로 보인댔어. 이전에도."

'그럼 지금의 모습은?'

"이것도 나. 이 설명도 자주 했어."

'혹시 나를 연못에서 건진 게⋯⋯.'

"응, 내가 널 건졌어."

호령이 하람을 골똘히 쳐다보았다. 그러더니 하람에게로 다가왔다. 호령이 가까이 와서 쳐다보는 건 다름 아닌 하람의 눈이었다.

"어……, 너 눈에 뭐가 들어갔어."

'내 눈에 뭐가 들어 있는지 아는가?'

"음……, 몰라. 내 앞에서는 어떤 것도 나타나지 못해."

'없앨 수 있나?'

호령이 눈을 깜박거리다가 방긋이 웃었다.

"네가 나를 볼 수 있으면 상관없어."

호령. 하람은 예전의 이양달과 최근의 저잣거리 거지 노파가 말한 이 땅의 지신이 아무래도 눈앞의 이 소녀일지도 모른다고 생각했다.

'지금까지는 왜 안 나타났지?'

"잤어, 잠깐. 저번에 눈 떴을 때는 네가 없었어. 아무리 불러도 보이지가 않았어. 화가 나고 많이 슬펐는데. 이젠 기분 좋다."

'잠깐이라면 어느 정도?'

호령이 방글방글 웃으면서 말했다.

"몰라. 그런데, 홍천기가 뭐야? 계속 불렀어. 물속에서도. 엄청 시끄러웠어."

| 세종 20년(무오년, 1438년) 음력 2월 1일 |

"홍천기……, 내가 알기로는 계집과 비슷한 종자인 걸로 아는데?"

최경의 비아냥거림에도 불구하고 홍천기는 태연하게 도화원으로 들어갔다. 하지만 문턱을 넘지 못하고 뒷덜미를 잡혔다.

　　"야! 이거 놔!"

　　"영욱이한테 들었지만, 네가 진짜 사진할지는 몰랐다."

　　"쳇! 개둥이 녀석, 천기를 누설했군."

　　"천기누설 좋아하네. 이 일대 전부 네 녀석 이야기로 들썩이고 있단 말이다! 이 멍청아!"

　　"그래서 이렇게 나를 애타게 기다리고 있었어? 얼마나 내가 보고 싶었으면. 하하하."

　　"야!"

　　"앗! 그러고 보니 너 조금 전에도 날 못 알아봤지?"

　　당황한 최경이 홍천기의 뒷덜미를 놓고 헛기침을 하였다.

　　"이봐, 이봐, 내 그럴 줄 알았어. 내가 먼저 말 걸기 전까지 멀뚱하게 쳐다만 보더라니. 그런 주제에 누구더러 멍청이래?"

　　"잡소리는 집어치우고! 지금이라도 관둬라. 너 진짜 내 입에서 미친년 소리 듣고 싶냐?"

　　"나한테 미친년이라고 하지 말고, 도화원 윗분들한테 미친놈이라고 그래라. 내가 뭔 죄니?"

　　지금까지 잠자코 있었을 최경이 아니었다. 반대하는 모든 화원들의 선봉에 서서, 이미 윗분들한테 '제정신이냐'는 항의는 했었다. '미친 거 아니냐'는 말을 다소 완화해서 한 말이었다.

　　"네가 끝까지 버텼어야지!"

　　홍천기가 어울리지 않는 천진무구한 표정을 하였다.

"난 너무 힘이 없고 연약한걸?"

비위가 상한 최경의 입술이 일그러졌다.

"여, 연약? 너 지금 그걸 말이라고……. 너 같은 황소고집이 또 어디 있냐? 이건 진짜 말이 안 되는 거다."

"하긴 나같이 우아한 여인이 도화원에 드나드는 건 말이 안 되긴 하지."

"사내들보다 더 개자식이니까 상관없고."

"그럼 뭐가 말이 안 되는 건데?"

최경이 홍천기를 물끄러미 보다가 한숨을 푹 내쉬었다. 그러고는 가라앉은 목소리로 말했다.

"도화원은 백유화단과는 다르다. 네 그림 망가진단 말이다."

홍천기가 장옷을 팔에 걸치면서 말했다.

"난 붓만 있으면 돼. 그릴 수만 있다면 그게 어떤 그림이든 상관없어."

그러고서 최경을 똑바로 쳐나보았다.

"우리가 언제 그림 종류를 가려 가면서 그렸니?"

"그래도 습기라는 건 무시 못 해. 도화원 그림만 계속 그리다 보면 자신도 모르게 그렇게 고착화될 거다."

"난 상관없다니까? 수묵화는 귀하고, 색채화는 천하다고 규정한 세상의 잣대에 우리 시선까지 맞출 필요는 없잖아. 너의 그림이 계속 더 좋아지고 있는 것처럼 나도 그렇게 되지 말란 법 있니? 네 그림을 보지 않았다면 나도 여기 들어올 생각 안 했어."

최경은 더 이상 할 말이 없었다. 반박할 기운을 잃은 것이다. 홍천기가 그 앞에 허리를 푹 숙여 인사했다.

"잘 봐주십시오, 최 회사마님! 깍듯하게 모시겠습니다."

결국 최경이 어이없다는 듯 웃었다.

"뭐, 이거 하나는 마음에 드네. 이것 하나만이라서 그렇지."

홍천기의 시선이 최경의 어깨 너머로 넘어갔다. 드문드문 보이기 시작하는 사람들 양옆으로 관청들이 즐비했다. 괜스레 가슴이 두근거렸다.

"개놈아, 혹시 이 근처에 서운관 있어?"

최경도 뒤돌아 관청들을 보았다. 그녀가 묻고자 하는 게 무엇인지 짐작이 가고도 남았다. 속이 너무 뻔히 보이는 녀석이다.

"물론. 본청은 저기 있지."

"정확하게 어디쯤?"

"저기 모퉁이 돌아서. 너 또⋯⋯."

"나 잠깐만 저기 갔다가 올게."

이미 몸이 앞서 나가는 홍천기의 뒷덜미를 최경이 다시 잡아챘다.

"어딜 계집이 아침부터 서운관 앞을 얼쩡거리겠다는 거야? 본청이 있는 것뿐이란 말이다. 서운관은 궐내 각사, 종각 등지에 뿔뿔이 흩어져 있어."

"서운관 대문만 구경하고 올게. 놔줘!"

"야! 궐내 각사에 있다고, 그 사람. 이 멍청아."

"알아! 대문만이라도 좋으니까 보고 싶단 말이야!"

홍천기는 기어이 그의 손을 뿌리치고 서운관 쪽으로 달려갔다. 최경은 입을 떡 벌리고 멍하니 쳐다보았다.

"저, 저, 저 개망나니……. 야! 장옷은 덮어쓰고 가!"

최경의 고함을 들었는지 홍천기의 뒤통수가 장옷에 파묻혔다.

"경아! 저거 반디지?"

최경은 소리 나는 쪽을 보지 않고도 차영욱임을 알아차리고 대답했다.

"당연히 반디지. 조선 팔도에 저런 계집이 개충이밖에 더 있냐?"

"저 녀석, 도화원을 앞에 두고 어디 가는 거야?"

최경이 잠시 말을 삼켰다가 싱긋이 웃으며 말했다.

"개충이 사랑에 빠졌다. 그래서 정신을 못 차려."

"뭐? 어떤 놈인데? 대체 전생에 뭔 죄를 지은 놈이래?"

"전생은 뭔 죄인지 모르겠고, 현생에서는 잘생긴 죄다."

"오호! 나도 구경 가야지."

졸래졸래 뒤따라가려는 차영욱의 목을 최경이 팔로 휘감아 우악스럽게 끌어당겼다.

"가 봤자 남자는 없다."

"그런데 저놈은 왜 가는 거야?"

"그 남자와 관련 있는 대문이라도 보러 가는 거."

"대문 봐서 뭐 하게?"

"나도 그걸 묻고 싶었다."

"반디 저놈 제대로 미쳤구나."

최경이 차영욱을 끌고 도화원 안으로 들어가면서 말했다.

"여장하고 도화원에 관직 받겠다고 온 놈이다. 제대로 안 미쳤으면 말이 안 되지. 내가 올해 대형 악재를 만났나 보다."

하람이 서운관 문턱을 넘어가려던 순간이었다.

"하람 시일?"

홍천기의 목소리였다. 발을 멈추고 섰다. 그러곤 소리가 들린 곳을 쳐다보았다. 붉은색 외에는 보이는 것이 없었다. 당연했다. 이런 아침에, 관청들이 즐비한 이곳에 홍천기가 있을 턱이 없었다. 그러니 제대로 눈이 보였다고 해도 붉은색만 보이는 지금과 그다지 다르지 않았을 것이다. 앞서 서운관으로 발을 넘겼던 만수가 뒤를 돌아 나와서 소리쳤다.

"어? 홍 화공이다!"

지팡이를 잡은 하람의 손이 움찔했다. 조금 전 소리가 들렸던 방향을 향해 귀를 기울였다. 그런데 그 뒤의 소리가 없었다. 다가오는 소리도, 인사하는 소리도 없었다.

"진짜 홍 화공이 있단 말이냐?"

"네, 저기."

"홍 화공? 거기 있소?"

대답이 없었다. 왜 아무런 말이 없는 건지 조바심이 났다. 화가 난 건지, 무관심한 건지, 아직까지 이 몸이 무서워서 그런 건지 원인이라도 알고 싶었다. 제발 이 모든 이유가 아니기를 바랐다. 하람이 소리가 들렸던 방향으로 지팡이를 더듬으며 나아갔다. 그래도 아무 소리가 없었다. 하람의 지팡이가 초조하게 땅을 더듬었다. 지팡이 끝에 사람의 옷자락이 닿았다.

"아……, 왔다. 내 앞에."

아주 가까이에서 다시 들려온 홍천기의 목소리였다. 말 사이사이에 비어 있는 간격이 있었다. 그래서 어떤 표정으로 하는 말인지 두 눈으로 보고 싶었다. 슬프다면 어느 정도 슬픈지, 기쁘다면 어느 정도 기쁜지, 화났다면 어느 정도 화났는지, 두려움에 떨고 있다면……, 그것도 어느 정도인지를 두 눈으로 확인하고 덜어 주고 싶었다.

"왜 대답이 없었소?"

너무 반가워서 달려가 안기고 싶은 걸 참느라고 그랬다. 목에서 소리를 내면 울먹이게 될까 봐 말을 삼키느라 그랬다.

"귀공이 귀찮으신 건 아닐까 해서……."

"전혀! 전혀 그렇지 않소. 귀찮을 리가! 귀찮으면 보이지 않는 눈으로 낭자를 찾아 앞에까지 왔겠소?"

어머, 낭자래. 홍천기는 설레는 마음을 달래고자 제 볼을 두 손으로 감싸 쥐었다. 만날 확률은 거의 없었다. 그럼에도 불구하고 꼭두새벽에 일어나 씻고 단장을 했다. 혹시 모를 마주침에 대비한 것이다. 하람이 같은 한양에 있기에, 같은 하늘 아래에 있기에, 극히 적은 확률의 기대감에도 치장을 하게 되었다. 오늘 이렇게 마주쳤으니 앞으로도 이 긴장을 놓지 못할 것이다.

"그렇다면 다행이네요. 정말로……. 그럼 앞으로 계속 아는 척해도 되나요?"

"아는 척이 아니라, 아는 거요. 나야말로 이제부터 친한 척해도 되오?"

"해요! 해요! 얼마든지."

연거푸 큰 소리로 외쳐 댔지만, 홍천기는 스스로가 기특했다. 이 정도면 흥분을 잘 다스린 셈이다. 좋아서 하늘까지 솟구쳐 오를 뻔한 걸 참았으니까 말이다.

"그런데, 친한 척은 어떻게 하는 거요?"

"저도 그건 잘 모르는데……."

"최경 회사와는 주로 어떻게 하오?"

"그 녀석과는 그다지 친하지 않습니다만, 뭐 굳이 예를 들자면 주로 치고받지요."

하람이 홍천기의 어깨를 손으로 더듬어 위치를 가늠한 다음, 주먹을 만들어 가볍게 때리는 시늉을 하였다.

"이렇게?"

젠장! 이 남자는 손짓 하나까지도 설렌다. 홍천기가 그의 손이 닿았던 어깨를 쓰다듬으면서 목소리는 정색하여 말했다.

"그런 건 굳이 안 따라 하셔도 됩니다. 다른 좋은 방법들이 있을 테니까요."

"알았소. 차차 함께 찾아보도록 하오."

하람이 환하게 웃었다. 어쩜 좋아. 이 남자는 웃으면 안 되는데. 너무 설레서 아무 생각도 못 하는데.

"아! 이 시간에 이곳까지 어쩐 일로 왔소?"

"서운관 대문 구경하러 왔는데 마침 귀공이 계셔서. 하하하. 어쩜 이렇게 딱 맞춰서 계시다니."

윽! 너무 솔직하게 말했다. 게다가 웃음소리도 조신하지 못했다. 홍천기는 머릿속에서 제 머리통을 쥐어박았다.

"서운관 대문은 왜……."

갑자기 할 말이 없어진 홍천기가 붉어진 얼굴로 소리 내어 웃었다. 끊임없이 웃어도 민망함이 사라지지 않았다. 자신의 웃음소리를 들으면서 조신한 웃음소리 연구가 제일 급선무임을 깨달았다. 이때 핑계가 떠올랐다. 핑계라기보다는 조금 전의 이상한 말에 비하면 좀 더 정확한 사실에 가까웠다.

"도화원 가던 중이었습니다. 아! 저 오늘부터 도화원에서 일합니다. 혹시 집에 들르신 적 있으셨나요? 돌이에게는 말해 뒀는데."

하람은 너무 놀란 나머지 한동안 말을 잃었다. 그러다가 가까스로 할 말을 찾아냈다.

"그 이후로 간 적이 없어서 몰랐소. 도화원에서 무슨 일을 하시오? 그림과 관련한 거겠지만, 여인인데……."

"아직은 생도지만, 조금만 훈련받고 바로 화원으로 일하게 될 겁니다."

"잠깐 동안?"

"아니요. 저 품계와 관직도 받을 겁니다. 비록 잡과라 대과인 귀공께는 우스운 품계겠지만, 그래도……."

하람의 인상이 굳어졌다. 미간에는 깊은 주름까지 잡혔다.

이해할 수 없는 감정이 가슴속에서 타올랐다. 불쾌감이었다. 어째서 이런 감정에 사로잡혔는지는 하람의 머릿속에 그려진 그림을 들여다보면 답이 나왔다. 사내들이 득실거리는 틈에 홀로 선 여인. 모든 사내들이 보는 여인. 하지만 자신만 보지 못하는 여인. 이것이 불쾌한 감정의 원흉이었다.

홍천기는 하람의 눈치를 살피면서 뒷말을 기다렸다. 하지만 끝내 화원으로 들어가게 된 것에 대한 그의 생각은 말해 주지 않았다.

"귀공은 경복궁에만 계신다더니, 이렇게 나오기도 하나 봐요?"

"오늘부터 한 번씩 나오게 될 거요. 일이 생겨서. 그것보다 정말 화원으로 일할 거요?"

"네. 저기, 사진할 시간이 다 되어 가는데……."

"아! 가 보시오."

그게 끝? 칭찬까지는 바라지 않아도 축하 정도는 해 줄 수 있지 않나? 오늘은 이렇게 우연히 마주쳤지만, 다음은 또 언제 볼 수 있는 거지? 아무것도 물을 수 없고, 답도 들을 수 없었던 홍천기는 우물쭈물 섰다가 결국 인사하고 돌아섰다. 이대로 미적거리다가는 첫 사진부터 늦을지도 몰랐다. 몇 발짝 걸었을 때였다. 하람이 그녀의 팔을 잡아당겼다. 깜짝 놀란 홍천기가 그의 붉은색 눈동자를 바라보았다.

"나는 오늘 일찍 끝날 것 같은데 낭자는 어떻소?"

"저는 잘 모르겠습니다. 오늘 들어가 봐야 알 수 있는 거라서. 왜요?"

"별다른 일이 없으면 이따가 좀 만나 줄 수 있소?"

"네? 네! 됩니다. 되고말고요. 그런데 언제 끝날지는 약속드릴 수가 없어요."

"먼저 끝나는 쪽이 기다리기로 하오. 도화원 앞에서 기다리겠소. 만약에 낭자가 먼저 끝나면, 다른 데 이동하지 말고 도화원에 가만히 계시오. 내가 가리다."

내가 가리다. 내가 가리다. 내가 가리다……. 홍천기는 그의 말을 속으로 여러 번 되뇌었다.

"네."

다음을 약속했다. 우연히 마주칠 어떤 날을 기다리는 게 아니었다. 약속은 우연보다 더 설레는 말이 아닐 수 없었다. 이 감정은 두 사람 모두 동일하게 느끼는 거였다. 그래서 마주 보고 웃었다. 비록 한쪽은 보지 못할지언정. 단지 약간의 문제가 있다면, 관원들이 사진하는 시산이라 많은 시선들이 이 둘을 보고 있었다는 점이다.

"잘한다. 그렇게 많은 사람들 앞에서 시시덕거리고 싶던?"

최경의 타박에도 불구하고 홍천기는 싱글벙글하였다. 도화원 내의 작은 공방에 앉은 그녀의 주변만 알록달록 꽃밭이었다.

"늦게 들어온 것도 아닌데 뭔 문제야?"

"계집이 사내놈과 눈 맞추고 시시덕거린 게 문제가 아니라고? 그것도 아침 댓바람부터."

"그 사람 눈도 안 보이는데 어떻게 눈을 맞춰."

"그게 그런 말이냐? 그래, 그 사람이야 눈이 안 보여서 그렇다손 치고, 넌 눈도 멀쩡한 놈이. 쯧쯧."

"나도 그 순간 눈이 멀었어. 주변 같은 건 안 보이더라고."

싱글벙글하던 홍천기의 미소가 멎었다. 그러더니 갑자기 안절부절못하고 말했다.

"그 사람한테 피해라도 갔으면 어떡하지?"

옆에 앉은 차영욱이 걱정스럽게 말했다.

"네 걱정부터 해라. 그 사람한테 뭔 피해가 갔겠어? 너한테만 피해지. 어휴."

최경의 짜증 섞인 잔소리가 계속되었다.

"여기 나오기로 한 이상, 행동거지 조심해. 세상은 너 같은 계집들한테 훨씬 야박하니까. 하 시일도 사내다. 다른 사내들 입에 오르내리는 계집은 그 사람에게도 우습게 보일 거다. 너 하 시일한테 싸구려 노리개 취급 당하고 싶냐?"

다른 놈들한테 그런 취급 당하면 화가 치밀 것이다. 하지만 하람이 그런 생각을 한다면, 슬플 것이다. 아직 현실화된 것도 아닌데 홍천기의 마음은 벌써부터 아파 왔다.

"조심할게. 그러잖아도 은장도 챙겨 왔어."

"뭐? 야, 인마! 내놔! 너한테 은장도는 흉기야."

멱살이라도 잡으려는 듯 뻗는 최경의 손을 홍천기가 쳐 내면서 말했다.

"그런데 이상한 게 있어."

"뭐?"

"이렇게 시시덕거리는 거, 너희들은 되고 하 시일은 왜 안 된다는 거야?"

어차피 남들 눈에는 똑같이 보일 것이다. 하지만 어려서부터 너무도 당연하게 지내 왔기에 미처 거기까지는 생각하지 못했다. 그래서 최경과 차영욱은 질문을 외면하느라 고개를 돌렸다.

"이상한 거 다음으로 궁금한 것도 있는데……."

"귀찮아. 뭐?"

"여성스러운 웃음은 어떤 거야? 남자가 듣기에 좋은 거."

"모르긴 몰라도, 네 웃음은 아니다."

"야!"

"'야!' 이것도 여성스러움의 반대편에 있는 거. 근데 말투 봐라. 너 나를 깍듯하게 모신다고 하지 않았나?"

홍천기가 앉은 채로 얼른 고개를 숙였다.

"죄송합니다, 최 회사마님. 청문화단주처럼 웃으면 될까요? 엄청 여성스럽던데."

"그건 여성스러운 게 아니라, 요사스러운 거."

"까다롭기는."

한동안 고심하던 최영욱이 말했다.

"견주댁이 정말 듣기 좋은 웃음소리야. 외모와 다르게 여성 스럽잖아."

최경도 고개를 끄덕였다. 홍천기가 견주댁의 웃음소리를 떠올리고 최대한 비슷한 소리로 웃어 보았다.

"호호호. 비슷해?"

"하, 하지 마! 소름 끼쳐!"

"그럼 이건? 오호홍."

"하지 말라고 했다!"

홍천기의 눈물겨운 노력은 결국 기겁한 두 사람의 구박으로 마무리가 되었다.

봄바람이 불었다. 하람은 걷다가 멈춰 서서 기분 좋은 바람을 받아들였다. 홍천기의 모습을 떠올릴 수는 없어도 시원시원한 웃음소리와 숨소리와 바스락거리던 작은 소리들은 머릿속에 떠올릴 수 있었다. 그것은 끊임없이 재생되었다. 마치 지금도 귓가에 들리듯 생생했다. 기분 좋던 그의 발걸음은 관원들이 모인 사무헌 앞에 서는 순간 끝이 났다. 그들의 대화가 들렸기 때문이다.

"계집이 되바라져도 유분수지. 조신한 여인 같았으면 주상 전하가 아니라, 더한 분의 명령이라도 거절했어야지."

"계집이 그림을 그려 봤자 얼마나 그린다고 도화원으로 불러들인답니까."

"생긴 게 반반하다잖소. 사내들 틈에 굴러먹은 계집인데 가릴 게 없겠지."

"뻔하지 않겠소? 베갯머리송사라도 한 게지요. 이 사내 저 사내 건너다니면서."

관원들의 대화에 만수의 얼굴이 일그러졌다. 그러다 하람의 눈치를 슬쩍 살폈다. 그의 얼굴이 싸늘하게 굳어 있었다. 이를 모르는 관원들의 대화는 더 노골적으로 변했다.

"오늘 아침에 길에서 하 시일과 노닥거리더랍니다. 기생도 그렇게는 안 하지요."

"하 시일도 그림 사 줬다는 소문 들었습니다. 맹인이 무슨 그림입니까? 산 게 그림이 아니라는 거지."

"우리도 그림 의뢰 한번 할까요? 돈만 넉넉하게 쳐주면 그림도 주고 다른 것도 주지 않겠습니까? 하하하."

쾅!

관원들은 소리만 들었다. 본 건 없었다. 그런데 의자 하나가 박살이 난 채로 여기저기 흩어지고 있었다. 하람이 휘두른 지팡이에 의한 것이었다.

"앗! 하 시일, 맹인 생도들은 만나 보셨⋯⋯."

"저는 눈에 뵈는 게 없습니다. 눈이 보이는 사람들이 제 지팡이를 피하십시오."

곧장 지팡이를 번쩍 들었다. 그리고는 관원들이 모여 앉은 탁자를 향해 휘둘렀다. 기겁을 한 관원들의 비명 사이로 하람의 지팡이가 바람을 가르고 내려가 탁자를 때렸다.

쾅!

진심을 다해 내리쳤기에 탁자에 가해진 충격은 컸다. 임금이 친히 내려준 하람의 지팡이는 흑단목을 가공하여 만든 것이기에 단단하기가 목검과도 같았다. 그래서 지팡이 아래의 탁자가 힘을 이기지 못하고 갈라졌다.

"저는 그림만 구입했습니다."

하람의 붉은색 눈동자가 지팡이를 피해 달아난 관원들을 한 명씩 번갈아 가며 노려보았다.

"그 여인을 욕되게 말하는 것은 저를 모욕하는 것과 다를 바 없습니다. 앞으로도 명심하시는 게 좋을 겁니다. 안 그러면 장님이 휘두르는 지팡이를 두 눈 멀쩡한 사람들이 피해 다녀야 할 테니까."

그러고 나서 여기 있는 관원들의 이름을 하나하나 호명하면서 한 명씩 쳐다보았다. 그것이 휘두르던 지팡이보다 더 오금을 저리게 하였다. 하람이 이름들 끝에 말을 덧붙였다.

"오늘 제가 참은 건 살인입니다. 그리고, 저는 보고 싶어도 볼 수 없는 세상을 두 눈 멀쩡하게 보고 사신다면, 제대로 보고 사십시오. 사랑스러운 세상도 굳이 더럽고 추악한 세상으로 뒤틀어 보지 마시고. 자신이 보고 말하는 세상은 바로 자신의 내면에 있는 모습이라는 걸 아시기 바랍니다."

하람이 관원들에게서 등을 돌렸다. 그리고 지팡이를 손에 든 채로, 땅을 짚지도 않고 곧장 문을 나갔다. 그의 뒤를 만수가 쪼르르 따라갔다.

"저, 저, 하 시일, 눈이 안 보이는 거 맞습니까? 무섭습니다."

"어떻게 우리를 정확하게 맞출 수 있지? 그게 가능합니까?"

"정말로 저 지팡이로 우리 팰 수도 있었던 거?"

관원들의 시선이 박살 난 의자 파편과 갈라진 탁자를 오갔다.

"보이지 않고서야 그렇게 움직일 수가 없는데. 사람이라면……."

2

임금의 한숨이 깊었다. 오늘 또 셋째 아들이 강녕전에서 알짱거리고 있었기 때문이다. 언제는 엉덩이를 붙이기가 무섭게 일어나서 가더니, 이제는 부르지 않아도 일을 만들어서 오고 있었다. 이러는 이유를 물어보면 간단하지만 그러지 않았다. 궁금해도 묻고 싶지 않았다. 요사이 셋째의 표정을 보면 무언가 귀찮은 일을 요구당할 것 같아서였다. 표정이 밝아도 너무 밝은 게 여간 불안한 게 아니었다.

"아바마마! 그간 강녕하셨사옵니까?"

생글생글 웃는 얼굴에 애교가 듬뿍 담겼다. 역시나 피하는 게 상책이다.

"아침에도 보지 않았느냐?"

"하하하! 소자의 효심이 지극하여, 잠시 뵙지 못하는 시간조차 아바마마가 걱정되옵니다. 이 효심을 알아주십사 드리는 말씀이옵니다. 아울러 충심도 함께 아뢰옵니다."

"요즘 내가 계속되는 상참으로 피곤하구나. 한동안은 입궐을 자제해 주었으면……."

"아! 소자는 신경 쓰지 마옵소서. 앞으로도 계속 입궐할 테지만, 나랏일로 바쁘신 주상 전하께옵서 하찮은 소신에게까지 신경을 쓰실 필요는 없사옵니다. 그저 소자는 왔다 갔다만 할 뿐이옵니다."

"그럼 가 봐라. 나는 또 일이 있어서."

"네. 소자는 그럼 어마마마께 가 있겠사옵니다."

"뭐?"

"어마마마께오서 요즘 많이 적적하신 듯하여, 소자가 더 자주 찾아뵈옵기로 하였사옵니다. 소자가 요즘 참으로 한가해서……. 이렇게 할 일이 없을 수가, 하아! 바쁘신 아바마마를 도울 일이 뭐라도 있으면 좋으련만. 휴! 이 지극한 효심을 어찌하면 좋사옵니까?"

도화원이다! 지금 셋째는 도화원에서 대군이 할 수 있는 일거리를 만들어 달라고 조르고 있는 중이다. 임금은 꿍꿍이를 알아차렸지만, 차라리 시달리는 편이 더 나을 듯하여 눈치를 못 챈 척하였다.

"내가 가리다, 그렇게 말해 놓고선……."

하람은 오지 않았다. 대신 작은 쪽지만 전해졌다. 알고 있는 글자들이어서 해석하는 데는 어렵지 않았다. 백유화단으로 돌아가라는 것이 전부인 내용. 그래서 무슨 착오라도 있나 하여 약속 장소에서 쉽사리 발을 뗄 수가 없었다. 처음으로 한 약속이었다. 이제껏 찾아 헤맸기에 이번에는 얌전하게 기다리기만 하면 될 줄 알았다. 쉬울 줄 알았다. 그런데 또 어긋나 버리고만 것이다. 이렇게 되면 앞으로 언제 또 만나게 될지 기약이 없었다. 그것이 속상하여 견딜 수가 없었다. 홍천기가 다시 쪽지를 보았다. 입에서 한숨이 절로 나왔다.

"대체 이따위 글자는 누가 써 준 거야!"

결국 오지 않는 사람을 포기하고 도화원을 떠났다. 홍천기의 걸음이 잠시 하람의 집 쪽을 향했지만, 억지로 달래서 백유화단으로 틀었다. 아침에 들었던 최경의 경고가 마음을 다잡는데 도움을 주었다. 그에게 피해가 가는 일이라면 하고 싶지 않았다. 홍천기가 장옷을 덮어쓰고 걸으면서 중얼거렸다.

"아침에 괜히 봤나 봐. 그전보다 더 보고 싶잖아. 어쩌면 좋지?"

몇 번이나 하람의 집으로 돌아서는 걸음을 어르기도 하고, 또 돌아서는 걸음을 달래기도 하면서 겨우겨우 백유화단을 향해 걷게 하였다. 마음만 제멋대로인 게 아니라, 신체 중 어느 것 하나 그렇지 않은 게 없었다.

백유화단에 도착했다. 어려운 길이었다. 이것은 자신과의 싸움에서 이긴 결과였다.

"다녀왔습니다."

마당에 화공들이 삼삼오오 모여서서 이야기를 하다가 홍천기를 발견하고 우르르 몰려왔다.

"어땠느냐? 별일 없었어?"

"네. 오늘은 간단하게 설명만 듣고 왔습니다. 왜 다들 나와 계세요?"

"네가 도화원에서 별일 없는 동안, 우리 백유화단에서는 별일이 다 있었다. 아니, 있다."

"뭐요?"

답을 듣기도 전에 설레는 예감이 훅 들어왔다.

"맹인이 그림을 사겠다고 왔지 뭐냐. 저번 매죽헌 화회 때 그 맹인……."

"지, 지금 어디 있어요?"

"사랑채에 스승님과……."

말이 끝나지도 않았는데 이미 홍천기는 사라지고 없었다.

하람의 입가에 미소가 돌았다. 설레는 기운이 이곳을 향해 오고 있음을 알아차렸다. 이윽고 방문을 열어젖히는 요란한 소리와 함께 홍천기의 목소리가 들이닥쳤다.

"지금 여기서 뭐 하시는 거예요?"

"지금 화단주님께 거절당하고 있는 중이오."

하람이 눈을 감은 채로 그녀를 쳐다보았다. 홍천기는 그의 표정부터 살폈다. 얼었던 표정이 그를 닮아 스르르 미소로 변했다. 홍천기가 하람과 마주 앉은 최원호를 보면서 물었다.

"어떤 거절입니까?"

최원호가 표정으로 어떻게 된 영문인지를 물어 왔다. 하람이 먼저 답했다.

"그림 의뢰. 홍천기 화공을 지명했더니 무조건 곤란하다는 답만 하시오."

홍천기가 최원호의 팔을 붙잡아 일으켜 세우면서 닦달했다.

"손님 상담은 제가 직접 하겠습니다. 스승님은 나가 주세요."

"이 녀석아! 네가 무슨 상담을 하겠……."

조급함으로 인해 저절로 발이 동동거려졌다.

"얼른요!"

홍천기는 실랑이 끝에 기어이 최원호의 등을 밀어 밖으로 쫓아냈다. 가만히 앉아 웃고 있던 하람이 옆에 앉은 만수에게 말했다.

"너도 잠시 쉬어도 좋다."

"네? 어디서요?"

홍천기가 거들었다.

"저기 공방 옆으로 가면 만수 도령 또래들이 있으니까 같이 노세요."

"아, 난 내 또래들과는 수준이 안 맞는데. 어쩔 수 없지. 내가 수준을 낮출 수밖에."

만수가 못 이기는 척하면서 신이 난 걸음으로 나갔다. 단둘이 남아서야 홍천기는 최원호가 앉았던 자리에 앉아 하람과 마주볼 수 있었다. 입에서 삐져나오는 웃음을 주체할 수가 없었다.

"창문을 여는 게 좋겠소."

"네?"

처음에는 어리둥절했던 홍천기가 인상을 구기며 벌떡 일어나 창문을 벌컥 열었다. 화단 사람들이 창에 다닥다닥 붙어서 귀를 기울이고 있었다. 홍천기가 손에 잡히는 것 아무거나 집어 들고 소리쳤다.

"다들 썩 꺼지세요!"

깜짝 놀란 사람들이 부리나케 흩어졌다. 하람이 소리 내어 웃으면서 말했다.

"손에 든 거 내려놓으시오."

"앗! 저 손에 든 거 없어요. 원래 소리도 잘 안 지르는데."

그러곤 행여 소리가 들릴세라 조심스럽게 화병을 내려놓았다.

"방문도 여는 게 좋겠소."

홍천기가 씩씩거리며 방문을 힘껏 열어젖혔다. 그곳에는 최원호와 강춘복이 방문에 귀를 붙이고 있었다. 그들은 뿔나 홍천기의 눈과 마주치자 딴청을 하면서 슬그머니 물러났다. 결국 두 사람은 모든 문을 열어 둔 채로 탁자를 사이에 두고 앉을 수밖에 없었다.

"왜 이렇게 늦었소?"

말을 하면서 하람은 홍천기 앞으로 상체를 밀었다. 조금 바뀐 하람의 자세가 그녀의 볼을 발그스름하게 만들었다.

"여기 계실 줄 모르고 괜히 거기서 미적거렸네요."

"약속 장소를 옮겼소."

"그럼 쪽지에 그렇게 쓰실 것이지."

"길게 쓰면 못 읽을 것 같아서 그랬소."

"아……, 그건 그렇군요. 하하. 앗! 호호호."

홍천기가 품에 넣어 둔 쪽지를 주섬주섬 꺼내서 펼쳤다. 다시 보니 야속한 느낌은 전혀 없었다.

"이건 누가 써 준 겁니까?"

"내가 썼소."

홍천기의 눈이 반듯반듯한 글씨와 붉은색 눈동자를 오갔다. 대과 급제자. 그건 그저 얻은 자리가 아니었다. 앞을 보지 않고 이런 글씨를 쓰기까지는 보통의 노력으로는 되지 않았을 것이다. 많은 붓을 잡아 온 홍천기조차 눈을 감고 그림을 그려 본 적이 없었다. 그것이 가능할 리가 없었다. 그가 이전에 했던 말이 떠올랐다. 훈련의 연속인 삶. 지금도, 앞으로도. 이 글씨는 그런 훈련의 결과인 것이다.

"송설체는 들어 봤는데, 이건 혹시 죽설체인가요?"

"그런 서체는 없소. 그냥 해서체요. 아마도."

"혹시 사군자는 그릴 줄 아십니까? 이 글씨 보면 가능할 것 같아요."

"시도해 본 적이 없는데……. 그건 생각조차 안 해 봤소."

"글씨는 어떻게 익히셨습니까?"

"선친 손을 잡고. 내가 익힌 건 아버지의 필체였소."

하람은 아버지의 다리 위에 앉아 보이지 않는 세상을 배웠다. 숟가락질, 젓가락질을 비롯하여 글씨 쓰는 것에 이르기까지 아버지의 손길이 닿지 않은 부분이 없었다. 지금의 하람은 아버지의 노력에 의한 것이라고 해도 과언이 아니었다. 홍천기가 글씨를 보면서 다시금 중얼거렸다.

"사군자, 가능할 것 같은데…….."

하람이 손을 뻗어 쪽지를 아래로 내렸다.

"종이는 그만 들여다보고 나 좀 봐 주지."

겨우 들릴 듯한 속삭임이었다. 하지만 그 어떤 큰 소리보다 요란하게 들렸다.

"그, 그렇게 쳐다보지 마세요. 부끄럽단 말이에요."

"난 안 보인다니까."

"꼭 눈이 보이는 사람처럼 말하고선."

"다른 건 못 봐도 낭자가 나를 안 보고 있는 건 보이니까."

"요, 용건은 뭔가요?"

"무슨 용건?"

"도화원 앞에서 기나려 달라고 한 이유요. 어떤 용건인지…….."

하람의 얼굴이 홍천기와 더욱 가까워졌다. 그런 만큼 더욱 속삭이듯 말했다.

"용건 같은 건 없소. 있어야 하오?"

"아, 아, 아, 아뇨! 없어도 됩니다. 대체 그런 게 왜 필요하답니까? 하하. 호호호."

"어디 아프오?"

"아뇨. 전혀."

"그런데 왜 웃음소리가 이상하오?"

"이상? 하! 이상한 게 아니라 여성스러운 건데……. 실패인 가요?"

"그걸 노린 거라면 실패한 것 같소. 난 이전 웃음이 더 듣기 좋소."

"조금 더 노력해 보겠습니다. 해 보고도 안 되면 포기할게 요. 아! 잘 모르실 거 같아서 드리는 말씀인데, 저 굉장히 여성 스럽고 조신하게 생겼습니다. 정말입니다. 심지어 예쁘다는 말 도 종종 듣습니다. 거짓말 아닙니다. 그러니까 웃음소리로만 판단하지 마세요."

"앞 못 보는 불쌍한 장님한테 사기 치고 그러면 아니 되오."

"우와! 이 남자 보소. 안 보인다고 막 사기꾼 취급하신다. 이 러면 미운데."

하람이 웃었다. 웃는 얼굴이 더 보기 좋은 건 사람이라면 누 구에게나 해당되는 말이지만, 이 남자는 특히 더 그랬다. 어쩌 면 웃는 것조차 훈련을 받았을지도 모른다고 생각했다.

"아름다운 여인에게는 본능적으로 끌리는 법이오. 사내라 면. 눈이 없어도."

"그, 그 말씀은 그러니까, 제게 끄, 끌린다는 뜻입니까? 사내 니까?"

"아름다운 여인에게 끌린다고 하였을 뿐이오."

"쳇! 그럼 저한테 엄청나게 끌리고 있겠네요. 전 아름다우니 까. 만약에 안 끌리신다면 사내가 아닐 테고요."

"입증할 수 있소?"

"입증은 귀공의 마음만이 할 수 있을 것 같은데요?"

하람이 흔쾌히 고개를 끄덕였다.

"내 마음에 따르면……, 아름답소. 입증되었소."

갑자기 홍천기의 머릿속이 멍해졌다. 방금 이 말은 끌리고 있다는 그런 뜻인가? 잘못 이해한 건 아니겠지? 자, 잠깐! 혹시 지금 고백을 들은 건가? 아……, 거기까지는 아닌가? 그냥 단순한 호감 표시인 건가? 설마 농담? 이런 건 농담이면 안 되지! 홍천기가 직접적으로 물어보기 위해 입을 떼려는 순간이었다.

"내가 무섭지 않소? 그날 밤 일."

어느새 하람의 얼굴에서 웃음기가 사라지고 없었다. 웃음이 사라진 그곳에는 애처로움이 남아 있었다.

"그때는 무서웠지만, 지금은……."

설레서 무서움 따위는 올라올 틈이 없었다.

"나는 내가 무서웠소. 아직도 무섭소. 어떻게 된 일인지 모르니까 더 그렇소. 그런데 낭자가 무서워서 나를 피할까 봐 그게 더 무서웠소."

이 남자를 두 번 다시 못 보게 될까 봐 그게 더 무서웠다. 말이 끊어진 홍천기를 바라보는 하람의 눈이 불안함으로 흔들렸다. 볼 수 없는 붉은색 눈동자이건만 감정은 고스란히 담겼다. 홍천기가 밝은 목소리로 말했다.

"이쯤에서 짚고 넘어가야 할 사실이 있습니다."

"무엇이오?"

"하늘에 기우제를 올려 비가 내렸습니다. 그럼 그 비는 땅의 것일까요, 하늘의 것일까요?"

홍천기의 목소리가 뜬금없는 말을 던져 놓고 또 끊어졌다.

"대답해야 하는 거요?"

"물론이지요."

영문을 몰라 어리둥절했지만, 하람은 진심을 다해 대답했다.

"땅의 것이 되지 않겠소? 비가 내렸다면 이미 적셔졌으니."

"하늘에 금은보화를 내려 달라고 빌어서 그걸 받았습니다. 그럼 금은보화는 누구의 것일까요?"

"음……, 빌어서 받은 사람의 것? 진짜 하늘에서 내려 줬다면 말이오."

이번에는 홍천기의 상체가 하람의 앞으로 슥 다가갔다. 두 사람의 호흡이 섞일 만큼 가까운 거리였다.

"그렇다면 말이죠, 하늘에 남자를 내려 달라고 빌어서 받았다면, 그 남자는 소원을 빈 사람의 것이 되어야 마땅하지 않겠습니까?"

"응? 아니, 잠깐. 이건 좀 다른 문제인 것 같소."

"어째서 다른 문제죠? 비록 하늘의 칠성님께는 제가 아니라 어머니가 빌었지만, 분명 칠성님께 '하늘에서 남자 하나만 제 딸에게 내려 주십시오.'라고 치성을 드렸고, 마침 하늘이라고 생각되는 나무에서 귀공이 제 품으로 뚝 떨어졌습니다. 그러니 귀공은 저의 것이 맞지요."

"하하하. 농담이……."

"농담 아닙니다."

하람이 웃음을 멈추고 보이지 않는 사람을 바라보았다.

"그래서 무섭지 않거든요. 귀공이 왜, 어떻게 이동을 하게 되었고, 그 나무에 올라가 있었는지. 하늘이 우리 어머니의 소원을 들어주느라 그랬나 보다, 이렇게 생각하면 전부 이해되거든요. 귀공이 자신의 의지와 상관없이 움직였다면, 칠성님이 우리를 만나게 해 주기 위해 저지른 일일 거라고, 칠성님이 아니었다면 우리는 만날 수가 없었을 거라고, 귀공 댁에서의 그 날 밤도 귀공의 의지와 상관없을지언정 저한테 와 줬기 때문에 잠시라도 단둘이 있을 수 있었다고. 그 또한 칠성님이 도와준 거라고, 그렇게 생각하기로 했습니다. 어차피 인간은 자신이 보고 싶은 대로만 보고, 생각하고 싶은 대로만 생각하면서 살아갑니다. 저도 인간이라 그렇게 살기로 했습니다. 그래서 제가 보고 싶지 않았던 다른 것들은 전부 무시하기로……."

하람이 손을 뻗었다. 그의 손은 잠시 허공을 헤매다가 홍천기의 볼에 닿았다. 손이 큰 건지 얼굴이 작은 건지 알 수 없지만, 손바닥 아래로 얼굴이 완전히 덮어졌다. 손끝이 이마를 보고 눈썹을 보았다. 뒤이어 더디게 눈두덩을 보고, 속눈썹을 보고, 콧등을 보았다. 그리고 떨고 있는 입술을 보았다. 손끝이 턱을 지나 아래로 툭 떨어졌다. 탁자 위에 자리를 잡은 하람의 손은 어느새 굳게 닫힌 주먹으로 변해 있었다.

두 눈으로 보고 싶었다. 언제나 간절했다. 단 한 순간도 간절하지 않았던 적이 없었다. 하지만 지금 이 순간은 이전의 간절함을 모두 더한 것보다 더 간절히 보고 싶었다.

"귀공은 저를 찾지 않았지만, 저는 줄곧 귀공 댁으로 찾아갔었어요. 제가 먼저 피한 적은 단 한 번도 없었습니다. 언제나."

하람이 고개를 끄덕였다. 유심히 보아야만 보이는 움직임이었다. 그렇기에 홍천기의 눈에는 그의 끄덕임이 보였다. 그의 슬픔도 보였다. 어쩌면 이 사람을 그릴 수가 없었던 이유가 이것이었을지도 모른다. 이 사람의 얼굴에 너무 많은 슬픔이 있어서, 그 슬픔들을 덜어 내어 여백을 만들지 못한다면, 영원히 이 사람의 얼굴을 그리지 못할지도 모른다.

"고맙소."

하고 싶은 말이 너무 많았다. 하지만 아직은 고맙다는 말밖에 할 수가 없었다. 아직은…….

"당신을 그리고 싶어요."

이 사람의 얼굴에서 슬픔이 덜어지면 그때는 붓을 움직일 수 있을까? 홍천기의 얼굴이 하람의 얼굴을 향해 다가갔다. 홍천기의 입술이 하람의 눈을 향해 다가갔다. 닿으려는 순간이었다. 갑자기 홍천기의 몸이 뒤로 휙 밀려났다. 견주댁이 홍천기를 의자째로 뒤로 당긴 것이다. 그다음에는 하람의 몸이 의자째로 뒤로 휙 밀렸다. 견주댁이 가운데 있던 탁자를 짧은 쪽에서 긴 쪽으로 돌려 두 사람 사이에 거리를 만들어 놓았다. 순식간에 벌어진 일이었다. 익숙한 공간에서도 갑자기 가구 위치가 바뀌면 당황하는 하람이었다. 그러니 부지불식간에 벌어진 공간의 변화에 당황하지 않을 수 없었다.

"지, 지금 무슨 상황인지 설명 좀⋯⋯."

견주댁이 홍천기의 등짝을 후려갈겼다. 촥! 하는 소리가 시원하게 울려 퍼졌다.

"이제 막 봄이 시작되었는데, 웬 파리가. 호호호. 안녕하세요? 간단한 다과를 준비해 왔습니다."

하람을 향한 목소리는 더없이 상냥했다. 하지만 홍천기를 향해서는 눈을 힘껏 부릅뜨고 아랫입술을 험악하게 베어 물었다. 홍천기가 등의 통증을 견디지 못하고 몸을 뒤틀면서 말했다.

"겨, 견주댁, 기척도 없이 나타나는 게 어디 있어요?"

견주댁이 의자 하나를 당겨 두 사람 사이에 버티고 앉았다.

"사람인데, 게다가 이렇게 육중한 몸인 제가 기척도 없이 다닐 수 있겠어요? 기척을 느낄 경황이 아니셨겠지요."

하람이 눈을 감은 채로 견주댁을 향해 얼굴을 돌렸다.

"견주? 견주라면 양주? 그러고 보니 말씨가⋯⋯."

"어머! 우리 고향 억양이 있으시네요?"

"나도 견주 사람이오."

"한양에서 견주 사람 만나기란 하늘에 별 따기인데. 이렇게 반가울 수가!"

"나도 견주 사람은 처음이오."

"전 옛날에 입경 금지가 풀리기도 전에 한양에 숨어들어 와서 살고 있었어요. 그래서 더 반가워요. 견주 어느 마을이죠? 제가 아는 집안인가요?"

"버들고을의 하가⋯⋯."

"앗! 하 대감 댁 도련님!"

"그렇소. 아시오?"

"물론이지요! 견주 사람들 중에 하 대감 댁 은혜를 입지 않은 사람이 어디 있다고요. 세상에나! 어머, 어머, 어머! 이렇게 직접 뵙게 될 줄이야. 눈 뜨져도 돼요. 소문 들어 알고 있으니까요. 자세한 내막까지는 몰라도."

견주댁이 가지고 온 찻잔과 과자를 두 사람 앞에 각각 놓고, 찻주전자에 뜨거운 물을 부었다. 그러고는 그 뒤로도 의자에서 일어나지를 않았다. 고향 사람을 만나서 반가웠기 때문에 그런 것은 아니었다.

촥!

견주댁이 홍천기의 등짝을 후려치면서 말했다.

"내가 살다 살다 홍 화공 같은 여자는 처음 봐요. 어떻게 남자한테 먼저 입술을 갖다 댈 수가 있죠? 수십 번을 들이댄 남자한테 한 번 허락해도 헤프다고 소박당하는 세상에. 그 많던 자존심은 어디다가 내팽개친 거예요?"

여러 차례 맞았기 때문에 등에서 불이 났지만 홍천기는 견주댁의 목을 끌어안고 매달렸다.

"견주댁! 살려 줘서 고마워요. 난 맞아도 싸. 정말 미쳤었나 봐요. 나도 그러고 싶어서 그런 거 아니라고요. 진짜 뭐에 홀렸던 거예요."

그러고는 견주댁에게서 떨어져서 양손으로 제 머리를 때렸다.

"미쳤어! 미쳤어! 미쳤어! 견주댁이 아니었으면 난⋯⋯. 으악! 그 남자가 날 헤픈 여자라고 생각하는 거 아니겠죠? 엉! 어떡해."

"저도 아찔했어요. 여차했으면 닿았다고요! 세상천지에 여자가 남자 꽁무니 쫓아다니는 경우는 없어요."

"저기, 견주댁도 거기에 대해서는 입이 열 개라도 할 말이 없을 텐데요?"

"흠흠! 저는 그래도 돼요. 하지만 아가씨는 안 돼요!"

"오! 이중 잣대."

"좀 조심하세요! 전 아가씨가 도화원 드나드는 거 뜯어 말리고 싶은데도 참고 있다고요. 자꾸 그런 모습 보이면 도화원까지 따라가서 죽치고 앉아 있을 겁니다."

홍천기가 풀이 푹 죽어서 말했다.

"그러잖아도 아침부터 개떼들한테 엄청 구박받았어요. 나도 조심하려고 하는데 잘 안 돼요. 그 사람 앞에서는 주체를 못 하겠어요. 어휴! 이러다가 진짜 큰일 날 것 같아. 아까 그 사람의 표정이⋯⋯."

어떻게 사람이 그토록 슬픈 표정일 수가 있는 거지? 눈물이 흐르는 것도 아니고, 눈시울이 붉어진 것도 아닌데⋯⋯. 꽉 쥔 주먹과 짧은 말 뒤에 어떤 감정과 말들을 숨겼기에, 보이지 않는 붉은색 눈동자조차 그렇게 슬퍼 보였던 거지? 홍천기가 손바닥을 자신의 얼굴 위에 올렸다. 손끝으로 그의 손끝이 보았던 자신의 이마를 보고, 눈썹을 보고, 눈두덩을 보고, 속눈썹을 보고, 콧등을 보고, 입술을 보았다. 입술에 닿았던 그의 손끝을 보았다.

"내 눈은 쓸모가 없구나. 그 사람 속을 볼 수도 없으니……."

견주댁이 홍천기를 끌어당겨 가까이에 앉혔다.

"말이 나왔으니까 말인데요, 도화원 거기 안 나가면 안 되나요? 핑계는 얼마든지 있잖아요. 왜 굳이……."

"견주댁."

홍천기가 웃었다. 하지만 그것은 웃음이라고 부를 수 없는 성질의 웃음이었다.

"나는 언제나 내 안에 흐르는 아버지의 피를 저주했어요. 그런데 요즘 부쩍 아버지의 그림이 보고 싶어요."

어쩌면 도화원에 아버지의 그림이 남아 있을지도 모른다는 생각을 했다. 그 생각은 어렸을 때부터 줄곧 떨어지지 않았다.

"예전의 아버지 그림이 지금의 내 그림과 비슷하다면, 나도 언젠가는 지금의 아버지처럼 되겠죠? 아버지는 나의 거울이자, 또한 나의 미래니까."

"호, 홍 화공, 갑자기 왜 그런 생각을……."

"갑자기일 리가 없잖아요. 하하. 가슴속에 품은 채로 잊고 살아요. 그러려고 애를 쓰죠. 인간이 하루하루 죽어 가고 있는 걸 망각하고 살아가는 것처럼."

한 번씩 아버지 앞에 스스로를 세웠다. 내가 나를 보지 못하는 대신, 아버지의 현재 모습을 통해 자신의 미래 모습을 보았다. 그렇게 스스로를 채찍질했다.

"홍 화공, 아니, 아가씨. 아니에요! 절대 그렇게 되지 않을 거예요. 딸은 대부분 어미를 닮아요. 아들도 마찬가지고요. 아주 드물게 아비의 핏줄을 더 강하게 받는 경우가 있지만, 그건……."

"아무래도 제가 그 드문 확률에 드나 봐요. 재수 없게……. 아닌가? 운이 좋은 건가? 그 핏줄 덕에 그림을 그리고 있으니까? 미쳐도 붓을 놓지 못하는 아버지처럼 여전히 나도 붓을 놓지 못하는 것 보면 더럽게 닮았어."

견주댁의 손이 홍천기를 쓰다듬어 주지도 못하고, 안지도 못한 채로 안절부절못하다가 결국 자신의 얼굴을 가렸다. 그 안에서 눈물을 가렸다. 홍천기가 견주댁의 허벅지를 베고 누워 속삭이듯이 말했다.

"그 남자는 눈이 없어서 나를 볼 수가 없고, 아버지는 눈이 있어도 나를 보지 못해요. 나도 아버지처럼 된다면, 머지않은 미래에 그 남자와 나는 서로를 알아보지 못한 채로 지나쳐 가는 날이 올 거예요. 그러기 전에, 아직 내가 나 자신으로 있을 때, 더 많이 보고 더 많이 좋아할 거예요. 내 자존심을 아끼는 건 그다음으로 미룰게요. 나에게는 오늘이 많이 행복한 날이었거든요. 처음으로 그 사람이 먼저 찾아와 준 날이니까, 그러니까 조금만 야단쳐 주세요."

홍천기는 눈을 감았다. 감은 눈으로 최경이 그려 준 자신의 얼굴을 보았다. 어머니의 얼굴과 아버지의 얼굴이 동시에 담겨 있는 초상화. 다들 못생기게 그렸다고 말함에도 불구하고 홍천기가 최경의 초상화를 최고로 치는 이유였다.

다음으로 김문웅의 산수화를 보았다. 자신의 그림과 닮은 그림을 그린 사람. 그 사람은 멀쩡하게 살다가 갔다고 하였다. 마지막까지 붓을 놓지 못한 아버지와는 달리, 붓을 꺾은 대가였을 것이다. 그 사람처럼 그림을 버리면 괜찮을지도 모른다. 그러면 평생 하람을 기억하면서 살아갈 수 있을지도 모른다.

　"견주 이야기 해 주세요. 그 사람과 관련된 거면 어떤 거라도 좋아요."

| 세종 20년(무오년, 1438년) 음력 2월 2일 |

　호령이 문서를 작성하고 있는 하람 앞에 턱을 괴고 졸랐다.

　"하가야, 심심해."

　'물어보는 말에 대답도 안 해 줄 거면, 귀찮게 하지 마라.'

　"모르는 것만 물어보니까 그렇지. 아는 걸 물어봐."

　지진이 있었던 날 이후로, 호령은 하람을 졸졸 따라다녔다. 지겨워서 좀이 쑤시는 만수에게 호령이 보였다면 둘은 쿵짝이 잘 맞는 놀이 동무가 되었을지도 모르지만, 애석하게도 그렇게 될 가능성은 없었다. 호령은 만수를 볼 수 있지만 만수는 호령을 보지 못했다. 소리도 듣지 못했다. 그렇기에 하람에게는 일을 방해하는 귀찮은 존재가 하나 더 생겼을 뿐이었다.

　아직 정확한 입증은 안 되었지만, 호령을 볼 수 있는 건 하람이 유일한 듯했다. 그리고 호령이 다닐 수 있는 곳은 경복궁 어디나 가능했다. 하지만 궁궐 밖을 따라 나가지는 않았다. 나갈 수 없는 건지, 나가지 않는 건지는 아직 파악하지 못했다.

'혹시 예전 기해년에…….'

"인간의 시간은 몰라. 너무 빨라서 가늠하기 어려워."

하람이 한숨을 내쉬었다. 대화를 하면 할수록 더 갑갑해지는 느낌이었다.

'내가 어릴 때 경회루에서 눈을 잃었는데…….'

"어릴 때가 뭔지 몰라."

"젠장!"

갑작스러운 하람의 외침에 깜짝 놀란 건 만수였다.

"왜, 왜 그러십니까? 뭐가 잘 안 풀리십니까?"

"아, 아니다."

하람이 호령의 표정을 살폈다. 눈썹 끝을 내리고 입술을 앞으로 툭 내밀었다. 불만이 가득한 느낌이었다. 저잣거리의 거지 노파도 그렇고, 호령도 그렇고, 둘 다 공통적으로 하는 말을 찾아냈다. 무슨 질문을 하는지 모르겠다는 것. 어쩌면 조급한 마음 때문에 빠른 답을 요구하는 질문들만 해 댄 탓일 수도 있었다. 마음을 느긋하게 가지면 달라질지도 모른다. 처음부터 차근차근하게 가자! 그러면 이 세상을 다시 볼 수 있는 방법도 알아낼 수 있을 것이다.

"만수야, 차를 마시고 싶구나."

"네! 금방 준비해 오겠습니다."

부산스러운 만수의 움직임이 들렸다. 빠른 동작으로 다기와 찻잎을 하람 앞에 가져다 놓고, 뒤이어 뜨거운 물도 가지고 와서 찻주전자 안에 조심스럽게 부었다.

"고맙다. 잠시 생각할 것이 있으니, 너는 나가서 놀아도 좋다."

평소에는 나가서 놀아도 좋다고 하면 신나서 뛰어나갔다. 하지만 이번은 망설였다. 요즘 하람의 상태가 걱정스러웠기 때문이다. 혼잣말도 늘었고, 가끔 뜬금없는 말이 튀어나오기도 하였다. 어제 궐 밖에서는 괜찮았는데, 궐 안에 들어와서는 다시 이상한 상태로 되돌아갔다.

"놀고 싶지 않아요. 옆에 있겠습니다."

"괜찮다. 걱정하지 말고……."

"옆에서 책 읽겠습니다! 안 나갈 거예요."

그러곤 의자를 끄는 소리에 이어, 두어 번의 움직임 뒤에 얌전해졌다.

"저는 신경 쓰지 마시고, 생각할 거 하십시오."

옆에서 책을 펼치는 소리가 들렸다. 고집스러운 녀석이다. 그러니 절대 나가지 않을 것이다. 하람이 찻주전자 속으로 찻잎을 넣었다. 그러자 호령이 기분 좋게 웃었다. 표정이 예사롭지 않았다. 그래서 넌지시 물었다.

'이거, 마시고 싶어?'

"나 주는 거 아니었어?"

일단 흥미로운 대답이었다. 하람은 첫물을 빈 그릇에 부어버리고 다시 뜨거운 물을 부었다. 그러고서 차가 우러나기를 기다렸다. 그사이 호령의 표정은 점점 좋아졌다. 마치 술꾼이 술을 앞에 둔 표정과도 같았다. 어느 정도 우러난 차를 잔에 부었다. 그러자 호령이 얼른 잔을 가져가 입에 대었다. 보였다. 호령뿐만이 아니라 호령의 손에 있는 찻잔도 보였다. 하람이 손을 더듬어 원래 잔이 있던 자리를 찾았다. 거기에는 차가 담긴 잔이 그대로 있었다.

"맛있다."

호령의 들뜬 표정을 통해 문득 깨달은 것이 있었다. 예로부터 귀鬼를 모실 때는 술을 올리고, 신을 모실 때는 차를 올린다는 사실이었다. 호령은 신령의 존재일 가능성이 높았고, 그렇기에 차를 대접 받아 왔을 가능성도 높았다. 그에 걸맞게 인간의 차를 마시는 모습이 아주 익숙했다. 하람이 잔에 있는 차를 다 마시고 다시 빈 잔을 채웠다. 이번에도 호령이 먼저 가져가서 마셨다.

'차를 좋아하나 보구나. 혹시 내가 이거 외에 또 준 거 있어?'

"음……, 네가 뭘 묻는지 모르겠어."

또 같은 대답이었다. 어떻게 하면 세대로 된 답을 들을 수 있는지 알 길이 없었다. 하람의 실망을 쳐다보던 호령이 곰곰이 생각하다가 다시 말했다.

"혹시 이 옷을 묻는 거야? 응, 네가 줬어."

옷? 호령이 입은 건 고려조 때의 복식 형태였다. 그런데 요즘의 옷이 아닌 이걸 줬다고? 설마.

'호령아, 잠시 이걸 봐라.'

하람이 손가락을 하나씩 굽혔다가 세우기를 반복했다. 그러고 나서 머릿속으로 말했다.

'이게 대략 1분*이다. 이 1분이 100개가 모이면 1각이 된다. 그리고 1각이 100개가 모이면 1일이 돼. 세차歲差를 제외하더라도 365일하고도 24분 25초가 모이면 비로소 1년이 되고. 이 땅에서 129600년이 곧 하늘의 1년에 해당한다. 이것이 우리 인간의 시간이란 거다.'

호령의 판단에 도움을 주기 위해 찻잔을 더 채웠다. 다시 따뜻해진 차를 가져가 홀짝이던 호령이 눈을 반짝였다.

"그러니까 이 옷은 인간의 시간으로 따지면 아주 오래전에 받은 거구나. 음……, 정확하게 언제인지는 모르겠지만."

'그 옷을 줄 당시에 나와 내 주위에 있는 사람들도 그와 비슷한 옷을 입고 있었나?'

"응, 그랬나?"

마음이 조급했던 하람이 머릿속에 재촉의 기운을 가득 채웠다. 이에 따라 호령의 인상도 점점 나빠졌다.

"하가야! 나는 다른 인간은 알아보지 못해. 내가 인간들 틈에서 구분하는 건 너뿐이야. 이건 너와 나의 약속이거든."

하람은 경회루 연못에 빠졌을 때 기억해 낸 알 수 없는 존재의 목소리를 떠올렸다. '눈을 빌려 가마. 잠시만.'

'나에게 이 말을 한 건 누구지?'

"난 아니야."

'너와 비슷한 방법으로 대화한 존재다. 그렇다는 건 너와 비

---

* 여기서의 1분은 현대 시간 단위의 1분과는 다름. 1각 = 현대 시간의 13~15분 정도.

슷한 존재라는 거지?'

"응. 아마도. 하지만 내 영역에는 나밖에 없어."

눈을 빌려 가겠다고 말한 존재가 호령은 아니고, 이 땅에는 호령 외에는 없다. 이제껏 호령에게서 획득한 정보에 따르면 마魔의 존재는 이 땅에 들어올 수가 없으니, 눈을 빌려 간 존재는 마魔가 아니다.

그런데 하람의 눈 안에 숨어 있는 존재는 마魔라고 하였다. 저잣거리의 거지 노파 말을 종합해 봐도 몸, 혹은 눈 안에 숨어 있는 건 마魔라고 볼 수 있었다. 눈을 빌려 간다고 말한 존재와 지금 눈 안에 숨어 있는 존재는 다른 것인가? 뭐가 뭔지 정리가 되지 않았다.

'휴! 그럼 눈을 빌려 간다는 뜻이 뭐지?'

"몰라."

'나는 분명히 이 말을 들었는데, 어째서 아무도 몰랐지? 나조차도?'

호령은 대답 없이 찻잔을 홀랑 비우고 하람의 찻잔이 있는 곳을 보았다. 문득 저잣거리의 노파가 생각났다. 그때 하람은 대화를 나누었지만, 만수는 대화를 듣기는커녕 시간의 흐름조차 느끼지 못했다. 기해년 그 당시에도 그런 일이 발생했었나? 그렇다는 건 눈을 빌려 간다고 말한 존재는 저잣거리의 노파 쪽과 더 비슷한 존재인가?

"하가야, 더 맛있는 차는 없어?"

그래, 천천히 이야기를 듣기로 하였으니, 차가 더 필요할 것이다. 조급하게 굴어서 호령의 기분을 상하게 할 필요는 없으니까.

"만수야."

"네! 말씀하십시오."

"내 방 선반에 있는 찻잎을 내어오너라."

"선반에 있는 찻잎? 아! 그 비싼 거! 기분 좋은 일이라도 있습니까? 그건 여간해서는 안 꺼내시잖아요."

누가 호령의 입을 길들였는지는 모르지만, 엄청 고급 차만 마신 게 분명했다. 그 정도 되는 차를 대접하면, 어쩌면 보다 알아듣기 쉽게 말해 줄지도 모른다. 헛된 희망일 테지만 말이다.

"기분이 좋구나. 뜨거운 물도 더 가지고 오너라."

그러곤 호령을 보면서 웃었다. 적어도 눈에 무언가가 보인다는 건 기분 좋은 일이었다. 그것이 어떤 존재이든 간에.

3

| 세종 20년(무오년, 1438년) 음력 2월 3일 |

"개, 개충이 너, 지금 뭐 하는 거야!"

최경의 고함 소리가 도화원 지붕을 들어 올렸다가 내렸다. 현란하게 움직이던 홍천기의 붓이 멈칫했다. 촘촘하게 쌓아 가던 파도 문양이 갑자기 어그러지면서 암석과 물보라가 그려지고 있었다. 최경이 종이를 빼앗아 갔다.

"이 종이 빼곡하게 수파묘水波描만 그리라고 한 거 잊었냐?"

"미안. 순간 정신을 놓았나 봐. 나도 모르는 사이에 그만……."

암석과 물보라. 무의식중에 움직인 붓이라고 하기에는 욕 나올 정도로 멋있었다. 최경의 인상이 험악하게 변하자 홍천기가 제 팔뚝을 쑥 내밀면서 혀 짧은 투로 말했다.

"내가 그런 거 아니야. 애가 그랬어. 때려 줘."

"몹쓸 애교 떨면 확 죽여 버린다."

"미안."

"내가 예전부터 말했지만, 애교는 뭐다?"

"예쁜 여자들만 하는 거다."

"나머지는?"

"주책. 안다, 안다고! 그래, 내가 잠시 주책 떨었다. 됐냐?"

최경이 홍천기의 책상 위를 손바닥으로 내리치면서 말했다.

"아직까지 정신 못 차린 말투 봐라. 다시 한 번 말하지만, 너는 생도고, 나는 훈도다."

"너 참 한가하구나. 훈도도 다 맡고."

"임시로 맡은 거다. 너 때문에! 훈도 일 맡았다고 일이 줄어든 건 아니라고."

"알겠습니다, 최 회사마님! 제가 극진히 모실 테니까 저한테도 개충이라 하지 마시고 '홍 생도', 이렇게 불러 주시면 아주 감사하겠습니다."

"부르는 건 훈도 마음이다. 아니꼬우면 네가 훈도하든가."

홍천기의 입술이 한쪽으로 삐죽이 내려갔다. 옆에서 똑같이 파도 문양을 그리던 차영욱이 웃으면서 말했다.

"너희 둘은 그동안 어떻게 안 보고 살았어? 싸우고 싶어서 근질거렸을 텐데."

"내가 안 본 거 아니야. 개놈이 나를 안 본 거지."

차영욱이 고개를 끄덕이며 다시 붓을 움직이기 시작했다.

"경아, 난 요즘에 와서 네 심정을 조금 알 것 같더라. 내가 좀 늦잖아."

최경은 대꾸 없이 빈 종이를 홍천기 앞에 다시 깔았다. 그러고는 의자를 끌어와서 그 앞에 턱을 괴고 앉았다.

"처음부터 다시."

홍천기가 붓부터 들었다. 그러자 최경의 타박이 바로 가해졌다.

"나눠 준 자는 어디다가 팔아먹었어!"

"깐깐한 놈."

"말투 봐라. 공손!"

"네."

홍천기가 옆으로 밀쳐 둔 긴 자를 당겨서 종이 맨 아래에 가로로 놓았다. 최경이 차영욱의 자까지 가져가서 옆에 가로로 놓았다. 차영욱이 퉁명스럽게 말했다.

"경아, 나한테도 신경 좀 써 줬으면 하는 바람이 있다."

최경이 홍천기의 종이에서 눈을 떼지 않고 말했다.

"넌 어차피 잘하니까."

"그런 말은 내 그림도 한 번쯤은 거들떠보고 난 뒤에 해라."

최경이 성의 없이 차영욱의 그림을 힐끔 보고 말했다.

"잘했다."

그러고서 즉시 홍천기의 빈 종이로 다시 시선이 고정되었다. 최경이 종이 위로 팔을 얹어 홍천기의 시선을 가로막았다.

"전체는 보지 마라. 너는 지금 여기, 이 모퉁이만 쳐다봐. 눈금 보이지? 이 눈금 하나에 파도 하나다. 어긋나지 않게 메꿔."

홍천기가 최경을 쳐다보았다. 최경이 일그러진 표정으로 말했다.

"네가 정신 놓으면 내가 꽉 잡아 줄 테니까, 그려."

"알았어. 진짜 잘해 볼게."

"내 손끝을 봐. 여기."

최경이 홍천기의 오른쪽 제일 아래부터 손끝으로 짚었다. 그러면 최경이 짚는 곳에 홍천기의 도식화된 수파묘 하나가 새겨졌다. 그렇게 최경의 옮겨진 손끝마다 하나씩 파도를 쌓아 올렸다. 차영욱이 말했다.

"심란하다."

최경이 손동작을 멈추지 않고 대꾸했다.

"뭐가?"

"네 표정."

최경의 입꼬리가 감정 없이 올라갔다. 홍천기가 제대로 된 파도 문양을 규칙적으로 쌓아 올라가면 갈수록 최경의 표정은 더 심란해졌다. 차영욱이 붓을 던지고 의자를 뒤로 빼서 앉았다.

"이건 너희 둘 다한테 못 할 짓이야. 경아, 너 훈도 때려치워."

"이 녀석 그림은 내가 제일 잘 안다. 어차피 망가질 거면, 내가 더 잘 망가뜨릴 수 있어."

그러더니 홍천기를 향해 고함을 질렀다.

"개충이 너! 정신이 또 어디로 가는 거야! 간격이 벌어졌잖아! 이따위 솜씨로 관직은 꿈도 꾸지 마!"

"미안, 미안. 좀 더 정신 집중 할게."

"손에 익혀. 자를 치우고도, 눈을 감고도 똑같은 간격으로 그릴 수 있도록. 네가 선택한 거다."

무뚝뚝한 말투였다. 하지만 최경이 현재 할 수 있는 최대의 상냥함이었다. 홍천기가 무표정하게 파도 문양을 채워 가면서 입속으로 대답했다.

"응, 알아."

"사람의 수명은 고작 60년이야. 하지만 사람이 남긴 그림의 수명은 훨씬 길어. 그림이 사는 건 내 삶도 함께 사는 거야. 나라면, 내 수명보다 그림의 수명을 선택할 거다."

"나도 그랬어, 예전에는. 하지만 지금은 아니야."

"지금도 여전히 붓을 놓지 못하는 주제가 할 말은 아니다."

"그러게. 내가 할 말은 아니네. 이 붓이 뭐라고 놓지를 못할까. 하하. 핫! 호호호."

"야! 소름 끼친다고 했잖아!"

"조금만 참아. 그림 훈련도 급하지만, 웃음 훈련도 급하단 말이야. 호호호."

"그만해! 진짜 산에다가 묻어 버리기 전에!"

최경은 고함을 지르면서도 손끝으로 짚는 걸 멈추지 않았고, 홍천기는 실없이 웃으면서도 그가 짚은 곳에 문양 그리기를 멈추지 않았다. 그리고 그 옆에서 차영욱은 한쪽 귀를 틀어막은 채로 혀 차는 걸 멈추지 않았다.

안견 앞으로 홍천기가 그린 파도 문양을 디밀었다. 암석과 물보라가 있는 문양이었다. 최경이 책상 앞에 팔짱을 끼고 서서 물었다.

"이래도 되겠습니까?"

그림을 보는 안견의 눈에서 경련이 일었다. 최경이 다시 물었다.

"이런 문양은 개충이, 아니, 홍천기 생도의 아버지도 훈련받지 않았습니까?"

"받았지. 정말 재미있군. 홍 생도의 아비도 이 문양 훈련받을 때 똑같이 이런 짓을 했었는데."

"이거 헛짓입니다. 우리 도화원은 협업이 대부분인데, 그 녀석은 절대 자기 그림 못 버립니다. 다른 화원들과 보조 못 맞춘다고요."

"계속 되풀이하다 보면 나아질 거다."

"개충이 아버지가 미친 곳은 이곳, 도화원입니다. 여기서의 훈련도 답이 될 수는 없다는 뜻 아닙니까?"

안견이 그림에서 눈을 들어 최경을 보았다.

"무슨 뜻이지? 너희들……, 알고 있나?"

최경이 책상 위에 두 손을 짚고 고개를 숙였다. 그러고는 조용하게 말했다.

"그 녀석, 도화원에 관직 하나 보고 들어온 거 아닙니다. 외면은 단순 무식한데, 내면은 복잡하고 영민한 녀석이거든요. 알고 있습니다, 그 녀석은. 여기서 화원화를 습득하면 무엇을 얻고 무엇을 잃는지."

안견이 턱을 괴고 싱긋이 웃었다.

"요사이 최 회사의 표정이 필요 이상으로 심란하다 했더니……. 그런데 말이다, 홍 생도의 외면은 단순 무식하지가 않아. 아주 섬세하고 부드럽지."

최경이 상체를 벌떡 세우고 소리쳤다.

"대화가 왜 그쪽으로 빠집니까? 지금 그 녀석 외모에 대해 말하는 게 아니지 않습니까?"

"사람을 좋아해라, 그림 말고. 그럼 너의 심란함도 달라질 테니까."

"어휴! 내가 꽉 막힌 늙은이들과는 말을 말아야지. 만약에 벼랑 끝에 그 녀석과 그 녀석 그림이 동시에 매달려 있다면, 전 그림만 잡고 그 녀석은 밀어 버릴 겁니다. 이해가 가십니까?"

다소 과격한 비유였다. 하지만 이것이 문제인 이유는 진심이라는 데 있었다.

"이해하고 싶지 않다. 그럼 나도 너와 똑같은 미친놈이 되는 거니까."

최경이 잊지 않고 파도 그림을 챙겨 들었다. 그런 뒤에 문이 부서져라 열어젖히고 나갔다. 그가 완전히 사라지고 나자 안견이 여전히 턱을 괸 채로 중얼거렸다.

"사람이 아닌, 그림만 좋아하는 관계라……. 원호 그놈, 애 좀 탔겠는데? 크크큭."

걸어가는 길에도 파도 문양이 가득했다. 하늘을 봐도 그랬다. 그 어디를 보건, 눈을 감건 간에 하루 종일 그려 댔던 문양의 잔상이 꺼지지가 않았다. 눈도 아프고, 어깨도 아프고, 그리고 머리도 아팠다. 눈과 머리를 잇는 관자놀이에 핏줄이 곤두섰다. 홍천기는 그곳을 손끝으로 눌러 가며 백유화단을 향해 걸었다. 언제나처럼 아버지가 있는 저잣거리를 지나는 길을 선택했다.

멀리서 시끌벅적한 소동이 있는 듯했다. 언제나 아버지가 앉아 있는 장소 즈음이었다. 좋지 않은 예감을 피할 수가 없었다. 아무래도 오늘은 길 선택을 잘못한 것 같았다. 이런 기분으로는 이곳을 지나면 안 되는 거였다. 점점 가까워지는 장면, 그 가운데에 아버지가 있었다. 사람들의 손가락질이 보였다. 입꼬리 가득한 경멸 섞인 미소도 보였다. 염병을 피하듯 멀찌감치 둘러 가는 행인도 보였다. 길바닥에 드러누워 버둥거리는 아버지가 보였다.

홍천기가 발걸음을 멈추고 눈을 감았다. 낄낄거리는 사람들의 비웃음 소리가 들렸다. 욕설 섞인 모욕적인 말도 들렸다. 혀가 삐뚤어져 주절거리는 아버지의 목소리가 들렸다. 소리로 듣는 세상은 눈으로 보는 세상보다는 조금 나았지만, 형편없기는 마찬가지였다. 다시금 천천히 눈을 떴다. 그러곤 다가가서 아버지를 일으켜 앉혔다. 미쳐서인지, 술에 취해서인지, 아버지의 눈은 초점이 없었다. 딸을 보는 시선조차 그러했다. 그 시선을 향해 결국 소리를 지르고야 말았다. 자신의 몸 안에 흐르고 있는 저주스러운 아버지의 피를 향한 외침이었다.

"제발! 제발, 정신 좀 차리세요, 아버지! 뭣 같은 핏줄을 물려주셨으면, 제대로 된 미래를 보여 달라고요! 자식이, 당신의 핏줄을 이어 받은 이 자식이 자신의 미래를 두려워하지 않도록! 정신 좀 차려 주세요, 제발……."

오늘은 이곳을 지나지 말았어야 했다. 정말 그랬어야 했다. 사람들 틈에 있어서는 안 되는 사람이 보였기 때문이다. 지금의 모습을 들키고 싶지 않은 사람에게 보였기 때문이다. 비록볼 수는 없는 사람이지만, 두 눈으로 보는 것보다 더 많은 것을 들을 수는 있는 사람이기 때문이다. 단 한 번도 피한 적이없었던 사람이지만 오늘은 피하고 싶었다. 여기서 달아나고싶었다.

하람이 지팡이로 땅을 더듬으며 다가오고 있었다. 제발 모르고 지나치기를. 비록 알아차렸어도 모른 척하고 지나치기를.이 시궁창 같은 세상에서 허우적거리는 자신을 아는 척하지 않기를. 하지만 홍천기의 바람과는 달리 하람은 그녀의 옆에 무릎을 낮춰 앉았다.

"낭자, 괜찮소?"

"왜 아는 척하시는 거예요? 모르는 척하고 지나가시지. 정말밉다."

"아는 척이 아니라, 아는 거요. 친한 척이 아니라, 이제는 진짜 친한 것이고."

"보이고 싶지 않다고요, 이런 제 모습……."

"어차피 나에게는 안 보인다니까."

"그런 의미 아닌 거 알면서……."

홍천기가 아버지를 일으키면서 일어섰다. 옆에 있던 만수와 돌이가 도와주려고 했지만 손바닥을 들어 단호하게 제지했다. 그리고 나서 팔을 뿌리치며 알아들을 수 없는 욕을 내뱉는 아버지를 기어이 끌고 가서 원래의 자리에 앉혔다. 그러는 와중에 아버지의 손이 그녀의 뺨을 쳤지만 내색하지 않았다. 흩어져 있던 그림 도구들을 주섬주섬 챙겨서 아버지 앞에 가지런하게 놓았다. 그러고 난 뒤에 장옷을 머리끝까지 덮어쓰고 맞은 뺨을 손바닥으로 눌렀다. 맞은 자리가 뜨거웠다. 하람이 다가와서 속삭였다.

"울어도 되오. 내가 가려 줄 테니까."

"이런 일로는 울지 않습니다. 고작 이런 일로 울 것 같으면 하루에도 수십 번 울어야 돼요."

"안 울 것 같으면 차라리 날 보고 웃어 주든가."

하람의 말에 진짜 웃어 버렸다. 웃는 척이 아니었다. 설렘은 잔잔한 듯하지만 거친 파도와도 같아서 현재의 슬픔도 고통도, 그리고 불안까지도 모두 뒤덮고 휩쓸어 가 버린다. 울어도 시원찮을 이 상황에서 웃음이 나와 버리고 만 것이다. 그래서 그냥 하람을 보고 웃어 버렸다. 이렇게 마음이 쉽게 치유가 되어 버리면 안 되는데, 그러면 이 사람을 만날 수 없게 되는 미래가 더 두려운데, 자꾸만 웃음이 나왔다. 홍천기가 아버지를 보면서 하람에게 말했다.

"우리 아버지는 그림을 그리실 때는 점잖으세요. 정말 멋진

분이시죠. 세상에서 제일로 멋진 분이신데……, 아무도 아버지께 그림을 부탁하지 않아요. 그러면 이렇게 한 번씩 노상에서 추태 같은 걸 부리십니다. 언제나 이런 모습이신 건 아니…….”

“그림 그려 드릴까요?”

아버지가 홍천기와 하람을 번갈아 보았다. 두 사람을 손님으로 착각하고 그림을 구걸하는 중이었다. 하람이 물었다.

“낭자, 아버님은 어떤 걸 잘 그리시오?”

홍천기가 아버지 앞에 쪼그리고 앉았다. 그리고 싶어서 애타게 붓을 만지작거리는 아버지를 바라보았다.

“모릅니다. 아버지 그림을 본 적이 없어서……. 제가 산수화를 좋아해서 아버지도 산수화가 아니었을까 짐작하지만, 짐작일 뿐입니다. 도화원에 계셨으니까 뭐든 잘 그리실 겁니다. 아니, 잘 그리셨을 겁니다. 그래서 가리는 것 없이 주문 받으세요.”

“낭자는 아버님께 주문한 적 있소?”

“네.”

“어떤 걸로 하오?”

홍천기의 말이 사라졌다. 한동안 침묵하던 그녀가 울음에 가까운 한숨을 삼키고 대답을 내놓았다.

“제 초상화요.”

땅을 더듬던 하람의 지팡이가 멍석을 더듬었다. 아버지 앞에 놓인 손님 자리였다. 이를 눈치챈 하람이 아버지 앞의 멍석에 양반다리를 하고 앉았다.

"제 초상화를 부탁드립니다."

깜짝 놀란 홍천기가 하람의 팔을 잡았다.

"그러실 필요 없습니다. 아버지는 제대로 된 붓질을 못 하세요."

하지만 아버지는 이미 신이 난 표정으로 벼루에 물을 부었다. 그러곤 먹을 갈기 시작했다. 그러면서 눈은 하람의 얼굴에서 떨어지지 않았다.

"눈을 떠 주셨으면 좋겠는데……."

술에 취한 발음인데도 하람은 잘 알아들었다.

"제가 평범한 눈 색깔이 아니라서 놀라십니다."

"세상엔 평범한 건 없습니다. 똑같아 보이는 사람의 피부색도, 눈 색깔도 모두 다르지요. 심지어 한 대상에서 보이는 색도 보는 이에 따라 제각각 인식됩니다."

"모두가 붉은색이라 하는 것도요?"

"그렇지요. 붉은색도 여러 종류니까요. 다른 이의 눈에 보이는 붉은색은 내가 보는 붉은색과 다릅니다. 각자 다른 색을 보고 있음을 모를 뿐이지요."

"초상화를 부탁드리길 잘한 것 같습니다."

하람이 눈을 떴다. 아버지는 전혀 놀라지 않고 대상만 살폈다. 아마도 도깨비나 귀신이 눈앞에 초상화를 부탁하러 와도 놀라지 않고 그려 줄 것이다. 만수가 하람의 엉덩이 쪽 멍석 귀퉁이에 앉았다. 돌이는 아버지 뒤쪽에 쌓인 돌덩이들 위에 앉아 하람을 보았다.

"음……, 그리기 어려운 얼굴이군."

홍천기도 쪼그렸던 다리를 풀고 하람 옆의 멍석에 털썩 앉았다. 그러고는 붓을 잡은 화공에게 물었다.

"그리기 어려운 얼굴이라고요?"

"네. 어렵군요."

붓을 움직이지 못한 이유를 들을 수 있을지도 모른다. 홍천기가 달아오른 마음으로 상체를 아버지 쪽으로 숙였다. 그러고서 뒷말을 재촉하는 눈빛을 보냈다.

"어, 어째서 그럴까요, 홍 화공님? 원인을 알려 주세요."

"글쎄……, 여백을 주지 않아서 그럴 겁니다."

홍천기가 하람의 얼굴을 보았다. 그러곤 찬찬히 뜯어보았다. 보고 또 보았던 얼굴이지만 다시 살피는 데 주저하지 않았다.

"여백……. 대체 어떤 여백이요?"

"대상의 얼굴이 아니라……."

홍천기의 시선이 아버지의 얼굴로 돌아갔다. 아버지의 말이 이어졌다.

"붓을 든 우리 머릿속의 여백."

말을 하는 아버지의 시선이 하람이 아닌 홍천기를 향했다. 정확하게 맞춘 시선이었다. '우리'라고 말하는 중에는 더욱 그랬다. 이내 다시 하람의 얼굴로 돌아갔다가, 벼루에 담긴 먹물의 농도로 옮겨 가긴 했지만, 잘못 본 건 아니었다.

"아버지, 저를 알아보시겠습니까?"

"나에게는 자식이 없습니다."

"그럼 도대체 저는 무엇으로 보이시나요?"

"나와 똑같은 화공."

홍천기가 장옷 속으로 숨어들었다. 그 안에서 입속으로 말했다.

"화공이기 이전에, 자식입니다. 아버지와 똑 닮은."

아무도 듣지 못하는 말이었다. 하지만 귀에 집중한 하람에게는 들리는 말이었다. 아버지에게 초상화를 부탁하는 마음, 그것은 아버지의 눈에 보이는 자신의 모습이 궁금해서일 거라고 하람은 생각했다.

"나도 내 얼굴을 모르오. 당연한 말이겠지만. 내 얼굴이 궁금할 때면 어렸을 때 마지막으로 보았던 아버지의 얼굴을 떠올리오. 아마도 지금 내 얼굴은 그 모습이겠거니 여기면서. 그런데 그 얼굴조차 제대로 된 기억인지 의심스러울 때가 많소."

"귀공의 아버지도 엄청 잘생겼었나 봅니다. 하하. 아차! 호호호."

힘없이 웃는 중에도 여성스러운 웃음 훈련을 멈추지 않았다. 홍천기의 웃음소리에 하람도 따라서 미소를 지었다. 아버지의 붓은 홍천기와는 달랐다. 잠시 주저하기는 했지만, 종이위로 내려갔고, 그 위에서 거침없이 움직였다. 붓이 지나간 자리에는 알아볼 수 없는 선들만 남았다. 이번에도 다름없이.

"제가 아주 어렸을 때……, 아직 젓가락질도 못할 때였습니다. 아버지 옆에 앉아 있었어요. 여기 이 자리에."

아버지가 강제로 데리고 나온 건 아니었다. 딸인 걸 알지도 못했기에 애초에 관심조차 없었다. 어린 홍천기가 뿌리치는 아버지를 악착같이 따라나선 건 그림 도구 때문이었다.

"아버지의 그림 도구가 어린 제게는 놀이 도구였거든요."

"그림은 어려서부터 그린 거요?"

"그런 것 같아요. 솔직히 기억에 없습니다. 제가 언제 어떻게 그림을 그리게 되었는지. 태어나면서 주먹 쥐는 걸 배우고, 걸음마를 배우고, 말하는 걸 배우고, 숟가락질을 배우고, 젓가락질을 배우듯이 너무도 당연하게 그림을 그려 왔어요. 어머니는 제가 숟가락질보다 붓질을 먼저 익혔다고 말씀하세요. 지금도 왜 그림을 그리는지, 왜 붓을 놓지 못하는지 모르겠습니다."

제정신이 아니어도 붓을 놓지 못하는 아버지를 보았다. 그림 같지도 않은 그림을 그리면서, 무엇이 그리도 행복하기에 웃으며 붓을 움직이는지 궁금했다. 하람은 안견이 했던 말을 기억했다. 화마의 먹잇감. 일찍 죽거나 미쳐 버리거나…… 하람이 애써 웃으면서 물었다.

"보통 그림값으로 무엇을 지불하시오?"

"우리 아버지는 그림값으로 주로 욕설이나 발길질을 받아요."

말끝에 슬픈 웃음이 깔렸다.

"낭자는 무엇을 드리시오?"

"저는 못된 딸이라 가장 좋아하시는 술은 일부러 드물게 드리고요, 그다음으로 좋아하시는 그림 도구를 주로 드립니다."

하람의 별다른 지시가 없어도, 돌이는 벌떡 일어나 서화사 쪽으로 달려갔다.

"그런데 여기는 무슨 일로 오셨습니까? 돌이까지 대동해서."

"백유화단에 가던 길이었소."

"무슨 일로요?"

"당연한 걸 물어보면 내가 민망하지 않겠소?"

"미소도 없이 그렇게 정색해서 되받아치시면 제가 민망하지 않겠습니까?"

두 사람이 동시에 배시시 웃었다.

"서운해서 그러지. 용건 없어도 된다고 하고선."

"큭큭. 지금부터 저 좀 웃겠습니다. 경박하다고 하지 마세요. 이 시점에서 여성스러운 웃음소리를 만드는 건 불가능하니까요. 하하하."

그러고는 한참 동안 장옷 속에 숨어서 키득거리고 웃었다. 웃음이 조금 잦아지고 나서 홍천기가 말했다.

"고맙습니다. 덕분에 웃었어요. 이 자리에서, 아버지 앞에서 웃은 건 처음인 것 같네요."

"웃으라고 한 말이 아닌데……. 뜻하진 않았지만 웃으니까 기쁘오."

아버지의 그림은 계속되고 있었다. 엉망진창의 낙서라 언제쯤 완성이 될지 가늠이 되지 않았다. 조금만 더 천천히 그렸으면 하고 바랐다. 이렇게 더 있을 수 있도록.

"이곳에 자주 나오시오?"

"네. 아무래도……."

"그럼 이 근방 사람들을 잘 아시오?"

"네. 대부분 알고 지내거나 안면 있는 사람들이지요."

"음……."

"궁금한 거 있으면 물어보십시오."

"이 거리에서 저번에 아름다운 여인, 아니, 거지 노파를 만났는데, 오늘은 안 계시기에……."

"길가에 앉아서 구걸하시는 분요? 허리가 엄청 굽은?"

하람이 만수를 향해 다급하게 물었다.

"만수야, 허리가 굽었더냐?"

"네. 걸음도 엄청 빠르고."

"제가 아는 분이 맞는 것 같습니다."

"정말이오? 어떻게 하면 만날 수 있소?"

홍천기가 장옷 속에서 얼굴을 쏙 내밀고 하람을 보았다.

"여기 오신 거 저 때문이 아니라 그분 때문이죠?"

제법 계집다운 새침한 말투였다. 이것은 훈련이 따로 필요한 게 아니었다. 여자라면 마음에 드는 사내 앞에서 본능처럼 나오는 교태의 종류였다. 물론 개떼들이 있었다면 구박이 한 바가지였을 테지만. 이에 당황한 건 하람이었다.

"아니, 그건 아니고, 그러니까 낭자가 주목적이고 그분은 지나는 길에 겸사겸사……."

"당황하시는 거 보니까 진짜였나 봐. 와! 속을 뻔했어. 괜히 웃었잖아요."

"아니라니까 그러네. 마, 만수야."

"어머! 여기서 만수 도령은 왜 찾습니까?"

홍천기가 하람 뒤쪽으로 고개를 젖히고 만수에게 말했다.

"만수 도령! 내 말이 맞죠? 내가 속은 거죠?"

"만수야. 내 말이 맞지?"

만수가 두 사람을 번갈아 보다가 홍천기를 향해 고개를 끄덕였다. 그러고는 장난스럽게 웃었다. 홍천기가 눈을 가늘게 뜨고 하람을 째려보았다. 하람은 보지 않고도 돌아가는 상황을 눈치챘다.

"마, 만수야. 갑자기 웬 장난이냐? 이러면 내가 곤란하지 않느냐."

만수가 키득거리며 대꾸했다.

"전 아무 말도 안 했습니다."

"이야, 이런 식으로 여자 마음 가지고 노시는구나. 좋았다가 말았네. 그분 잘 아는데, 아무 말도 안 해야지."

하람이 급하게 홍천기의 어깨를 더듬어 잡았다. 손에 힘이 들어가 있었다.

"장난치지 말고 말해 주시오. 어디로 가면 만날 수 있소?"

잡은 손에서 절박함이 느껴졌다. 그래서 홍천기도 진지해졌다.

"저도 그건 모릅니다. 언제나 나와 계시는 건 아니세요. 우리 어머니 말씀으로는 예전부터 어쩌다 한 번씩 나오시는 거래요. 저는 최근에 자주 뵈었고."

"어떤 분이시오?"

"구걸도 도도하게 하시는 분. 재미있고, 알아듣지 못할 말씀도 많이 하시고. 그런데 이상하게도 신비로운 분이십니다. 혹시 귀공도 무당이라고 생각하고 찾아오신 겁니까? 아니래요. 저도 그렇게 물어봤다가 한 대 맞았어요."

"알아듣지 못할 말씀이라는 게 어떤 거요?"

"글쎄요, 워낙 중구난방으로 말씀하셔서 기억하기가 어려워요. 우선, 치매기가 있는지 아버지와 저를 구분 못 하십니다. 핑계도 재미있으세요. 인간들은 구분하기 힘든데, 같은 핏줄은 더 어렵다고요. 개미 떼를 가리키면서 저더러 구분이 가느냐며, 본인 눈에는 인간도 그렇다고 하셨어요. 재미있는 분이시죠?"

호령과 같은 말이다. 역시 그 노파는 호령과 비슷한 존재였다. 둘 다 말이 안 통하지만, 호령보다는 인간 세계에 대한 이해도가 좀 더 높은 것 같았다. 하람은 계속 말하기를 종용했고, 홍천기는 처음 그 노파를 만났을 때부터 최근 만남까지 최대한 상세하게 말해 주었다. 이해하기 어려워서 제대로 기억하지 못한 말도 조각조각 찾아냈다.

"그분이 그림을 달라고 하셨소?"

"네. 좋아하시나 봐요. 우리 아버지 그림도 마음에 들어 하시고. 그래서 그 할머니가 고맙고, 좋고, 그래요."

"아무래도 그분도 낭자를 마음에 들어 하시는 것 같소."

"하긴 제가 어르신들이 며느리로 삼고 싶은 외모이긴 하지요."

"그런 뜻이 아니오."

"농담인데 정색할 건 뭐 있습니까? 민망하게."

"아! 농담이었소? 미안하오. 지금 머리가 복잡해서 농담임을 인식하지 못했소. 농담은 이따가 하고 지금은 나와 진지하게 얘기 좀……."

하람이 주변의 귀를 신경 쓰는 듯했다. 홍천기가 아버지를 살핀 뒤에 말했다.

"아버지는 그림에 집중한 상태라 우리 말을 듣지 못하십니다."

하람이 만수에게 말했다.

"만수야, 조금 떨어져 있겠느냐?"

만수는 심심하던 차였기에 벌떡 일어났다. 마침 서화사에서 돌아오는 돌이를 향해 뛰어가 목에 매달렸다. 그러고는 돌이와 속닥거리다가 주변을 맴돌면서 시장 구경을 하였다.

"말씀하셔도 될 것 같습니다."

하람이 손을 입가에 붙이고 홍천기 쪽으로 고개를 숙였다. 홍천기는 의미를 알아듣고 입술에 귀를 바짝 붙였다.

"낭자하고만 공유하고 싶은 비밀이 있소."

처음에는 눈만 깜박거리던 홍천기가 진지함을 알아차리고 그의 귀에 속삭였다.

"그런 설레는 기회를 주신다면 감사히 받겠습니다."

"나를 미친 사람 취급하지 않았으면 하오."

"귀공은 그 어떤 말을 해도 미쳐 보이지 않습니다."

하람이 더욱 조심스럽게 속삭였다.

"그 여인, 아니, 노파, 인간이 아닌 것 같소."

홍천기가 떨어져서 멀뚱히 있다가 하람의 이마를 짚었다.

"많이 아프신 겁니까?"

"미친 사람 취급하지 않기로 하고선."

"미친 사람 취급 안 했습니다. 아픈 사람 취급했지."

하람이 제 이마를 짚고 있던 홍천기의 손을 잡았다.

"내 눈에 그분이 보이오."

홍천기는 자신의 손을 잡은 그의 손에 신경이 팔려 말을 놓치고 말았다.

"네? 방금 뭐라고……."

"믿지 못하겠지만 그렇소."

"뭐가 그렇다는 겁니까? 다시 말씀해 주세요."

하람이 소리를 조금 높여서 속삭였다.

"그 노파가 내 눈에 보이오."

평소보다 더 진지한 하람의 표정을 살피면서 겨우 되물었다.

"노, 노, 농담하시는 거지요?"

"나는 농담은 잘 하지 않소."

당황한 홍천기가 제 머리를 양손으로 잡았다.

"귀, 귀, 귀신……일 리는 없는데. 낮에 양지바른 곳에 앉아 계시는 것도 봤고……."

"인간이나 귀鬼는 아니라고 하셨소."

"마魔도 아니라고 하셨습니다. 나는 나다라고만 하셨는데, 대체 그분 정체가 뭔가요?"

"나도 궁금해서 낭자에게 비밀을 털어놓고 도움을 받으려는 거요."

"아! 우리 어머니가 하신 말씀이 있어요. 어머니가 아주 어렸을 때부터 같은 모습으로 나와 계셨다고요. 늙은 모습이요. 작은 거 뭐라도 드리면 꼭 좋은 일이 일어난다고. 우리 어머니가 착각하신 게 아니었단 건가요?"

"그러신 것 같소. 그런데 낭자도 만수도 노파로 보인다는데, 나에게는 젊고 아름다운 여인으로 보였소. 신기하게도."

홍천기의 얼굴이 굳었다. 그러고는 제 머리를 쥐고 심각하게 고민했다. 오랫동안 끙끙 앓던 그녀가 고개를 빳빳하게 들고 단호한 어조로 말했다.

"마魔! 마魔가 분명합니다. 마魔라서 거짓말을 한 겁니다!"

"그런 결론을 내린 이유라도 있소?"

"젊고 아름다운 여인으로 보였다면서요? 인간을 현혹하는 건 마魔의 짓입니다."

하람도 고민에 빠졌다. 홍천기의 말이 어느 정도는 타당성이 있다고 생각했기 때문이다. 하지만 이 생각은 곧 무너졌다.

"정말로 아름답습디까? 칫! 대체 어떻게 생기면 귀공 눈에 아름답게 보이는 겁니까? 칫!"

마魔라고 내린 결론은 홍천기의 사심이 반영된 것이었다.

"지금 그게 중요한 게 아닌데……."

"전 지금 그게 제일 중요합니다. 저 너무 충격받아서 아무 생각도 할 수가 없다고요. 아름다움이라는 건 지극히 사적인 감정입니다. 객관적인 아름다움이라고 하기에는 귀공의 시각은 세속의 규율에 길들여 있지 않을 터이고. 그런데 아름답다고 느꼈다? 이건 정말 저한테는 청천벽력과도 같은 말이라고요."

"나도 그 부분을 이상하다고 생각하오. 하지만 젊고 아름답다고 느낀 건 부인할 수가 없소. 그리고 다른 말로 표현할 수도 없고. 거짓말을 할 수는 없지 않소."

"자세하게 말씀해 보십시오. 제가 그림으로 그려 볼 테니까. 진짜 아름다운지 제가 판단해 드리겠습니다. 객관적으로!"

"객관적인 판단이 안 나올 것 같은데······."

"저는 그림 그리는 화공입니다. 말씀해 주시는 대로 객관적으로 그릴 수 있습니다."

"낭자가 말하는 대로 그린다고 해도 옳게 그렸는지 내가 확인할 길이 없소."

"그, 그렇지요."

풀이 죽은 홍천기가 잔뜩 웅크린 채로 곱게 접은 자신의 두 무릎을 끌어안았다. 그러곤 힘없이 말했다.

"그러니까 그 아름다운 여인을 만나기 위해 여기까지 오셨다는 거지요? 저를 만나기 위한 게 아니라······."

아니라고 할 수가 없었다. 홍천기가 보고 싶어서 온 건 사실이었다. 하지만 아름다운 그 여인을 한 번 더 보고 싶었던 것도 사실이었다. 노파의 존재가 궁금해서 찾아온 것도 사실이었다. 오늘 여기까지 온 목적은 이 모든 것이 뭉뚱그려져 있었다. 아름다운 여인을 한 번 더 보고 싶었던 건 다른 문제지만, 노파를 찾아온 이유의 배경에는 홍천기가 있었다. 어서 눈을 떠서 홍천기의 얼굴을 보고 싶은 조급함이었다.

"다 됐습니다."

아버지가 어색한 공기를 갈라 주었다. 홍천기가 완성되었다는 초상화를 쳐다보았다. 대체 무슨 그림인지 알 수가 없는 낙서였다.

"마음에 드십니까, 손님?"

홍천기가 술에 어그러진 아버지의 눈을 보았다. 칭송을 갈구하는 눈빛을 보았다.

"정말 훌륭한 초상화입니다. 마치…… 실물을 보듯 생생합니다."

겨우겨우 말을 끝낸 홍천기가 고개를 숙이고 하람의 팔을 잡았다. 거짓말을 해서 미안하다는 감정이 전달되었다. 하람이 웃으면서 진심으로 말했다.

"고맙습니다. 표구해서 잘 간직하겠습니다. 훌륭한 그림을 주셔서 감사합니다."

돌이가 달려와서 사 온 그림 도구를 건네주고 바로 멀어졌다. 여러 종류의 그림 도구들은 아버지의 손으로 건너갔다.

"뭘 이런 걸 다. 제 변변찮은 솜씨에 비해 과합니다."

"오히려 그림값이 약소합니다."

아버지는 기분 좋게 그림 도구들을 챙겨서 보자기에 쌌다. 그러고는 인사를 한 뒤에 집을 향해 걸어갔다. 홍천기가 아버지의 초라한 뒷모습을 보면서 말했다.

"우리 아버지 어깨가 으쓱해지셨네. 엄마한테 가서 자랑하시겠다. 귀공 덕분에 오늘 우리 아버지 모처럼 기분 좋게 귀가하십니다. 평소보다 일찍 파장하시고. 고맙습니다. 정말 고맙습니다."

그러고는 결국 장옷 속에서 눈물을 흘리고야 말았다. 엉망 진창인 그림이 그녀의 눈에서 더 많은 눈물을 끌어내었다.

"정말 그냥 가실 겁니까? 화단 앞까지 오셔서 빈 입으로 가시면 제 마음이 좋지 않습니다."

조금이라도 더 같이 있고 싶어 자꾸 핑계를 만들어 붙였다. 이미 해는 떨어져 어두워지는데, 마음의 해는 중천에 있었다. 하람의 심정도 같았지만, 홍천기를 몸 안에 있는 마魔로부터 지키고픈 마음 덕에 이성을 잡을 수 있었다. 밤에는 법궁의 터주신 곁에 있어야 홍천기가 안전했다. 현재까지의 추측으로는 그랬다.

"조금만 더 지체하다간 시간 내에 입궐할 수가 없소. 동방 청룡이 모습을 드러내는 날이라 궁궐을 비워선 안 되오."

"바, 방금 말씀 진짜입니까?"

"응? 그, 그럼, 진짜지."

"우와! 귀공 눈에 정말 처, 청룡도 보이십니까? 궁궐 안에 용이 살고 있는 것도 놀라운데 보이기까지 하다니, 우와!"

"하늘의 별자리를 말하는 거요."

두 사람 가운데를 민망한 침묵이 훑고 지나갔다. 흥분했던 홍천기의 목소리가 급격히 잦아들었다.

"아……, 그렇군요. 에고, 부끄럽다."

"순간, 궁궐에 청룡이 살고 있다고 말하고 싶은 걸 참았소.

어떻게 그런 귀여운 상상을 할 수 있소?"

"이런 말도 안 되는 상상을 한 건 순전히 귀공 탓입니다. 생각해 보십시오. 저잣거리의 할머니를 아름다운 여인으로 보시지를 않나, 예언으로 마을 사람들을 구해 주시지를 않나."

"예언이라니? 그건 또 무슨 말이오?"

"인왕산 근처 마을이요. 그 마을 사람들은 귀공을 산신령으로 알아요. 산에 고립될 걸 미리 알고 먹을 걸 줬다고요. 그건 정말 대단한 능력이십니다. 미래를 볼 수 있다니."

"미래를 볼 수 있는 능력이 있으면 얼마나 좋겠소만, 애석하게도 아니오."

"그럼 그 마을 일은 어떻게 된 겁니까?"

"예측을 했을 뿐이오. 북쪽으로부터 염병이 하강하고 있다는 보고는 일찍이 있었고, 일기가 따뜻하여 예상보다 일찍 한양에 도달할 거라고 생각했소. 나는 그저 평범한 인간일 뿐이오. 아무 능력 없는."

"다행이다, 아무 능력 없는 평범한 인간이라서. 정말 설레는 말이 아닐 수 없습니다."

"별자리를 조금은 읽을 줄 아오. 보이지는 않아도."

"어떻게요?"

"궁궐 안에 천상열차분야지도天象列次分野之圖가 있는데 돌에 새겨져 있소."

밤하늘에 있는 수많은 별을 하나하나 조각해 놓은 비석이었다. 이 돌을 손끝으로 더듬어 읽고, 또 읽어 가면서 빼곡하게 새겨진 모든 별의 위치를 외웠다. 그러고 나서 각각의 별의 예언도 외웠다. 밤하늘의 모든 별이 맹인의 머리에 고스란히 들어와 있는 것이다.

"아! 기해년생이라고 했소?"

"네. 봐 주시려고요?"

"음……, 북두칠성의 두 번째 별인 거문성의 기운을 받고 태어났소. 나는 갑오년생이라 일곱 번째 별인 파군성의 기운을 받았고. 각기 땅과 쇠의 기운이 강하기에 합이 잘 맞소."

"그게 전부입니까? 더 없습니까?"

"하필 일관을 겸하고 있어서 더 이상은 발설할 수가 없소. 하늘의 기밀이오."

"에이, 더 없어서 핑계 대시는 것 같은데?"

하람이 큰 소리로 웃었다. 홍천기가 방글거리다가 샐쭉해져서 말했다.

"왜 그렇게 웃으십니까? 제 얼굴에 이상한 기라도 묻었습니까?"

"난 안 보인다니까. 하하하. 귀여워서 웃소."

"귀로 듣는 것만으로 이렇게 귀여운데, 눈으로 보면 훨씬 귀여울걸요? 보셨다는 그 여인보다 제가 더 아름다울 겁니다."

"자꾸 사기 칠 거요?"

"사기라도 쳐야지요. 지금 제가 얼마나 불리한 상황인지 아십니까? 사기가 아니라 사기 할아비라도 쳐야 할 판이구면."

"내가 눈을 뜨게 되면 뒷감당을 어떻게 하려고 그러나. 하하하.”

“그러면 뒤도 돌아보지 않고 도망치든가, 장옷으로 악착같이 얼굴을 가리고 있든가 해야지요. 하하. 호호호.”

“낭자는 다른 여인들과 많이 다른 것 같소.”

“오호! 많은 여인들을 알고 계신가 봐요?”

빈정거리듯 차가운 말투였다. 하람의 웃음이 뚝 그쳤다.

“아니, 그게 아니라…….”

“한번 들어봅시다. 귀공이 알고 계신 많은 여인들과 제가 뭐가 어떻게 다른지.”

홍천기가 단호하게 말하고 입을 닫았다. 장난인 것 같은데, 장난이 아닌 것도 같았다. 평소 사람들과의 대화에서 상대의 표정이 보이지 않아서 당황한 적은 별로 없었다. 하지만 홍천기 앞에서는 감을 잡지 못하고 갈팡질팡하기 일쑤였다. 이번에도 하람이 불리한 상황이었다.

“마, 많이 알고 있지 않소. 내가 예를 든 건 일반적이고도 보편적인, 귀로 들어 평면적으로 알고 있는 여인들의 표본이라고나 할까, 그런 거요.”

“그러니까 그 일반적이고, 보편적이고, 평면적인 여인의 표본이 저와 어떻게 다르다는 건가요?”

“음……, 이, 이만 바빠서. 다음에 보오.”

몸을 돌리고 내빼려는 하람에게 홍천기가 가차 없이 말했다.

“도망가시면 두 번 다시 안 볼 겁니다.”

하람이 다시 홍천기를 보고 섰다. 두 번 다시 안 본다는 말이 이렇게 무서운 적은 처음이었다.

"지금 이런 게 다르오."

"그 말씀인즉슨, 제가 얌전하지도 않고, 조신하지도 않고, 사내 앞에서 왈왈거린다, 이 뜻이시지요?"

"천만에! 그런 뜻은 아니오. 뭐, 조금은 비슷하지만."

"네?"

"낭자의 방금 말은 안 좋은 쪽이지만 내 말은 좋은 의미였소. 맹세하오."

"제 주변에 남자가 많다 보니 낯가림이 없어서 그렇지, 저 엄청 조신합니다. 남자 멱살은 잡아 봤어도, 손은 안 잡아 봤거든요."

말하면서 하람의 손을 슬쩍 훔쳐보았다.

"멱살……. 하하하. 낭자 손에 잡힌 멱살은 누구 거였소?"

"순서를 매기자면 개놈, 아니, 최 회사가 단연 앞섭니다. 오늘도 멱살 여러 번 잡을 걸 참았습니다. 제가 조신했기에 망징이지."

이번에는 아예 지팡이 위에 올려 둔 손에서 눈을 떼지 않았다.

"지, 지팡이가 참 예쁩니다. 색깔도 그렇고."

지팡이를 잡는 척하면서 은근슬쩍 하람의 손 위에 자신의 손을 올렸다. 순간, 하람의 눈동자가 흑갈색으로 변했다가 다시 붉은색으로 돌아왔다. 두통도 왔다 갔기에 하람의 미간이 일그러졌다가 펴졌다. 그의 손을 보고 있던 홍천기는 스쳐 지나간 변화를 알아차리지 못했다.

"손을 잡고 싶으면 그렇다고 말을 하지 그랬소. 하하하."

"어머! 들켰다. 발뺌은 안 할게요. 어차피 이전에도 만져 본 손이라. 호호호."

하람이 그녀의 손끝을 잡아 올렸다가 손바닥과 손바닥을 마주하여 잡았다. 홍천기의 얼굴이 새빨갛게 달아올랐다.

"만지는 것과 잡는 건 다르오. 멱살은 다른 사내 걸 잡고, 손은 내 걸로 잡으시오."

"아, 저, 그, 그, 그럼요. 아무렴요. 당연히 그렇게 해야지요."

순간, 하람의 눈동자가 다시 흑갈색으로 변했다가 붉은색으로 돌아갔다. 두통도 함께였다. 이에 하람이 얼른 손을 놓았다. 홍천기는 아쉬운 마음으로 고개를 들어 비로소 하람의 눈을 바라보았다. 하람의 눈웃음을 보았다. 그리고 그의 작은 웃음소리에 귀를 기울였다.

약간의 거리를 두고 떨어져서 서 있던 만수와 돌이가 속닥거렸다.

"돌이야, 웃음소리 들었어?"

"네, 들었습니다. 하하하."

"그거 시일마님 웃음소리 맞지? 소리 내어 웃으시는 게 시일마님 맞지?"

"네, 신기합니다. 듣고도 믿기지 않네요. 하하하."

"난 시일마님 웃음소리를 우리 돌이가 다 가져간 줄 알았어."

"하하하. 웃음소리도 그렇지만, 한 번씩 농담하시는 게 전 더 신기합니다."

"나도 나도! 이런 분위기 너무 좋아. 쭉 이랬으면 좋겠어. 쭉……."

하람은 만수와 돌이가 주고받는 말을 전혀 듣지 못했다. 평소 같으면 충분히 듣고도 남았을 테지만, 앞의 홍천기의 웃음소리에 온통 귀를 빼앗긴 탓이었다. 하람이 떨어지지 않는 다리를 달래며 말했다.

"그럼 부탁한 거, 한 번 더 부탁하오."

그의 다리를 조금이라도 더 잡아 두기 위해 홍천기는 아까했던 말을 또 되풀이했다.

"약속이 가능할까요?"

"낭자의 말에 따르면 그 아름다운 여인은 동지를 알고 있소. 동지를 안다는 건 절기를 안다는 것이고, 이는 곧 인간의 시간을 알고 있다는 뜻이오. 시간을 아는 한 약속은 가능할 거요. 만약에 만나게 되면 가장 가까운 절기로 약속을 잡아 주시오. 그 여인에게 드릴 그림값은 내가 따로 보내겠소. 그리고 나도 수시로 그곳에 나가 보리다."

"차라리 매일매일 그 저잣거리에서 만나면 안 될까요? 귀공과 저……. 헤헤. 바쁘시면 어쩔 수 없고요."

하람이 손을 뻗어 홍천기의 머리 위에 올렸다. 그러고는 천천히 아래로 내려와 얼굴 위에 닿을 듯 말 듯 올렸다. 어쩌면 이 얼굴을 볼 수 있을지 모른다. 호령과 노파가 가능성을 열어 줄지도 모른다. 몸 안에 있는 마魔를 쫓아내면 이 얼굴을 볼 수 있을 것이다. 지금과 같은 웃는 얼굴을 볼 수 있을 것이다. 그리고 이 웃는 얼굴을 지켜 줄 수 있을 것이다.

"매일은 나올 수 없어서 부탁하는 거요."

"네……."

손바닥에서 시무룩해진 홍천기의 표정이 느껴졌다. 하람이 겨우 손을 떼고 뒤돌아 걸음을 옮겼다. 눈이 없어도, 뒤를 돌아보지 않아도 홍천기가 자신을 보고 있는 걸 알 수 있었다. 그래서 걸음을 멈춰 뒤돌아 손을 흔들어 주었다. 홍천기의 명랑한 목소리가 들렸다.

"조심해서 가세요! 꼭 또 봐야 합니다!"

하람이 손을 흔들어 대답했다.

"조만간 또 보러 오겠소. 꼭!"

궁궐로 돌아가는 걸음이 무겁지 않아서 다행이었다. 웃음소리를 듣고 헤어졌기 때문에 마음이 놓였다. 아까 울 때는 가슴이 철렁했다. 위로도, 무엇도 해 줄 수 없는 자신의 처지에 화가 나기도 하였다. 하지만 하람은 아무 말 없이 옆에 함께 있어 준 것만으로도 위로가 되었음을 알지 못했다. 옆에 있어 주었기에 비로소 눈물을 흘릴 수 있었음도 알지 못했다. 그의 숨소리에 묻어 나왔던 진심 어린 안타까움이 홍천기의 눈물을 그치지 못하게 하였음도 알지 못했다.

밤이 깊었다. 하지만 인경이 울리기까지 아직 시간이 남았다. 그런데 서둘러 걷던 하람의 걸음이 차츰 느려졌다가, 경복궁을 지척에 두고 결국 멈춰졌다. 자의에 의한 것이 아니었다.

다리가 꼼짝달싹도 하지 않았다. 섣달그믐, 홍천기가 집에 문배를 놓고 간 그날과 똑같은 상황이 벌어진 것이다. 몸 안에 있는 무언가가 경복궁으로 들어가는 걸 거부하고 있는 듯했다. 더 정확하게는 호령의 영역으로 들어가는 걸 거부하는 것일 터이다. 극심한 두통이 찾아왔다. 지팡이가 땅으로 쓰러져 뒹굴었다. 그 순간, 붉은색 눈동자가 사라지고 흑갈색의 눈동자가 나타났다.

뒤따라가던 돌이가 어리둥절하며 걸음을 멈췄다. 앞서가던 만수도 하람이 멈춘 걸 알아차리고 뒤돌아보았다. 하지만 곧 공포에 질린 채로 뒷걸음질을 하였다. 하람이 달라지고 있음을 느낀 것이다. 눈동자가 붉은색으로 잠시 돌아왔다.

"마, 만수야, 도망쳐! 돌이도 도망……."

미처 다 외치기도 전에 눈동자는 다시 흑갈색으로 돌아갔다. 하람은 자신의 의식이 끊어지고 있음을 알아차리고 공포에 휩싸였다. 그 공포 속에서 비명과도 같은 소리를 질렀다. 입 밖으로 나가지 않는 외침이었다. 머릿속에서만 맴도는 소리였다. 그것은 한 사람의 이름이었다. 이 이름 외에는 어떤 것도 떠오르지 않았다. 하람은 사라져 가는 의식 속에서도 절박하게 홍천기를 불렀다.

만수는 한번 경험한 적이 있어서 바로 뒷걸음질을 했지만, 돌이는 그렇지가 않았다. 무슨 일이 벌어지고 있는지 감을 잡을 수 없었던 것이다. 그래서 하람 옆으로 가서 어깨를 잡았다.

"주인마님, 괜찮……."

어깨가 차가웠다. 사람의 체온이라고 할 수 없는 온도였다. 하람의 고개가 돌이에게로 돌아왔다. 돌이는 바로 눈앞에서 하람의 눈동자를 보게 되었다. 붉은색이 사라지고, 평범한 인간의 색과 다르지 않은 눈동자! 하지만 형용할 수 없을 정도로 공포감이 느껴지는 모습이었다.

"컥!"

하람의 손이 돌이의 목을 움켜쥐었다. 한 손으로만 쥐었을 뿐인데도 뿌리칠 수가 없었다. 만수의 비명 소리가 들렸다. 발버둥을 치던 돌이의 몸이 서서히 위로 올라가 발이 땅에서 떨어졌다. 목을 쥔 한 손으로 돌이를 들어 올린 것이다. 이윽고 몸이 공중으로 날아가 벽에 부딪혔다가 땅으로 떨어져 내렸다. 돌이가 부딪혔던 벽에 핏자국이 남았다. 그리고 쓰러진 땅에서도 피가 흘러나왔다. 만수가 공포에 질린 채로 돌이에게로 달려가 끌어안았다. 하지만 돌이의 몸은 의식을 잃고 힘없이 축 처진 상태였다.

하람이 경복궁에서 멀어지기 위해 몸을 돌렸다. 하지만 몇 발짝 걷지 못하고 땅에 털썩 주저앉았다. 순간 붉은색 눈동자가 돌아왔다. 아울러 하람의 의식도 돌아왔다.

"하가야!"

호령의 목소리였다. 하람이 소리가 들린 방향으로 고개를 돌렸다. 경복궁이 있는 방향이었다. 그곳에서 붉은색 기운을 뚫고 걱정스럽게 쳐다보는 호령이 보였다.

'호령…… . 내가 불렀나?'

"홍천기를 불렀어. 그래서 네가 부르는 거라고 바로 알아차렸어. 안 늦어서 다행이야. 조금만 늦었으면, 네 몸까지 완전히 도둑맞았을 거야."

'내 몸까지?'

"하가야, 이곳으로 와. 빨리."

일어설 수가 없었다. 근처에 사람의 기척은 있는데, 상황 파악을 할 수가 없었다. 그래서 소리 내어 말해 보았다.

"나를 경복궁으로 데리고 가 다오. 누구든……."

하람이 보는 방향에는 호령이 있었다. 하지만 인간의 세상에서 하람이 보는 방향에는 이용이 있었다. 그가 말에 탄 채로 하람을 보고 있었던 것이다.

4

| 세종 20년(무오년, 1438년) 음력 2월 4일 |

최경의 목에서 삼켜진 고함이 여러 차례였다. 마치 혼이 나
간 것처럼 멍한 채로 글자 문양을 되풀이해서 그리고 있는 홍
천기 때문이었다. 다른 때 같으면 분명 소리 질렀을 것이다. 그
런데 정신을 집중하고 그릴 때보다 문양의 간격은 더 딱딱 맞
았다. 게다가 속도도 빨랐다. 그래서 몇 번이나 고함지를 시점
을 놓치고 만 것이다.

"개둥아, 쟤 간밤에 무슨 일이 있었던 거냐? 들은 말 없어?"

"나도 궁금해서 미치겠다."

최경이 참지 못하고 큰 소리로 불렀다.

"야! 개충아!"

하지만 묻기도 전에 홍천기가 뜬금없는 대화를 먼저 꺼냈다.

"우리 별명 바꿀래? 호를 지어 부른다든지. 언제까지 코찔찔이 시절에 멱살 잡고 부르던 별명을 부를 거야? 난 고상하게 불리고 싶다."

"네가 개놈이라고 안 부르면 고려해 보마."

"넌 개놈 외에는 없는데."

"너도 개충이 말고는 없어! 말을 꺼내지를 말든가."

홍천기가 다시 멍해진 눈으로 의식 없는 붓만 움직였다.

"너 연적이라도 나타난 거냐? 왜 그러…….."

"연적? 연적? 하! 연적 좋아하네. 그건 어림도 없는 말이라고!"

하늘을 향해 홀로 외친 분노였다. 홍천기의 이상 조짐에 최경과 차영욱이 동시에 한숨을 쉬었다. 그러곤 수군거렸다.

"애정 문제였군. 염병! 저것도 꼴에 계집이라고 할 건 다 한다."

"쯧쯧쯧. 저 성격에 사랑 놀음이라니."

홍천기가 갑자기 기운을 잃고 책상에 엎어졌다. 그러고는 두 사람은 알아듣지 못할 중얼거림을 하였다.

"이럴 수가 없어. 연적이 할머니라니. 내가 할머니, 그것도 꼬부랑 할머니한테 질투를 하다니, 으헝!"

홍천기는 두 주먹을 불끈 쥐고 고개를 들었다가 다시 힘없이 스르르 무너졌다.

"대체 어떻게 생긴 거지? 확인할 수가 없으니까 더 미치겠어. 확인할 방법이 없어, 방법이."

"진짜 방법이 없는 건 너다! 이 개충아!"

결국 최경의 고함이 터졌다. 그것도 홍천기의 귓가에서였다. 깜짝 놀란 홍천기가 양손으로 귀를 틀어막고 고개를 들었다.

"개놈아, 내 귀 멀게 하려고 작정한 거지?"

"개충이 넌 내 분통 터트려서 죽이려고 도화원 들어온 거지?"

"내 행동을 결정하는 데 넌 전혀 고려 대상이 아니야."

"괘씸한 말투 봐라."

"고려 대상이 아닙니다, 최 회사마님. 그러니 염려 놓으십시오. 죽여도 분통 터트려서 죽이지는 않을 겁니다. 피 말려서 죽였으면 죽였지."

최경의 주먹에 핏줄이 불끈 솟았다.

"개둥아, 내가 개충이 죽이려고 하면 절대 말리지 마라."

"응. 안 말리마. 꼭 도전해 봐라."

"하라는 거 다 했는데 왜 그래? 아니, 왜 그러십니까?"

"혹시 그 남자가 너 놔두고 바람났냐?"

갑자기 홍천기가 울먹거리는 표정을 하였다.

"개놈아. 개둥아."

최경과 차영욱이 동시에 움찔했다.

"뜸 들이지 말고 빨리 말해!"

"주변 사람들이 다 아니라고 하는데도……."

최경이 의자를 당겨 앉으면서 되물었다.

"뭐가 아니라는 거야?"

"음……, 외모? 그런데 자기 눈에는 엄청 아름답게 보이는 거야. 그럼 마음이 가겠지?"

"당연하지. 보고, 보여 주는 것이 전부인 게 인간인데. 그게 몸에 배어 있잖아. 사내들은 단순해서 특히 더 그렇고."

"그, 그렇구나. 그렇게 전개되는 거였구나. 이상하게 술술 잘 풀린다고 했어."

기운 없이 고개를 숙이고 중얼거리던 홍천기가 다시 고개를 번쩍 들었다.

"그래도 예외라는 게 있잖아?"

"반대 상황 예시로 내가 있잖아. 남들이 다 예쁘다고 해도 내 눈에는 안 예뻐. 그럼 마음이 가지 않아. 내 눈에 네가 예쁘게 보였어 봐라, 내가 널 가만 뒀겠냐? 남들이 뭐라 하건 내 눈에 안 예쁘면 마음이 안 가. 반대로 내 눈에 예쁘면 마음이 갈 수밖에 없고. 물론 팔랑귀에 줏대 없는 놈은 제외지만."

"세상에는 줏대 없는 놈들이 대부분인데."

"사람 나름이지. 네가 말하는 사내는 줏대 없냐?"

"이럴 때는 줏대가 없었으면 좋겠어."

최경이 홍천기가 그려 놓은 문양들을 들고 한 장씩 넘겨 가면서 살폈다. 자를 대고 반듯반듯하게 그려야 하는 문자 문양인데, 평소 제정신일 때보다 훨씬 나았다.

"이건 뭐, 평생 이 상태로 지내라고 할 수도 없고. 기본이 워낙 탄탄하니까."

"최 회사마님, 방금 저를 칭찬하셨습니까?"

"방금 내가 뭐랬는데? 아무 말도 안 했다."

"에이, 들었는데……."

차영욱이 기지개를 켜면서 물었다.

"오늘 진도는 다 끝난 거야? 집에 가도 돼?"

"응, 가도 되겠다. 나도 이제 내 일 해야지."

"나도 가야겠다. 청문화단에 일이 쌓였어."

홍천기가 책상 위를 정리하면서 말했다.

"도와줄까? 붓 씻는 거라도?"

"그런 건 생도들이 해."

"우리도 생도잖아."

"엄밀히 말하면 너희 둘은 외부에서 모셔 온 인사. 그래서 내가 개충이를 마음껏 못 팬다. 진짜 생도들은 수시로 벌 받는데."

차영욱이 제 품에서 종이 쪼가리를 한 장 꺼냈다.

"우리 아기 볼래?"

홍천기가 먼저 다가가서 보았다. 차영욱은 5일에 한 번꼴로 아이 얼굴을 매번 새로 그려서 품에 가지고 다녔다.

"우와! 그새 많이 큰 것 같아."

"이건 어제 얼굴이야. 엄청 귀엽지?"

최경이 힐끔 쳐다보고 퉁명스럽게 말했다.

"팔불출. 내가 네 딸 얼굴 아는데, 안 이렇다."

"오히려 못나게 그린 거야. 이것보다 훨씬 예쁜데, 내 손이 안 따라가져서."

"쯧쯧. 미안하지만, 그 반대다. 부모는 자식 초상화는 그리면 안 돼. 이렇게 완전 딴판으로 그리거든. 내가 지금껏 화공들이 제 자식 그린 것 중에 똑같은 건 본 적이 없다."

최경의 말에 홍천기도 웃으면서 거들었다.

"맞아. 원래가 가장 미화가 심한 게 자식 초상화라잖아. 부모 눈에 자식은 예쁘게 보일 수밖에 없으니까. 객관성이라는 게 있을 수가 없지."

"어, 어? 개충이 너까지!"

최경이 웃으면서 말을 덧붙였다.

"화공도 인간이다. 신이 아닌 이상, 감정을 배제할 수 없고, 그 감정은 고스란히 그림으로 반영돼. 세상에서 인간이 그린 그림 중에 객관적인 건 없어. 따라서 실물과 똑같은 것도 존재할 수가 없다. 개둥아, 인정해라."

차영욱이 두 사람을 번갈아 보면서 말했다.

"개충, 개놈! 둘이 사이 나쁜 거 아니었냐? 편먹지 마라. 너희가 편먹는 건 하늘 무너질 징조니까."

"개놈아. 우리 힘을 합쳐서 하늘 한번 무너뜨려 봐?"

"부모 형제를 위해서 참을 거다. 그래도 그림은 귀엽다. 그림만."

"끝까지 애가 귀엽단 말은 안 하는구나?"

"아냐, 애기도 귀여워. 개놈이 부러우니까 심술 나서 그래."

차영욱이 최경을 장난스럽게 노려보았다. 홍천기가 갑자기 생각난 듯 말했다.

"아! 나 개놈 너한테 초상화 다시 배울까 봐."

"누구 맘대로. 싫다. 내 밥벌이를 왜 너한테 넘기냐?"

"개둥아. 이 자식 패고 싶은데 힘 좀 보태 줘."

"미안. 난 요즘 개놈보다 널 더 패고 싶어서 말이야."

"사내자식들끼리 편먹는 거 봐라. 비겁하게."

"비겁이란 말은 거기다가 갖다 댈 게 아니다."

"그럼 초상화 한 장만 그려 줘."

"네 얼굴? 매일 보는 것만도 지겨운데 그리기까지 하라고? 저번에 그려 준 건 어쩌고?"

"나 말고, 하 시일 얼굴. 개둥이처럼 가지고 다니면서 보게."

최경과 차영욱의 얼굴이 더 이상이 없을 만큼 잔뜩 찌그러졌다.

"지랄을 한다."

"와! 나 방금 소름 돋았어. 이 말이 개충이 입에서 나왔다는 게 놀랍다."

홍천기가 최경 앞에 두 손을 모으고 졸랐다.

"그려 줘, 응? 부탁할게."

"네가 그려! 네 솜씨 뒀다 뭐 하게?"

"안 그려져."

"뭐?"

"그 사람 얼굴을 그릴 수가 없어. 여러 번 시도했는데 붓 자체가 내려가지가 않아."

"아이고, 가지가지 한다. 사랑에 눈멀면 다른 인간들도 애처럼 이러나?"

최경의 물음에 차영욱이 고개를 끄덕이면서 대답했다.

"대체로 정상을 벗어난 행동을 많이 하게 되지. 근데 개충이는 좀 심각한데……."

"나 지금 농담하는 거 아니야."

홍천기의 표정은 더없이 진지하고, 또한 심각했다. 그간 백지 앞에서 수없이 무릎을 꿇었던 고통이 얼굴에 드러났다. 홍천기를 잘 아는 두 사람이었다. 그녀의 지금 표정은 고통 속에 있는 환쟁이의 얼굴이었다. 최경과 차영욱도 같이 심각해졌다.

"경아, 부탁해. 네가 그리는 것 보면 붓이 움직여질지도 몰라."

차영욱이 최경의 어깨를 툭 치면서 말했다.

"경아, 그려 줘라. 솔직히 나도 어떻게 생긴 놈인지 궁금했는데. 이참에 한번 보자."

"놈이라고 하지 마! 우리보다 다섯 살 많은 사람이야."

최경이 의외라는 투로 말했다.

"진짜? 보기보다 많네? 그러고 보니, 나이가 가늠이 안 되는 얼굴이긴 했다."

"개놈아, 진짜 잘생겼냐?"

차영욱의 물음에 최경이 웃으면서 대답했다.

"아무렴. 개충이가 왜 반했겠냐?"

홍천기가 발끈했다.

"생긴 거 보고 반한 거 아니거든!"

"그럼 뭐 보고 반했냐?"

"음……, 음……."

"자, 자! 시간도 없는데 생긴 거 보고 반한 걸로 결론 내자."

"개놈아! 그렇게 네 마음대로 결론 내면 나만 이상한 여자가 되잖아."

"그럼 뭔지 빨리 대답하든가."

"음……, 전체적으로 뿜어져 나오는 묘하면서도…… 뭐랄까, 야릇한 분위기?"

"결국 외모라는 거네. 됐고. 초상화 받으려면 상응하는 대가를 지불해야지? 내가 그린 초상화 값어치는 잘 알 테고."

홍천기는 최경이 마음을 바꾸기 전에 밑판 위에 종이부터 얼른 깔았다. 그러고서 더없이 상냥하게 물었다.

"뭘 원해? 내 몸은 안 되는 거 알지?"

"나한테 네 몸은 아무짝에도 쓸모없는 거 알지? 너에게 굳이 원하는 게 있다면 그림밖에 더 있냐? 네 산수화 한 점과 교환. 그림에 반드시 네 이름, 홍천기 넣고. 어때?"

"좋아. 스승님 허락 받아 낼게."

홍천기가 정리해서 넣었던 물건들을 다시 하나씩 꺼내서 펼치고, 벼루에 먹부터 갈았다. 최경은 그 옆에서 벗어 두었던 작업복을 입고 책상 앞에 섰다. 우선 간략하게 선부터 잡고 본격적인 묘사에 들어갈 생각이었다. 최경의 시선이 빈 종이에 고정되었다. 그러고는 머릿속으로 하람의 얼굴선과 이목구비를 그렸다. 그러기를 한참 뒤, 손을 옆으로 뻗었다.

"붓!"

정신을 집중한 상태라 평소 생도들에게 하던 버릇이 나왔다. 홍천기가 이를 알아차리고 최경이 즐겨 사용하는 굵기의 붓을 쥐여 주었다.

"잘 봐. 두 번째 부탁은 없는 거다, 알았냐?"

"응."

먹을 묻힌 붓이 빈 종이 위로 올라갔다. 그런데 최경도 거기까지였다. 갑자기 머릿속에서 완성해 둔 하람의 얼굴이 뒤죽박죽이 되었다. 최경의 붓이 종이 위에서 길을 잃고 우왕좌왕하기 시작했다. 이윽고 그의 눈이 홍천기를 노려보았다.

"뭐, 뭐야? 너도 이랬냐?"

"왜?"

최경이 붓을 던지듯이 놓았다.

"붓이 내려가지가 않는다. 대체 어떻게 된 거지?"

"너도 사랑에 눈이 먼 거겠지."

최경이 한쪽 얼굴을 찡그리며 홍천기를 보았다.

"지금 농담할 기분이 아니다."

그러고는 팔짱을 끼고 빈 종이를 보았다. 머릿속의 하람 얼굴이 다시 살아났다.

"붓!"

차영욱이 얼른 붓을 주워서 건넸다. 최경은 머릿속 얼굴이 흐트러지기 전에 붓을 종이 위에 올렸다. 다급한 움직임이었다. 하지만 이번에도 거기서 끝이 났다.

"와! 환장하겠다. 뭐 이런 경우가 다 있냐?"

"나도 여러 번 시도했는데 다 실패했어. 난 사적인 감정 때문이라고 생각했는데 어째서 너까지……."

결국 최경이 팔을 내리고 고개를 들었다.

"안 되겠다. 하 시일 얼굴 한 번 더 봐야겠다."

"어제 우리 아버지도 하 시일 초상화 그리셨어."

"붓은 움직이셨냐?"

"우리 아버지는 조금 다르지. 원래 정신이 온전하지 못하시니까. 게다가 눈앞에 사람을 두고 그리셨어. 완성된 그림은 이전과 다름없었고."

"우리도 눈앞에 세워 두고 그려 보자. 아무래도 너무 섬세하게 생긴 사람이라 굵은 선 잡기가 어려운 탓일 수도 있어. 부탁해 봐라. 나 이대로는 다른 붓 못 잡는다. 너 때문이니까 네가 책임져!"

"어제 우리 아버지도 그리기 어려운 얼굴이라고 하셨어."

"이유도 말씀하셨어?"

"붓을 잡은 우리 머릿속에 여백을 주지 않아서래."

"무슨 뜻이야?"

"몰라, 나도."

"홍 화공님이 환쟁이로서 틀린 말씀은 안 하시잖아. 우리가 이해하지 못해서 그렇지."

홍은오의 말은 당장은 동문서답하는 것 같아도 시간이 지나고 보면 결국 그것이 정답일 경우가 대부분이었다. 최경이 붓을 놓고 팔짱을 끼고 섰다. 그러곤 혼잣말로 중얼거렸다.

"하 시일……, 진짜 무섭다."

홍천기가 미세하게 떨리는 손끝을 주먹으로 감추고 최경의 어깨를 툭 쳤다. 그러더니 일부러 더 밝게 말했다.

"잘생겨서 그래, 잘생겨서! 네 말대로 섬세하게 생겨서. 내가 말했잖아, 분위기에 반했다고. 분위기까지 담기 힘드니까 선이 어그러지는 거야. 내 말이 맞다니까. 두고 봐."

최경이 말없이 홍천기를 쳐다보았다. 그날 밤에 벌어졌던 소동을 떠올린 모양이었다. 그 기억은 최경으로 하여금 걱정스러운 표정을 짓게 하였다. 그때의 일을 모르는 차영욱은 두 사람의 심각함을 알아차리지 못하고 해맑게 말했다.

"나도 그 사람 보고 시도해 볼게. 너희 둘은 좀 특이한 종류들이잖아? 오히려 나는 단순해서 붓 떼는 데 어렵지 않을 거야. 완성한 초상화의 품질은 장담할 수 없지만. 그런 의미에서……, 지금 당장 서운관 쳐들어가자! 하하하. 어떻게 생겼는지 궁금해 죽겠다. 대체 얼마나 잘생겼으면 우리 최경 화사께서도 그리지를 못하실까?"

홍천기가 기운 없이 말했다.

"지금 가 봤자 없어."

"왜?"

"일하는 곳이 경복궁이야. 1일과 14일에만 서운관에 나온대. 나머지 날은 기약이 없어. 휴!"

"아무래도 개충이 너만 그 남자 좋아하는 거 같다."

차영욱의 말에 홍천기가 눈이 동그래져서 되물었다.

"왜? 왜 그렇게 생각하는데?"

"남자는 여자가 좋으면 못 참아. 말도 안 되는 핑계를 만들어서라도 만나지. 한 달, 아니, 며칠이 뭐야, 하루도 못 참는다."

"아니거든? 그 사람 나한테 엄청 친절하거든?"

"원래 친절한 사람이겠지. 늙은 할머니한테도."

"할머니라니! 할머니는 할머니일 뿐이야! 할머니가 아름다운 여인으로 둔갑하는 게 말이 돼?"

"뭐라는 거냐?"

쓸데없는 말이 불쑥 튀어나온 걸 깨달은 홍천기가 급히 원래의 대화로 돌아왔다.

"암튼, 나한테 먼저 만나자고 한 적도 있거든?"

"얼마나 들이댔으면. 쯧쯧. 한 번은 적선이다. 세 번 이상은 인정."

꼽아 보던 홍천기의 손가락이 두 번도 아닌 딱 한 번에서 멈췄다. 먼저 찾아왔거나 약속을 청한 건 도화원 첫 사진 날이 전부였던 것이다. 민망해진 홍천기가 고개를 돌려 창문 너머의 먼 하늘을 바라보았다.

"아이고, 적선이었구나. 불쌍한 우리 개충이."

홍천기가 순식간에 차영욱의 멱살을 잡아챘다.

"개놈아! 개둥이 자식 마지막 초상화 그려 놔. 지금 죽여 버릴 거니까."

"개싸움은 나가서 해라. 나 지금 기분 개판이다."

최경이 만사가 귀찮다는 듯 양손으로 귀를 틀어막고 빈 종이를 노려보았다. 그의 뒤로 홍천기와 차영욱의 살벌한 멱살잡이가 벌어졌다.

| 세종 20년(무오년, 1438년) 음력 2월 8일 |

최경이 공방 문을 열고 들어오면서 소리쳤다.

"약속 잡았냐?"

홍천기를 향한 질문이었다. 앞뒤 다 자르고 던진 말이지만 의미는 전달되었다. 하람과의 약속을 의미하는 거였다. 최경은 그 이후로도 몇 번 시도했지만 번번이 좌절한 탓에 독이 잔뜩 올라 있었다. 홍천기가 벼루에 먹을 갈면서 말했다.

"아니, 그동안 못 만났어."

"그럼 대체 하 시일은 언제 보여 줄 거야!"

최경의 고함에 홍천기도 고함으로 되받아쳤다.

"나도 보고 싶다! 어째서 내 연적들은 이렇게 터무니없는 종류들인 거야?"

최경이 홍천기의 머리를 쥐어박았다.

"누가 연적이냐, 누가!"

"너! 요즘 네가 나보다 더 애타게 하 시일 찾는 거 모르니? 누가 보면 오해하기 딱 좋지. 안 그래, 영욱아?"

먹을 갈던 차영욱은 대답 대신 고개를 크게 끄덕였다. 그러더니 최경이 고함지르기 전에 홍천기에게 물었다.

"하 시일, 언제 보고 못 본 거야?"

"음……, 대략 5일 전쯤?"

"연락은?"

홍천기가 고개를 저었다.

"고작 5일 지났는데, 뭐. 원래 궐 밖에 자주 나오는 사람이 아니니까."

"일부러 궐 밖에 안 나오는 거 아니냐? 너한테서 숨어 다니느라. 하하하."

홍천기의 주먹이 차영욱 위로 올라갔다가 포기하고 내려왔다.

"그러잖아도 오늘 마치고 그 사람 집에 들러 볼 생각이야. 혹시 연락 나온 거 없나 해서."

"그건 반대다. 그쪽에서 연락 와도 피해 다녀야 될 판국에."

"왜 피해? 죄 지은 것도 없는데?"

"어휴! 튕기라고, 인마. 말귀 좀 알아들어라."

"그런 말귀는 못 알아들어도 돼. 그 사람 괴롭히느니, 내 마음 아프고 만다."

"이런 여자한테 설레야 되는데, 남자들은 미련해서 튕기는 여자들한테만 금은보화 갖다 바치며 들러붙는다는 사실이 참……, 거시기 하거든."

최경이 가지고 온 그림을 펼치면서 말했다.

"개충이 네가 뭘 몰라서 그러는데, 괴롭히는 게 아니라, 더 설레게 하는 거야."

홍천기가 펼친 그림을 보면서 말했다.

"그런 건 계속 모를래. 그런 식으로 그 사람의 설렘을 받고 싶지 않아. 내가 느껴 봤는데 그런 애타는 심정은 싫더라고. 내가 싫은 건 그 사람도 싫을 거야. 난 그 사람만큼은 안 괴롭히고 싶다."

"우리는 괴롭혀도 되고?"

"응! 너희들 괴롭히는 건 재미있어."

"이걸 확!"

"개놈아! 혹시 뒷간 안 가고 싶어?"

"응? ……아! 가고 싶다. 오늘 수업 끝나면."

최경이 펼친 그림은 두 장이었다. 하나는 행차도였고, 또 다른 하나는 행사도였다. 그중 행차도 쪽으로 홍천기와 차영욱의 손가락이 동시에 향했다. 그러고는 동시에 소리쳤다.

"이야! 이거 개놈이 그린 거다!"

최경이 머리를 긁적거리며 그림을 들여다보았다.

"대체 어떻게 안 거냐? 티가 나면 잘못 그린 건데…….

"그냥 느낌! 뭔지 몰라도 그래. 너희들도 내 그림 알아보잖아."

"알아보지, 단박에."

세 사람이 팔짱을 끼고 똑같은 자세로 서로를 번갈아 보았다. 그러다 동시에 깊은 한숨을 내쉬며 한마디씩 했다.

"두 사람 다 지겹다, 지겨워."

"누가 할 소리."

"내 말 대신 하지 마라."

최경이 그림을 각각 한 장씩 나눠 주었다. 그러고 나서 말했다.

"이것과 똑같이 그려. 비슷하게 그리는 게 아니라, 똑같이 그리는 거다, 알겠냐?"

최경의 행차도를 받아 든 홍천기가 종이에 빼곡하게 들어 있는 사람들을 뚫어지게 보았다. 행렬이 마치 휘어지는 큰 강물의 흐름과도 같았다. 그리고 양옆으로는 산과 가옥이 간략하게 묘사되어 있었다. 그에 반해 사람들의 묘사는 세밀했다.

"이야! 이렇게 많은 사람들을 언제 다 그려?"

"지금. 아무리 작은 얼굴이라도 뭉개지지 않게 그려야 된다."

"백유화단에서 그리던 계회도契會圖 기억난다. 똑같은 거 수십 장을 그리고 며칠 동안 머리가 아파서 죽는 줄 알았거든."

"기억났으면 됐다. 더 설명할 것도 없이 바로 시작해라. 명심해라, 표본으로 준 그림과 똑같아야 한다는 거! 점 하나도 달라서는 안 돼."

"이 그림 정말 멋있다. 그린 놈과는 다르게."

"칭찬과 욕, 둘 중에서 하나만 해라."

홍천기가 점 하나라도 놓칠세라 그림에서 눈을 떼지 않았다.

"그린 놈의 깐깐한 성격이 그림에서는 정교함으로 표현되는구나. 음……."

"둘 중 하나만 하라고 했다."

그러고는 홍천기 앞에 턱 받쳐 앉았다. 옆에서 차영욱이 중얼거렸다.

"내 그림도 신경 좀 써 달라니까."

최경이 차영욱의 그림을 힐끗 본 후에 홍천기 그림으로 돌아갔다.

"개충아, 네가 원하는 구도는 보지 마라. 내가 본 구도를 찾아내서 시선을 고정해."

홍천기가 큰 그림에서 세 군데를 짚었다. 모두가 아주 작은 사람이었다.

"중심 되는 곳이 이 세 사람이야. 그리고 제일 앞의 바위."

말하는 도중에 관자놀이를 지그시 눌렀다. 최경이 그녀의 동작을 차영욱의 그림보다 더 유심히 보았다. 하지만 말투는 무심했다.

"요즘 두통 심하냐?"

"참을 만해. 두통은 어릴 때부터 고질병인데, 뭐."

"그렇긴 해도. 도화원 들어와서부터 더 심해진 거 같아서."

"음……, 그런가? 네 말 듣고 보니 그런 것도 같네."

홍천기가 붓 끝에 먹물을 적시면서 말했다.

"개놈아! 내가 최선을 다해서 너 뒷간 보내 줄게."

"내 마음에 안 들면 무조건 처음부터 다시 그린다."

"응. 얌전하게 그림만 그릴 테니까 넌 눈 좀 붙여. 밤새웠지?"

"알아서 요령껏 잘 잔다. 넌 그리기나 해."

드디어 하람의 집 앞에 섰다. 최경을 '뒷간' 보내 줄 요량으로 초인적인 힘을 발휘해서 일찍 끝낸 덕이었다. 들뜬 마음이 머리를 짓누르는 통증도 잊게 하였다. 홍천기가 대문을 두드리면서 경쾌하게 소리쳤다.

"돌이야! 안에 아무도 없습니까?"

잠시 후, 대문을 열면서 사람의 머리가 쏙 나왔다. 홍천기의 시선이 아래로 내려갔다. 돌이나 다른 하인이 아닌, 만수였던 것이다. 만수의 얼굴에서 반가움이 떠올랐다가 금세 복잡한 표정으로 변했다.

"만수 도령, 집에 있었……. 시일마님 집에 계시는군요."

"아, 아뇨. 저만 잠시 나왔습니다."

흥분으로 달아올랐던 홍천기의 어깨가 눈에 보일 정도로 축 처졌다. 그래도 만수의 표정을 놓치지 않았다.

"무슨 일 있죠? 혹시 시일마님께 안 좋은 일이라도……."

"아닙니다! 아무 일도 없습니다!"

만수의 강한 부정에서 심상치 않은 기색을 느낀 홍천기가 대문 안으로 달려 들어갔다. 최경이 만수에게 고개를 까딱하여 알은체를 하고 홍천기를 뒤따랐다.

"돌이야! 어디 있어, 돌이야!"

홍천기의 걸음이 깜짝 놀라서 멈췄다. 행랑채에서 머리와 어깨를 천으로 둘둘 싸맨 돌이가 힘겹게 나오고 있었다. 얼른 다가가 천에 싸여 있지 않은 팔을 잡아 부축했다.

"어떻게 된 거야? 왜 이렇게 다쳤어?"

돌이가 행랑채 마루에 앉아 기둥에 기댄 채로 웃었다.

"지붕 수리하러 올라갔다가 발을 잘못 디디는 바람에 조금 다쳤습니다. 멍청했지요. 하하하."

"지붕에서 떨어진 거야? 심하게 다친 것 같은데, 괜찮아?"

"조금 다쳤습니다. 아주 조금이요. 하하하."

"의원은 다녀갔어?"

"네. 어머니가 약도 달이고 계십니다."

"어머니가 더 놀라셨겠다."

"보기와 다르게 씩씩하신 분이라. 하하하."

"그래서 만수 도령이 잠시 나온 거야? 너 다친 거 괜찮은가 보려고?"

"네. 주인마님이 걱정을 많이 하고 계시거든요. 눈으로 확인하고 오라고 보내셨습니다."

"하긴 만수 도령이 시일마님의 눈이니까 직접 오신 거나 마찬가지지. 그런데 누워 있지 왜 나왔어?"

"주인마님이 홍 화공님께 전해 달라는 말이 있어서요."

홍천기의 얼굴에 화색이 돌았다.

"뭔데?"

돌이에게서 웃음이 사라졌다. 어쩌면 지금까지도 웃은 게 아니었을지도 모른다. 그저 웃는 척했을 뿐. 이제껏 본 적 없는 딱딱한 표정과 말투로 돌이가 말했다.

"주인마님은 이제 경복궁에서 안 나오실 겁니다. 그러니 더 이상 찾아오지 마시랍니다."

홍천기가 웃는 표정 그대로 움직임을 멈췄다. 최경도 가까이 다가가던 걸음을 멈췄다. 그러고는 팔짱을 낀 채로 한쪽 다리를 삐딱하게 서서, 옆에 나란히 선 만수를 노려보았다. 금방이라도 울음이 터질 것 같은 만수의 표정이 보였다. 홍천기가 여전히 웃는 표정으로 말했다.

"저기, 그러니까……, 내가 방금 무슨 말을 들었는지 모르겠어. 다시 말해 줄래?"

"주인마님은 이제 경복궁에서 안 나오실 겁니다. 그러니 더 이상 찾아오지 마시랍니다."

하람이 시킨 그대로였다. 누워서도 수십, 수백 번을 연습한 말이었다. 그래서 글자 하나 어긋나지 않고 똑같이 말할 수 있었다. 한참 동안 꼼짝도 않던 홍천기가 고개를 갸웃하였다.

"무슨 뜻인지……."

"앞으로는 만날 일이 없을 거라는……."

"그런 말은 직접 해야지, 왜 너를 시켜서 하는 거야? 이건 아니지 않나?"

"갑자기 그렇게 되었습니다. 직접 만날 수가 없는 상황이라 오히려 빨리 말씀드리는 게 나을 것 같다며……."

"그럼 그때 약속은?"

"어떤 약속인지……."

"저잣거리 거지 노파. 그분한테서 약속 받아 달라고 하신 거. 그분도 안 나오고 계시거든."

"그건 제가 몸이 괜찮아지는 대로 찾아 나서기로 했습니다."

"서운관으로 나와야 되는 업무는?"

"한동안은 주인마님이 직접 안 살펴도 된답니다. 필요하게 되면 다시 논의하기로 변경했습니다."

"변경된 게 아니라, 변경했다는 거지? 뭔지 몰라도 이상해. 이해가 안 가. 그날 웃으면서 헤어진 이후로 고작 5일밖에 지나지 않았어. 대체 어떤 일이 있어야 이렇게 상황이 바뀔 수가 있는 거지?"

이 이상 질문을 받을 수 없었다. 그러면 그날의 일을 말해 버릴지도 모른다. 하람의 진심이 아니라며, 떠나지 말아 달라고 말할지도 모른다. 하람을 도와 달라고 매달리게 될지도 모른다.

"아무 일도 없었습니다. 그러니까 그만 돌아가 주십시오."

"5일 전과 그 이전에 주고받았던 말들이 아무 의미가 없는 거였어? 감정이라는 건 말로 해야만 전해지는 게 아닌데…….
느끼는 건데……."

현실을 이해하고 서서히 변해 가는 홍천기의 슬픈 표정을 차마 볼 수가 없었던 돌이는 고개를 숙였다.

"저는 주인마님의 말씀을 전하는 것뿐입니다. 아무것도 모릅니다. 돌아가 주십시오, 제발."

만수가 떨어지는 눈물을 소맷자락에 문질러 닦았다. 그러곤 아랫입술을 앙다물었다. 이를 본 최경이 성큼성큼 다가가 홍천기의 팔을 잡아당겼다.

"가자!"

"싫어! 조금만 더 물어보고……."

"너는 자존심도 없냐? 그 사람이 너 싫다잖아! 너 꼴 보기 싫으니까 얼굴 좀 치워 달라잖아. 이것보다 더 확실한 의사 표현이 어디 있냐? 추잡스럽게 굴지 말고 가자. 보는 내가 더 치욕스럽다."

최경이 홍천기의 머리 위로 장옷을 덮어씌웠다. 그리고는 멱살잡이하듯 장옷을 움켜잡고 대문 밖으로 끌고 나갔다. 잡지도 못하고 안절부절못하던 만수가 두어 걸음 따라 나가다가 대문 밖을 나가기 직전, 뒤를 돌아보던 최경과 눈이 딱 마주쳤다. 그래서 더 따라가지 못하고 멈춰 설 수밖에 없었다. 만수가 돌이 앞에 붙어 서서 말했다.

"잡으면 안 돼? 저대로 보내면 우리 시일마님 불쌍해서 어떻게 해?"

돌이가 고개를 저었다. 하람이 왜 홍천기를 멀리하려는지 알기 때문이다.

"나 다 말할 거야. 홍 화공님 표정이랑 말이랑 전부! 다 말해서 마음 바꾸시게 할 거야."

"저도 정말 괜찮다고 말씀드려 주세요. 훨훨 날아다닌다고. 어깨도 팍팍 돌릴 수 있다고."

"이미 그렇게 말하고 있는데도 너무 괴로워하셔. 나도 어떻게 위로해 드려야 할지 모르겠어. 나보고도 더 이상 경복궁으로 들어오지 말라고 하셔서……."

돌이가 고개를 번쩍 들었다.

"그건 정말 안 됩니다. 홍 화공님은 어쩔 수가 없어도."

"당연하지! 난 용감한 사내대장부니까! 의리도 있는!"

그러더니 팔뚝으로 씩씩하게 눈물을 닦아 냈다.

"물론 무섭지만 경복궁은 안전하다고 그랬으니까. 그렇게 혼자 내버려 둘 수 없어. 나밖에 없잖아, 궐에 함께 있어 줄 수 있는 사람이. 그리고 돌이한테 그런 짓을 한 게 시일마님이 아니라는 거 우리는 알잖아. 그런데 알고 있는 우리까지 떠나면……. 원래도 많이 외로우신 분인데……."

돌이가 만수의 머리를 쓰다듬었다. 그러곤 빙그레 웃으면서 말했다.

"우리 만수 도련님, 의젓하세요. 정말 다 컸습니다."

"응! 난 어른이야. 그러니까 시일마님 말 거역하고 들어갈 거야."

움켜잡은 장옷을 질질 끌고 가던 최경이 중얼거렸다.

"이건 문전박대보다 더 찜찜한데……."

만수의 표정과 돌이의 모습. 분명 피치 못할 사정이 생긴 것이다. 하람의 진심이 아닐 거라는 건 같은 사내로서 느낄 수 있었다. 하지만 그저 짐작일 뿐이어서 홍천기에게 기대를 심어 줄 수가 없었다. 그리고 그런 판단을 할 수밖에 없었을 하람의 의사도 존중해 주고 싶었다. 그날 밤의 소동과 그려지지 않는 초상화가 이러한 생각을 도왔다.

"개충아, 개둥이 말이 전부 다 맞았다. 정말 그 사람한테 다른 여자가 생겼나 보다."

"할머니인데……."

"뭐?"

"내 눈이 허상을 본 걸까?"

할머니로 인식한 자신이 허상을 본 것인지, 아름다운 여인으로 인식한 하람이 허상을 본 것인지 판단할 수가 없었다.

"우리 화공들은 눈에 보이는 것만 실상이다. 그것 외에는 인정하지 마라. 자신의 눈만 믿어."

"내 눈을 못 믿겠어. 그 사람 얼굴이 하나도 기억이 안 나. 그래서 그리지를 못하나 봐."

"난 기억나는데도 못 그렸다."

홍천기가 걸음을 멈추고 벽을 짚었다. 최경이 같이 걸음을 멈춰 주었다. 장옷을 움켜잡은 손은 그대로였다.

"머리가 너무 아파. 깨질 것 같아."

그러더니 제 가슴을 움켜쥐었다. 최경이 퉁명스럽게 말했다.

"너는 머리가 그쪽에 있냐?"

예전부터 머리는 깨지고 가슴은 찢어진다고들 했는데, 두 곳의 통증을 동시에 느끼고 있는 지금에서야 그 의미를 확실하게 알 것 같았다. 더 견딜 수 없는 쪽은 가슴의 통증이었다.

만수의 이야기를 듣는 내내 하람은 자신의 가슴을 움켜쥐었다. 돌이를 공격한 것은 바로 자신이었다. 기억에는 없지만 분명한 목격자가 있었다. 어쩌면 그날 밤도 홍천기를 해치기 위해 그녀의 방으로 갔을 것이다. 그리고 먼 옛날, 아버지는 사고가 아니었을지도 모른다. 아버지를 죽인 살인자가 바로 자신일지도 모른다. 이 생각은 하람을 감당할 수 없는 고통으로 몰아

넣었다. 그리고 이러한 두려움이 하람으로 하여금 스스로를 경복궁에 가두게 하였다.

"시일마님, 다시 한 번 생각해 보시면……."

"내 몸 안에 있는 마魔가 해칠 목적으로 그 사람에게 가는 것이 분명한데, 어떻게 그 사람더러 나에게 와 달라고 할 수 있겠느냐. 내가 어떻게 그 사람 곁에 갈 수 있겠느냐. 나조차도 내가 두려운데……."

담담한 말투였다. 하지만 만수는 하람이 목 안으로 삼키는 울음소리를 들을 수 있었다.

"기다려 달라고 하면 홍 화공은 그렇게 해 줄 겁니다."

"기약이 없지 않느냐. 내가 무슨 염치로 그러겠느냐."

홍천기의 웃음소리가 고통스럽게 들렸다. 그 소리가 듣고 싶으면 싶을수록 더 고통스러웠다. 홍천기가 보고 싶으면 싶을수록 더욱 외로워졌다. 그녀를 알기 전에는 깨닫지 못한 감정이었다.

"곧 괜찮아질 거야. 이전으로 돌아갈 뿐이니까. 그 사람을 만나기 전의 생활로……."

하람이 갑자기 긴장하여 허리를 세웠다. 두 개의 걸음이 서운관으로 들어오고 있었다. 평소 이곳을 드나드는 인기척은 아닌 듯한데, 낯설지는 않은 걸음들이었다. 하람이 자리에서 벌떡 일어서면서 말했다.

"안평대군 나리께오서 여긴 어인 일로……."

"지나는 길에. 여기 서운관은 내가 드나들기에는 부담스러운 곳이지. 하여 몰래 오지 않고 아예 보란 듯이 들어왔다네. 하하하."

이용은 함께 온 청지기를 마당에 세워 두고 안으로 들어왔다. 그러고는 만수에게 나가라는 손짓을 한 뒤에 문을 닫았다. 단둘이 남았다. 이용은 오랫동안 하람 주위를 천천히 돌다가 그 앞의 탁자에 걸터앉았다. 아주 가까운 거리였다.

"자네가 나한테 해 줘야 하는 말이 있을 듯하여 왔네."

이용이 하람의 어깨를 슬그머니 건드렸다.

"그날 너희들 모두 나에게 아무 말도 하지 않았네. 자네가 법궁의 터주신으로 불리지 않았다면, 난 자네를 이곳 경복궁 안으로 데리고 오지 않았을 걸세. 그러니 나에게도 말해 줘야 하지 않겠는가?"

하람이 입을 다물고 이용을 쳐다보았다. 아무런 표정 변화가 없었다. 이용은 고집스러운 붉은색 눈동자를 살피다가 싱긋이 웃었다. 마치 미소를 보기라도 한 듯 하람의 입꼬리도 올라갔다.

"자네가 행방불명되었을 때부터 줄곧 의심하고 있었네. 자네 의지를 거스르고 자네 몸을 움직이는 어떤 것."

"그런 말도 안 되는 일은 없사옵니다."

이용이 일어서서 하람에게 바짝 다가갔다. 그러곤 귓가에다가 속삭였다.

"쉽게 말하지 않으리란 걸 모르고 왔겠나? 단지 자네의 이 약점을 알고 있다는 거, 이건 말해 두고 싶었다네. 자네는 어떻

게 속일지 고민해 보게. 나는 자네 약점을 어떻게 활용할지를
고민해 볼 테니까. 서두르지 말게. 고민은 천천히······."

5

| 세종 20년(무오년, 1438년) 음력 2월 11일 |

이용이 갑자기 벽에 이마를 붙이고 섰다. 이용의 기괴한 행동에 놀란 청지기도 얼떨결에 같이 붙어 섰다.

"왜 그러시옵니까?"

벽에 붙은 것이 얼굴을 숨기기 위한 것임을 눈치챈 청지기의 목소리는 겨우 들릴 정도의 크기였다. 이용은 대답 없이 붙어 선 담장의 높이를 가늠해 보았다.

"가능하겠어."

청지기도 담장 높이를 보았다. 그 순간 머리에 떠오른 생각은 '설마 아니겠지.'였다. 하지만 이용은 청지기의 예측을 벗어나지 않았다.

"엎드려 봐라."

청지기가 두리번거리며 사방을 살폈다. 대낮이었다. 오가는 사람도 있었다. 그런데 담치기라니!

"하. 하. 하. 체통이……."

"주상 전하께오서 도화원 문은 드나들지 말라고 하시니 이 방법밖에 없구나. 어명을 어길 수는 없으니."

"그래서 문으로 안 들어가시고 담을 넘겠……."

기가 막히는 걸 넘어 목구멍까지 콱 막혔다.

"내가 문으로 들어가면 관원들이 격식 차리느라 업무가 마비가 될 게 아니냐."

"담 넘는다 하여 그리 달라질 것 같지는 않사온데, 체통을 더 생각하심이……."

"내 체통이 걱정된다면 엎드려라. 아니면 더 볼썽사나운 꼴을 보게 될 것이다."

청지기가 마지못해 안고 있던 긴 원통을 땅에 내려놓고 엎드렸다. 얼굴이 화끈거렸다. 이용이 제 등을 밟고 올라서서가 아니었다. 담을 넘어가는 모습을 지나가는 사람들마다 서서 구경했기 때문이다. 이렇게 대놓고 하는 담치기가 세상에 어디 있으랴. 이건 필시 임금에 대한 반항일 것이다. 이용이 넘어간 담을 따라 굳이 그럴 필요 없었던 청지기도 넘어갔다.

제법 민첩한 동작으로 나무에 붙었다가, 건물 벽에 붙었다가, 요리조리 사람을 피해서 다녔다. 그 사이사이 창문을 통해 안을 훔쳐보며 사람을 찾았다. 그렇게 몇 군데의 건물을 지나쳐 한곳에서 멈췄다. 창문 안쪽에 도화원 담장을 넘게 만든 사람이 있었다. 이용이 배시시 웃으며 창틀에 턱을 괴고 섰다.

차영욱이 고개를 들다가 이용을 발견했다. 하지만 누구인지를 알아차리지 못했기에 대수롭지 않게 그림으로 시선을 내렸다. 그러다가 이내 고개를 한번 갸웃하면서 다시 시선을 올렸다. 이번에는 오랫동안 이용을 쳐다보았다. 차영욱이 졸고 있던 최경을 발로 툭 찬 뒤에 눈짓으로 이용 쪽을 향하게 하였다. 최경이 뒤를 돌아보자마자, 깜짝 놀라 의자에서 벌떡 일어섰다. 그 바람에 의자가 뒤로 넘어가 바닥에서 요란한 소리를 내었다. 한발 늦게 알아차린 차영욱도 헐레벌떡 일어나 허리를 숙였다. 마지막으로 홍천기가 고개를 들었다. 핼쑥한 얼굴이었지만, 눈이 마주치자 생긋이 웃으면서 자리에서 일어섰다.

이용이 한쪽 손을 흔들다가 입술 위로 검지를 세워 올렸다. 그러고는 발끝을 들고 살금살금 공방 안으로 들어갔다. 창문은 넘지 않았다. 홍천기 앞에서 볼썽사나운 꼴을 보이고 싶지 않아서였다. 그래서 정식 문을 통해서 들어가 야무지게 문을 달았다.

"쉿! 조용히 하게."

최경이 두 손 모으고 선 채로 공손하게 물었다.

"바깥이 조용한 걸 보니 여기까지 몰래 오신 것이옵니까?"

이용이 고개를 끄덕였다. 그러더니 웃으면서 말했다.

"나인 걸 밝히고 들어오면 업무에 방해가 되고, 또 서로 성가시니까."

그간의 안평대군 행적을 떠올려 본다면 납득이 가고도 남았다. 그 덕에 벌 하나가 빚져 있는 상태가 아닌가. 홍천기가 웃으면서 물었다.

"여기는 어인 일로 오셨사옵니까?"

"너 보러."

돌리고 빼는 것 없이 일직선 같은 말이었다. 최경과 차영욱이 동시에 이용 반대편으로 고개를 돌렸다. 어처구니없는 표정을 숨기기 위해서였다. 상대가 개충이었기에 더 그랬다. 차영욱이 속삭였다.

"개충이 성격 아시냐?"

"여러 번 당하셨단다."

"와! 성격 좋으시다는 소문이 사실이었구나."

"아직 멱살잡이까지는 안 당해 보셔서 그래."

오직 홍천기에게만 신경이 팔린 이용은 두 사람의 속삭임 따위는 느끼지도 못했다. 우물쭈물거리면서 뒷말을 이었다.

"소나무⋯⋯, 내가 마음먹고 여러 장 그렸는데, 오지도 않고⋯⋯."

"저번에 한 번 찾아갔었사옵니다."

"언제?"

이용이 창밖에 있는 청지기를 노려보았다. 청지기도 금시초문이란 표정이었다.

"입궐하셨다고, 요즘 매일 입궐하신다고 듣고 발길을 돌렸사옵니다."

"아……, 내가 그랬지. 멍청하게도."

오늘도 여기 들렀다가 곧장 입궐할 생각이었다. 그쪽으로만 생각이 매몰되어 집을 비워 댄 탓에 홍천기와 마주칠 기회를 스스로 날린 것이다. 그럼에도 불구하고 임금의 '알면서도 모른 척'은 여전했다. 고집 대 고집의 대결이 아닐 수 없었다. 이용이 창 쪽으로 가서 청지기에게 손을 내밀었다. 긴 원통이 내민 손 위로 올라갔다. 이용이 돌아서려다가 청지기에게 속삭였다.

"대놓고 내 그림을 내보이면 없어 보이지 않겠느냐?"

"괜찮사옵니다. 지금도 충분히 없어 보이시니까."

이용이 뒤를 돌아 홍천기, 최경, 차영욱을 차례로 보았다. 그러고는 부담감에 짓눌려 혼잣말로 중얼거렸다.

"으으, 세 사람 다 고수인데……."

다시 긴 원통을 보다가 결국 청지기 손으로 돌려주었다.

"하하하. 혹시 소나무 그림 다들 가지고 있나?"

최경이 먼저 대답했다.

"네. 여기 도화원에 두었사옵니다."

"저는 백유화단에 있사옵니다. 지금 여기는 없사옵니다."

홍천기의 대답에 이어 차영욱이 멀뚱히 있다가 이용의 시선을 받고서야 말했다.

"저, 저도? 소인은 무슨 일인지 모르는데……."

"각자 소나무 그림 보여 주기로 했거든."

"그려 놓은 건 없……."

차영욱이 어물어물 대답하다가 말고 옆 개떼들에게 급하게 속삭였다.

"야! 지금 상황 설명 좀 해 봐. 소나무 그림은 왜?"

"자세한 설명은 이따가 따로 들어라. 내가 차 화공도 익히 알고 있으니 함께하는 걸로 알고 있으마."

영문을 몰라 어리둥절한 차영욱이었지만, 대군 앞이라 아무 말이나 대충 대답했다.

"영광이옵니다."

"다들 준비가 안 되어 있는 듯하니, 그림 감상은 다음으로 미루도록 하자. 다음에는 어긋나지 않도록 심부름꾼을 보내도록 하마."

어차피 그림은 핑계일 뿐이다. 이렇게 홍천기 얼굴을 한 번 더 볼 수 있으면 된다. 물론 홍천기의 소나무 그림은 궁금하기 짝이 없긴 하였다. 산수화에 섞여 있던 소나무가 감질나게 했기 때문이다. 이용이 홍천기가 그리던 그림을 쳐다보았다. 궁궐 병풍에 쓰이는 십장생도를 똑같이 베끼고 있었다.

"이런! 왜 재능을 망치고 있지?"

홍천기가 그늘진 웃음으로 대답했다.

"도화원에서 관직을 얻기 위해서는 어쩔 수가 없사옵니다."

"난 허락할 수 없다!"

대군이 허락하고 안 하고 할 부분이 아니었다. 하지만 이용은 안타까움을 떨치지 못했다.

"내가 너의 그림을 얼마나 아끼는지 아느냐? 한데 이런 식으로 스스로를 망친다면 내가 나서서 너를 도화원에서 쫓아낼 수밖에 없다. 내 즐거움이 사라지는 건 절대 용납할 수 없으니까!"

차영욱이 최경에게 속삭였다.

"안평대군께오서도 너처럼 개충이 그림 엄청 좋아하시나 보다."

"응. 내 연적이시다."

"응?"

"개충이 그림을 사이에 둔 삼각관계."

"별 희한한 삼각관계도 다 있구나."

최경이 차영욱을 밀치고 이용 옆으로 가서 지적한 두 그림을 짚었다.

"나리, 두 그림을 찬찬히 비교하여 다시 보시옵소서."

그러고는 뒤로 물러나 섰다. 이용의 시선이 원본과 홍천기의 그림 사이를 분주하게 오갔다. 똑같이 베낀 거였다. 다른 곳을 찾을 수가 없었다. 하지만 아직 완성이 되지 못한 홍천기의 그림이 보다 완벽하게 느껴졌다.

"이, 이럴 수도 있구나."

이용이 고개를 번쩍 들고 홍천기의 양쪽 어깨를 힘껏 잡았다.

"홍천기 화공! 정말 사랑한다."

깜짝 놀란 차영욱이 당황하여 최경에게 속삭였다.

"헉! 저, 저런 고백 막 하셔도 돼?"

"응. 막 하셔도 돼. 나도 예전에 '최경 화공, 정말 사랑한다.'라는 고백을 들었다."

아울러 안견도 여러 번 들었다.

"아! 정말 희한한 삼각관계구나."

처음에는 놀란 눈으로 이용을 보던 홍천기가 그림에 대한 칭찬임을 깨닫고 빙그레 웃었다.

"칭찬에 몸 둘 바를 모르겠사옵니다."

이용이 홍천기 앞, 최경이 조금 전까지 앉아 있던 의자에 앉으면서 말했다.

"십년감수했다. 언뜻 보고 얼마나 놀랐던지. 그러잖아도 도화원 들어온 뒤로 여간 불안한 게 아니었는데."

그러더니 팔을 들어 다들 앉으라는 손짓을 하였다. 네 사람이 작업하던 탁자를 가운데 두고 앉았다. 이용이 앞에 앉은 홍천기를 보면서 말했다.

"안색이…… 좋지 않다. 기운도 없어 보이고."

"요즘 도화원과 백유화단 일을 병행하다 보니 잠을 설쳐서……."

이용이 잠시 뻘쭘하게 앉은 최경과 차영욱을 보다가 시선을 탁자 위로 내렸다. 알록달록 채색된 십장생 중, 붉은 태양을 보면서 하람을 떠올렸다.

"요즘은 계속 홀로 있겠구나."

"아니옵니다. 전 여기 우리 개떼들, 아니, 화원들과 지겹도록 같이 있사옵니다."

"네 그림 말이다. 매죽헌 화회 때 하 시일이 나한테서 뺏어 간."

홍천기가 아무 말 없이 고개를 숙였다. 그 그림들은 아마도 하람이 없는 빈방을 지키고 있을 것이다. 어쩌면 캄캄한 벽장 속에 갇혔는지도 모른다. 하지만 분명한 건 이제는 더 이상 하람과 함께 있지 않다는 것이다. 가엾은 그림들이 보고 싶었다.

"이렇게 홀로 둘 거면 내게서 뺏어 가지나 말지. 망할 놈."

"그러네요. 참 야속한 사람이옵니다. 사랑해 달라고 그랬는데, 그림을. 야박하게 내팽개쳐 버리고 경복궁에 틀어박혔사옵니다."

"앞으로는 내가 지켜 주고 싶다, 네 그림을."

차영욱이 최경에게 귓속말을 하였다.

"지금 그림 이야기 하는 거 맞지?"

"응? 그림 이야기가 아니면 뭔데?"

차영욱이 최경을 물끄러미 보다가 한숨을 쉬면서 말했다.

"아니다. 우리 개놈은 언제쯤 그림 말고 다른 것도 좋아해 보나. 쯧쯧."

"뭐라는 거냐?"

이용이 잠시 생각에 잠겼다가 의아한 듯 홍천기에게 물었다.

"하 시일이 경복궁에 틀어박힌 건 어찌 아느냐?"

"어쩌다 보니 듣게 되었사옵니다."

"그래? 그날 일도 그럼 대충 알겠구나."

"그날이라면 언제를 말씀하시는지요?"

"7, 8일 전인가? 하 시일 집 하인이 다친 일 말이다."

"아! 그 일이라면 저도 알고 있사옵니다."

"그래? 안다니까, 뭐."

"나리께오서는 어떻게 아셨사옵니까?"

"내가 발견했거든. 요즘 경복궁에 계속 드나들다 보니 우연히 궐 앞에서……."

홍천기의 의아한 눈이 커지는 순간, 공방 문이 벌컥 열렸다. 도화원의 관원이라는 관원들은 모조리 몰려온 듯했다. 이용을 제외한 나머지 세 명이 벌떡 일어섰다. 관원들이 일제히 허리를 푹 숙여 인사했다.

"안평대군 나리, 이 누추한 곳에 어인 일로 납셨사옵니까?"

이용의 고개가 툭 떨어졌다.

"에구, 걸렸다."

이내 관원들을 돌아보며 환하게 웃었다.

"다들 신경 쓰지 말고 일 보시오. 나는 도화원을 찾아온 것이 아니라, 여기 있는 나의 벗들을 찾아온 거요."

차영욱이 최경에게 속삭였다.

"우리가 언제부터 대군 나리의 벗이 된 거야?"

"지금부터."

"아이고, 엉겁결에 어마어마한 인맥 얻었다."

이용이 마지못해 자리에서 일어났다.

"그럼 다들 수고하고. 일간 다시 연락하마."

그러고는 떨떠름한 얼굴로 공방을 나섰다. 이용은 연신 굽실대는 관원들 틈을 뚫고 떠밀리듯 도화원을 나섰다. 자리에서 옴짝달싹하지 못하고 선 홍천기는 예전에 하람의 차가운 손이 졸랐던 자신의 목을 감싸 쥐었다. 그때의 공포가 또다시 그녀를 에워싸고 있었다.

하람에게 보이는 건 호령의 뒷모습뿐이었다. 매번 앞모습으로 나타나서 말을 걸고 알짱거리던 호령이 최근에는 거의 돌아앉아 있었다. 경복궁 내에 있는 하람의 방으로 홍천기의 그림을 가지고 들어오면서부터였다. 호령은 그림들에 매료된 것 같았다. 하람은 저잣거리의 거지 노파도 그림을 좋아한다던 홍천기의 말을 떠올렸다.

'너희 존재는 인간의 그림을 좋아하는 건가?'

호령이 뒤돌아보면서 대답했다.

"응. 이거 나 줘."

"절대 안 돼!"

갑자기 터져 나온 육성이었다. 방문 밖에서 하람을 기다리고 있던 만수가 깜짝 놀랐다. 하지만 요즘에는 자주 있는 일이라 금세 긴장을 놓았다. 호령이 인상을 찌푸렸다.

"이거 나를 위해 가져온 거 아니었어?"

'나를 위해서다. 그림이나마 내 곁에 두고 싶어서.'

"쳇! 보지도 못하면서."

호령이 새침하게 뒤돌아 뒤통수만 보여 주었다. 다시 그림으로 시선이 돌아간 것이다. 하람이 더듬거리며 방을 나서다가 말고 호령을 돌아보았다. 따라나설 기미가 전혀 없었다. 오늘도 계속 그림 앞에 있을 생각인 듯했다. 호령의 뒷모습을 물끄러미 바라보았다. 호령의 너머에 있는 그림이 보고 싶어서였다. 호령이 말하는 좋은 기분을 느껴 보고 싶었다. 홍천기를 느끼고 싶었다. 두 눈으로 보는 것까지 원하는 것은 아니었다. 이제는 그저 가까이에서 들리는 호흡이나마 느껴 보고 싶었다. 시간이 지나면 홍천기를 만나기 전으로 돌아갈 수 있으리라 여겼는데, 그렇게 되지가 않았다. 조금 더, 그리고 더 조금 더 나날이 보고픔이 깊어졌다.

"보고 싶다."

담아 놓은 감정이 차고 넘쳐서 흘러내린 말이었다. 귀가 밝지 않은 만수였지만 이 한숨과도 같은 소리는 들었다. 그래서 더 밝은 목소리로 하람을 맞았다.

"준비 끝났습니까? 정말 많은 사람들이 입궐했나 봅니다. 여기까지 소란스러워요."

"혈기왕성한 젊은 녀석들로 백 명이다. 모처럼 경복궁 분위기가 밝아져서 좋구나."

하람은 만수가 내민 지팡이를 받아 들고 근정전으로 갔다. 그곳이 가까워질수록 왁자지껄함은 더 심해졌다. 오늘은 진사시 입격자들을 모아 놓고 발표하는 진사방進士榜 의식이 있는 날이다. 입격자들 중에는 처음 궁궐에 들어와 보는 이들이 대부분이기에 흥분과 설렘, 입격에 대한 기쁨이 범벅이 되어 있었다. 눈이 보이지 않아도 이러한 기운은 보이는 법이다.

하람이 근정전 마당을 주시했다. 붉은색 외에는 없어야 하는 그곳에 한 아이가 서 있었다.

"호령?"

130

다시 보니 아니었다. 붉은 기운을 뚫고 들어오는 호령과 거지 노파와는 달리, 이 아이는 붉은 기운을 뚫지 못하고 건너편에 있는 느낌이었다. 파란색 옷을 입은 사내아이. 호령보다는 연령이 아래로 보였다. 이곳엔 호령 외에는 없다고 그랬는데, 저 사내아이는 뭐지? 하람의 눈에 보인다면 사람도 귀鬼도 아닐 터이다. 정확하게는 알 수 없지만 백 명의 입격자들과 함께 들어온 것이 분명했다.

"형님!"

보이는 존재에 정신이 팔렸던 하람은 갑작스러운 부름에 화들짝 놀랐다.

"어? 아! 서거정. 설마 너도?"

서거정이 곰살맞게 하람 가까이에 붙어 서서 말했다.

"재수 없게 붙어 버렸습니다. 성균관에 끌려 들어가게 생겼지 뭡니까. 더 놀고 싶은데."

"나라의 미래를 이끌 인재가 들어온다더니."

"나라를 이끌 인재라면 전 싫습니다. 그런 자리라면, 저기……. 아, 참. 안 보이시지."

서거정이 삼삼오오 모여 선 입격자들을 향해 목청껏 소리쳤다.

"이보십시오! 신숙주 형님!"

그러고는 손짓으로 신숙주를 불렀다. 그런데 하람의 눈에는 파란색 옷을 입은 사내아이가 이쪽으로 걸어오는 것이 보였다. 그 사내아이는 하람 앞에 다소곳하게 두 손 모아 서서 허리를 숙였다.

"처음 뵙겠습니다. 신숙주라 합니다."

"아……, 그, 그렇소? 신숙주라……. 아! 나는 하람이오."

"하람 도령이라고 하면 우리 연배 중에 모르는 이가 드뭅니다. 어릴 때부터 워낙 이야기를 많이 들으면서 자랐으니까요."

"무슨 이야기?"

서거정이 키득거리면서 말했다.

"무슨 이야기겠습니까? 공부할 때마다 비교를 당한 거지요. 하하하. 어느 집 도령 누구는 네 나이 때 무슨 책을 뗐다더라, 뭐 이런 이야기? 이런 잔소리에 하람 형님은 단골로 등장하셨거든요. 그러다 보니 자연스럽게 우리들의 원수가 되셨고. 하하하. 우리 밑으로는 신숙주 형님이 원수일 터이고. 설마, 형님은 아무에게도 비교를 안 당하신 건……."

하람의 대답이 없자 서거정의 말투가 떨떠름해졌다.

"와! 정말 재수 없다."

"나를 가르친 분들은 비교를 하며 다그치시는 분들이 아니었을 뿐이다."

하람은 눈앞의 사내아이만 쳐다보았다. 눈앞의 아이는 무표정하게 하람을 쳐다보고 있었다. 아마도 하람의 눈을 보고 있는 듯했다. 신숙주와 함께 들어온 건가? 신숙주의 목소리가 들렸다.

"서생아. 저기서 너 부르는 것 같은데?"

"아! 잠깐 저기 갔다가 오겠습니다."

곧 서거정의 발걸음이 멀어졌다. 이윽고 신숙주가 가까이 다가와서 귓속말을 하였다.

"드릴 말씀이 있는데……."

하람이 의미를 알아차리고 손짓으로 만수를 멀어지게 하였다. 단둘이 남게 되자 신숙주가 비로소 말했다.

"보이시는 거지요?"

"응?"

"제 앞에 있는 청의동자."

"귀생의 눈에도 보이시오?"

"네. 지금껏 제 눈에만 보였습니다. 처음이십니다, 저 외에 이 아이를 본 사람은."

신숙주의 목소리에는 놀라움이 가득했다. 기대감도 섞여 있었다.

"그렇소? 귀생과 내 눈에만?"

하람이 꼼꼼하게 청의동자를 살폈다. 감정이 느껴지지 않는 표정. 시시각각 감정이 드러나는 호령과 거지 노파와는 확연히 달랐다. 게다가 붉은 기운을 뚫고 들어오지는 못했다. 그런데 호령의 영역으로 걸어 들어왔다. 이건 또 다른 존재인가? 그럼 기해년의 사고 때도 이 비슷한 존재가 경회루에 들어올 수 있었다는 것인가?

"청의동자에게 질문을 좀 해도 되오?"

"말은 하지 못하는 것 같습니다. 저도 궁금한 게 많아서 여러 번 시도해 봤지만, 한 번도 대화를 해 본 적이 없습니다."

하람이 호령에게 했던 대화법을 시도해 보았다. 하지만 청의동자는 듣지 못했다.

"청의동자의 정체는 아시오?"

"귀신이 아닐까 생각하는데, 햇살을 너무 좋아하는 녀석이라 아닌 것도 같고. 저도 궁금해서 미치겠습니다."

"귀신은 아니오."

"정말입니까?"

"귀신이었다면 내가 볼 수 없었을 거요."

"아! 다행입니다."

"언제부터 함께 있었소?"

"제가 어렸을 때부터 줄곧 제 앞에서 길 안내를 해 왔습니다. 이 아이가 못 가게 말리는 곳은 어김없이 목숨이 위험한 길이었지요. 고맙기도 하지만 한편으로는 무섭기도 해서."

"이 존재에 대해 알아낸 것도 없소?"

"네. 혹시라도 청의동자의 정체를 알 수 있을까 하여 여러 책들을 읽었지요. 한자가 아닌, 다른 언어로 쓰인 책들까지. 그 덕에 여러 언어를 읽을 수 있게 되었는데, 아직도 이 녀석의 존재를 알아내지 못했습니다. 귀신이 아닌 건 확실하지요? 전 그것만으로도 족합니다."

또래 친구들이 3년 전 소과에 입격할 당시, 신숙주 홀로 낙방한 원인이 이처럼 과거와 관련 없는 서책에 매달린 탓이 컸다.

"귀신, 다시 말해 귀鬼 외에도 마魔라고 불리는 것이 있소."

"아! 저도 읽었습니다. 헉! 그럼 마魔인가요? 그 존재가 더 무서운데…….”

“귀鬼와 마魔를 구분하시오?”

“글로 익힌 정도입니다. 인간의 인격을 변화시키고 악행을 저지르게 하는 것은 귀鬼가 아니고 마魔라고 알고 있습니다.”

처음으로 말이 통하는 사람을 만났다. 게다가 신숙주는 하람이 읽지 못하는 다른 책들도 읽었다. 이건 하람에게 단비와도 같은 일이 아닐 수 없었다.

“마魔라면 경복궁에 들어올 수가 없는 걸로 알고 있었는데……. 나도 정말 모르겠소.”

그러고 보면 지금껏 마魔는 직접 본 적이 없었다. 그러니 청의동자가 마魔가 아니라고 확신하기는 어려웠다. 하람은 여기서 다시 막혔다. 호령의 영역에는 마魔가 들어올 수 없고, 인간의 몸에 숨어 들어왔다고 해도 그 안에서 활동할 수가 없다는 사실과 배치되기 때문이다. 이렇게 나와서 있을 수는 없었다. 갑자기 눈앞에 있던 청의동자가 사라졌다. 깜짝 놀란 하람의 귀로 더 놀란 신숙주의 말이 들렸다.

“어? 사, 사라졌어.”

“내 눈에도 보이지 않소.”

“이런 일은 처음입니다. 단 한시도 제게서 떨어진 적이 없었는데…….”

이때 하람의 눈에 호령이 보였다. 멀리서 뛰어다니고 있었다. 아마도 호령과 인간을 동시에 볼 수 있는 사람이 있다면 근정전 마당의 인파들 틈으로 뛰어다니는 소녀의 모습을 발견했을 것이다.

'호령!'

호령이 방글방글 웃는 얼굴로 하람 앞으로 뛰어와서 섰다.

"여기 기운 너무 좋다. 행복해."

하람이 신숙주를 향해 말했다.

"혹시 보이시오?"

여기저기를 둘러보던 신숙주가 당황하여 대답했다.

"아무것도 보이지 않습니다. 어쩌지? 갑자기 사라지니까 이것도 이것대로 난감합니다."

"청의동자 말고도 보이는 거 없소?"

"네? 어떤 거요?"

"아니오."

신숙주 눈에는 호령이 보이지 않는 모양이었다. 하람이 머릿속으로 물었다.

'파란 옷 입은 사내아이 못 봤어? 방금까지 여기 있던.'

"나갔어. 내 영역 밖으로 나가면 다시 나타날 거야."

하람이 신숙주에게 말했다.

"완전히 사라진 건 아니오. 경복궁 밖으로 나가면 다시 나타날 거라 하오."

잠시 침묵하던 신숙주가 말했다.

"혹시 시일마님 눈에만 보이는 또 다른 존재가 옆에 있는 겁니까?"

청의동자를 데리고 다니는 사람에게 굳이 숨길 이유가 없었

136

다. 그래서 대답 없이 고개만 끄덕였다. 근정전 앞에서 외치는 소리가 들렸다.

"줄 좀 서시오! 빨리! 제발!"

제발이라는 말이 붙었다. 그렇다는 건 이전에도 줄을 서라는 말을 숱하게 되풀이하고 있었다는 뜻이다. 사람들의 웅성거림이 움직이기 시작했다. 이에 신숙주도 급해졌다.

"저 정말 궁금한 거 많습니다. 다음에 또 뵙고 싶은데 어떻게 해야 합니까?"

"나야말로 도움을 청하고 싶소. 난 언제나 이곳 경복궁 궐내 각사에 있소."

"전 성균관으로 들어갑니다."

"그럼 그쪽으로 조만간 다시 연락드리겠소."

"조만간 뵙겠습니다."

멀어지는 신숙주의 뜀박질 소리가 들렸다. 그가 가고 나서야 만수가 하람의 곁으로 돌아왔다. 하람이 만수의 머리를 쓰다듬으면서 호령에게 말했다.

'파란 옷을 입은 사내아이가 어떻게 경복궁으로 들어왔지? 불가능하다며?'

"그 녀석은 마魔도 아니고, 신령도 아니니까. 그래서 들어온 거야."

'귀鬼도 아니잖아. 내 눈에 보였으니까.'

"음……, 정화된 귀鬼야. 저런 존재는 드물어. 나도 신기하다."

'경복궁으로 들어올 수 있는 존재가 있기는 했구나.'

"인간과 귀鬼는 들어올 수 있다고 했잖아. 그래도 내 가까이는 못 와. 아마 내가 그 녀석을 만졌다면 소멸해 버렸을 거야."

'정화된 귀鬼라는 건 뭐지?'

"정화된 귀鬼는 인간에게 해로운 짓은 하지 않아. 오히려 신령에 가깝거든."

머릿속이 더 헝클어져 버린 하람이 짜증스럽게 고개를 저었다. 호령이 하람을 똑바로 보면서 여신과도 같은 분위기가 되어 말했다.

"하가야, 어렵게 생각하지 마. 난 다른 존재가 아니라 그냥 이 땅이야. 땅이 가진 생명, 기운. 인간이 내 안에서 살고자 하였고, 난 허락했어. 내가 허락한 인간이 너일 뿐이야. 나는 허락한 인간에게 아무것도 해 주지 않아. 그저 살게 할 뿐이야. 마魔로부터 안전하게."

호령에게서 나오는 기운이 하람을 감싸고 주변을 온화하게 만들었다. 역시 호령은 신령이었다. 인왕산을 풍수로 해석하면 백호에 해당하기 때문에 호랑이의 모습으로 보였을 것이다. 그리고 호령이 말하는 '하가'는 하람의 윗대 조상부터 후대로 쭉 내려오는 핏줄들일 것이다. 그래서 하람의 할아버지들이 호랑이 신령을 뜻하는 호령이라고 불렀으리라.

곰곰이 생각하던 하람이 잊고 있던 어릴 때의 기억 중에 한 가지를 떠올렸다. 처음 경복궁 내에서 눈이 멀었을 때는 세상이 캄캄했다. 붉게 보이기 시작한 건 경복궁을 나가서 나타난 증상이었다. 하람이 아주 단순하게 질문했다.

'내 몸에 있는 마魔는 여기 경복궁 안에서 들어온 게 아니구나.'

"응."

'그렇다는 건 내가 경복궁을 나갔을 때 들어왔다?'

"당연하지."

'경복궁 안에서 내 눈을 가져간 건 전혀 다른 존재였고.'

"음……, 아마도."

눈이 먼 원인은 몸 안의 마魔로 인한 게 아니었다. 오히려 몸 안의 마魔 덕분에 인간이 볼 수 없는 존재나마 보게 되었을지도 모른다. 지금껏 두 가지가 뒤엉켜서 복잡하게 느꼈던 것뿐이다. 두 가지를 분리해서 다르게 접근하면 될 것이다. 몸 안의 마魔를 빼낼 방법과 눈을 빌려 간 존재를 찾는 것. 호령의 말대로 어렵게 생각할 필요 없이, 이 두 가지를 해결하면 홍천기에게로 갈 수 있다. 그리고 홍천기를 볼 수 있다. 복잡했던 머리가 깔끔하게 정리된 기분이었다. 어쩌면 호령의 좋은 기분에 동화된 것이리라. 경복궁 안을 가득 메운 활기찬 기운 덕이리라. 그리고 이날, 근정전에서 진사시 입격자 대표로 임금 앞에 올라가 홍패를 받아 든 장원이 다름 아닌 신숙주였다.

6

| 세종 20년(무오년, 1438년) 음력 2월 14일 |

하람이 자리에서 벌떡 일어났다. 그러더니 당황한 채로 말을 잇지 못했다. 슬며시 하람의 눈치를 살피던 만수가 대신 질문했다.

"여기는 무슨 일로 오셨습니까?"

"초상화를 의뢰하신 분이 약속 장소를 갑자기 여기로 변경하셨습니다."

딱딱하게 대답을 마친 최경이 내부를 둘러보았다. 하람이 주로 머무는 경복궁 내의 서운관은 담장에 둘러싸인 작은 집과도 같았다. 마당도 있었고, 본 건물 옆으로 마주 보는 두 채의 건물과 빙 두른 회랑도 갖추고 있었다. 그리고 뒤편의 낭료廊寮*가 하람이 머무는 집이었다.

"그 좋은 집을 놔두고……."

경복궁에서 지낸다고 하여 임금처럼 화려하게 호의호식한다면 비난이라도 하였을 것이다. 그런데 갑갑하고 청빈한 생활을 감내하면서까지 궐에 있어야 하는 건, 그 사정이 무엇이건 간에 오히려 동정을 불러일으켰다.

"앉으십시오."

최경은 하람과 탁자를 가운데 두고 마주 앉았다.

"다행입니다, 안색이 안 좋아 보이셔서. 좋았으면 불쾌할 뻔했습니다."

최경의 거친 말투에도 하람은 그저 쓸쓸하게 웃기만 하였다.

"그동안 잘 지냈습니까?"

누구의 안부를 묻는지 모호한 하람의 질문이었다. 최경은 짧게 대답했다.

"잘 지냈습니다, 저는."

"별일은 없었습니까?"

"없었습니다, 저는."

하람이 누구의 안부를 묻고 있는지 최경은 알고 있었다. 하지만 두 사람의 입에서 홍천기에 대한 건 나오지 않았다.

"질문이 없으면 대답도 할 수 없습니다."

하람은 긴 침묵 끝에 겨우 답을 달았다.

---

* 각 관청에 딸린 관원들의 처소.

"할 질문이 없습니다."

그러고는 눈을 감은 채로 고개를 숙였다. 두 사람을 번갈아 보면서 안절부절못하던 만수가 최경 앞의 탁자에 붙어 서서 애써 밝은 목소리로 말했다.

"저는 질문 있습니다!"

"뭐가 궁금해?"

"예쁜 화공님은 잘 계신가요?"

"내가 아는 이들 중에 예쁜 화공은 없다. 못생긴 개망나니 화공은 있다만."

"아……, 저기, 홍 화공님이요. 아프신 데는 없으신가요?"

"애석하게도 많이 아프다."

깜짝 놀란 하람이 마치 눈이 보이기라도 하는 것처럼 최경을 쳐다보았다. 최경이 빙긋이 웃으며 말을 이었다.

"겉으로는 멀쩡해도 속으로는 많이 아프다. 누구 때문에."

"우리 시일마님도 겉으로는 멀쩡하신데……. 참! 보고 싶어 하시지 않나요? 앗! 저요! 저 안 보고 싶어 하십니까?"

"글쎄, 그런 말을 직접 한 적은 없다만……."

만수가 드러내지 못하는 하람의 감정을 대신하듯 실망스러운 얼굴을 하였다. 그러다가 다시 물었다.

"아! 홍 화공님은 요즘 주로 뭐 하고 지내십니까?"

"그림만 그려. 이 세상에서 할 수 있는 행위가 그것 외에는 없는 양 오직 그림만 그리면서 살아간다."

"우리 시일마님도 일밖에 안 하시는데……."

"원래도 그림 그리는 거 외에는 몰랐던 녀석이지만."

"우리 시일마님도 일 외에는 몰랐던 분인데……."

울먹이는 만수의 표정이 하람의 보이지 않는 표정일 거라고 생각했다. 최경이 다소 누그러진 목소리로 물었다.

"여전히 할 질문이 없으십니까?"

"없습니다."

"전하고 싶은 말도?"

잠시 망설이는 듯했던 하람이 자신의 입술을 한 번 깨물었다가 한숨처럼 말을 내뱉었다.

"없습니다."

"뭐, 제가 알 바 아니지만, 딱 하나는 물어봅시다. 보고 싶지는 않으십니까?"

"나는 어차피 홍 화공의 얼굴도 모릅니다. 그러니……."

"'그러니'가 아니라, '그래서 더'라고 말하고 싶으신 거겠지요?"

하람은 부정할 수가 없었다. 그래서 더 이상 말하지 않았다. 최경도 마찬가지였다. 무뚝뚝한 두 남자가 마주 앉아 주고받을 수 있는 대화는 여기까지가 한계였다. 머쓱한 침묵은 오래가지 않았다. 먼 곳에서부터 가까워지고 있는 소란 때문이었다.

사람들에 둘러싸인 노인이 서운관으로 오고 있었다. 남은 여생을 고향에서 보내기 위해 한양을 떠났던 맹사성이었다. 원래는 하람도 그렇고, 최경도 빈청으로 가서 맹사성을 뵐 예정이었다. 그런데 요사이 사헌부 대간들과 영의정을 비롯한 의정부 대신들 사이에 다툼이 있어서 그곳 분위기가 좋지 않았다. 그래서 부득이하게 하람이 있는 곳으로 장소를 옮기게 되었고, 이로 인해 하람과 최경이 예정에도 없던 머쓱한 대화를 주고받게 된 것이다.

노쇠한 맹사성은 다른 이의 부축을 받아 가며 하람의 곁으로 다가왔다. 부축을 이어 받은 하람이 조심스럽게 맹사성을 의자에 앉게 하였다.

"힘드시지요?"

"괜찮다. 이 정도에 꼬꾸라질 만큼 약해지지는 않았어. 하하하."

"예상보다 논의가 길어지는 듯하여 걱정했습니다."

"아무래도 화폐 문제는 단순하지가 않으니까. 일은 영의정께서 벌여 놓으시고서는 정작 코빼기도 내비치실 수 없는 상황이라 논의가 끝이 안 날밖에."

맹사성은 만수가 건네는 물그릇을 받아 입술을 살짝 적셨다. 그러고는 만수의 머리를 쓰다듬으며 수행하는 하인에게 문을 닫으라는 눈짓을 하였다. 바깥에서 기다리고 선 사람들이 부담스러웠기 때문이다. 이미 모든 관직을 내려놓았음에도 불구하고 여전히 좌의정일 수밖에 없었다. 맹사성이 잠자코 선 최경을 발견하고 물었다.

"이 청년은?"

최경이 맹사성 앞에 허리를 숙였다.

"처음 뵙겠습니다. 도화원에서 나온 최경이라고 합니다."

"아! 내 초상화 부탁했지. 갑자기 약속 장소를 변경해서 미안허이."

"아닙니다. 덕분에 하 시일을 뵈었습니다."

맹사성이 두 남자를 번갈아 보다가 둘 사이에 흐르는 머쓱한 기운을 알아차렸다.

"오호! 상당히 젊구나. 최고의 솜씨라고 해서 나이가 있을 줄 알았더니."

"제 나이는 염려하지 마십시오. 영광으로 알고 최선을 다해 그리겠습니다."

"마음에도 없는 겸양은 하지 않는군."

"자신 없는 붓은 들지 않습니다."

"젊은 패기까지 있고. 내 초상화를 맡은 화공이 이렇게 자신만만한 젊은이라니 운이 좋구나."

맹사성이 최경을 찬찬히 보다가 고개를 끄덕였다.

"도화원 초상화 맥이 갑자기 끊어져서 여간 당혹스럽지 않았는데, 이제라도 자네 같은 화공이 나타나 주었으니 천만다행이야. 다들 한시름 놓았겠어."

"지금의 말씀은 초상화가 완성되고 난 이후에 듣겠습니다. 우선 잠시 실례하겠습니다."

최경이 맹사성의 의자 밑에 무릎을 낮춰 앉아 얼굴을 꼼꼼하게 살폈다.

"잘 부탁하네. 내 마지막 초상화니까."

최경이 눈길을 돌려 하람의 안색을 힐끔 보았다. 붉어진 눈시울을 숨기려는 듯 고개를 옆으로 돌리고 있었다. 최경의 시선은 다시 맹사성의 얼굴로 돌아왔다.

"한양에는 어느 정도 머무르실 예정입니까?"

"오래 머물 수는 없을 거야."

"이렇게만 뵈어서는 정밀한 묘사는 힘듭니다. 머무르시는 동안 계속 뵈었으면 합니다. 짧게라도 시간을 내주십시오."

"아무렴 여부가 있겠나. 없는 시간도 만들어 내야지."

"한양에 계실 동안은 어디에 묵으십니까? 제가 찾아뵙겠습니다."

"여기 하 시일 집에 머문다네. 약도를 그려 주지."

"위치는 잘 알고 있습니다."

갑자기 침묵이 찾아왔다. 맹사성과 최경의 머릿속은 각자의 생각들로 바빴다. 우선 맹사성은 최경이 하람의 집을 알고 있다는 점에 관심을 쏟았다. 최경은 머릿속 생각을 정리하자마자 바로 입 밖으로 밀어냈다.

"그럼 하 시일도 궐을 나갑니까?"

맹사성은 흥미로운 듯이 웃으며 말했다.

"아닐세. 주인은 궐에서 옴짝달싹하지 않고, 객인 내가 그 집을 차지하게 되었어. 허허허."

"아, 네. 오늘은 감을 잡는 선에서 마무리하겠습니다. 내일 하 시일 댁으로 찾아뵙도록 하겠습니다."

약속을 마친 최경이 인사를 한 뒤에 서운관에서 물러났다. 그러자 맹사성의 입에서 하품이 나왔다. 하람이 걱정스럽게 물었다.

"피곤하시지요?"

"한적한 온양에 있다가 붐비는 한양에 오니 정신이 없을 뿐이야. 잠시만 다리 좀 뻗었다가 움직이고 싶은데……."

"그러잖아도 낭료에 쉬실 자리를 마련해 두었습니다."

하람은 지팡이에 의존하지 않고, 맹사성을 자신의 방으로 안내했다. 익숙한 공간이라 마치 눈이 보이는 것처럼 움직이는 게 가능했지만, 죄의식을 가진 맹사성의 마음을 배려해서 더 유려하게 행동하려고 애를 썼다. 방으로 들어선 맹사성은 이불 위에 앉으면서 한곳을 응시했다. 벽에 걸린 그림에서 시선을 뗄 수가 없었다. 눈이 보이지 않는 맹인의 방에 걸린 그림 두 점은 뜬금없었기에 더 예사로 보이지 않았다.

"람아, 웬 그림이냐?"

"아, 아무것도 아닙니다. 벽이 썰렁해서 걸어 두었습니다."

"음, 벽이 썰렁하다고?"

맹사성이 방 안을 둘러보았다. 빼곡한 책들과 병풍에서 틈이라고는 찾아볼 수가 없었다. 오히려 그림에 벽을 내어 주기 위해 다른 것들이 공간을 빼앗긴 모양새였다. 맹사성의 얼굴에서 함박웃음이 피었다.

"우리 람이가 어설픈 거짓말도 하는구나. 좋은 징조고. 허허허."

당황한 하람이 얼른 대화를 다른 곳으로 유인했다.

"예전에 이양달 일관께서 이곳의 터주신에 대해 말씀하셨지요?"

"내 관심을 돌리겠다는 심사로군. 그렇다는 건 여인과 관련이 있는 그림이렷다? 허허허. 좋구나. 아주 좋아."

"그, 그게 아니라……."

"굳이 네게서 듣지 않아도 돌이에게서 들으면 되겠지. 오늘 밤이 지겹지가 않겠어. 허허허."

"제가 돌이를 죽일 뻔하였습니다. 어쩌면 예전에 아버지도 제가……."

맹사성이 너털웃음을 뚝 멈췄다. 그런 후, 가까이 다가와 앉은 하람의 손을 꼭 쥐었다.

| 세종 20년(무오년, 1438년) 음력 2월 15일 |

하람의 방 안으로 들어선 홍천기는 벽부터 살폈다. 텅 빈 벽만이 그녀를 맞았다. 떼어 낸 그림은 어떻게 했을까? 어두운 벽장 속? 아니면 다른 사람에게? 연거푸 일어나는 부정적인 생각들이 홍천기의 어두운 표정을 더욱 어둡게 하였다. 맹사성은 이러한 홍천기의 표정을 놓치지 않고 바라보았다.

"이 아리따운 여인은 누구?"

홍천기가 얼른 허리를 숙였다. 대답은 최경이 대신 하였다.

"대감마님의 초상화 화업을 도와줄 도화원의 화원입니다."

"도화원의 화원이라고? 여인인데 그럴 리가!"

홍천기가 무릎을 꿇고 앉아서 말했다.

"홍천기라고 합니다. 도화원의 생도로 있습니다."

최경이 그림 도구들을 꺼내 펼치면서 소개를 덧붙였다.

"쉽게 말씀드려서 생도일 뿐입니다. 실력이 뛰어나서 특별히 외부에서 차임한 화공입니다. 그러니 믿고 맡기셔도 됩니다. 물론 모든 작업은 제가 합니다. 홍 화공은 이번 작업에서는 제 시중만 들 겁니다."

"여인임에도 불구하고 차임될 정도면 보통 실력이 아닐 성싶은데?"

"아직 배워야 할 게 더 많습니다."

대답을 마친 홍천기는 텅 빈 벽을 한 번 더 쳐다보았다. 사라진 그림이 그사이에 다시 나타날 리가 없건만 자꾸만 쳐다보게 되었다.

"홍 화공은 이 방이 처음이 아니로구먼."

최경이 대답했다.

"저도 처음은 아닙니다."

"'저도'라는 건 홍 화공도 이 방에 들어온 적이 있다는 거로군. 허허허. 당연히 우리 람이가 있을 때였겠지?"

하람의 이름이 스스럼없이 들먹여지자 홍천기는 자신도 모르게 맹사성을 쳐다보았다. 그러다가 높은 신분임을 깨닫고 눈을 아래로 내렸다. 맹사성은 이 또한 놓치지 않았다.

"혹시 홍 화공은 산수화나 사군자를 더 잘 그리나?"

"두루두루 조금씩 합니다."

홍천기의 대답을 이어 최경이 말했다.

"네, 홍 화공의 특기가 산수화입니다. 그렇다고 초상화 솜씨가 떨어지는 것은 아닙니다."

산수화에 대한 사대부들의 긍지를 맹사성이라고 모르지 않았다. 안견조차 사대부들의 멸시를 견뎌 내고 있지 않은가. 하물며 여인이 산수화라……

"가시밭길이겠군. 그렇다면 우리 람이가 걸어 둔 그림이 홍화공의 것인가?"

홍천기의 시선이 텅 빈 벽을 재빨리 다녀왔다.

"원래는 저 벽에 그 그림들이 있었나 보구나."

홍천기가 맹사성의 얼굴을 똑바로 쳐다보았다. 인자한 동네할아버지와도 같은 표정이었다. 이번에는 시선을 내리지 않고물었다.

"그럼 지금은 어디에 있습니까?"

맹사성은 홍천기의 눈빛이 마음에 들었다. 사람의 기氣는 어차피 눈에 보이지 않는 것이다. 보지 못하는 하람이라고 해도 홍천기에게서 뿜어져 나오는 마음의 기氣는 느꼈음이 틀림없다. 그러니 마음이 가지 않았을 리가 없다. 마음의 기氣는 서로주고받는 것이기에.

"경복궁 내의 람이 방에."

놀란 듯 커다래졌던 홍천기의 눈동자 주위에 붉은색이 진해졌다.

"버린 줄 알았는데……"

"버리긴. 보지도 못하는 놈이 벽에 걸어 두고 어찌나 애지중지하던지. 그 녀석은 내가 이런 말을 퍼다 나르면 원망하겠지만, 난 워낙에 주책맞은 늙은이라서. 허허허. 이왕 이렇게 된 거, 좀 더 주책맞아져 볼까 싶은데……."

최경이 벌떡 일어서면서 말했다.

"뒷간 좀 다녀오겠습니다."

그러고는 답을 듣기도 전에 재빨리 방을 나갔다. 맹사성이 닫힌 방문을 보면서 고개를 끄덕였다. 눈치가 빠른 젊은이였다. 여기까지 일부러 홍천기를 데리고 온 것도 그랬다. 저런 성향을 가진 사람은 대체로 높은 관직까지 오르는 경우가 많았다. 최경도 그렇게 되리라고 미루어 짐작했다. 맹사성이 홀로 우두커니 앉은 홍천기에게 상냥하게 말을 건넸다.

"그 녀석이 많이 속 썩이지? 성격이 돼먹지 못해서."

"네? 아닙니다! 하 시일 성격 올곧고 좋습니다."

"오호! 두둔하는 것 보게."

"두둔이 아니라, 사실입니다. 정말 좋은 사람입니다."

"홍 화공을 홀로 두고 경복궁에 처박혔는데도 좋은 사람이라고?"

"연인 사이라면 그렇게 볼 수도 있겠지만, 애초에 우리는 그런 사이가 아니니까 탓할 수 없습니다. 저 혼자 북 치고 장구 쳤을 뿐이라서요. 홀로 키웠던 감정이건, 서로 나눴던 감정이건 간에 제 감정은 제 몫입니다. 그 사람이 책임질 부분은 없습니다. 게다가 진짜 성격이 돼먹지 못했다면 마음의 여지를 주고 처박혔을 겁니다. 그 사람은 그런 것조차 없었습니다. 야속하긴 해도 하 시일은 여전히 좋은 사람입니다, 저한테는."

높은 신분을 바라보는 눈에 비굴한 기색이 없었다. 또박또
박 힘주어 말하는데도 건방진 기색이 없었다. 아름다운 얼굴을
하고서도 오만한 기색이 없었다. 여린 듯 보이는 몸속에는 사
사로이 주고받는 감정마저 소중히 여기는 강직함이 있었다. 하
람에게서는 어떤 말도 듣지 못했다. 어제 잠시 머물렀을 뿐이
라 대화를 할 시간도 별로 없었고, 그 시간마저 돌이의 사고와
터주신 호령에 대해 듣는 것만으로도 부족했다. 하지만 하람의
달라진 기운은 알아차렸다. 홍천기가 좋은 영향을 미쳤으리라
는 걸 지금의 대화에서 더욱 확신할 수 있었다.

"그 그림들을 왜 애지중지하는지 알겠구나. 다행이야, 홍 화
공 같은 사람을 만나서."

"대감마님 말씀대로 정말로 애지중지해 줬으면 좋겠습니다.
그림만이라도⋯⋯."

또다시 눈가가 붉어졌다. 그렇다고 눈물을 떨어뜨리지는 않
았다. 사랑하는 눈빛으로 자신을 바라보는 연인의 얼굴, 세상
에서 이보다 아름다운 건 없다. 누가 대신 봐 줄 수 있는 게 아
니다. 오로지 자신의 눈으로만 확인할 수 있는 아름다움이다.
하람은 그걸 보고 싶은 거였다. 자신을 바라보는 홍천기의 얼
굴. 맹사성은 경복궁에 틀어박힐 수밖에 없었던 하람의 심정이
안타깝기 그지없었다.

"홍 화공! 내가 람이 대신 자네한테 손을 내밀어도 될까?"

"손을 내민다는 의미가 무엇인지 정확하게 말씀해 주십시

오. 그러기 전에는 선뜻 고개를 끄덕일 수가 없습니다."

"어떻게 이야기를 꺼내야 될지 모르겠구나."

맹사성의 망설임은 오래가지 않았다. 지금은 홍천기의 눈빛에 기대를 걸 수밖에 없었다.

"람이는 경복궁에서 안 나오는 게 아니란다. 나오면 안 되는 상황이라 어쩔 수가 없는 거야. 그 녀석이 이런 설명을 했을 리가 없지 싶어서 내가 주책맞은 늙은이를 자청하는 거다."

잠시 생각에 잠겼던 홍천기가 조심스럽게 운을 뗐다.

"혹시 돌이가 다친 일과 관련이 있습니까?"

맹사성이 놀란 눈으로 홍천기를 쳐다보았다.

"자네도 알고 있는가?"

"짐작입니다. 그래서 '혹시'라고 말씀드렸습니다."

"우리가 알고 있는 걸 서로에게 내보인다면 보다 쉬운 대화가 되겠구나. 대화가 잘 진행되면 덤으로 그 녀석 험담도 해 주마."

"정말 감사한 말씀이십니다. 이왕이면 정나미가 뚝 떨어질 만한 험담으로 부탁드리겠습니다."

홍천기의 유쾌한 답변에 맹사성의 너털웃음이 터졌다. 마음속 죄의식을 조금이나마 내려놓은 듯 시원한 웃음이었다.

가벼운 뜀박질 소리가 점점 커지다가 문 앞에 멈췄다. 이윽고 문을 두드리는 소리가 들렸다.

"선화마님! 홍천기 생도입니다!"

다급한 목소리였다. 놀란 안견이 손에 있던 그림들을 내려

놓고 얼른 대답했다.

"들어오너라."

홍천기가 문을 벌컥 열고 들어오면서 앞뒤 설명 없이 결론부터 말했다.

"경복궁에 들어가게 해 주십시오!"

"뭐? 뭐라고? 갑자기 그 무슨…….”

홍천기는 안견이 당황할 틈도 주지 않고 책상 앞에 서서 말했다.

"경복궁에도 화원들의 업무가 있는 걸로 압니다. 저도 거기에 투입해 주십시오. 부탁드립니다!"

안견은 팔짱을 끼고 몸을 뒤로 넘겨 의자에 등을 기댔다. 그러곤 한동안 대답을 하지 않았다. 홍천기가 참지 못하고 다그치듯 말했다.

"어떻게 해야 합니까? 방법을 알려 주십시오."

"반드시 경복궁이어야 하나?"

"네! 반드시 경복궁이어야 합니다."

또다시 뜸을 들이던 안견이 마치 즉석에서 떠오른 생각인 양 말했다.

"먼저 관직부터 받아야겠지? 그래야 업무를 맡을 수 있으니까. 특히 경복궁 업무라면."

"지금 당장 들어가야 합니다."

"그건 어렵고. 원래 예정되었던 3개월을 단축시키는 건 네 몫이다. 일손 하나라도 빨리 늘어나 주면 나야 고맙지."

이후로도 여러 차례 졸랐지만, 다른 방법은 제시받지 못했다. 결국 포기한 홍천기가 들으라는 듯 큰 소리로 중얼거리면서 안견의 방을 나갔다.

"어쩌지? 경복궁 담을 넘는 게 더 빠르겠는걸?"

안견은 움찔했지만 아무런 내색을 하지 않으려고 애를 썼다. 홍천기가 나가는 옆으로 이번에는 최경이 불쑥 들어왔다. 최경은 홍천기가 완전히 사라지고 나서야 문을 닫고 가까이 와서 말을 꺼냈다.

"원래 경복궁 업무 어쩌고 하시면서 개떼들 차임을 서두르신 거 아니었습니까? 전 그렇게 들었는데…….."

"흠흠! 뭐, 그것도 겸사겸사."

"그런데 말씀은 마치 소원을 들어주는 것처럼 하십니다. 3개월도 원래 터무니없었는데 거기다가 더 단축시키라는 건 잔인하지요."

"동기가 확실할수록 진도는 빨라지는 법이다."

"그렇게 채찍질하지 않아도 개충이 녀석 진도 빠릅니다. 놀라울 만큼."

"우리 도화원에서 채찍질 안 당하면서 일하는 화원도 있나?"

걱정스러운 듯 잠시 미적거리던 최경이 방을 나가면서 말했다.

"좋을 대로 하십시오. 저도 개충이 훈도 노릇 빨리 관두면 좋으니까."

최경의 뜀박질 소리가 차츰 멀어졌다. 최근 그림이 좋아지고 있는 건 바로 최경이었다. 원래도 기술적인 면에서는 그를 따라갈 자가 없었다. 그런데 요 며칠 사이, 기술 위에 생기까지 넘쳤다. 홍천기의 영향이라는 건 두 번 생각할 필요가 없었다. 이건 예상치 못한 덤이었다. 치고받느라 바쁜 개떼들이지만 그 틈 사이로 좋은 영향도 주고받고 있었다. 남녀가 연분 관계가 아닌, 맞수 관계로 엮이는 것도 썩 나쁜 건 아니라는 생각이 들었다. 그것이 결과적으로 더 나은 실력을 가져온다면 말이다. 아득하게 먼 곳에서 시끌벅적한 싸움박질 비슷한 소리가 들려왔다. 안견이 웃으면서 중얼거렸다.

"으이그! 저놈의 개떼들이 또! 뭔 싸울 거리들이 저리도 많은지, 원."

| 세종 20년(무오년, 1438년) 음력 2월 18일 |

장영실의 눈짓에 따라 맹사성은 갑자기 빙그르르 돌다가 멈추는 윤도의 지남침을 쳐다보았다. 맹사성이 걱정스러운 눈으로 장영실을 향해 고개를 끄덕였다. 장영실이 세 개의 커다란 윤도를 탁자 위에 얹어 두고, 나머지 작은 윤도 하나를 하람의 손에 쥐여 주면서 말했다.

"이 윤도는 다른 곳에서는 똑 부러지게 중심을 잘 잡는데, 자네 근처만 오면 유독 갈팡질팡 흔들려. 그래도 내가 만든 것 중에 예쁘기는 이게 제일이야. 덤으로 줄 테니까 혹시나 주고 싶은 사람 있으면 주게."

그러더니 두고 온 바쁜 업무 때문에 맹사성과는 안부와 관련한 대화 몇 마디만 겨우 나누고 자신의 일터로 돌아갔다.

"나도 이제 슬슬 가 봐야겠구나. 내일 새벽에 출발하려면 빨리 가서 눈을 붙여야지."

"송구합니다. 제가 배웅해 드려야 하는데⋯⋯."

하람이 진심으로 고개를 숙였다. 맹사성이 일어나다 말고 다시 자리에 앉아 말했다. 망설임 끝에 나온 말이었다.

"람아. 내가 떠나기 전에 이실직고를 한 가지 해야겠구나."

하람이 보이지 않는 붉은색 눈동자를 맹사성의 목소리가 들리는 방향을 향해 고정했다.

"홍 화공, 사람이 참 괜찮더구나."

당황한 하람의 얼굴이 붉어졌다.

"저, 저기, 어떻게 만나셨는⋯⋯. 아! 최 회사."

"네 허락도 받지 않고 사정을 전부 말해 주었다."

깜짝 놀란 하람이 의자에서 벌떡 일어났다. 그러더니 안절부절못하고 제자리에서 서성거리다가 다시 의자에 앉았다. 그러곤 이내 제 머리를 감싸 쥐었다.

"어떻게 밀쳐 냈는데⋯⋯. 얼마나 어렵게 떠나왔는데⋯⋯."

"홍 화공은 너를 도와주고 싶어 해."

"그래서 안 되는 겁니다! 홍 화공은⋯⋯, 그 사람은⋯⋯ 물러나지 않고 또다시 올 걸 알기에⋯⋯."

"의지해도 되는 사람에게는 의지해라. 너에게는 지금 기댈 수 있는 홍 화공이 제일 필요하다."

하람이 탁자를 더듬으며 맹사성에게로 다가갔다. 그러고는 그 앞에 무릎 꿇고 앉아 허벅지에 머리를 기댔다.

"홍 화공을 노리는 것 같습니다, 제 안에 있는 마魔가."

"뭐? 근거가 있는 말이냐?"

"짐작에 불과하지만, 이 짐작도 확률에 의해 나온 겁니다. 홍 화공과 만나게 된 계기와 그 후의 마魔의 움직임을 유추해 보면 더욱 그렇습니다. 그래서 그 사람은 제 곁에 오면 안 되는 겁니다."

맹사성의 머리에서 하람의 말과 홍천기의 말이 겹쳐졌다. 마魔의 차가운 손이 그녀의 목을 졸랐다던 대목이었다.

"왜?"

맹사성의 짧은 물음은 주변의 공기를 순식간에 울렁거리게 하였다. 하람이 고개를 번쩍 들었다.

"네?"

"네 짐작이 맞다면 왜 홍 화공이지?"

하람은 머리에 물리적으로 가격을 당한 것보다 더 큰 충격을 받았다. 그래서 제대로 된 생각도 할 수 없었을 뿐 아니라, 말도 제대로 이을 수가 없었다.

"무슨 말씀이신지……."

하람의 충격을 감안한 맹사성이 천천히 짚어 주었다.

"네 안에 있는 마魔가 왜 하필 홍 화공을 노리는 거냐고 묻는 거다."

"아……, 왜……."

"그러게, 왜일까? 이걸 알기 위해서는 그전에 정말로 홍 화공을 노리는 게 확실한지 알아내야겠지? 짐작만으로 피하기보다는."

"피하지 않고 만났다가 그 사람이 진짜 위험해지면요?"

"그것도 그렇군. 그렇다고 일부러 홍 화공을 위험에 빠뜨릴 수도 없는 노릇이고. 참으로 어렵구나."

"그 사람이 위험해지는 것보다 제 마음 아픈 쪽이 낫습니다. 차라리 그리운 편이 덜 괴로우니까."

"보고 싶은 걸 이렇게 참아서야 되겠느냐?"

"꿈을 꾸지 않는 저는 꿈에서조차 그 사람을 볼 수가 없습니다. 꿈에서라도 보고 싶은데, 그것조차 저에게는 허락되지 않습니다. 그래도……, 그 사람 곁에 가까이 가지 않는 것만이 그 사람을 지킬 수 있는 길이라면……. 다른 방법이 없다면……."

맹사성이 하람의 어깨를 토닥였다. 손에서 떨리는 어깨가 느껴졌다. 이럴 때 이양달 일관이 살아 있었다면 많은 도움이 되었을 것이다. 살아생전 사고의 원인을 알아내기 위해 백방으로 알아보았지만 모조리 실패하기는 했었다. 노력이 부족했던 것은 아니었다. 뛰어난 일관이었다고 해도 인간의 한계가 있었을 뿐이다. 그래도 그가 알아낸 한 가지는 있었다. 경복궁 안에서는 하람도 왕실도 서로 안전하다는 거였다. 경복궁의 터에 하람의 핏줄을 보호하는 지신이 존재한다고 굳건히 믿었기 때문이다. 그의 믿음은 호령의 등장으로 입증이 된 셈이다.

"휴! 우리끼리라도 묘안을 찾아보자."

맹사성의 긴 한숨이 하람의 머리 위로 내려앉았다. 아무도 보지 않는 사이, 탁자 위에 있던 작은 윤도의 지남침이 빙그르르 돌아가고 있었다. 특히 하람이 홍천기를 말할 때는 그 움직임이 더욱 맹렬해지곤 하였다.

第六章　一

귀수鬼宿의
기운

1

공적인 보고를 끝낸 박 사력이 서운관지를 덮고 나서 사적으로 말을 꺼냈다.

"귀수의 불안한 움직임이 변하지를 않습니다."

하람은 대수롭지 않게 말을 받았다.

"서너 달만 지나면 모습을 감출 별자리입니다. 신경 쓰지 마십시오."

"하아! 아직도 서너 달이나 남았습니까? 별자리 이름 때문인지 귀수가 하늘에 있는 동안은 내내 불안합니다. 올해는 유독……."

귀鬼의 곡소리. 문득 떠오른 말이었다. 해석하기 나름인 글자들이기에 정확한 의미는 때에 따라 달라질 것이다. 귀鬼. 경복궁에는 사람과 귀鬼는 들어올 수가 있다. 하람은 사람과 귀鬼는 볼 수가 없다. 그렇다는 건 주변에 귀鬼가 즐비한데도 보이지만 않는 것일 수도 있다. 동지 밤의 부엉이들은 정말 원귀였던 건가? 여기까지 생각이 미치자, 아침 해가 떠 있는 걸 알고 있음에도 불구하고 등골이 오싹해졌다.

"하 시일, 왜 그러십니까?"

"아무것도 아닙니다."

"며칠 있으면 동방 청룡의 심장이 나타나겠죠? 그것만 생각하면 귀수쯤이야. 하하하."

'우와! 귀공 눈에 정말 처, 청룡도 보이십니까?' 홍천기의 목소리가 들리는 듯했다. 하람은 자신도 모르게 싱긋이 웃고 말았다. 박 사력이 기지개를 켜면서 일어섰다.

"저는 행랑에서 눈 좀 붙이겠습니다. 도화원에서 파견 나오면 잊지 말고 깨워 주십시오."

"도화원……."

설레는 단어였다. 그저 관청 이름만 들었을 뿐인데도 그 사람 이름을 들은 양 가슴이 두근거렸다. 아직도 여전히 그 마음 그대로였다. 어쩌면 그리움은 더 간절해졌는지도 모른다. 하람이 말도 안 되는 기대감으로 물었다.

"어떤 화원들이 들어오는지 아십니까?"

"모두 관직이 있는 화원들이라는 말만 전해 들었습니다. 아무래도 경복궁 내에 들어와야 하니까 아무나 못 보내지 않겠습니까?"

3개월 동안 생도로 훈련을 받는다고 했으니, 고작 두 달 지난 지금 관직을 받았을 리가 없었다. 그러니 파견 나오는 화원에 홍천기가 있을 리가 없었다. 그래도 설렜다. 어쩌면 화원들을 통해 홍천기의 소식을 훔쳐 들을 수도 있다는 설렘이었다. 그렇게나마 그녀의 이야기를 들을 수 있다면, 그것만으로도 감사할 일이다. 이 감옥 같은 곳에서 그 정도는 욕심이 아닐 것이다.

경복궁의 서쪽 편에 위치한 문 앞에서 소란이 계속되고 있었다. 가리마를 쓰고 당의를 입은 여인과 문을 지키고 선 파수군들 간의 실랑이였다.

"대체 왜 못 들어가게 한단 말입니까? 이 많은 문서들이 지칭하는 사람이 바로 저라니까요!"

"궁녀는 저쪽으로 올라가서 북쪽 문을 이용……."

"시키는 대로 거기까지 갔다가 안 돼서 다시 왔잖아요! 대체 몇 번을 말해야 합니까? 전 궁녀가 아니라, 여기 이 문서에 표기된 도화원 회사란 말입니다."

"그러니까 그게 말이 안 된다고 하지 않습니까! 도화원 회사도 엄연히 품계가 있는데 어떻게 여자가 그 관직을 받을 수 있습니까? 사기를 치려거든 내명부나 외명부를 끌어와야지!"

"이보십시오. 그쪽들도 여기 이 문서들은 진짜가 맞다고 하지 않았습니까?"

"문서는 진짜라도……."

"이 문서에 적힌 홍천기가 바로 저라니까요! 저! 저! 저!"

"그러니까 이 문서들도 진짜고, 홍천기가 도화원 회사인 것도 맞고, 오늘 입궐 예정 명단에 도화원 회사 홍천기가 있는 것도 맞는데, 귀녀가 홍천기라는 증거를 가지고 오라니까요! 도화원의 회사가 여자라는 지침도 받은 적 없고, 여기 문서 어디에도 홍천기가 여자라는 표기는 없으니까!"

"와! 미치겠네. 내가 홍천기인데 내가 나를 어떻게 증명한단 말입니까? 여자라서 호패도 없는데!"

안평대군도 의심을 받을 당시 이런 심정이었을까? 이건 안평대군을 의심한 벌을 받고 있음이 분명했다. 갑갑함을 이기지 못하고 가슴을 쳐 댄 통에 시퍼렇게 멍이 들었으니 빚진 벌을 탕감받아도 무방할 것이다.

"저희들이 지금 하고 있는 말도 그겁니다. 호패조차 없는 여자가 뭔 관직입니까?"

"이 문서들은 진짜가 맞다면서요!"

"그러니까 이 문서는 진짜가 맞는데…….."

물레가 돌듯 똑같이 되풀이되는 대화는 끝이 날 기미가 없었다. 그사이에 홍천기의 속은 새까맣게 타들어 갔다. 삼지창을 든 파수군들을 향해 욕설이 터져 나오기 일보직전이었다. 마침 뒤에서 최경의 목소리가 들렸다.

"내가 이럴 줄 알았다니까. 뭐가 그리 급해서 혼자 뛰어가냐? 거봐, 내가 문도 통과 못 할 거라고 그랬지?"

"알면 일찍 좀 오지! 이제야 슬렁슬렁 나타난 주제에."

최경이 예조판서 관인과 도화원 제조의 관인이 함께 찍힌

출입 증서를 내밀었다. 그의 문서는 홍천기의 것과 이름을 제외하면 다른 부분이 별로 없었다. 홍천기가 관직을 받을 때, 최경은 종8품 화사로 승진했기에 관직도 다른 부분이기는 하였다. 최경이 말했다.

"믿기 어렵겠지만 여기 이 여인은 우리 도화원의 회사가 맞습니다."

최경은 안면이 있는 화원이었다. 그렇기에 이 상황까지 오면 홍천기를 의심한 걸 철회해야 마땅하지만, 그들은 당황하여 최경까지 의심하고 나섰다.

"아, 잠시만 기다려 주십시오. 위에 알아보고 오겠습니다. 두 분 다 여기 계십시오."

군사 한 명이 안으로 달려 들어가는 것이 보였다. 홍천기는 목을 길게 빼고 경복궁 안을 들여다보면서 발을 동동거렸다. 잠도 자지 않고 새벽같이 달려왔다. 심장이 터져 버릴 것 같아서 미적거릴 수가 없었다. 그런데 달려온 시간이 무색하게 경복궁을 눈앞에 두고 발이 묶여 버린 것이다.

"미치겠다. 왜 문서를 안 믿는 거지? 이걸 안 믿으면 이 증서가 무슨 소용이야."

"한번 의심하기 시작하면 세상 전부가 의심스럽기 마련이니까."

이번에는 안견이 도착했다. 그런데 자주 궐을 드나들었던 안견조차 같이 발이 묶이고 말았다. 결국 이 문제는 홍천기가 여인이라는 사실과, 이 여인에게 관직을 내린 사실을 알고 있는 영의정이 나타나고 나서야 해결이 되었다. 때마침 입궐 중이던 영의정이 이들을 발견하지 않았다면 쉽게 끝나지 않았을 실랑이였다.

관복을 벗어 두고 가벼운 일상복으로 갈아입은 하람이 서운관 마당으로 들어섰다. 어디선가 들려오는 소리에 잠깐 발을 멈췄지만, 이내 신을 벗고 대청 위로 오른쪽 버선발을 올렸다. 그러다가 다시 발을 멈췄다. 아득히 먼 소리는 거의 들리지 않아서 그저 느낌에 불과했다. 그 느낌이 하람의 버선발을 내리게 하고, 다시 마당에 내려서게 하였다.

눈앞에는 붉은색 이외에는 아무것도 보이지 않았다. 오직 소리만 있었다. 약한 바람 소리였다. 가까이에는 여러 마리 새의 지저귐도 있었다. 새소리는 아주 먼 곳에서도 있었다. 제법 굵직한 소리였다. 사람들의 말소리도 두런두런 있었다. 정확하게는 알아들을 수 없는 말이었다. 궁궐도 사람이 사는 곳이니 사람의 소리가 들리는 것은 당연했다. 그동안 익숙해서 유심히 듣지 않았기에 새롭게 느껴졌다. 지금 이 순간은 그랬다.

가벼운 뜀박질 소리가 이 모든 소리를 가르며 가까워지고 있었다. 옷자락 펄럭이는 소리도 함께였다. 이윽고 가쁘게 헐떡이는 여인의 숨소리가 들려왔다. 하람은 붉은 곳만 바라보면서 소리에 귀 기울이느라 자신의 숨소리조차 삼켰다. 여인의 숨소리는 세상의 모든 소리를 잠재우고 적막 속에 홀로 빛을 냈다.

"어……, 어떻게 여기에……."

만수의 울먹이는 목소리였다. 이 목소리가 이어졌다.

"홍 화공님이 경복궁 안에 어떻게 들어오셨……."

말은 끝까지 마무리하지 못한 채 흐느끼는 소리로 변했다. 분명 홍 화공이라고 하였다. 그렇게 들었다. 들숨과 날숨이 뒤엉켜 엉망진창이 되었다. 붉기만 한 세상에서 그리운 목소리가 들려왔다.

"제가 반갑다면, 귀공은 팔만 펼쳐 주세요. 뛰어가 안기는 건 제가 할 테니."

붉은 세상에서 홀로 살아가던 하람에게 홍천기의 목소리는 빛이었고, 구원이었다. 그 빛을 향해 발을 내디뎠다. 보이지 않아서 더 강렬한 빛을 향해 나아갔다. 처음에는 목소리가 들린 방향으로 무작정 나아갔다. 그러다가 숨소리에 귀를 기울였다. 발을 앞으로 내디딜 때마다 그만큼 숨소리는 가까워졌다.

손을 앞으로 뻗었다. 손끝에 사람의 형체가 닿았다. 두 손 안에 작은 얼굴이 더듬어졌다. 이전에 느꼈던, 손끝이 기억하고 있는 홍천기의 얼굴이었다. 두 손으로 감싼 얼굴 가까이로 귀를 가져다 대었다. 숨소리에 귀를 붙였다. 볼과 볼이 닿자, 귀와 입술이 닿았다. 숨소리만 들리는 것이 아니었다. 유심히 귀를 기울이니 그 안에 울음소리도 있었다. 그런데 홍천기의 소리가 아니었다. 그녀의 숨소리에 섞여 있는 건 하람 자신의 울음소리였다.

팔로 감아 안은 건 마치 공기 같았다. 언제나 당당해서 크게

만 느껴졌던 여인이 너무도 작은 형체로 품 안에 안겼다. 팔에 힘을 주었다. 그리웠던 감정만큼, 놓치고 싶지 않은 마음만큼 힘을 주어 안았다. 품 안의 작은 몸에 기대어 하람은 한없이 눈물만 흘렸다.

하람의 품 안에서 홍천기도 함께 눈물을 흘렸다. 팔만 펼쳐 주었어도 고마웠을 것이다. 그런데 떨려서 땅에 붙어 선 홍천기의 다리를 기다리지 않고, 그가 먼저 다가와 주었다. 세상에 존재하는 모든 감정들을 다 담은 얼굴을 하고서 다가와 안아 주었다. 그런 그가 울고만 있었다. 아무 말도 하지 않은 채. 어떤 말도 필요하지 않은 듯. 숨겨 왔던 모든 감정들을 오직 눈물로만 쏟아 내고 있었다.

"주상 전하, 아니, 아바마마! 정말 너무하시옵니다."

임금은 셋째 아들의 원망 어린 눈을 보면서 이번에는 정말 미안한 마음이 들었다. 대놓고 도화원을 말하지는 않았지만, 그곳 일을 하고 싶어 하는 마음을 뻔히 알면서도 외면했다. 도화원 담장을 넘었다는 소식을 전해 듣고도 모르는 척했다. 급기야 다녀오면 원하는 걸 해 주겠다는 미끼를 던져 김종서가 있는 함길도 회령까지 보냈었다. 그런데 아버지인 임금의 탄신일에 늦지 않으려고 안간힘으로 한양에 도착한 아들에게 기대했던 도화원이 아닌, 전혀 다른 관청의 업무를 맡기게 된 것이다.

"소자, 오늘 한양에 도착하자마자 입궐하였사옵니다."

"안다."

"원하는 걸 해 주시겠다고 하시지 않으셨사옵니까?"

"그랬다. 허나 이쪽이 더 다급한 데다가 너의 능력이 꼭 필요한 일이라……."

"그런 식으로 따지신다면, 소자의 능력이 필요한 곳이 어디 서운관뿐이겠사옵니까?"

임금의 눈치를 슬쩍 살폈다. 계속 우겨 봐도 흔들릴 것 같지가 않았다. 긴 여정의 고단함이 담긴 몰골을 부각시켜 처량함을 내보였다. 그래도 측은한 표정만 지을 뿐 철회를 해 줄 기미는 없었다. 이용은 결국 짜증을 내고 말았다.

"다 좋사옵니다. 서운관, 가라 하오시면 가겠사옵니다. 그런데 도화원 옆에 버젓이 있는 서운관을 놔두고 궐내 각사에 있는 서운관 업무라니요! 일부러 소자를 골탕 먹이려고 작정하시지 않고서야 정말 이러실 수는 없사옵니다."

"일부러 이럴 리가 있겠느냐. 어쩌다 보니 이렇게 된 거지."

"그곳에 하 시일 같은 인간이 있음에도 불구하고 소자를 보낸다는 것은, 제 업무가 정확하게 뭔지는 몰라도 하 시일의 눈이 되어 주는 것이겠지요? 기밀을 요하는."

임금은 대답 없이 싱긋이 웃기만 하였다. 투덜거려도 할 일을 알아차리고, 또 넘치도록 잘 수행해 주는 안평대군이었다. 일일이 설명해 줄 필요도 없었다. 그런 셋째 아들이 자랑스럽지만, 그 자랑스러움을 다른 이들에게 내보일 수는 없었다. 그저 마음속으로만 고마워할 수밖에 없는 처지였다.

임금은 자신을 원망스럽게 바라보는 아들의 얼굴을 보았다.

신하들이, 심지어 아내조차 밖으로 꺼내지 못하고 삼키는 말들을 알고 있었다. 임금이 젊었을 때, 이전 임금의 셋째 아들 시절 때와 똑같이 생긴 자신의 셋째 아들. 임금도 본인의 정확한 얼굴을 알지 못했다. 그저 임금이 되기 전의 얼굴이 지금 눈앞의 얼굴이겠거니 여길 뿐이다. 그래서 이용을 볼 때마다 임금이 되기 전, 신하로서 왕이 된 자에게 바라는 덕목에 대해 생각했던 것들을 되새기곤 하였다. 셋째 아들은 곧 임금의 젊은 날의 초상이자, 또한 초심이었다.

"하 시일 그자가 하는 일은 어찌 된 게 죄다 기밀을 요하는 일뿐이란 말이옵니까? 재미없게."

원망과 고집을 한층 누그러뜨린 목소리였다.

"네가 할 일은 많지 않다. 대군으로서 얼굴만 내비쳐 주면 된다. 자주 들여다볼 필요도 없고. 대략 보름에 한 번꼴이면 될 성싶구나."

"휴! 보름에 한 번도 많은데……."

이용이 인사를 올리고 힘없이 일어섰다. 그러다가 생각난 듯 물었다.

"아! 하 시일은 그동안 경복궁을 나간 적 없사옵니까?"

"글쎄다. 그런 것까지는 모르겠구나. 얼굴은 거의 매일 보기는 하였다만."

갑작스럽게 한 달이 넘는 기간 동안 한양을 비웠다. 홍천기를 가까이에서 지켜 주고 싶었는데 그러지를 못한 것이다. 도화원에서 제대로 된 평가는 받고 있는지, 여자라는 이유로 홀대는 안 받고 있는지 내내 마음에 걸렸었다. 당장 가서 확인하고 싶은 마음을 달랠 수 있었던 건 순전히 자신의 몰골 덕분이었다. 이렇게 아름답지 못한 모습으로 홍천기 앞에 설 수는 없었다. 죽었다가 깨어나도 싫은 일이다. 어서 집에 가서 때 빼고 광 낸 뒤에 홍천기부터 찾아가리라. 우선 오늘은 나가는 길에 궐내 각사에 있는 서운관에 들러 얼굴만 살짝 내비치자. 그러고서 보름 후에나 다시 들여다보면 될 것이다. 이렇게 하다 보면 언젠가는 서운관 업무도 끝이 날 터이다. 그 후에 또다시 도화원 업무를 달라며 떼써 보리라. 될 때까지 하고 말리라!

이용은 자신의 몰골 따위는 떠올리지도 못했다. 서운관에서 홍천기를 발견하고서는 무언가에 홀린 양 먼지 날리는 창고 속으로 들어갔다. 그러고는 짧은 인사 끝에 팔을 걷어붙이고 일을 거들었다. 얼굴만 살짝 내비친다는 의미가 무엇인지도 잊었다. 일은 건성이었다. 일하는 척하면서 홍천기에게 말을 걸 기회만 살폈다. 긴 눈치 끝에 지도첩을 꺼내느라 분주한 홍천기 옆으로 슬쩍 다가가서 말을 붙이는 데 성공했다.

"내가 안 지켜 줘도 관직을 잘 받았구나. 쉽지 않은 과정이었을 터인데……."

이용의 목소리는 쓸쓸함이 가득했다. 홍천기가 관직을 받은 게 안 기쁜 것은 아니었다. 하지만 자신의 도움이 필요 없었다는 사실은 이와는 별개의 문제였다. 홍천기에게 쓸모 있는 인간이고 싶었기 때문이다. 그 기회를 임금 때문에 날려 버린 듯했다.

"우여곡절은 있었지만, 중요한 건 제가 해냈다는 것이옵니다."

"정말 대견하구나. 하긴, 누가 네 실력에 시비를 걸 수 있겠느냐."

"시비를 걸더라고요, 글쎄!"

홍천기는 며칠 전의 일이 떠올라 다시금 속에서 천불이 일었다. 열 받아서 씩씩거리는 모습이 사랑스러웠다.

"원래 품계가 높아야 화품도 높다고 생각하는 사람들이니까. 하하하."

"안평대군 나리! 도대체 남녀칠세부동석이란 말이 무엇이옵니까? 관직깨나 높으신 양반들이 생전 듣도 보도 못 한 말을 해대는데 정말 화나서 미치는 줄 알았사옵니다."

"남녀칠세부동석? 음……, 들어 본 적이 있는 것도 같고, 아닌 것도 같고……. 하 시일이라면 알지도 모르겠구나. 적어도 책에 있는 말이라면 말이다."

"나리조차 모르는 말을 들이대면서 반대를 하다니, 쳇!"

"어지간히도 반대할 거리가 없었나 보구나. 하하하. 아차! 차영욱 화공은?"

"아직 생도로 있사옵니다."

이용은 그제야 홍천기가 예정되어 있던 생도 기간을 단축시켰음을 알아차렸다. 여자라는 것만으로도 방해가 만만치 않았을 터인데, 기간까지 단축시켜서 관직을 받아 냈다는 건 예상을 훨씬 뛰어넘은 결과였다.

"그동안 먼 곳을 다녀오셨사옵니까?"

홍천기의 질문은 씁쓸함을 걷어 갔다. 기운을 차린 이용이 허세 가득하게 말했다.

"주상 전하께오서 나랏일에 나의 수고로움이 없으면 아니 된다 하여 한양을 비웠다. 하하하. 나랏일이 급하여 기별을 못 한 것이지, 너의 그림이 안 보고 싶었던 것은 아니었다."

"줄곧 화원화 베끼기만 해서 보여 드릴 그림은 없었사옵니다."

"소나무는?"

"그건 연락이 없으셔서……."

"연락을 안 한 게 아니라, 못 한 거라니까."

"아! 제 죗값은 탕감해 주시옵소서."

"난데없이 뭔 말이냐?"

"오늘 경복궁으로 들어오는데, 제가 홍천기인 걸 자꾸 입증하라지 않겠사옵니까? 어찌나 황망하던지, 안평대군께 저질렀던 죗값을 이자까지 쳐서 치른 기분이옵니다."

"그 심정은 나만큼 잘 이해할 사람이 없지. 하하하. 하지만 대체 어디서 그런 셈법이 나온 것이냐? 넌 그쪽에서 받고, 난 너에게 받아야 옳은 계산이지."

"안 되는 것이옵니까?"

"응. 안 되는 것이야."

"네……."

이용은 풀죽은 척하는 홍천기도 사랑스러웠다. 행동과 표정, 말투는 외모가 보이지 않을 만큼 좋았다. 외모가 출중해서 사랑스럽게 느끼는 거라고 타박할 사람들도 있겠지만, 이용은 그렇게 생각하지 않았다. 한 달이 넘는 기간 동안 먼 변방에서 그리웠던 건 홍천기의 그림과 주고받던 대화였기 때문이다.

"국경까지 간 김에 좋은 그림 몇 점을 구해 왔다."

'너를 위해서'라는 말은 생략했다. 홍천기에게 도움이 될 만한 그림을 비싼 값으로 구입하기는 했지만, 자신도 갖고 싶었던 거라 생색내기는 다소 무리가 있었다.

"보러 와야 한다. 알겠느냐?"

"이번에도 보여 주시옵니까?"

"당연하지!"

홍천기가 눈을 빛내며 환하게 웃었다. 이 열정 어린 표정이 보고 싶었던 거다. 갑자기 안견이 홍천기를 불렀다. 안평대군은 차마 부르지 못해서 만만한 홍천기만 부른 것이다. 예상대로 홍천기가 다가오자 이용도 같이 왔다. 안견이 안평대군에게 하지 못하는 말을 홍천기에게 대신 하였다.

"여기 있는 것들은 아까 그 공방으로 가져다 놓아라."

홍천기가 지도첩을 들기 위해 팔을 펼쳤다. 하지만 이용이 먼저 두루마기 세 개를 재빨리 안겨 주고 자신이 무거운 지도첩들을 들어 올렸다.

"같이 가자."

홍천기를 비롯하여 창고 안에 있던 최경과 박 사력이 아연실색하여 말렸지만, 이용은 자신의 힘을 자랑하며 기어이 앞장서서 창고를 나섰다. 이용이 비워 놓은 탁자 위는 최경이 가져다 놓은 지도첩으로 다시 붐볐다. 최경이 손과 몸에 묻은 먼지를 털면서 박 사력에게 말했다.

"이게 마지막인 것 같습니다."

"이것들은 겉으로만 봐도 상태가 영……."

박 사력이 안견의 눈치를 슬쩍 보면서 한숨부터 내쉬었다. 상태가 나쁜 지도를 분류 중인데, 안견과 견해 차이가 있었다. 박 사력이 다시 그려야 한다며 분류하면 안견은 일손이 턱없이 부족하다며 돌려놓기 일쑤였기 때문이다. 그럼에도 불구하고 지금까지 공방으로 마련된 곳으로 옮겨 놓은 양은 상당했다. 안견이 홍천기를 향해 소리쳤다.

"홍 회사는 이제 안 와도 된다. 우리도 이것만 마무리하고 따라갈 테니까."

홍천기는 가볍게 대답하고 이용의 뒤를 바짝 따라갔다. 그런데 이용은 지금 이 순간만큼은 그녀가 가까이에서 걷는 게 싫었다. 호기롭게 들고 나선 지도첩의 무게가 이용의 팔을 땅으로 짓눌렀기 때문이다. 끙끙거리는 신음 소리를 내지 않으려고 입술을 깨물었지만 부들부들 떨리는 팔을 숨기지는 못했다. 홍천기가 대수롭지 않은 표정으로 제일 위의 지도첩 한 권을 덜어 냈다.

"나리 같은 분이 하실 일이 아니옵니다."

"나 같은? 오해다. 내가 얼마나 힘이 센데."

"당연히 힘은 세시겠지요. 전 신분을 말씀드렸사옵니다. 안평대군같이 높으신 분은 사람을 부리기만 해서 이런 일은 서투

르실 거라는 뜻이옵니다."

"난 또. 나의 사내다움을 업신여기는 줄로만 알고 발끈할 뻔했다. 하하하."

"이해하옵니다. 저도 저의 여성다움을 업신여김 당하면 발끈하옵니다."

"음, 네가 그렇단 거지? 여성다움. 음……."

"뒤의 그 긴 '음…….'은 무슨 뜻이옵니까?"

"나쁜 뜻은 아니다. 아! 지도첩이 무거워서 나오는 신음 소리야. 암! 신음 소리이고말고."

임시로 마련한 공방으로 들어가 탁자 위에 짐을 얹었다. 서운관 본 건물에서 오른쪽에 있는 부속 건물이었다. 홍천기는 공방에 짐을 내려놓자마자 창문에 붙어 섰다. 본 건물에서 일하고 있는 하람을 보기 위해서였지만, 제아무리 창 너머로 머리를 빼고 몸까지 빼도 그의 모습은 찾을 수가 없었다. 이 모습을 지켜보던 이용이 갑자기 팔을 잡아당겨 창에서 멀어지게 하였다. 그러고는 그 앞을 막듯이 창을 가리고 섰다.

"왜 그러시옵니까?"

이용이 웃으면서 대답했다.

"너야말로 왜 그렇게 열심히 바깥을 살피느냐?"

웃음에 씁쓸함이 배어들었다. 겸연쩍은 듯 웃던 홍천기가 더듬더듬 핑계를 댔다.

"경복궁은 처음이라 신기해서……."

"난 말이다, 내가 원하는 것이 있으면 반드시 가졌다. 종종 집착이 과하다는 주변의 우려를 듣기도 하면서."

뜬금없는 말은 홍천기를 이용에게로 집중시켰다. 그림에 관한 이야기라 짐작하고 긍정하듯 고개를 끄덕였다. 이용이 홍천기의 눈동자에서 시선을 떼지 않고 조용하게 말했다.

"그것이 그림만이라고 생각하지 마라."

이용의 얼굴에서 웃음기가 완전히 사라지고 없었다. 분위기가 어색해졌다. 이렇게 된 이유를 이용은 알았지만 홍천기는 깨닫지 못했기에 더 어색해지고 말았다.

"회령 땅에 갔던 그 기간이 나에게는 뼈아프구나. 아바마마가 정말 원망스럽다."

| 세종 20년(무오년, 1438년) 음력 4월 3일 |

경복궁에 들어오면 질리도록 하람의 얼굴을 볼 수 있을 줄로만 알았다. 그런데 이틀째인 오늘도 제대로 마주친 적이 없었다. 창 너머로 하람이 있는 건물이 안 보이는 것도 아니었다. 드나드는 사람들은 있는데 대체 하람은 뭐 하기에 보이지가 않는단 말인가. 본채로 쳐들어가고 싶은 마음은 굴뚝같았지만 이것도 어려웠다. 같은 공간 안에 있다는 사실만으로 사람들의 시선에서 오히려 더 자유롭지 않았다. 엄격하게 출입을 금지한 것은 아니었지만, 조심해서 나쁠 건 없지 않겠느냐는 게 모두의 의견이었다. 홍천기는 다수의 의견을 따를 수밖에 없었다. 그래서 우울했다.

사람의 기척이 지나갔다. 이와 동시에 홍천기의 고개가 창문을 향해 쭉 빠졌다가, 한숨과 함께 되돌아왔다. 최경의 타박어린 눈빛이 날아왔다.

"야! 한동안 일손은 너, 나 둘뿐이니까 정신 차려! 한눈팔면 그 즉시 경복궁에 못 들어오게 할 거다."

"어머! 우리 최 화사께서 어찌 이리 살벌한 농담을 하실까요? 저 보십시오. 지금 탁자에 딱 붙었……."

홍천기의 시선은 어느새 돌아가 창문 밖을 보았다. 이번에는 정말로 하람이 지나가고 있었다. 홍천기의 몸은 최경의 눈초리를 뿌리치고 탁자가 아닌, 창문에 딱 붙어 섰다.

"개충아! 얼른 와라, 좋은 말 할 때."

"자, 잠깐만……."

"하 시일은 이따가 마당으로 불러내서 봐라. 여기서 속 끓이지 말고."

"나 하 시일 보는 거 아니야. 밖에 여자애가 있어."

"여자애?"

"뭐야, 저 계집은! 기분 나쁘게 하 시일과 함께 다니잖아."

최경이 홍천기 옆으로 와서 창밖을 보았다. 하람과 만수가 마당을 가로질러 본채로 들어가고 있었다. 여자애라고 할 만한 건 눈 씻고 찾아봐도 없었다. 최경의 꿀밤이 홍천기의 머리로 야무지게 꽂혔다.

"아야!"

"말도 안 되는 소리를 믿은 내가 등신이지. 그따위 거짓말까지 해 가면서 하 시일 훔쳐보지 말고, 이리 와서 베끼기나 계속해."

창고에서 가져온 지도들은 똑같이 모사하는 것과, 측량부터 완전히 새로 제작할 것으로 크게 나눠졌다. 먼저 색이 바랬거나 번져서 알아볼 수 없는 지도를 새 종이에 모사하는 작업부터 진행되고 있었다. 이것은 홍천기에게는 상당히 지겹고 고통스러운 업무가 아닐 수 없었다. 홍천기가 맞은 자국을 움켜잡고 탁자로 와서 앉았다. 그러면서 투덜거렸다.

"못 봤어? 옷 이상하게 입은……."

"못 봤다. 여기에 여자애가 있을 턱이 없잖아."

"이상하다, 정말 있었는데. 무수리 아닐까?"

"무수리는 업무 시간에 못 드나들어. 특히 여기는. 진짜 본 거 맞냐?"

"응. 그런데 무수리는 좀 아닌 거 같아. 옷차림도 그렇고, 뭔가……."

"뭔가, 뒷말은?"

"귀티 난다고나 할까? 신령스럽다고나 할까? 암튼 그랬어. 나가서 자세히 보고 올까?"

최경의 소리 없는 비웃음이 강하게 뻗어 나왔다.

"야! 핑계 아니야. 진짜 궁금해서 그래."

"헛소리."

홍천기가 탐탁잖은 손길로 붓을 집어 들었다. 그러고는 붓을 움직여 가면서 말했다.

"그림을 그린 지가 오래된 거 같아."

어제 저녁의 일이었다. 관직도 받았겠다, 하람도 만났겠다, 백유화단에서 모처럼 기분 좋게 붓을 잡았다. 한동안 멀리했던 산수화를 그리고 싶어서였다. 그런데 그리던 중간에 붓을 놓고 말았다. 붓을 움직이면 움직일수록 머릿속에서 미리 그려 놓았던 그림에서 점점 멀어졌기 때문이다. 최경이 붓질을 하면서 말했다.

"네가 선택한 거다. 한동안 찍소리 없이 잘 버티더니."

하람의 얼굴이 그려지지 않았을 때는 여백이 무서웠었다. 하지만 이번에는 붓을 잡은 자신의 손이 무서웠다.

"목표 달성을 하고 났더니 나태해졌나 봐. 호호호."

이제 제법 웃음소리가 여성다워졌다. 끊임없는 노력의 결과이자, 최경과 차영욱이 참고 견딘 결과였다.

"최근에 붓 잡았었나 보군."

"지금도 잡고 있잖아."

"말고."

"뭐……, 비슷하게는."

최경의 눈이 잠시 홍천기를 향했다가 다시 내려갔다. 실패했음을 알아차렸다.

"보고 싶다."

최경의 목소리에는 죽은 연인을 그리워하는 듯한 애틋함이 묻어 있었다.

"응? 뭘?"

"네 그림 보고 싶다고. 보고 싶은 네 그림은 못 보고, 보기 싫은 네 얼굴만 주구장창 봐야 한다니, 지옥이 따로 없다. 눈에 곰팡이가 슬 것 같아."

"칭찬, 욕 둘 중에 하나만 해라."

바깥에서 발소리들이 가까워졌다. 누구의 발소리인지 알아차린 홍천기가 자리에서 벌떡 일어났다.

"들어가도 되⋯⋯."

만수의 말이 끝나기도 전에 홍천기가 소리쳤다.

"네! 들어오십시오!"

문이 열리고 만수와 하람이 들어왔다. 익숙한 공간이라 하람의 손에는 지팡이가 없었다. 마치 눈이 보이는 사람처럼 걸어서 탁자 앞에 정확하게 당도했다. 그런데 만수와 하람, 이 둘 외에도 한 명이 더 있었다. 조금 전에 보았던 여자아이였다. 나이는 대략 만수보다 한두 살 많은 열네다섯 정도 되어 보였다. 홍천기의 시선이 여자아이에게서 떨어지지가 않았다. 하람이 말했다.

"수고가 많으십니다."

최경이 자리에서 일어서면서 물었다.

"무슨 일이십니까?"

"아, 아무 일도 아닙니다. 일하시는 데 불편한 건 없나 해서."

"인력이 부족한 것 외에는 없습니다. 아! 전 뒷간 좀 다녀오겠습니다."

"개놈아! 내가 말한 여자⋯⋯."

최경이 대꾸하면서 문을 나갔다.

"갔다 오면 말해라. 나 이번은 진짜 급하다."

그러더니 금세 모습을 감췄다. 만수도 눈치껏 후다닥 뛰어
나갔다. 이러는 와중에도 홍천기의 시선은 여자아이에게 가 있
었다. 최경도 만수도 여자아이에게 전혀 신경 쓰지 않았다. 눈
앞에 버젓이 있는데 마치 보이지 않는 양 시선을 주지 않았다.
여자아이는 건방지게 그림이 있는 탁자 위에 올라앉았다. 그런
데 깔고 앉은 그림이 전혀 어그러지지 않았다. 하람을 보았다.
하람의 붉은색 눈동자가 정확하게 여자아이를 보고 있었다. 그
리고 눈으로 무언의 대화를 주고받는 듯 다정했다. 혹시 연적
이 거지 노파가 아니라 이 소녀였단 말인가?

"두 사람, 참으로 정답습니다?"

"응? 만수?"

"아니요. 여기 여자아이."

하람과 호령의 시선이 동시에 홍천기에게로 쏟아졌다. 두
사람 모두 놀란 표정이었다. 놀란 강도가 홍천기를 뒷걸음질
치게 할 만큼 상당히 높았다.

"왜, 왜 그렇게 보십니까? 얘, 넌 왜 그렇게 보니? 아니, 보
십니까라고 말씀드려야 하나? 신분이 어떻게 되시는지……."

순간 홍천기가 머리를 감싸 쥐었다. 머릿속이 강한 고통으
로 울렸다. 진동이었다. 그 진동은 소리로 전환되어 들렸다.

"내가 보이나?"

"뭐, 뭐야? 소리가 이상……."

"어째서 내가 보이지? 한낱 인간 주제에."

입술은 움직이지 않았다. 그런데 목소리가 들렸다. 이상하지만 무서운 느낌이라고는 전혀 없었다. 하람이 놀라서 소리쳤다.

"보이시오? 여기 이 여자아이가?"

"네, 보입니다. 설마 이 여자아이도 사, 사람이 아닌가요? 저 잣거리의 할머니처럼?"

호령이 홍천기에게로 바짝 다가왔다. 그러더니 그녀의 눈을 보면서 말했다.

"이상하군. 나를 볼 수 있도록 허락한 건 하가 이외에는 없는데."

한참 동안 홍천기의 눈을 보던 호령의 고개가 갸웃이 넘어갔다.

"넌 분명 하가는 아닌데……. 홍천기?"

"응? 아, 네?"

"네가 홍천기로구나."

호령의 얼굴에서 사랑스러운 미소가 환하게 번졌다.

"그림을 그린 인간이로구나. 그 그림에 있는 기가 너에게서 나온 거였어."

"어떤 그림?"

"하가가 마음으로 품고 있는 그림."

하람은 호령의 난데없는 고자질에 당황했지만, 홍천기가 호령의 존재를 볼 수 있다는 놀라움이 당황스러움마저 덮었다. 이것은 또한 든든함을 가지고 왔다. 거지 노파 때처럼 홍천기와 함께 이 문제를 의논해 나갈 수 있다는 점은 호령을 만났을 때보다 더 의지가 되었다. 어째서 홍천기가 호령을 볼 수 있는지는 알 수 없었다. 아마도 호령이 그림에서 느낀 기로 홍천기를 구분하고, 이로 인해 홍천기도 호령을 보게 되었으리라 짐작하는 정도였다. 원인이야 어찌 되었든, 좋은 징조임에는 틀림없다고 하람은 생각했다.

2

| 세종 20년(무오년, 1438년) 음력 4월 6일 |

하람 옆에서 알짱거리는 호령은 심심했다. 그리고 요사이 홍천기 옆에서 알짱거리는 이용도 심심했다. 여독을 푼 건 딱 하루만이었다. 이것도 혹시나 건강에 이상이라도 생길세라 청지기가 바짓가랑이를 붙잡고 드러누운 덕분이었다. 이틀 뒤부터는 굳이 기를 쓰고 나와서 서운관의 관원들과 이곳을 드나드는 관원들까지 불편하게 만들고 있었다. 계속 함께 있어야 하는 최경과 홍천기의 불편함은 더 심각했다. 두 사람이 바라는 것은 딱 한 가지뿐이었다. 안평대군이 자신의 신분이 주는 위압감에 대해 제발 각성 좀 하였으면 하는 것이다.

"쓸데없이 높은 화격이 그림이 아닌 지도에 쓰이다니. 쯧쯧."

쓸데없이 높은 신분의 이용이 홍천기 옆에서 지도첩을 들춰보다가 한 말이었다. 심심하다며 그가 선택한 놀이가 지도첩 감상하기였다. 무너질 듯 쌓인 것들을 하나씩 빼내어 구경하던 중이었다. 그런데 다음 장으로 넘기던 이용이 자리에서 벌떡 일어섰다. 갑작스러운 움직임으로 인해 홍천기와 최경의 붓질이 멈췄다. 이용의 입에서 감탄이 터져 나왔다.

"이건 뭐지? 이 산악도는 지도가 아니라 한 폭의 산수화다. 이걸 어찌 지도라 하겠는가."

이용은 어느새 지도가 아닌 그림에 집중하고 있었다. 산악도에 매료되어 다음 장으로 넘어가지도 못한 채 그림 속으로 점점 들어갔다. 최경이 일어나서 지도첩을 보았다. 이용의 반대편에 있었기 때문에 지도는 거꾸로 보였다. 그럼에도 불구하고 예사롭지가 않았다. 그래서 탁자를 빙 돌아 이용의 옆에 서는 수고를 마다하지 않았다.

지도가 눈에 들어온 순간, 홍천기도 자리에서 벌떡 일어섰다. 일어설 수밖에 없는 그림이었다. 최경과 홍천기가 동시에 지도에서 눈을 들어 서로를 쳐다보았다. 이용을 가운데 두고 마주친 두 사람의 시선은 같은 이야기를 하고 있었다. 그래서 똑같은 말이 동시에 나왔다.

"청봉 김문웅?"

이용이 홍천기를 한 번 보고 고개를 반대로 돌려 최경을 보았다. 그러고는 다시 그림을 보았다. 인왕산과 그 주변의 지세를 자세하게 묘사한 산악도는 화원화 특유의 정밀화풍이 진하게 밴 색채 그림이었다. 그런데 김문옹의 여백 가득한 수묵 산수화와 비슷한 느낌을 세 사람이 동시에 받은 건 의아한 부분이 아닐 수 없었다.

최경과 홍천기가 쌓인 지도첩들을 가지고 와서 탁자 위에 펼쳤다. 그러고는 한 장씩 넘겨 가며 산악도와 꼼꼼하게 비교했다. 눈이 지도에 익숙해지자 각각의 화원들이 구분되었다. 이번에는 산악도의 뒷장을 펼쳤다. 확실히 앞장의 산악도와 같은 화원의 것임이 느껴졌다. 이용이 펼쳐서 보고 있던 지도첩에서 앞의 절반은 다른 화원, 중간부터 마지막까지는 산악도 화원으로 나눠졌다. 이용이 지도첩을 넘겨 가면서 말했다.

"이 산악도와 김문옹 산수화는 완전히 다른 성격의 그림인데……. 붓 기술이 비슷해서?"

최경이 대답했다.

"사람마다 성격이 다른 것처럼 붓 기술도 화공마다 제각각 다르옵니다. 똑같은 훈련을 받았다손 치더라도 이렇게까지 유사한 붓 기술은 드물지요. 하물며 사대부였던 김문옹과……."

"옆에 나란히 놓고 비교해 보면 다를 수도 있겠지."

"그럴 가능성도 높사옵니다."

지도첩을 끝까지 넘겼다. 마지막으로 갈수록 미완성된 부분이 점점 나타나다가 급기야 마지막 장은 아예 간략한 선 몇 개로 끝을 맺었다. 그려야 하는 걸 완성하지 못하고 사라져 가야 했던 화원…….

"언제 제작된 것이옵니까?"

홍천기의 물음에 이용이 지도첩의 앞표지와 뒤표지를 살폈다.

"무자년 1월부터 기해년 6월까지."

제작 연도를 확인하고 보니 미완성된 지도첩이 이해가 갔다. 기해년 6월에 도화원에 여러 불미스러운 일들이 있어서 화원들 대부분이 그만뒀으니까, 이 뒤로 일손이 없어서 이 상태로 방치할 수밖에 없었을 것이다. 홍천기가 미완성된 부분들을 보면서 중얼거렸다.

"기해년 6월까지라면……, 우리 아버지도 계셨을 때인데……."

이용이 좀 더 심혈을 기울여서 살피다가 말했다.

"여기 제작에 참여한 사람들 명단 있다. 어휴! 이건 감수한 당상관들 명단이잖아!"

글자로 표기된 사람들은 참여는 고사하고 완성된 이 지도첩도 한번 안 들춰 봤을 신분들이었다. 하지만 직접 참여한 화원들 이름은 없어도 당상관들의 이름은 어디에도 빠지지가 않았다. 비단 이 지도첩만이 아니었다. 나라에서 발간되는 대부분의 책들이 그랬다.

"아! 화원이라고 되어 있는 이름이 딱 하나 있다."

이용이 깨알 같은 이름 중 하나를 손가락으로 짚었다.

"간윤국?"

"직접 그린 화공이 아니라, 이 당시 화원들을 대표하는 이름이었사옵니다."

최경이 비슷한 시기에 제작된 다른 지도첩을 꺼내 제작자 명단을 훑어 보였다. 거기에도 간윤국의 이름이 있었다. 그렇다는 건 직접 그린 화공의 이름은 표기가 되지 않았다는 뜻이다.

"이 당시 간윤국과 김문웅 외에 또 유명했던 화공이 누가 있었지? 지도 작업에서조차 감추지 못하고 터져 나왔을 실력이라면 이름이 남지 않았을 리가 없다. 독자 작품도 없을 리가 없고."

"사대부들과는 다르옵니다."

"응?"

"화원이라면 이름도 그렇거니와, 그림조차도 남지 않았을 가능성이 높사옵니다. 굳이 찾으려고 한다면, 작자 미상 그림을 찾는 게 빠를 것이옵니다."

이용은 최경의 목소리에 짙게 깔린 자조적인 비애가 느껴져서 착잡함을 금할 길이 없었다. 최경과 홍천기도 이용이 사랑해 마지않는 화원이었다. 이들의 재능이 제대로 된 자신만의 그림을 남길 틈도 없이 고된 작업에 동원되어 소멸해 가고 있었다. 이 산악도를 그린 화원과 똑같이……

"간윤국의 그림은 아직 보지 못했지만, 김문웅과 쌍벽이었다면 특기였던 초상화가 아니어도 이 정도 솜씨는 될 성싶구나. 이 당시가 문화가 풍요로웠던 시대도 아니고, 이 정도 실력을 가진 화원이 여러 명 존재하기는 힘들다. 이건 간윤국의 것일 가능성도 완전히 배제하지 못해."

홍천기가 말했다.

"그러고 보니 이상하옵니다. 화원들이 한꺼번에 도화원을 나갔다면 다른 지도들도 미완성된 것들이 있어야 하는데, 미완성인 채로 방치된 지도첩은 이게 유일하옵니다."

최경이 비슷한 시기에 제작된 지도첩들을 다시 뒤적였다. 그러다가 한 부분씩 손가락을 짚어 가며 홍천기에게 말했다.

"이것들도 미완성이었어. 봐 봐, 여기. 다른 화공이 이어서 그린 흔적이 있지?"

홍천기에게 한 말인데, 이용이 더 유심히 들여다보았다. 홍천기가 물었다.

"그런데 왜 이 지도첩만?"

"난 이해되는데? 이 완성도 높은 그림에 붓을 대기가 꺼려졌을 다른 화원들의 마음."

최경이 말을 하다 말고 이용 건너, 홍천기를 보았다. 눈이 마주쳤다. 그 눈을 향해 말을 이었다.

"개충아. 네가 그리던 그림을 나더러 이어서 그리라고 하면, 나도 못 할 거다. 비록 지도일지언정."

홍천기와 최경의 시선이 산악도로 돌아갔다. 이용도 함께였다. 뒤를 이어서 미완성인 부분을 채워 나갈 수 없었던 지도. 그런 상황이었다면 이 지도는 폐기되고 처음부터 다시 그렸어야 한다. 아무리 뛰어난 그림이어도 화원화의 운명은 정해져 있었다. 그럼에도 이 그림은 살아남았다. 더군다나 건드리지도 않고 이렇게 보관해 두었다. 그 이유는 단 하나밖에 없었다.

"간윤국의 그림이다."

이용은 지도를 손으로 쓰다듬었다. 그토록 보고 싶었던 간윤국의 그림이라고 생각하니 마음 한구석이 두근거렸다. 아니, 간윤국을 떠나 그림 자체만으로 흥분되고도 남았다.

"서로를 미워해도 서로의 그림은 흠모했다? 그래서 그림도 닮을 수밖에. 이 지도가 갑자기 중단된 원인은 간윤국의 손가락 때문일 터이고. 스승인 간윤국의 그림에 손댈 화원은 없지. 아귀가 딱딱 맞아."

"속단하기에는 아직 이르옵니다. 안 선화는 누구 그림인지 알고 계실 것이옵니다. 그쪽 대답도 들으시고……."

"아니야. 이건 분명 간윤국의 것이다. 내 예감이 확실해!"

홍천기가 흥분한 이용을 향해 말했다.

"아뢰옵기 송구하오나, 김문웅의 산수화를 가지고 와 주실 수 없사옵니까?"

지도첩은 반출 금지라, 나란히 놓고 비교해 가면서 감상하려면 산수화를 들여오는 방법밖에 없었다. 이용이 유쾌하게 대답했다.

"아무렴. 나도 그럴 생각이었다. 그나저나 안 선화가 언제쯤 입궐하려나?"

"여기 말고 다른 쪽 일로 바쁘신 걸로 아옵니다. 그래도 진행 상황 점검차 한 번쯤은 들르시지 않을까 사료되옵니다."

현재 안견은 기존의 낡은 일월오봉도 병풍을 대신할 작품 제작에 들어갔다. 열두 폭짜리에다가 임금의 등 뒤를 호위하는 병풍이기에 제작 기간도 오래 걸렸다. 게다가 이번에는 기존의 일월오봉도에서 크게 벗어나지 않는 한 안견 재량껏 변형해도 된다는 허락도 내려졌다. 산수화의 대가인 안견의 손에서 새롭게 탄생할 일월오봉도, 이것은 모든 이의 기대를 한 몸에 받고 있었다.

"뭐, 어차피 대답은 내 예상과 똑같을 테지만. 하하하! 쓰레기 더미에서 이런 보물을 찾아내다니. 나 자신이 이렇게나 기특할 수가! 하하하!"

홍천기는 이용의 웃음을 뒤로하고 산악도를 물끄러미 바라보았다. 김문웅의 그림을 볼 때와 같은 감정들이 느껴졌다. 그 감정의 종류는 익숙함이었다. 그리고 또 한 가지는 이유를 알 수 없는 그리움이었다. 마치 고향을 보는 듯 익숙한 그리움…….

"무슨 좋은 일이라도 있사옵니까?"

모두가 하람의 목소리가 들리는 문 쪽을 보았다. 하람과 만수가 들어오고 있었다. 만수는 가지고 온 쟁반을 탁자 위에 놓고 하람의 옆에 섰다. 간단한 다과였다. 홍천기는 하람을 보자마자 웃음이 삐져나오는 걸 겨우 참고 고개를 숙였다. 흥분을 참지 못한 이용은 마치 승전보를 알리듯 소리쳤다.

"내가 보물을 찾아내지 않았겠나. 하하하!"

"지도첩에서 말씀이시옵니까?"

"이런 지도나 의궤첩 등에 진짜 보물이 숨어 있다, 우리 눈이 보물을 알아보지 못하고 지나칠 뿐이다, 이 말의 참된 의미를 오늘에서야 깨달았다네. 하하하."

모두가 의자에 앉았지만, 이용은 엉덩이를 가만히 붙여 두지를 못했다. 금세 자리에서 일어나 깃털 빗을 들고 행여나 상

194

처라도 생길세라 조심조심 먼지를 털어 내고, 새 종이를 잘라 그림 사이사이에 끼우는 작업을 공들여서 하였다. 눈이 보이지 않는 하람이라고 해도 이용의 부산스러운 움직임은 느껴지고도 남았다. 멈추지 않는 이용 때문에 나머지 세 사람은 먼지가 풀풀 날리는 방 안에서 차를 마실 수밖에 없었다. 하람이 안타까운 듯이 중얼거렸다.

"지도인데……."

"하하하! 그래, 지도지! 지도인데 이렇게나 훌륭……. 지도? 아!"

이용이 깃털 빗을 쥔 채로 의자에 털썩 주저앉았다. 그러더니 눈동자가 초점을 잃고 천장 아무 곳이나 쳐다보았다. 넋이 빠져나간 모양새였다. 흥분되었던 것만큼 곧장 극심한 우울감에 빠져들었다. 이유는 간단했다. 이용의 눈에 아무리 그림으로 보일지라도 지도는 지도일 뿐이라는 점, 그래서 억만금을 주고도 개인 소장은 불가능하다는 점, 수선이 완료되면 창고 속으로 들어가 감상조차 안 된다는 점 등을 깨달았던 것이다.

"어째서 이것이 지도인 거지? 어째서……."

이용이 애원하는 눈빛으로 서운관 관원인 하람을 바라보았다. 하람이 차를 마시면서 조용히 말했다.

"소인을 그런 눈빛으로 보셔도 방법은 없사옵니다."

"엇! 눈이 안 보이는 게 맞는가? 내가 애원하는 눈빛으로 보는 걸 어떻게 알고?"

"그 정도로 강렬한 눈빛은 피부가 느끼옵니다."

이용이 싱긋이 웃었다.

"신기하구나. 자네가 농담도 다 하고. 아! 홍 회사가 이걸 똑같이 모사해서 나를 주면?"

하람이 깜짝 놀라서 말했다.

"큰일 날 말씀이시옵니다. 지도는 엇비슷하게 옮겨 그리는 것도 금지되어 있고, 그 어떤 모양으로도 반출할 수 없사옵니다."

"아, 맞다. 그렇지. 내가 그림에 눈이 멀어서 얼토당토않은 생각을 짜냈어."

최경이 나름 고심 끝에 말했다.

"간윤국의 다른 그림을 더 찾아보심이 어떠하겠사옵니까?"

"물론 그게 가장 좋은 방법이겠지만, ……난 이 그림들에 마음을 빼앗긴 거다. 간윤국 그림이라서 좋은 게 아니라."

"간윤국?"

하람의 물음이었다. 이것은 단순히 되묻는 느낌의 말이 아니었다. 아는 사람을 이야기하는 듯한 말투였다.

"아는 사람인가?"

"혹시 예전에 도화원에 있던 화원을 말씀하시옵니까? 손가락 두 개……."

"손가락! 맞네! 두 개의 손가락을 자른 화원! 자네가 어떻게 아는가?"

하람이 양 손바닥을 세워서 앞으로 내밀었다. 다시 시작된 이용의 흥분이 마치 하람을 덮치는 듯해서 가로막은 것이었다. 그러고는 진정시키듯 손바닥을 아래로 두어 번 두드리는 시늉을 하였다.

"직접 아는 사람은 아니옵고, 건너 건너 들은 적이 있어서……."

"언제? 어떻게? 누구에게서? 어떤 말을?"

대답할 틈을 주지 않고 쏟아 내는 이용의 질문은 다시금 하람이 손바닥으로 진정시키는 동작을 하게끔 만들었다.

"잠시 진정 좀 하시고. 소인도 잘 모르옵니다. 한두 마디만 들은 거라."

"한두 마디라도!"

"정초 영감을 아시옵니까?"

"정초? 이름은 들어 본 거 같은데……."

"돌아가시기 직전까지 이곳 서운관에 잡학겸수관으로 겸직하고 계셨사옵니다. 소인이 갓 들어왔을 때 돌아가셨지요. 그래도 잠시는 알고 지냈던 분이라 사소한 이야기는 나눠 보았사옵니다."

사소한 이야기라고 해도 듣고 싶었다. 어차피 나이 든 관원에게서 나올 이야기는 항간에 떠도는 이야기일 게 뻔했고, 그것은 이용이 알고 있는 내용일 테지만 말이다.

"그 정초가 간윤국에 대해 자네한테 말했다는 건가?"

"궁금한 것이 있어 소인이 먼저 여쭤보았사옵니다만."

"응? 그건 또 무슨 말인가?"

"정초께서 기해년 당시 예조참의로 계셨는데 어용 책임자였다고……."

우당탕탕!

이용이 자리에서 벌떡 일어나는 바람에 넘어간 의자 소리였다. 그때 벌어진 일들의 진짜 목격자가 바로 정초였다. 하람이 소리 나는 방향을 향해 붉은색 눈동자를 두었다. 이용은 다짜고짜 본론부터 꺼냈다.

"혹시 선대왕 전하의 어용에 대해 말하던가? 그것이 살아 있나?"

"거기에 대해서는 들은 바가 없사옵니다."

"그래? 그럼 정초가 직접 어용을 소각하였다던가?"

하람은 그때의 대화를 곰곰이 떠올렸다. 그러고는 기억하는 한도 내에서는 최대한 말을 변형시키지 않으려고 노력했다.

"그 이야기는 들은 적이 없사옵니다."

"어용 책임자가 정초였다면 모시러 간 것도, 소각도 직접 했어야지. 안 그런가?"

"대체로 그렇지요. 소인에게 그 부분을 누락했는지는 모르오나, 모시러 간 부분은 들었지만 소각에 관한 부분은 듣지 못한 것 같사옵니다."

참 묘한 일이었다. 소각을 했다면 그 장면을 목격한 사람이 있어야 한다. 그런데 지금까지 화평가를 비롯하여 여러 사람들을 통해 알아본 바로는 직접 목격한 사람은 찾을 수가 없었다. 오래전 일이어서라고만 치부하고 넘기기에는 그 어용에 대한 이용의 마음이 가볍지가 않았다. 여전히 전설처럼 입과 입으로 건너다니는 어용, 그런데 목격자가 없다니.

홍천기는 관심을 하람에게 두었다. 그래서 상관없는 걸 물었다.

"시일마님은 정초라는 분께 뭐가 궁금하셨나요?"

"별거 아니었소. 내가 어려서 눈 사고를 당한 날이 하필 간윤국이 자신의 손가락을 절단한 그다음 날이었소. 그래서 마침 맹사성 대감과 이양달 일관이 나누는 대화를 우연히 들을 수 있었소."

하람이 간윤국의 사건에 대해 정초에게 물은 이유는 어릴 때 뇌리에 박힌 무서운 이야기에 대한 호기심도 있었지만, 눈 사고와 관련해서 사소한 어떤 것도 놓치고 싶지 않아서였다. 예조참의로 예정되었던 석척 기우제 주관자가 갑자기 다른 사람들로 교체가 된 것이 진짜 우연인지, 아니면 우연이 아닌 어떠한 고의가 있었는지를 확인하고 싶어서였다. 그래서 하람이 얻은 정보는 진짜 우연이었다는 사실과, 자신의 사고와는 전혀 상관없는 간윤국의 사고에 대한 정황이었다.

"어렸을 때 들은 이야기인데 용케 기억하고 계셨네요? 하긴, 머리가 좋으시니까."

"그거와는 상관없소. 너무 무서워서 그랬소. 사람이 제 손가락을 스스로 잘랐다는 말이 어찌나 충격이던지. 어렸기 때문에 더 잊을 수가 없던 거요."

최경이 고개를 갸웃했다.

"지금 간윤국 이야기하는 거 맞습니까? 간윤국이 제 손가락을 스스로 잘랐다고요? 잘린 게 아니라?"

최경도 항간의 소문으로 알고 있었던 것이다. 자리에서 일어선 채로 듣고 있던 이용이 고개를 끄덕였다. 그러고는 하람을 대신해서 말했다.

"스스로 잘랐다더군. 백유화단주도 그렇게 말했어."

"정초 영감께서 자르는 장면을 직접 목격했다고 하셨사옵니다."

홍천기는 여러 이유로 머리가 복잡했다. 아버지와 최원호와 안견의 스승이었던 사람, 최원호 이전의 백유화단주, 그리고 어릴 때 보았던 손가락 두 개가 없는 사람, 이 세 가지가 겹쳐졌기 때문이다. 잊혔던 그의 목소리가 귓가에 되살아났다.

'홍천기! 오늘부터 내가 너의 스승이다.'

이용이 하람 앞으로 몸을 기울였다. 이에 홍천기가 화들짝 과거로부터 빠져나왔다.

"정초가 본 걸 자세히 말해 보게."

하람은 정초가 어용을 모시러 갔다가, 완성된 어용 앞에서 오른쪽의 엄지와 검지, 두 개의 손가락을 스스로 자르던 간윤국의 기괴한 행태를 목격하게 되었다고 말해 주었다. 이용은 등골이 오싹하여 제 팔을 쓰다듬었고, 최경은 조용히 생각에 잠겼다. 그리고 홍천기는 아직 붙어 있는 제 손가락들을 물끄러미 쳐다보았다.

"도대체 왜……."

"자, 잠깐만! 뭔가 이상한 게 있는데……."

이용이 주먹으로 잔뜩 찌그러진 제 이마를 여러 번 가볍게 때렸다. 그러다가 눈이 커져서 말했다.

"어용 앞에서?"

"네?"

"손가락을 자른 게 어용 앞에서였다고? 어용을 모시러 갔다가?"

"네. 선대왕 전하께오서 그 어용이 마음에 들지 않는다고 해서 정말 다행이었다고 하셨사옵니다. 하늘이 도운 거라고……."

"하 시일! 잠시 정리 좀 하세. 그러니까 간윤국이 제 손가락을 스스로 잘랐네. 그런데 절단한 시기가 선대왕 전하의 질책을 받기도 전이었다는 건가?"

"네, 그렇사옵니다."

이용은 어안이 벙벙했다. 그래서 마치 정리되지 않은 혼잣말을 하듯 하였다.

"이건 또 뭐지? 차라리 질책 때문에 자존심이 상해서 그랬다면 납득이라도 하지. 물론 그것도 이해가 안 되는 건 마찬가지지만, 그래도 이 경우보다는 나으니까."

이용의 말을 들으면서 최경은 자리에서 일어나 산악도를 유심히 쳐다보았다. 그러더니 고개를 보이지 않는 쪽으로 저었다. 하람은 최경이 움직인 방향으로 눈동자를 잠시 두었다가 다시 이용을 향해 대답했다.

"정초도 죽기 전까지 그 궁금증은 해소하지 못하셨지요."

"그건 절대 제정신에서 저지를 수 있는 짓이 아니야."

"음……, 잘린 손가락들이 바닥에 뒹굴고 피가 쏟아져 내리는데, 간윤국은 웃었다고 하옵니다. 행복한 듯이. 그가 한 말이라고는 '나는 이제 자유다'였다고, 그래서 더 기괴했다고⋯⋯."

"미쳤던 거야, 미쳤던 거! 더 이상 말하지 말게. 잠자리 뒤숭숭할 것 같으니까. 붓 제대로 잡는 환쟁이들은 광증이 생길 수밖에 없는 건가? 원래가 그래?"

"우리 화단에 있는 견주댁이 항상 하는 말이 있사옵니다. 환쟁이는 환쟁이들만의 짓거리를 반드시 한다고. 그런 것일지도⋯⋯."

홍천기의 의견을 최경은 단호하게 잘랐다.

"난 아니다. 거기서 나는 빼 줘."

"빼기는 뭘 빼? 세상에서 너만큼 이상한 환쟁이가 어디 있다고. 나야말로 빼야지."

"양심 좀 있어 봐라. 다른 환쟁이 전부 빼도 넌 남겨야지, 인마."

"개놈 넌 입 다물고. 다른 두 분은 제 말에 동의하시지요?"

홍천기가 다소곳한 미소로 하람과 이용을 번갈아 보았다. 이에 이용은 최경에게 붙어서 지도첩에 집중하는 척했고, 하람은 마치 듣지 못한 것처럼 붉은색 눈동자를 눈꺼풀로 가리고 찻잔을 입에 기울였다.

"어머! 역시 제 말이 옳다는 뜻이지요? 호호호."

"용하다. 이 침묵을 그렇게 해석할 수도 있다니."

홍천기가 생글생글 웃으며 최경을 타박하듯 말했다.

"아니라고 하지 않으면 그렇다고 봐야지. 난 긍정적인 사람이니까."

이내 다른 이들의 어처구니없는 표정을 외면하고, 자신의 멀쩡한 손가락들을 보았다. 생글거리던 웃음이 사라졌다. 오른손에는 가시 하나라도 박히게 하지 말라는 잔소리를 들으면서 살아왔다. 간윤국도 그랬을 것이다. 그런데 왜 그런 짓을 저질렀을까? 그림을 그려야 해서 붓을 잡기 시작한 화공은 거의 없다. 마치 숙명처럼 스스로 붓을 잡고 본능처럼 그림을 그리기 시작해서 결국 화공의 길로 접어든다. 그것을 업業이라고 천하게 일컫기도 하였다. 그렇기에 물리적으로 손가락만 자른다고 해서 그림을 버릴 수는 없다. 마음이 남아 있는 한에는 불가능하다. 사랑하는 마음을 자를 수 없듯이, 그림을 향한 마음도 인간의 의지로는 자를 수 없다. 그림으로부터 버림을 받는다면 모를까. 그럼, 김문웅은 어떻게 그림을 버릴 수 있었을까? 손가락조차 자르지 않고서. 사대부들이 말하는 수양의 결과인가?

"개놈아. 선대왕 전하께오서는 왜 그 어용이 마음에 안 드셨을까? 그 그림은 그 화공이 남긴 마지막 작품이었는데……."

마지막 그림이 불태워졌다. 차라리 태종에게 잘리는 편이 나았다. 스스로 잘랐다면 태종의 질책으로 인한 편이 나았다. 마지막을 그린 후에 스스로 손가락을 자른 화원의 그림, 그것이 한 개인의 마음에 들지 않는다는 이유로 불태워졌다. 홍천기는 그 점이 슬퍼서 견딜 수가 없었다. 마지막이 허무해서 견딜 수가 없었다. 아무것도 남기지 못하고 미쳐 버린 아버지가 불쌍한 것처럼 간윤국도 불쌍해서 견딜 수가 없었다.

"걸작이었을 거다."

최경의 말이었다. 홍천기를 비롯하여 모두가 최경의 말을 들었지만 속뜻까지 이해한 건 같은 화공인 홍천기뿐이었다. 사람은 진짜 자신의 얼굴과 마주하면 불편함을 느낀다. 닮지 않았다며 거부한다. 똑같으면 똑같을수록 거부 반응은 격렬해진다. 자신의 초상화에서 증오를 느끼기도 한다. 산악도와 지도들은 화원화로서는 더 이상이 없을 만큼 완벽했다. 이런 그림을 그린 간윤국이라면 어용도 최고였을 것이다. 자신의 시선을 태종의 시선과 타협했다면, 태종이 원하는 얼굴을 그렸다면, 지금쯤 그 어용은 선원전에 봉안되어 있을 것이다. 최경이 자신의 마음을 이해하는 동료 화공에게 하소연했다.

"자신의 얼굴과 마주할 자신감이 없는 사람은 초상화 그려달라고 좀 안 했으면 좋겠다."

"현재 선원전에 봉안되어 있는 어용은 어떤 모습일까?"

"뵌 적은 없지만, 선대왕 전하께오서 사랑했던 얼굴, 닮고 싶었던 얼굴일 거다. 대부분 동경하는 얼굴을 자신의 얼굴로 왜곡해서 인식하는 경우가 많으니까."

현재 선원전은 증축 중이라 이전에 봉안되었던 어용은 잠시 수강궁에 모셔 두었다. 이용은 두 사람의 대화를 들으며 이전 선원전에서 뵈었던 할아버지의 어용을 떠올렸다. 그 얼굴은 아버지의 현재 얼굴과 흡사했다. 자신에게는 없는 능력과 성품을 지닌 아들, 그 아들을 동경했던 아버지, 그 아들과 다른 자신의 얼굴을 적나라하게 마주했을 때의 당혹감. 그리고 거부감. 자기 혐오. 어용은 그렇게 사라졌다. 그래서 사라질 수밖에 없었다.

| 세종 20년(무오년, 1438년) 음력 4월 7일 |

"이, 이건 말이 안 돼."

이용이 제 머리를 감싸 쥐고 뒤돌아섰다가 재빨리 다시 그림으로 돌아왔다. 최경과 홍천기도 그림을 더 자세히 보기 위해 눈을 그림에 들이박다시피 하였다. 산악도와 김문웅의 산수화가 탁자 위에 나란히 놓이고 난 이후부터 세 사람은 그 앞을 떠나지 못했다. 어제까지만 해도 유사하다고만 생각했다. 그런데 오늘 이렇게 나란히 놓고 비교를 해 보니 유사한 정도가 아니었다. 산악도에서 색채를 덜어 내고 보면, 전체적인 느낌도 그렇거니와, 붓을 사용하는 기법, 그중에서도 산과 바위 표면의 질감과 입체감을 표현하는 준법皴法이 비슷함을 넘어 똑같았다. 심지어 묵법墨法조차 똑같았다. 둘 중에 누구 한 명이 다른 한 명의 그림을 끊임없이 베껴 가며 훈련하지 않고서는 이렇게 똑같은 화기畵機가 나올 수가 없었다.

홍천기가 김문웅의 그림을 좌우로 말아서 측면의 작은 산만 보이게끔 하였다. 그리고 지도첩에서 백악산도 부분을 펼쳤다. 세 사람은 동시에 말을 잃고 입만 벌렸다. 두 산의 각도, 생김까지 똑같았다. 지도로서 산악도는 행사도나 행차도처럼 산을 도형으로만 가져다 넣은 것과는 다르다. 실제와 똑같은 묘사가 이뤄져야만 한다. 두 사람이 똑같은 사물을 보았다고 해도 똑같이 그리지는 못한다. 그려 놓은 것을 똑같이 베껴 그릴 수는 있어도.

게다가 산악도는 말 그대로 지도다. 지도의 반출은 엄격히 금지되어 있었다. 이건 지금도, 이전에도 철저히 관리되고 있었다. 그러니 김문웅이 이 지도를 볼 수는 없었을 것이다. 그런데도 김문웅이 머릿속에서 구현한 산수와 지도가 똑같은 부분이 있다?

"하! 이런 걸 두고 귀신이 곡할 노릇이라고 하나 보다."

이용이 짜증스럽게 창밖을 보다가 밖으로 뛰쳐나갔다. 갑작스러운 움직임에 놀란 홍천기와 최경이 창 쪽으로 달려가 너머의 이용을 보았다. 그는 씩씩거리며 서운관 본채 쪽으로 뛰어가고 있었다.

"뜬금없이 저기는 왜 가시는 거지?"

"뜬금없는 걸로는 네가 누굴 나무랄 처지는 아니지."

"어머! 너 요즘 내가 눈에 확 띄게 반듯해진 거 몰랐구나? 나의 모든 행동은 추측 가능한 범위 내에서만 움직여. 얌전하게."

"몰랐다. 만날 붙어 있는 나도 몰랐는데 세상 누가 알았겠냐."

"티 안 나니?"

"좀 더 노력해 봐. 아직은 전혀 모르겠다."

"네가 둔한 건 아니고?"

"응. 아니다."

"알았어. 좀 더 노력할게."

홍천기와 최경의 눈이 휘둥그레졌다. 이용이 하람의 손목을 잡아끌고 이쪽으로 오고 있었다. 그러더니 공방으로 들어와 의자에 하람을 앉게 한 뒤에 당당하게 말했다.

"내가 하 시일을 구출해 줬다!"

"에? 무슨 일이라도 당하고 계셨습니까?"

하람이 고개를 절레절레 저었다. 불시에 낭패를 당한 표정이 역력했다. 영문도 모르고 끌려온 게 분명했다. 영문을 모르는 건 홍천기나 최경도 같은 처지였다.

"당상관 늙은이들 틈에서 시달리고 있을 거 같더라니. 아까 관원들 우르르 들어가는 거 봤거든."

회의 중이었다. 보통은 그걸 시달리고 있다고 말하지는 않는다. 갑자기 들이닥친 대군이 '하 시일! 급한 변괴가 생겼네. 당장 나오게!'라고 다급하게 말하면 안 놀랄 사람이 없고, 이유를 막론하고 데리고 가라고 안 할 사람이 없다. 그런 데다가 어리둥절한 채로 앉은 하람의 손목을 잡아 막무가내로 끌고 나왔다. 본채에 앉은 관원들 모두 지금까지 놀란 상태일 것이다. 하람이 놀란 상태이듯이.

"늙은이들과 회의하는 것보다는 우리와 노는 게 더 즐겁지 않은가? 하하하."

이용을 제외한 세 사람의 입이 떡 벌어졌다. 최경이 홍천기에게 속삭였다.

"정정하마. 너보다 한 수 위다."

"나는 발끝에도 못 따라간다. 정말 대단한 분이셔."

"너 정도면 발끝은 따라간다."

두 사람의 소곤거림을 이용은 듣지 못했지만, 귀가 밝은 하람은 들었다. 당황과 놀람을 겨우 가라앉힌 하람이 비로소 웃으며 말했다.

"그러잖아도 슬슬 지겹던 참이었사옵니다."

"지금쯤이면 본론은 끝나고, 한 말 또 하고, 한 말 또 하고 할 시점이니까. 하하하."

이용의 말 그대로였다. 이미 회의는 끝난 거나 마찬가지였다. 엉덩이 무거운 한두 명 때문에 일어서지 못하고 있었을 뿐이다.

"모두 인상 써! 심각하게!"

이용의 명령이 떨어지자마자 모두 얼굴 근육을 가다듬었다. 그러고는 최대한 미간 쪽으로 힘을 모았다. 본채에서 나온 관원들이 창밖으로 지나가고 있었다. 잠시 후에 하람이 말했다.

"기척이 멀어졌사옵니다."

"협조 고맙네."

하람이 일어서면서 말했다.

"그럼 전 이만. 처리할 업무가 많……."

"앉게!"

"네."

하람은 어쩔 수 없이 다시 앉았다. 쉽게 일어설 수 없을 것 같다는 직감이 그를 덮쳤다. 이용이 모두에게 말했다.

"지금 이 순간부터 여기에 있는 모두 꼼짝하지 마라! 내 궁금증이 해소될 때까지!"

최경은 날벼락 맞은 표정이 되었다.

"나, 나리! 차라리 안 선화께 물어보시는 게 빠르옵니다."

"대답해 줄 턱이 없다."

간윤국에 대해 말을 꺼냈을 때 달라지던 안견의 표정을 잊을 수가 없었다. 분명 말하지 못하는 뭔가가 있다. 홍천기가 말했다. 최경과는 달리 다소 행복한 표정으로.

"백유화단주님께 여쭤보겠사옵니다. 아마도 아실 듯……."

"그쪽도 대답 안 해 줄 것이다. 지금에 와서 내가 물어본다고 해 줄 대답이면, 이미 오래전에 나온 소문들이 있었을 테니까."

최원호의 표정과 말들도 의심스러운 것투성이였다. 그건 숨기고자 하는 무언가가 있었던 것이다. 이용이 정신 사납게 왔다 갔다 하면서 중얼거리듯이 말했다.

"그 인간들 때문에 더 궁금해졌다. 왜 그런 표정들이었는지, 왜 그런 말들뿐이었는지. 백유화단주! 단 한 번도 두 사람의 그림이 똑같다고, 아니, 닮았다는 정도의 정보도 주지 않았다. 할 법도 했는데. 그게 뭔 대단한 비밀이라고. 뭐, 놀랍긴 하지만."

"눈도 보이지 않는 제가 여기서 할 일이 무엇이옵니까?"

"자네는 그냥 여기서 놀게."

"아……, 저기, 상감마마께오서 이러시라고 나리를 여기로 보내신 게 아닐 터인데……."

"이러라고 보내셨네."

"네?"

"경복궁에 갇혀 늙은이들 틈에서 괴롭힘을 당해 가며, 과중한 업무에 시달리는 자네에게 떠들썩한 즐거움을 주라고 나를 보내신 걸세. 다소나마 숨통 좀 터 주라고. 아바마마께오서도 양심은 있으신 게지."

"상감마마께오서 진짜 그렇게 말씀하셨사옵니까?"

"으으응, 내 생각일세."

하람이 잠시 손가락으로 제 관자놀이를 짚었다. 정신을 차리는 시간이 필요했기 때문이다. 그러고는 정신과 목소리를 가다듬고 말했다.

"아, 네. 주상 전하와 안평대군 나리의 뜻은 알겠사옵니다. 그래도 전 이만."

"꼼짝 말고, 여기서 놀게."

그러더니 눈도 보이지 않는 하람을 잡아서 그림을 짚어 가며 열정적으로 설명하기 시작했다. 하소연에 더 가까운 말들이었다. 최경이 진심을 가득 담아서 홍천기에게 속삭였다.

"네가 정상으로 보이는 건 처음이다. 너조차도 절대 저분 발끝 못 따라간다. 쯧쯧. 하 시일이 가엾어 보일 지경이다."

홍천기도 속삭였다.

"가엾어 보이니, 네 눈에는? 그저 잘생겨 보이기만 하구먼, 내 눈에는."

"아이고! 네 말 들으니까 하 시일이 더 가엾어 보인다, 내 눈에는."

"지금 우리 둘이 같은 사람 보는 거 맞니?"

"같은 사람을 봐도, 보는 화공에 따라 다른 얼굴이 되는 거 모르냐?"

"두 화공이 보면 두 가지의 얼굴이 되고, 세 화공이 보면 세 가지의 얼굴이 되고, 열 화공이 보면 열 가지의 얼굴이 된다. 이 모든 얼굴이 한 사람의 얼굴에서 나온다. 이걸 모를 리가 있겠니?"

홍천기가 하람을 바라보았다. 지금 자신의 눈에 보이는 하람의 얼굴은 마음이 만들어 낸 형상인 거다. 그래서 저리도 빛나고 멋있는 거다. 아무도 못 보는 모습. 자신의 눈에만 보이는 모습. 오직 자신만이 인식할 수 있는 모습.

"정말 자알생겼다. 어쩌면 내 눈을 거치지 않은 진짜 실물은 저렇게 안 생겼을 수도……."

"걱정 마라. 가엾어 보이기는 해도, 잘생긴 건 변함없으니까."

"쳇! 좋았다가 말았네. 내 눈에만 잘생겼어야 했는데. 개놈아! 그래도 말이야, 내 눈에 보이는 저 사람의 모습은 어떻게 생겼는지 모르지?"

"아무래도, 내 눈에 보이는 저 사람과는 다르게 생겼겠지."

"네 눈에 보이는 저 사람보다 몇 배는 더 잘생겼다. 분명히."

"내 눈에 보이는 저 사람보다 잘생겼다면……, 너 심장이 버텨 낼 수나 있겠냐?"

"힘들어. 보면 볼수록, 만나면 만날수록 저 사람의 얼굴은 점점 변해 가. 점점 더 잘생겨져 가."

"잘생겨서 좋아하는 줄 알았더니, 좋아해서 잘생기게 본다?

미친. 심각하다, 심각해."

"네 눈에 저 사람이 어떻게 보이는지도 궁금해."

"욕심도 많다. 네 눈에 보이는 얼굴만으로는 만족이 안 되냐?"

"당연하지! 저 사람 얼굴이 열 가지면 열 가지 다 보고 싶고, 백 가지면 백 가지 다 보고 싶다. 물론 내 눈에 보이는 저 사람 얼굴이 단연코 최고겠지만."

두 사람은 그 뒤로도 하람의 초상화를 여러 번 시도했지만, 붓은 언제나 꿈쩍하지 않았다. 그리고 싶은 걸 포기하는 건 이들의 성격이 아니었다. 그림에 대한 고집만큼은 꼭 닮은 두 사람이었다.

"산더미같이 쌓인 일거리 좀 줄면 다시 한판 붙자. 저 사람 앞에 놓고."

"원하는 바다."

이용의 열정적인 긴 설명, 혹은 하소연이 끝이 났다.

"자네들 생각은 어떤가?"

아무도 대답하는 사람이 없었다. 이용이 오른쪽 검지를 치켜들었다. 그러더니 하늘을 향해 선언하듯 말했다.

"결론은 하나다! 간윤국과 김문웅은 동일인이다!"

어처구니없는 결론 도출이었다. 홍천기와 최경이 반박하기도 전에 하람이 대수롭지 않은 투로 말했다.

"네, 그렇게 알고 소인은 이만……."

"어허! 어딜 내빼려고. 자네 생각도 말하고 가야지."

"소인은 그림도 보지 못하는데 생각이 있을 리가 없지 않사옵니까."

"하늘도 보지 못하고, 별도 보지 못하면서도 그에 대한 해석은 하지 않는가."

"그건 기존의 자료들을 암기했기 때문이옵니다. 그림에 관한 한 저는 무지하옵니다."

"그래도 해 보게. 말하기 힘들면 여기서 계속 놀든가."

이런 막무가내가 없다. 하람이 앉은 채로 자신의 눈썹을 쓰다듬었다. 여기서 탈출을 하려면 아무 의견이나 말해야 하는 것이다. 하람이 홍천기와 최경에게 물었다.

"그림에 대한 소견은 세 사람 모두 같습니까?"

"네."

이번에는 이용을 향해 물었다.

"제일 우위에 둘 의견은 무엇이옵니까? 절대 물러설 수 없는 한 가지 사실만을 꼽는다면?"

"간윤국과 김문웅은 동일인이다?"

"거기서 미심쩍은 점이 있으면 그 추측은 버리시옵소서."

미심쩍은 부분이 많았다. 두 사람이 활동한 시기는 간윤국이 훨씬 오래되었지만, 그림을 관둔 시기는 일치했다. 두 사람의 생애는 각각 다르고 또한 확실했다. 그림만 제외하면 한 사람이 두 역할을 했을 가능성은 아예 없었다.

"버리겠네."

"두 사람을 동일인이라고 추측하게 된 배경은 무엇이옵니까?"

"그림! 그림이 같아서……."

"산악도와 산수화, 이 두 그림은 같은 사람의 작품이다, 이렇게 좁혀지겠군요. 그럼 이 추측에서는 미심쩍은 점이 있사옵니까?"

곰곰이 생각에 빠졌던 세 사람이 이구동성으로 없다는 대답을 내놓았다.

"두 그림은 같은 사람의 작품이다, 여기서 시작하면 되겠사옵니다. 두 그림을 간윤국이 그렸는지, 아니면 김문웅이 그렸……, 이건 탈락이옵니다. 간윤국은 김문웅의 산수화를 그릴 수 있지만, 김문웅이 지도를 그릴 수는 없었을 테니까."

"그렇지! 그럼 간윤국이 다 그린 게 되나?"

"높은 가능성 중의 하나일 뿐이옵니다. 이것 외에 추측 가능한 또 한 가지의 사실이 있사옵니다."

"뭔가, 그게? 다른 추측이 있을 게 뭐 있……. 아! 전혀 다른 인물! 간윤국도 김문웅도 아닌. 이 지도가 간윤국의 솜씨라는 것도 아직은 추측일 뿐이니까."

"네. 그럼 전 이만……."

"잠깐! 그럼 김문웅의 산수화를 김문웅이 안 그렸다는 건데, 그건 있을 수 없는……."

"그렇다면 세 분의 안목이 모조리 틀린 것이옵니다. 둘 중에 하나만 선택하시옵소서. 간단하게!"

둘 중 하나? 안목이 틀렸다고 하는 게 훨씬 쉬운 길이었다. 안목은 그저 의견일 뿐, 입증할 수는 없기 때문이다. 홍천기와 최경의 입장 정리보다 이용의 결정이 빨랐다.

"대작代作의 가능성을 열어 놓는 게 좋겠네."

"네, 그렇게 알고 있겠사옵니다. 여기 있는 지도 관련해서 서운관에 남아 있는 자료가 있는지 저도 한번 확인해 보겠사옵니다. 이제 저는 업무로 복귀해도 되겠사옵니까?"

"그렇게 하게."

하람은 손과 다리를 더듬거리며 문을 찾았다. 무자비하게 끌려온 바람에 위치를 가늠할 수 없었기 때문이다. 이윽고 사물들의 위치 확인을 끝내고 정확한 걸음으로 문을 나갔다. 들어올 때도 그랬지만, 들어와서도, 나갈 때도 공방 안에 함께 있는 홍천기는 전혀 의식조차 하지 않는 듯했다. 홍천기는 그것이 못내 서운했다. 이용이 그를 지켜보다가 말했다.

"내가 그림을 참 좋아하는데 말이다."

그러곤 최경과 홍천기 쪽으로 몸을 돌린 후, 말을 이었다.

"그림이 그림다워야 좋은 거지, 사람이 그림 같으면 못쓴다. 내가 단언컨대, 하 시일은 지가 잘생긴 거 알고, 남들이 자기를 어떤 시선으로 보는지 안다. 아니면 저렇게 재수 없는 자태가 나올 리가 없다."

맹인한테 할 말은 아니라고 생각했지만, 한 번도 맹인의 삶을 살아 본 적이 없기에, 더군다나 하람의 외모로 살아 본 적이 없기에 이용의 말에 별 뾰족한 대답을 댈 수는 없었다.

"자신의 외모에 관한 자신감은 나의 눈보다 남의 눈이 더 중요한 영향을 미치는 것인가? 그렇게 치면 우리 홍 회사는 자신의 외모에 대해 참으로 겸손하단 말이야."

최경이 진심을 다해 고했다.

"안평대군 나리! 청컨대, 그림에 대한 안목만큼이나 여인의 외모에 대한 안목도 키우심이 옳은 줄로 아옵니다."

홍천기가 최경을 노려보면서 말했다.

"내 겸손의 일등 공신은 너다, 개놈! 아주 고오맙다."

"오호! 우리 최 화사 눈에는 홍 화사가 다르게 보인다는 것이냐?"

"설마 크게 다르겠사옵니까?"

홍천기가 생긋이 웃으며 말했다.

"안평대군 나리, 잠시 눈 좀 감아 주시옵기를 청하옵니다."

이용은 묻지도 따지지도 않고 눈을 꼭 감았다. 이윽고 캄캄한 암흑 속에서 요란한 소음이 울렸다.

"이제 뜨셔도 되옵니다."

이용이 눈을 떴다. 눈앞에서 최경의 흐트러진 몰골을 접한 이용은 앞으로 홍천기 앞에서는 말조심을 해야겠다고 다짐하면서 최경으로부터 눈을 돌렸다. 탁자 위의 그림들이 들어왔다. 이용이 갑자기 두 팔을 번쩍 들고 소리쳤다.

"으아! 어찌 되었든 간에 시원하다! 10년 묵은 체증이 확 내려가는 것 같다. 당장 대작의 가능성에 관해 자세하게 알아봐야겠구나."

최경이 이용에게 다가가서 공방 밖으로 나가지 않을 크기로 소곤거렸다.

"저희는 재미로 시작한 일인데, 일이 너무 커지옵니다. 김문

216

웅을 건드리는 건 문인화를 건드리는 거와 다르지 않사옵니다. 정말 시끄러운 일이 될 위험이 있사옵니다."

이용이 만신창이가 된 멱살과 두건을 정돈해 주면서 말했다.

"그래서 더 확신한다."

"네?"

"안 선화와 백유화단주의 침묵. 간윤국이 손가락을 자른 시점에 붓을 놓은 김문웅. 백유화단에서 나온 김문웅의 산수화. 전부 설명이 돼."

홍천기의 머릿속에서 김문웅의 산수화가 펼쳐졌다. 엄지와 검지가 없는 오른손이 그 위를 쓰다듬는 장면이 어렴풋이 지나갔다. 간윤국이 손가락을 자른 이유가 대작을 끊기 위해서였나? '나는 이제 자유다.'는 그런 뜻이었나?

이용이 김문웅의 산수화를 돌돌 말아서 원통에 조심스럽게 넣었다.

"화평가라는 자를 만나 봐야겠다. 홍 회사도 나와 같이 갈 테냐?"

"아니 되옵니다. 전 오늘까지 끝내야 할 업무량이 산더미라……."

"너를 여기에 두고 가는 건 싫구나."

"에? 여기가 제 일터인데 왜……."

"내가 싫으면 싫은 거지, 이유가 달리 있겠느냐? 최 화사도 함께 일할 거지?"

"네, 아직 일이 남았사옵니다."

"알았다. 일하거라. 딴짓하지 말고 일만 해야 한다. 알겠느냐?"

지금까지 일하겠다는 사람 부여잡고 딴짓만 시키던 분이 할 말은 아니라고 생각했지만, 속으로 꾹 삼켰다. 아무리 스스럼없이 대해 준다고 해도 신분은 품계로도 따질 수 없는 대군이 아닌가. 관례대로 한다면 앞에서 고개도 함부로 들 수 없는 분이다. 그런 이용이 친히 원통을 품에 끌어안고 공방을 나갔다. 그의 모습을 가만히 바라보던 홍천기가 빙그레 웃으며 말했다.

"안평대군, 참 고마우신 분이다."

최경이 자리에 앉아 제 일감을 뒤척이면서 말했다.

"갑자기 무슨 말이야? 아하! 하 시일을 이 방까지 끌고 와 줘서?"

"그러고 보니 그것도 감사하네. 그것보다 그림을 애지중지 안고 가 주셔서."

"가지고 오실 때도 그러셨다."

"그러니까. 변함없이 애지중지해 주셔서 감사하다고."

최경이 홍천기의 말을 이해하고 싱긋이 웃었다. 그림 위에 올라가 있던 명성이 내려졌다. 그렇게 될 가능성이 높았다. 그렇게 되면 그림은 버림을 받는다. 명성이 그림보다 먼저인 사람들에게는 그랬다. 그런데 이용은 명성이 걷힌 그림에서도 애정을 바꾸지 않았다. 최경도 고개를 끄덕일 수밖에 없었다.

그림의 평가와는 별개로 만약에 대작이 확실하다면, 김문웅도 비난을 받아 마땅하겠지만, 그려 준 화공도 비난을 피할 수

는 없을 것이다. 천한 그림을 그리는 환쟁이일지라도 자존심
은 있었다. 차라리 비워 놓을지언정 자신의 그림에 다른 사람
의 낙관은 올리지 않는 것! 이것은 마지막 자존심과도 같았다.
그렇기에 같은 화공으로서 김문웅의 그림을 대작해 준 화공은
용납하기 힘들었다. 지금으로는 대작을 입증할 방법이 없는 게
대작 화공에게는 불행 중 다행인 셈이다.

　최경은 일감들을 홍천기에게 몰아주고 바닥에 웅크리고 누
웠다.

　"야!"

　"야? 말투 봐라. 나 잔다. 그거 다 해 놔."

　"나 혼자 이걸 다 하라고?"

　"나 어제 일한다고 한숨도 못 잤다."

　"그건 네 개인 돈벌이잖아!"

　"도화원이 원래 이런 곳이다. 힘든 놈만 힘든 곳. 지금부터
시끄럽게 하면 일 더 얹어 줄 테니까 그렇게 알아."

　순식간에 잠에 빠진 최경의 등짝을 향해 홍천기는 입 모양
으로만 온갖 욕설을 다 퍼부었다.

3

최경은 짐을 싸면서도 코를 박고 일하고 있는 홍천기를 힐끔거렸다.

"진짜 일 많이 남았냐?"

"보면 몰라? 해 떨어지기 전까지 끝낼 수 있으려나 모르겠다."

홍천기 옆으로 아직 손도 대지 못한 일감이 몇 장 겹쳐 있었다.

"먼저 가면 의리 없다. 끝날 때까지 기다려."

"야! 난 지금 도화원에 들어가서 개똥이 자식 봐 줘야 한다고."

"그래도 기다려. 이거 다 네 일감이니까 구박은 하지 말고."

"한심한 놈. 내가 갓 회사가 되었을 때는 윗분들의 몫까지 싹 다 해 놓고도 시간이 남아돌았는데. 쯧."

"헐! 고깝지만 믿도록 해 볼게."

잠시 생각하던 최경이 고개를 절레절레 저으며 말했다.

"도저히 안 되겠다. 먼저 간다."

"의리 없는 놈!"

"그러잖아도 우리끼리만 경복궁 들어왔다고 개둥이 녀석 독이 잔뜩 올랐는데, 안 가면 또 지랄할 거다."

"어쩔 수 없지, 뭐. 잘 가."

"이따가 해 떨어지기 전까지 내가 경복궁 앞으로 오든가, 견주댁 보낼 테니까 늦지 않게 나가. 알았냐?"

"네. 잔소리꾼 최 화사마님!"

최경이 나가다 말고 본채 쪽을 쳐다보았다. 그러고는 다시 들어와서 말했다.

"아무도 없다고 하 시일 겁탈할 생각 말고."

"야! 말이 되는 소리를 해라."

최경이 다시 공방을 나서면서 중얼거렸다.

"하 시일한테 몸조심시켜 놓고 가야 하나?"

"뭐? 그랬다간 봐라."

"내일 아침에 오자마자 확인할 테니까, 다 끝날 때까지 의자에서 엉덩이 떼지 마라. 본채 쪽으로는 눈도 돌리지 말고."

최경은 혀를 끌끌 차면서 공방을 나갔다. 점점 멀어져 가는 발소리에 귀를 기울이던 홍천기가 기척이 완전히 사라지자마자 씨익 웃었다. 그러곤 겹쳐 있는 일감을 뒤적였다. 아래쪽으로 완성된 지도들이 있었다.

"지금 확인해도 되는데. 호호호. 이럴 줄 알고 미리 다 해 놨

지롱."

홍천기의 눈에 지도첩이 보였다. 이내 웃음기가 사라졌다. 자리에서 일어나 먼지 하나 없이 깨끗해진 지도첩을 들췄다. 다시금 인왕산도를 물끄러미 바라보았다. 알 수 없는 감정이 가슴 깊은 곳에서 일었다. 뒷장의 백악산도를 보았다. 마지막으로 완성되지 못한 한성도를 보았다. 홍천기가 급하게 도리질을 하였다. 그러고는 지도첩을 덮고 애써 밝게 말했다.

"요것만 마저 해 놓고 내 님을 뵈러 가 볼까? 으흐흐."

다소 음흉한 웃음소리였지만, 들뜬 홍천기는 자신의 웃음소리도 느낄 수 없었다. 다시 자리에 앉아 빨리 끝내기 위해 지도에 집중했다. 입에서 흥얼거리는 노랫가락이 쉴 새 없이 흘러나왔다.

"꽃 따러 가세, 뽕 따러 가세. 쿵기덕 쿵덕 덩기덕 덩덕. 하시일을 덮치러 가세, 보쌈하러 가세. 쿵기덕 쿵덕 덩기덕 덩덕. 덮치러 가……."

지도를 완성하고 붓질을 멈춘 홍천기가 고개를 듦과 동시에 노랫가락도 멈췄다. 건너편 의자에 앉은 하람이 탁자 위로 턱을 괴고 그녀를 보고 있었다. 보고 있는 게 확실했다. 그렇지 않고서는 눈이 마주치자마자 입꼬리가 화사해질 턱이 없었다. 눈꼬리도 미소를 머금을 리가 없었다.

"득음하겠소."

"노, 노랩니다. 오해하지 마십시오."

"노래인 걸로 하오. 홍 낭자가 그렇다면, 뭐. 내 이름이 나온 건 못 들은 걸로 하고."

"어떻게 사람이 기척도 없이 다니십니까? 발소리도 쿵쿵 내고 그래야지."

"화내는 거요? 반갑게 맞아 줄 거라 생각하고 왔는데 가야 하나?"

"어머! 안 보이셔서 모르시나 본데, 저 지금 웃고 있습니다. 엄청 상냥하게."

홍천기는 탁자 위를 대충 정리하고 하람과 똑같이 턱을 괴고 마주 보았다. 얼굴에는 그와 똑같은 미소를 담았다. 가까운 거리였다. 홍천기에게는 하람의 얼굴이 더 잘 보이는 거리였고, 하람에게는 홍천기의 숨소리가 더 잘 들리는 거리였다. 그래서 목소리를 크게 할 필요가 없었다.

"전부 퇴궐했습니다. 아무도 없어요."

"가는 소리 들었소."

"어떤 소리요?"

"최 화사가 행여나 내가 겁탈이라도 당할까 봐 걱정해 주는 소리."

"겁……. 그래서 제가 그놈 멱살을 자주 잡을 수밖에 없는 겁니다."

하람의 소리 없는 미소가 번졌다. 이어서 보이지 않는 눈으로 한참 동안 사랑하는 여인을 바라보았다. 그의 마음을 대신하듯 홍천기가 속삭였다.

"보고 싶었어요."

그럴 때마다 견주댁을 들볶았다. 그와 관련한 어떠한 이야기라도 좋으니 해 달라고 졸랐다. 그 덕분에 어릴 때 본가가 있는 마을에서 추방당하다시피 쫓겨난 사연을 알게 되었다. 아직도 그 마을과 그 안에 살고 계신 어머니 곁으로 갈 수 없는 그의 사연도 알게 되었다. 견주댁도 왜 그렇게 되었는지 구체적으로 알고 있지는 않았지만, 눈동자가 변한 것이 주원인이라고 하였다.

홍천기에게는 '보고 싶었다.'이지만, 하람에게는 '보고 싶다.'였다. 그 말이 현재도 진행되고 있기에 보고 싶었다고 쉽게 말할 수 없었다. 보지 못하니 아름답다고 말해 줄 수 없고, 아름답다고 말해 줄 수 없으니 사랑한다고 말해 줄 수 없었다. 사랑한다고 말해 주고 싶기에 보고 싶었다.

"아까는 처리할 업무가 많다고 휙 가시더니, 지금은 안 바쁘신가 봐요?"

"아까는 안 바빠도 바빠야 했고, 지금은 바빠도 안 바쁘고 싶고."

"내 쪽은 쳐다보지도 않고 가 버렸어. 쳇!"

"난 안 보인다니까."

"안 보여도 봐 줬으면 했는데."

"혼자 되기를 기다렸소."

뜻하는 내용만으로도 심장이 화끈거리는데, 속삭임이 깊어서 그 화끈거림은 충격처럼 다가왔다. 그래서 얼굴이 붉어진 채로 말을 잇지 못했다. 하람의 눈이 잠시 닫혔다가 다시 열렸다.

"단둘이서 나눌 말이 있소."

홍천기는 고개만 끄덕였다. 그것도 조신하게 한두 번 끄덕인 것이 아니라 고개가 떨어져 나갈 정도로 세차게 끄덕였다. 하람의 눈이 보이지 않는 게 천만다행이 아닐 수 없었다.

"저잣거리의 아름다운 여인⋯⋯."

턱을 괴던 홍천기의 손이 탁자 위로 툭 떨어졌다. 그저 손만 떨어진 소리였을 뿐인데 하람은 심상치 않은 감정 변화를 알아차리고 말을 멈췄다.

"아름다운 여인이라고⋯⋯, 하시는군요. 저는 거지 할머니라고 말하는데."

당황한 하람이 턱을 괴고 있던 손을 풀고 정 자세로 앉았다. 벌을 서듯 긴장한 자세라는 표현이 더 어울리는 모습이었다.

"내가 실수라도?"

"아니요. 아무 실수도 안 했어요. 단지⋯⋯."

"단지?"

"보고 싶네요, 귀공이 보셨다는 그 할머니의 모습."

보이지는 않았지만 목소리에서 느껴지는 냉랭함이 있었다.

"아, 그게⋯⋯, 내가 궁금한 건 저번에 한 부탁은 어찌 되었나, 그 뒤에 만난 적은 있나 하는 거요."

"왠지 제 예감에는 그 할머니 얼굴이 보고 싶었을 것 같은데⋯⋯."

하람은 대답하지 않았다. 거짓말은 할 수 없었다. 할머니라고 지칭되는 존재가 보고 싶은 것과는 달랐다. 보고 싶은 건 오직 그 얼굴 형상이었다. 그것을 단순하게 보고 싶다는 말로 표현하기는 어려웠다.

"정확하게 어떻게 생겼을까, 그 할머니는?"

"구체적으로 어떻게 생겼는지는 나도 잘 모르겠소. 내가 기억하는 건 그저……. 모르겠소. 설명을 못 하겠소. 분명히 형상을 보고 아름답다고 느꼈는데, 형상을 본 것 같지는 않고."

"모두가 할머니로 보는데, 오직 귀공만 아름다운, 아니, 그냥 젊은 여인으로 봅니다. 그런데 그 할머니의 진짜 모습이 귀공의 눈으로 본 그 모습이라면? 귀공이 세상을 보게 되었을 때 내가 귀공 눈에 아름답지 않으면?"

"인간이 아닌 존재와 대화하는 것보다 나는 지금이 더 어렵소. 진심이오."

"제 말은 아주 쉬워요. 질투라고 불리는 말이니까."

딱 찍어 주는 설명을 듣고서야 비로소 하람은 이해할 수 있었다.

"아! 앞으로는 아름다……, 이런 말은 하지 않겠소. 지칭할 때 그냥 거지 할머니라고만 하겠소. 약속하오."

"그렇다고 아름답다고 느낀 감정까지 없던 걸로 할 수는 없잖아요."

하람을 원망할 수 있는 부분이 아니었다. 잘 알고 있어도 심통이 누그러지지 않았다.

"이게 위로가 될지는 모르겠지만, 나는 세상의 모든 사내들 눈이 다 멀었으면 좋겠소. 그래서 홍 낭자의 얼굴을 아무도 못

봤으면 좋겠소. 이것도 질투라고 불리는 거요."

"그건 저와는 조금 다른 애깁니다."

"비슷하오. 어차피 질투라는 감정 아래에 다 묶이는 거니까. 남들 눈에 보이는 내 얼굴도 아무 소용이 없소. 열 가지 얼굴도 의미 없고, 백 가지 얼굴도 의미 없소. 홍 낭자의 눈에 보이는 것만이 내 진짜 얼굴이니까."

"그걸로는 위로가 안 되……. 아까 들으신 겁니까?"

"들었소. 최 화사와 '딱 붙어서' 속닥거리는 거 꾹 참고 다 들었소."

이번에는 홍천기가 벌을 서듯 긴장한 자세로 변했다.

"안 보여서 오해하셨나 본데, 딱 붙지는 않았습니다."

"그 정도 크기로 속삭이려면 그만큼 가까워야 하지 않나? 내가 유치해서 아무 말 안 하려고 했는데."

성공적인 반격이라고 생각했다. 하지만 이것도 금방 뒤집어졌다.

"질투가 맞는 것 같기는 한데, 귀공은 어떻게 질투도 그따위로 하십니까? 안평대군이 그러셨습니다. 사람이 그림 같으면 못쓴다고!"

"그따위라는 말을 듣지 않는 질투는 어떤 거요?"

"잘 들으십시오. 먼저, 말씀 중인 안평대군을 밀친다."

"큰일 날 소리. 무품계에 계신 분은 옷자락도 함부로 만져서는 아니 되오."

"전 팔뚝을 물어뜯고도 살아남았는데."

"응?"

"아니요! 다음으로 개놈에게 다가가서 멱살을 잡고 주먹으로 얼굴을 한 대 갈긴 후에 패대기를 친다. 적어도 이 정도는 해 줘야, '아! 이 남자도 질투라는 걸 하는구나.' 싶지요."

"안 보이는 눈으로 그런 행동은 무리요. 하하하. 그리고 싶은 마음이야 굴뚝같았지만. 여기는 낭자의 일터이자 세상이오. 하여 내 감정이 누가 되지 않도록 노력하였소. 낭자의 세상은 존중받아 마땅하니까."

서운하고, 속상하고, 심란했는데 하람이 자세를 풀고 소리 내어 웃으니 전부 옅어졌다. 그가 웃으면 무조건 된 거다. 슬픈 얼굴이 보이지 않으면 된 거다.

하람이 신경 썼던 사람은 최경이 아니었다. 열정적으로 설명하는 와중에도 최경과 함께 있는 홍천기를 줄곧 의식하던 안평대군이었다. 그건 보이지 않아도 느낄 수 있는 기氣였다. 눈이 먼 하람이 귀가 발달한 것과는 반대로, 눈이 발달한 안평대군은 귀가 덜 발달해서 두 사람의 대화를 듣지는 못했겠지만, 두 사람의 가까웠던 거리는 보았다. 그래서 시시각각 미묘하게 변하던 안평대군의 억양을 통해 홍천기와 최경의 거리를 가늠할 수 있었다.

"그런데 듣자 하니, 나를 앞에 놓고 한판 붙자는 말이 오가던데, 혹시 내 얼굴이 안 그려지오?"

"네? 아……, 네. 아직 원인은 모릅니다."

"최 화사도 그렇다면, 나한테 원인이 있다는 건데……."

"신경 쓰지 마십시오. 우리 문제일 수도 있습니다. 귀공같이 미끈하게 생긴 사람을 그려 봤어야 말이죠. 호호호."

홍천기가 자리에서 벌떡 일어나서 더러운 작업복을 벗었다.

"갑자기 옷은 왜 벗으시오?"

"어머? 이 음흉한 남자 보소? 저 지금 아주 조신하게 작업복만 벗었습니다. 일이 다 끝났거든요."

그러고는 탁자를 빙 둘러 열려 있는 문 쪽으로 가면서 중얼거렸다.

"질투라는 것도 표현을 해야 알고, 마음도 몸으로 표현을 해야 아는 건데……."

문고리에 손이 막 닿기 직전이었다. 하람이 미소를 머금은 목소리로 말했다.

"문에 손대지 말 것! 닫지 마시오."

홍천기가 열린 창을 보았다.

"창문도 아니 되오."

"아니, 왜요? 추워서 닫으려는 겁니다. 저 지금 엄청 춥다고요!"

"따뜻한 일기일뿐더러, 추운 사람이 작업복부터 벗나?"

"더럽고 냄새나서요."

"난 그 냄새 좋은데. 정 문을 닫아야 한다면 만수를 이 방으로 불러들일 수밖에."

"에? 왜요? 왜 그러시는 겁니까?"

높아진 목소리에 실망이 드러났다. 단지 추워서 문을 닫으려 한 게 아님이 드러난 것이기도 하였다.

"문책당하는 것도 싫고, 감옥 가는 것도 싫어서."

"자, 잠깐만요! 저 뒷목 좀 잡을게요."

홍천기는 정말로 뒷목을 잡고 숨을 골랐다. 그러고는 끓어오르는 화를 참아 가며 말했다.

"으으, 저기요, 문이랑 창을 닫는다고 문책당하고 감옥 간다는 말 처음 듣거든요?"

"닫힌 공간에서 단둘이 있으면……."

"제가 덮칠까 봐서요? 그……."

홍천기의 말이 멈췄다. 의자에 앉아 탁자에 비스듬히 기대고 있던 하람의 표정이 변했기 때문이다. 이제껏 단 한 번도 본 적 없는 무서운 표정이었다. 눈동자는 정확히 홍천기를 향해 있었다. 하람이 천천히 일어섰다. 일어서는 것까지만 천천히 움직였을 뿐이다. 그 이후로는 눈으로 움직임을 잡을 수는 없었다. 홍천기 쪽으로 성큼 걸음과 동시에 손을 뻗어 그녀의 팔을 잡아당겼던 것이다. 손의 교체가 있었던 것 같았다. 어느새 하람의 한 손은 홍천기의 허리를 감싸고 다른 한 손은 조금 전 그녀가 잡았던 뒷목을 대신 잡았다. 그렇게 품에 안은 채로 얼굴과 얼굴이 가까워졌다. 입술과 입술도 가까워졌다. 홍천기의 눈이 감겼다. 닿기 직전이었다. 어쩌면 닿았을 수도 있었다. 몸에서 일어나는 갖가지 변화만 보면 이미 닿은 이후여야 했다. 그런데 입술이 조금씩 멀어졌다. 눈을 감고도 느낄 수 있었다. 홍천기의 얼굴에 그의 숨결이 닿았다.

230

"아니, 내가 덮칠까 봐서. 이렇게."

눈을 떴다. 아주 가까운 거리였다. 마음먹고 조금만 입술을 앞으로 내밀면 닿을 수도 있는 거리였다. 그런데 그러지를 못했다. 가까이서 본 얼굴은 무서운 표정이 아니었다. 화난 표정이기도 하고, 슬픈 표정이기도 하고, 괴로운 표정이기도 하였다. 하람의 손이 홍천기의 뒷목과 허리에서 떠나갔다. 얼굴이 멀어졌다. 몸도 멀어졌다. 뒷걸음으로 물러난 하람은 탁자에 기대듯이 걸터앉았다. 그러고서 한참 동안 얼어붙은 듯 꼼짝하지 않는 홍천기를 바라보았다. 보이지 않는 눈동자로. 홍천기는 보이는 눈으로 그를 바라보았다. 침묵은 홍천기가 깼다.

"더 안아 주면 안 되나? 입 맞추면 안 되나? 왜 그렇게 쳐다만 봐요?"

"비록 눈이 보이지 않고 눈동자 색깔도 남들과 다르지만, 나도 평범한 사내요. 아주 평범한. 느끼는 감정도 다른 사내들과 다르지 않소."

"그러니까 방금처럼, 조금만 더. 제가 바라는 건 많지 않아요. 그냥 사람들 없을 때만이라도 조금……. 그럼 제가 먼저 입 맞춰 버려도 되나요?"

"참 자. 알. 한다."

이 목소리는 최경이었다. 소스라치게 놀란 홍천기가 문 쪽을 쳐다보았다. 어처구니없는 표정으로 잔뜩 일그러진 최경이 홍천기와 하람을 번갈아 보고 있었다. 홍천기 쪽은 분노, 하람 쪽은 동정의 눈길이었다.

"어, 어떻게 다시 왔어?"

"너 데리러. 경복궁 밖에 개둥이 녀석 기다리고 있다. 가자!"

최경이 하람에게 다가가 한숨을 푹 내쉰 뒤에 말했다.

"한 번 안아 드려도 되겠습니까?"

최경은 영문을 몰라 눈이 휘둥그레진 하람을 기어이 끌어안고 힘을 꽉 주었다.

"이해하십시오. 개충이가 멍청, 아니, 순진해서 그럽니다. 애가 아는 거라고는 그림밖에 없어 놔서."

최경의 뜻을 이해한 하람이 비로소 싱긋이 웃었다. 최경이 홍천기를 향해 소리쳤다.

"조만간 서운관 관원들 들어올 거다. 내가 먼저 도착했기에 망정이지. 뭘 꾸물거려! 가리마 챙겨! 장옷도!"

지시대로 허둥지둥 챙긴 홍천기는 앞서 공방을 나서는 최경을 따라 나갔다. 그러다가 다시 쪼르르 들어와서 하람의 목을 끌어안았다. 하람도 얼떨결에 그녀의 허리를 감싸듯 잡았다.

"내일 봐요. 일찍 올게요."

목을 둘렀던 팔이 풀어졌다. 풀어 버린 팔이 멀어졌다. 손안에 있던 허리가 멀어졌다. 보이지 않는 허공을 향해 팔을 뻗어 휘저었다. 그렇게 겨우 홍천기의 손을 잡았다. 꽉 잡은 건 한 번뿐이었다. 이내 그 손마저 놓았다. 홍천기가 멀어져 갔다. 향기도 멀어져 갔다. 그리고 소리도 멀어져 갔다. 하람은 탁자에 걸터앉아 눈을 감고 멀어져 가는 홍천기의 기척에 귀를 모았다. 최경의 고함이 멀어져 갔다.

"어서 안 와? 너 경복궁 나가서 보자. 뭐 이딴 게 다 있나 몰라."

조금 더 멀어진 소리가 들렸다.

"야! 거기 서서 뭐 해! 자꾸 뒤돌아보지 말라고!"

보다 더 멀어진 소리가 홍천기의 목소리로 들렸다.

"안 가고 싶어. 함께 있고 싶어."

하람의 목구멍으로 뜨거운 것이 올라왔다. 두 손으로 얼굴을 감싸고 붉어진 눈시울을 가렸다. 그러고는 아무도 들을 사람이 없는 공간을 향해 홀로 말했다.

"안 보내고 싶다. ……함께 있고 싶어."

"개충아! 개놈아! 여기……."

차영욱은 신나게 친구들을 부르다가 뚝 멈췄다. 멀리서 봐도 끓어오르는 걸 근근이 참고 있는 최경의 성질이 보였기 때문이다. 최경은 차영욱 앞에 걸음을 멈추자마자 한 손으로는 뒷목을 잡고 한 손으로는 허리를 잡았다. 그렇게 하늘만 쳐다보았다. 홍천기가 최경의 등 뒤에서 두어 발 떨어져 서서 땅만 쳐다보았다. 구체적으로 무엇을 잘못했는지는 알 수 없었지만, 왠지 반성을 하는 자세를 취하지 않으면 안 될 것 같은 분위기였다.

"그새 둘이 또 싸웠냐?"

"그게 아니라, 개충이 그 남자 있잖아. 그 남자가 개충이를 좋아하거든."

"진짜? 개충이만 좋아하는 거 아니었어? 그 남자도? 대체 왜 좋아한대?"

홍천기의 입술 한쪽이 위로 이죽거리듯 올라갔다.

"그걸 질문이라고 하니?"

"눈이 보이면 외모에 혹해서 그럴 수는 있겠지만, 맹인이라며? 개충이 얼굴 빼면 뭐 볼 게 있다고."

"얼굴도 볼 거 없지."

"그거야 개놈 네 눈에만 그렇고. 애가 다소곳하기를 해, 순종적이기를 해. 사내들 끔벅 죽는 애교가 있기를 해, 교태 부리기를 해. 목소리는 씩씩하다 못해 관우, 장비조차 형님으로 떠받들 목청이고. 눈이 안 보이면 얠 왜 좋아하나?"

"그만해라. 그럼에도 불구하고 이 보잘것없는 여인을 사랑해 주신단다."

"말로 하던?"

"아니. 말은 한 적 없지만, 느낄 수는 있어."

"그걸로는 부족하지. 말이 얼마나 중요한데."

"안 중요해. 충분해. 뭐, 그 사람 마음이 조금 부족하면 어때. 내 마음이 넘치는걸."

"너도 마음 좀 아껴라, 인마."

"그거 아껴서 뭐 하게? 아끼면 살림살이에 도움이 된대?"

차영욱이 홍천기에게 손을 휘휘 젓고는 최경에게 집중했다.

"그래서, 그 남자가 개충이를 좋아하는데, 뒤는?"

"개충이가 그 남자한테 덮쳐 달라고 사정을 하다가, 거절당하니까 지가 덮치겠다고 그러고 있더라."

"와! 말 이상하게 하는 것 봐라. 어떻게 그런 식으로 말을 교묘하게 변질시키냐?"

최경이 뒤돌아서서 홍천기를 향해 말했다. 안타까움이 가득한 말투였다.

"너는 남자들 틈바구니에서 자란 놈이 어떻게 남자를 그렇게 모르냐? 그 남자한테 차라리 인두로 지지는 고문하지 그랬냐? 그게 덜 고통스럽다."

"아니, 진짜 이상하네. 내가 좀 안아 달라고 그랬다. 입도 좀 맞춰 주면 고맙겠다고 그랬다. 그래, 그건 부인하지 않겠어. 그런데 그게 너한테 이렇게까지 비난받을 일이니? 설마 질투?"

"질투 같은 소리 하고 있다. 야! 하 시일 표정을 보는데, 내가 눈물이 왈칵 쏟아지는 줄 알았다. 그 표정 보고 드는 생각이 없냐?"

"그게……, 모르……."

할 말이 없었다. 그 표정이 머리를 복잡하게 하는데, 마음도 복잡하게 하는데, 구체적인 의미를 도통 알 수가 없었다.

"네 눈 떼서 하 시일 줘라. 너한테는 아무짝에도 쓸모가 없다. 그렇게 대놓고 마음이 보이는 표정을 모르겠단다. 이걸 어디서부터 어떻게 설명해야 하나. 와! 돌아 버리겠네."

"참아. 내가 설명해 줄게."

차영욱이 최경의 등을 밀어내면서 진정시키고 홍천기와 마주 보고 섰다.

"어? 그 장면 안 본 개똥이 너도 이해한 거야? 나만 이해 못 한 거야?"

"나도 남자니까. 개충아, 네가 그 남자와 함께 있던 곳이 어디지?"

"서운관."

홍천기의 자신 있는 대답 위로 최경의 고함이 덮쳤다.

"야! 경복궁이잖아, 경복궁! 이 멍청아! 주상 전하께오서 기거하시는 곳!"

홍천기는 그제야 자신이 걸어 나온 곳을 뒤돌아보았다. 까마득히 높은 담벼락에 삼엄한 경계. 사람이 사는 것 같지 않은 곳. 살 수 없을 것 같은 곳. 홍천기의 등 뒤로 차영욱의 말이 비수처럼 꽂혔다.

"경복궁 안에서는 안 돼. 주상 전하 외에는, 아무도. 그런 곳에서 네가 남자를 자극했다면, 정말 못된 년인 거야."

홍천기가 경복궁을 향해 중얼거렸다.

"내가…… 잘못했어."

"그래, 지금이라도 뉘우쳤으면 됐다. 남자는 말이다, 아껴 줘야 되는 거야. 괴롭히는 게 아니라."

"내가 잘못했어. 아주 크게 잘못했어!"

"그렇다고 그렇게까지 자학할 필요는 없……."

"내가 경복궁으로 들어가야 되는 게 아니라, 그 사람을 밖으로 나오게 해야 되는 거였어. 이 멍청이!"

홍천기는 뜬금없는 소리를 던져 놓고 경복궁으로부터 등을 돌려 어딘가를 향해 부리나케 걷기 시작했다. 차영욱이 당황하여 말했다.

"개충이 내 말 알아들은 거지? 그런 거지?"

최경이 한숨을 푹 쉬면서 차영욱의 어깨를 두 번 두드렸다.

"수고했다."

그러고는 홍천기의 뒤를 따라 빠르게 걸어갔다. 차영욱이 그 뒤를 따라가면서 칭얼거렸다.

"개충이가 내 말 알아들은 거라고 해 줘. 안 그러면 나 엄청 허무하다. 개놈아, 그렇다고 해 줘, 제발."

"수고했다, 이것밖에 해 줄 말이 없다."

"수고……. 휴! 그런데, 개충이 어디가? 백유화단으로 안 가는데?"

최경이 홍천기를 뒤따랐다. 놓치지 않으려다 보니 거의 뛰다시피 걸어야 했다.

"저잣거리로 가나 보다. 홍 화공님께."

차영욱도 같은 속도로 걸으면서 말했다.

"우리도 오랜만에 홍 화공님 뵈러 가자."

"그러려고 지금 뒤따라가는 거잖아."

돌멩이 하나가 휙 날아왔다. 연달아 두세 개가 더 날아왔다. 어린 홍천기가 던진 돌이었다. 어린 계집아이는 고집스럽게 입을 앙다물고, 따라오지 말라며 고함을 질렀다. 철없었던 사내아이 둘은 악착같이 따라붙었다. 따라가면서 놀려 댔다. 미치광이 아비를 둔 죄로 계집아이는 놀림거리가 되었다. 사내아이 둘은 끈질기게 놀리면서 괴롭혔다. 돌멩이에 맞고, 물어뜯기고, 얻어맞아 가면서도 따라다녔고, 붙어 다녔다.

쌈박질이 끝나면 한 명, 때로는 두 명, 또 때로는 세 명 모두가 얼굴에 멍 자국을 달고, 작은 엉덩이를 줄줄이 붙이고 앉아 엉망진창인 미치광이 그림을 구경했다. 광기 가득한 화공이 들려주는 이야기에 귀를 기울였다. 머리가 굵어 갈수록, 그림이 익어 갈수록, 점점 더 진한 환쟁이가 되어 갈수록, 그의 말은 피부 속 깊이 파고들었다.

차영욱이 추억 속을 걸어가면서 최경에게 말했다.

"어릴 때를 떠올려 보면 우리도 어지간히 못됐었다. 개충이 성격 포악해진 건 순전히 우리 탓이야."

최경은 대답 없이 피식 웃었다. 우는 거 한 번만 보였으면 관둘 수 있었다. 그런데 단 한 번도 그러지를 않았다. 어린 홍천기는 한 대를 때리면 두 대를 되갚았고, 열 대를 때리면 스무 대를 되갚았다. 어쩌면 아무도 없는 곳에서 홀로 숨어 울었을지도 모르는데, 철없었던 그때는 전혀 추측하지 못했다. 그저 지독한 년이라고만 생각했다.

"그렇게 따라붙은 덕에 홍 화공님도 알게 된 거지."

"홍 화공님, 그림에 관한 말들은 다른 화공들과는 차원이 달라. 뭔가……"

최경이 웃으면서 말을 받았다.

"진짜 환쟁이."

"맞다! 딱 그런 느낌. 그런 기운. 다른 환쟁이들을 압도하는 화기畫氣가 있어."

"우리가 느낀 그 기운이 진짜라면……."

"엄청 대단한 그림을 그리셨겠지. 우리 느낌만으로 치면 말이다."

최경은 갑자기 이상한 생각이 들었다. 100년 전 화공도 아니고, 아직 살아 있는 화공인데 남아 있는 그림이 없다는 사실이 그러했다. 게다가 최원호는 웬만한 화공들 작품은 한 점 이상 소장하고 있었다. 표면적이긴 하지만 사이 나쁘다는 안견 작품도 여러 점이었다. 그런 최원호가 홍천기 아버지의 그림을 한 점도 소장하고 있지 않다는 건 이해하기 어려운 점이다. 최경이 기억을 더듬으며 중얼거렸다.

"스승님의 소장품, 아니, 백유화단에서 나온 그림 중에 가장 뜬금없었던 게……, 김문웅 산수화."

화공들은 실력 향상을 위해 좋은 그림 구경은 필수였다. 그런데 그 훌륭한 표본이 밖으로 나온 적이 없었다. 다른 화공들은 고사하고라도, 백유화단의 화공들조차 구경해 본 적 없었다. 이 또한 이해하기 어려운 점이다.

"김문웅? 저번에 매죽헌 화회 때 나도 구경해 봤지. 홍 화공님이 일을 저지르셨지만."

매죽헌 화회에 최경은 없었다. 하지만 거기서 흘러나온 여러 소문들은 들었다. 그중에서 도화원을 들썩이게 한 건 단연 김문웅 산수화였다. 최경이 물었다.

"네 눈에는 어땠냐?"

"네가 본 그림과는 다른 작품이지만, 내가 본 것도 끝내주더 구먼. 익숙한 느낌도 들었고."

"개충이 그림과 비교해서?"

차영욱이 미간을 구기고 저번에 보았던 그림을 떠올렸다.

"음……, 끙……, 오! 그래서 익숙한 느낌이었구나. 가만, 뭐 가 닮은 거지?"

"구도 잡는 법. 여백 설정하는 법. 그리고……, 기氣."

"어! 어! 맞아! 스승님이 그런 기법은 엄청 귀한 뇌를 가진 화공이나 그릴 수 있는 거라고 그러셨잖아. 그래서 개충이가 특별한 거라고. 이상한 게 아니라고."

"우리가 불룩하게 나온 양을 먼저 볼 때, 개충이는 움푹 들어 간 음을 먼저 본다. 우리가 검은 먹선을 먼저 볼 때, 개충이는 아무것도 없는 여백 공간을 먼저 본다. 그런 뇌를 가지고 있다."

어릴 때는 스승님의 이 말씀이 도무지 이해가 가지 않았다. 빈 종이에 그림을 채울 수 있는 나이가 되어서야, 그것은 넘을 수 없는 벽임을 깨달았다.

"그랬지. 그런데 어째서 김문웅 산수화에도 그런 느낌이 있 지?"

고개를 저어 가며 고심하던 최경이 소리가 날 정도로 제 머 리를 한 대 때렸다.

"지도……."

"뭔데?"

최경이 주변을 두리번거렸다. 오가는 사람들 중에 아는 얼굴은 없었다. 홍천기는 저 앞에 앞서가고 있었다. 최경은 차영욱의 목을 끌어안고 걸어가면서 귓속말로 지도와 관련한 여러 의문들에 대해 말해 주었다.

홍은오는 없었다. 집으로 돌아갔는지, 아니면 술 마시러 갔는지는 알 수 없었다. 홍천기는 저잣거리의 엉뚱한 곳에 서서 두리번거렸다. 주변 구석구석을 뒤지듯 들여다보기도 하였다. 잠깐 동안은 기다리고 섰던 최경에게서 결국 고함 소리가 터져 나오고야 말았다.

"개충아! 설마 홍 화공님 찾는 건 아니겠지?"

"응, 아니야."

"야! 우린 홍 화공님께 가는 줄 알았잖아!"

홍천기는 계속해서 주변을 뒤지면서 대꾸했다.

"지들이 마음대로 따라와 놓고선 왜 내 탓이야?"

최경이 두 주먹을 쥐고 아랫입술을 깨물었다. 홍천기가 허공을 향해 외쳤다.

"할머니! 할머니 대체 어디 계시는 건가요, 네?"

"개놈아, 쟤 지금 어떤 할머니 찾는 거냐?"

"몰라! 하루에도 열두 번은 더 널뛰는 녀석 생각을 내가 어떻게 알아!"

최경과 차영욱이 동시에 마주 보았다. 그러곤 눈빛으로 같은 생각을 공유했다.

"그냥 버리고 가자."

홍천기가 다시 외쳤다. 여전히 허공을 향한 외침이었다.

"할머니! 저 홍천기입니다! 이제는 좀 나와 주세요! 동냥 안 하십니까!"

차영욱이 최경의 옷자락을 잡아끌면서 다급하게 말했다.

"가자! 얼른! 나 엄청 창피하다."

"나도. 얼굴 화끈거려서 못 있겠다."

두어 걸음 뗐을 때였다. 등 뒤에서 할머니의 목소리가 들렸다.

"왜 불러? 괜히 이름을 외워 가지고, 젠장."

두 사람이 동시에 뒤돌아보았다. 진짜 할머니였다. 허리가 굽고 엄청 늙어서 할머니란 말이 딱 어울리는 사람이었다. 더럽기까지 한 노파를 향해 전속력으로 달려간 홍천기가 반갑게 끌어안았다. 강한 부딪힘이었는데도 불구하고 노파는 전혀 밀리지 않았다.

"그동안 얼마나 찾았는데요. 왜 이제야 나오셨습니까?"

"네가 이름을 대고 불러서. 간만에 잘 자고 있었구면."

노파는 언제나 앉아 있던 곳에 편안한 자세로 앉았다.

"용건은?"

홍천기가 그 앞에 똑같은 자세로 철퍼덕 앉았다. 이에 놀란 최경과 차영욱은 주변을 두리번거리지 않을 수 없었다. 혹시라도 아는 사람이 지나갈까 걱정되어서였다. 홍천기가 말했다.

"여쭤볼 게 있습니다."

최경이 홍천기의 허리를 발로 툭 차면서 물었다.

"앞에 할머니 무당이야?"

"아니에요, 할머니! 때리지 마세요. 이 녀석들이 뭘 몰라서 하는 말이니까."

홍천기는 이렇게 급히 노파를 달래 놓고, 뒤로 고개를 돌려 물었다.

"개놈아, 개둥아. 너희 눈에는 앞에 있는 분이 어떻게 보여?"

"대체 뭘 묻는 거냐? 질문 의도나 좀 알자."

"나이나 외모가 어떻게 보이냐고."

"음……, 할머니."

성의 없는 대답이었다. 홍천기의 시선이 차영욱에게로 갔다. 그는 최경의 답에 약간 더 첨가하는 성의를 보였다.

"아주 심한 할머니."

두 사람에게서 만족스러운 대답을 듣고 나서야 홍천기는 노파에게로 완전히 돌아앉았다.

"할머니, 하람 시일을 경복궁에서 안전하게 빼내려면 어떻게 해야 합니까?"

"그게 누구야?"

"세상에서 제일 근사한 남자요. 웃는 것도 멋지고. 쉽게 웃지는 않고요. 아! 엄청 착해요. 예의도 바르고, 손동작 하나까지도 정갈하지 않은 곳이 없고요. 휴! 저랑 완전 반대죠. 가끔 야속한 말을 하지만……."

최경이 홍천기의 허리를 다시 발로 툭 찼다.

"멍청아! 그렇게 말하면 어떻게 알아들으시냐?"

노파가 통명스럽게 말했다.

"알아들었어. 하 대감 말하는 거지? 붉은색 눈동자."

"네! 맞아요."

최경과 차영욱도 홍천기 뒤에 쪼그리고 앉아 흥미롭게 구경했다. 개떡 같은 홍천기의 설명을 알아듣는 본새가 신기하여 무조건 무당이라고 생각했다. 차영욱이 최경에게 귓속말로 물었다.

"하 시일이 갇혀 있는 거야? 왜 빼낸다는 거야?"

"그런 게 있다. 이따가 설명해 줄게."

노파가 홍천기를 훑어보다가 말했다.

"아무것도 없네?"

"네? 아, 하필! 나중에 맛있는 거 갖다 드릴게요. 먼저 알려 주세요, 네?"

"그림! 네 걸로."

"스승님께 허락받아서 꼭 갖다 드릴 게요. 그러니까 방법부터 우선……."

"갖고 와. 난 이미 네 이름도 외워 줬어. 공짜로. 이번은 안 돼."

"할머니, 그러시지 말고 인심 쓰신 김에 좀 더 쓰세요. 제가 엄청 급해서 그래요."

"뭐가 급해?"

"그 남자 품에 안기……."

흐리멍덩하게 둘러서 말하면 대화가 어긋날 위험이 있었다. 노파를 상대할 때는 직설적으로 묻는 게 가장 좋은 방법이었다.

"그 남자와 자고 싶은데, 경복궁에서는 안 된다잖아요."

244

최경과 차영욱이 동시에 두 손으로 자신의 얼굴을 가렸다. 말하는 사람보다 듣는 사람이 더 부끄러운 말이었다.

"안 돼! 그림이 먼저야."

노파는 미적거리는 것 없이 바로 일어났다. 세 사람도 따라서 일어서지 않을 수 없었다.

"가지고 와서 방금처럼 네 이름을 대고 나를 불러. 엉터리 그림은 가져올 생각조차 하지 마."

홍천기가 팔을 잡고 매달렸지만, 노파는 가볍게 떨쳐 내고 순식간에 사라졌다. 최경이 멍하니 선 홍천기의 머리통을 주먹으로 통통 두드리면서 말했다.

"저 할머니에 대해 설명 좀 들어야겠다. 그전에 먼저, 너의 고상한 언행에 대한 나의 평가부터 들어야겠지?"

"꼭 그래야겠니?"

"나의 쪽팔림에 대한 분풀이는 해야지."

홍천기가 백유화단을 향해 성실하게 걸음을 옮겼다.

"가면서 구박받을게. 아무쪼록 백유화단에 도착하기 전까지는 끝내 줘."

최원호는 도화원에 들어가서부터 최근까지 홍천기가 끊임없이 시도했다가 좌절한 그림들을 되풀이해서 보았다. 애초에 못 그리던 것만 그릴 수 없는 게 아니었다. 지금껏 그려 왔던 것도 안 되고 있었다. 완성되지 못한 그림들로 인해 최원호도 덩달아 우울한 나날의 연속이었다. 각오는 했지만 막상 현실로 닥

치니 감정을 잡기가 어려웠다.

"이 녀석, 속이 제 속이 아닐 터인데. 허허실실 웃고 다니는 꼴이라니."

밖에서 개떼들 소리가 들렸다. 이에 부리나케 밖으로 달려 나갔다. 홍천기를 비롯하여 모처럼 최경과 차영욱까지 함께 들어오고 있었다. 개떼들은 스승을 향해 인사만 올리고 빈 공방을 찾아 사라졌다. 저들끼리 할 말이 남은 모양이었다. 한눈에 봐도 뭔가 심상치 않은 분위기였다. 최원호가 혼자 중얼거렸다.

"그래, 우리 반디의 그림 상태를 아는 게지. 딴에는 위로해 준답시고 함께 왔구나."

우울함은 가시지 않았지만, 걱정은 조금 덜어졌다. 개떼들의 이상함은 저녁을 먹으면서도 계속되었다. 제일 끄트머리에 옹기종기 붙어 앉아서는 저들끼리 눈짓으로 대화를 주고받기도 하고, 홍천기가 깊은 한숨을 내쉬기도 하고, 최경의 꿀밤이 날아가기도 하고, 드물게 차영욱의 인상도 오락가락했다. 가장 희한한 점은 홍천기의 맞짱이 없다는 점이다. 최경의 타박에도, 꿀밤에도 아무런 저항이 없었다. 최원호의 안타까움이 깊어졌다.

"녀석, 얼마나 상심이 크면……."

그래도 다행인 건 세 사람 모두 깨끗하게 그릇을 비운 점이었다. 홍천기조차 그랬다. 최원호가 쌀 한 톨, 국물 한 방울 남기지 않은 빈 그릇들을 보며 또 혼자 중얼거렸다.

"그나마 잘 먹는 게 어디야. 식음 전폐하고 앉아 있는 것보다는 백배 낫지."

차영욱이 먼저 돌아갔다. 그래서 홍천기와 최경, 둘이서 공방에 남아 한참 동안을 속닥거렸다. 그 둘을 훔쳐보고 있자니 최원호의 중얼거림은 한층 심해졌다.

"그냥 둘이 혼인을 하지. 원래가 서로 못 잡아먹어서 마지못해 함께 사는 게 부부인 것을. 그깟 얼굴이 대수야? 제 눈에 좀 덜 생겨 보이면 어때서. 어차피 밤에 불 끄면 아무것도 안 보이는데. 별거 아닌 내 소원 하나 못 들어주나? 고집불통 녀석들 같으니."

화공들이 잠자는 방으로 들어간 최경은 나오지 않았다. 잠든 것이다. 어두운 공방에 홀로 남은 홍천기는 빈 종이를 앞에 두고 우두커니 앉았다가, 마루에 나가 기둥에 기대앉았다. 걱정되어 왔다 갔다 하던 최원호가 밤하늘을 보고 있는 그녀를 발견했다. 홍천기의 혼잣말이 들렸다.

"그려지지가 않아. 그림을 그려야 하는데……."

최원호의 눈에 눈물이 고였다. 자신의 볼썽사나운 꼴을 감추려고 얼른 뒤돌아 눈물을 닦아 냈다.

"불쌍한 놈. 얼마나 속이 상했으면, 매일 밤을 저렇게 밤하늘만 보면서……."

최원호는 차마 더 이상 보지 못하고 슬픔을 눌러 가며 사랑채로 돌아갔다. 공방에 홀로 남은 홍천기가 뒤를 이어서 혼잣말을 하였다.

"그래야 그 사람 품에 안길 수 있는데, 함께 잘 수 있는데…… 아! 보고 싶다."

그러더니 저절로 배시시 올라오는 미소를 무릎에 파묻었다.

4

"만났소? 정말이오?"

얼굴 한가득 퍼지는 하람의 함박웃음이 달갑지가 않았다. 그래서 자신도 모르게 입이 쑥 나오고 말았다. 앞서 하람의 입에서 약속을 어기고 '거지 할머니'보다 '아름다운 여인'이 먼저 튀어나왔기 때문이기도 하였다.

"젊은 여인이라고도 할 수 있는데, 어째서 꼬박꼬박 아름다운 여인이라고 하는지……."

"아! 방금 내가 또 실수했소. 입버릇이라는 게 있어서."

"그렇게 머릿속에서 되풀이하여 인식하면 그게 곧 아름다움이 됩니다. 한번 아름다움으로 인식하면 그와 다른 생김은 아름답지 못한 것이 되고."

"미안하오."

이건 정정당당하지 못하다. 사과를 하면서 눈웃음질이라니. 이러면 속상한데도 화를 낼 수 없지 않은가. 홍천기는 꽉 쥔 주먹을 탁자 위로 올렸다. 이 탁자는 두 사람 사이가 아니라, 옆으로 길게 놓였다. 그렇기에 두 사람 사이를 가로막는 건 없었다.

"개놈이었으면 멱살을 잡았을 텐데, 어휴!"

"잡으시오! 분이 풀릴 때까지."

하람이 앞을 더듬어 홍천기의 손을 찾아냈다. 그것을 자신의 가슴으로 끌어왔다. 하지만 홍천기는 멱살을 잡기보다는 그의 가슴에 손을 얹는 걸로 대신했다.

"어제 최 화사와 또 다른 한 녀석이 그 할머니를 봤거든요. 그런데 두 녀석 모두 할머니로 보인다고 합니다. 그것도 엄청 늙은 할머니!"

"아, 알았소. 엄청 늙은 할머니. 엄청 늙은 할머니. 엄청 늙은 할머니."

"귀공이 본 건 엄청 못생긴 얼굴입니다."

"어떤 얼굴인지 모르면서."

"상관없어요. 귀공만 그 얼굴을 못생긴 걸로 인식하면 됩니다. 앞으로 그 얼굴은 추녀의 표본입니다."

"명심하겠소. 내가 엄청 못생긴 얼굴을 본 거요."

하람은 미소를 걷고 결의에 찬 표정을 지어 보였다. 이에 만족한 홍천기가 힘주어 말했다.

"아주 좋습니다. 이런 태도 좋아요."

"그 엄청 못생기고 늙은 할.머.니.와 약속을 잡은 거요?"

"제 이름 대고 부르면 와 주시겠답니다."

"그림은 준비했소?"

그의 가슴에서 손을 떼어 냈다. 그러곤 힘없이 말했다.

"그게……, 요즘 좀……."

"급한데."

"제가 더 급합니다! 절박하다고요."

그러고서 고개를 돌려 혼잣말처럼 푸념했다.

"고문은 내가 당하고 있구먼, 누가 누구더러 고문한대."

그냥 깔끔하게 이 남자를 확 덮치고 감옥 가 버려? 하람은 그녀의 머릿속과는 전혀 다른 말을 하였다.

"응? 아! 내가 지금 홍 낭자를 독촉하는 건 아니오. 하루 종일 여기서 일하다가 집에 가면 그릴 시간이 없는 걸 모르지도 않고."

그림이 안 그려지는 건 단순히 시간의 문제가 아니지만, 하람에게 투정 부리고 싶지 않았다. 어차피 그림이라는 건 혼자서 외롭게 싸워 가지 않으면 안 된다. 다른 고통은 나눌 수 있어도 그것만큼은 할 수 있는 게 아니었다. 하람이 손을 더듬어 홍천기의 머리를 쓰다듬었다. 다음으로 어깨를 쓰다듬었다.

"되도록 빨리 그림을 완성하고 할머니를 뵐게요. 걱정 마세요."

"내가 걱정하는 건 홍 낭자요. 눈이 보이지 않는다고 하여 당신의 힘겨움까지 안 보이는 건 아니오."

　힘들지 않았다. 오히려 하람을 못 보고 지낼 때가 훨씬 힘들었다. 두 번 다시 못 볼까 봐 마음을 졸이던 그때가 더 힘겨웠다. 그러니 지금처럼 하람의 걱정을 받은 건 기운 나는 일이 아닐 수 없었다.

　"얍! 반드시 귀공을 경복궁에서 나가게 해 드릴게요. 눈도 보이게 해 달라고……."

　"그런 건 안 들어주실 거요."

　"에? 그럼 그 할머니를 애타게 찾으신 이유는요?"

　"내 질문에 대한 대답을 듣기 위해서요. 그들이 들려주는 말에서 답은 우리가 찾아가야 하오."

　"왜 어렵게 가십니까? 바로 소원을 들어 달라고 하면 안 됩니까? 경복궁을 나가도 안전하게 해 달라거나, 몸 안의 마魔를 쫓아 달라거나, 아니면 눈이 보이게 해 달라거나."

　"그렇게 간단하게 소원이 이뤄지면 얼마나 좋겠소. 그게 가능하다면 호령이 해 줬을 거요."

　"호령이와 다를 수 있잖아요. 전 그래도 말씀은 드려 볼 겁니다. 밑져야 본전이니까."

　안 된다고 하면 좀 더 졸라 보고, 또 졸라 보고, 애원도 해 보다가 그럼에도 불구하고 할 수 없다고 하면 그때 가서 포기하면 된다. 이제껏 쉽게 물러나 본 적이 없었다. 게다가 이번은 하람과의 잠자리가 달린 문제다.

　"소원을 청해 보고 안 된다고 하시면, 할.머.니.께 질문을 전해 주시오."

홍천기가 한숨을 푹 내쉬었다.

"그 할머니가 워낙에 말씀을 중구난방으로 하셔서, 제가 제대로 묻고 들을 수 있을지 모르겠어요. 질문은 어떤 걸로 할까요?"

"내 안에 있는 마魔가 홍 낭자를 노리는 것이 맞는지, 맞으면 왜 노리는 건지, 몸 안의 마魔를 빼낼 방법이 무엇인지, 기해년에 내 눈을 빌려 간 존재는 무엇인지, 어떻게 지신의 영역으로 들어올 수 있었는지, 눈을 돌려받는 방법은 무엇인지……."

"으악! 자, 잠깐만요! 질문이 너무 많아요. 어려워요."

하람이 말을 멈추고 상체를 앞으로 숙였다.

"당신은 영리한 사람이니까 잘할 거요."

그러고는 홍천기의 이마에 입을 맞췄다. 처음부터 이마를 노렸는지, 아니면 입술을 찾다가 엉뚱한 이마에 내려앉았는지는 알 수 없었다. 그가 웃으며 시뻘게진 얼굴의 홍천기에게 속삭였다.

"부적이오. 좋은 문답이 이뤄지기를 기원하는."

"이, 이, 이 정도는 괜찮습니까? 그럼 이런 건 자주자주 해 주시면 감사하겠습니다."

방금은 실수였다. 순간을 참지 못하고 입술이 먼저 나간 거였다. 그래서 들뜬 홍천기의 목소리를 인지했음에도 불구하고 야속한 말만 해 줄 수밖에 없었다.

"여기는 드나드는 사람이 많아서 조심해야 하오. 그리고 이거."

하람은 소맷자락에서 화려한 수술로 장식된 노리개 하나를 꺼내 홍천기의 손에 쥐여 주었다.

"선물이오."

홍천기는 선물이 아닌 그의 손을 더 꼭 쥐었다.

"선물보다는 입술이 더 좋은데……."

하람의 붉은색 눈동자가 홍천기를 물끄러미 바라보았다. 눈이 아닌 마음으로 바라보는 눈길은 사랑의 감정만 담긴 것이 아니었다.

"앗! 죄송해요. 또 제 욕심만 앞세웠습니다. 귀공을 괴롭히려던 건 아니에요."

하람이 고개를 저었다.

"평생 내 처지를 저주하면서 살아왔는데……."

그래서 웃을 수가 없었다. 지금도 홍천기 앞에서 자신도 모르게 웃을 때마다 아버지를 떠올렸다. 자신이 웃을 자격이 있는 사람인지를 의심했다.

"여전히 내 안의 마魔가 무섭지만, 한 가지만큼은 고맙소. 이유가 어찌 되었건, 나를 당신에게로 데리고 가 준 것."

"칠성님이라니까. 마魔가 아니라."

농담과도 같은 말이지만, 홍천기의 목소리에는 위로가 담겨 있었다.

"가운데 뚜껑을 열어 보시오."

산수가 정교하게 조각된 뚜껑을 열었다. 그 안에 작게 제작된 윤도가 있었다.

"윤도? 지남침이……."

"돌아가고 있소?"

"네."

"내 근처에서는 이렇다고 하오. 멀어지면 괜찮아질 거요."

마魔 때문이다. 하람이 덧붙여 설명하지 않아도 알 것 같았다.

"지도 제작하다 보면 필요할 거요. 이따가 최 화사에게도 지급하겠지만, 그건 커서 홍 낭자가 들고 다니기 힘드오. 지니고 다니기 편하게 노리개로 만들었소."

"그럼 이 윤도만 가지고 있으면 귀공이 제 근처로 오는 걸 알수 있겠네요? 귀공이 어디 있든 찾아낼 수도 있고? 와! 좋다."

"무서워할 줄 알았는데."

"무섭긴요. 설레기만 하구먼."

마魔에 반응하는 물건으로 이런 해석도 가능하다니. 정말이지 이 여인 앞에서는 안 웃을 수가 없었다. 안 행복할 수가 없었다. 그래서 더 미치도록 보고 싶었다.

"음……, 최 화사가 오고 있는 것 같은데, 엄청 화가 난 발소리요."

"원래 개놈은 언제나 화가 나 있습니다. 호호호."

"개놈, 개충. 왜 그렇게 부르시오?"

"개 같은 놈, 개 같은 벌레를 줄인 거예요. 어릴 때 싸우면서 부르던 입버릇이 지금까지 이어져서 그럽니다. 저도 고상한 당호로 불리고 싶은데, 도와주지를 않네요."

"개 같은 놈은 알겠는데, 당신은 왜 벌레요?"

"아명이 반디거든요. 반딧불이. 그것도 엄연히 따지면 개똥
벌레니까. 제가 갓 태어났을 때 깊은 산속에 놔뒀는데 캄캄한
제 주위를 반딧불이가 감싸고 있었다나, 뭐라나. 호호호."

"아! 아명이 반디였군. 그래서 처음에 못 찾고 계속 어긋났
다고 했지. 그런데 갓 태어난 아기를 깊은 산속에는 왜?"

"네? 음……, 글쎄요."

"반딧불이가 있었다면 여름밤에 태어났소?"

"네, 6월 8일이 제 생일입니다. 하하하. 선물 받고 싶어서 미
리 말씀드리는 건 아닙니다."

"기해년 6월 8일 밤이면 비가 어마어마하게 쏟아진 날인데,
반딧불이라고?"

"에이, 진지하게 받아들일 것 없습니다. 어머니가 농담 삼아
그냥 하시는 말씀이세요. 일종의 태몽담 같은 거. 그런데 진짜
대단하세요. 아무리 서운관 관원이라도 그렇지, 그 옛날 일기
까지 전부 꿰고 계시다니."

"그야, ……그날은 내 평생 절대 잊을 수 없는 날이니까."

최경이 공방에 도착했다. 동시에 그의 고함이 터졌다.

"개충이 너! 이 의리 없는 놈!"

제법 다소곳했던 홍천기의 자세가 순식간에 불량하게 바뀌
었다.

"의리 같은 소리 하고 있다. 다들 배신하고 나간 백유화단을
혼자 지킨 게 누군데?"

홍천기의 기백에 놀란 하람이 자세를 곤추세웠다.

"그래, 의리 있는 놈이 자고 있는 나를 깨우지도 않고 혼자서 오냐?"

화들짝 놀란 홍천기가 더 놀란 하람에게 얼른 해명했다.

"오해하시면 안 됩니다! 개놈은 사형들이 주무시는 방에서 어울려서 잤고, 저는 견주댁과 같이 잤습니다."

그러고는 의자에서 벌떡 일어나 최경을 향해 불같이 화를 냈다.

"야! 그렇게 말하면 듣는 사람들 다 오해한다고!"

다시 하람을 향해 상냥하게 말했다.

"다들 어제 백유화단에 같이 갔었습니다. 저는 원래 백유화단에서 살고 있고요."

하람도 의자에서 천천히 일어서면서 말했다.

"오해는 하지 않소. 물론 썩 좋은 기분은 아니지만."

"개충이와 저를 오해하시면, 제 기분이 더 안 좋아집니다. 음, 말을 조금 이상하게 하긴 했군요. 그 부분은 죄송합니다."

"넌 나한테는 박하게 굴면서 하 시일한테는 엄청 후하다?"

"당연하지. 내 출세에 누가 더 도움이 되겠냐?"

하람이 공방을 나서면서 말했다.

"두 분이서 계속 싸우시되, 정은 들지 마시고. 그럼 개충 낭자, 나는 이만……, 앗! 실수. 하하."

하람은 망연자실한 홍천기의 표정을 남겨 두고 공방을 벗어났다. 한동안 멍했던 홍천기의 눈이 분노로 바뀌었다. 그 화살은 이내 최경에게로 돌아갔다.

"너 때문이야! 네가 자꾸 개충이라고 부르니까 저 사람 입에도 붙어 버린 거잖아! 개충 낭자가 뭐냐고!"

"야! 원망은 하 시일에게 해라. 그리고, 너! 일부러 나 안 깨우고 몰래 온 거지? 하 시일과 단둘이 있고 싶어서, 응?"

홍천기가 두 손을 모으고 정중하게 허리를 숙였다.

"아닙니다, 최 화사마님. 종9품에 지나지 않는 제가 종8품이신 화사마님보다 먼저 사진해서 기다려야 하는 것이 올바른 예법이라 들었습니다. 하여 예법을 따르고자 먼저 와서 기다리고 있었을 뿐입니다."

"예, 예법? 네가? 말이나 못하면 밉지는 않지, 어휴!"

홍천기가 윤도를 집어 들었다. 빙글빙글 돌던 지남침의 움직임이 점점 느려졌다. 하람이 간 곳이 가까운 본채였기에 완전히 멈추지는 않았다. 간혹 한 번씩 빙글 돌면서 하람의 기척을 알려 주었다.

"내가 장담컨대, 너 조만간 형조……, 아니구나. 너도 꼴에 관직은 받았으니까 사헌부겠다. 너 조심하지 않으면 사헌부에 한 번은 끌려간다."

"조심하고 있어. 노력 중이야."

"조심하는 게 그 정도면, 참 할 말 없다."

홍천기는 빙그르 돌아가는 지남침을 바라보았다. 하람 앞에서는 드러내지 못한 두려운 눈이었다. 최경과 홍천기는 탁자를 사이에 두고 각자의 자리에서 작업을 준비했다. 최경은 그제야 홍천기의 얼굴을 제대로 보았다.

"어? 너 얼굴 이상한데?"

"뭐, 뭐가?"

"설마 화장했냐?"

"조, 조금 했어. 많이 이상해?"

"너의 더러운 얼굴에 익숙한 내 눈에는 당연히 이상하지. 그런데 더 이상한 건, 맹인을 위해 화장한 네 정신세계다."

홍천기는 최경의 말을 무시하고 작업복으로 갈아입었다. 맹인이든 아니든, 사랑하는 사람 앞에서는 최선을 다해 가장 아름다운 모습으로 있고 싶은 마음은 결코 이상한 게 아니라고 생각했다. 의자에 앉은 홍천기는 옆에 윤도를 올렸다. 그러곤 일하는 도중에 간간이 빙글 도는 지남침을 통해 하람의 위치를 확인했다.

| **세종 20년**(무오년, 1438년) **음력 4월 10일** |

임금의 탄신 하례가 있는 날이다. 관원들이 근정전 마당의 품계석 쪽으로 삼삼오오 모여들고 있었다. 모두의 시선도 한곳으로 모여들었다. 품계석의 제일 끝인 정9품석 쪽에 여장 차림으로 서 있는 관원을 향해서였다. 머리에 복두를 쓰고 손에는 홀을 든 공복 차림의 관원들 사이에 가리마를 쓰고 당의를 입은 여인은 단연 이질적일 수밖에 없었다. 사람들의 수군거림이 시끄러웠던 최경이 슬그머니 다가가서 말했다.

"꼭 참석해야 했나?"

"한양에 있거나, 다녀갈 수 있는 거리에 있는 관원은 빠지면 안 된다며? 내가 빠지면 그게 징계감 아닌가?"

"그건 그렇지만……. 참 난감하다."

"난 참석 못 하게 하면 더 좋지. 오늘, 내일 휴무일이라고 해서 백유화단에서 그림 좀 그려 볼까 했는데. 누구라도 좋으니까 돌아가라고 해 줬으면 좋겠다."

하지만 저들끼리만 수군거릴 뿐, 돌아가라고 말해 주는 사람은 아무도 없었다. 갑자기 홍천기의 표정이 환해졌다. 그러곤 눈동자가 천천히 움직였다. 최경은 뒤를 돌아보지 않아도 하람이 오고 있음을 알아차렸다.

"쪼르르 달려가지 마라. 눈길 접고! 여기 사람들 다 너만 쳐다보고 있으니까 조심, 또 조심. 알겠냐?"

홍천기가 시무룩해져서 대답했다.

"난 만수 본 거야."

"속 보이는 거짓말은 하지 마라."

"알았어. 근데, 너하고는 이렇게 있어도 되는데 저 사람은 왜 안 돼?"

최경이 소리를 바짝 낮췄다.

"너 저 사람 앞에 있으면 좋아하는 티 엄청 나, 인마. 호사가들 입에 오르내리고 싶지 않으면 절대 가까이 가지 마라. 또 봐라, 그새를 못 참고 쳐다보고 있다."

홍천기가 고개를 숙여 땅만 쳐다보았다. 눈이 무의식중에 하람을 찾아서 보는 탓에 어울리지 않게 다소곳한 척하게 되었다.

"아으! 조마조마하다, 내가. 사람들 있을 때만이라도 마음은 좀 감춰라."

"다른 사람들은 어떻게 그게 가능하지? 어떻게 감출 수 있지? 어떻게 아닌 척할 수 있지? 그게 더 이상하지 않아?"

"모르겠다, 나도. 네가 이상한 건지, 너 빼고 대다수의 사람들이 이상한 건지."

관원들의 수군거림이 멀리서부터 차례로 멈췄다. 그러더니 물결치듯 차례로 허리를 숙였다. 품계석에서 줄을 서지 않아도 되는 인간이 빠른 걸음으로 9품석 쪽을 향해 오고 있었다.

"어이! 홍……. 최 화사!"

이용이 최경과 홍천기가 있는 곳으로 와서 섰다. 두 사람도 함께 허리를 숙였다.

"괜찮다. 고개 들어라. 내가 어제, 그제 못 왔지? 서운하진 않았고?"

"아, 아니옵니다."

"아니라고 하면 쓰나. 서운하다고 그래야지. 내가 조금 바빴다. 지도 때문에."

굳이 설명을 듣지 않아도 그 일로 입궐하지 않는 거라고 모두가 짐작하고 있었다. 이용이 주변 사람들을 의식하여 홍천기는 곁눈질로만 슬쩍 보고, 최경을 향해서는 고갯짓으로 따로 불렀다. 그러더니 둘이서만 속삭였다.

"홍 회사의 아비가 광증이 있다고 했지?"

"네? 네."

이용과 최경의 시선이 만났다.

"정확히 언제부터였는지 아느냐?"

당황한 최경이 진땀을 흘려 가면서 대답했다.

"개충이가 태어날 때 즈음해서였다고 하니까, 기해년 6월경일 것이옵니다. 갑자기 왜 물으시옵니까?"

"그자의 그림을 본 적은 있느냐?"

"없사옵니다."

이용이 최경의 표정을 살피다가 어깨를 툭툭 쳤다.

"너도 꺼림칙한 부분이 있나 보구나."

"아, 아니옵니다."

"꺼림칙한 부분을 따로 생각해 두지 않았다면, 아니라는 말보다 나의 꺼림칙함을 묻는 말이 앞서 나와야지. 안 그래?"

이용의 물음에 최경은 고개를 상하로 끄덕이지도, 그렇다고 좌우로 젓지도 못했다.

"홍은오, 어떤 화공이냐?"

"소인들, 그러니까 저와 홍 회사, 차영욱 생도의 궁금증이기도 하옵니다."

"그동안 화평가의 도움을 받아 그 당시 도화원에 있었던 화원들을 찾아봤거든? 그런데 하나같이 홍은오에 대해선 입을 꽉 다물어. 이상하지 않나?"

최경이 6품석 쪽에서 다른 관원들과 어울려 대화를 나누고 있는 안견을 힐끔 쳐다보았다.

"백유화단주나 안 선화조차 소인들에게 자세하게 말씀해 주지는 않으시옵니다. 그저 홍 회사가 아비와 비슷한 그림을 그린다는 정도만 흘리시지요. 하여, 소인들은 뛰어난 화공이었으리라는 짐작 정도만 하고 있사옵니다."

"홍 회사와 비슷하다? 그런 그림이 흔하지 않다는 건 자네도 알지? 김문웅……."

이용이 갑작스레 일어난 시끌벅적한 소리로 말미암아 말을 멈추고 뒤를 돌아보았다. 최경의 고개도 동시에 돌아갔다. 두 사람이 소란의 근원지로 시선을 모았을 때는 이미 홍천기가 하람을 향해 대형 사고를 저지른 뒤였다.

홍천기가 근정전 마당 한가운데의 어도 위에서 어슬렁거리는 호랑이를 발견한 것은 이용이 고갯짓으로 최경을 따로 불러냈을 즈음이었다. 어도는 마주 보는 품계석들을 사이에 두고 임금만 다닐 수 있도록 만들어진 길이다. 그렇기에 사람들은 어도를 가운데 두고 문관과 무관으로 나눠져 안부 인사를 나누는 중이었다. 그 길을 거대한 호랑이가 어슬렁거리며 돌아다니고 있었던 것이다. 그런 호랑이를 의식하는 사람이 아무도 없었다. 오직 홍천기만 정신이 팔렸다. 호랑이를 보겠다는 일념 하나로 인왕산 범골에 목숨을 걸고 들어갔던 그녀였다. 그렇기에 다른 사람들은 그녀의 눈에 들어오지도 않았다. 어떻게 이곳에 호랑이가 들어오게 되었는지도 생각할 겨를이 없었다. 눈앞에 살아서 움직이는 호랑이만이 홍천기의 신경을 모조리 차지했다.

　점점 이상한 점이 눈에 들어왔다. 호랑이의 크기가 비정상적으로 거대했다. 예전에 죽은 호랑이는 구경한 적이 있었다. 그것과 비교하면 족히 열 배 이상은 더 큰 듯했다. 마음먹고 높이 뛰면 근정전 지붕 위로 훌쩍 뛰어오르고도 남을 것 같았다.

　호랑이가 방향을 틀었다. 그러더니 어슬렁거리면서 누군가를 향해 다가가기 시작했다. 홍천기는 호랑이가 바라보는 시선, 다가가는 방향의 끝으로 자신의 시선을 옮겼다. 그곳에는 하람이 있었다. 그는 관원들과 인사를 나누느라 호랑이를 보지 못하는 듯했다. 아니, 맹인이니 볼 수 없는 사람이었다. 그의 눈을 대신하는 만수는 이미 근정전을 나간 뒤였다. 눈이 버젓이 보임에도 불구하고 호랑이를 보지 못하는 사람들이 전부였건만, 홍천기는 하람만 보느라 이를 알아차리지 못했다.

　"아, 안 돼……."

　홍천기가 하람을 향해 달려갔다. 호랑이의 입이 하람의 머리 가까이로 다가갔다. 거대한 입이 쩍 벌어지는 순간이었다. 있는 힘을 다해 온몸을 날린 홍천기가 하람을 덮쳐 끌어안고, 함께 바닥으로 넘어졌다. 그러고는 최대한 자신의 몸으로 하람을 가리고 엎드린 채로 소리쳤다.

　"차라리 나를 잡아먹어!"

　이용과 최경이 뒤돌아본 것이 바로 이 문제의 장면에서였다. 하람이 당황한 기색이 역력한 목소리로 홍천기의 귀에 속삭였다.

"호, 호령이오."

"네, 호랑……."

"호령이라고. 호령의 진짜 모습. 그러니까 진정하시오."

홍천기가 돌아보았다. 그제야 여타 호랑이와는 다른 모습이 보였다. 크기도 그렇지만, 주위에 번지는 온화한 광채, 사람을 통과하는 투명성 등이었다.

"아! 다행이다. 깜짝 놀랐네."

안심을 내려놓은 순간은 아주 짧았다. 모두의 시선이 두 사람에게로 쏠려 있음을 알아차린 것이다. 무품계를 비롯하여 정1품부터 종9품까지 수많은 관원들이 지켜보고 있었다. 이 많은 관원들 중에 놀라지 않은 이는 아무도 없었다. 다른 사람들 눈에는 보이지 않는 호랑이가 아닌가. 그러므로 그들의 놀람은 순전히 홍천기로 인한 것이었다. 호랑이로부터 하람을 지키려고 했던 참으로 갸륵하기 그지없던 장면은 홍천기와 하람에게만 적용되는 진실이었다. 둘을 제외한 대다수의 사람들 눈에는 여인이 사내를 난데없이 덮쳐서 끌어안고는, 잡아먹어 달라고 절박하게 간청을 하는 장면으로밖에 보이지가 않았다. 사내는 여인의 몸 아래에 깔리기까지 하였다. 잡아먹으라는 말이 해석하기에 따라 상당히 음탕한 의미이기도 하였다. 게다가 상대가 하람이었다. 이 또한 마땅히 벌어질 법한 일이 벌어진 걸로 보이게 하였다. 그들에게는 그들 눈에 보인 것이 진실이었고, 모두가 목격자였다. 그래서 빼도 박도 못 하는 장면이 되고 말았다.

최경이 사색이 된 채로 제 이마를 짚었다.

"저, 저게 진짜 미쳤구나. 사고를 쳐도 정도껏 쳐야지. 이건 너무 큰 사고다. 이, 이걸 어떻게 해야 되지?"

혼자서 중얼거리는 최경의 옆에서 이용도 사색이 된 건 마찬가지였다.

"이, 이건 나조차도 수습하기 힘들어. 대체 왜 이런 짓을……."

하필 임금 탄신 하례를 위해 모인 자리였다. 하필 경복궁이었다. 하필 근정전이었다. 계집이 관직을 받고 여기에 들어온 것만으로도 심기 불편한 관원들이 많았다. 죄다 이 문제로 수군거리던 참이었다. 한동안 정지되었던 사람들의 정신이 돌아왔다. 그들이 제일 먼저 한 일은 깔려 있는 하람을 부축해서 일으킨 거였다.

"세상에! 하 시일, 괜찮소? 벌건 대낮에 이런 봉변을 당하다니."

"아닙니다. 순전히 제 잘못으로 벌어진 일입니다."

"그렇지. 잘생긴 것도 잘못이라면 잘못이지."

"아, 아닙니다! 정말로 제 불찰로 벌어진 일입니다."

홍천기는 여전히 멍하니 앉은 상태였다. 그녀도 자신이 얼마나 엄청난 일을 저질렀는지 깨닫고 넋을 하늘 위로 올려 보낸 후였다. 하람이 손으로 허공을 더듬다가 홍천기의 어깨를 잡았다. 그리고는 팔을 당겨 일으켜 세웠다. 홍천기를 향한 관원들의 비난이 터져 나왔다.

"여기가 대체 어디라고 생각하는 거야!"

"어딜 감히 계집이! 제정신이 아니지 않고서야……."

"네. 제, 제정신이 아니었습니다. 그, 그러니까 제가 호……, 헛것을 봐서……."

"홍 회사는 아무 잘못 없습니다. 이건 모두 제 잘못……."

"그렇게 애매모호하게 둘러대지 말고!"

이렇게 말하면서 성큼 다가와 선 사람들은 사헌부의 관원들이었다. 사헌부가 무엇인가. 풍속을 바로잡고, 관원의 감찰과 징계를 담당하는 부서가 아닌가. 그들은 두 사람을 에워싸다시피 하여 다그쳤다.

"하 시일이 잘못했다면 왜, 무엇을 잘못했는지 말해 보시오. 그런 식의 어설픈 감싸기는 오히려 안 하니만 못 하니까!"

하람에게 탁월한 거짓말 능력이 있었다면 뒷수습은 훨씬 쉬웠을 것이다. 머리가 하얘져서 핑계를 만들어 내지 못하는 건 하람도 홍천기와 별반 다르지 않았다.

1품석 쪽에는 영의정인 황희도 있었다. 그러면 이런 상황을 술에 술 탄 듯 물에 물 탄 듯 넘길 수 있었을지도 모른다. 그런데 엎친 데 덮친 격이라고, 현재까지도 사헌부와 의정부 간의 싸움이 격렬하게 전개되고 있었다. 그래서 사헌부 관원들이 먼저 자리를 잡고 선 상황에서는 접근하기 어려웠을 뿐만 아니라, 도와준답시고 자초지종을 물어보는 것이 두 사람에게 도리어 독이 될 위험이 있었다. 무엇보다 영의정이라고 해서 다른 사람들과 다른 장면을 본 것은 아니었다. 안견도 같은 걸 보았기에 끼어들 엄두를 내지 못했다.

하람이 사헌부 관원들을 향해 허리를 숙였다.

"곧 하례가 시작됩니다. 이 일에 대한 징계는 제가 받……."

"아닙니다! 징계는 제가……."

"둘 다 조용! 하 시일! 여기 있는 모두의 눈이 죄다 썩었단 거요? 하 시일이 불식간에 이 여관원에게 일 당하는 걸 모두가 함께 봤소. 거짓말도 상황을 봐 가면서……. 못 보지, 참. 아무튼 하례가 우선이니까, 나중에 함문緘問[*]을 보내도록 하겠소. 아무쪼록 이해가 됨 직한 답변이 있기를 바라오. 사건 현장을 내 눈으로 직접 보고도 왜 이런 일이 벌어졌는지 궁금해서 미칠 지경이니까."

"함문은 저, 서운관 시일 하람에게 보내 주십시오. 제가 직접 함답緘答을 올리겠습니다."

장내 정비를 알리는 북이 울렸다. 이 덕분에 각자의 품계석으로 흩어질 수 있었다. 홍천기가 절망스럽게 말했다.

"죄송합니다. 저 때문에……."

하람이 홍천기의 어깨를 토닥이듯 떠밀었다.

"걱정 말고 홍 회사의 자리로 가서 서시오. 걱정 말래도."

말은 이렇게 했지만 하람도 걱정이 태산이었다. 이용이 지나가면서 홍천기에게 말했다.

"필시 말 못 할 사정이 있을 터. 나도 함께 걱정해 주마. 나중에 보자."

"송구하옵니다."

---

* 서면으로 신문하는 일.

가장 최근에 품계를 받았기에 홍천기의 자리는 9품석에서도 제일 끝이었다. 최경이 그녀의 옆에 서서 속삭였다.

"나부터 설득시켜 주라, 제발. 네 미친 짓거리를 그나마 조금이라도 이해할 사람은 내가 아니겠냐?"

"미안."

"네 일은 네가 알아서 처리해. 미친놈. 으이그, 미쳐도 요상하게 미친놈!"

자리에 선 하람은 그제야 가슴속에 차오르는 감정을 들여다볼 수 있었다. 그것은 걱정이 아닌, 행복이었다. 호랑이 앞에서조차 자신의 목숨을 바쳐 가며 사랑해 주는 여인이 이 세상에 존재하는 것만으로도 감사한데, 그 여인이 무려 자신이 사랑하는 여인이라니. 벅차오른 행복이 눈시울을 붉게 물들였다. 이 순간만큼은 걱정이 파고들 틈이 없었다.

탄신 하례가 진행되는 동안 홍천기의 시선은 어도 위에서 어슬렁거리는 호랑이에 가 있었다. 소녀의 모습이 아닌 진짜 신령의 모습, 그것이 자신의 눈에 보이고 있었다. 겨울 내내 그토록 찾아 헤맸던 호랑이가 어쩌면 저 호령이었으리라. 호랑이가 마치 장난이라도 치듯이 근정전 월대 위로 훌쩍 올라갔다. 그러더니 그 위에 앉아 허리를 숙인 관원들을 마치 임금이라도 된 양 내려다보았다. 벽사용 호도의 실사 그 자체였다.

당의 자락 아래로 숨긴 손이 꿈틀거렸다. 붓을 잡고 싶었다. 붓으로 백지 위에서 놀고 싶었다. 저 호랑이의 모습을 그리고 싶었다. 참을 수 없는 욕구가 온몸을 뒤덮었다. 하례가 시작되기 전에 이미 한번 사고를 친 홍천기였다. 그것도 수습하기 어려운데 또다시 사고를 저지를 수는 없었다. 그래서 모든 인내를 자아내어 가까스로 발을 땅에 붙이고 섰다.

길고 길었던 하례가 끝이 났다. 동시에 호랑이도 온데간데 없이 사라졌다. 임금이 근정전에서 완전히 나가자마자 홍천기의 발이 움직였다. 하지만 품계 순서대로 퇴장하는 것이 예법이라 제자리에서 동동거릴 수밖에 없었다. 다행히 긴 하례에 지친 노쇠한 윗분들이 쉴 곳을 찾아 빨리 흩어진 덕분에 그녀의 차례도 빨리 왔다. 하지만 그것은 다른 사람들의 시간 속도였을 뿐이다. 홍천기에게는 1년과도 같은 속도였다.

홍천기의 다리가 달리기 시작했다. 근정전을 벗어나자 먼저 퇴장했던 최경을 추월했다. 이에 최경도 따라 뛰기 시작했다.

"야! 뒷간 마려운 건 아니지? 대체 무슨 일이야?"

"그림 그릴 거야."

멀리 있는 백유화단까지 갈 시간이 없었다. 그보다는 좀 더 가까운 도화원까지도 갈 시간이 없었다. 가장 가까이에 그릴 수 있는 장소, 그림 도구들이 다 있는 곳, 궐내 서운관을 향해 달렸다. 천천히 걷는 하람을 발견하고도 뜀박질을 멈추지 않고 그대로 추월했다.

공방으로 들어선 홍천기는 제일 먼저 가리마부터 벗어 던졌다. 급하게 벗느라 여러 군데의 머리카락이 삐죽삐죽 올라와 단정함이 흩어졌다. 이어서 탁자 위에 접어 둔 밑판을 바닥에 깔았다. 최경이 작업복을 던져 주면서 말했다.

"이것부터 갈아입어. 먹은 내가 갈아 줄 테니까."

"응. 고마워."

"주상 전하의 용안은 안 된다. 알지?"

"용안 몰라."

"아! 거리가 멀었지, 참."

오랜만에 그림을 그리겠다고 나선 홍천기에게서 최경은 걱정과 기대라는 상반되는 두 가지 감정을 동시에 느꼈다. 걱정은 겨우 눌러 놓은 그녀의 화기畫氣를 다시 끄집어내는 것이었고, 기대는 오랜만에 자신이 사랑해 마지않는 그림을 만나게 되는 것이었다. 최경이 지지하는 건 단연 기대 쪽이었다. 애초부터 그는 홍천기의 화기를 죽이는 것에 반대했었다. 일찍 죽더라도, 미쳐 버리더라도 그녀가 계속 자신의 그림을 그리기를 원했다. 그녀는 가고 없더라도 그녀가 남긴 그림은 계속 볼 수 있기를 바랐다.

부산하게 그릴 준비를 하는 공방에 하람이 도착했다. 보이지 않는 눈을 통해서도 이전과는 확연히 다른 기운이 들어왔다.

"오늘과 내일은 쉬어도 되는데……."

최경이 벼루에 물을 부으면서 대신 대답했다.

"일하려는 것이 아니고, 느닷없이 그림을 그리겠답니다."

"어떤 그림?"

"그건 저도 모릅니다."

"설마 호랑이?"

최경은 하람의 입에서 갑자기 호랑이가 나온 게 이상했지만, 설명은 해 주었다.

"살아서 움직이는 호랑이를 보겠다고 인왕산 범골에 들어갔었던 녀석입니다. 이전에도 호도는 그렸었지요. 그런데 그리던 붓을 던지고 난데없이 호랑이를 봐야겠다고 나섰다는 건 자신의 그림에 의문을 품었음을 의미합니다. 홍 화공은 그렇게 한 번 마음을 먹으면 직접 보기 전까지 호랑이 그림은 잡지 않을 겁니다. 불행히도 아직 못 본 걸로 압니다."

"그럼 드디어 호랑이를 그리겠군요."

"에?"

눈이 어둡지 말귀가 어두운 사람이라는 생각은 안 했기에, 동문서답과도 같은 말은 최경의 시선을 하람에게로 옮기게 하였다. 하람이 의자에 앉아 손을 내밀었다.

"먹은 제가 갈겠습니다. 뭐든 도와주고 싶어서."

"아, 그럼."

최경은 벼루와 먹을 하람 앞의 탁자 위로 옮겨 주고 홍천기에게 물었다.

"안료 필요하냐?"

"응."

"어떤 것들?"

"노란색."

"또 다른 건?"

"노란색만."

호랑이? 먹과 노란색만으로 그릴 수 있는 건 언뜻 호랑이밖에 떠오르지 않았다. 방금 하람의 말을 듣지 않았다면 호랑이를 떠올리진 않았을 거라고 애써 생각했다. 홍천기가 바닥에 앉은 채로 백지를 앞에 놓고 눈을 감았다.

때마침 이용도 공방으로 헐레벌떡 들어섰다. 오늘 소동에 대한 해명을 듣고 앞으로의 방안을 모색하기 위해 달려온 것이다.

"오! 다들 여기 있……."

"아무도 말 걸지 마!"

홍천기가 외친 소리였다. 그림을 앞에 두고 정신 집중에 들어갔기에 누구의 목소리인지 헤아리지 못했다. 하람과 최경이 아연실색하여 이용을 향해 두 손을 모아 허리를 숙였다. 이용은 즉각 공방 안의 분위기를 알아차렸다. 그래서 검지를 입술에 세로로 세우고 목소리를 잔뜩 낮췄다.

"아, 알았다. 그러마."

그러고는 까치발을 하고 살금살금 걸어 하람 옆으로 갔다. 의자를 빼내는 데에도 정성을 들였다. 이용이 앉고 나서야 하람이 다시 앉아서 먹을 갈기 시작했다. 홍천기가 눈을 감고 머릿속에서 호랑이의 모습을 수십 번, 수백 번을 고쳐 그려 보는 동안, 최경은 그녀가 즐겨 사용하는 붓들을 옆에 가지런히 놓고 안료를 물에 잘 풀어서 놓았다. 마지막으로 하람이 먹을 갈던 벼루까지 가져다 놓았다. 그러고는 홍천기로부터 두어 발 뒤로 물러나 웅크리고 앉았다.

"제발 그러라. 이번에는 제대로……."

최경의 중얼거림을 이용도 중얼거림으로 받았다.

"제대로 그릴 거다. 어차피 도화원이 쉽게 죽일 수 없는 화기였어."

홍천기가 붓을 들었다. 붓 끝에 먹을 묻혀 농도를 살핀 다음 백지 위로 옮겼다. 그 위에서 잠시의 망설임도 없었다. 두어 번의 움직임으로 백지는 공간으로 돌변했다. 그리고 또 두어 번의 움직임으로 공간은 여백이 되어 종이를 가득 메웠다. 종이 안이 비좁게만 보였던 여백은 또다시 이어지는 붓의 움직임으로 정돈되고 안정되었다. 검은 먹선이 만든 눈과 줄무늬에 대비해, 호랑이의 하얀 수염과 목덜미, 갈기가 드러났다. 노란색 안료를 묻힌 붓은 헝겊에 짓이겨졌다. 색이 거의 달아난 것처럼 보였을 때에야 종이 위로 올라갔다. 노란색은 두세 군데에 흔적만 살짝 남겼을 뿐이다. 그것으로 충분했다. 여백과 뒤섞인 노란색은 신비스러운 호랑이의 모습을 완성했다.

완성된 그림 한 장이 옆으로 넘어갔다. 밑판 위에는 새 종이가 깔리자마자 다른 각도의 호랑이가 나타났다. 그렇게 또 다음 그림으로 넘어갔다. 머리부터 꼬리 끝까지의 전신도 다양한 각도로 여러 장 나왔다. 홍천기의 붓은 확대된 눈동자, 입과 치아, 발등 등의 각 신체 부위들도 그려 냈다. 머릿속의 것들이 떠나기 전에 모조리 그림 속에 가둬 놓기라도 하려는 듯 그녀의 붓은 민첩했다.

"지금의 모습이 진짜 홍천기다. 화공 홍천기."

이용의 중얼거림이었다. 그가 보고 있는 여인을 하람도 보고 싶었다. 자신을 바라보는 여인 홍천기를 보고 싶은 것만큼이나 지금의 화공 홍천기도 보고 싶었다. 그 마음을 담아 눈을 감고 소리에 집중했다. 그녀의 숨소리, 팔을 움직일 때마다 옷자락이 바스락거리는 소리, 붓을 움직일 때마다 종이에 쓸리는 소리, 먹이 종이에 스며드는 소리, 그림이 되어 가는 소리…….

이사이에 만수도 발소리를 죽여 여러 차례 다녀갔다. 물주전자를 나르고, 다기들을 날랐다. 그리고 이용을 위해 가장 좋은 찻잎을 가져다 놓고, 뜨거운 물도 날랐다. 아무도 차를 마시지 않아 식은 물을 가져다가 버리고, 다시 뜨거운 물을 가져다 놓기를 반복했다.

홍천기가 붓을 내려놓았다. 그러고는 길게 숨을 내쉬었다. 끝났음을 제일 먼저 알아차린 건 최경이었다. 득달같이 다가가서 쌓아 놓은 그림 뭉치를 잡았다. 지금까지는 방해가 되지 않으려던 이유도 있지만, 종이에 스며든 먹물이 안정되기를 기다리느라 참았다. 이용도 덮치듯 붙어 앉아 그림을 보았다. 하람은 만수가 새로 가지고 온 뜨거운 물을 비로소 찻주전자에 부었다. 최경이 넘긴 그림을 한 장씩 받아서 보던 이용의 표정이 점점 굳어 갔다.

"이건……, 동물 호랑이가 아닌, 영물 호랑이다."

마지막 장까지 다 본 최경이 이용에게서 다시 건네받아 되풀이해서 보다가 하람을 번갈아 보기 시작했다. 그가 한 말 때문이었다.

"지금 이건 정말 미친 생각인데, 진짜 말도 안 되는 거 아는데, 안 물어볼 수가 없다. 개충아! 아까 근정전 소동이 혹시 호랑이를 봐서? 으악! 아니다! 내 입이 미쳤다. 이런 터무니없는 생각을 내가 하다니……."

"응, 맞아."

"뭐?"

홍천기가 뒤돌아 앉아 최경을 보다 말고 이용을 발견했다. 이에 얼른 고개를 숙였다.

"어, 언제 오셨……."

"개충아! 방금 너 뭐라고 했냐?"

홍천기가 고개를 들어 최경을 보면서 대답했다.

"호랑이 본 거 맞다고."

"야! 그따위 말도 안 되는 거짓말을……."

"네가 먼저 말했다."

최경이 제 머리를 감싸 쥐었다. 그러곤 혼란에 휩싸인 채로 혼자 중얼거렸다.

"아닌데. 그럴 리가 없는데. 호랑이는 고사하고 고양이도 없었는데. 난 못 봤어. 아무도 못 봤어. 그런데 이 그림은……, 본 게 맞는데. 확실한데. 뭐지? 어떻게 된 거지? 으악! 말이 안 되잖아!"

하람이 그림 그리기도 전에 한 말이 떠올랐다. 호랑이를 그릴 걸 그는 미리 알고 있었다. 그 말인즉슨 맹인인 하람도 호랑이를 같이 봤다는 뜻이다. 최경의 비명이 이어졌다.

"으악! 더 말이 안 돼!"

"응. 말이 안 돼. 그러니까 내 머릿속에서 본 거야."

이용이 그림에서 눈을 들어 하람을 보았다.

"홍 회사가 진짜 이 호랑이를 본 거라면, 하 시일이 곤란하지 않은가? 오늘의 근정전 소동 해명에서 호랑이는 거론조차 하면 안 될 성싶은데……."

법궁의 터주신은 그저 별명이어야만 분란이 없다. 작은 일도 크게 부풀려 지들 유리하게 판을 만들고 싶어 하는 인간들이 천지에 널려 있기에 입을 다물어야 한다. 하람이 일관의 위치에 있기 때문이기도 하지만, 이 땅에 경복궁을 지어 올린 인간들이 몰아낸 땅의 주인인 것이 더 큰 이유였다. 이용 입장에서도 그리 이익이 되지 않았다. 우선 이들과 가까이 지내기 어려워질 뿐만 아니라, 서운관이나 도화원 출입이 엄격히 금지될 확률이 높았다. 이용이 처한 위치가 그럴 수밖에 없었다.

"문제는 사헌부에 어떻게 해명하느냐는 건데……, 이게 난제야, 난제. 차라리 귀신을 봤다고 하는 건 어떻겠나?"

대답하기가 난해한 질문이었다. 그래서 이용의 자문자답이 되었다.

"사헌부를 능멸한다고 그러겠지? 호랑이를 봤다고 해도 똑같은 말을 듣겠지만, 더 복잡하고 위험해질 테고. 그래서 이왕 능멸할 거면 귀신이 다소나마 낫지 않을까 하는 걸세. 하하하."

"귀신도 나쁘지 않겠사옵니다."

하람이 대답하면서 찻주전자에 찻잎을 넣었다. 오늘 소동에 대한 해명거리가 아예 없어서 여차하다가는 이용 말대로 귀신이라도 끌어와야 할 판이었다. 오늘과 내일까지의 휴무가 끝나면, 영의정과 사헌부 관원들 간의 사직원 싸움이 있으리라 짐작했다. 어느 쪽이 먼저 사직원을 올리느냐의 문제인데, 둘 중 어느 한쪽의 사직원이 받아들여지기 전까지는 이 싸움이 계속될 듯했다. 그 시간이 길어지면 질수록 홍천기에게 유리할 것이다. 속단하기는 이르지만, 사헌부 관원들의 사직원이 받아들여질 가능성이 높았다. 애초에 이 싸움의 원인에 임금의 과실도 포함되어 있거니와, 한두 개의 허물보다는 능력을 더 우선시 하는 임금의 성정대로라면, 영의정을 내치지는 않을 것이다. 그럼 오늘 소동도 유야무야 넘어갈 공산이 컸다. 이렇게만 되면 더할 나위 없겠지만, 그저 예상에 불과할 뿐이다.

홍천기가 그려 놓은 그림들을 주섬주섬 챙겼다. 이를 본 이용이 당황하여 그림을 빼앗아 들었다.

"이것들은 나의 것이다. 값은 치를 터이니⋯⋯."

"이건 완성된 것이 아니옵니다. 대략 머릿속을 기록한 것들이라, 이걸 바탕으로 정식으로 그려야 하옵니다. 지금 바로 백유화단으로 가서 착수하고 싶사옵니다."

"난 이것만으로도 충분한데?"

"제가 충분하지 않사옵니다."

"그래도⋯⋯. 대신 처음으로 완성된 그림은 내가 살 것이다."

"아, 그건 곤란하옵니다. 이미 주문 받아 둔 급한 건이 있사온지라. 그거 끝나면 반드시 나리께 드리겠사옵니다."

"약속했다? 정말로 약속했다?"

"네!"

"어기면 내가 무슨 짓을 할지 모른다. 조만간 내가 삼재三災에 들어가는데 삼재에 호도는 필수라는 거 알지? 네 그림이 아니면 난 삼재로 목숨이 위태로울지도……."

하람이 웃으며 이용의 과장된 엄포를 차단했다.

"나리께서는 무술년생이시니까 2년 뒤 경신년에 가서야 삼재가 드옵니다. 하여 당장 급하시지는 않은 줄로 아옵니다."

즉석에서 거짓말이 들통 나자 이용은 할 말을 잃고 하람을 노려보았다. 홍천기가 웃으며 다독였다.

"약속은 지키겠사옵니다. 염려하지 마시옵소서."

이번에는 최경이 나섰다.

"나도 한 점!"

"넌 좀 생각해 볼게."

"야!"

"농담이다, 농담. 발끈하기는. 스승님께 허락은 네가 받아. 안평대군 나리는 스승님이 허락 안 하실 수가 없으니까 걱정 없거든."

하람이 탁자 위에 찻잔 네 개를 가지런히 놓고 우러난 차를 부었다.

"다들 목부터 축이시지요."

이용이 맨 바닥에서 일어섰다. 이 소리에 하람도 의자에서 일어섰다. 홍천기는 그림을 뒤적거리면서 일어섰다.

"저는 차 마실 시간이 없습니다. 지금 바로 백유화단으로 가서 그려야 해서요."

그러고는 그중 호랑이 정면 얼굴을 찾아내어 하람에게 내밀었다.

"자랑하고 싶어서……. 안 보이시겠지만 그래도 보세요."

최경이 뜨악한 표정으로 일어섰다. 맹인에게 그림을 자랑하고 싶다니, 참으로 어이없는 발상이 아닐 수 없었다. 그림으로도 그렇지만, 황당무계한 생각으로도 홍천기를 따라갈 수는 없으리라. 영원히.

하람이 웃으며 손을 뻗었다. 홍천기는 그 손에 그림을 올려주었다. 그 순간이었다. 갑자기 그림에서 불꽃이 솟구치다가 순식간에 재가 되어 사라졌다. 홍천기와 이용, 최경까지 같은 장면을 목격했지만, 어느 누구도 소리를 지르거나 놀라지 않았다. 그럴 틈도 없을 만큼 순식간이었다. 이윽고 세 사람의 눈동자가 똑같은 궤적을 그리며 바닥으로 내려갔다. 쓰러져 내리는 하람을 따라 움직인 것이다. 홍천기의 손에 있던 그림들도 아래로 떨어져 흩어졌다.

쓰러진 하람을 향해 세 사람이 동시에 모여들었다. 홍천기가 제일 빨랐다. 그의 머리를 끌어안고 제일 먼저 소리친 사람도 홍천기였다.

"정신 차려 보십시오! 하 시일! 하람! 제발!"

아무리 흔들어도 하람의 축 늘어진 몸에는 힘이 돌아오지 않았다. 이용과 최경도 몸을 잡고 흔들며 그를 불렀다. 갑작스러운 소란에 놀란 만수도 달려와서 그를 불렀다. 하람의 손이 움찔했다. 연이어 약한 신음 소리가 입에서 흘러나왔다. 그 소리에 귀를 기울이느라 세 사람도 조용해졌다. 하람이 손을 들어 제 머리를 짚었다. 그러곤 천천히 몸을 일으켜 앉았다.

"괘, 괜찮습니까?"

"으……, 대체 어떻게 된……."

하람이 고개를 들고 사람의 기척이 있는 방향을 쳐다보았다. 홍천기와 이용, 최경의 표정은 어느 한 곳도 다르지 않았다. 모두가 똑같은 눈을 하고, 똑같은 입을 한 채로 하람을 보고 있었다. 놀라움을 넘어선 표정이었다. 만수는 이들과는 다소 다른 표정으로 뒷걸음질을 하였다. 그들이 동시에 보고 있는 건 하람의 눈동자였기 때문이다. 하람은 연거푸 눈을 깜박였다. 그러다가 말했다.

"왜 눈이 안 떠지지? 눈꺼풀이 안 올라갔나?"

"누, 눈 뜨고 계십니다."

홍천기의 목소리였다. 하람이 홍천기를 향해 다시 말했다.

"눈을 뜨고 있다고? 그런데 왜 캄캄하오?"

붉은 세상이 사라졌다. 더 이상 세상이 붉지가 않았다. 그저 평범한 맹인들처럼 캄캄하기만 하였다. 네 사람이 동시에 보고 있는 건 붉은색이 사라진 선량한 흑갈색 눈동자였다. 만수의 뒷걸음질이 멈췄다. 그때의 공포스러운 기운은 전혀 느껴지지 않았다. 그리고 눈동자 색을 제외하고는 어떤 것도 달라진 게 없었다.

이상한 예감에 사로잡힌 홍천기가 떨리는 손을 뻗어 하람의 손등을 잡았다. 따뜻했다. 차가운 기운은 아예 없었다. 다음으로는 옷섶에 걸어 둔 윤도 노리개를 잡고 뚜껑을 열었다. 잠시 흔들리던 지남침이 금세 방향을 잡고 얌전해졌다. 원래의 역할 대로 가리켜야 하는 방향을 향해 멈춰 선 것이다.

"우와! 맛있는 차다. 하가야, 이거 내가 전부 다 마셔도 돼?"

소녀 모습의 호령이 하람이 따라 놓은 찻잔 앞에 있었다. 이 모습을 본 사람은 홍천기였다. 하람은 아니었다.

'어디에 있어?'

호령이 의아한 눈으로 다가가 하람 앞에 쪼그리고 앉았다. 그러고는 하람의 눈동자를 보면서 중얼거렸다.

"하가가…… 나를 못 봐. 어쩌지? 소리는 들려?"

'응. 어떻게 된 거야?'

"음……, 네 눈에 숨어 있던 게 사라졌어."

호령이 하람의 눈동자를 들여다보는 동안, 최경과 이용도 하람의 눈동자를 바라보았다. 홍천기만이 이들과 조금 어긋난 시선을 하였다. 오직 혼자서만 호령의 목소리를 들으면서 호령 의 모습을 보고 있었기 때문이다.

第七章　一

화마畵魔의
먹잇감

1

"허락할 수 없다고 하지 않느냐! 반디야!"

최원호의 만류에도 불구하고, 홍천기는 고집스럽게 그림을 둘둘 말아서 넣은 긴 원통을 끌어안고 대문을 향했다. 최원호가 그 앞에 팔을 펼치고 막아섰다.

"넌 다음에 또 그리면 된다고 생각하겠지. 너는 네 그림이니까 그 가치를 모르겠지. 하지만 나는 안다. 절대 길거리 거지한테 줄 그림은 아니란 말이다!"

"이번 한 번만 제 그림을 저를 위해 사용하도록 허락해 주세요."

"네 손은 겨우 되살아났어. 도화원 일을 계속하다 보면 앞으로 또 어떻게 될지 모른다고."

"그건 그때 가서 고민해 보겠습니다. 스승님, 비켜 주십시오!"

"너 저번에 네 멋대로 가져간 문배도 행방불명이라며?"

또다. 섣달그믐에 하람의 집에 주고 나온 문배는 잊을 만하면 꺼내서 구박하는 용도로 사용되는 중이다.

"그건 추위를 가시게 해 준 따뜻한 승늉 값으로……."

"승늉? 이 녀석이 보자 보자 하니까! 그 그림들을 그까짓 승늉과 맞바꿔?"

"그까짓 아닙니다. 승늉이 아닌 마음에 대한 보답이었으니까요."

"그게……, 그게 얼마나 좋은 그림이었는데, 그걸……. 아이고, 머리야."

최원호가 좋은 그림으로 분류하는 일은 자주 있지 않았다. 특히 홍천기에게는 보다 엄격했다. 그런 그림이 하람의 집으로 들어갔다. 하필 그 집으로 간 것이 지금까지는 우연이라고 생각했지만, 이제 와서 돌이켜보면 거지 노파의 도움일 가능성이 높았다. 아마도 어제의 호도처럼 그 그림도 제 역할을 다하고 사라졌을지도 모른다. 그걸 사람들이 인지하지 못했을 것이다.

"그 호도는 안 된다! 절대 못 보내! 네 그림은 우리 백유화단의 것이다. 내 허락 없이 가지고 나가는 건 규율 위반이라고!"

"다녀와서 또 그릴게요. 이건 저 주신다고 생각하고 보내 주십시오. 제발!"

틈을 노리던 홍천기가 몸을 오른쪽으로 휙 꺾었다. 이에 따라 최원호도 그쪽으로 몸을 던졌지만, 이것은 속임수였다. 홍천기는 즉시 그 반대편으로 꺾어서 달아났다.

"젠장! 이 다람쥐 같은 놈! 거기 서!"

최원호가 몸을 돌려 홍천기를 뒤쫓았다. 그림을 잡기 위해서라면 지옥 불구덩이까지라도 따라갈 기세였다. 그런데 대문을 넘어서자마자 우뚝 멈춰 서고 말았다. 홍천기도 더 나아가지 못하고 대문 밖에 우두커니 서 있었다. 앞을 막아선 거대한 검은 형체로 인해서였다. 흑객이었다.

"홍 화공, 그 그림은 나의 것이오. 내놓으시오."

"누, 누구십니까?"

최원호가 홍천기를 제 뒤로 숨기면서 속삭였다.

"그동안 네게서 그림 사 가던 손님인데……."

홍천기가 최원호 어깨 너머로 말했다.

"손님한테서 최근에 그림 주문 받은 적 없습니다."

"상관없소. 앞으로도 계속 홍 화공의 그림은 나의 것이니까."

흑객이 최원호의 어깨를 잡아 밀쳐 냈다. 엄청 강한 힘이었다. 그래서 최원호는 종잇장처럼 뒤로 팔랑거리며 날아갔다. 흑객이 오른손으로 원통을 거머쥐었다. 홍천기도 있는 힘을 다해 끌어안았다.

"이 그림은 안 됩니다!"

"반디야! 위험해! 그냥 놔!"

"싫어요! 이건 주인이 있다고요!"

그림에 대한 흑객의 집착만큼이나, 하람과의 잠자리에 대한 홍천기의 집념도 강했다. 홍천기의 발이 땅에서 점점 떨어졌다. 원통과 함께 몸까지 끌려 올라가고 있었다. 정신이 번쩍 들었다. 사람이 아니다. 사람이라면 이렇게 힘이 강할 리가 없다. 그런데 어떻게 호도를 잡을 수 있지? 이전에 사 간 세화들은 그럼 어떻게 된 거지? 흑객의 왼손이 홍천기의 어깨를 잡았다. 최원호가 소리쳤다.

"안 돼! 다쳐!"

흑객이 소름 끼치도록 낮은 목소리로 말했다.

"내 화공을 다치게 하지는 않소."

부상의 두려움을 떨쳐 낸 홍천기가 힘을 더 자아내어 한쪽 손을 뻗었다. 그러고는 가까스로 흑객의 얼굴을 두르고 있는 검은 목도리를 잡아당겼다. 원통을 끌어안은 한쪽 팔에서 힘이 빠져나갔다. 더 이상 버텨 내지 못한 홍천기는 결국 땅으로 떨어져 엉덩방아를 찧고 말았다. 흑객의 손에는 원통이 있었고, 홍천기의 손에는 풀어져 나온 목도리가 쥐어져 있었다. 그동안 가려져 있던 얼굴이 드러났다. 이를 본 최원호가 사색이 되어 겨우 목소리를 내었다.

"가, 간……윤국?"

그러고는 그대로 기절했다. 흑객이 왼쪽 팔로 제 얼굴을 가리고 말했다.

"홍 화공, 계속 그림을 그리시오. 또 가지러 오겠소."

"내가 안 그리면?"

"안 그릴 수가 없소. 홍 화공의 본능이 스스로를 내버려 두지 않을 테니까. 그것이 홍 화공의 본질이고, 그 본질이 그대를 살게 한 거요."

흑객이 홍천기를 향해 허리를 숙였다. 땅에 주저앉은 그녀에게는 어마어마하게 큰 공포가 위로부터 내려오는 것처럼 보였다. 그의 손가락이 홍천기의 머리를 짚었다.

"이 머리가 아니었다면……. 으악!"

아무것도 없었다. 바람조차 없었다. 그런데 갑자기 흑객의 몸이 무언가에 부딪히기라도 한 듯 뒤로 튕겨 나갔다. 뒤이어 그의 손에 쥐어져 있던 원통이 자석에 이끌린 쇳덩이처럼 누군가의 손으로 가서 붙었다.

"감히 내 그림을 탐하다니. 마귀魔鬼 주제에."

흑객은 눈 깜박할 사이에 뒤로 밀려나듯 사라졌다. 홍천기가 원통이 옮겨 간 곳으로 고개를 돌렸다. 거기에는 초췌하게 허리 굽은 거지 노파가 서 있었다. 반가움이 홍천기를 벌떡 일으켜 세웠다. 홍천기는 그대로 달려가서 온몸으로 노파를 끌어안았다.

"할머니! 와 주셔서 감사해요. 죽는 줄 알았어요."

"안 죽여, 그 화마는. 네가 그림을 그리는 한에는 오히려 지켜 주면 줬지. 그나저나 저 인간부터 어떻게 해라."

노파의 눈짓이 가리키는 곳을 보았다. 그제야 정신을 잃고 땅에 쓰러져 있는 최원호를 알아차렸다. 깜짝 놀란 홍천기가 이번에는 최원호에게 달려가 몸을 흔들었다.

"스승님! 정신 차려 보십시오! 왜, 왜 이러시지? 크게 다치셨나?"

"아니. 그냥 졸도한 거다. 무서워서."

"아……, 다, 다행입니다."

홍천기가 화단 대문 안을 향해 큰 소리로 사람을 불렀다. 강춘복을 비롯하여 여러 명의 화단 사람들이 뛰어나왔다. 그들은 최원호를 발견하자마자 홍천기를 향해 비난을 쏟아 냈다.

"또 홍녀 짓이구나. 그러잖아도 너 때문에 팍팍 늙으시는데."

"아, 아닌데. 저 때문이 아니라……."

홍천기의 목소리는 무시당했다. 사람들은 귓등으로도 안 듣고 분주하게 움직였다. 한 사람은 의원을 모시러 달려갔고, 한 사람은 최원호를 끌어안아 올렸고, 또 한 사람은 등을 돌려 최원호를 업었다. 그러고는 부축해 가며 안으로 업고 들어갔다. 홍천기가 핑계를 댈 틈도 주지 않고 싹 흩어졌다.

"나 아닌데……, 아닌가? 결국 나 때문인 건가? 할머니! 우리 스승님 괜찮으시겠죠?"

"응. 곧 정신 차릴 거다."

노파가 떨고 있는 홍천기의 손을 꼭 쥐었다. 주름지고 거칠어 보이는 손이었다. 하지만 닿은 느낌은 더없이 부드러웠다. 홍천기도 무섭지 않은 건 아니었다. 최원호처럼 졸도라도 하고 싶었다. 단지 그림을 지키겠다는 욕심이 지나쳐 자신의 감정조차 눈치챌 틈이 없었을 뿐이다. 노파의 손은 공포를 깨닫게 해 주었고, 눈 녹듯 스르르 사라지게 해 주었다. 동지 밤에 녹아서 사라진 추위처럼.

그러고 보면 인간의 의지로는 호령을 만질 수가 없다. 보이기는 해도 그대로 통과를 해 버리기 때문에 형체가 없다고 하는 편이 옳다. 하지만 호령은 인간을 만질 수가 있다. 하지 않을 뿐이다. 반면에 이 노파는 만져지고 느껴졌다. 또 하나, 호령은 경복궁 영역을 벗어날 수 없다. 반면에 노파는 주로 저잣거리에 있지만, 동지 밤과 지금을 보듯이 저잣거리를 벗어나는 게 가능한 것 같다. 호령과 똑같은 존재는 아니다. 그렇다면 도대체 이 노파의 정체는 무엇일까?

노파가 섰던 자리에 그대로 앉아 원통을 열었다. 그러고는 안의 그림을 꺼내어 펼쳤다. 입가에 미소가 번졌다.

"좋아. 아주 좋아. 흐흐흐."

마魔는 아닌 게 확실하다. 이렇듯 호도를 만질 수 있으니까. 아니다! 조금 전에 흑객도 이 호도를 탐냈다. 그전의 액막이용 세화도 꾸준히 사 갔다. 그런데도 조금 전에 노파가 '마귀'라고 하였다. 똑같은 마魔라면, 하람의 몸에 있는 마魔는 퇴치했는데, 왜 흑객은 소용이 없는 거지?

"화마니까."

소리를 내어 물은 것도 아닌데, 마치 듣기라도 한 듯 노파가 이어서 말했다.

"보통의 마魔나 귀鬼에게는 세화이지만, 화마에게는 그림일 뿐이야. 그래서 소용없어. 흐흐흐."

세화가 먹히지 않는다면 흑객의 접근을 막을 방법은 없는 건가? 홍천기도 노파를 마주 보고 바닥에 앉았다.

"할머니 웃음소리 이상해요. 오해하기 딱 좋게."

노파는 홍천기의 말 따위에는 신경조차 쓰지 않고 그림만 보았다.

"그분이로군. 한양의 지신. 이걸 그려 내다니."

하루 꼬박 잠도 안 자고 밥도 안 먹고 그렸다. 하람의 눈이 그렇게 되자, 노파를 보다 빨리 만나고 싶어서였다. 막혀 있던 모든 문제가 금방이라도 해결될 듯 들떴다.

"참! 좋은 소식이 있습니다. 어제 하 시일, 아니, 하 대감 눈에 있던 마魔가 소멸했어요. 제가 그린 이 호도 그림이 손에 닿자마자."

"귀鬼는 소멸해도 마魔는 소멸하지 않아."

설레는 가슴에 찬물이 끼얹어졌다. 그래서 매달리듯 말했다.

"하지만 눈에서 붉은색이 없어졌는데요? 호령, 그러니까 한양의 지신도 사라졌다고 말했습니다."

"그분이 말씀하신 건 인간이 이해하는 그것과는 달라. 마魔의 힘이 약해졌다는 의미에 가까워."

어제 경복궁 밖으로 함께 나오고 싶었다. 그런데 호령이 반대했었다. 제대로 된 설명도 없이 아직은 안 된다고만 하였다. 하람도 호령의 의견에 따라 신중한 쪽을 선택했다.

"아! 그래서 호령이 그랬구나. 하긴, 그림 한 장으로 퇴치될 마魔라면 무슨 걱정이겠어. 그럼……, 아직까지 하 시일 안에 그대로 있는 겁니까?"

"그래. 빠져나오지 못했을 테니까. 원래부터 욕심이 과했어.

하 대감 몸을 감당하기에는. 그래서 몸을 빼앗지도 못하고, 그렇다고 빠져나오지도 못한 채 그렇게 있었지. 멍청하게 제 눈을 하 대감에게 흡수당하기까지 하고. 흐흐흐."

마魔는 호령이 있는 곳에서는 하람의 몸 밖으로 나올 수 없다. 그러니 계속 안에 있을 수밖에 없을 것이다. 약해진 채로. 노파가 그림에서 눈을 들어 비로소 홍천기를 보았다. 아주 흡족했는지 얼굴에 온화한 미소가 가득 담겼다. 미소 때문인지는 몰라도, 보는 이에 따라서는 어쩌면 아름다운 여인으로 보일 수도 있겠다는 생각이 들었다. 그래서 하람의 눈에 보인 노파의 얼굴이 더 궁금해졌다. 질투에 의한 것이기도 하였다.

"할머니! 하 시일, 아니, 하 대감 눈에 엄청 아름다운 여인으로 보인다면서요? 그 얼굴 저도 한번 보여 주세요."

"못 보여 줘."

"왜요? 사람 차별합니까?"

"내가 보여 준 게 아니고, 하 대감이 본 거니까. 눈의 역할을 하는 마魔의 눈으로 나를 본 탓에 남들과는 다른 걸 본 거다. 내가 아닌 다른 것. 그래서 나는 몰라."

하람이 본 것은 노파가 아니라는 뜻인가?

"어떻게 모르실 수 있습니까?"

"너는 지금 네 얼굴이 보이느냐?"

"에? 당연히 안 보이지요."

"하 대감이 나를 보았을 때, 나도 나를 보지 못했다."

노파의 말을 이해 못 한 건 아니었다. 그래도 궁금함을 못

이겨 한 번 더 졸라 보았다.

"그래도……. 어렴풋하게라도 어떻게 생겼는지 모르십니까?"

"몰라, 어떻게 생겼는지. 하지만 무엇을 보았는지는 안다."

홍천기는 되묻지 않았다. 침을 삼키며 노파의 다음 말을 기다렸다.

"하 대감은 마魔의 눈을 빌려 인간이 자신의 눈으로 절대 볼 수 없는 것, 그 한계를 보았다."

"그, 그게 무슨 뜻인지……."

"말 그대로가 뜻이다. 끝! 그림값은 충분히 줬다."

노파의 말이 귀로는 들어왔는데 머릿속까지는 미처 전달되기도 전이었다. 그렇기에 멍청하게 입에서 나오는 대로 말할 수밖에 없었다.

"네? 뭘 주셨는데요?"

노파가 그림을 주섬주섬 접어 제 품 속에 넣으면서 말했다.

"너의 질문에 대한 답."

"에? 전 아무 질문도 안 했……."

뒤늦게야 정신이 번쩍 들었다.

"아닙니다! 지금까지는 대화를 한 겁니다. 잡담! 시답잖은 잡담을 질문으로 계산하시는 건 진짜 의리 없는 겁니다!"

노파가 자리를 털고 일어섰다.

"난 다 말했어."

홍천기가 다급하게 따라 일어서면서 노파의 팔을 잡았다.

"으악! 가시면 안 돼요! 할머니를 이대로 보내면 하 시일 빌

낯이 없어집니다. 그 사람이 원한 질문은 하나도 안 했다고요!"

"난 다 말했다니까."

"이러실 수는 없어요! 그동안 쌓인 정을 생각하면 지금까지의 잡담은 안부 인사 정도로 계산해 주셔야지요."

"뭔 놈의 정 타령을 내 앞에서 하는 게냐?"

"그럼 덤! 정이 안 되면 덤을 주세요. 할머니 인심 좋게 꼭 하나씩 덤으로 더 말씀해 주셨잖아요."

"크크큭. 덤, 그게 정인 건데. 내가 너한테 엮였다, 엮었어. 네 아비한테 감사해라. 그와 너를 착각하는 바람에 이렇게 된 거니까. 어떤 덤으로 줄까? 말해 봐."

홍천기는 이때다 싶어 지체 없이 말을 쏟아 내기 시작했다.

"제 소원을 들어주세요. 하 시일, 아니, 하 대감이 경복궁을 나와도 안전하게 해 주시고, 마魔도 퇴치해 주시고, 눈도 보이게 해 주시고, 그 남자가 영원히 저만 사랑하게 해 주시고……."

"그만! 나는, 그리고 우리는 소원을 들어주는 존재가 아니다."

"그러면요?"

"물으면 답해 주고, 방향을 잃으면 제시해 주고, 마魔가 접근하지 못하게 막아 줄 뿐. 살아가는 건 사람의 몫이야."

역시 하람의 말이 옳았다. 실망스러웠지만 이번에는 하람이 당부한 질문을 시작하려고 하였다. 그런데 노파의 답이 질문보다 먼저 나왔다.

"마魔를 이용해라. 덤에 해당하는 대답도 이것으로 끝."

"네? 아직 질문은 시작도 안 했는데……."

"지신 곁이 아니었다면 호도를 잡는 순간, 다친 상태로 몸 밖으로 튕겨 나갔을 거다. 하 대감의 몸 안에 있는 마魔를 쫓아내려면 약해져 있는 지금이 적기다."

"지금 경복궁을 나와도 된다는 거지요? 그렇지요?"

"나오면 마魔의 회복이 빨라질 거다."

"그건 나오면 안 된다는 뜻이잖아요!"

"모든 일에는 일장일단이 있어. 판단하고 선택하는 건 너희들이 해야지. 마魔를 쫓아내더라도 안심하면 안 돼. 강렬하게 끌어당기는 무언가가 없으면 쉽게 다른 곳으로 옮겨 가지 않아. 하 대감 같은 몸은 흔하지 않거든. 있던 곳으로 다시 들어가려고 발악할 거다."

"다시 들어가는 걸 막는 방법은 그럼……."

"터주신 곁을 안 벗어나면 돼."

"네? 결국 그 말씀은 계속 경복궁에 있어야 한다는 거 아닙니까! 그럴 수는 없습니다. 그러면 지금과 달라지는 게 없잖아요. 그 사람 혼자 두기 싫어요. 함께 있고 싶다고요."

"아니면……, 마魔가 다시 들어갈 곳을 막으면 돼."

"하 시일의 눈을 막아요? 무슨 뜻입니까? 부적 같은 것으로 가리라는……."

노파가 단호하게 고개를 저었다.

"하 대감의 진짜 자기 눈을 되찾아 오면 마魔는 다시 들어갈 곳을 잃게 된다는 말이다. 이 정도면 덤도 후하게 준 셈이야. 이제는 정말 잡지 마라."

노파가 뒤돌아 걷기 시작했다. 홍천기는 뒤따라가서 잡으려고 했지만 그럴 수가 없었다. 발이 땅에 붙은 것처럼 옴짝달싹하지 않았다. 다른 곳은 멀쩡한데 다리만 그랬다. 노파의 짓이 분명했다.

"할머니! 설명은 제대로 끝내고 가셔야지요! 알아듣지도 못하는 말만 잔뜩 해 놓고 가시면 어떻게 합니까?"

홍천기가 나무 비녀를 꽂은 뒤통수를 향해 고래고래 고함을 질렀지만, 노파는 뒤돌아보지도 않고 가면서 말했다.

"제대로 설명했어."

"우리가 궁금한 것이 마魔를 쫓아내는 방법과 눈을 찾아오는 방법인데, 질문을 답으로 하시는 게 말이 됩니까? 마魔를 쫓아내야 하고, 눈을 찾아와야 하는 걸 우리가 모릅니까? 그 방법을 알려 달라고요! 눈을 빌려 간 존재가 무엇인지 알려 달라고요!"

"그걸 내가 어떻게 알아! 법궁의 터주신 몰래 들어갔다면, 땅과 관련 없이 물줄기를 따라 이동 가능한 분일지도 모르지."

"물줄기?"

"나도 짐작이야! 말할 수 있는 한도 내에서는 난 다 말했어."

"할머니! 가지 마세요! 저와 조금만 더 대화해 주세요! 할머니!"

움직이지 않는 건 다리뿐이었다. 몸과 팔은 자유로웠다. 홍천기가 옷섶에 매달린 윤도를 잡았다. 노파가 마魔인지 아닌지를 구분해 보기 위해서였다. 지금으로서는 마魔여도 상관이 없었지만, 확실하게 해 두고 싶었다. 윤도의 지남침이 마魔 앞에서는 빙글빙글 돌고, 호령 앞에서는 정상적으로 섰으니까, 노파가 신령이라면 호령과 같은 현상이 나타나리라.

뚜껑을 열었다. 잠시 흔들리던 지남침이 자리를 잡고 얌전하게 섰다. 처음에는 그런 줄 알았다. 지남침은 조금씩 움직였고, 그 움직임은 끊임없이 한곳을 향해 있었다. 북쪽이 아니었다. 지남침은 줄곧 노파만을 향해 있었다. 마치 북쪽을 가리키듯. 노파가 있는 곳이 곧 북극성이 있는 곳인 양. 홍천기가 한숨을 쉬면서 혼자 중얼거렸다.

"이건 또 어떻게 이해를 해야 돼? 신령인 거겠지? 그렇겠지? 그나저나 어쩌지? 하 시일한테 뭐라고 하지? 질투에 눈이 어두워서 쓸데없는 질문만……. 어? 잠깐만? 쓸데없는 게 아닌데? 뭔지는 몰라도 엄청 중요한 말을 들은 것 같은……."

| 세종 20년(무오년, 1438년) 음력 4월 12일 |

비록 멀리 떨어져 앉았지만, 임금의 웃음이 느껴졌다. 소리 내어 웃는 것도 아닌데 그랬다. 근정전 소동을 전해 들었음을 직감했다. 하람은 임금의 입에서 그에 대한 말이 나오기도 전에 본론으로 들어가고 싶었다. 하지만 임금이 보다 빨랐다.

"난 괜찮다고 생각한다."

"오늘의 천문을 아뢰옵건대……."

"그래도 도와주기는 다소 어렵다. 내가 왈가왈부하기보다는 가벼운 소동인 양 두루뭉술하게 넘어가는 편이 낫지 않겠느냐."

"오늘부터 천문에 동방 청룡의 심장인……."

"너한테 그런 좋은 일이 생기다니, 내 마음이 다 홀가분하구나."

"상감마마! 오늘의 천문을 아뢸 수 있도록 하여 주시옵소서."

"하하하. 미안하다. 내가 간만에 네 덕분에 조금 웃었느니."

임금이 웃음을 그치고 심각한 말투로 바꾸었다.

"오늘 사헌부와 사간원의 대간들이 몰려와서 사직을 청할 거다. 하루 종일 진이 빠질 터이니, 지금만이라도 조금 웃자."

"아……, 결국 그렇게 되는 것이옵니까? 영의정 측은 그럼……."

"내일이나 모레쯤에 사직을 청하겠지. 내가 시간을 끌어 줄까? 그게 너와 너의 여인에게는 이롭지 않겠느냐?"

"되도록 빨리 매듭을 지으심이 옳은 줄로 아옵니다."

"그건 조정을 위해서고. 너의 입장에서는 다른 답이 나와야지."

하람이 진심을 담아 허리를 숙여 말했다.

"아뢰옵기 송구하오나, 지금 소신이 아뢸 천문도 심려를 끼쳐 드릴 내용이옵니다."

"동방 청룡의 심장이라고 했지?"

임금이 손을 들어 모든 사람들을 물러나게 하였다. 내관 한 명도 남기지 않았다. 오직 두 사람만 남게 되어서야 하람이 말을 시작했다.

"심수心宿에 불길한 기운이 관측되었사옵니다. 가운데 붉은 별인 명당明堂이 밝음으로 관측되었으니, 주상 전하의 성은으로 백성들의 교화가 잘 이루어지고 도가 융성하게 될 것으로 예측되옵니다. 하오나 그 앞의 별인 태자의 빛이 약해지고, 반면에 뒤의 별인 서자가 밝아지고 있다고 하옵니다. 이 세 별의 배열도 점점 곧아지고 있사옵고. 이것은……, 세자 저하가 아닌, 그 아래 대군이……."

"알아들었다. 더 이상 말하지 말라. 이런 말을 해야 하는 네가 더 힘들 테니까."

"송구하옵니다. 적졸 등의 다른 별은 이상이 없사옵니다. 심수 분야에 해당하는 충청의 남쪽 지역도 올 한 해 가물 것으로 보이옵니다."

임금은 두 손으로 제 얼굴을 감싸 쥔 채로 마음을 가다듬으려고 안간힘을 썼다.

"정말이지……, 웃을 일이 없구나. 막을 방도는? 그래, 넌 불필요한 의견은 내세우질 않지. 그래도 한마디만이라도 위로해다오."

하람은 아무 말도 하지 못했다. 자신의 일도 몰라서 두문불출하고 있는 처지였다. 임금이 지푸라기라도 잡는 심정으로 말했다.

"우리는 별자리를 바꿀 수는 없지. 하지만 풍수는 쓸 수가 있어. 내가 죽어 묻히는 자리를 잘 쓰면 막을 수도 있지 않겠느냐?"

"풍수 위에 천문이옵니다."

하람은 자신이 한 말에 자신의 문제를 대입했다. 풍수 위에 천문이다. 아무리 집터를 잘 잡고, 묏자리를 잘 쓴다고 해도 천문을 거스를 수는 없다. 하늘의 영역 안에 있는 것이 땅이고, 그 땅의 영역 안에서 살아가는 것이 인간이기 때문이다. 그렇다면 풍수에 해당하는 지신 위에 천문에 해당하는 천신이 있고, 천신이 지신에게 영향을 미쳤을 수도 있으리라.

"안 될지언정, 풍수만이라도 잡아 보자. 해 볼 수 있는 건 그것밖에 없어."

"소신도 성심껏 알아보겠사옵니다. 너무 심려치 마옵소서."

"홍천기라고 했나?"

"네? 아, 그, 그러하옵니다."

"고맙다고 전해 다오. 덕분에 잠시나마 웃었다고. 내가 웃는다고 다른 대신들도 웃지는 않겠지만."

하람이 눈을 감았다가 뜨는 모습을 바라보았다. 여전히 아름다운 흑갈색 눈동자였다. 하람이 원래의 대화로 홍천기를 집중시켰다.

"물줄기를 따라 이동할 수 있는 존재가 무엇일까?"

"경회루 연못도 결국 어딘가로부터 물이 유입되는 거지요?"

"그렇게 설계가 된 것으로 아오. 할머니 말씀대로 물과 관련이 있겠소. 그날 기우제가 있었고, 큰비가 사흘 동안 내렸으니까."

고민에 잠겼던 하람이 당장 답을 도출할 수가 없자, 이번에는 다른 걸 물었다.

"그러니까, 내가 본 것이 그 거지 할머니가 아니다?"

"네. 그런 것 같습니다. 호호호."

홍천기는 멋쩍게 웃었다. 제대로 된 답을 가져오지 못한 미안함으로 말미암아 계속 실없는 웃음이 이어지는 중이었다. 웃다 말고 간간이 하람의 눈을 쳐다보기도 하였다. 그럴 때마다 윤도도 같이 살폈다. 윤도의 지남침은 얌전했다. 아직 마魔가 회복하지 못했다는 증거였다.

"귀공 말씀대로 소원은 안 들어주시더라고요. 호호."

"대신 다른 답을 받아 왔으니 되었소. 그런데, 인간이 자신의 눈으로 절대 볼 수 없는 것이라⋯⋯."

밤새 고민해 보았다. 단순하게 볼 수 없는 거라고 했으면 신령이나 마魔 같은 초현실적인 것들을 떠올렸을 테지만, 자신의 눈으로 볼 수 없는 거라고 했으니 결국 그건 자신의 얼굴이라고밖에 생각할 수가 없었다. 그런데 하람이 본 건 여인이니까, 하람의 얼굴일 턱은 없다.

"귀공이 보신 게 여인은 맞지요? 아름다운 사내일 가능성은 없나요?"

"내가 비록 오랫동안 보이지 않는 눈으로 살아왔어도 남녀를 구분 못 할 정도는 아니오."

"그럼 귀공이 본 건 무엇일까요?"

"글쎄, 내 얼굴은 아닐 테고⋯⋯."

하람은 심각하게 고민에 잠겼는데, 홍천기는 옆에서 수줍게 제 손을 만지작거렸다.

"저기, 호도 한 장은 제 품에 가지고 있는데……."

"응? 그건 왜?"

"부적이라고나 할까요? 호호호. 그러니까 경복궁을 나가 보시는 것도……."

하람의 대답을 미처 듣기도 전이었다. 이용이 헐레벌떡 들어왔다.

"내 호도는?"

"가지고 왔사옵니다."

그러고는 탁자 위에 포장해 둔 종이 뭉치를 이용에게 건넸다. 이용은 포장을 풀어 그림부터 살폈다. 그에게도 세화가 아닌 그림으로만 인식되었다. 그런 면에서는 화마와 다르지 않은 셈이다. 이용이 만족스럽게 웃으며 말했다.

"최 화사는?"

"오늘 도화원에 들렀다가 늦게 입궐한다고 하였사옵니다."

"최 화사 몫의 그림 말이다. 그것도 보고 싶은데."

"그건 시간이 부족해서 아직 완성하지 않았사옵니다."

이용이 하람의 어깨를 툭 치면서 말했다.

"자네는 안 바쁜가?"

"네. 오늘은 바쁜 일이 없사옵니다. 지도 복원이 어느 정도 진행되었는지……."

그러면서 탁자 위의 지도첩을 펼쳐, 보이지도 않는 눈으로 살피는 척하였다. 이용이 불만 어린 눈으로 하람을 보면서 의자에 앉았다. 그러자 하람도 자리를 잡고 앉았다. 두 사람 사이에서 난감해진 건 홍천기였다. 무언가 좋지 않은 공기가 느껴졌다. 갑자기 하람이 싱긋이 웃었다. 그러고 얼마 지나지 않아 최경이 들이닥쳤다. 고함 소리와 함께였다.

"야! 개충아!"

최경은 이용을 발견하고 바로 허리를 숙였다.

"아, 송구하옵니다. 워낙 다급한 일이라……."

"무슨 일인데 그러나?"

최경이 홍천기에게로 다가가면서 말했다.

"어제 스승님 졸도하셨다면서? 너 때문이라던데?"

"나 때문이 아니라……."

홍천기가 하람과 이용을 번갈아 보다가 마지못해 실토했다.

"나한테 그림 사러 오던 손님이 있는데……."

"흑객?"

"응. 어떻게 알아?"

"춘복이 아저씨한테서 들은 적 있다. 꺼림칙한 손님이라고. 그 손님이 왜?"

"스승님이 그 손님 얼굴을 보고 졸도하신 거야. 내가 어떻게 한 게 아니라."

"얼마나 무섭게 생긴 얼굴이기에 졸도를?"

"그게……."

홍천기가 다시 세 남자를 번갈아 보다가 기어 들어가는 목소리로 최경에게 말했다.

"간윤국이래."

최경을 제치고 이용의 목소리가 제일 먼저 튀어나왔다.

"뭐? 간윤국이 살아 있었어?"

"아, 이걸 어떻게 설명을 드려야 하나……. 어제 제가 본 손님은 나이가 많아 봐야 마흔 정도 돼 보였사옵니다. 손가락도 전부 다 붙어 있었고."

"그럼 아니잖아. 간윤국이 살아 있다면 적어도 칠순은 넘었을 터인데."

"그래서 사람이 아니라 마귀라고……."

"엥? 뭔 말 같지도 않은……."

최경이 하람을 보면서 제 말을 닫았다. 믿기지 않는 인간이 눈앞에 있는데 마귀의 존재를 부정하기도 뭣했다. 하람과 이용도 심각해졌다.

"스승님 말씀으로는 덩치는 훨씬 큰데, 얼굴이 똑같대. 예전 얼굴과. 그래서 지금 이불 덮어쓰시고 방 밖을 못 나오셔. 겁에 질려서."

하람이 물었다.

"그 손님, 혹시 화마?"

홍천기가 대수롭지 않은 투로 말했다.

"네, 거지 노파도 그렇다고 하더라고요."

하람이 벌떡 일어서면서 고함을 질렀다.

"왜 이제야 그 말을 하시오! 당장 급한 건 내 눈이 아니라 홍 낭자잖소! 호도! 호도는 잘 챙겼소? 우선 그거라도……."

"호도나 세화도 소용없답니다. 화마는 액막이용조차 그림으로만 인식하기 때문에. 전 괜찮습니다. 그림을 그리는 한에는 다치지 않도록 오히려 보호를 해 준대요. 그러니까 걱정……."

"그걸 말이라고!"

홍천기가 입을 다물고 시선을 창밖으로 얼른 도피시켰다. 하람의 화난 눈빛을 마주할 수가 없었기 때문이다. 이용은 이용대로 충격을 받았다.

"화마인데, 간윤국이라……. 뭔가 오싹하면서도 묘하군. 많고 많은 얼굴들 중에 하필 간윤국의 얼굴이라는 게……."

최경도 충격인 건 마찬가지였다. 하지만 그에게는 말로만 들었던 화마가 진짜 있다는 점이 더 크게 작용했다. 자신에게는 오지 않은 화마에게서 서운함을 느꼈던 것이다.

2

내서운관의 마당에는 하람이 서 있었다. 갓을 쓰고 외투를 입은 차림새를 보아서는 외출을 하려는 것 같았다. 모처럼 붉은색 지팡이도 앞에 세워 잡았다. 옆에 선 만수조차도 외출복이었다.

"설마, 설마……."

홍천기의 기대 어린 목소리에 하람은 미소로 답했다.

"호도는 챙겼소? 윤도는?"

"채, 챙겼습니다. 설마……."

하람이 앞서 걷기 시작했다. 홍천기는 떨리는 발걸음으로 그의 뒤를 따라 걸었다. 경복궁 앞까지만 가는 건가? 거기까지만 바래다주려는 건가? 지나가는 관원들이 인사를 해 대는 통에 물어보지도 못하고 뒤통수만 보면서 걸을 수밖에 없었다. 경복궁 문이 가까워지고 있었다. 보이지 않는 눈으로 그곳을 향해 나아가고 있었다. 느리긴 해도 가고 있는 방향은 바뀌지 않았다. 문을 지키고 선 파수군이 명단을 확인하고 인사를 건넸다.

"경복궁을 나가시는 건 오랜만이시지요?"

그러곤 뒤에 선 홍천기를 힐끔 본 뒤에 음흉하게 웃으면서 말했다.

"즐겁게 보내십시오."

이들도 근정전에서의 소동을 들은 모양이었다. 하지만 홍천기는 그들의 미소가 불쾌하지 않았다. 오히려 그들의 머릿속처럼 오늘 밤 음흉한 시간을 보냈으면 하는 바람이 간절했다. 땅에 있는 신과 하늘에 있는 신 모두에게 마음을 다해 빌었다.

문을 넘어섰다. 하람이 흑갈색 눈동자로 하늘을 보면서 말했다.

"붉은 하늘이 아니오. 캄캄하오."

목소리에 기쁨이 가득했다. 홍천기는 거지 노파와의 대화에서 하람에게 말하지 않은 것이 있음을 깨달았다. 몸 안에 있는 마魔가 소멸하지 않고 약해진 상태로 있는 건 말했지만, 경복궁 밖으로 나오면 마魔의 회복이 빨라진다는 부분은 말하지 않은 것이다. 그런데 지금은 말하고 싶지 않았다. 그러면 그는 바로 뒤돌아 들어가 버릴 것이다. 신이 나서 깡충거리다시피 걷는 만수의 걸음도 풀이 죽을 것이다. 하람이 고갯짓으로 홍천기를 가까이로 불러들였다. 그러고는 나란히 걸으면서 말했다.

"오늘 밤, 우리 집에서 함께 보냈으면 좋겠소."

만수는 '킥!' 하고 튀어나오는 웃음을 꾹 참고 걸었다.

"당연히 그래야지요! 귀공 집으로 못 들어가게 하면 확 불질러 버릴 생각이었습니다."

하람은 자신의 몸 안에 있는 마魔보다 홍천기에게 붙은 화마가 더 불안했다. 안견에게서 들었던 이야기 때문이다. 환쟁이의 기氣를 먹고 산다는 게 정확하게 어떤 의미인지는 모르지만, 홍천기의 아버지를 떠올리면 두려움은 곱절로 올라갔다.

"화마 때문에 당신 혼자 둘 수가 없소. 내 옆에 놔두는 것도 불안한 건 마찬가지지만. 이러지도 못하고 저러지도 못한다면 같이 있는 쪽을 택하는 게 낫지 않겠소?"

"물론입니다! 오늘 처음으로 귀공이 머리 좋은 걸 실감합니다. 호호호."

"처음? 그랬군. 그동안은 나를 멍청이로 생각했다는 거군."

"다소 그런 면이 없지 않아 있었습니다. 혼자서 뭘 그렇게 전전긍긍하는지, 원. 저는 제가 다치는 것보다 귀공과 떨어지는 게 훨씬 견디기 힘들었다고요. 사람이 뭘 몰라도 정말 몰라."

하람이 소리 내어 웃었다. 지나가는 사람들이 보이지 않았다. 볼 필요도 없었다. 어차피 눈에 보이는 게 없으니까. 맹인이니까. 이 장점에 기대어 손을 뻗었다. 허공에서 홍천기의 손을 찾았다. 오래 헤매지 않았다. 그녀의 손은 금세 하람의 손안으로 들어왔다. 하람이 뻗은 손을 눈이 보이는 홍천기가 잡았던 것이다. 큰 손 안으로 들어온 작은 손은 마디마디에 힘이 있었다. 붓질로 단련된 강인함이었다. 그 손을 꽉 쥐었다. 세상을 살아가면서 모든 건 다 놓치더라도 이 손만큼은 마지막까지 놓치고 싶지 않았다.

"여전히 세상은 캄캄하오."

홍천기는 그의 손을 놓치지 않으려고 어렵사리 한 손으로 윤도를 잡아 뚜껑을 열었다.

"지남침도 정상입니다. 제 품의 호도도 잘 있고요."

그럼에도 아무런 변화가 일어나지 않았다. 이들의 뒤로 경복궁이 차츰차츰 멀어지고 있었다. 이들의 발이 밀어내면 밀어내는 것만큼 멀어졌다.

"형님! 하람 형님!"

불길한 목소리였다. 이것은 마魔나 귀鬼의 종류보다 훨씬 안 좋은 기운을 가지고 가까워지고 있었다. 이윽고 젊은 청년이 뛰어와서 앞을 가로막고 섰다. 예전, 매죽헌 화회 때 봤던 서거정이었다. 그 뒤로 낯선 청년도 한 명 있었다. 두 청년의 시선이 마주 잡은 두 사람의 손으로 모아졌다. 그럼에도 불구하고 홍천기는 손을 놓지 않았다. 하람이 놓지 않는데 그럴 이유가 없었다. 이것을 가지고 시비를 건다면 앞 못 보는 맹인의 길 안내를 하는 중이라고 우기면 될 일이다. 하지만 두 청년은 여기에 대해 일언반구도 하지 않았다.

"또 뵙습니다."

"신숙주? 오랜만이오."

두 청년의 시선이 이번에는 하람의 눈동자로 모아졌다.

"형님! 눈동자 색이 평범해졌습니다. 혹시 치료가 되고 있는 겁니까?"

"그런 셈이다. 아직 완전히 치료된 건 아니지만."

"듣던 중 반가운 소식입니다."

"눈동자 색이 이렇게 변하니까, 새삼스럽지만 정말 잘생겼습니다. 사람의 미모에서 눈이 차지하는 비중이 크다더니. 하하하."

대충 인사를 끝냈으면 제각기 갈 길을 가면 좋겠는데…….

"이 시간에 여기서 뭐 하느냐?"

하람의 질문을 받자마자 두 청년의 얼굴이 환해졌다. 좋지 않은 기운이 더 강해졌다.

"누구든 걸리기만을 기다렸는데, 지금 이 순간 정해졌습니다. 형님 댁으로 갈 겁니다."

"안 돼!"

홍천기가 아니었다. 이것은 하람의 단호한 거절이었다. 서거정이 애원하듯이 말했다.

"우리가 지금 갈 곳이 없습니다."

"멀쩡한 성균관을 놔두고 왜 갈 곳이 없어?"

"며칠은 못 들어갑니다."

"왜?"

"그게……, 제가 금지 서적을 돌리다가 걸려서. 하하하."

신숙주가 이어서 말했다.

"저는 금지 서적을 읽다가 걸렸습니다."

하람이 어이가 없다는 듯이 물었다.

"둘 다 성균관 들어간 지가……."

"한 달 조금 넘었습니다."

"하아! 들어가자마자 말썽을 일으킨 것이냐?"

서거정이 말했다.

"저는 조금 억울합니다. 제가 쓴 글을 잠깐 빌려줬다가 걸린 겁니다. 다들 돌려 볼 줄 몰랐거든요."

"대체 어떤 글이기에?"

"야담집."

"뭐?"

"오해하지 마십시오! 야한 내용이 아니라, 골계전滑稽傳*이었으니까요. 하나씩 차곡차곡 모았다가 늘그막에 문집으로 엮어 볼까 했는데, 에휴! 출세를 하면 못 건드리겠지요?"

"그러다가 훗날 네 녀석도 누군가의 골계전에 우스꽝스럽게 기록될 날이 올 거다."

"그건 달갑지 않습니다."

"신 진사도 이 녀석 글을 읽다가 걸린 건가?"

"아뇨, 전……, 다른 언어로 된 서책을 읽다가. 마魔와 귀鬼에 대한 설명이 있어서 손을 뗄 수가 없었습니다."

지금 이 대화는 옳지 않다. 다른 날이면 괜찮지만 지금만큼

---

* 실존했던 인물들의 실제 일화를 수집·기록한 글. 주로 기이하거나 해학적인 내용을 다룸. 대표적으로 서거정의 《태평한화골계전太平閑話滑稽傳》과 성현成俔의 《용재총화慵齋叢話》 등이 있는데, 《용재총화》에 홍천기에 대한 기록이 있음.

은 나와서는 안 되는 정보였다. 아니나 다를까 하람이 솔깃해져서 물었다.

"마귀에 대한 내용도 있나?"

"네. 마魔와 귀鬼가 결탁한 형태라고……."

"자세하게 듣고 싶은데? 아! 길에서 이러지 말고 다들 우리 집으로 가자."

하람의 말이 떨어지기가 무섭게 홍천기는 그의 손을 뿌리치듯이 놓았다. 그러고는 마귀보다 더 무섭게 노려보았다. 하지만 아무리 힘을 다해 노려보았자 눈이 안 보이는 하람에게는 소용이 없었다. 하람이 신숙주에게 다가가서 속삭이듯이 물었다.

"청의동자는?"

"옆에 있습니다. 안 보이십니까?"

하람이 고개를 끄덕인 뒤에 불만으로 얼굴이 퉁퉁 부은 홍천기에게 다가가 귓속말을 하였다.

"혹시 파란 옷을 입은 사내아이가 보이오? 신 진사 옆에 있다는데."

"아뇨! 사내아이라면 만수 외에는 안 보입니다만?"

목소리에 성질이 가득한데도 하람은 미처 신경 쓰지 못하고 생각에 잠겼다. 홍천기는 보통의 사람과 다르지 않은 눈을 가졌다. 남들이 보는 모습대로 보고, 남들이 보지 못하는 건 그녀도 보지 못한다. 그런데 어째서 남들이 볼 수 없는 호령은 볼 수 있는 걸까?

"하 시일!"

멀리서부터 가까워져 오는 이 목소리는 이용의 것이다. 그는 곧장 달려와 하람을 와락 끌어안았다. 마魔와 귀鬼의 결탁만큼이나 두려운 결합이 아닐 수 없었다. 일관이 아니어도, 점쟁이가 아니어도 지금 이후부터 일어날 일 정도는 충분히 예측 가능했다. 오늘은 글렀다!

"나왔군. 드디어 궐 밖을 나왔어. 큰 결심 했네."

"네. 하하하."

하람의 웃음소리가 듣기 싫은 건 처음이었다. 웃는 얼굴도 꼴 보기 싫었다. 서거정이 인사를 하면서 말했다.

"안평대군 나리, 그러잖아도 하 시일 댁으로 가던 중이었사옵니다. 사실은 나리를 기다리고 있었는데 마침 하 시일이 딱 나오기에 잡았사옵니다. 나리도 함께 가시겠사옵니까?"

안 돼. 그런 제안은 주인한테 동의도 받지 않고 막 하는 거 아니야.

"이렇게 좋은 날을 그냥 보낼 수 없지. 출소를 한 것과 다르지 않으니. 좋아! 가자고!"

"집에 대접할 만한 게 있을지……."

하람이 걱정스럽게 말하자, 이용이 손을 번쩍 들어 청지기를 불렀다.

"어이! 우리 집으로 가서 먹을 만한 건 다 가지고 하 시일 집으로 와라!"

청지기가 말고삐를 끌고 부리나케 달려갔다. 그 옆으로 신숙주가 청의동자에게 말했다. 마치 혼잣말을 하는 듯한 모양새

314

였다.

"가지 말라고? 왜?"

그러고는 혼자서 아래쪽 허공을 보다가 다시 중얼거렸다.

"무서워? 불길해? 어느 쪽이야? ……둘 다?"

이용이 신숙주를 비롯하여 모든 이들의 목소리를 잠재우고 앞으로 나아갔다.

"자! 우리는 아무 걱정 말고 즐겁게 보내자고."

마魔보다 더 악한 게 인간이라더니, 오늘에서야 그 의미를 알았다. 이 인간들 너무 나쁘다. 사이좋게 걸어가는 사내들 뒤로 홍천기가 씩씩거리며 따라갔다. 원래도 정숙한 걸음걸이는 아니었지만 지금만큼 사나웠던 적도 없었다.

"젠장! 죽 쒀서 개 줬다. 젠장! 멍청이!"

"그림이 완성되기 전까지는 방해하지 말라고 했을 텐데?"

안견이 붓을 놓고 뒤를 돌아보았다. 한숨이 나왔다. 굴러다니는 쓰레기들 틈에 비집고 누운 최경의 고집이 결국 붓을 놓게 한 것이다.

"자려거든 집에 가서 자라."

최경이 드러누운 채로 말했다.

"화마를 직접 본 적이 있는지만 대답해 주십시오."

"홍 회사 손이 다시 움직였구나."

"본 적 있습니까?"

슬그머니 일어나 앉는 최경 앞에 안견도 마주 보고 앉았다.

그러곤 그의 복잡한 속내를 물끄러미 바라보다가 대답했다.

"화마일지도 모른다고 생각한 존재는 본 적이 있다."

"그 화마, 어떻게 생겼습니까?"

"글쎄다. 오래전 일이고, 어둡고 얼굴도 가리고 있어서."

"개충이한테서 그림을 받아 가는 화마, 간윤국의 얼굴을 하고 있다고 합니다."

"뭐? 그, 그럴 리가……."

"왜 하필이면 간윤국의 얼굴입니까?"

"그걸 왜 나에게 묻느냐? 나도 지금 어안이 벙벙하구먼. 진짜 간윤국의 얼굴이라더냐? 누가? 아! 원호 녀석이 본 거냐?"

"네. 화마가 왜 저에게는 오지 않았는지 모르겠지만, 개충이라면 납득이 안 가는 것도 아닙니다. 그 녀석 그림은……. 화마의 먹잇감, 개충이 아버지였던 겁니까? 광증의 원인이 화마?"

"아마도. 정확하게는 모른다. 모든 건 그저 추정에 불과해."

"개충이 아버지에 대해 뭐만 물으면 모른다! 모른다! 대체 왜 그렇게들 입을 다무시는지 모르겠습니다."

"우리가 입을 열지 않는 건 어느 누구도 제대로 본 사람이 없기 때문이다."

본 것이라고는 수많은 일들 중에 아주 작은 파편에 지나지 않았다. 그것은 결코 진실이라고 할 수는 없었다. 오히려 오해에 가까울 것이다. 안견과 최원호, 둘조차 각자가 본 것에 대해 각기 다른 말을 했었다.

"그래도 듣고 싶습니다. 홍 화공님이 진짜 화마에 당하신 건지⋯⋯."

옛날에 안견은 홍은오에게서 그림을 받아 가던 존재를 화마라고 했었다. 그런데 최원호는 인간이라고 우겼다. 세월이 흘렀다. 그사이에 안견은 그것이 과연 화마였는지 의심하기 시작했고, 최원호는 그것이 과연 인간이었는지 의심하기 시작했다. 어쩌면 한 존재를 다르게 본 것이 아니라, 애초부터 완전히 다른 존재를 각각 본 것일지도 모른다는 생각을 하게 된 건 최근 들어서였다.

"그때 무슨 일이 있었는지⋯⋯, 나도 너희들만큼이나 궁금하다."

"말씀하시는 걸 들어 보면, 완성되지 못한 지도는 홍 화공님의 것이겠군요."

"어? 하! 공교롭게도 안평대군까지 그곳에 합류하셨을 때 각오는 했다만, 빨리도 알아차렸구나."

"안평대군의 손에 김문웅의 산수화만 없었어도 굳이 말하지 않을 이유는 없으셨을 텐데, 그렇지요? 그 지도가 홍 화공님의 것임을 알려 주면, 김문웅의 산수화가 드러나게 되니까."

안견은 긍정도 부정도 하지 않은 채 고개를 숙이고 웃었다. 그의 허탈한 웃음소리가 한동안 이어졌다.

만수와 돌이는 오랜만에 신이 났다. 마침 돌이도 벌여 놓은 일을 돌아보느라 이천현에 갔다가 막 돌아오던 참이었다. 부상을 당한 이후로 만날 수 없어 애가 탔다. 그런데 오자마자 하람과 마주쳤으니 감격하지 않을 수 없었다. 청지기는 마치 제 집 일을 하듯 능숙하게 손님맞이를 도왔다. 돌이의 붙임성과 청지기의 능수능란함은 찰떡궁합이었다. 그래서 눈 깜박할 사이에 두 사람은 친해져 있었다.

홍천기는 멀찌감치 혼자 따로 앉았다. 하람을 비롯한 사내들이 밀어낸 것이 아니었다. 여차하다가는 홧김에 상을 엎어버릴 것 같아서 자중하느라 스스로 떨어져 앉은 것이다. 한 번씩 하람에게 눈치를 줬지만, 이럴 때만큼은 정말 맹인이었다. 신숙주의 입에서 나오는 신령이라든가, 마魔라든가, 귀鬼라든가, 마귀라든가, 도깨비라든가 하는 듣도 보도 못 한 잡다한 정보들이 하람의 귀를 사로잡았기 때문이다.

밤이 깊어갈수록 이것도 나름대로 괜찮은 상황이라는 생각을 하게 되었다. 사람들과 더불어 대화를 하고 유쾌한 시간을 보내는 건 하람에게 드문 광경이었다. 어쩌면 눈을 도둑맞지 않았다면, 그래서 평범하게 살아왔다면 지금과 같은 상황은 지겹도록 되풀이되는 평범한 일상이었으리라. 하람에게 이러한 시간이 주어진 건 감사할 일이다. 그렇다고 홍천기의 분노가 줄어든 건 아니다. 그것과는 별개의 문제였다.

바람이라도 쐬기 위해, 가슴속의 열불을 잠재우기 위해 마당으로 나갔다. 그곳 하늘에는 빼곡하게 많은 별들이 있었다. 이 많은 별들이 하람의 머릿속에 있다는 거다. 홍천기는 하람의 머릿속을 들여다보듯 밤하늘을 보았다.

"화마는 어째서 간윤국의 얼굴을 하고 있는 걸까?"

공포에 질린 최원호에게는 질문이 들어가지 않았다. 간윤국에 대해 궁금한 것이 많았지만, 지금으로서는 최원호의 공포가 가라앉을 때까지 기다리는 방법 말고는 없었다. 조금 전에 나눴던 하람과 신숙주의 대화를 참고하면, 마魔는 사람이 죽어서 되는 것이 아니라, 원래부터 신령이 비호하지 않는 곳곳에 존재하는 것이다. 간윤국이 죽어서 마魔가 되지는 않았다는 뜻이다. 단지 간윤국이 죽기 직전, 그의 욕망에 반응한 마魔가 접근해서 간윤국의 귀鬼를 취했을 가능성은 있었다. 그렇게 되면 마魔는 귀鬼의 욕망에 따라 움직인다. 홍천기를 찾아오는 화마는 결국 간윤국의 욕망일지도 모른다.

'홍천기! 오늘부터 내가 너의 스승이다.'

그의 목소리가 들리는 듯했다. 너무도 생생했다. 그것은 무섭기보다는 오히려 슬펐다.

등 뒤에서 사람의 기척이 들렸다. 살금살금 조심스럽게 내딛는 발소리였다. 더듬더듬 살피는 발소리이기도 하였다. 홍천기는 일부러 더 숨소리를 죽였다. 자그마한 움직임 소리도 내지 않으려고 꼼짝하지 않았다. 하지만 발소리는 헤매면서도 홍천기의 뒤로 차츰차츰 가까워졌다. 커다란 손이 홍천기의 어깨를 넘었다. 그러더니 팔로 목을 끌어안았다. 살포시. 등 뒤로 하람의 따뜻한 품이 느껴졌다.

"화 많이 났소?"

품만큼이나 따뜻한 목소리였다.

"마음 편하시도록 아니라고 해 드려야 하는데, 제 성질이 워낙에 못돼 놔서 그러지를 못하겠네요."

"성질이 못돼서 일부러 기척을 줄였소?"

"네. 좀 더 찾아 헤매시라고. 저도 많이 찾아 헤맸으니까."

"난 이 못된 성질이 왜 이렇게 사랑스러울까?"

"아! 제가 덜 못되게 굴어서 덜 사랑스러웠군요? 그래서 이렇게 방치해 둔 것이고. 몰랐네."

"미안하오. 당신이 걱정돼서 그랬소. 하루라도 빨리 평범한 삶을 살고 싶어서, 당신과 함께하는 삶을 꿈꿀 때마다 점점 더 조급해져서……."

하람은 지금 미래를 이야기하고 있었다. 하지만 홍천기는 현재만 이야기하고 싶었다. 미래까지 내다보고 싶지는 않았다. 자신의 미래에 버티고 선 아버지의 광증에서 도망치듯 뒤돌아섰다. 뒤돈 곳에는 하람의 품이 있었다. 그 품에 얼굴을 묻었다. 하람은 내면의 불안까지 안아 주려는 듯 팔에 힘을 주었다.

"그래서 저를 버리면서까지 저들과 어울렸던 대화에서 해답은 찾으셨습니까?"

"해답은 한 번에 나오는 것이 아니라, 차곡차곡 쌓이는 거요."

"제일 아래에 쌓인 해답은요?"

"귀鬼의 욕망을 없애면 마魔가 분리될지도 모른다?"

"푸닥거리라도 할까요? 호호호."

"그것도 나쁘지 않은 생각이오."

푸닥거리보다 먼저 살펴봐야 할 것이 있었다. 홍천기의 아버지에게 깃들어 있는 광증의 원인에 대해서다. 진짜 화마에 의한 것인지, 화마에 의한 것이 맞다면 어떤 식으로 작용하여 지금의 상태가 된 것인지를 확실히 알아 둘 필요가 있었다.

"언제까지 안고만 있을 겁니까?"

"아! 미안하오."

하람이 품에서 홍천기를 놓아주었다. 이것으로 끝이었다. 뒤를 이어 나와야 할 어떤 동작도 없이 그저 흑갈색 눈동자로 물끄러미 바라만 보고 있었다. 기함할 노릇이 아닐 수 없었다. 눈빛이 덜 매혹적이었다면 화가 덜 치밀었을지도 모른다. 홍천기의 두 주먹에 힘이 불끈 들어갔다.

"멍청이! 여기는 경복궁이 아니라고!"

성질을 내지른 홍천기가 뒤로 홱 돌아섰다. 하지만 돌아서자마자 다시 원래의 위치로 돌아갔다. 순식간에 하람이 그녀의 손을 당겨 허리를 감싸 안은 것이다. 잠시 그의 입가에 장난스러운 미소가 보이는 듯했지만, 이내 사라졌다. 홍천기가 눈을 감았기 때문이다. 감을 수밖에 없었기 때문이다. 입술에 와 닿은 그의 입술이 상상했던 것보다 더 부드러워서 눈을 뜰 수가 없었다.

입술이 떨어졌다. 멀어지지는 않았다. 멀어지고 싶지가 않았다. 홍천기는 여전히 눈을 감은 채였고, 하람은 천천히 눈을 떴다. 눈꺼풀 아래에 드러난 눈동자는 붉은색이었다. 하람이 자신의 입술을 깨물면서 동시에 홍천기의 입술에 다시 겹쳤다. 다시 돌아온 붉은 세상. 지긋지긋한 세상. 그 세상을 외면하느라 눈을 감았다. 홍천기의 입술은 그의 고통을 조금씩 마비시키며, 붉은색도 캄캄한 색도 아닌, 이제껏 본 적 없는 새로운 색깔을 보여 주었다.

하람과 돌이 사이에는 밀린 대화가 많았다. 돌이의 건강부터 시작해서, 조상 대대로 물려받은 한강 주변의 농지들과 이천현에서 진행 중인 토지 개간 상황, 곧 있을 큰비를 대비하여 현재 가물어서 메마른 상태인 저수지들을 더 깊고 넓게 확장하는 일 등이었다. 돌이의 부상은 이천에도 거뜬히 다녀올 정도로 회복되어 있었다. 이것은 하람에게 많은 위로가 되었다.

이천의 개간도 큰 문제 없이 진행되고 있었다. 이천은 서방 백호 중에서 삼수參宿 분야에 해당하는 지역이다. 작년부터 삼수에 속한 열 개의 별이 안정되고 길한 형상을 하기 시작했다. 원래도 기름진 땅으로 알려져 있는 데다가, 큰 물줄기를 끼고 있는 이천은 풍수도 좋았다. 그래서 당장은 별 볼일 없지만 수년 내에 큰 고을로 성장할 가능성이 있다고 판단한 하람이 농지 이외의 땅에도 투자를 한 것이다.

더군다나 삼수는 서방 백호의 마지막 별자리다. 음이 본격적으로 시작되는 남방 주작의 정수井宿보다 한발 앞서 나타나는 별자리로, 음의 시작을 알린다. 음의 절정인 귀수로 가기 위해서 내딛는 첫발이 삼수인 셈이다. 그러므로 귀수를 누그러뜨리기 위해서는 삼수부터 편안하게 만들 필요가 있었다.

귀수 분야에 해당하는 황해도 금천 땅도 오래전부터 잡고 있었다. 거친 땅을 부드럽게 만들면 방침*이 될지도 모른다는 생각에서였다. 천문을 거스를 수는 없기에, 풍수나마 노력하고 싶었던 것이다. 천문을 바꿔 보려는 노력이 가져온 건 나날이 불어 가는 재산뿐, 별다른 효력은 없었다. 눈동자도 여전히 붉은색 그대로인 것처럼.

대화를 마친 뒤, 돌이는 자러 들어갔다. 긴 여정에다가 갑작스러운 손님맞이까지 겹쳐 피곤한 하루였다. 그래서 방에 눕기가 무섭게 곯아떨어졌다. 하람의 방에서 뒤엉켜 자고 있는 세 남자는 술로 인해 곯아떨어졌다. 깊은 밤에 홀로 깨어 있는 건 하람뿐인 듯했다. 그는 복잡한 머리를 달래기 위해 빈 마당을 서성거렸다.

"인간이 자신의 눈으로 절대 볼 수 없는 것. 내 얼굴. 그런데 여인이라……."

나무를 따라 도는 하람의 서성임은 멈추지 않았다.

"눈을 빌려 간다. 빌려 간다? 빌려 가면 사용할 테고……. 내 눈이 지금 볼 수 없는……."

하람의 걸음이 멈췄다.

"내가 그때 본 건, 지금 현재 내 눈을 가지고 있는 존재의 얼굴?"

순간, 감았다가 다시 뜬 눈꺼풀 아래로 흑갈색 눈동자가 나

---

* 부적 등과 같이 잡귀를 쫓고 액운을 막기 위해 행하던 크고 작은 주술을 통틀어 일컫는 말.

타났다. 차가운 기운이 가득한 눈이었다. 이어 입가에는 차디 찬 미소가 떠올랐다. 하람이 천천히 뒤돌아섰다. 멀지 않는 곳에 홍천기가 서 있었다. 그의 입가에 미소의 차가움이 한층 짙어졌다.

"잠이 오지 않아서……."

나무 그늘에 가려진 하람의 얼굴은 잘 보이지 않았다. 그래서 뻔한 핑계에 어떤 표정을 짓는지 보이지가 않았다. 홍천기가 그를 향해 다가갔다. 하람도 앞으로 천천히 걸어 나왔다. 다소 불편한 걸음걸이였다. 나무 그늘이 천천히 뒤로 밀려났다. 밝은 달빛 아래에 하람의 모습이 온전히 드러났다. 흑갈색 눈동자였다.

"몸이 안 좋으세요? 계속 휘청거리시는데……."

홍천기가 그를 향해 성큼 다가갔다. 그러자 마치 보이지 않는 힘에 밀리기라도 하듯 하람이 뒷걸음질을 하여 나무 그늘 속으로 다시 들어갔다. 하람의 손이 앞으로 뻗어 나왔다. 홍천기의 목을 향해서였다. 하지만 이것도 허공에서만 헤매다가 다시 그늘 속으로 빨려 들어갔다.

하람을 향해 가던 홍천기의 걸음이 뒷걸음질을 하였다. 뒤로 물러난 만큼 하람이 앞으로 나왔다. 나무 그늘이 씻겨 나간 얼굴을 향해 홍천기가 미소를 보냈다. 하람의 입꼬리가 올라갔다. 눈웃음이 사라진 싸늘한 미소였다. 앞의 사람을 보듯이 움직이는 눈동자에게 홍천기가 말했다.

"그만큼이나 되는 얼굴을 가지고 그렇게밖에 못 웃는 것은 그 얼굴에 대한 예의가 아니지. 하긴, 우리 하 시일의 야시시한 눈웃음을 네까짓 것은 흉내조차 낼 수 없을 테니."

"맹랑한 인간이로군. 무서움을 모르는 것이냐?"

무서웠다. 서 있기 힘들 만큼 다리가 후들거렸다. 하지만 하람이 아닌, 그 안의 마魔와 마주하게 된 지금의 상황에 화부터 치밀었다. 어렵사리 경복궁 밖으로 나왔다. 서로 나눈 입술의 여운이 가시지 않아, 까치발을 하고 하람에게 가던 중이었다. 자고 있으면 보쌈이라도 해서 나올 참이었다. 마침 마당에 홀로 있는 하람을 발견하고 잠시나마 얼마나 설렜던가. 그런데 마魔라니! 공포보다 분노가 앞설 수밖에 없지 않겠는가.

마魔의 손이 훅 다가왔다. 이에 홍천기가 움찔했다. 하지만 손은 목을 범하지 못했다. 어깨를 비롯하여 그 어디도 손을 대지 못했다. 홍천기는 자신의 품에 호도가 있음을 깨달았다. 이 호도로 인해 접근하지 못하는 것이다. 마魔는 포기하지도 않고 물러나지도 않았다. 끈질기게 시도하는 마魔를 통해 뚜렷한 목적을 찾아냈다.

"왜 나를 죽이려는 거지?"

마魔는 대답하지 않았다. 차가운 미소만 지을 뿐이었다. 홍천기가 마魔를 향해 발을 내디디며 물었다.

"그 몸을 차지하는 데 내가 방해가 되나?"

마魔는 휘청거리며 뒤로 물러났다. 하람이 하는 행동이 아닌 걸 알지만, 마魔의 짓인 걸 알지만, 다가갈 때마다 피하는 모습은 가슴을 슬픔으로 서늘하게 하였다. 애정이라고는 찾아볼 수 없는 차가운 눈빛은 더 그랬다. 홍천기가 분노를 내뱉었다.

"멈춰! 그 얼굴로 나를 피하지 말라고! 기분 더러우니까."

마魔가 휘청거리다가 털썩 주저앉았다. 그러곤 다시 일어섰다. 안간힘을 쓰는 게 보였다. 그때 호도에 치명상을 입은 여파였다. 그 일이 없었다면 홍천기의 몸은 이미 갈기갈기 찢어져 흩어졌을 것이다. 홍천기가 하람의 몸으로 다가가려던 찰나였다. 그보다 먼저 마魔가 홍천기를 덮쳤다. 짧은 비명과 함께 뒤로 넘어갔다. 얼음보다 더 차가운 몸이 어느새 홍천기의 몸 위에 있었다. 순식간에 양 손목은 마魔의 두 손에 각각 잡힌 상태였다. 손목이 차가움으로 타들어가듯 고통스러웠다. 발버둥을 쳐 봤지만 옴짝달싹하지 않았다. 고통을 느끼는 건 홍천기만이 아니었다. 그녀의 몸에 닿은 마魔의 손과 몸에서 연기가 일었다.

"하람에게 이걸 바라지 않았나?"

하람의 목소리였다. 하지만 하람의 말은 아니었다.

"하 시일에게 바란 거지, 너 따위에게 바란 게 아니야!"

"같은 몸이다. 같은 얼굴이고."

"그 사람 마음이 없는 껍데기는 필요 없어."

"크크, 이 껍데기가 제 아비를 죽였지. 아무리 껍데기가 한 짓이라고 해도 안의 하람은 그렇게 생각하지 않거든. 괴로워하지, 언제나."

"왜, 왜 하 시일의 몸으로 그런 짓을……."

홍천기는 하람이 안타까워 목이 메었다. 그가 이 사실을 알고 있는 건 더 안타까웠다. 그래서 조심하고 또 조심하면서 몸을 사린 거였는데, 아버지의 죽음을 되풀이하지 않으려고 애를 쓴 건데, 그것도 모르고…….

"정작 나를 이 몸으로 불러들인 건 아비의 강한 분노였는데. 나를 알아차리고 죽으려고 했으니, 내가 먼저 죽일 수밖에. 그 당시 아비에게 당한 내상만 아니었다면 이 몸은 이미 나의 차지가 되어 있었을 텐데."

"그럼 나는 왜 죽으려는 거지? 내가 그리는 세화 때문에?"

"흐흐흐, 그것도 아니라고는 못 하겠군."

"진짜 이유는 따로 있다는 거야?"

마魔의 입꼬리가 한쪽으로 올라갔다.

"지금 여기서 이 껍데기가 너를 범하면, 하람은 또 괴로워하겠지. 죽이는 것보다 더 재미는 있겠지만……."

붉은색 눈동자가 얼핏 지나갔다. 그러자 왼쪽 눈에서 눈물 한 방울이 툭하고 떨어졌다. 왼쪽 손목을 쥐었던 마魔의 손이 목으로 옮겨 갔다. 그런데 이번에도 목에 닿기만 했을 뿐, 손에 힘이 들어가지 않았다. 처음에는 호도 때문이라고 생각했다. 그런데 위로 보이는 하람의 눈동자에 붉은색이 다시 나타났다. 이것은 극히 미미해서 유심히 보지 않으면 알아차리기 힘들었다.

"하람, 이, 이……."

마魔의 입에서 흘러나온 말은 신음 소리와도 같았다. 지금 목을 조르지 않는 건 하람의 의식이다! 홍천기는 자신의 짐작에 간절함을 더해, 풀려난 왼손으로 하람의 차가운 볼을 쓰다듬었다.

"지금 너무 무서워요. 살려 주세요, 제발……."

떨고 있는 왼손은 홍천기의 두려움이었다. 이 떨림은 볼의 피부를 통해 몸의 주인인 하람에게 전달되었다.

육중한 나무통이 가슴을 짓눌렀다. 점점 숨이 막혀 왔다. 저승 문이 눈앞까지 가까워진 순간, 이용이 눈을 번쩍 떴다. 가슴 위에는 육중한 나무통 대신 서거정의 다리가 걸쳐져 있었다. 이용이 다리를 밀치고 자리에서 일어나 앉았다. 목이 탔다. 물 주전자를 찾으려고 방 안을 둘러보는데, 무언가 부족한 느낌이 들었다. 취기가 완전히 가시지 않아 생각하는 게 더뎠다.

"하 시일?"

이용이 벌떡 일어나 섰다. 하람이 없었다. 다른 방에서 자고 있겠거니 생각하려고 애썼지만, 이미 겉옷을 찾아 걸치며 방문을 나서고 있었다. 자고 있는 그곳이 홍천기의 옆이 아니기를 바라는 마음이 간절했다. 안절부절못하며 마당으로 나갔다. 그러곤 하람의 흔적을 찾기 위해 안채 쪽을 기웃거렸다. 이때 어디선가 남녀의 신음 소리가 들려왔다. 두리번거린 것은 잠깐이었다. 땅 위에서 뒤엉킨 남녀를 발견했다. 멀지 않은 곳이었기에 누구인지 단박에 알아보았다. 그들로부터 급하게 뒤돌아섰다. 디디고 선 땅이 무너져 내렸다. 한 발 한 발 내디딜 때마다 가슴도 무너져 내렸다.

서너 발짝 멀어졌을 때였다. 신음 소리가 수상했다. 남녀가 정사를 나눌 때 나올 법한 소리가 아니었다. 남녀 모두 고통스러운 소리였다. 게다가 남자의 신음 소리는 기괴해서 사람의 소리로 들리지 않았다. 걸음을 멈췄다. 그래도 돌아볼 수는 없었다. 의심과는 달리 정사를 나누고 있으면 큰 결례를 저지르는 것이 된다. 멀어지지도 못하고, 그렇다고 돌아보지도 못하고 선 이용의 귀로 홍천기의 애절한 목소리가 들려왔다.

"지금 너무 무서워요. 살려 주세요, 제발……."

분명 공포에 떠는 목소리였다. 이용이 즉시 몸을 돌려 그들에게로 달려갔다. 홍천기가 하람의 몸 아래에 깔려 있었다. 멈칫하는 순간, 하람이 고개를 들어 이용을 쳐다보았다. 아무리 어두워도 알 수 있었다. 진짜 하람이 아니다! 이용이 하람을 떼어 내기 위해 팔을 뻗었다. 그런데 닿기가 무섭게 하람의 몸이 튕겨 나갔다. 그러고는 제 머리를 움켜잡고 바닥에 뒹굴었다. 기괴한 비명 소리가 사람의 머릿속을 난도질했다. 이용과 홍천기가 자신들의 귀를 막았다. 이용이 한 손으로 홍천기를 안아 일으켜 등 뒤로 숨겼다.

"괜찮으냐? 다친 데는?"

얼어붙었다고 여겨졌던 손목이 다시 따뜻해지고 있었다. 몸도 마찬가지였다. 하지만 홍천기는 자신의 몸에 신경 쓸 겨를이 없었다. 하람이 고통으로 몸부림치고 있었다. 그에게 다가가려고 손을 뻗었지만, 이용에 의해 제지당했다.

"위험해!"

"하지만……. 하 시일! 하람!"

울먹이는 홍천기의 목소리를 들은 하람이 몸부림을 멈추고 처다보았다. 언뜻 붉은색 눈동자가 보이는 것 같았으나, 금세 흑갈색으로 변해 덮칠 듯 달려들었다. 마魔의 목표는 오직 홍천기뿐이었다. 하지만 두 사람에게 닿지 못하고 다시 튕겨 나갔다. 모두가 미처 인지하지 못했지만, 이용의 소맷자락에도 호도가 들어 있었던 것이다.

또다시 하람이 온몸을 웅크리고 고통스러운 듯 부들부들 떨었다. 고통스러워하는 쪽이 하람인지, 마魔인지 구분할 수가 없었다. 어쩌면 둘 다인 것 같았다. 홍천기와 이용의 눈이 점점 커졌다. 그림자 같은 시커먼 덩어리가 하람의 몸에서 분리되고 있었다. 아주 잠시였다. 시커먼 덩어리는 다시 몸과 합쳐졌다. 그렇게 하람의 고통은 계속 이어졌다. 그 모습을 지켜보던 홍천기의 눈에서 결국 눈물이 쏟아져 내렸다. 다가가려고 해도 이용이 악착같이 끌어안고 놓아주지 않았다.

시커먼 덩어리가 다시 분리되었다. 이런 모습이 자주 되풀이되기 시작했다. 마魔가 하람의 몸에서 쫓겨나고 있었다. 몸의 주인인 하람에게 밀려나고 있었다. 고통으로 몸부림치는 건 밀려 나가지 않으려는 마魔의 발악이었다. 시커먼 덩어리가 하람의 몸에서 거의 다 분리되려 하고 있었다. 홍천기가 이용을 뿌리치고 달려가 하람의 등을 끌어안았다. 홍천기의 품에 있던 호도가 하람의 등에 닿는 순간, 시커먼 덩어리가 기괴한 비명을 지르며 완전히 떨어져 나갔다.

'도롱눙아! 도롱눙아! 구름을 일으키고 안개를 토하며 비를

주룩주룩 오게 하면 너를 놓아 보내고, 그러지 않으면 너를 구워 먹겠다!'

어린 하람이 똑같은 말을 되풀이했다. 흘러내린 땀이 옷을 적시고도 모자라 버선까지 내려왔다. 밑에 깔아 둔 자리 위로 하람의 땀이 한두 방울 떨어져 내렸다. 소리를 지르면 지를수록 열이 더 심해졌다. 머리가 어지러웠다.

또다시 똑같은 말을 외치기 위해 숨을 들이켰다. 그 순간이었다. 눈앞의 도롱뇽이 움직임을 멈췄다. 독 안의 물의 파장도 굳은 듯 멈췄다. 놀란 하람이 주위를 둘러보았다. 경회루 연못의 물의 파장도 멈춰 있었고, 제를 올리던 이양달과 나머지 사람들도 멈춰 있었다. 심지어 향에서 올라오는 연기도 멈춘 상태였다. 움직임뿐만이 아니라 세상의 모든 소리도 사라지고 없었다. 소리가 사라지자 귀도 멍멍해졌다.

모든 것이 멈춘 공간, 그 안에서 움직임이 느껴졌다. 경회루 연못 위였다. 무언가가 물 위에 서 있다가 하람을 향해 걸어왔다. 사람의 형체였지만, 사람은 아니었다. 맑은 물처럼 투명해서 뒤의 경회루가 비쳐 보였기 때문이다. 머리카락과 옷자락도 물속에 잠긴 것처럼 일렁거렸다. 그런데도 이상하게 무섭지가 않았다. 투명한 존재는 하람 앞의 연못 위에 멈춰 섰다. 발을 땅으로 올리지 않았다.

'너의 눈이 필요하다.'

머릿속에서 울리는 목소리였다. 남자인지 여자인지 구분이 되지 않는 모습과 목소리였다. 하지만 위압적이지 않았다. 오히려 부탁에 가까웠다.

'눈을 빌려 가마. 잠시만.'

'제 눈을? 어떻게요?'

'아주 잠시면 된다.'

'빌려주면 저는 볼 수 없게 되나요?'

'잠시는 그렇다.'

'왜 제 눈이 필요합니까?'

'한 인간에게 빌려주면, 다른 이들의 목숨을 살릴 수 있다.'

'목숨? 웅…….'

비록 알고 있는 글자는 많을지라도, 나이는 여섯 살일지라도, 세상을 산 지는 고작 5년밖에 되지 않는 어린아이였다. 그러니 목숨이라는 단어가 갖는 무게감을 알지 못했다.

'빌려준다면 사례를 하겠다.'

'무슨 뜻인가요?'

'네가 지금 비는 소원, 이 땅에 비를 내려주겠다. 없는 눈을 만들어 줄 수 없는 것처럼 없는 비도 만들어 줄 수 없으니, 훗날 어느 때인가 내릴 비를 여기로 빌려와 주마. 그러면 수십, 수백 명의 목숨까지 더 살릴 수 있다.'

목숨의 무게는 알지 못해도, 비로 인해 얻을 수 있는 건 알고 있었다. 그건 떡이었다. 아버지께 떡을 해 달라고 조르고 졸랐었다. 하지만 아버지는 떡 하나에 들어가는 곡식의 양이 많아, 유사시를 위해서 비축해 둬야 한다며 해 주지를 않았다. 마을 사람들을 위해서라고 하였다. 버들고을은 아직까지 굶주리는 사람들이 없지만, 올해도 비가 오지 않으면 모두가 굶어야 할지도 모른다고도 하였다. 어쩔 수 없이 조르기를 포기했었다. 대신 비가 오면 떡을 먹게 해 주겠다는 약속은 받아 두었다. 그러므로 하람에게 있어서 비는 곧 떡이었다.

'잠시만이라고 했지요?'

'그렇다.'

'다시 돌려받는 건 확실하지요?'

'물론이다. 반드시 돌려주마. 약속하마.'

그때였다. 갑자기 주변의 소리가 들리면서 세상이 캄캄해졌다. 눈을 감아도 눈을 떠도 캄캄함이 사라지지 않았다.

마魔가 막고 있던 기억을 온전하게 떠올린 하람은 그대로 의식을 잃었다. 하람에게서 떨어져 나간 시커먼 덩어리가 보이지 않았다. 사라진 게 아니라, 어두워서 분간할 수 없는 거였다. 그늘 어디쯤에 몸을 숨기고 있으리라. 절대 멀어지지 않았으리라. 아니나 다를까 시커먼 마魔가 하람의 몸을 향해 획 다가왔다가 홍천기에 의해 튕겨 나갔다. 마魔의 목표가 홍천기에서 하람으로 바뀌었다. 또다시 마魔가 그늘 어디쯤으로 흔적을 감췄다. 이용이 공포로 인해 마비된 다리를 겨우 끌고 홍천기와 하람을 동시에 끌어안았다. 그러고는 미친 듯이 두리번거렸다.

"어, 어디에 숨은 거지? 안 보여."

홍천기는 혼이 나간 상태였지만 노파의 말은 기억해 냈다. 마魔를 쫓아내도 다시 들어가려고 발악할 거라는 말이었다. 홍천기는 의식을 잃고 축 늘어진 하람의 몸을 끌어안고 공포와 싸워 가며 필사적으로 생각했다. 막아야 한다! 어떻게 쫓아냈는데, 도로 들어오게 만들 수는 없다. 호령의 곁으로 갈 때까지만이라도 어떻게든 버텨야 한다. 홍천기가 품에서 호도를 꺼냈다. 그것을 하람의 눈에 올리고 손으로 눌렀다. 이용이 소리쳤다.

"이건 아니다! 네가 위험해진다고!"

느껴졌다. 어디에 흔적을 숨기고 있는지는 알 수 없었지만, 마魔가 다시 홍천기를 노리기 시작했다. 하람은 그 몸으로 다시 들어가려는 게 목적이지만, 홍천기는 죽이려는 게 목적이었다. 품에서 호도가 사라진 계집은 치명상을 입어 거동하기 힘든 마魔일지라도 아주 손쉬운 상대였다. 비록 호도를 지닌 이용이 막고 있지만, 비어 있는 틈은 존재하는 법이다. 오른쪽 옆구리, 그곳을 향해 마魔가 달려들었다. 노파를 부르고 싶었다. 이름을 외치면 와 줄지도 모른다는 생각은 들었다. 하지만 목구멍이 공포에 가로막혀 아무 소리도 나오지 않았다.

그 순간이었다. 거대한 검은 형체가 하늘에서 내려오듯 땅으로 떨어져 홍천기 앞을 막아섰다. 이 때문에 마魔가 튕기듯 뒤로 밀려났다. 홍천기가 그의 등을 보면서 가까스로 말했다.

"가, 간윤국 흑객?"

이용의 시선이 흑객을 향했다. 간윤국에 대한 호기심으로 꽂힌 시선이었다. 형상도 그렇거니와, 여러 가지 정황을 보건대, 사람이라고 여겨질 만한 구석이 없었다. 흑객이 마魔에게서 눈을 떼지 않고 말했다.

"지금이라면 처리해 줄 수 있소. 허나, 저 마魔가 회복하면 내 힘 가지고는 어림없소. 하려면 지금 해야 하오."

처리해 달라고 해야 한다. 하지만 세상에 공짜는 없다. 하물 며 신령도 그럴진대, 마魔는 더 많은 걸 요구할 것이다. 그럼에 도 지금 도움을 요청할 수 있는 존재는 흑객뿐이었다. 노파의 말이 다시금 떠올랐다. '마魔를 이용해라.' 아마도 이 상황을 미 리 알려 준 것일지도 모른다. 흑객은 마魔의 접근은 차단해 주 고 있었지만 움직이지는 않았다. 대가 없이는 홍천기가 다치는 건 막아 줘도 마魔의 처리까지는 하지 않겠다는 뜻이다.

"대가를 원하는 것이냐?"

"물론."

이용이 홍천기의 어깨를 잡고 소리쳤다.

"거래하면 안 돼! 절대로! 화마한테 먹힌다고!"

하지만 홍천기를 막을 수는 없었다.

"원하는 게 뭐지?"

"네 그림, 산수화!"

이용이 입을 막았다. 하지만 기어이 뿌리친 홍천기가 분명 한 대답을 주었다.

"알았다."

"계약 성립!"

흑객이 마魔가 숨어 있는 그늘 속으로 순식간에 들어갔다. 그늘과 어둠이 뒤엉켰다. 육안으로는 흑객과 마魔와 그늘을 구 분하기 힘들었다. 흑객이 그늘에서 튕겨 나왔다가 재빨리 들어갔다. 다음으로 시커먼 덩어리가 나왔다가 흑객의 손에 끌려 들어갔다. 덩어리들이 건물 그늘에서 나무 그늘로 옮겨 갔다. 그러고는 다른 그늘에서 또 다른 그늘로 옮겨갔다. 둔탁하게 부딪히는 소리들과 기괴한 비명 소리들로 오랫동안 그늘 속이 시끄러웠다.

머리를 쥐어짜듯 괴로운 비명 소리가 울려 퍼졌다. 돼지 멱따는 소리에 가까웠다. 귀가 멍멍할 정도의 적막이 찾아왔다. 이윽고 두 동강 난 시커먼 덩어리가 그늘에서 차례로 분리되어 나와서 땅으로 투둑! 떨어졌다. 그것은 달빛 아래에서 꿈틀거리다가 허공에 먼지처럼 흩어졌다.

"주, 죽었나? 아니면 소멸한 건가?"

홍천기의 물음에 누군가가 대답했다.

"마魔는 죽지도, 소멸하지도 않는다니까. 쯧쯧."

익숙한 목소리였다. 재빨리 소리가 들려온 곳을 찾았다. 거지 노파가 굽은 등을 잔뜩 숙인 채로 달빛 아래에 서 있었다.

"할머니!"

반가워서 달려가 안고 싶은데 다리에 힘이 없어서 일어날수가 없었다. 목소리도 겨우 나온 거였다. 흑객은 노파를 발견한 즉시 그늘 속으로 들어가 나오지를 않았다. 이용이 그늘을보면서 넋이 나간 것처럼 중얼거렸다.

"저것과 계약을 맺다니……, 앞으로 이 일을 어쩌지?"

그러고는 노파 쪽으로 돌아보면서 물었다.

"저 화마는 홍 회사에게서 그림을 받아 가서 어디에 쓰려는 것이냐?"

"이 쌍놈의 자식! 어디다가 함부로 반말이냐!"

어느새 가까이 다가온 노파가 인정사정도 없이 이용의 등짝을 후려갈겼다. 이 소리에 놀란 화마가 순식간에 지붕 너머로 튀어 도망갔다.

"으악! 할머니! 이 나라의 대군이시……. 아, 읍소는 이쪽이 아닌가? 나리, 이분은 인간이 아니라, 신령이시옵니다. 아마도."

이용이 등의 통증을 겨우 참아 가며 말했다.

"뭔 이리 더러운 신령도 다 있단 말이냐?"

노파가 이용을 물끄러미 쳐다보았다. 그러곤 싱긋이 웃으며 말했다.

"화마는 좋은 그림을 많이 취할수록 그만큼 강해진다."

"강해지면? 호도도 세화도 소용없는 저 화마는 어떻게 떼어 낼 수 있느냐?"

"그림을 안 그리면 되는데……."

노파의 시선이 홍천기에게로 옮겨 갔다. 목소리가 상냥하게 바뀌었다.

"그건 불가능하지. 화마는 그림을 그리지 않으면 살 수 없는 인간에게 붙으니까."

절망은 홍천기가 했는데, 고함은 이용이 질렀다.

"그렇다는 건 방법이 없다는 뜻이 아니냐!"

"이 쌍놈의 자식이 누구한테 감히 고함질이야!"

"와! 뭐 이런 경우가 다 있지? 내가 태어나서 쌍놈의 자식이란 말도 다 들어 보는구나. 이봐! 방법 제시도 못 하는 신령은 내가 존대해 줄 수가 없다."

홍천기가 이용을 진정시키느라 하람의 눈에 덮어 둔 호도에서 손을 떼려고 하였다. 그러자 노파가 꾸짖듯이 말했다.

"떼지 마라! 방금 흩어진 마魔의 작은 자투리 하나라도 들어가지 못하게."

홍천기가 다시금 손으로 꾹 눌렀다. 노파가 쪼그려 앉아 하람의 머리를 쓰다듬으며 말했다.

"저렇게 큰 마魔한테 몸을 빼앗기지도 않고 도리어 안에 가두고 있었다니. 보통 인간이라면 어림도 없지. 그동안 수고가 많았다, 하 대감. 네 몸을 탐내는 인간의 사기邪氣가 많았던 탓이라 여겨라. 원래부터 마魔는 인간의 욕망에 부응하는 존재니까."

노파의 시선이 갑자기 하늘로 향했다. 이에 홍천기와 이용도 노파의 시선을 따라 움직였다. 검은 먼지 같은 것이 완전히 흩어지지도 못한 채 분분히 떠다니고 있었다.

"끈질긴 놈일세."

노파의 시선이 의식 없는 하람의 얼굴로 다시 돌아왔다.

"이번은 제법 심하게 다쳐서 회복이 더디긴 하겠다만, 기력을 모으는 대로 다시 이 몸을 찾아올 거야. 차지하기 위해서."

노파가 사랑채 건물 쪽을 쳐다보았다. 그곳에는 청의동자가 두 손을 모으고 노파를 향해 허리를 숙이고 있었다. 하지만 이 장면을 본 사람은 아무도 없었다.

"우연이라는 것도 참으로 신기하거든. 오늘 같은 날, 집안에 좋은 기운들을 들였어."

이번에는 이용을 쳐다보았다.

"정말 좋은 기운에 호도까지 얹어서. 흐흐흐. 이 집에 쉽게 내려앉지는 못할 것이다."

홍천기가 다급하게 외쳤다.

"하, 할머니, 하 시일이……."

하람의 얼굴과 온몸에서 땀이 흘러내렸다. 그러더니 열이 치솟았다. 갑자기 마魔가 빠져나간 후유증이었다.

"할머니, 이렇게 열이 높으면……."

"이건 안 좋은 상황이야. 하 대감도 한낱 인간에 불과한데, 큰일이구나. 몸이 못 버텨 낼지도……."

노파가 일어나 성큼성큼 걸어갔다. 그러고는 안채로 들어가는 문 앞에 서서 손으로 가리켰다.

"우선 급한 대로 여기로."

홍천기가 하람의 한쪽 팔을 어깨에 걸치고 일어서려고 하였다. 하지만 호도만 땅에 떨어지고 일어서지를 못했다. 이를 본 이용이 호도를 주워서 홍천기에게 쥐어 주고 하람의 팔을 제 어깨에 걸쳤다. 그러곤 다른 팔로는 허리를 끌어당겨 가며 안채로 걸어갔다. 끙끙거리는 신음 소리가 입에서 흘러나왔다.

"젠장! 이 인간은 왜 이리 쓸데없이 긴 거야?"

홍천기는 하람의 눈에 호도를 누르고 부축을 도왔다. 그렇게 힘을 합쳐 세 사람이 동시에 문을 넘어 안채로 들어갔다.

세 사람이 동시에 앞으로 꼬꾸라졌다. 홍천기가 하람부터 챙기는 동안 이용은 고개를 들어 앞을 보았다.

"여, 여, 여기가 어디야?"

홍천기도 고개를 들고 눈앞에 펼쳐진 광경을 보았다. 이전에 보았던 안채가 아니었다. 드넓은 마당, 먼 곳에 우뚝 솟은 높은 건물, 근정전. 이용이 벌떡 일어섰다.

"으악! 대체 어떻게 여기로 온 거야!"

홍천기는 근정전 월대 위에 근엄하게 앉은 호랑이를 바라보았다. 그 호랑이는 어두운 밤에도 달빛처럼 아름다운 광채를 뿜으며 땅을 지키고 있었다.

"할머니가 안전한 곳으로 보내 주셨구나."

홍천기의 안심 어린 말을 긴장으로 무장한 이용이 깨뜨렸다.

"아니, 안전하지 못해. 우린 지금 포위되고 있다고."

주변을 둘러보았다. 아니나 다를까, 경복궁을 호위하는 군사들이 세 사람을 에워싸고 점점 다가오고 있었다. 이용이 두 손을 얌전하게 들면서 말했다.

"하고 많은 한적한 장소를 놔두고 왜 하필 근정전으로 보낸 것이냐, 그 할망구는!"

3

| 세종 20년(무오년, 1438년) 음력 4월 14일 |

이틀이 지날 때까지 하람의 의식은 돌아오지 않았다. 열도 내리지 않았다. 손목에서는 맥이 잡히지 않았다. 그나마 불행 중 다행인 건, 더 이상 나빠지지 않은 점이다. 내의원의 의원들의 노력과 이를 제공해 준 임금의 배려 덕분이었다. 임금의 배려는 의식 없는 하람에게만 국한되지 않았다. 정신없는 이용과 홍천기에게도 내려졌다. 퇴궐 명부에도 있던 세 사람이 술 냄새를 풀풀 풍기며 밤에, 그것도 근정전에 있었던 이유를 납득한 사람은 아무도 없었지만, 더 이상의 소란이 없도록 전부 덮어 준 것이다. 그렇다고 이용이 들어야 할 잔소리까지 덜어 준 것은 아니었다. 홍천기도 잔소리에서 자유롭지 못했다. 이용은

임금과 중전에게, 홍천기는 최원호와 견주댁, 심지어 최경에게
까지 잔소리를 당하고 있었다.

이용이 터덜터덜 걸어서 공방으로 들어왔다. 그러고는 기가
다 빠진 얼굴을 하고 일하고 있는 홍천기 옆에 털썩 앉았다.

"우리 아바마마는 다 좋은데, 그 잔소리가……. 하아! 넌 괜
찮으냐?"

홍천기가 앞의 최경을 턱 끝으로 가리켰다.

"저 대신 한번 물어봐 주시옵소서. 언제쯤 끝내 줄 것인지."

이용이 최경을 쳐다보았다.

"소인이 탓하는 것은 화마와의 계약이옵니다. 그것은 해서
는 안 되는 짓이었사옵니다."

"미안하다. 내가 더 열심히 말렸어야 했는데."

"아, 아니, 그게 아니옵고……."

최경의 당황을 본 척 만 척 하면서 이용이 홍천기에게 물
었다.

"하 시일은 아직 그대로냐?"

"네, 그러하옵니다."

꼼꼼하게 덧칠하고 있는 홍천기의 붓놀림을 쳐다보았다. 평
소와 다름없는 모습이었다. 그것이 더 안타까워서 하고 싶지
않은 말을 하였다.

"옆에 좀 있어 주지 그러느냐?"

"저는 제 일 해야지요. 강한 사람이라 금방 일어날 것이옵
니다."

씩씩한 말이었다. 마음을 참아 내는 말이었다. 하람이 다치면 홍천기의 마음도 같이 다친다. 그렇게 되면 이용의 마음도 다친다. 이런 관계는 이용의 성미에 맞지 않았다. 잠시 생각에 잠겼던 이용이 다시 말했다.

"만약에 말이다, 보통 사람이었으면 어떻게 되었을까?"

홍천기와 최경이 뜬금없는 그의 말에 귀를 기울였다. 하지만 무슨 의미인지 몰라서 되묻지 못했다. 이용은 거지 노파의 말이 마음에 걸렸다. 몸을 빼앗기지 않았다. 보통 인간이라면 어림도 없다. 이 말들을 뒤집으면 보통 사람의 몸에 마魔가 들어가면 몸을 빼앗기게 된다는 뜻이다. 물론 마魔도 몸을 가려 가며 들어가겠지만.

"몸을 빼앗긴다? 화마는 몸을 차지하지는 않는 듯한데……."

"마魔가 몸을 지배한다는 뜻인 것 같사옵니다. 하 시일도 그렇게 될 뻔했으니까."

마魔는 인간의 욕망에 부응하는 존재다. 이 말도 마음에 걸렸다. 알 수 없는 불길함이 이용을 칭칭 감았다.

"홍 회사, 지금 모습에서 변하지 마라. 영원히 이 모습 그대로, 이 성질머리 그대로 살아 줘야 한다."

최경이 인상을 구기며 말했다.

"아니 되옵니다! 성질머리는 좀 고쳐야 하옵니다."

"야! 너는 잠시도 매를 안 벌면 좀이 쑤시니?"

평소와 다름없는 장면이었다. 서로를 타박해 가며 잡담하고, 진지한 고민도 하고, 웃기도 하였다. 홍천기도 이들 틈에서 소리 내어 웃었다.

눈에 맺혔던 동그란 액체가 볼을 타고 흘러내렸다.

"눈 좀 떠 봐요."

처음 만났을 때를 떠올렸다. 그때도 이렇게 의식을 잃고 하염없이 누워만 있었다. 인간이라고 생각하지 않았었다. 그래도 걱정이 되었다. 지금은 한낱 인간에 불과함을 알기에 더 불안했다. 얼굴을 쓰다듬었다. 魔마에서 완전히 해방된 하람은 더 이상 무표정이 아니었다. 마치 꿈이라도 꾸는 듯 시시각각 다른 감정을 드러냈다. 간혹 몸을 뒤척이기도 하였다.

"저번에는 내내 지키고 있다가 잠시 자리를 비운 틈에 깨어나 가 버렸으니까, 이번은 내내 다른 곳에 있다가 이렇게 곁에 오면 깨어나 주세요. 은혜는 그렇게 갚는 겁니다. 돈으로 갚는 게 아니라."

조심스럽게 수건으로 하람의 얼굴을 닦았다. 그러고는 제 얼굴에 흐른 눈물은 손바닥으로 거칠게 털어 냈다.

"전 경복궁에 머무를 수 없습니다. 조만간 퇴궐해야 한다고요."

벽에 걸린 그림 두 점이 보였다. 보이지 않는 눈을 하고서도 끊임없이 그림을 보고 있는 하람의 형상이 앞에 앉아 있었다. 그 심정이 안타까워 입술을 깨물었다. 하람이 몸을 뒤척여 옆으로 누웠다. 저번과는 달리 이번에는 무엇이 불편한지 몸을 자주 뒤척였다. 홍천기도 하람을 바라보며 옆으로 누웠다. 마치 앉아서 서로 마주 보듯 얼굴을 마주했다.

"무슨 수를 써서라도 화마를 이겨 낼 테니까, 지금 바로 눈을 떠서 저를 봐 주세요."

"난……,"

하람의 입이 움직인 듯했다. 그 안에서 흘러나온 소리인 듯했다. 그의 입꼬리가 슬그머니 올라갔다. 이윽고 조금 올라간 눈꺼풀 아래의 흑갈색 눈동자와 마주쳤다. 조금 뜬 눈에서조차 눈웃음이 선명했다.

"안 보인다니까."

홍천기는 터져 나오는 울음을 참기 위해 입술을 깨물었다. 그래서 아무 말도 하지 못했다. 그저 눈물 한 방울만 옆으로 흘러 내보냈다. 하람이 힘없는 손을 더듬거리며 홍천기의 얼굴을 찾았다. 아직 열이 내리지 않아 뜨거운 손이었다. 그 손이 눈을 대신하여 앞의 여인을 확인했다. 손끝이 기억하는 얼굴이었다. 눈도, 코도, 입술도, 귀에서 내려와 턱으로 내려가는 얼굴선도 이전에 느꼈던 그 얼굴이었다. 하람의 눈웃음이 한층 짙어졌다.

"꿈을 꾸었소. 신기하게도……."

"어떤 꿈이요?"

"기분 좋은 꿈."

"저를 보셨습니까?"

"아마도."

홍천기를 보았다. 하지만 꿈에서 홍천기로 나온 여인은 저 잣거리의 아름다운 여인이었다. 어머니도 보았다. 하지만 어머니로 나온 여인은 호령이었다. 아마도 아는 얼굴이 이 둘뿐이라 그랬으리라. 파란 하늘도 보았다. 푸른 들판도 보았다. 이것들도 진짜를 본 것 같지는 않았다. 그래도 꿈속에서 내내 평화롭고 즐거웠다.

"이번에도 이틀이 지났소?"

"네, 이번에도 이틀이 지났습니다."

"내가 또 당신을 기다리게 하였소?"

"네, 많이 기다리게 하였습니다. 힘들어 죽는 줄 알았습니다."

하람의 손끝이 흘러내린 눈물 자국을 읽었다.

"울어도 되오. 울고 싶은 만큼. 참지 말고. 사소한 것일지라도 소리 내어 우시오. 그래도 되니까……."

"고맙습니다. 미소를 보여 줘서……."

"곁을 지켜 줘서 고맙소. 그때도, 지금도."

하람의 손이 홍천기의 얼굴을 떠나 가슴으로 내려갔다. 수많은 말들은 속일 수 있어도, 머리카락을, 볼을, 목덜미를 쓰다듬는 이 손길은 그 누구도 흉내 낼 수 없었다. 이 부드러움은 이 사람만이 가능했다. 하람의 손은 더 아래로 내려가 움푹 꺼진 허리를 쓰다듬다가 조심스럽게 끌어당겨 품에 안았다.

"아, 시원하고 좋다."

홍천기는 그의 목덜미에 얼굴을 묻고 대꾸했다.

"제가 시원한 게 아니라, 귀공이 뜨거운 겁니다."

"원인이 누구에게 있든, 시원하면 된 거요. 이렇게 안아서 좋으면 된 거요."

홍천기는 그의 품에 더 바짝 붙어 안겼다. 하람도 마치 기운이 돌아오기라도 한 듯 더 힘을 주어 안았다.

"계속 불편했는데, 당신이 내 품으로 들어오니 비로소 편안해졌소."

"의원 모시러 가야 하는데……."

"조금만 이렇게 있다가……."

"다들 걱정하고 있는데……."

"그래도 조금만 더 이렇게 있다가……."

여기 경복궁인데라는 말은 하지 못했다.

| 세종 20년(무오년, 1438년) 음력 4월 15일 |

이제 겨우 앉을 기운이 생긴 사람에게는 미안한 일이지만 어쩔 수가 없었다. 박 사력의 판단으로는 급박한 변화였기 때문이다. 별자리의 이상 현상을 보고받은 하람의 안색도 굳어졌다.

"죄송합니다. 좀 더 쉬셔야 하는데……."

"제가 쓰러진 밤부터라고 하였습니까?"

"네, 그렇습니다."

하람이 쓰러진 날, 다르게 생각하면 몸 안의 마魔가 빠져나간 날, 원래도 불길했던 동방 청룡의 심수, 그중에서도 서자별에서 더 불안한 깜박거림이 관측되었다는 보고였다. 게다가 조금씩 넘어가고 있던 귀수의 빛도 한층 밝아졌다고 하였다. 태미원의 태자성과 자미원의 태존성, 천뢰성, 천리성에도 각각 변화가 나타났다. 박 사력의 짐작대로 좋지 않은 건 분명했다.

지금 모습대로 귀수가 넘어가면 올해 동지에 다시 나타날 때까지 불안하다. 숨어 있는 동안 한층 더 빛을 키워서 모습을 드러낼지도 모른다는 두려움이 컸다. 귀鬼의 곡소리, 이 의미도 여전히 알 수가 없었다. 천문, 하늘의 기밀. 별자리가 말하는 건 미래의 일. 그렇다면 귀鬼의 곡소리도 현재가 아닌, 미래에 벌어질 일인가? 미래라면 어느 정도의 시간이 흐른 뒤인가? 1년? 10년? 아니면, 20년? 미래 어느 즈음엔가 세자를 몰아낸 대군이 수많은 억울한 귀鬼들을 만들어 낸다는 의미인가?

이 예측에는 태미원과 자미원의 변화가 힘을 실어 주었다. 세자가 아닌 친인척의 힘이 강해짐을 뜻하는 태존성과, 귀한 신분의 사람들과 덕이 높은 신하들이 감옥을 가거나 목숨을 잃는다는 천뢰성과 천리성의 계시. 이 변화가 하필 마魔가 빠져나간 날에 나타난 건 우연일 뿐인가? 하람이 물었다.

"천시원에 딸린 별들은 어땠습니까?"

"그곳은 아무 변화도 관측되지 않았습니다."

백성들의 삶은 큰 변화가 없다는 의미다. 그렇다는 건 병란이 아니라, 왕권 다툼으로 인한 혼란일 가능성에 더욱 힘이 실렸다.

"심수의 명당은 어땠습니까?"

"고고하고 밝았습니다."

그나마 위로가 되는 부분이 아닐 수 없었다. 지금의 임금이 살아 있는 동안에는 괜찮다는 의미로 해석해도 큰 무리가 없을 것이다. 심수의 명당과 태자별의 상태까지 전부 참고하면, 세자를 몰아낼 가능성이 높은 대군은 요사이 조정에서 경계하느라 시끄러웠던 양녕대군이 아닌, 진양대군이 될 확률이 높았다.

"만수야!"

밖에 있던 만수가 문을 열고 고개만 빼꼼히 넣었다. 이른 새벽에도 불구하고 표정이 생글생글하였다. 이 생글거림은 목소리에도 묻어 나왔다.

"네, 부르셨습니까?"

"관복을 좀 챙겨 다오. 오늘 주상 전하 알현은 내가 가야겠다."

"에? 그 몸으로요? 또 쓰러지십니다."

하람이 하체를 덮고 있던 이불을 밀치면서 말했다.

"이젠 괜찮다. 대신 부축은 약간 받아야겠구나."

홍천기는 내내 좌불안석이었다. 의자에 앉기가 무섭게 일어나 창을 내다보았다가 다시 주저앉기를 되풀이하는 중이었다. 부축 없이는 제대로 걷지도 못하는 하람이 서운관의 본채에 나와 있음을 전해 들었기 때문이다. 그런데 어찌 된 영문인지 문을 비롯하여 작은 창 하나도 남김없이 모조리 닫아걸어서 안색을 살필 수조차 없었다. 화공들은 본채를 기웃거리지 말라는 전언이 내려졌고, 이용은 이곳 서운관뿐만이 아니라 경복궁 입궐까지 금지되었다. 홍천기가 창밖을 보면서 안타깝게 말했다.

"바로 전날까지 사경을 헤매던 사람을 저렇게까지 부려먹어야 되나?"

최경은 의자에 앉은 채로 팔짱을 끼고 심드렁하게 말했다.

"뭔지는 몰라도 비상인가 보다. 여기 오면서 보니까 궐 밖의 서운관 관원들까지 모두 들어오더라고. 쓸모없는 당상관들은 배제되고, 그 아래의 실무자들만."

최경의 말을 듣고 보니 그동안 뻔질나게 드나들던 품계 높은 관원들은 머리털 하나도 보이지가 않았다. 전부 품계 낮은 관원들뿐이었다. 이들이야말로 진짜 서운관 관원들이 아닌가.

"안평대군은 왜 입궐 금지당하신 거야? 그날 밤에 근정전에서 있었던 일 때문인가?"

"그 일 때문이라면 너부터 여기 못 들어왔겠지."

"그렇겠지? 그 일이 아니라면……, 지금 저 안에서 씨름하고 있는 일과 관련이 있겠지?"

최경이 붓을 잡고 탁자에 붙어 앉았다.

"우린 눈치 없는 사람인 양 굴어야 되는 분위기다. 본채에서 신경 꺼라. 그게 신상에 이로울 것 같다."

홍천기도 맥 빠진 걸음으로 의자에 앉았다.

"난 하 시일이 보고 싶은 것뿐이야. 이 작은 일 하나가 이렇게 어렵다니!"

이때, 본채에서 관원 서너 명이 우르르 뛰어나왔다. 한 무리는 창고 쪽으로 가고, 나머지 두 명은 다급하게 공방으로 들어왔다. 이에 홍천기는 앉다가 말고 다시 일어섰다.

"저기, 하 시일은……."

홍천기의 말이 나오기도 전에 관원들이 말했다.

"여기 지도첩들 좀 가지고 나가겠습니다. 한성부 지도첩은 작업 계속해도 됩니다."

그러더니 나머지 지도첩들을 챙겨 쌓으면서 말했다.

"지도첩 점검차 가지고 가는 것뿐입니다. 이런 점검은 한 번씩 하는 거라 놀라지 않으셔도 되고요. 대수롭지 않은 일입니다."

"하 시일은……."

"아! 한동안 못 나오십니다."

"건강은요?"

"걱정 마십시오."

"제가 궁금한 건 하 시일의 안부밖에 없습니다. 명확하게 말씀해 주세요!"

관원은 차마 거짓말은 할 수 없었기에 대답을 회피하고 지도첩을 가지고 나갔다. 다른 관원도 지도를 운반했다. 창밖으로 창고에 있던 지도첩들도 운반되고 있었다. 홍천기가 악에 받친 표정으로 문을 열고 나갔다. 그러고는 본채를 향해 고함을 질렀다.

"하 시일! 밥 거르면 안 됩니다! 약도 꼭 챙겨 드셔야 합니다! 잠도 푹 주무셔야 하고요! 조금이라도 나빠져서 나오시면 제가 죽도록 팰 겁니다!"

기겁한 최경이 홍천기의 입을 막고 공방으로 끌고 들어왔다.

"으이그, 미쳐도 곱게 미쳐야지! 이 정도 크기면 주상 전하 계신 곳까지 들렸겠다."

본채 문이 열렸다. 그곳에서 만수가 쏙 나와서 소리쳤다.

"알겠소! 명심하리다! 이렇게 말씀하셨습니다!"

그러고는 다시 문을 닫고 쏙 들어갔다. 만수의 밝은 목소리를 듣고서야 홍천기는 겨우 안심할 수 있었다.

"내가 단언컨대, 하 시일 지금 저 안에서 죽고 싶을 거다. 쪽팔려서."

"농담이라도 죽는다는 말은 하지 마! 나 식겁한 사람이야."

최경이 홍천기의 타박을 받는 동안, 본채 안에서는 관원들의 웃음이 끊임없이 삐져나오고 있었다. 하지만 최경의 짐작과는 달리, 하람은 전혀 쪽팔리지도 않았고, 오히려 기운을 얻어 어깨를 폈다.

홍천기와 최경은 텅 빈 책상 위를 쳐다보았다. 덩그러니 남은 지도첩은 베껴 그릴 부분이 없었다. 애초에 미완성된 지도는 이전의 자료들이 모두 유실되어서 새로 측량에 들어가야 했다. 이건 도화원뿐만이 아니라, 여러 곳에서 인력을 끌어와야하는 작업인 데다가, 현재 거리 측량의 오차를 줄이기 위한 여러 방법을 논의 중이라고 하였다. 이 논의가 일단락될 때까지 서운관조차 기다려야만 하는 상황이었다.

홍천기가 지도첩을 펼쳤다. 펼친 부분은 인왕산도였다. 최경이 그녀의 인상을 살피면서 미적거렸다. 홍천기가 지도를 보면서 말했다.

"할 말 있으면 해. 네가 언제 내 눈치 보면서 말 가렸니?"

"그게……, 이 지도 그린 화원……."

"실례합니다."

서운관 관원이 가져갔던 지도첩 중에 분리되어 있던 것들을 모아서 가지고 왔다. 작업하던 것들이었다. 최경이 다가가서 받아 들었다.

"이건 괜찮으니까 계속 작업하시면 됩니다. 다른 건 확인이 끝나는 대로 차차 가져다 드리겠습니다."

그러더니 바쁜지 휙 가 버렸다. 홍천기는 책상 위에 걸터앉은 호령을 보았다. 침울한 얼굴이기는 해도 다행히 소녀의 모습이었다.

"하가가 나를 못 봐. 속상해. 심심해."

호령이 인왕산도를 발견하고는 금세 기분이 좋아져서 말했다.

"아, 이 그림도 홍천기다. 좋다."

"응? 방금 뭐라고……."

홍천기가 호령에게 건네는 질문이 최경의 눈과 귀에는 자신에게 향한 것으로 느껴졌다.

"이 그림도 홍천기야. 네가 그린 거잖아."

처음 거지 노파를 만났을 때가 떠올랐다. 아버지의 그림을 자꾸만 홍천기의 것으로 착각하던 장면이었다. 호령이 말하는 동안 최경은 흐트러진 지도첩을 책상 위에 올리면서 말했다.

"이 지도 그린 화원이 누구인가 하면……."

"이, 이걸 그린 화원이 우리 아버지야?"

"너 어떻게 알았냐?"

놀란 최경의 목소리로 인해 홍천기의 시선이 그에게로 옮겨졌다.

"어떻게 알았냐라니? 진짜 우리 아버지야? 너, 알고 있 었……."

"자, 자, 자, 잠깐만, 개충아! 진정해, 진정하라고! 나도 얼 마 전에 알고, 계속 말할 기회만 엿보고 있었다. 그동안 내가 정신적으로 얼마나 힘들었는지 알면 너 내 멱살 못 잡는다."

홍천기는 성질을 내지 않았다. 그저 눈물을 흘리지 않으려 고 눈에 힘을 잔뜩 주고, 두 주먹을 불끈 쥐었을 뿐이다. 어렸 을 때 모습 그대로였다.

"개충아……."

쪽팔렸다. 아버지가 창피해서 죽을 것 같았다. 이전에도 창 피했지만, 지금 이 순간만큼 창피했던 적은 없었다. 어떻게 환 쟁이가 자기 그림에 다른 사람 낙관을 찍게 할 수 있단 말인가! 그건 붓을 잡을 자격조차 없는 짓이다. 홍천기는 수치스러움을 견딜 수가 없었다.

"개충아, 차라리 멱살잡이를 해라. 나를 패고 싶냐? 그럼 패 라. 까짓, 내가 다 맞아 줄게. 그렇게 혼자 삭이지 말고. 야!"

아버지의 그림을 보고 싶었다. 세상이 추앙하는 그림이 아 니어도 상관없었다. 낮은 화품이어도 상관없었다. 도화원에서 한때나마 멀쩡했던, 당당했던 아버지를 보고 싶었다. 이런 형 태로 보고 싶었던 건 아니었다. 긴 기다림의 대가가 적어도 이 런 형태는 아니었어야 했다.

하람이 공방 문을 걸어 들어왔다. 만수의 부축에 기대서 겨 우 걷는 것이 보였다.

"방금 호령에게 들었소."

홍천기는 제 얼굴을 반쯤 가리고 소리쳤다.

"보지 마십시오! 저 지금 표정 엄청 험해요."

"난 안 보인다니까."

"안 보이시는 거 알아요. 그래도 더 안 보이고 싶다고요."

하람이 앞으로 발을 내딛다가 휘청했다. 이에 홍천기의 몸이 먼저 튀어나가 그를 안았다. 하람이 그녀에게 기대듯 한 팔로 안았다.

"대체 이런 몰골로 뭔 일을 하겠다고 나오신 겁니까!"

"야단맞을 것 같더라니. 그래서 얼굴 안 보여 주려고 그랬는데……."

"정말 속상해……."

"속상해할까 봐 안 오려고 했는데……."

홍천기는 그제야 눈물을 흘리기 시작했다.

"전 지금 귀공 때문에 우는 겁니다. 다른 일 때문이 아니라, 오직 귀공의 건강 때문에 속상해서……."

하람이 그녀의 머리를 쓰다듬으면서 속삭였다.

"알지, 나 때문이라는 거."

경복궁 앞에는 최경과 차영욱이 있었다. 먼저 궐을 나온 최경이 도화원에 들렀다가 차영욱까지 데리고 와서 기다린 것이다. 홍천기는 두 사람을 발견하고도 못 본 척하고 계속 걸었다. 두 사람은 별다른 말없이 뒤따라 걸었다. 그렇게 얼마간 걷기만 하였다. 그러다가 갑자기 홍천기가 걸음을 멈춰 섰다. 깜짝 놀란 두 사람도 따라서 멈춰 섰다. 홍천기가 장옷에 얼굴을 묻고 들릴 듯 말 듯 말했다.

"난 너희들 꼴 보기 싫어."

최경이 평소와 다름없는 투로 타박했다.

"왜 불똥이 우리한테 튀냐?"

"같은 화공이니까. 그래서 우리 아버지가 얼마나 비열한 짓을 했는지 더 잘 알 테니까."

"야! 그럴 땐 '꼴 보기 싫다'가 아니고 '볼 낯이 없다'라고 하는 거다, 이 멍청아!"

홍천기의 목소리가 높아졌다.

"꼴 보기 싫다고! 이렇게 말하면 그냥 알아들어!"

"알았다, 알았어. 성질머리하고는."

홍천기가 다시 걸었다. 두 사람의 걸음도 함께였다. 홍천기의 툴툴거림은 끝나지 않았다.

"떨어져서 걸어."

"신경 꺼라."

"내가 왜 못생긴 것들과 함께 걸어야 하지?"

최경이 진심으로 고함을 버럭 질렀다.

"야! 누가 할 소리!"

차영욱은 고함은 지르지 않고 말했다.

"그런 말 마라. 내 아내가 그랬다, 내가 제일 잘생겼다고."

"현명한 아내구나. 거짓말이라도 해서 남편 기 세워 줄 줄도 알고."

개떼들은 주거니 받거니 서로를 타박해 가며 저잣거리에 이르렀다. 홍천기가 걸음을 멈췄다. 그러더니 한곳을 응시했다. 언제나 아버지가 앉아 있던 자리였다. 그곳은 어쩐 일인지 텅 비어 있었다. 홍천기가 장옷 속에 더욱더 얼굴을 파묻으며 화를 냈다.

"너희들이 정신 사납게 해서 엉뚱한 길로 왔잖아!"

"야! 우길 걸 우겨라. 우린 너 따라왔……다기보다는 지나던 길이었을 뿐이야."

멍하니 빈자리를 바라보던 홍천기가 백유화단으로 걸음을 옮겼다. 그러다가 걸음을 멈췄다. 잠시 갈팡질팡하던 걸음은 백유화단과 다른 방향으로 길을 잡았다. 최경이 말했다.

"야! 어디 가?"

"엄마한테."

그리고 보니 진짜 집으로 가는 방향이었다. 장옷을 뒤집어 쓴 홍천기의 뒤통수가 외쳤다.

"따라오지 마! 난 괜찮으니까 걱정 안 해 줘도 돼."

뒤따라가려는 최경의 팔을 차영욱이 잡아 세웠다.

"집에라도 가게 놔두자. 그래도 이럴 땐 어머니 곁이 최고다."

최경도 멈춰 서서 멀어져 가는 홍천기의 뒤통수만 쳐다보았다.

"끝까지 우리 한 번 안 쳐다보고 간다. 고집불통."

"저 자식은 지금 우리 보기가 쪽팔린 거잖아. 저 심정을 우리 말고 누가 이해를 해 주겠어."

두 사람은 잠시 말을 잃고 우두커니 섰다. 홍천기뿐만이 아니라 이 두 사람도 머리가 복잡한 건 마찬가지였다. 단지 강약의 차이만 있을 뿐이다. 차영욱이 먼저 침묵을 깼다.

"사실 나도 조금 실망이기는 하다. 저번에 네 말 듣고 짐작하긴 했지만, 아니기를 바랐거든. 내가 상상했던 홍 화공님이 아니기도 하고. 김문웅의 그림이 대단한 것과는 별개로. 뭐, 맞기를 바라는 마음도 있긴 했다. 솔직히 그런 마음도 있었어. 자그마치 김문웅 산수화니까. 그래도……. 염병할! 홍 화공님은 대체 왜 그러신 거야! 그 엄청난 실력을 왜 그딴 식으로!"

"더 속상한 건 그런 산수화를 그린 사람이 지금은 미쳐 있다는 거다."

"어휴! 나는 그만 일하러 갈란다. 너도 청문화단으로 같이 갈래? 화단주님이 너 좀 데리고 오라던데."

"됐다. 그 여자 웃음소리 비위 상해서 못 듣고 있겠더라. 차라리 개충이 웃음소리를 듣는 게 낫다."

"넌 그럼 어디로 갈 건데? 집?"

최경이 차영욱과는 다른 길로 걸음을 옮기면서 대답했다.

"백유화단. 오늘 일, 스승님께 귀띔이라도 해 드려야지."

어리둥절한 채로 마당에 선 홍천기 앞으로 김덕심이 와서 섰다.

"엄마, 이게 무슨 일이야?"

"나도 뭐가 어떻게 된 일인지 모르겠어. 바쁠 텐데 어떻게 왔어?"

"저잣거리에 아버지가 안 계셔서……. 저분들 뭐야?"

열린 방문 안으로 아버지와 세 명의 낯선 사람들이 좁은 방에 비집고 앉은 모습이 보였다.

"한 청년이 의원들이라면서 모시고 왔어. 너 잘 안다던데?"

자세히 보니 궁궐 안에서 본 적 있는 얼굴도 있었다. 제대로 된 의원은 한 명을 만나기도 어려운 게 현실이다. 침의가 아닌 약의는 더 그렇다. 그런데 무려 세 명이나 되는 내의원 의원들이 한꺼번에 아버지를 진찰하고 있었다. 내의원 의원을 사적으로 부르려면 어마어마한 돈을 지불해야 하는 것 정도는 홍천기도 알고 있었다. 그렇기에 누구에 의한 일인지 단박에 알 수 있었다. 하람이다! 그리고 저들을 모시고 온 청년은 돌이다!

"홍 화공님! 하하하!"

짐작은 틀리지 않았다. 돌이가 환하게 웃으며 대문 같지도 않는 대문으로 들어오고 있었다. 그러고는 깍듯하게 허리 숙여 인사했다.

"잠시 다른 곳에 다녀온 사이에 오셨군요."

"의원은 왜?"

"저번에 앉아서 말씀 나눈 적 있지요? 주인마님이 단순한 광증이 아닐지도 모르겠다고 하시면서, 의원한테 보이라고 지시하셨습니다."

김덕심이 초조한 듯 자신의 손을 마주 잡고 말했다.

"저렇게 세 분이서 돌아가면서 거의 반나절을 진찰만 하고 있어."

홍천기가 방 안에 앉은 아버지만 뚫어지게 노려보면서 물었다.

"엄마! 아버지가 의원한테 진찰받는 거 처음이야?"

"처음 이상 증상이 나타났을 때 제중원에서 받았다고 들었어. 그때 난 너 낳고 있어서 잘 몰라. 거기서 광증이라고 했대서 그러려니 했지. 그런 기미가 없었던 사람은 아니었으니까."

제중원이라면 의원의 수는 턱없이 부족하고, 환자는 넘쳐나서 줄을 서서 며칠을 기다려야 겨우 들어갈 수 있는 곳이다. 줄서서 기다리는 도중에 죽는 경우도 빈번했다. 그러니 환자 진찰도 대충 볼 수밖에 없는 곳이다. 그나마 그곳에서 진찰을 받는 것만도 행운이다. 병이 나면 의원보다 무당을 더 먼저 찾아가는 세상이기 때문이다.

반면에 방 안의 의원들은 돌아가면서 아버지의 몸 여기저기를 살피고, 머리 맞대고 의견을 나누다가 다시 살펴보기를 여러 차례 하고 있었다. 의원 한 명이 들어오라는 손짓을 하였다. 좁은 방이라 전부 들어갈 수가 없어서 홍천기와 김덕심만 들어가 앉았다. 돌이는 방 앞의 마루에 걸터앉아 귀를 기울였다.

"안녕하십니까?"

홍천기가 인사하자 의원들의 눈이 휘둥그레졌다.

"어? 아……, 유명하신 분을 이렇게 가까이서 뵙다니. 하하하."

어떤 의미의 유명인지는 짐작하고도 남음이 있었다. 여자 화사라는 사실보다 근정전 소동이 더 크게 작용했으리라는 짐작도 가능했다. 의원이 물었다.

"이 환자분, 예전에 큰 부상을 당한 적이 있소?"

질문의 내용에 당황했다. 다른 부분이 아니라 부상을 물었기 때문이다. 홍천기가 놀란 눈으로 의원들을 돌아볼 동안, 김덕심이 고심하면서 대답했다.

"그건 잘 모르겠습니다. 도화원 일이 바빠서 집에 들어오는 날이 드물었고……, 오랜만에 왔을 때는 이미……."

"외상, 그러니까 쉽게 말해서 겉으로 눈에 띄는 상처나 멍은 없었소?"

"긁힌 흔적 정도는 있었던 것 같아요. 그 당시 저도 막 해산을 마친 직후라 기억이 정확하지 않아요. 그 정도 상처는 평소에도 비일비재해서……. 아무튼 눈에 띄는 큰 상처는 없었던 것 같습니다. 얼굴이 좀 부어 있었던 것 같기도 하고……."

세 의원은 서로를 보면서 고개를 끄덕였다. 그러더니 한 의원이 말했다.

"우리의 의견은 모아졌소. 결론부터 말씀드리자면, 부군은 병으로 인한 광증이 아니라, 부상 후유증인 것 같소."

정신을 차릴 수가 없었던 홍천기는 멍한 눈으로 의원들만 번갈아 쳐다보았다.

"덧붙이자면, 여기……."

의원 한 명이 아버지의 뒤통수와 오른쪽 머리를 손끝으로 각각 가리키면서 말을 이었다.

"이쪽 부위에 큰 충격이 가해져서 머리 내부를 다친 것 같소. 간혹 겉으로 상처가 없어도 내상이 심한 경우가 발생하오.

아주 운이 나쁜 경우지. 속으로 생긴 상처가 더 위험한데 알아차리지를 못하니. 쯧쯧."

다른 의원이 받아서 계속 말했다.

"뇌도 상했고, 더군다나 머릿속에서 터진 피가 고여서 뇌를 누른 탓에 광증과 비슷한 형태를 보인 거요. 치매 증상과 비슷했을 것 같은데? 손도 많이 떨리고."

"그러고 보니……."

"그리고 여기!"

한 의원이 아버지의 왼쪽 눈을 가렸다. 그러곤 오른쪽 눈앞에 손가락을 움직였다.

"거의 보이지 않소. 머리를 다칠 당시에 오른쪽 눈도 다친 것 같소. 이런 상태라면 사물을 있는 그대로 보기는 어려울 거요."

"고통도 심했을 텐데. 아마도 술을 많이 드셨지 싶소. 그게 다소나마 통증을 덜 느끼게 해 줬을 테니까."

올라오는 울음을 꾸역꾸역 참아 가며 듣고 있던 김덕심이 결국 앞치마에 얼굴을 묻고 오열하기 시작했다.

"우욱! 내가 무식해서……. 우리 반디가 태어났을 당시에 이상이 있어서 애 안고 미친 듯이 뛰어다니느라, 이 사람한테는 신경을 못 썼어요. 방구석에서 머리를 잡고 뒹굴고 있었는데도, 광증이라고 하기에, 미쳐서 그러나 보다 하고……."

돌이는 안타까운 표정으로 홍천기를 살폈다. 마치 당장이라도 기절할 것 같은 얼굴이었다. 아무렇지 않은 듯 감정을 참는 것은 더 안타까웠다. 홍천기가 기력을 자아내어 물었다.

"부상 원인은요? 왜 다쳤는지……."

"그것까지 우리가 어찌 알겠소. 부딪혔을 수도 있고, 높은 데서 떨어졌을 수도 있고, 각목 같은 걸로 맞았을 수도 있고……."

"그럼 치료는 할 수 있습니까? 왜 아픈지는 알았으니까 치료도 가능한 거지요? 네?"

세 의원 모두 고개를 저었다. 그들도 비통한 표정이었다.

"너무 오래돼서. 쯧쯧. 그 당시 바로 알았어도 완전한 치료는 어려웠소. 그러니 자책은 하지 마시오."

김덕심의 오열은 한층 높아졌다. 홍천기는 어머니를 끌어안고 마지막까지 매달렸다.

"조금이라도 나아질 수는 없는 건가요? 아주 조금이라도 좋습니다!"

"내가 약제를 보내 드리겠소. 그러면 다소나마 통증은 좀 줄 거요. 통증이 줄어들면 발작도 줄어들 거고."

"통증 외에는 치료가 안 되는 겁니까?"

의원들의 고개가 끄덕여졌다. 그중 한 의원이 허리에 있던 침통을 꺼내 펼치면서 물었다.

"혹시 알고 있는 동네 침의는 있소?"

"네, 한 분 있습니다."

펼쳐진 통 안에는 길고 짧은 무수한 침들이 있었다. 아주 작은 소주병도 있었다. 그 안에 침들을 꽂아 넣으면서 말했다.

"지금 침을 좀 놔 드리겠소. 눈에 띄게 나아지지는 않겠지만, 약과 침을 꾸준히 병행하면 지금보다 고통스럽지는 않을 거요. 내가 지금 놓을 침 자리는 적어 줄 터이니 알고 있는 침의한테 보여 주고 3일이나 5일 간격으로 똑같이 놔 달라고 하시오."

그러고는 아버지의 머리에 침을 하나씩 꽂기 시작했다. 다른 의원이 홍천기를 향해 말했다.

"홍 회사는 손목 좀 줘 보시오."

"네? 왜 그러십니까?"

"하 시일의 당부가 있었소. 두통이 자주 있다고? 따로 봐 드릴 예정이었는데, 이렇게 만난 김에 여기서 바로 진맥 잡아 봅시다."

그러더니 곧장 손목 위로 두 개의 손끝을 세워서 눌렀다. 모든 신경을 손끝에 모았던 의원이 싱긋이 웃으며 떼어 냈다. 다른 의원도 손끝으로 진맥을 하더니 미소를 지었다.

"좋소. 맥도 잘 잡히고 아주 건강하오."

"그럼 두통의 원인은 뭔가요?"

"눈을 혹사하면 당연히 두통은 심할 수밖에 없소. 그리고 성미가 고약해서. 하하하."

"참으로 명의이십니다. 진맥만으로 제 성미 고약한 걸 잡아 내시다니."

"하하하! 내 말은, 홍 회사가 잔뜩 긴장한 채로 세상을 산다는 뜻이오. 주먹도 너무 꽉 쥐고, 어깨도 무겁고."

"정말 괜찮습니까? 그러니까, 광증이 일어날 가능성이……. 아!"

질문하는 도중에 문득 깨달았다. 아버지가 병이 아니라면 자신에게도 그럴 가능성이 줄어드는 것이다. 미래의 두려움이 다소나마 완화되는 것이다.

"앞으로의 일은 모르오. 우린 의원이지 무당이 아니거든. 아무튼 두통의 주원인은 눈이오. 뭔가……, 예민하기도 하고, 그쪽의 맥이 약하기도 하고……."

다른 의원도 의견을 보탰다.

"내 소견도 같소. 눈 쪽에 약간의 문제가 있는 것 같소."

"저 아주 잘 보입니다. 먼 곳도 잘 보이고, 가까운 곳도 잘 보이고."

"그렇다면, 그냥 예민해서 그럴 수도 있소. 그림 그리는 일을 하면 예민할 수밖에."

김덕심이 오열을 참아 가며 간신히 말했다.

"태어날 때부터 눈이 좀 안 좋았어요. 다행히 금방 괜찮아졌지만. 그래서 그럴지도……."

홍천기는 오늘 처음 듣는 이야기가 많았다. 아버지 관련한 것이나, 방금 내용도 그랬다. 그도 그럴 수밖에 없는 게, 어려서부터 어머니에게서 떨어져 견주댁 손에 크다시피 하였다. 그래서 어머니와 사소한 대화를 나눌 시간이 거의 없었던 탓이 컸다.

"선천적으로 약한 부분이라면 앞으로 더 조심하면 되오. 두통의 원인이라는 거지, 눈에 큰 문제가 있는 건 아니니까."

아버지의 머리에 많은 침이 꽂혔다. 손등과 발등, 어깨에도 꽂혔다. 보기만으로도 침이 아플 것 같은데, 아버지의 표정은 오히려 편안해져 있었다. 이제껏 본 적 없는 표정이었다. 홍천기와 아버지의 눈이 마주쳤다. 홍은오가 혼잣말처럼 홍천기에게 말했다.

"그림 그리고 싶은데……."

다친 머리로, 일상적인 판단과 생활도 불가능하면서, 왜 그림을 그리고 싶다는 의식은 끈질기게 살아 있는 걸까? 마치 죽지도 않고 소멸하지도 않는 마魔처럼…….

4

최원호는 혼자서 맛나게 밥을 먹고 있는 최경을 흐뭇하게 바라보다가 부엌으로 갔다. 그러고는 바쁘게 일하는 견주댁을 굳이 불러내는 간 큰 짓을 저질렀다.

"견주댁! 우리 반디 밥은 잘 챙겨 놨는가?"

"네? 방금 최 화공님께 드린 게 마지막인데요? 홍 화공님은 집으로 가셨다면서요?"

"잠깐 들렀다가 올지도 모르는데……. 원래 밥은 여기서 먹는 녀석인데. 그 집에 먹을 것도 변변찮을 테고. 애 배고플 텐데……."

"아, 알았습니다! 지금 밥 지을 테니까, 그만 좀 칭얼대세요. 밥해라, 이 한마디만 하시면 될 걸 계속 중얼중얼. 하여간, 홍 화공님이 다시 그림 좀 그리니까 엄청 챙기셔."

"그래서 챙기는 건 아닐세. 애가 요즘 힘들어 보여서 그러는 거지. 어흠!"

다시 사랑채로 가던 최원호의 걸음이 천천히 기운을 잃어 갔다. 그러다가 결국 멈춰 서고 말았다. 어깨는 땅에 닿을 듯 축 처졌다. 한숨도 푹푹 나왔다. 하루에도 수십 번이나 하늘을 날듯 기분이 좋았다가 눈 깜박할 사이에 땅으로 꺼질 듯 기분이 가라앉았다. 이 모든 것이 언제나처럼 홍천기 때문이었다. 그림이 다시 그려지는 건 기쁘기 그지없었다. 하지만 이 때문에 다시 화마가 붙은 건 괴로운 일이 아닐 수 없었다.

도화원이라면 화마를 떼 낼 수 있다는 안견의 말만 믿고 보냈다. 그런데 결국은 원 위치로 돌아갔다. 홍은오가 도화원에서 미쳤다고 홍천기도 불가능하리라고 생각하지는 않았다. 홍천기에게는 최경과 안견이 스승으로 붙었지만, 홍은오에게는 화마가 되어도 전혀 이상하지 않은 간윤국이 스승으로 붙었다는 큰 차이가 있었다. 그래서 조금은 믿었던 것이다.

기분이 위아래로 오고 간 건 조금 전 최경에게서 오늘 있었던 일을 전해 듣기 전까지였다. 지금은 그저 걱정 외에는 없었다.

"스승님!"

홍천기의 목소리였다. 울분이 가득한 목소리였지만 최원호는 미처 거기까지는 눈치를 못 채고 부엌 쪽을 향해 소리쳤다.

"견주댁! 밥하고 있는가? 반디 도착했네!"

홍천기가 최원호 앞으로 다가와 인사를 한 뒤에 섰다. 최원호는 그녀의 눈치를 살피다가 슬그머니 물었다.

"밥 먹었느냐?"

홍천기는 대답하지 않고 최원호만 바라보았다. 식사를 마친 최경이 두 사람 쪽으로 다가왔다. 최원호가 달래듯이 말했다.

"안 먹었구나. 잠시만 기다려라. 견주댁이 지금 막……."

"스승님! 예전에 우리 아버지한테 처음 광증이 생겼을 때를 기억하십니까?"

처음 나온 질문이 김문웅의 산수화에 관한 것이 아니어서 어리둥절했지만, 대답은 해 주었다.

"물론이지. 갑자기 그건 왜?"

"제중원에서 광증이라고 한 게 확실한가요?"

"응? 응, 그래. 제중원에서 그렇게 말했어. 건너서 들은 말도 아니야. 내가 네 아버지를 데리고 가서 진찰을 받게 하고 결과도 직접 들었다. 귀신이 든 것 같다고 무당한테 데리고 가 보라고. 그때 내가 얼마나 충격받았는데 기억을 못 하겠느냐?"

"우리 아버지 광증 아니랍니다. 미친 게 아니라, 머리를 다쳤던 거랍니다."

최원호가 자신이 들은 말을 제대로 이해하지 못해 어리둥절한 사이에 최경이 먼저 소리쳤다.

"머리를 다치신 거라고? 진짜? 넌 그거 어떻게 알았냐?"

"조금 전에 내의원 의원들한테 진찰받았어. 오래전에 머리를 다쳤다고……. 눈도 다쳤다고……."

"이, 이런 세상에……. 제중원 그 돌대가리들! 지들이 잘 모르면 무당 타령한다더니. 아니다. 이건 모두 내 탓이다. 은오 녀석에 대한 선입견 때문에, 의심 없이 그 말을 받아들인 내 탓이야."

최원호가 다리에 힘을 잃고 휘청거렸다. 하지만 최경은 겨우 지탱하고 선 홍천기의 안색만 살폈다.

"너 괜찮냐? 좀 앉자. 앉아서 이야기하자."

"넌 여기 왜 있어?"

"네 밥 훔쳐 먹으러 왔다."

"벌써 훔쳐 먹었군. 쳇!"

최경은 오늘 하루 종일 홍천기가 겪었던 일들을 알고 있었다. 연거푸 알게 된 사실로 인해 받았을 상처와 충격을 짐작하고도 남았다. 그래서 오래된 원수 사이로서 해 줄 수 있는 최선의 말을 건넸다.

"배고프냐?"

배고픔 같은 건 느끼지도 못했다. 하지만 평범하게 묻는 최경의 질문에 평범하게 대답했다.

"응."

"그럼 밥부터 먹자. 견주댁이 금방 차려 줄 거다."

홍천기는 공방 마루에 앉아 기둥에 기댔다. 그 옆에 최경이 앉았다. 두 사람의 가운데에는 조금 전에 견주댁이 주고 간 꿀차 한 사발씩이 있었다.

"아! 보름달 밝다."

"배부르니까 기분 좀 괜찮냐?"

"아까보다는 확실히 나아졌어. 스승님은?"

"너보다 더 충격받으신 것 같더라. 지금 머리 싸매고 누워 계셔. 아! 오신다."

최원호가 기운 없는 걸음으로 걸어와 마루에 털썩 앉았다. 그리고 기어 들어가는 목소리로 말했다.

"반디야, 미안하다. 정말 미안해."

"스승님이 미안하실 게 뭐가 있습니까?"

"내가 더 알아봤어야 했다. 의원도 한 명한테만 보이는 게 아니었고. 그래도 관원 신분이랍시고 뇌물까지 써 가며 새치기 해서 들어간 거였는데……."

"다들 자책하는 사람들밖에 없네요. 우리 어머니도 그렇고."

"내 억장도 이렇게 무너지는데 네 어머니 심정은 오죽하겠느냐? 평생을 네 아버지 병수발로 노심초사하며 보냈는데. 누워 있는 다른 병자들은 마음 졸일 일은 덜하지 않느냐."

"의원들 말씀으로는 그때 알았어도 별 뾰족한 방법은 없었답니다."

"그래도 그때 바로 알았다면 다친 원인이라도 찾아봤겠지."

"그러게요. 어쩌다가 다치셨을까요?"

최원호가 턱을 받히고 기억을 더듬었다.

"가만있어 보자, 그러니까 그때가 네가 태어날 때쯤인데……."

"네, 어머니도 그렇게 말씀하시더라고요."

그 당시 도화원은 어용을 제작하고 있을 때라 긴장된 분위기였다. 최원호와 안견과는 달리 홍은오는 어용 접으로 들어갔다.

원래부터 그랬다. 간윤국이 직접 붓을 잡는 업무, 다시 말하면 아주 중요한 업무에는 반드시 홍은오도 들어갔다. 홍은오가 화마를 따라 외출을 한 건 어용이 막 완성되었을 즈음이었다.

따라가는 장면을 최원호나 안견이 직접 본 건 아니었다. 단지 간윤국이 화마를 들먹이며 말했기에 그렇게 알고 있는 것뿐이다. 어용이 완성되었어도 임금의 안전에 진상되기 전까지 함부로 외출할 수가 없었다. 그래서 이 또한 간윤국의 허락이 있었을 거라 짐작하는 정도였다.

"화마가 강제로 데리고 갔다. 우리가 어떻게 거역할 수 있었겠느냐."

이것이 간윤국의 정확한 대답이었다.

홍은오가 제 발로 돌아온 건 이틀이 지난 후였다. 어떻게 도화원까지 찾아왔는지는 알 수 없었지만, 발견 당시에는 이미 발작이 진행되고 있었다. 온몸을 부들부들 떨며, 머리를 쥐고 뒹굴었다. 무엇보다 공포에 질려 있었다. 하지만 첫날은 밤이라 손도 못 쓰고 지켜볼 수밖에 없었다.

다음 날, 날이 밝기도 전에 제중원으로 데리고 갔다. 그곳에서 귀신이 들었느니, 광증이니 하는 진단을 받았다. 이 소식은 즉각 도화원으로 전달되었고, 간윤국의 귀까지 들어갔다. 간윤국이 제 손가락을 자른 것이 바로 이날이었다. 그리고 그다음 날 새벽, 홍천기가 태어났다. 홍천기가 태어난 날이 곧, 하람이 눈을 도둑맞은 날이기도 하였다.

"이상하네요. 화마는 자신의 화공을 다치게 하지 않습니다.

오히려 지켜 주는데……. 아버지한테 붙은 화마를 본 적 있으십니까?"

"우연히 두세 번 봤나? 그 이전부터 은오를 찾아오는 화마를 본 사람이 나 말고도 여러 명 있었다."

"스승님이 본 화마는 어땠는데요?"

"널 찾아오는 흑객과 비슷했어. 덩치도 엄청 크고. 온통 검은색에. 얼굴도 안 보였고. 은오 녀석을 밖으로 불러내기만 했지, 절대 도화원 문을 넘어 들어오지는 않았다. 돌이켜 생각해 보니 정말 흑객과 유사하구나. 그때 나는 왜 그렇게 사람이라고 우겼는지. 화마라는 존재 자체가 헛소리라고 생각했거든."

"그 화마가 흑객처럼 그림을 받아 갔나요?"

"그래. 흑객처럼 값도 후하고. 은오도 가장 좋은 손님이라고 말했지. 그 화마 덕에 은오가 입에 풀칠하는 고민 없이 그림만 그릴 수 있었다고 해도 과언이 아니다."

"혹시 받아 간 그림이 산수화?"

"아니, 종류를 가리지는 않았던 것 같구나. 산수화는 아니었다."

"하긴, 산수화를 가져가는 인간은 따로 있었으니까."

최원호가 안타까운 눈으로 홍천기를 쳐다보았다. 그녀의 목소리는 대수롭지 않은 투였다. 심지어 웃음기까지 있었다. 비록 허탈함이 깊게 스며 있었지만. 홍천기가 웃으며 고개를 저었다.

"대작이라니. 하하하. 쪽팔리게 대작이라니."

"반디야, 그건 오해다!"

"아버지의 그림에 다른 사람의 낙관이 찍혔는데, 김문웅의 명성에 빚을 졌는데 어떻게 오해라는 겁니까? 수많은 사람들을 속였는데!"

홍천기의 목소리가 높아졌다. 최원호의 목소리는 이보다 더 높아졌다.

"오히려 그 반대지! 김문웅의 명성이 네 아버지의 그림에 빚을 진 것이다!"

"어차피 똑같은 말입니다!"

최원호가 분노를 참지 못하고 자리에서 벌떡 일어섰다.

"그게 어떻게 똑같아? 그게 어떻게!"

"김문웅의 품계가 없었다면 아버지의 그림이 이렇게까지 칭송받았을 것 같습니까? 절대 그렇지 않습니다. 그러니까 똑같은 겁니다!"

"김문웅의 품계가 있었을지라도, 그자가 명성을 얻게 된 건 네 아버지 그림을 가지고 제 그림인 양 사기를 치면서부터였다! 김문웅이 제 그림이라고 내보인 건 네 아버지 그림밖에 없었다고!"

"그렇다고 해서 뭐가 달라집니까! 한두 점이라면 실수라고 억지로 생각해 보겠지만, 몇 년에 걸쳐 여러 점이 꾸준히 제공되었는데……. 그건 변명의 여지가 없습니다."

같은 화공이라서 용납할 수 없었다. 같은 핏줄이라서 더 용납할 수 없었다. 최원호가 제 머리를 짚으며 휘청거렸다. 최경이 얼른 일어나서 부축했다.

"괜찮으십니까?"

"으, 난 괜찮다. 안 괜찮은 건 저 녀석이지. 못돼 처먹은 자식!"

최경이 말로 거들었다.

"네, 맞습니다! 지 상처에 지가 소금 뿌리는 정말 못돼 처먹
은 자식입니다."

"그따위 위로는 집어치워! 기분 더 더러우니까."

"말하는 꼬락서니 봐라!"

"으이그, 성질머리까지 어쩌면 저리도 딱 지 애비일꼬. 이
녀석아! 우리 신분을 생각해 봐라. 은오, 네 애비는 그림을 도
둑맞은 거라고. 모르겠느냐?"

처음에는 홍은오도 자신의 그림이 마음에 들어서 사 가는
손님으로만 알았다. 화원의 산수화는 밋밋한 방문이나 창문에
문창지로 덧붙이거나, 집 구석구석 바람구멍을 막는 용도로 주
로 사용되었다. 붙였다가 떼서 버리는 세화와 다르지 않은 취
급을 받았던 것이다. 그나마 족자나 병풍으로 만들어 소장한다
고 해도 그저 외풍을 막기 위한 도구에 지나지 않았다. 화원에
게 돈이 되는 건 초상화뿐, 산수화는 헐값이나마 팔 수만 있어
도 고마운 일이었다.

청봉 김문웅이란 명성이 도화원의 화원들에게 도달하기까지
는 제법 긴 시간이 필요했다. 처음에는 주로 저들끼리의 모임
에서 공개되었고, 직접 본 사람은 많지 않았다. 하지만 지나치
게 높은 화품이 화근이었다. 이로 인해 입에서 입으로 걷잡을

수 없이 퍼져 나가기 시작해서 수많은 신봉자들을 거느리게 되었다. 김문웅은 여기서 그만두었어야 했지만, 한번 취한 명성에 매료되어 발을 빼지 못했다.

그림이 공개되는 자리에 도화원의 화원들은 철저히 배제되었다. 원래도 사대부들의 모임이나 잔치에 초대받는 일이 거의 없었으니 그리 이상한 일도 아니었다. 그림 그리는 업을 가진 이들이지만 그림을 보는 지적인 안목이 없다고 폄하되었기에 더 그렇기도 하였다. 이것은 김문웅이 더 오래 자신의 명성을 누린 배경이 되었다.

최원호와 안견이 김문웅의 그림을 소문이 아닌, 눈으로 직접 본 것은 이미 많은 일들이 벌어지고 난 뒤, 간윤국이 지금 이용의 손으로 가 있는 산수화를 되찾아 왔을 때였다. 아마도 간윤국은 이전부터 알고 있었던 것 같았다. 미쳐 있는 홍은오에게 해명을 들을 수는 없지만, 동고동락한 화원이기에 짐작은 가능했다. 김문웅의 이름으로 그림이 알려지고 있는 사실을 홍은오는 꿈에도 모르고 있었음을. 증명은 할 수 없지만, 마음은 확신할 수 있었다.

'그림에 대해 가타부타 말은 없어도 산수화는 꼬박꼬박 받아 가지 않는가? 그게 내 그림을 좋아한다는 증거지. 하하하.'

'여전히 누가 사 가는지도 모르고?'

'정체 모를 손님이 한두 명도 아니고, 물어봐도 대답도 안 해 주는데, 뭐.'

'유독 자네 단골 중에 정체 모를 손님이 많으이.'

'그래? 자네 단골들은 안 그런가?'

'나한테 단골이 어디 있나? 약 올리는 것도 아니고! 푼돈밖에 안 되는 산수화 그릴 시간에 돈 되는 초상화나 더 그리게. 내가 자네만큼이나 초상화를 그릴 수 있으면 딴 거 안 그린다.'

'우리 처지에 가려 가면서 그릴 수는 없네. 뭐든 닥치는 대로 다 그려야지. 얼마 안 있으면 식구도 느는데.'

'아! 산달이 얼마 정도 남았더라?'

'서너 달가량?'

'이야! 자네도 드디어 애 아빠가 되는구나. 다른 사람들은 다 키워서 품에서 내보내는 나이에 이제 겨우. 하하하.'

'이제라도 생긴 게 어딘가? 이름도 대충 생각해 뒀다네.'

'아들인지, 딸인지 어떻게 알아서?'

'아들이든 딸이든, 무조건 하늘 천이 들어가는 걸로!'

'에구, 왜 하필 이름에 하늘을…….'

'난 화공이니까. 산수화에서 제일 먼저 그리는 건, 산도 물도 구름도 아닌, 하늘일세. 그런데 하늘은 어찌나 까다로운지 어떠한 준법도 필요로 하지 않는다네. 준법을 버려야 비워지고, 온전하게 비워져야 비로소 하늘이 되는 걸세. 비어 있는 하늘이 먼저 생성되지 않으면 산도 산이 될 수 없고, 물도 물이 될 수 없고, 구름도 구름이 될 수 없지. 결국 준법이 들어가는 이 모든 것들까지 무너지고 만다네.'

'하늘을 먼저 그리지 않으면 안 된다? 난 언제나 산을 먼저 그리는데. 하하하.'

그림을 헐값으로 넘기고 와서 뿌듯하게 웃으며 나눴던 이 대화들을 최원호는 아직도 기억하고 있었다. 이때의 대화 이외에도 홍은오가 대작을 했음 직한 의심스러운 정황은 떠올리지 못했다. 그렇기에 도둑을 맞았으리라 확신하는 것이다. 이 일에 대해서는 도화원에 함께 있는 내내 듣고 본 것들이 있는 안견 또한 다른 의견일 수가 없었다.

"간윤국은 알고 있었다고요?"

"그랬던 것 같다. 이 또한 명확한 답을 듣지는 못해서……."

"알고 있었다면 간윤국은 왜 입을 다물고 있었을까요? 철천지원수 사이였다면서. 저 같으면 확 까발려 버렸을 겁니다."

"글쎄다……. 우리와 같은 생각이었을 수도 있다. 김문웅 그림이 아니라고 입증하기 어려우니까."

"그건 아버지의 정신이 나간 이후의 문제고, 멀쩡했을 때는 가능했을 텐데요?"

최원호가 깊은 한숨을 내뱉었다.

"그게 말처럼 쉬운 게 아니다."

김문웅의 그림을 추종하는 무리들은 대개 신분이 높았다. 그들은 그림 한 점에 큰돈을 주고받으며, 자신들의 돈이 들어간 김문웅의 화품을 추켜세우고자, 간윤국의 화품을 끊임없이 폄하하였다. 그런 그들의 입에서 뱉어 냈던 수많은 화평들, 허세 가득한 글자들로 빼곡하게 채워진 찬양의 시문들과 싸워야 하는 것이다. 그것은 결코 쉬운 과정일 수가 없었다.

자신들의 안목을 순순히 번복할 인간은 드물다. 자존심으로 눈을 가리고 자신들이 본 것만 믿으려 들기 때문이다. 그렇기에 결과는 겪어 보지 않아도 뻔했다. 그림을 진짜로 그린 화공을 사기꾼으로 뒤바꾸는 일쯤은 그들에게는 아주 손쉬울 터이고, 그렇게 자신들의 안목과 지불한 돈의 가치를 지켜 냈을 것이다.

| 세종 20년(무오년, 1438년) 음력 4월 17일 |

아직은 이른 새벽이라 방 안은 캄캄했다. 촛불이 보여 주는 종이에는 딱 두 개의 글자만 있었다. 임금이 종이를 한 번 접어 무릎에 올렸다.

"몸은 어떠냐?"

하람은 임금 앞에 힘겹게 머리를 숙였다.

"많이 회복되었사옵니다. 소신의 불찰로 인하여 몸을 돌보지 못하였사옵니다. 송구스럽기 그지없사옵니다."

"아픈 게 어디 우리 의지로 된다더냐. 아픈 너를 혹독하게 부려먹을 수밖에 없는 나를 이해해 다오. 네 눈동자, 보기 좋구나. 아직 보이지는 않는다고 하니 애석하지만 그래도 희망은 보여서 다행이야."

임금의 얼굴에서 잠시 번졌던 미소가 사라졌다. 무릎 위의 종이를 만지작거릴수록 미소는 점점 더 사라졌다.

"이것만으로는 어림도 없겠지?"

"괜한 기우일 수도 있사옵니다."

"휴! 이번만큼은 너의 말도 위로가 되지 않는구나."

임금의 둘째 아들에게 내려진 봉군명封君名*은 진양대군. 여기서 진양은 경상도의 진양 땅을 일컫는 것이다. 이 땅은 북방 현무의 두수斗宿 분야에 해당하는 곳이고, 두수는 하지부터 관측이 가능한 별자리다. 3년 전부터 이 두수에 딸린 별자리들이 점점 밝아져 가고 있었다. 별자리로만 해석하면, 백성의 수가 늘어나고 임금과 신하가 한마음이 되어 나라가 화평해진다는 의미니 길조라고 할 수 있었다. 그런데 이것을 분야에 대입해서 해석하면 진양의 지운이 강해진다는 의미가 되었다. 하람의 몸에서 마魔가 빠져나간 날부터 관측되고 있는 별들의 변화가 불길함을 더욱 강화시켰다.

이를 급하게 막고자 추진한 것이 진양대군을 다른 땅에 봉하는 작업이었다. 취할 수 있는 방침은 이것뿐이었다. 그래서 서운관의 관원들이 모여, 최근 약해지고 있는 분야의 별자리부터 찾았다. 하늘에 있는 셀 수 없이 많은 별들을 모조리 뒤진 것이다. 여기서 추리고, 또 추려 북방 현무의 두수로부터 반대편에 있는 남방 주작의 정수로 압축했다. 이것만으로도 방대한 작업이었다.

다음으로는 남방 주작의 정수 분야에 해당하는 지역의 지도를 모조리 뒤졌다. 이 지역은 평안도와 황해도 일대가 대부분

---

* 대군大君과 군君 등은 지명地名에 봉함. 즉, 각 대군들 앞에 붙은 양녕, 진양, 안평 등은 전부 지명.

속해 있었다. 이 수많은 지역들 중에 지운이 약하고 온화한 땅, 가슴속 칼을 녹슬게 하는 땅을 추리고 또 추려, 황해도 해주의 한곳으로 압축했다. 이 또한 방대한 작업이었다.

중국 은나라의 충신 백이伯夷·숙제叔齊 형제가 주나라의 곡식을 거부하고 입산하여 고사리를 캐 먹다가 굶어 죽었다는 고사는 아주 유명했다. 백이와 숙제가 굶어 죽은 중국의 이 산과 닮았다고 하여 똑같은 이름이 붙여진 산이 황해도 해주에 있었다. 서운관 관원들이 수많은 지도들 중에서, 여러 방식으로 제작된 여러 벌의 지도를 비교해 가며 찾아낸 땅이 바로 이 산이었다.

임금이 접었던 종이를 다시 펼쳤다. 거기에 적힌 글자 두 개를 다시 읽었다.

"수양首陽. 수양대군이라……. 찾아낸 곳이 마침 충신이 절개를 지키다가 죽은 산이라니, 마음이 흡족하구나. 그간 우리 둘째의 봉군지를 여러 차례 바꿨는데 수양이 제일 마음에 든다. 문제는 언제쯤 우리 둘째를 수양산에 봉할 것인가 하는 건데……. 서둘렀다간 오히려 화가 되겠지?"

"한 달가량 뒤부터 북방 현무의 두수가 관측되옵니다. 몇 년은 더 살피시다가 바꾸셔도 늦지 않사옵니다. 또한 수양이란 지명은 지나치게 노골적이라 오히려 진양대군의 심기를 건드리시진 않을까 저어되옵니다."

"너도 그 녀석의 반발심이 걱정되는구나? 성미가 워낙에 불같으니……."

"수양으로 바꿔 봉하는 이유도 마땅히 마련하지 못하였사옵니다."

"그래, 차차 생각해 보자. 우선 이 땅은 부적처럼 내 가슴에 품고 있다가 유사시에……."

임금은 말을 다 잇지 못하고, 큰 숨을 삼켰다. 그러고는 오랫동안 종이만 폈다 접었다 되풀이하였다.

"다들 나의 무리한 요구를 들어주느라 며칠 밤을 새웠을 것이다. 수고했다. 서운관은 쉬라고 해도 쉴 수는 없겠지만, 그래도 조금은 숨을 돌리고……, 다음 일을 진행하도록 해라."

서운관 관원들은 자신들이 무엇을 위해 수많은 별자리를 찾고, 수많은 땅을 찾았는지 구체적으로 알지 못했다. 그저 나눠서 확인하라는 대로 했을 뿐이다. 어쩌면 눈치 빠른 관원 중 누군가는 알아차렸을지도 모르지만, 당장 수양에 봉하지 않는다면 차츰 의심도 내려놓을 것이다. 미루고자 하는 데에는 이러한 문제도 포함되어 있었다.

"다음 일이라 하오시면……."

"나의 수릉지壽陵地*도 찾아야 하지 않겠느냐?"

"주상 전하, 아뢰옵기 송구하오나……."

"안다, 네가 무슨 말을 하려는지. 하지만 나는 할 수 있는 방침은 모조리 다 하고 싶다. 어느 하나라도 모자라면 불안함을 떨칠 수가 없어."

---

* 임금이 생전에 자신의 묏자리로 택지한 곳.

"불안함이 화를 키우는 법이옵니다. 지나치면 아니 한 만 못하옵니다."

임금도 아버지였다. 그렇기에 자신의 천수보다는 자식들의 천수를 바랐다. 각자의 길이는 제각각이겠지만, 적어도 주어진 천수만큼은 누렸으면 하는 바람, 이 욕심만큼은 내려놓을 수 없었다.

"목적은 다르지만 이 땅, 저 땅을 중구난방으로 알아보면 수양 땅에 대한 의심도 희석될 터이고……."

결국 하람이 고개를 숙였다.

"성심을 다해 알아보겠사옵니다. 길지라는 것은 사람이 인위적으로 찾아내는 것이 아니라, 덕이 있는 사람에게 하늘이 숙명적으로 내리는 것이옵니다. 그러니 아마도 훌륭한 수릉지가 내려올 것이라 사료되옵니다."

"고맙다. 네 말이 진심으로 위로가 되는구나. 너도 조만간 네 자리로 돌아가야지? 그래 봤자 경복궁 내의 각사를 벗어나지는 못하겠지만. 네 덕분에 이 땅에 피가 뿌려지는 일이 그쳤는지도……."

"그건 결단코 아니옵니다. 사람끼리 죽고 죽이는 일은 오로지 인간으로부터 발생하는 것이옵니다. 그간의 평화는 주상 전하의 부단한 인내와 노력에 의한 것일 뿐 소신과는 하등의 연관도 없사옵니다."

"네 말을 믿고 싶구나."

임금이 종이를 펼쳐 두 개의 글자를 눈동자에 깊게 새겼다.

수양 땅에 1년 뒤에 봉할지, 3년 뒤에 봉할지, 10년 뒤에 봉할지는 모르겠지만, 그날은 영원히 오지 않기를 바라는 마음이 너무나 간절했다. 눈동자에 새기고 남은 종이는 옆에 놓인 촛불의 불을 붙여 재로 만들었다.

"쉬고 있는 관원들이 복귀하면 약속대로 너는 원래의 자리로 돌려보내 주마. 대신, 몇 년 뒤의 일까지 전부 해 놓도록 해라. 서운관 관원이 수양의 두 글자를 기억할 틈도 없게끔. 너도 즉시 잊도록 해라."

서운관 본채의 문이 열렸다. 창문도 열렸다. 안으로 보이는 곳곳에는 관원들이 너부러져 자고 있었다. 자고 있는 모습에서조차 고단함이 배어 있었다. 이들 중 하람의 모습은 보이지가 않았다. 뒤편에 있는 낭료에서 자고 있으리라고 짐작한 홍천기가 몰래 발소리를 줄여 가며 서운관을 빠져나갔다. 그런데 막 문을 넘어가려던 순간이었다.

"홍천기 회사! 도둑 걸음으로 어딜 가시는가?"

뒤에서 들려온 목소리는 아주 점잖았다. 하지만 섞여 있는 비아냥거림은 평소에도 귀에 익숙한 거였다.

"오호호. 개놈아."

"어딜 가시냐고."

"아, 알면서 왜 물어?"

"너는 영의정께서 사직원 맞불 놓으신 걸 천운이라고 생각해야 돼. 고래 싸움 덕분에 새우가 파도에 밀려난 격이라고. 아니면 넌 벌써 사헌부 감옥에 갇혔다."

"그렇지? 이제 그 사건은 사람들 뇌리에서 잊혔겠지?"

"그럴 일은 없다. 그런 강렬한 사건을 누가 잊겠냐? 내 말은 그때의 실수를 되풀이하지 말라는 거다. 이 멍청아!"

"난 그냥 할 말이 있을 뿐이야!"

"나도 할 말이 있소."

이 목소리는 하람이었다. 홍천기가 활짝 웃으며 뒤돌아보았다. 관복을 입은 하람이 서운관으로 들어서고 있었다. 임금께 다녀오는 길인 듯했다. 비록 옆에 생글거리는 만수가 있기는 했지만, 부축 없이 걷는 건 오랜만에 보는 광경이었다. 하람이 최경을 향해 고갯짓으로 인사를 하였다.

"그간 분위기가 분주했습니다. 잠깐 문 열린 겁니다. 앞으로도 한동안을 계속 이럴 터이니 이해해 주십시오."

"우리 도화원도 이곳 분위기와 다르지 않습니다. 아주 익숙합니다."

"도화원 쪽에 화원 충원을 부탁하고 싶은데요."

"그건 제가 답을 드릴 수 있는 부분이 아닙니다."

"그렇게 바쁘면 우리도 경복궁에서 밤새우겠습니다! 일이 많은데 꼬박꼬박 퇴궐하는 건 녹을 먹는……, 녹은 안 먹어 봤지만, 아무튼, 관직을 받은 이의 도리가 아닙니다. 이 한 몸 부서져라 일을 하겠습니다!"

하람의 보이지 않는 눈동자가 홍천기를 향했다.

"조금만 더 기다려 주시오. 급한 거 다 끝나면……."

뒤에 삼킨 말을 기다렸지만, 이어지지는 않았다.

"급한 건 언제 끝납니까?"

"거기에 대해선 답해 줄 수가 없소."

풀이 죽은 홍천기에게 하람이 웃으며 말했다.

"이따가 내가 공방으로 가겠소. 할 말도 있고 해서."

금세 홍천기의 입이 귀에 걸렸다. 그러고는 본채로 가는 하람의 뒤통수에 홀려 졸래졸래 따랐다.

"개충아! 우리는 이쪽."

최경의 지시에 따라 홍천기는 가던 걸음을 꺾어 공방으로 향했다.

"우리 아버지가 병이 아닌 건 어떻게 아셨습니까?"

이제 거칠 것이 없었다. 더 마음껏 이 남자를 사랑할 수 있고, 더 이상의 두려움 없이 마음껏 그림을 그릴 수 있다.

"눈이 보이지 않아서."

"네?"

"귀로는 낭자의 아버지에게서 광기가 들리지가 않았소."

그림이 보이지 않았다. 선입견은 눈으로 가장 먼저 들어온다. 그것이 차단된 덕분이라 할 수 있었다. 모든 기억은 엉망이 되어도 그림에 대한 기억만은 그대로인 화공, 그것을 단순한 광기로 보는 건 너무 아까웠다. 그렇기에 사적인 감정과 바람이 투영된 덕분이기도 하였다.

"나도 긴가민가하였소. 다행이오."

하람의 미소가 홍천기를 따라 웃게 하였다. 하지만 금세 홍천기의 얼굴에서 웃음기가 꺼졌다. 탁자를 가운데 두고 앞에 마주 보고 앉은 하람은 나쁘지 않았다. 나란히 앉는 게 더 좋지만 마주 보고 있는 것만으로도 감사해서 참을 만하였다. 그런데 옆으로 최경이 자리를 차지하고 함께 앉은 건 영 마뜩잖았다. 뒷간 따위는 잊은 듯했다. 마음을 모르는 건 아니었다. 비록 정신을 잃다시피 하여 자고는 있지만, 본채에 서운관 관원들이 즐비한 상황에서 단둘이 공방에 두는 건 뒷말 듣기 딱 좋았다. 이미 듣고 있는 뒷말만으로도 위험 수위였기에 최경도 어쩔 수 없이 꼽사리 낀 것이다.

　"저한테 하실 말은? 아! 용건 없어도 됩니다. 그냥 이렇게 계셔도⋯⋯."

　"용건 있소. 최 화사도 우리 일에 대해 알 만큼은 아시니까, 말씀드리겠소. 도움도 받고 싶고."

　그러더니 잠시 머릿속에서 말을 정돈한 뒤에 말했다.

　"내가 봤다고 했던 거지 노파 얼굴, 그 정체를 알았소."

　홍천기와 최경이 동시에 하람을 보았다.

　"내 눈을 가지고 있는 인간의 얼굴 같소."

　순간 정적이 흘렀다. 두 사람 모두 이해하는 데 시간이 다소 필요했다.

　"인간이 절대 볼 수 없는 것, 자신의 얼굴. 그러니까 귀공의 눈이 지금 절대 볼 수 없는 건 그 눈을 사용하고 있는 인간이다, 이런 뜻인가요?"

"그렇소."

"인간인 건 확실합니까?"

"마魔가 가로막고 있던 기억이 떠올랐소. 어떤 존재인지는 여전히 모르겠지만, 다른 인간에게 빌려주기 위해 가져간다고 하였소."

홍천기는 이해했지만, 최경은 아직도 무슨 대화를 하는 중인지 알 수가 없었다. 미리 입력되어 있는 정보가 없었기 때문이다. 그래서 홍천기의 추가 설명이 이어졌다. 이제껏 하람의 주변에서 일어나는 이상한 사건들을 보아 왔던 그였다. 그럼에도 불구하고 되풀이해서 묻고 또 묻고 나서야 겨우 이해할 수 있었다.

"그 사람을 찾고 싶소."

홍천기가 단호하게 말했다.

"그건 반대입니다!"

"왜?"

"아름다운 여인이라면서요? 귀공이 그 여인과 직접 만나는 건 싫습니다."

"어이구, 개충아! 넌 이 심각한 상황에서 질투를 하고 싶냐?"

"그건 개놈 네가 몰라서 하는 말이야. 하 시일이 그 여인을 찾고 싶어 하는 게 더 심각한 거라고."

"눈 때문이잖아."

"여자의 직감은 무서운 법!"

"여자라는 명칭은 너한테 붙일 게 아닌 걸로 안다. 하 시일,

이 녀석은 혼자서 헛소리 계속하게 두고 우리끼리 이야기하죠. 어떻게 찾으실 겁니까?"

그 얼굴을 본 사람은 하람밖에 없다. 하지만 하람은 인간은 고사하고, 이제는 호령과 같은 존재들도 볼 수가 없다. 그렇기에 직접 찾아내는 건 불가능하다. 하람이 찻잔에 우려낸 차를 나눠 부었다. 그러곤 최경과 홍천기에게 각각 건넸다.

"저기, 한 잔 더 주셔야겠습니다."

홍천기의 말에 눈치를 챈 하람이 한 잔 더 부었다. 홍천기는 제일 먼저 따랐던 잔을 최경과 마주 보는 쪽의 탁자 위에 놓고 새로 따른 잔을 최경에게로 밀었다. 앞에 놓인 잔과 건너편에 놓인 잔을 번갈아 보던 최경이 제 머리를 긁적거리다가 말했다.

"설마 호랑이가 차를……."

홍천기가 찻잔을 들어 입술에 살포시 대는 호령을 보면서 대답했다.

"지금은 다른 모습이야."

"휴! 아니라니 다행이다. 방금 엄청 괴상한 걸 상상했거든."

최경의 눈에는 호령의 찻잔이 여전히 탁자 위에 있었다. 하람이 차를 한 모금 마시고 나서 말했다.

"두 분이라면 제가 본 얼굴을 설명하는 대로 그릴 수 있지 않습니까?"

최경이 난감해진 표정으로 말했다.

"그건 불가능합니다. 말이라는 것은 뜬구름과 같아서, 설명하는 당사자가 그리는 걸 봐 가면서 조율해도 똑같이 묘사하기 힘듭니다."

"게다가 귀공은 연령조차 정확하게 특정하지 못하시잖아요. 얼굴이 둥글다, 뾰족하다, 눈이 크다, 작다 하는 것들도 다른 이들과 비교한 것입니다. 애초에 비교할 대상이 없는 귀공의 설명은 온전하지 않습니다. 아름다운 여인이 아니라, 추녀일 수도 있다니까요."

"비교 대상은 있소. 개충 낭자와 내가 동시에 알고 있는 얼굴, 호령."

"우선, 저는 개충 낭자라고 불리는 거 거부하고요. 다음으로 짚어야 할 건, 우리가 동시에 호령의 얼굴을 알고 있는 건 맞는데, 귀공과 제가 정말로 똑같은 얼굴을 보았는지 확신할 수 있는가, 하는 부분입니다. 저잣거리의 할머니처럼 다른 얼굴을 보았을 가능성도 배제할 수 없습니다."

만수가 주전자를 가지고 들어와서 비어 있는 찻주전자에 뜨거운 물만 채워 놓고 다시 나갔다. 하람이 탁자 위에 팔을 올리고 머리를 괴었다.

"비슷하게도 그릴 수 없소?"

"만약에 귀공과 제가 본 호령의 얼굴이 똑같다고 전제하고, 귀공이 설명하시는 걸 개놈이 그린다고 칩시다. 그걸 호령 얼굴을 알고 있는 제가 확인해 봐서 비슷하게 그려지면 가능성이 있겠지요. 하지만 전 실패할 거라고 확신합니다."

최경도 홍천기의 말을 거들었다.

"제 경험상으로도 어림없습니다."

"똑같은 호령의 얼굴을 봤다는 전제부터 정확하지가 않은 데……."

"제 말이 그겁니다. 호령과 비교해 가며 제가 그렸다고 해도 완성한 얼굴이 맞는지 확인할 길이 없잖아요, 귀공 외에는. 귀공도 저번에 불가능하다고 직접 말씀하신 적 있습니다."

오랫동안 생각하던 하람이 허탈하게 웃으면서 대답했다.

"혹시나 해서 매달려 보았소. 역시 불가능하군. 하하. 얼굴은 아는데 찾을 수가 없다니……."

"어차피 얼굴을 알아도 찾기 힘듭니다. 제가 동지부터 귀공 찾느라 얼마나 힘들었는지 아십니까?"

"나도 낭자 찾는 거 힘들었소. 그때는 그나마 단서라도 있었는데. 이건 조선 팔도 어디 사는지도 모르고, 살고 있는 곳이 조선 팔도가 아닐지도 모르고. 휴!"

"목소리는요?"

"굉장히 나이 많은 여인이었소. 말투는 견주."

"그렇다면 제가 들은 할머니 목소리네요. 쪼잔한 할머니 같으니! 이왕 얼굴 보여 준 거, 목소리도 같이 들려주시지. 그럼 훨씬 쉬웠을 텐데."

최경이 탁자를 두드려 하람의 신경을 자신에게로 돌렸다.

"얼굴에 특징적인 거라도 없었습니까? 흉터나, 점 같은 거."

"전혀. 미세한 점은 있었겠지만, 제가 본 기억은 없습니다."

"와! 어렵다, 어려워."

"댕기 머리였습니다."

하람이 겨우 찾아낸 특징이었지만, 최경은 고개를 저었다.

"그건 너무 광범위합니다."

"댕기 머리라면 처녀겠네요. 하필, 쳇!"

최경이 홍천기를 한 번 노려본 다음, 다시 말했다.

"안평대군과도 의논해 보심이 어떨는지요. 좀 엉뚱해도 좋은 방법을 고안해 주실지도 모르는데."

"그분은 한동안 저를 포함한 서운관과 멀리해야 그분께 해가 가지 않습니다. 폐를 끼칠 수는 없지요."

"아! 그래서 그분한테 연락 하나 들어오지 않는군요. 어쩐지 너무 조용하시더라. 하하하."

하람은 체념하고 식어 가는 차를 마셨다. 맹인이 얼굴을 아는 건 소용없었다. 그 여인이 눈앞까지 찾아와도 알아보지 못할 것이기에. 하람이 혼잣말처럼 중얼거렸다.

"그 여인은 알고 있을까? 자신의 눈이 아니라는 것을……."

"알면 도둑년이고, 모르면 멍청한 년이고, 그런 거지요. 호호호."

심술 사납게 대꾸하는 홍천기에게 최경의 타박이 즉각 가해졌다.

"쯧쯧쯧. 질투에 눈이 멀어 애먼 여인 헐뜯는 거 봐라. 하 시일, 이런 심보 가진 녀석인데도 괜찮습니까?"

하람이 웃으며 고개를 끄덕였다. 홍천기는 어깨를 으쓱하면서 호령의 식은 잔을 그릇에 비우고 다시 우러난 차를 채워 주었다. 그런 뒤에 만족스럽게 방긋이 웃는 호령의 얼굴을 미소로 바라보았다. 하람의 핏줄 외에는 볼 수 없는 호령, 그런 신령의 눈과 시선을 맞추고 있는 건 홍천기의 눈이 유일했다.

5

음악 소리가 퍼져 나가는 매죽헌 지붕 아래로 떠들썩한 유흥이 벌어졌다. 모처럼 매죽헌에 많은 사람들이 모여들었다. 그동안 수많은 요청에도 불구하고 미루어 왔던 청봉 김문웅의 산수화를 공개하기로 한 날이었다. 미친 화공에 의해 훼손된 것보다 더 훌륭한 작품이라는 입소문이 널리 퍼져, 한양뿐만이 아니라 더 먼 곳에서부터 눈썹 휘날리며 달려온 사람들도 있었다. 상황이 이렇다 보니 급작스럽게 열린 화평회임에도 불구하고 예상보다 훨씬 많은 사람들이 모였다.

이로 인해 청지기는 정신없이 바빴다. 초대하지 않은 손님은 돌려보내면 되는데, 무조건 들여보내라는 이용의 지시에 의해 이렇게 되고 말았다. 어차피 그림을 위해 모인 사람들이니 음식 모자라는 건 한 사람당 양을 줄이면 되지만 나머지는 그렇지가 못했다. 앉는 자리 배치도 여러 차례 바뀌는 사고가 발생했다.

이런저런 부산함이 줄어들었을 때, 음악이 그치고 산수화 한 점이 벽에 걸렸다. 백유화단에서 바친 김문웅 산수화였다. 방 안 가득 빼곡하게 둘러앉은 사람들에게서 일제히 박수가 터져 나왔다.

"역시! 인품이 높고 학문이 깊으면 붓은 저절로 익는다더니, 이 산수화 앞에서는 저절로 고개가 숙여지옵니다."

"이것이야 말로 서권기書卷氣*의 극치가 아닐 수 없사옵니다."

"산수화는 사기士氣**여야 그 진가가 드러나옵니다. 천박한 원기院氣***는 산수화라 할 수 없지요. 이 산수화가 그 증명이 아니겠사옵니까. 하하하."

"아무렴! 그대들 말 중에 버릴 것이 하나도 없소. 하하하."

그러고도 한참 동안 자신들이 속한 문인 산수화의 자존심을 이야기하였다. 이용은 그들이 쏟아 내는 극찬의 말에 크게 고개를 끄덕이며 동조하거나 큰 웃음으로 화답했다.

모임은 성황리에 끝이 났다. 주최한 이용에게 모두 감사의

---

* 학식과 인격이 그림에 반영된 기운.
** 선비의 정신이 투영된 문인화를 뜻하는 말로, 좋은 그림의 대명사로 쓰이기도 함.
*** 저속한 전문 화가가 그린 화원화를 뜻하는 말로, 나쁜 그림의 대명사로 쓰이기도 함.

인사를 하고 떠났다. 손님들은 만족스러웠던 화평회였건만, 텅 빈 방에 홀로 남은 이용에게서는 웃음이 사라지고 없었다.

"아, 외롭구나. 그림을 이야기하고 싶다. 누구라도 좋으니 와 다오."

이용이 긴 한숨을 내뱉는 순간이었다. 갑자기 바깥에서 소란스러운 소리가 들려왔다.

"누구십니까? 여기는 어떻게 들어오셨습니까?"

청지기의 목소리였다.

"그림을 보러 왔소."

뭔가 음산한 느낌의 이 목소리는 최근에 들었던 것이다. 이용의 팔과 목덜미에 소름이 돋았다. 기억보다 몸이 먼저 떠올린 목소리의 정체는 흑객이었다. 공포에 질린 이용이 벌떡 일어나 우왕좌왕하며 숨을 곳을 찾다가 병풍 뒤로 들어갔다.

"화평회는 끝났습니다. 돌아가십시오."

"나는 방금 초대를 받았소."

병풍 뒤의 벽장문을 열고 다리 한 짝을 막 집어넣으려던 이용이 동작을 멈췄다. 초대? 혹시 방금 혼자 중얼거렸던 말이 흑객을 불렀나? 후들거리는 다리를 벽장에서 빼내어 벽장문을 닫았다. 그런 뒤에 병풍 밖으로 나갔다가 공포에 떠밀려 다시 들어가기를 여러 번 되풀이하였다. 이러는 동안 바깥에서는 청지기를 비롯하여 하인까지 합세해서 흑객을 내보내기 위해 옥신각신하고 있었다.

이용이 방문에 틈을 만들어 바깥 상황을 훔쳐보았다. 그런데 그 미세한 틈 사이로 흑객과 눈이 딱 마주치고 말았다. 화들짝 놀란 이용이 방문 뒤로 재빨리 숨었다. 그날 밤에 만났던 흑객이 확실했다.

"안에 있는 산수화를 보러 왔소."

이용은 창문 너머로 아직 날이 어두워지지 않음을 확인했다. 흑객은 밤낮을 가리지 않는다더니 사실이었다. 결국 하늘에 떠 있는 해에 용기를 얻어 방문을 열고 마루로 나갔다. 단지 발만 문지방을 넘었을 뿐이다. 거리를 좁히지는 않았다.

"다들 멈추고 손님에게서 멀어져라."

청지기와 하인들이 흑객에게서 멀어졌다. 그중 청지기의 다리가 떨리기 시작했다. 알 수 없는 수상한 기운이 느껴졌기 때문이다. 여러 하인이 밀어도 꿈쩍하지 않는 힘 때문일 거라고 애써 생각했지만, 불길함은 지울 수가 없었다. 이용이 바들바들 떨면서 물었다.

"해, 해치지는 않느냐?"

"그렇소."

화마라고 들었는데, 지나치게 점잖았다. 이용의 갈등은 여전했다. 화마라는 정보만 있을 뿐, 눈앞의 존재에 대해 아는 거라고는 없었다. 이대로 방 안으로 들여도 되는지 판단이 서지 않았다. 그래서 가장 중요한 질문을 하였다.

"설마 내 그림을 빼앗아 가려고 온 건 아니겠지?"

"나는 그린 화공에게서 직간접으로 받소. 나머지는 보기만 하오."

"그, 그럼 그 삿갓과 목도리를 벗을 수 있느냐? 그림이 있는 방 안으로 들어오려면 그 정도 예의는 보여야 하는데……."

이건 순전히 간윤국의 얼굴이 궁금해서 던진 말이었다. 갑자기 흑객의 손이 위로 쑥 올라갔다.

"으악!"

공격하는 걸로 착각한 이용은 비명을 지르며 문지방 안으로 엉덩방아를 찧었다. 흑객은 무심한 태도로 삿갓과 목도리를 차례로 벗어 손에 들었다. 망건 없이 올려 묶은 상투에, 보통의 사람보다 훨씬 시커먼 얼굴. 간윤국의 것이라는 얼굴을 가진 화마. 그것은 강제로 들어오지 않고 예의 있게 주인의 허락을 구했다.

그때 홍천기를 구해 줬기 때문만은 아니었다. 이 흑객에게서는 사람을 해칠 것 같은 느낌이 들지 않았다. 갈등은 끝났다. 만약에 흑객이 그림을 빼앗거나 사람을 해칠 생각이면, 이쪽에서 허락을 하든 하지 않든 결과는 똑같을 것이다.

"들어와라."

흑객은 놀랍게도 신발을 벗어 두고 마루로 올라왔다. 이 또한 예상 밖의 일이 아닐 수 없었다. 이용이 청지기를 향해 말했다.

"여기 손님상을 가져오너라."

"저, 저기, 나리……, 소, 소인도 함께 들어가……."

눈치 빠른 청지기의 얼굴은 공포에 휩싸여 있었다. 이용이 일그러지는 표정을 겨우 추슬러 미소를 만들었다.

"그럴 필요 없다. 아! 손님은 뭘 먹나?"

흑객이 마루에 선 채로 대답했다.

"술이면 족하오."

"들었지? 술상 봐 오너라."

그러고는 흑객과 함께 방으로 들어갔다.

"나리! 아니 되옵니다, 나리!"

청지기의 떨리는 목소리는 이용이 닫은 방문에 부딪혀 안으로 들어가지 못했다. 흑객의 관심은 오로지 김문응의 그림이었다. 반면에 이용의 관심은 흑객의 얼굴인 간윤국이었다. 얼굴을 가지고 있다면 정보도 가지고 있으리라는 기대였다. 이것이 공포를 무릅쓰고 한방에 앉은 이유였다. 그림을 보고 앉은 흑객에게 이용이 물었다.

"간윤국을 아느냐?"

"모르오."

"지금 너의 얼굴이 간윤국의 것이라던데?"

"지금 내 얼굴이 어떤 모양인지 모르오."

생각지도 못한 대답에 이용은 당황하고 말았다. 신령과 대화하기 힘들다더니 마魔도 마찬가지였다.

"그래도 아무런 인연이 없이 그 얼굴일 수는 없다. 너와 인연 있던 인간들 중 기억나는 사람 없느냐? 이미 죽었을 가능성이 높다. 생전에는 아주 뛰어난 화공이었다."

"모르오."

간윤국도 뛰어난 화공이었다. 김문응 그림에 관심을 가지고 찾아온 화마가 그를 모르는 건 말이 되지 않았다. 이름 때문인가? 이름이 아닌, 다른 명칭으로 불렸을지도 모른다. 호가 있었는데……

"아! 고인! 호가 고인이라고 그랬다."

"모르오."

"어휴, 갑갑해라! 화마 자격이 없구먼. 어떻게 앞에 있는 산수화와 쌍벽이었던 화원을 모를 수가 있어? 너도 화원화를 무시하는 거야?"

사람들과 어울려 술을 마신 상태였다. 그래서 말투에서 주사에 가까운 알딸딸함이 드러났다. 달그락달그락 소리가 가까워졌다. 청지기가 들고 들어오는 술상이 떨리는 소리였다. 문이 열리고 두 개의 술상이 들어왔다. 한 개는 이용 앞에, 나머지는 흑객 앞에 놓였다. 청지기가 방 안에 슬그머니 앉으려는데, 이용이 나가라는 손짓을 하였다. 몇 번 뭉그적거리던 청지기는 주인의 눈초리를 이기지 못하고 결국 방 밖으로 밀려났다.

이러는 동안에도 흑객은 그림만 보고 있었다. 겉으로만 보면 그림을 과하게 좋아하는 사람과 별반 다르지 않았다. 이용 또한 그림에 지나치게 집착하는 경향이 있었기에 자신과 닮은 꼴을 보는 기분이었다.

"오늘 많은 사람들이 이 그림을 극찬하고 갔다. 너도 한마디 해라."

"마음에 드오."

"고작 그 한마디뿐이냐? 왜 마음에 드는지를 말해야지."

"설명이 필요하오? 그저 내 마음에 들 뿐인데."

이용이 웃으며 고개를 끄덕였다. 어쩐지 화마와 통하는 것 같았다. 이런 생각을 하는 건 무섭지만 오래된 벗을 만난 것 같은 기분도 들었다. 술이 끌어올린 기운인 듯도 하였다. 흑객이 손가락을 들어 산수화를 가리켰다.

"이것은 원래 내게 오기로 했던 그림이오."

"뭐? 갑자기 무슨 말이야! 안 뺏어 간다며?"

"그랬었다는 거요. 가져가겠다는 말은 아니오."

이용은 놀랐던 가슴을 쓸어내렸다. 흑객이 이 그림을 가지고 가겠다면 이길 자신이 없었던 만큼 놀라움도 컸다.

"그런데 어쩌다가 놓쳤느냐?"

"중간에 가로채였소."

"누구한테?"

"인간한테."

"인간, 누구?"

"모르오. 난 내 화공만 구분하오."

"너의 화공이라면, 김문웅? 아, 아니지…… 홍은오?"

"그렇소."

"지금은 홍천기?"

"그렇소."

"홍은오 이전에도 있었느냐?"

"그렇소."

"내가 들으면 아는 이름도 있느냐?"

"왕전王顓."

"음……, 누군지 모르겠다. 왕가라면 지금은 없는 성씨니, 고려조의 왕실 가문 사람이겠군."

"그런 건 모르오."

"이 산수화도 홍은오가 그린 거지?"

"그렇소."

"홍천기를 놓아줄 수는 없느냐?"

"내가 결정하지 않소."

"그럼 누가 결정하지?"

"화공 자신."

"어떻게?"

"그림을 안 그리면 되오. 하지만 내 화공들은 그림을 놓으면 살 수 없는 인간들이라……."

역시 화마다. 그렇다면 홍천기도 제 아비처럼 될 수밖에 없단 말인가?

"홍은오가 미친 거 너 때문이냐?"

"난 내 화공을 다치게 하지 않소. 그럴 바에야 죽이지."

이용은 다쳤다는 말을 이해하지 못했다. 서운관 쪽과 차단되어 있기에 정보 교류가 이루어지기 전이었다. 만약에 미리 알았다면 이 부분에 대해 좀 더 상세하게 질문했겠지만, 이용은 다른 쪽에 더 관심을 두었다.

"홍천기 화공한테 내가 예약해 둔 그림만 해도 여러 개다. 그건 네가 탐내면 안 된다. 그리고 내가 다 받아 낼 때까지 기다려 줘야 한다. 순서는 지켜야지."

흑객이 그림에서 눈을 떼서 이용을 쳐다보았다. 이용이 겁을 누르면서 다시 말했다.

"거, 거짓말 아니다. 내가 아무리 간이 커도 너를 상대로 거짓말은 못 하지."

흑객이 고민에 잠긴 사이에 이용은 달달달 떨리는 술잔을 들어 한 모금 마셨다.

"나도 그림에 대한 집착으로는 어디 가서도 빠지지가 않거든. 절대 양보 못 한다."

흑객도 술을 마셨다.

"보여 줄 수는 있소?"

"뭘?"

"내 화공이 그린 그림. 보기만 하겠소."

"그럼 홍 화공에게서 받기로 한 그림은 철회할 테냐?"

"안 되오."

"그럼 나도 못 보여 줘."

흑객이 잠시 고민하다가 말했다.

"늦춰 줄 수는 있소."

"보여 주는 것만큼?"

"그렇소."

"네가 보는 그림은 어떻게 되지? 아, 아니, 이걸 어떻게 물어봐야 하나……, 화공에게 해를 끼치나?"

"무엇을 묻는지 알겠소. 나는 보는 것뿐이오. 그림의 수명이 다소 줄기는 하겠지만, 인간의 수명에 비하면 줄어드는 폭이 극히 미미하오."

이번에는 이용이 고민에 잠겼다. 그러다가 조심스럽게 말을 꺼냈다.

"만약에, 홍 화공의 그림 외에도 다른 훌륭한 그림을 보여 준다면?"

흑객의 시선이 그림을 넣어 둔 벽장이 있는 병풍을 향했다. 그의 양쪽 입꼬리가 올라갔다. 화마였기에 보는 사람으로 하여금 오금을 저리게 만드는 미소였다.

"저 안에 숨겨 둔 그림들이라면 좋소."

"다시 한 번 말하지만, 보여 주는 거다. 절대 빼앗아 가면 안 된다."

"약속은 인간이 깨는 거요, 언제나."

"지금 당장은 저 안에 없어도 훌륭한 그림이면 되느냐? 먼 명나라에 있는 그림도 나는 구할 수가 있거든."

이용이 지금 미처 깨닫지 못하는 것이 있었다. 이 또한 화마와의 계약임을. 흑객이 대답했다.

"좋소. 만약에 아무 그림이나 가지고 오면 약속은 즉시 파기하겠소."

"이야, 나는 너를 믿는데, 마魔가 사람 말을 안 믿네. 하하하. 좋아! 오늘은 앞의 산수화만 보여 주겠다. 세 달 후에……."

"너무 기오. 15일."

"뭐? 15일은 너무 짜다! 두 달 반!"

"보는 거요, 가지는 게 아니라. 그건 길게 해 줄 수가 없소."

"그림 한 점당 두 달! 그 이상은 안 돼!"

"한 점당 한 달!"

"젠장!"

한 점당 한 달로 결정 났다. 이용이 불만 섞인 한숨을 푹푹 내뱉으며 술을 마셨다. 흑객은 기분 좋게 술 한 잔을 마신 뒤 산수화를 보았다. 이용도 산수화를 보았다. 아무 말 없이 그저 그림만 보고 있는데도 아까 사람들과 함께 그림을 감상하고 있을 때보다 더 즐거웠다. 그리고 더 평화로웠다. 술기운은 더 강해졌다.

"아무리 심심해도 그렇지 내가 화마하고 술잔이나 기울이고 있다니. 하하."

원래 인간들에게도 붙임성 좋은 성격이었다. 그것이 화마에게도 드러났다. 이용이 오래된 벗을 대하듯 투정 부렸다.

"한 달은 너무 짧은데……."

"음……, 3년짜리가 있긴 하오."

"무슨 뜻이냐?"

"나에게 보여 주면 다음 그림까지 족히 3년은 기다려 줄 수 있는 그림이 있소."

한 달이 아닌, 자그마치 3년이라는 말에 이용의 눈이 번쩍 뜨였다.

"내 벽장 안에 있느냐?"

"거긴 없소."

이용이 자신도 모르게 흑객 쪽으로 다가가 앉았다. 공포는 사라지고 없었다. 그런 그림이라면 자신이 먼저 보고 싶은 욕심 때문이었다.

"보고 싶은 그림이 있는데 내가 들어갈 수 없는 곳에 있소."

"들어갈 수 없는 곳? 그게 어디……. 경복궁?"

"그렇소. 지신이 지키는 땅."

"아, 혹시 지도를 말하는 건 아니겠지? 그건 경복궁 밖으로 가지고 나올 수는 없는데."

"지도는 아니오."

"그럼?"

흑객이 이용을 쳐다보았다. 그와 눈이 마주치자 이용의 온몸에 소름이 훑고 지나갔다. 공포가 아니었다. 머리에 떠오른 직감 때문이었다. 자신이 짐작한 말이 나오기를 바라며 흑객의 입만 뚫어지게 보았다.

"초상화."

원하는 대답이었다. 이용이 제 가슴에 손을 얹고 감격스럽게 말했다.

"선대왕 전하의 어용! 그게 살아 있었어, 그렇지?"

"누구 얼굴인지는 모르오."

"아이고, 갑갑해라. 그러니까, 조금 전에 내가 말한 간윤국! 그 간윤국이 그린 초상화를 보고 싶다는 거잖아, 그렇지? 그게 지금까지 경복궁 안에 살아 있다는 거지?"

"간윤국이라는 자는 모르오."

"으악! 답답해서 미쳐 버리겠네. 지금 네 얼굴! 네 화공들의 스승! 그래도 몰라?"

"아……, 그 인간을 말하는 건가? 돌아가고자 했는데, 어디론가."

"고향? 아니면……, 홍천기?"

흑객이 고개를 끄덕였다.

"의지. 미련. 아주 강렬한. 죽어서조차 흩어지지 않고 육체에 붙어 있었던. 가고자 하는 방향이 나와 맞아떨어졌지. 비록 기억은 많이 소실되어 있었지만, 그 몸과 귀鬼를 동시에 취한 덕분에 보다 쉽게 홍천기 화공을 찾아냈소."

귀鬼의 욕망을 없애면 마魔에서 분리되고, 그러면 홍천기에게서 화마도 떨어져 나갈지도 모른다고 생각했다. 그런데 지금 흑객의 말대로라면 큰 상관이 없었다. 애초에 화마의 목적 자체가 홍천기였기에. 간윤국의 귀鬼는 길잡이 역할에 그친 듯했다.

하지만 이용은 취기에 의해 제대로 된 생각을 할 수가 없었다. 오직 자신의 목적만을 혀 꼬인 소리로 물었다.

"그래! 그 간윤국이 마지막으로 그린 초상화! 나도 그게 보고 싶다고."

"내가 보고 싶은 건 내 화공이 마지막으로 그린 그림이오."

"네 화공이라면……, 간윤국은 아니잖아."

이용이 입을 다물고 고개를 갸우뚱했다. 그러고는 얼굴 근육을 잔뜩 구겼다. 해가 완전히 저물고 방 안이 어두워져 가고 있었다. 흑객과 단둘이 앉은 곳에 어둠이 찾아왔다. 흑객은 이제 더 이상 두려운 상대가 아니었다. 술과 싸워 가며 기나긴 생각을 한 끝에 이용이 물었다.

"우리가 지금 각자 말하고 있는 게 다른 초상화는 아니겠지?"

"그건 모르겠소."

"만약에 같은 초상화를 말하고 있는 거라면……."

그래서였나? 백방으로 수소문해도 간윤국의 그림을 찾아낼 수 없었던 이유가……. 그 당시 화원들이 홍은오에 대해 입을 다문 이유가……. 김문웅 때문이 아니라……. 뒤를 이어 생각을 할 수가 없었다. 점점 눈꺼풀이 내려갔다. 혀가 완전히 꼬여 말도 나오지 않았다. 의식을 잃어 갈수록 입에서는 의지와 상관없는 말들이 자꾸만 흘러나왔다.

"내가 참 좋아하는 여인이 있는데……, 네 화공인데……, 다른 놈을 좋아한단 말이지. 내가 아니라……. 그런데 나도 그 자식이 안 미워. 보고 있으면 짠해. 약점 가지고 협박해서 두 사람 사이를 갈라놓고 싶은데, 짠해. 내 마음이 짠하다고. 그게 더 미치겠단 말이지."

"인간의 그런 감정은 내 알 바 아니오."

"그래서 내가 외롭다고! 너무 외롭다고……. 그림을 보고 있어도 요즘은 외로워. 웃고 있어도 외로워. 너, 나와 함께 그림 봐야 한다. 그래 줘야……."

술에 취한 이용은 그 자리에 꼬꾸라진 채로 잠들었다.

"계약 성립."

흑객은 미동 없이 앉아, 밝은 달빛에 비친 그림을 감상했다.

| 세종 20년(무오년, 1438년) 음력 4월 19일 |

"내가……, 내가……, 무슨 짓을 한 거지?"

흑객과 그림을 가지고 약속했다. 당황한 이용이 문지방을 넘다가 멈췄다. 그 외에 주고받은 말들도 하나둘씩 떠오르기 시작했다. 발을 다시 방 안으로 넣고 문을 닫았다. 흥분으로 인해 가만히 앉아 있을 수가 없었다. 머리가 정리되지 않아 나갈 수도 없었다. 그래서 방 안에서만 서성거렸다. 분명히 들었다. 비록 술과 뒤엉켜 오락가락해도 분명한 기억이었다. 초상화! 사람 얼굴을 그린 그림이라고 했다. 그것이 경복궁 안에 있다고 했다. 경복궁 안에 보관되어 있는 초상화라면 범위가 대폭 줄어든다. 임금이거나 임금과 관련된 신분이거나.

흑객이 자신의 화공이 마지막으로 그린 그림이라고 기간을 한정해 줬으니, 홍은오가 미치기 직전인 기해년 당시에 그려진 초상화일 것이다. 그렇다면 태종 임금의 어용으로 좁혀진다. 어용은 여러 화공이 업무를 분담하여 그린다. 아마도 최고 화원이었던 간윤국이 태종 임금의 얼굴을 직접 그리고, 나머지 부분을 홍은오가 그렸으리라 짐작해도 무리는 없다. 그렇게 생각하는 것이 오히려 이치에 맞다. 흑객의 말만 아니었다면 그렇게 생각했을 것이다.

간윤국은 '신의 손'을 가진 자라고 불렸다. 신의 손은 곧 홍은오가 되는 셈인가? 그렇다는 건, 홍은오가 화원화의 정점에 있던 간윤국과 문인화의 정점에 있던 김문웅, 이 두 사람에게 동시에 그림을 제공했다는 의미가 된다. 화평회에서 사기니, 원기니 하며 분류하여 화원화를 조롱하던 말들이 새록새록 떠올랐다. 이용이 입을 떡 벌리고 서성거림을 멈췄다. 그러고는 흥분을 참지 못하고 소리를 질렀다.

"봐야겠다, 그 초상화! 직접 보고 확인하는 수밖에 없어."

| 세종 20년(무오년, 1438년) 음력 4월 22일 |

아버지는 여전히 그 자리에 앉아 무심하게 오가는 사람들을 바라보며 그림을 구걸하고 있었다. 종이를 매만지는 손은 떨림이 줄어 있었다. 고통스러운 표정도 덜했다. 통증은 줄어들었는지 모르지만 정신은 아직도 돌아올 기미가 없었다. 의원들 말처럼 앞으로도 영원히 저런 상태로 살아야 할지도 모른다. 광증으로 오인하고 볼 때와 부상이라는 걸 알고 볼 때의 마음이 달랐다. 더 안타깝고 더 아팠다. 최경이 어깨를 치면서 말했다.

"야! 가까이 가서 봬라. 이렇게 숨어서 보지 말고."

"넌 왜 쓸데없이 따라와서 잔소리야?"

"따라오긴, 누가? 가던 길이다."

홍천기가 노려보자 최경이 시선을 피하면서 중얼거렸다.

"네 밥 훔쳐 먹으러 가던 길."

홍천기는 앞에 놓인 지저분한 그림 도구들을 훑다가 다시 아버지만 바라보았다.

"다친 게 아니라 저건 미친 게 맞아. 아니면 저럴 수가 없어. 그림 따위가 뭐라고……."

최경이 머리를 긁적거리다가 어렵사리 말을 꺼냈다.

"개충아. 나 빈말 못 하는 성미인 거 알지?"

"무슨 말 하고 싶어서 목소리를 까는 거야?"

"난 네 아버지 존경한다. 같은 화공으로서."

"미친. 존경할 사람이 그렇게 없니?"

최경이 홍천기의 머리 위에 때리듯이 손을 올렸다. 그러곤 말을 이었다.

"김문웅의 산수화, 그건 정말 대단한 그림이다. 아무리 화가 나도 그 사실까지 부정하지 마라. 그건 내 안목을 모욕하는 거다."

홍천기의 고개가 천천히 내려갔다. 눈에서 초점이 사라졌다. 아버지도, 자신도 아닌 그저 땅만 멍하니 쳐다보았다.

"그런데 난 그 사실이 왜 이렇게 속상하니?"

한숨처럼 느껴지는 말이었다. 홍천기가 아버지에게서 몸을 돌렸다. 그리고는 막 걸음을 떼려던 순간이었다. 화려한 차림 새의 남자와 하인인 듯한 남자가 아버지에게로 다가가고 있는 것이 보였다. 뒤통수만 봐도 누구인지 단박에 알 수 있었다.

"어? 안평대군 나리?"

홍천기의 목소리를 들었는지 이용이 두리번거리다가 뒤를

돌아보았다. 홍천기와 최경을 발견한 그는 얼굴 가득 웃음을 머금고 먼저 달려왔다.

"홍 화사! 최 화사!"

홍천기는 안지 못하는 대신, 최경만 얼싸안고 애교스럽게 말했다.

"내가 얼마나 심심했는지 아느냐?"

홍천기가 웃으면서 대꾸했다.

"설마 진짜 심심하셨을 리가. 매일매일 잔치하신다는 소문을 들었사옵니다."

"잔치를 했는데도 심심했다. 내가 오죽했으면 화마와 어울렸겠느냐."

"네? 화마? 혹시 저한테 오는 그 흑객을 말씀하시는 건 아니시겠지요?"

"아니긴. 그 간윤국 흑객."

"왜 그런 위험한 짓을……."

"아! 걱정 마라. 사람보다 더 나으니까."

"마魔를 가까이해서 좋을 건 없사옵니다."

"나를 걱정해 주는 건 기분 좋다만, 그보다 더 중요한 일이 있는데……."

이용이 손가락으로 홍은오를 가리켰다. 알아들을 수 없는 손짓이었다. 홍천기와 최경은 홍은오와 관련된 말이라도 나올까 하여 손가락이 가리킨 곳을 보는데, 이용은 시선만 돌려놓고 이와는 전혀 상관없는 말을 하였다.

"그러잖아도 백유화단 가는 길이었다. 그쪽 화단주한테 확인할 게 있어서!"

"그게 무슨 말씀이시온지……."

되묻는 최원호만 어리둥절한 게 아니었다. 옆에서 함께 듣고 있던 홍천기와 최경도 영문을 몰라 이용만 바라보았다.

"어허! 내가 안 선화한테서 확인했다니까 그러네. 자네는 언제부터였는지를 말해 주면 되네, 간윤국이 그림을 그릴 수 없게 된 상태가."

최원호는 이용만 쳐다보았다. 이용도 최원호에게서 눈을 떼지 않았다. 그렇게 한참 동안 서로를 보았지만 표정은 달라지지 않았다. 결국 이용이 고개를 푹 숙였다.

"모르고 있었군."

"나리! 간윤국이 손가락을 자르기 이전부터 그림을 그릴 수 없는 상태였다는 말씀이시옵니까? 그게 정말이시옵니까?"

"안 선화는 어렴풋이 눈치채고 있더구먼, 자네는 왜 이리 깜깜인가? 답답한 사람 같으니."

안견이 간윤국을 따르지 않고 혼자 도화원에 남은 이유였다. 그것은 배신이 아니었다. 관직에 대한 욕심도 아니었다. 스승에 대한 실망과 분노였다.

"나리! 소인의 물음에 대한 답부터 말씀해 주시옵소서. 간윤국도 중요한 그림은 직접 그렸는데, 그럼 그건 누구였사옵니까? 간윤국을 대신할 실력은 없……."

최원호가 홍천기를 쳐다보았다. 충격으로 인해 떨리는 눈동자였다. 이용의 시선도 홍천기를 향했다.

"홍은오가 입이 상당히 무거웠나 보군."

홍천기가 일그러지는 웃음으로 말했다.

"제가 지금 제대로 이해를 하고 있는지 모르겠는데, 이것도 우리 아버지와 연관이 있사옵니까?"

최경은 홍천기의 질문은 밀치고 자신이 궁금한 점을 질문했다.

"간윤국 하면 초상화이옵니다. 그 간윤국을 대신했다는 건 홍 화공님도 초상화를 그렸다는 것이옵니까? 선대왕 전하의 어용도 그럼?"

이번에는 홍천기가 최경을 밀치고 소리쳤다.

"이런 말도 안 되는 추측은 대체 누구에게서 나온 것이옵니까?"

"흑객."

이용의 대답이 순식간에 모두의 질문을 잠재웠다.

"흑객이 과거에 홍은오의 화마였다."

최원호가 말했다.

"은오 녀석의 화마는 제가 예전에 본 적 있는데, 똑같지는 않사옵니다. 옷차림이나 이런 건 비슷하지만, 덩치는 지금보다 약간 작았던 것 같고, 물론 그때도 컸지만……."

"마魔니까. 간윤국의 육체와 귀鬼를 취하면서 외양이 달라진 것 같네."

"흑객이 간윤국을 죽였사옵니까?"

"가만있어 보자, 그 부분도 내가 들었는데……. 아니, 죽은 육신을 취한 것 같다."

"흑객이 아버지의 화마였다면, 사고의 원인을 알고 있을지 도……."

아버지는 화마에 의한 광증이 아니다. 화마는 화공을 다치게 하지 않는다. 그러므로 흑객은 아버지의 부상과 아무런 관련이 없다. 어용이 완성되자마자 화마에게 끌려간 아버지. 그런데 간윤국이 말한 화마가 흑객이 아니라면 인간일 수밖에 없다. 그리고 아버지의 부상은 그 인간과 관련이 깊다. 아마도 그 인간은 훗날 간윤국이 되찾아온, 지금은 이용이 소장하고 있는 산수화를 가져갔던 김문웅일지도 모른다. 그럴 가능성이 높았다. 흑객은 그 당시에 벌어진 일들에 대해 누구보다 잘 알고 있을 것이다.

"흑객에게 물어볼 것이 있사옵니다."

"나도 물어볼 것이 많다. 불러 봐라."

"어떻게 부르는지 모르옵니다. 단 한 번도 저희 쪽에서 먼저 불러 본 적이 없어서……."

"그래?"

이용이 잠시 생각하다가 결심한 듯 고개를 끄덕였다.

"나에게 좋은 생각이 있다."

"혹시 또 엉뚱한 생각은 아니시겠지요?"

"어허! 내가 언제나 실없는 줄 아느냐? 실 있을 때도 있다.

아주 드물어서 그렇지. 하하하."

매죽헌 사랑채 마루에 비단 천 네 장이 화틀에 팽팽하게 끼어진 채로 놓였다. 그리고 화틀 주위로 벼루와 먹, 갖가지 그림 도구들이 늘어섰다. 초대받은 홍천기와 최경, 차영욱은 이용이 지시하는 대로 화틀 하나씩을 앞에 두고 앉았다. 이용도 화틀 앞에 앉았다.

"저번에 내가 제안했던 소나무를 그려 다오. 진즉에 이런 자리를 마련했어야 했는데 너무 늦었구나."

세 사람과 화틀을 두루두루 훑어보는 이용의 입이 귀에 걸렸다. 화마를 불러내기 위해서라기보다는 자신의 욕심을 채우기 위해서 만든 자리라고 생각해도 과하지 않은 표정이었다.

"각자 그리고 싶은 대로 그리도록 해라. 안료를 써도 되고, 안 써도 되고, 나는 아무거나 다 좋다."

최경은 화마를 꼭 보고 싶었기에 초대에 감사히 응했다. 반면에 차영욱은 영 내키지가 않았다. 초대한 사람이 안평대군만 아니었어도, 청문화단주가 기회는 잡아야 한다며 억지로 떠밀지만 않았어도, 이곳에 이렇게 앉아서 먹을 갈고 있는 일은 없었을 것이다. 홍천기는 반드시 화마를 불러내야 할 이유가 있었다. 그래서 먹을 가는 동안에도 강렬한 기운이 뻗어 나왔다.

각자의 표정과 분위기가 달랐던 건 먹을 갈고 있을 때까지였다. 붓을 든 순간부터 세 사람의 눈빛이 동시에 변했다. 각종 사념을 내려놓고 오로지 비어 있는 비단 천에 모든 정신을 집중했다. 세 사람의 붓이 조금씩 시차를 두고 움직이기 시작했다. 이용의 심장이 두근거렸다. 홍천기를 향해서만 뛰는 심장이 아니었다.

"장안에서 가장 촉망받는 화공 세 명이 우리 집에서 동시에 그림을 그리고 있다니, 이런 감격스러운 일이 있나."

이 순간만큼은 흑객은 안중에도 없었다. 그리고 장안에서 촉망받는 붓잡이 중 한 명인 이용도 행복하게 붓을 움직이기 시작했다.

제일 먼저 최경이 붓을 놓았다. 그렇다고 비단 천에서 눈을 뗀 것은 아니었다. 마치 눈으로도 그림을 그리듯 계속해서 자신의 붓이 남긴 자취를 보았다. 다음으로 이용이 그림 붓을 놓고 서체 붓을 잡았다. 그러고 나서 미리 남겨 둔 공간에 지금의 심정을 짧은 시문으로 남겼다. 채택한 건 송설체였다. 차영욱이 붓을 놓고 더 채워야 하는 부분이 있는지를 살폈다. 마지막으로 홍천기가 붓을 놓았다. 그러고서 붉은색 안료 한 점을 그림 위에 찍었다.

먹물이 번지다가 멈추는 때를 기다렸다. 붓은 놓아도 먹물이 스스로 멈출 때까지 여전히 그림은 진행되고 있기 때문이다. 우연이 만들어 내는 과정까지 전부 거쳐 그림이 완성되었다. 그제야 자신의 그림에서 눈을 떼고 서로의 그림을 보았다.

최경은 제일 먼저 홍천기의 그림부터 보았다.

"아…….."

최경의 입에서 자신도 모르게 나온 탄식이었다. 장쾌한 소나무 아래에 긴 목의 우아한 학 한 마리. 수묵으로만 끝냈어도 뛰어났을 그림인데, 학의 눈썹 부위에 붉은 점 하나를 얹어 채색화로 전환시켜 버렸다. 이것은 작은 점 하나로 만들어 낸 반전이었다. 그리고 주제인 소나무에 생기를 불어넣은 효과도 있었다. 먹물로만 담채를 표현한 소나무가 붉은색과 대비해 마치 초록의 안료를 입은 듯한 착각을 만들어 냈다.

이용은 최경의 그림에 적잖이 놀랐다. 주로 그에게서는 신경질적이라고 느껴질 정도로 꼼꼼한 초상화나 채색화를 봐 왔다. 아무것이 없이 오직 먹물로만 간단하게 표현한 소나무는 처음 접하는 것이다. 마치 세속을 버린 늙은 선비가 그린 듯, 최정상의 붓 기술을 보여 주는 그림이었다. 차영욱은 두 사람에 비해 확실히 떨어지긴 했다. 그래도 그가 가진 장점이 있었다. 자신의 부족을 객관적으로 파악하고 이를 메우려는 성실함이었다. 이것이 그림 곳곳에 과장되지 않게 녹아 있었다.

이용이 홍천기의 그림을 잡았다. 학의 우아함에 소나무가 주눅 들지 않고, 소나무의 거침에 학이 주눅 들지 않았다. 상반된 두 가지가 여백을 사이에 두고 조화롭게 어우러져 있었다. 이용이 홍천기의 그림에게 말했다.

"홍천기! 난 네가 너무 좋다. 정말 이 마음을 어떻게 해야 할지 모르겠구나."

비록 그림을 향해 한 말이지만, 진심을 담은 목소리를 알아 듣지 못할 만큼 바보는 이 자리에 없었다. 이용이 환하게 웃으며 경직된 세 사람을 번갈아 보았다.

　"아! 내 그림도 봐 줘야지? 홍 화공의 그림에 학이 있다면, 내 그림에는 글씨가 있다. 하하하."

　홍천기가 이용의 그림을 잡았다. 이내 잠시 이용에게로 시선이 다녀갔다. 허허실실 웃으며 다녀도 그림에서는 이용의 장중한 성격이 그대로 나타났다. 그림과 글씨를 조화롭게 하나로 묶는 재능과 전체를 관통하는 붓 기술은 타고난 부분도 있겠지만, 놀면서 만들 수는 없는 것이다. 홍천기의 입꼬리에 미소가 번졌다. 이용은 그것만으로도 충분히 좋았다.

　"자자! 이제 흑객을 불러 볼까?"

　"방법을 알고 계시긴 하옵니까?"

　"아니. 지금 시험해 보려고."

　세 사람의 의심스러운 눈초리를 뿌리치고 이용이 그림을 보면서 소리쳤다.

　"그림을 이야기하고 싶다. 누구라도 좋으니 와 다오."

　잠잠했다. 세 사람의 의심스러운 눈초리가 한층 강해졌다.

　"어? 이게 아닌데. 그때 분명히 이렇게 말하고 난 뒤에 나타났는데……."

　이용이 다시 목을 가다듬고 소리쳤다.

　"이봐! 그림 같이 보자! 당장 나와!"

　이번에도 잠잠하나 싶었는데, 잠시 후에 마당으로 시커먼 덩어리가 떨어져 내렸다. 흑객이었다.

"한 달 뒤라고 하지 않았소?"

"하하하! 한 달이라는 약속을 지키려고 하다니. 진짜 사람보다 낫다니까. 이번만 예외다. 올라와서 앉아라."

"한 달이라는 약속이 무엇이옵니까? 화마와 무슨 약속을 하셨사옵니까?"

다급하게 묻는 홍천기의 목소리에는 걱정이 가득했다.

"아아, 별거 아니다. 몰라도 돼."

흑객이 신발을 가지런히 벗어 두고 마루로 올라왔다. 그러고는 삿갓과 목도리를 벗어 옆에 두고 자리에 앉았다. 차영욱은 두려움으로 최경의 등 뒤로 숨었다가 슬그머니 제자리로 돌아왔다. 화마라는 게 믿기지 않을 만큼 정중하고, 사람 같았다. 최경에게 속삭였다.

"마魔 맞아?"

"방금 마당 위에 까마귀처럼 내려앉는 거 봤잖아."

"봤는데도 안 믿긴다. 사람 같아서……."

흑객이 홍천기에게 목례를 하였다.

"백유화단에는 절대 안 들어가면서 여기는 잘 들어오는구나."

"그런 곳과 이런 곳이 같을 수는 없소."

그런 곳은 뭐고 이런 곳은 뭔지 설명은 없었지만, 흑객의 말이 이해되는 것 같았다. 어쩌면 화마의 눈에는 화단이나 도화원 같은 곳은 성지로 보일지도 모를 일이다.

"물어볼 게 있는데……."

"그림을 보러 온 거요."

흑객은 모여 앉은 사람들과 마루에 놓인 그림들이 마음에 들었는지 싱긋이 웃었다. 기분 좋아서 사람이 웃는 모양을 흉내 내는 것 같기는 한데, 문제는 소름이 끼친다는 데 있었다. 흑객이 그림을 보는 동안 네 사람은 뚫어지게 관찰했다. 이렇게 가까이에서 함께 있는 건 처음이라 경계심과 호기심이 어우러진 자리였다.

그림을 진심으로 즐기는 마魔! 경계가 다소 완화된 덕분인지는 모르겠지만, 악한 기운이 느껴지지가 않았다. 갑자기 신숙주의 말이 떠올랐다. 저번에 하람의 집에서 술을 마시며 나눴던 수많은 대화들 중에서, 도깨비도 마魔나 마귀의 일종이라고 했던 부분이었다. 신숙주의 그때 말처럼 화마가 도깨비일지도 모른다는 생각이 들었다. 인간에게 특별히 해는 끼치지 않는 존재, 인간의 흉내를 내며 인간의 음악과 그림 등을 즐기는 존재, 마음에 드는 인간에게는 부귀를 가져다주는 존재, 도깨비.

그동안의 흑객을 돌이켜보면 그렇게 생각해도 무리가 없었다. 홍은오도 가장 좋은 손님이라고 했다. 홍천기도 예전부터 금전적으로 많은 도움을 받지 않았던가. 도깨비 쪽에 무게가 쏠리자 마음은 다소 편해지는 기분이었다.

"홍은오라는 화공……."

홍천기의 목소리 때문인지, 제 화공의 이름 때문인지, 흑객이 그림에서 눈을 들어 쳐다보았다.

"다친 이유 알아? 네 화공이라며? 네가 그렇게 만든 거 아니지?"

"인간들은 이런 경우에 억울하다는 말을 쓰더군."

"나도 네가 아닌 거 알아. 내가 묻고 싶은 건, 홍은오 화공이 다친 원인이야."

"음……, 안타까운 일이었소. 내 즐거움이 일시에 사라졌소. 매번 인간들이 내 화공을 망쳐."

"홍은오 화공을 망친 것도 인간이지?"

홍천기의 질문에 당황한 건 흑객이 아니었다. 세 남자의 복잡한 표정이 일시에 홍천기와 흑객을 오가기 시작했다. 흑객이 고개를 끄덕였다. 홍천기가 소리쳤다.

"아버지를 망친 진짜 화마는 김문웅, 그 인간이지? 그렇지?"

"그건 모르오. 난 내 화공만 기억하오."

"그때의 일을 말해 줘. 아버지, 홍은오 화공이 다쳤을 당시의 일……."

김문웅의 산수화가 있는 방 쪽을 바라보던 흑객의 시커먼 얼굴이 차츰 슬픈 표정으로 변해 갔다.

"저 안에 있는 산수화는 홍은오가 나에게 주기로 약속한 것이었소. 그런데 한 인간이 용납하지 않았소. 홍은오가 많이 화가 났었고. 그동안 속았다며, 그림들을 도둑맞았다고 했소. 전부 찾아오겠다고 했는데. 그 인간들이 홍은오에게 폭력을 휘둘렀고, 죽은 줄 알고 산에 버렸소. 내가 너무 늦게 갔소. 홍은오를 데리고 와서 도화원에 넣어 주었소. 인간이 망쳤으니 인간이 되돌려 놓을 줄 알았는데, 돌아오지 못했소. 많이 슬펐소. 인간 세상이 싫어졌소. 죽어 있던 인간의 이 육신과 귀鬼를 만나지 않았다면 다시 인간 세상으로 내려오지 않았을 거요. 지금까지도 슬프오."

어느새 흑객은 고개를 숙이고 괴로운 듯 제 얼굴을 감쌌다. 인간보다 더 인간다운 모습이었다. 홍천기는 넋이 나간 듯 멍하니 앉아만 있었다. 다른 사람들도 아무 말 하지 못했다. 그렇게 날이 어두워질 때까지 모두가 앉아만 있었다.

"김문웅, 평탄하게 잘 살다가 죽었다고 하셨사옵니까?"

긴 침묵을 깨고 나온 홍천기의 질문이었다. 이용은 대답하지 못했다. 잘 살다가 갔다. 다시 붓을 들라는 아첨을 받으며, 겸손하게 거절해 가며, 그럴 때마다 사람들의 더 큰 추앙을 받으며, 그렇게 말년까지 잘 살다가 갔다. 애석하게도 화마가 등졌던 인간 세상은 그렇게 흘렀다.

"어떻게……, 어떻게 평탄하게 살 수가 있었지? 어떻게 지금은 죽고 없을 수가 있지? 더러운 병에라도 걸려 죽도록 고생하다가 죽었다면 이렇게 억울하지 않았어. 지금까지 살아 있다면 복수라도 할 수 있으니 이렇게 억울하지 않았다고! 죽은 인간을 다시 죽일 수도 없잖아! 아무것도 할 수 없잖아! 분하고 억울해서 견딜 수가 없어."

목소리뿐만이 아니라, 온몸까지 바들바들 떠는 홍천기의 어깨를 최경이 감싸 잡았다.

"나도…… 분하고 억울하다, 개충아. 화가 나서 어떻게 해야 할지 모르겠다."

　세상 사람들이 김문응의 것으로 알고 있는 산수화 앞에 홍
천기가 앉았다. 이용과 최경, 차영욱도 줄줄이 앉았다. 흑객은
그 옆에 함께 앉아 홍천기의 그림을 보았다. 그렇게 밤을 새워
그림을 보았다.

第八章 ―

회귀回歸

1

| 세종 20년(무오년, 1438년) **음력 5월 1일** |

"개충이 녀석, 그 뒤로 지 아버지한테 한 번도 안 갔지?"

"응. 여기하고 백유화단만 왔다 갔다 했다."

"넌?"

"나도. 알고 나니까 도저히 얼굴 뵐 자신이 없더라."

"나도 그랬다. 우리도 이런데 개충이 녀석은 더 그렇겠지."

차영욱과 최경이 마치 거울을 보듯 서로의 얼굴에서 착잡한 자신의 심정을 보았다.

"아무튼 관직 받은 거 축하한다."

"에구, 축하받기 민망하다. 개충이는 벌써 받은 걸 가지고. 그런데……,"

차영욱이 갑자기 최경의 멱살을 잡고 소리쳤다.

"왜 하필 여기냐고! 왜 너희들한테로 떨어진 거냐고! 엮이기 싫단 말이다! 비교당하기 싫다고!"

"그럼, 선원전 공사하는 데 보내 줄까? 딴에는 생각해서 빼 왔더니."

"그건 좀……."

"개둥아! 왔구나!"

우렁찬 목소리의 주인은 홍천기였다. 걱정스럽게 뒤돌아보던 차영욱은 환하게 웃는 홍천기를 발견하고 얼떨결에 따라 웃었다. 그러고는 얼른 최경에게 귓속말을 하였다.

"저 녀석, 계속 저렇게 웃는 꼴로 다녔냐?"

"그럼 우는 꼴로 다녔겠냐, 저 녀석 성격에?"

"엎어 놓고 패 주고 싶다, 정말. 속상하게 저게 뭐냐?"

홍천기가 두 사람의 멱살을 양손으로 잡아 쥐고 말했다.

"야! 너희 둘, 지금 내 험담했지?"

"몰라서 묻냐? 당연하지."

"오호! 내가 오자마자 이런 정감 어린 광경을 목격하다니."

이번에 들려온 목소리의 주인은 이용이었다. 개떼들이 얼른 허리를 숙였다.

"어쩐 일로 나오셨사옵니까?"

"아바마마 문안차 입궐했다가 오늘부터 서운관에 다시 드나들어도 된다는 허락을 받았다."

며칠 전부터 임금의 건강이 갑자기 나빠지는 바람에, 궁궐 분위기가 좋지 않았다. 그중에 제일 해맑게 웃으며 돌아다닌 사람이 홍천기였다.

"주상 전하의 성후는 그럼……."

"조만간 쾌차하실 것 같더구나. 하하하."

차영욱이 최경에게 귓속말로 물었다.

"안평대군 나리도 여기 계속 나오시는 거야?"

"음. 이제부터 다시 나오시나 보다."

"개놈아! 인간이 사는 세상으로 돌려보내 주라. 난 아주 평범한 사람이라서 평범한 사람들 속에서 살고 싶다."

"왜 미리 주눅 들고 그래?"

"너희 둘 틈에서 평생을 주눅 들어서 살았다. 이제 겨우 숨통 트이나 했더니 자꾸 엮여. 휴!"

"아! 왔다."

"누가?"

"개충이 남자."

찾기 위해 애쓸 필요가 없었다. 남자를 발견한 순간, 자신이 뜰 수 있는 최대치의 눈 크기가 되었다. 하람이 공방으로 걸어 들어와 이용에게 허리를 숙여 인사했다.

"안평대군 나리, 오랜만에 뵈옵니다."

급했던 서운관 업무는 대부분 해소되었다. 귀수는 불길한 밝은 기운을 가득 품고 밤하늘에서 물러났다. 다시 동지까지 기다리지 않으면 안 되었다. 그때 어떤 모습으로 나타날지는 아무도 알 수 없었다. 마치 하람의 몸에서 빠져나간 마魔가 어디서 어떤 모습으로 나타날지 알 수 없는 것처럼. 어쨌든 서운관이 안평대군을 향해 다시 문을 연 것은 그만큼 임금의 심리가 안정이 되었다고 해석해도 무방했다. 차영욱이 최경과 눈을 맞추고 속삭였다.

"저 남자야?"

"응."

"저, 저건……. 생긴 것부터 평범한 사람이 아니잖아."

이용이 하람의 어깨에 손을 얹고 귀에 바짝 입을 붙이고 말했다.

"아바마마, 괜찮으시던데? 세자 저하께 섭정 넘기시려고 또 엄살 부리시는 거 아닌가?"

"아니옵니다. 이번은 진짜로 미령하시옵니다."

하람은 간단히 대답해 놓고 차영욱을 향해 미소로 인사했다. 이용이 조급하게 다시 물었다.

"언제쯤 일어나실 예정이신가?"

"그걸 소인이 어떻게 알겠사옵니까? 그런 질문은 어의에게 하심이 옳은 줄로 아옵니다."

"갑자기 왜 또 편찮으셔서는……."

농담처럼 말해도 이용의 목소리에는 아버지에 대한 걱정이 가득했다. 엄살이길 바라는 마음이었다.

하람도 간윤국이 마지막으로 남긴 태종 임금의 어용, 그것이 경복궁 안에 살아 있는 것을 홍천기를 통해 들었다. 어쩌면 그것이 홍은오의 마지막 그림일지도 모른다는 것도 들었다. 어용이 살아 있는 것이 사실이라면, 경복궁 안에 있는 것도 사실이라면, 그것을 가지고 있을 사람은 임금, 단 한 명밖에 없었다.

임금은 아버지를 거스른 적이 없는 아들이었다. 어용이 살아 있는 건 거역했다는 의미이고, 그 거역한 증거를 자신의 아들 앞에 쉽게 인정할 리가 없었다. 그렇기에 이용은 임금 앞에서 입도 떼 보지 못하고 물러 나왔다. 이용이 가만히 있지 못하고 공방 안을 서성거리면서 중얼거렸다.

"저렇게 편찮으시면 말 꺼내기 힘든데. 분명히 그 핑계로 등 돌려 누우실 거란 말이지. 어떻게 하면 그걸 볼 수 있을까? 보기만 해서는 안 되고, 경복궁 밖으로 모시고 나가는 것까지 해야 하는데……. 화마한테 보여 주기 위해서라고 하면 아바마마께오서 기함하실 테고."

하람은 의자에 앉아 그림 그릴 준비를 하는 홍천기 쪽을 쳐다보았다. 웃음소리는 들리는데, 움직임에는 가라앉은 둔탁함이 느껴졌다. 비록 눈은 보이지 않아도 홍천기의 감정 변화는 알 수 있는 하람이었다. 그전에는 슬픔을 감추려고 일부러 명랑한 척하는 기운이 강했다면, 어제부터는 갑자기 죄지은 사람처럼 안절부절못하고 있었다. 물어봐도 아무 일 없다는 대답만 돌아왔다.

하람도 최근 들어 안절부절못하고 있었다. 마음에 걸리는 문제가 하나 있었기 때문이다. 얼마 전, 영의정과 사헌부의 사직원 싸움에서 임금은 결국 영의정 편을 들어 주었다. 그로 인해 원래 있던 대사헌은 공조 참판으로 보내지고, 지금의 대사헌 자리에는 남지南智가 제수되었다.

대사헌이 바뀌었다고 근정전의 소동도 지나간 일이 된 건 아니었다. 오히려 그 반대였다. 사헌부는 지금까지 영의정과의 싸움 때문에 자질구레한 건은 신경 쓸 틈도 없었다. 그런데 이제 그 부분은 일단락 났으니 지금부터 새 대사헌의 보여 주기 식 일들을 진행할 가능성이 높았다. 이전의 대사헌이 영의정을 잘못 건드려서 교체당하는 걸 보았으니, 큰 건을 건드리는 건 부담일 수밖에 없었다. 그렇게 되면, 관원들의 불만이 가장 높고, 가장 만만한 상대를 찾을 것이고, 그건 홍천기가 될 위험이 있었다. 홍천기의 최근 불안이 사헌부 때문인가?

"개충 낭자, 아, 아니, 홍 회사."

"아니라고 하셔도 이미 앞의 말을 들어 버렸습니다만?"

퉁명스럽게 말하는 홍천기 뒤로 이용의 웃음이 거칠 것 없이 터져 나왔다. 하람이 말했다.

"혹시 사헌부 쪽에서 연락 온 거 있소?"

"아니요. 앗! 그때 일 끝난 거 아니었습니까? 여태 잠잠해서 그런 줄 알았는데…….."

"그런 게 아니라, 혹시나 해서."

사헌부가 아니면 대체 무슨 문제지? 하람은 말해 주지 않는 홍천기로 인해 더 속상해지고 말았다.

"선원전 이전 공사 중인 거 지금 거의 다 완공되었지?"

갑작스러운 이용의 물음에 홍천기가 화들짝 놀라서 쳐다보았다. 이용은 그녀의 놀람이 뜬금없다고 생각했지만, 눈치를 살피면서 뒤의 질문을 이었다.

"거기 모셨던 어용은 지금 어디 있는지 아는가?"

하람도 보이지 않는 신경을 홍천기에게 곤두세운 채로 대답했다.

"잠시 수강궁에 모신 걸로 아옵니다."

"수, 수강궁에 있었던 거라고요? 그게?"

정말이지 이 이상 뜬금없는 외침은 없었다. 네 남자의 시선이 이상한 소리를 내뱉은 홍천기에게로 모조리 쏠렸다. 이용이 의심스러운 눈초리로 계속 말했다.

"그게 조만간 선원전으로 다시 들어갈 터인데⋯⋯."

"으악! 진짜요? 벌써?"

이용은 더 이상 아무 말 하지 않았다. 그렇다고 다른 사람이 말을 시작하지도 않았다. 홍천기는 네 남자를 번갈아 쳐다보다가 기어 들어가는 목소리로 말했다.

"오늘 날씨가 참 좋지요? 호호호."

따라 웃는 사람이 아무도 없었다. 최경이 한쪽 입술을 일그러뜨리면서 말했다.

"개충아. 내가 지금 이상하게 설명이란 걸 듣고 싶다, 너한테서? 방금 네 입에서 왜 그런 얼토당토않은 말들이 나왔는지 이해 못 하는 사람이 나 혼자는 아닌 것 같거든."

"날씨가 좋아서 좋다고 한 건데⋯⋯."

"그전에 한 말."

"그전? 내가 무슨 말을 했지? 기억이 안 나는걸?"

"야!"

하람이 고개를 갸웃하며 쳐다보자, 홍천기는 더욱 당황했다.

"자, 자, 잠이 덜 깼나 봅니다."

"입 다물고 싶으면 그렇게 하시오. 그건 홍 회사의 자유니까. 단! 지금 말할 수 있는 기회를 놓치고 나서 후회하지 않기를 바라오."

웃으면서 건네는 말이 협박보다 더 무서웠다.

"확실하지가 않아서……, 그게……, 저도 잘 몰라요."

"확실하지 않은 게 뭔지를 말하면 되오. 말하다가 이상하면 수정해 가면서 말해도 되니까."

"다들 안 듣는 편이 나으실 텐데……."

"그건 듣고 난 뒤에 우리가 판단하리다."

"그런 게 어디 있습니까? 듣고 나면 못 무르는데."

차영욱이 갑자기 고개를 절레절레 저으면서 귀를 막았다.

"나, 난 안 들을래. 개충이가 저렇게 말할 때는 진짜 들으면 안 되는 거야."

그러더니 귀를 막은 채로 방구석에 쪼그리고 앉았다. 홍천기가 눈을 질끈 감고 겨우 말했다.

"그게……, 수강궁에 없을지도 모릅니다."

"뭐가?"

"선원전에도……."

"혹시 거기 모셔져 있던 어용을 말하는 거요?"

홍천기가 입을 꾹 다물고 고개를 끄덕였다. 그러고는 얼른 일어나 불안한 듯 문밖과 창문 밖을 확인하고 제자리로 돌아왔다.

"저한테 와 있는 게 아무래도 그 어용인 것 같아서……."

이틀 전 일이었다. 아버지 일로 상심이 컸던 홍천기는 깊은 밤에도 잠을 이룰 수가 없었다. 그래서 공방에 앉아 그려지지도 않는 그림을 억지로 붙잡고 있었다. 어쩌면 아버지가 마지막으로 그린 그림일지도 모르는 어용을 보고 싶었다. 그 마음을 억누를 수가 없었다. 그러다 보니 손으로는 붓만 들고, 머리로는 볼 방법을 찾느라 저절로 골몰하게 되었다.

'만약에 지금의 어용이 사라지면, 그 어용이 나올 수 있지 않을까?'

새로 제작을 할 경우에 돌아가신 임금의 용안을 본 사람이라 할지라도 그전에 그려 둔 여러 가지 표본을 끌어모아 참고해서 그린다. 그런데 요사이 최고 실력의 초상화 화공은 단연 최경이다. 그리고 이 최경은 태종 임금을 뵌 적이 없다. 쉽게 내놓지 않겠지만 새 어용을 제대로 제작하기 위한 핑계로 숨겨 둔 어용을 요구해 볼 수는 있다. 이 생각대로 진행되지 않을 가능성이 높았다. 그래도 다른 생각을 할 수가 없었다.

'내 생각대로 안 되겠지? 하긴, 지금의 어용이 사라질 리가 없으니. 내가 훔쳐 낼 수도 없는 노릇이고……'

혼잣말이 있고 나서 그리 긴 시간이 지나지 않아서였다. 밖에서 대문 두드리는 소리가 들리기 시작했다. 모두가 잠든 밤, 인정이 지난 이후라 아무도 지나다니지 않는 바깥에서 들려오는 소리였다.

'홍천기 화공!'

크게 내지르는 목소리가 아님에도 불구하고 공방에 앉은 홍천기의 귀에는 분명하게 들렸다. 누구의 목소리인지도 알 수 있었다. 바로 흑객이었다. 아무리 인사를 나누고, 밤을 새어 가며 함께 그림을 본 사이라 하더라도 무서운 건 어쩔 수 없었다. 특히 늦은 밤에 적막한 공기를 가르며 부르는 목소리는 소름이 돋을 지경이었다.

'홍천기 화공!'

결국 홍천기가 공방을 나섰다. 그러곤 떨리는 걸음으로 대문을 향해 걸었다. 그 순간이었다. 대문 밖에서부터 무언가가 날아와 홍천기 옆으로 툭 떨어져 내렸다. 땅에 떨어진 건 둘둘 말린 커다란 족자였다.

'가지고 왔소. 이젠 내 화공이 마지막으로 남긴 그림을 볼 수 있겠지?'

'응? 무슨 말이야?'

대답이 없었다. 부리나케 달려가 대문을 열었지만 밖에는 아무도 없었다. 흑객은 제멋대로 용무를 끝내고 사라진 것이다. 족자 근처로 돌아왔다. 하지만 건드릴 수가 없었다. 예감이 좋지가 않았다. 그림은 매번 가지고 가기만 했지, 가져다 준 건 처음이었다. 게다가 족자 크기나 장식 등이 보통 물건이 아니었다. 발끝으로 한번 툭 건드려 보았다. 인간의 물건임에는 확실했다. 그래도 마음이 놓이지 않아 주위를 빙글빙글 돌기만 하였다.

'그냥 눈 딱 감고 보자! 날 죽이는 그림은 아닐 거잖아, 그렇지? 흑객은 나를 다치게는 안 한댔으니까……'

족자를 풀었다. 달빛조차 없이 캄캄했지만 조금씩 드러나는 그림의 정체는 다 펼쳐 보지 않아도 알 것 같았다. 외면하고 싶었다. 그래서 확인을 거부하고 다시 말아서 묶었다.

'흑객, 이 멍청한 화마. 대체 이걸 왜 훔쳐 온 거야! 이건 나를 죽일 수도 있는 그림이잖아.'

홍천기는 떨리는 손으로 족자를 꽉 잡고는 오랫동안 주저앉아 있었다. 자신에게 닥친 현실을 받아들일 수가 없었다.

"드, 드, 들어 버렸다. 들으면 안 되는데, 이건 진짜 들으면 안 되는 거였는데……"

차영욱은 귀를 막은 채로 방구석에 처박혔던 보람도 없이 다 듣고 말았다. 망연자실한 나머지 세 남자는 입만 떡 벌리고 홍천기만 바라보았다. 최경이 고개를 미친 듯이 젓다가, 목소리를 속으로 삼키듯이 고함을 질렀다.

"어용을 훔쳤다는 거야?"

"내가 훔친 거 아니야!"

"지금 네 손에 있잖아! 그게 그거지!"

"억울해! 나도 그때 얼마나 놀랐는데. 지금까지도 진정이 안 된다고."

벌어졌던 이용의 입에서 드디어 말이 나왔다.

"그 심정이 이해가 가는군."

"네! 저 엄청 당황해 가지고……."

"아니, 너 말고 흑객. 얼마나 그 어용이 보고 싶었으면."

이번에는 다른 의미로 입들이 떡 벌어졌다.

"저기, 안평대군 나리, 그렇게 자꾸 화마의 감정에 동조하고 그러시면 안 좋을 것 같은데……."

"안 좋을 것까지야. 그나저나 진짜 이 일을 어쩐다?"

이번에는 거지 노파에 의해 갑자기 근정전으로 들어가게 된 그날 밤처럼 유야무야 넘어가지 못할 것이다. 아직 일말의 희망은 남았다. 벌떡 일어난 차영욱이 희망을 말했다.

"그림 확인은 안 했잖아? 그렇지? 그러니까 아닐 거야. 아니지?"

"응! 달이 없었어. 어두워서 사람 얼굴이 그려진 것만 살짝 확인했어. 나도 절대 내가 생각하는 그 어용은 아닐 거라고 생각해. 만약에 그게 진짜라면 지금쯤 난리가 났어야지, 안 그래? 호호. 휴."

짜증이 극에 달한 최경이 타박했다.

"지금 웃음이 나오냐?"

"넌 이게 웃음으로 들리니?"

"흑객 다시 불러! 원래 자리로 돌려보내라고 해."

"내가 안 불러 봤겠니?"

혼자서 어떻게든 수습해 보려고 했었다. 흑객은 아무리 불러도 나오지 않았다. 다급한 마음에 거지 노파를 찾았지만 그도 역시 나타나지 않았다. 족자를 통째로 태워 버릴까도 고심했다. 그러면 더 걷잡을 수 없는 사태가 벌어질 것 같아 숨겨 놓고 노심초사했다. 이용이 하람에게 말했다.

"하 시일, 뭐라고 말 좀 해 보게."

"네? 아, 아……, 무슨 말을?"

하람은 완전히 넋이 나가 있었다. 지금껏 이처럼 황망한 표정의 하람은 본 적이 없었다. 그의 표정에서 상황의 심각성을 새삼 뼈저리게 느낄 수 있었다.

"별일 없이 잠잠한 것 보면 다른 그림일지도……."

갑자기 만수가 뛰어 들어왔다.

"쉿! 지금 누가 옵니다."

이윽고 임금이 보낸 내관이 뛰어 들어왔다.

"하 시일! 어디 있습니까?"

하람이 창백해진 얼굴로 대답했다.

"여, 여기 있습니다."

"당장 강녕전으로 들라는 어명이십니다."

"저기, 제가 지금 몸이 안 좋아서……."

자신도 모르게 튀어나온 거짓말이었다. 어설프기 짝이 없었지만, 그만큼 지금의 부름을 밀치고 싶은 심정이었다.

"문안차 영의정 대감도 입궐해 계십니다. 하 시일도 바로 가셔야겠습니다. 어서요!"

하람은 더 이상 버티지 못하고, 옷만 갈아입고 곧 가겠다는 말로 내관을 설득해서 먼저 보냈다. 내관의 기척이 완전히 사라지고 나서야 하람은 두 손으로 탁자를 짚었다. 겨우 버텨 선 꼴이었다. 머릿속이 엉망진창이었다. 도저히 정리가 되지 않았다. 이 상태로 들어갔다가는 실수할 확률이 높았다. 이용이 안절부절못하며 말했다.

"이로써 그림 확인은 안 해도 되겠군. 기괴한 일이 발생했을 때 아바마마께오서 제일 먼저 찾는 사람이 하 시일과 영의정이거든."

홍천기가 침을 삼키면서 부정하고 싶은 사실을 재확인했다.

"그렇다는 건……."

"화마가 엄청난 걸 훔친 거지. 하 시일! 정신 바짝 차리게. 실수하면 큰일 나. 아무 말 안 하면 아무도 알아차리지 못할 걸세. 그게 사라진 건 말 그대로 귀신이 곡할 노릇일 테니까."

"아무 말 안 하는 게 쉽지가 않사옵니다. 아무튼, 다녀오겠사옵니다. 어차피 일은 벌어졌고, 되돌릴 수 없다면 앞으로 나아가야지요."

하람이 홍천기 쪽으로 잠시 눈을 두었다가 원래도 하얀 얼굴이 더욱 창백해져서 공방을 나갔다. 최경과 차영욱이 동시에 소리쳤다.

"그거 어디다 숨겼냐?"

"배, 백유화단. 밖으로 가지고 나올 수가 없었어. 더 위험할 것 같아서. 혹시나 쥐가 파먹을까 봐서 마루 밑이나 천장 같은 곳에도 못 숨기고."

"그래서 어디 숨겼냐고!"

"내 방. 옷장 뒤."

"거긴 견주댁 방이기도 하잖아."

"그렇긴 하지만……."

백유화단은 족자나 그림이 흔한 곳이다. 그렇기에 견주댁도 크게 신경 쓰지 않으리라 생각했다. 이건 기원에 가까운 생각이었다.

열심히 걸레질하던 견주댁이 옷장 뒤에 삐죽하게 올라온 물건을 쳐다보았다. 여기는 백유화단이었다. 널린 게 족자이기에 이 같은 것이 하나쯤 방에 들어와 있다고 해서 그리 이상한 일도 아니었다. 그런데 삐죽이 보이는 장식이 예사롭지가 않았다. 말하고 싶어 하지 않는 것 같아서 전전긍긍하며 바라보던 홍천기를 못 본 척해 주었다. 밤에 잠도 이루지 못하고 자꾸만 일어나서 살피는 걸 알면서도 잠든 척해 주었다. 흔해 빠진 족자는 별 관심 없는데, 이것 때문에 홍천기의 피가 말라 가는 것은 여간 신경 쓰이는 게 아니었다.

걸레를 방바닥으로 집어 던졌다. 확인만 해 보기로 하였다. 그 정도쯤은 괜찮으리라 생각했다. 족자는 제법 무거웠다. 짧은 거리라면 모를까, 긴 거리를 여자 혼자서 들고 이동하기에는 무리가 있는 길이와 무게였다.

"대체 어디서 가지고 온 거지?"

족자를 막 펼쳤을 때였다. 바깥에서 최원호의 목소리가 들렸다.

"견주댁! 어디 있는가?"

견주댁이 방문 밖으로 고개를 내밀고 대답했다.

"여기 있어요. 왜 찾으세요?"

"오늘 저녁에 닭 한 마리 잡았으면 좋겠는데?"

"왜요? 귀한 손님 오세요?"

"아, 아니, 반디 녀석 먹였으면 해서. 자네가 보기에도 요즘 애가 많이 축났지?"

"어머! 잘 생각하셨어요. 그러잖아도 보기 딱했는데. 곧 준비할게요."

할 말을 마친 최원호가 뒤돌아 가려는데, 견주댁이 다시 불렀다.

"아차! 화단주님! 여기 한번 들어와 보시겠어요?"

"거긴 왜?"

최원호가 짐짓 경계하는 태도를 보이자, 견주댁이 실눈을 뜨고 노려보았다.

"안 잡아먹어요."

"그, 그게 아니라, 자네도 여인인데 혹여 민망한 뒷말이라도 날까 조심해 주는 걸세. 흠흠!"

"어머나, 고마우셔라. 저를 여인처럼 봐 주시기도 하시네요? 문이란 문은 다 열어 둘 테이니 들어와서 이거나 한번 봐주세요."

"뭔데?"

"초상화가 있어요. 근데 굉장히 신분이 높은 분인가 봐요."

"뭐? 반디 녀석이 나 몰래 돈벌이하러 다니는 거야?"

"최근에 그려진 건 아니에요. 들어와서 보세요."

최원호가 씩씩거리며 방으로 들어갔다. 그러고 나서 그림을 본 순간, 새파랗게 질린 목소리로 외쳤다.

"당장 문 닫게! 문이란 문은 전부 다 닫아!"

최원호가 기절하듯 방에 쓰러져 앉았다. 심상치 않은 낌새를 느낀 견주댁이 재빨리 모든 문을 닫았다.

"아, 아무도 이 방에 들여보내선 안 되네. 아무도!"

"대체 이게 뭔가요? 홍 화공이 몰래 숨겨 두고 엄청 신경 쓰던데……."

"반디 이 녀석, 대체 무슨 짓을 저지른 거야. 이게 왜 여기에? 귀신이 부린 조화가 아니고서는 이 물건이 여기 있을 수가 없는데……."

편찮아서 몸져누워 있던 임금이 힘든 몸을 겨우 일으켜 세워 앉아 있었다. 안색은 병색보다는 충격으로 인해 어느 때보다 더 어두웠다. 수강궁에 임시로 모셔 둔 태종 임금의 어용이 감쪽같이 사라져 버린 것이다. 선원전은 원래 다른 곳에 있었는데, 경복궁 내 문소전 동북쪽 모퉁이가 길하다고 하여 이전을 추진 중이었다. 조만간 선원전이 완공되어 새로 봉안할 날짜까지 택일해 둔 상황에서 벌어진 일이었다.

경비 섰던 군사들부터 취조했지만, 그들의 상태는 더 심각했다. 어용 앞을 호위하는 군사들은 그 큰 족자가 눈 깜빡할 사이에 눈앞에서 사라지는 걸 목격했다. 그곳을 들어오고 나간 사람은 본 적도 없었다. 설혹 그런 사람이 있었다손 치더라도 그 큰 족자를 지니고 움직이면 쉽게 발각이 되었을 터인데 그림자 하나 구경하지 못했다. 그렇기에 지금 제일 겁에 질린 사람은 그저께 밤에 어용 앞을 지켰던 군사들이었다. 그들은 지금 수강궁에 들어가는 것조차 하나같이 거부하는 중이었다.

"아뢰옵기 송구하오나, 귀신이 곡할 노릇이 아닐 수 없사옵니다. 해괴제라도 올리심이 마땅한 줄로 아옵니다."

"정녕 사람의 소행으로 보기 힘들다는 뜻이오?"

"지금까지의 조사로는 그러하옵니다. 본디, 사람이 살지 않는 건물에는 귀매鬼魅가 모여든다고 하였사옵니다. 모두가 겁에 질린 채로 입을 모아 그들의 장난이라고 말하고 있사옵니다."

하람이 이마에 맺힌 식은땀을 손등으로 훔쳤다. 임금이 이를 발견하고 말했다.

"쯧쯧. 아픈 사람 불러 앉혀 놓고 귀매 타령이나 하고 있다니. 하 시일, 새벽보다 안색이 더 나빠졌구나."

"송구하기 이를 데 없사옵니다."

"하 시일 생각은?"

"그, 그게……, 소신은 일관이 아니라 드릴 말씀이 없사옵니다."

"일관이 아닌 네 생각을 묻는 것이다. 귀매니 뭐니 하는 의견 외에 내가 납득할 만한 건 없느냐?"

"아직은……."

임금이 어지러운 머리를 짚었다.

"봉안 날짜가 언제라고?"

"이번 달 19일이옵니다."

새 어용을 제작하기에는 터무니없이 촉박한 날짜였다. 그렇다고 이전의 어용이 다시 돌아오기만 손 놓고 기다릴 수는 없었다. 행방을 쫓고는 있지만 단서조차 없는 상황이라 옴짝달싹도 못했다. 고민하면 할수록 더 답이 없었다. 임금과 영의정이 필사적으로 고민하는 동안, 하람은 다른 방향에서 필사적으로 고민했다. 이번은 진짜 귀매의 짓이다. 절대 이 부분을 의심하게 해서는 안 된다. 동시에 임금이 숨겨 둔 어용을 꺼내게 만들어야 한다. 이 방법을 지금 바로 이 자리에서 찾아내야만 한다.

하람이 고민하는 사이에도 임금과 영의정은 여러 차례 의견을 주고받았다. 하람이 이마에 맺힌 식은땀을 다시 한 번 훔쳤다. 그러고는 가장 자신 없는 일을 시작했다.

"아뢰옵기 송구하오나……."

임금과 영의정의 대화가 멈췄다. 두 사람의 시선이 동시에 자신에게 와 있음이 느껴지자 하람의 등줄기로 땀이 흘러내렸다.

"하 시일, 말해 봐라. 짐작 가는 거라도 있느냐?"

"코, 콜록!"

목이 막혀 쓸데없는 기침이 먼저 나갔다.

"저런! 몸이 다시 악화된 거 아니냐?"

"아니옵니다. 주상 전하, 영의정 대감! 수강궁의 방비가 허술하지 않았다는 군사들의 진술을 곧이곧대로 믿으시옵니까?"

두 사람 모두 긍정은 하지 않았다. 그렇다고 부정도 하지 않았다. 긍정을 해 줬다면 더 좋았겠지만 이 정도도 나쁘지 않았다.

"최근에 소신이 안평대군 나리를 비롯하여 그림 그리는 이들과 가까이하였사옵니다."

"오! 그랬지, 참!"

"화공도 그렇지만, 모든 장인들은 자신이 만드는 물건에 혼을 불어넣는다고 들었사옵니다. 원래 물건이란 건 각자 있어야 할 위치가 있고, 그림이란 것도 그렇다고 하옵니다. 그림이 누군가의 손에 들어가는 것은 주인의 의지가 아니라 그림의 의지라고. 특히 뛰어난 그림일수록 반드시 자기 자리를 찾아간다고 하옵니다. 하여, 사라진 어용도 원래 어용의 위치에 있을 만한 화격이 아니었기에 이러한 소동이 벌어진 것은 아닐까 사료되옵니다. 물론 이치에 맞지는 않사옵니다만, 귀매의 소행이라 하오시니 억지로 이렇게 유추해 보았사옵니다."

"허허! 평소의 하 시일과는 전혀 다른 의견이로구나."

"달리 짚이는 바가 없어서……."

임금과 영의정 사이에 대화가 그치고 눈빛만 분주하게 오갔다. 눈에는 보이지가 않았지만, 곤두선 신경을 통해 느낄 수는 있었다. 두 사람 모두에게 걸리는 무언가가 있는 듯했다. 이것은 임금뿐만이 아니라 영의정도 간윤국의 어용이 존재하고 있음을 안다는 의미였다. 운은 띄워졌다. 나머지는 켕기는 사람들이 진행해야 할 문제였다. 하람은 여기 계속 있어 봤자 방해밖에 되지 않으리라고 판단했다. 무엇보다 속이 울렁거려 더 이상 앉아 있을 수가 없었다.

"주, 주상 전하, 아뢰옵기 송구하오나 구토가……."

"그래? 얼른 가 봐라. 나머지는 우리가 상의할 터이니 넌 가서 쉬어도 좋다."

하람이 일어섰다. 그러자 임금이 급하게 다시 물었다.

"그림의 의지라는 거……."

"얼토당토않은 상언이나 올려서 송구하옵니다."

"그게 아니라, 봉안되어야 할 화격은 따로 있어서 이런 일이 발생했을 수도 있느냐?"

완전히 사라진 건 이번이 처음이지만, 그전에도 여러 차례 화를 겪은 어용이었다. 뜬금없이 천장에서 물이 떨어져 얼룩이 생긴 적도 있었고, 쥐가 갉아먹은 적도 있었고, 이유도 없이 색이 바랜 적도 있었고, 족자가 떨어져 찢어진 적도 있었다. 다른 어용들에 비해 유독 잦은 보수와 모사가 있어 왔다. 이것도 임금의 판단에 영향을 미쳤다.

"그럴 수도 있겠지만 사라진 어용이 제자리가 아니라서 귀매의 힘을 빌려 스스로 물러났다고 보는 편이 더 낫지 않겠사옵니까? 주상 전하께오서 누누이 말씀하셨듯이, 최선을 버젓이 두고 차선을 사용하는 건 옳을 수가 없사옵니다."

하람이 구토를 참는 게 보이자 임금의 마음이 더 조급해졌다.

"그만해도 좋다. 가라!"

하람은 내관의 손을 빌려 황급히 밖으로 나갔다. 그러고는 밖에서 기다리고 있던 만수의 손으로 인계되었다. 만수의 손을 잡고도 침전 영역을 완전히 벗어날 때까지 도망치듯이 걸었다. 사람의 기척이 없는 곳에 다다라서야 하람은 걸음을 멈추고 아무 데나 엉덩이를 걸쳤다. 주저앉는 쪽에 가까웠다. 구토가 쏙 들어갔다. 울렁거림도 멈췄다. 체질에 맞지도 않는 거짓말을 하느라 일어난 증상인 듯했다. 그만큼 긴장했다는 반증이기도 하였다. 그 어용을 가지고 있는 자가 홍천기만 아니었어도 이렇게까지 긴장하지 않았을 것이다.

"휴! 도대체 내가 무슨 말을 지껄인 거지? 논리에 맞기는 했나?"

논리에 맞지는 않았어도 임금과 영의정에게 파문을 일으킨 건 확실했다. 사라진 어용만 걱정하다가 간윤국의 어용으로 시선을 돌리는 데 성공한 것이다. 어설픈 하람의 거짓말 덕이 아니었다. 간윤국의 어용이 사람의 이성까지 홀렸기 때문이다. 지나치게 뛰어난 탓에 제대로 된 대접도 못 받고 어두운 곳에 처박혔던 그림은 스스로의 의지로 측은지심을 지닌 임금의 죄책감을 자극하고 있었다.

2

그동안 단오절과 왕실의 행사 등으로 인해 제대로 된 업무
가 이뤄지지 않았음에도 불구하고, 사라진 어용을 찾기 위한
임금의 노력은 중단되지 않았다. 그렇게 단서 하나 발견되지
않는 시간이 하루하루 지나갈수록 귀매의 혐의는 더욱 짙어져
갔다. 하지만 여전히 임금의 별다른 조치는 내려지지 않았다.
그만큼 고민이 깊었기 때문이다.

언제나 홍천기에 대한 걱정으로 몸져눕고, 피가 마르는 게
최원호의 일인데, 이번에도 어김이 없었다. 몸 안의 피가 홍천
기보다 더 바짝바짝 말라 가는 중이었다. 차라리 어용을 짊어
지고 경복궁 앞에서 읍소를 하든가, 들통이 나서 고문을 당하

는 편이 나을 지경이었다. 화마의 짓이라는 말이 통할 것 같았으면 그렇게 했을 것이다.

하람의 몸에서 빠져나간 마魔의 흔적은 오리무중이었다. 단오절은 휴무일이라 겸사겸사 집에서 묵어 봤지만, 흩어진 자투리 하나도 나타나지 않았다. 윤도의 지남침에서는 미세한 움직임조차 없었다. 하람은 조급했다. 마魔가 돌아오기 전에 어릴 때 도둑맞았던 눈을 되찾아 와야만 하는데, 손에 잡히는 성과는 전혀 없었다. 여전히 암흑 속이었고, 여전히 수수께끼뿐이었다. 어쩌면 다시없을 기회를 날려 버리지는 않을까 전전긍긍이었다.

홍천기와 차영욱은 작업에 열중했다. 두 사람 모두 여기서의 일을 마치면 각자의 화원으로 돌아가 돈벌이를 이어 갔다. 그러다 보니 수면 부족이 자연스럽게 따라왔다. 반면에 최경은 여기서는 구석에서 웅크려 잠을 자고, 퇴진 후에 돈벌이를 하였다. 홍천기와 차영욱 덕분에 수면 부족을 조금 던 셈이었다.

"최 화사."

잠을 자던 최경이 한쪽 눈을 뜨고 돌아보았다. 홍천기와 차영욱도 붓질을 멈추고 문 쪽을 보았다. 안견이 심각한 표정으로 서 있었다. 홍천기와 차영욱이 벌떡 일어섰다. 최경도 일어나면서 말했다.

"여기까지 어쩐 일이십니까? 작업 중이던 병풍은 어쩌시고요."

"주상 전하께오서 찾으셔서."

"다녀오십시오."

"최 화사, 너도 같이 가자."

최경의 시선이 홍천기를 향해 멈췄다. 최경을 부르는 이유는 단 한 가지뿐이다. 어용이다! 임금이 드디어 어떠한 결론을 내린 것이다. 홍천기는 자신도 모르게 안견 앞으로 쪼르르 달려가 섰다. 함께 데리고 가 달라는 의미였다.

"홍 회사는 여기 있거라."

"시중드는 화원이라고 하고 가면 안 됩니까? 데리고 가 주세요, 제발."

"가서 윤언부터 듣고. 화원들을 주렁주렁 달고 들어가면 의심받지 않겠느냐? 초상화 제일 잘 그리는 화원을 데리고 오라는 어명이 전부여서 자세한 내막은 들어가 봐야 안다."

안견은 홍천기를 보다가 한숨을 푹 내쉬었다. 아버지의 마지막 그림을 확인하고 싶은 간절한 눈빛이 마음을 아리게 하였다.

"만약에 그 어용과 관련된 일이면 반드시 너를 데리고 가마. 그러니 이번은 얌전하게 기다려라."

구석에 처박아 둔 관복을 주섬주섬 챙겨 입은 최경이 앞서 나가는 안견을 뒤따랐다. 흥분으로 상기된 얼굴이었다. 홍천기도 쫄쫄 따라서 마당까지 나갔다.

"봉안 날짜가 촉박하니까 모사하라고 하실 거야. 무조건 하겠다고 해. 안 그러면 내가 그걸 볼 기회가 없어. 개놈아, 응? 꼭이다."

최경은 대답을 하는 둥 마는 둥 하며 나갔다.

"이런 상황이니까 근정전 소동 건은 잊어버려도 괜찮을 듯

허이. 양녕대군 숙부께오서 딱 맞춰 말썽을 일으켜 주실 게 뭐람. 홍 회사는 정말 운이 좋아. 하하하."

5월 5일 단오절에 발생한 사건이었다. 임금이 법으로 금한 석척희石擲戲*에 왕실 사람들이 참여했던 사실이 발각되어 사헌부에서 조사 중에 있었다. 이 일로 홍천기가 일으킨 근정전 소동은 다시 미뤄졌고, 어영부영하다가 한 달이 지나고 말았다. 이 시점에서 다시 왈가왈부하기는 어려우리라는 게 이용의 견해였다. 하람의 의견도 다르지 않았다. 하지만 이건 이들만의 짐작이었을 뿐이다. 며칠 전부터 석척희에서 다른 곳으로 관심을 유도하려는 움직임이 있었고, 이것은 사헌부 쪽에 투서를 날리는 것으로 표면화되고 있었다.

"어? 안 선화 목소리가……."

하람의 말에 이용이 고개를 빼고 창밖을 보았다. 공방에서 안견과 최경이 헐레벌떡 나오고, 뒤따라 홍천기도 나왔다.

"갑자기 무슨 일이지?"

이용이 손에 찻잔을 든 채로 밖으로 나갔다. 안견과 최경은 가고 없는데, 홍천기만 마당에 초조하게 서 있었다. 차영욱도 초조함을 참지 못하고 마당으로 나왔다.

"홍 회사! 안 선화가 왜 다녀갔느냐?"

홍천기는 이용이 나온 곳을 보았다. 어디 갔나 했더니 하람

---

* 편을 나눠 조각돌을 던지며 싸우는 전통 놀이. 놀이로 인해 부상을 당하거나 사망하는 경우가 자주 발생하여 세종 때 법으로 금했지만 사라지지 않았음.

과 함께 있었던 모양이다.

"초상화 제일 잘 그리는 화원을 데리고 오라는 어명이라고 하시옵니다."

"드디어 왔구나!"

"나리께오서는 왜 거기서 나오시옵니까?"

"하 시일과 놀아 주고 있었다."

근무 시간이다. 그러니 놀아 주기보다는 방해하는 쪽에 더 가까울 것이다. 이용이 다급하게 들고 있던 찻잔을 홍천기의 손에 쥐어 주고는 걸음을 밖으로 향했다.

"어디 가시옵니까?"

"따라갔다가 오마."

"참으시옵소서."

하람의 목소리가 이용의 발을 잡았다. 하람도 마당으로 나와서 섰다. 이용이 나가지도 못하고 그렇다고 들어오지도 못한 채로 서서 애원했다.

"궁금해서 미칠 것 같은데?"

"그래도 참으시옵소서. 최 화사가 돌아올 때까지."

"으악! 어떻게 참으란 말인가! 내 인내심은 보잘것없다고!"

비명은 이렇게 내질렀지만, 이용의 몸은 마당으로 다시 들어왔다. 그러고는 홍천기보다 더 설레서 마당을 서성거렸다. 봉안 날짜가 너무 촉박했다. 만약에 새로 제작을 한다면 봉안 날짜를 미룰 수밖에 없다. 봉안 날짜를 지키려면 모사 외에는 방법이 없다. 어떤 결정이 내려지든 최경은 무조건 승낙하기로 미리 합의했다. 임금이 그와 비슷한 어명을 내리지 않더라도, 하겠다며 간청드릴 예정이었다. 그 어용을 볼 기회가 홍천기나 다른 사람에게까지 오게 하려면 예상대로 되지 않으면 안 된다.

안견과 최경이 임금을 알현하러 들어간 곳은 강녕전이었다. 공적인 공간이 아니라, 사적인 공간으로 들어간 것이다. 임금은 두 사람을 앉혀 놓고도 오랫동안 고심하다가 말했다.

"혹시 소문을 들었는지 모르겠다만, 수강궁에 모셔 둔 어용이 감쪽같이 사라졌네."

두 사람은 대답하지 않았다. 소문을 들었다고 하기에는 애매한 처지였고, 그렇다고 못 들은 것은 또 아니기에 대답하기가 곤란했다. 어떻게 대답해도 실수할 것 같았다.

"백방으로 알아봐도 단서 하나 건지지 못했네. 선원전 봉안 날짜가 19일인데……."

임금이 최경을 보면서 말을 이었다.

"젊구나. 자네가 초상화를 제일 잘 그리는 화원인가?"

안견이 머리를 조아리고 대신 대답했다.

"이 젊은 화원이 단연 최고이옵니다."

"19일 이전까지 어용을 완성하는 건 무리겠지?"

"그건 신이나 마魔의 힘을 빌려도 불가능하옵니다."

"사실은……."

임금이 말을 꺼내다가 집어넣었다. 그리고는 여러 번 이마를 짚다가 겨우 말했다.

"나에게 숨겨 둔 어용 한 벌이 있는데, 그걸 똑같이 모사하는 데 얼마 정도의 시간이 걸리겠는가?"

"그 어용의 화격이 어느 정도인지에 따라 다르옵니다."

"나의 안목으로는……, 사라진 어용은 견줄 수도 없을 만큼 뛰어난 경지일세."

최경이 고개를 들었다. 그러고서 더 이상 참지 못하고 말했다.

"보여 주시옵소서! 소신이 직접 보고 판단하겠사옵니다."

홍은오의 그림일지도 몰라서 보고 싶은 게 아니었다. 홍천기의 절박함도 지금 이 순간만큼은 관심 밖이었다. 최경은 초상화의 맥이 끊어진 도화원에서 홀로 고군분투하여 쌓아 온 실력이었다. 초상화를 그리는 화원들은 많았지만, 흉내를 내는 정도밖에 되지 않았다. 중요한 핵심이 빠진 듯한 느낌을 지울 수가 없었다. 그런 그들에게서 배울 수 있는 건 한계가 있었다. 그래서 주변으로부터 최고라는 소리를 들으면서도 자신의 부족함을 느끼고 있었다. 그 부족함이 무엇인지 알려 주는 사람이 지금까지 아무도 없었다. 이제 간윤국의 어용이 답을 줄 것이다.

한쪽 벽으로 족자가 풀려서 내려왔다. 익선관이 나타나자마자 이미 초상화의 경지를 보고 말았다. 익선관의 씨줄과 날줄 하나까지 세밀하게 담겨 있었다. 얼굴은 더 심오했다. 피부 결과 눈썹 한 올 한 올까지를 정밀하게 묘사한 데에서 그치지 않았다. 더 놀라운 것은 한 얼굴에 담겨진 다양한 표정이었다. 어찌 보면 화난 듯도 하고, 어찌 보면 웃는 듯도 하고, 어찌 보면 슬픈 듯도 한 표정. 자애로운 듯도 하고, 엄격한 듯도 하고, 괴 팍한 듯도 하고, 잔인한 듯도 한 인격. 이 모든 것이 한 얼굴에 전부 다 담겨 있었다. 이런 초상화를 그리고 싶었다. 머릿속에 만 있던, 잡히지 않던 형상이 눈앞에 실물로 있었다. 어용을 바 라보던 최경의 눈에 눈물이 맺혔다.

"아⋯⋯, 세상에⋯⋯, 이런 그림이 진짜 존재했다니⋯⋯."

최경은 무아지경에 빠져 여기가 어딘지, 누구와 함께 있는 지, 왜 이곳에 왔는지, 무엇을 조심해야 하는지 전부 잊었다. 이 세상에는 눈앞의 어용과 자신 외에는 아무것도 존재하지 않 았다. 어용의 얼굴을 감히 손으로 짚었다.

"내가 그려 온 건 전부 엉터리였어. 눈이 다른 건가? 입매? 대체 이 얼굴들을 어떻게 그린 거지?"

"최 화사! 정신 차리게! 최 화사!"

안견이 그림으로 빨려 들어가던 최경을 가까스로 잡아당겼다.

"앗! 죽을죄를 지었사옵니다, 전하!"

"괜찮네. 화원이 그림을 탐구하고자 하는 욕구를 나무랄 수 는 없지. 그림에 홀린 게 뻔히 보여서⋯⋯. 최경 화사라고 하였 는가? 모사가 가능하겠는가?"

"이, 이걸 어떻게⋯⋯. 불가능하옵니다! 소신은 아직 이 어용 을 모사할 실력조차 되지 않사옵니다. 눈에 보이지 않는 오차 하나로도 이 어용의 가치는 망가지고 말 것이옵니다. 이건⋯⋯, 못 건드려⋯⋯."

이것은 진심이었다. 다음을 계획하고 의도해서 하는 말이 아니었다. 그렇기에 임금도 최경의 심정을 있는 그대로 받아들였다.

"모사조차 어렵다……."

안견이 떨리는 목소리로 말했다.

"이건 기해년의 그 어용이 아니옵니까? 이것이 어떻게 지금까지……."

"선대왕께오서 이것을 보고 '옛사람의 말에 '만일 조금이라도 꼭 같지 않는 데가 있으면 나 자신이 아니다.'라고 하였다. 이것은 나와 꼭 같지 않으니 나라고 할 수 없다. 불살라 버려라.' 하는 명을 내리셨다네. 나는 차마 그럴 수가 없었지. 그때는 내가 왜 그랬을까 의아했는데, 지금에 이르러 비로소 알 것 같네. 살아남은 건 나의 의지가 아니라, 이 그림의 의지였음을……."

도화원으로 들어오는 안견을 발견한 건 홍천기가 제일 먼저였다. 홍천기는 제일 빨리 그에게로 달려 나왔다.

"어떻게 되었습니까?"

"좀 더 고심해 보시겠다고 하셨……. 응? 최 화사는?"

이용과 차영욱도 달려 나왔다.

"같이 가셨잖아요."

"여기로 안 왔느냐?"

"네? 안 왔는데요?"

"나보다 먼저 나갔는데? 좀 되었다."

하람도 마당으로 나와 섰다.

"주상 전하께오서 모사는 윤허할 수 없다고 하셨습니까?"

"그 반대일세. 최 화사가 못 하겠다고 그랬네."

모두가 어리둥절하여 서로를 쳐다보았다. 머리를 맞대고 고심한 걸 한순간에 날려 버린 것이다.

"대체 왜 의논한 대로 안 한 거지? 선화마님! 이 자식 지금 어디 있습니까?"

"나도 걱정이구나. 얼른 최 화사부터 찾아봐라."

홍천기가 씩씩거리며 공방으로 들어가 퇴궐할 채비를 하고 나왔다. 차영욱과 이용도 함께였다. 안견이 달려 나가는 홍천기를 불러 세웠다.

"홍 회사!"

세 사람이 동시에 뒤돌아보았다.

"최 화사가 그 어용을 직접 보았다."

홍천기가 안견 앞으로 더듬더듬 걸어왔다. 화마의 말이 사실이었다. 진짜 존재하고 있었다. 이용은 환호를 지르고 싶은 걸 꾹 참았다. 아직은 멀었다. 자신의 두 눈으로 보기 전까지는 존재해도 존재하는 것이 아니다. 안견이 타이르듯이 말했다.

"그 녀석 지금 충격이 크다. 그림 앞에서 완전히 넋을 놓았었다. 아마도 자신이 무슨 말을 했는지도 기억 못 할 거다. 다행히 큰 실수는 없었으니까, 너무 원망하지 마라."

"어, 어땠습니까? 그 어용……, 다친 곳 없이 괜찮았습니까?"

"사라진 어용보다 훨씬 보관이 잘 되었더구나."

"좋았습니까?"

"최 화사가 충격을 받았을 정도면, 더 말할 필요가 없지 않겠느냐?"

"누구의 것인지 알아보셨습니까?"

"단박에 알아보았다. 그건 홍은오가 아니고서는 그릴 수 없는 그림이거든."

홍천기는 무심코 고개를 끄덕였다. 왜인지는 알 수 없는 끄덕임이었다.

"나머지는 개놈한테 물어보겠습니다. 고맙습니다."

서운관을 달려 나가는 홍천기 옆으로 차영욱이 함께 달리면서 말했다.

"그 녀석 어디로 갔는지 알 것 같다."

홍천기와 이용이 동시에 대답했다.

"나도."

안견은 세 사람이 사라지고 나서도 한참을 문 쪽만 응시하다가 하람을 돌아보았다.

"차 한 잔 얻어 마실 수 있겠는가?"

"물론입니다."

만수가 화로가 있는 곳을 향해 부리나케 달려갔다. 두 사람은 공방으로 들어가 마주 보고 앉았다. 그제야 안견도 긴 한숨을 내쉴 수 있었다. 그도 최경 못지않게 충격을 받았던 것이다. 무서웠다. 만약에 홍은오가 다치지 않았다면, 그래도 결국은 미쳤을 거라는 생각이 들 만큼. 그림을 보고 그런 생각을 안

할 수가 없었다. 김문응의 산수화마저도 보잘것없이 느껴지게 만드는 강렬한 색채의 화원화⋯⋯. 화마는 여백을 잡는 화공을 사랑하는 게 아니었다. 그림, 오직 그림만 사랑하는 거였다. 종류는 무의미했다.

"빈틈이라고는 없었다네. 자신의 여백을 전부 버렸어. 그 당시에 그 정도까지 그리고 있었다니⋯⋯."

만수가 차 도구들을 탁자 위로 옮겨 놓았다. 그러고는 뜨거운 물을 찻주전자에 부어 놓고 나갔다. 하람이 차 통을 더듬어 뚜껑을 열고, 찻잎을 주전자에 넣었다.

"선화마님 같은 분이 자괴감을 가지시다니요. 지금 장안에선 선화마님을 따를 화공은 없는 것으로 압니다."

"호랑이 없는 골짜기에 여우가 왕 노릇 하는 게지."

"지나친 겸손이십니다. 화마의 안목과 비슷한 안평대군께서 각별히 사랑하시는 화원이 아니십니까?"

"화마와 비슷한? 하하하."

안견의 눈으로 탁자 옆에 밀쳐놓은 지도들이 들어왔다. 베껴 그린 홍천기의 그림은 낡은 지도에서 점 하나도 다른 부분 없이 똑같았다. 그런데 달랐다. 눈으로는 식별할 수 없는 다름이었다. 홍은오가 가진 기질을 그대로 빼닮은 솜씨였다. 한낱 지도를 그림으로 만드는 솜씨. 최경도 이걸 봤을 것이다. 보았기에 어용 앞에서 더 좌절했을 것이다.

"그러잖아도 부탁드릴 게 있어서 찾아뵈려고 했습니다. 선화마님, 저한테 그림이 좀 필요하게 되었습니다."

안견은 붉은색이 사라진 하람의 흑갈색 눈동자를 쳐다보지 않을 수 없었다. 여전히 볼 수 없는 눈인 걸 다시금 깨닫고 말했다.

"뜬금없이 그게 무슨 말인가? 홍 회사 그림을 소장하더니, 갑자기 다른 그림도 욕심이 난 겐가?"

"안평대군께오서 화마와 이상한 약속을 하셨습니다."

안견은 화마라는 말에 관심을 집중했다. 요사이 어용 실종과 관련해서 화마와 관련이 있는 건 귀띔으로 들었다. 하지만 지금의 말은 금시초문이었다.

"어떤 약속?"

"좋은 그림을 구해서 보여 주기로. 그런데 아시다시피 화마의 안목이 여간 높은 게 아니라서요. 중국 쪽으로도 알아보겠지만, 지금 조선 내에서 이 부탁을 드릴 분은 선화마님뿐입니다."

"약속은 안평대군께서 하셨는데, 자네가 적극적인 걸 보니, 대가는 홍 회사로군."

하람은 흑갈색 눈동자에 번지는 미소를 감추지 않았다. 각자의 찻잔에 우러난 차를 따르고 안견 앞으로 먼저 내밀었다. 안견이 차를 한 모금 마시고 난 뒤에 말했다.

"나더러 화마를 홀리는 그림을 그려라?"

"그림 소장은 안평대군께서 하십니다. 화마에게는 보여 주기만 하고요. 그렇게 되면 그림의 수명만 다소 줄어든다고 합니다. 싫으시다면 저도 부탁드릴 수는 없지만……."

"이보게, 하 시일! 자네는 내 그림 수명이 얼마 정도라고 생각하는가?"

"모르겠습니다."

"난 도화원의 화원일세. 따라서 그림 수명도 길지가 않지. 안평대군께서 내 그림을 소장하신다면, 반대로 수명이 늘어나는 걸세."

"그렇게 생각하신다면 다행입니다."

"화마를 만족시킬 그림을 그린다, 그게 환쟁이에게 있어서 얼마나 설레는 일인 줄 아는가? 진짜 화마가 내 그림을 봐 준다는데. 하하하. 그 제안은 흔쾌히 받아들이겠네. 간만에 머리가 맑아지는 기분이야."

안견이 입안에 차를 전부 털어 넣고, 홍천기가 베껴 그린 지도를 바라보았다. 어쩌면 미처 다하지 못한 홍은오의 화업畵業을 대신 하기 위해 태어났을지도 모른다는 생각이 들었다. 같은 핏줄이라도 실력이 이렇게까지 대물림되기는 어렵기 때문이다.

"그러고 보니 이 녀석, 제 아비가 다친 그다음 날인가 태어났지 아마? 얼추 들어맞는군."

"갑자기 그게 무슨 말씀이신지……."

"아, 아닐세. 괜히 혼자 뻘 생각을 하였네. 홍 회사의 실력이 놀라워서 뭔가 운명이 아닐까 하는 마음에. 화마가 붙은 건 우연이 아닐 테니까."

예전에 홍천기에게서 들은 말들이 떠올랐다. 어려서부터 그림을 그렸는데, 언제 어떻게 그리게 되었는지는 기억에 없다는 말이었다. 숙명이라는 건 그런 것이리라.

"조만간 지도 모사에서 손을 떼게 해야겠군."

안견의 중얼거림이 하람의 가슴에 비수처럼 꽂혔다.

최경은 예상대로 홍은오 앞에 앉아 있었다. 홍천기와 이용, 차영욱이 그의 뒤에 가서 섰다.

"어떻게 그리는 겁니까?"

최경이 물었다. 홍은오의 대답은 없었다. 그저 의아하게 쳐다만 보았다.

"대체 어떻게 하면 그렇게 그릴 수 있는 겁니까?"

만약에 홍은오가 다치지 않았다면, 그래서 도화원에 계속 있었다면, 이 사람에게서 많은 것을 배웠을 것이다. 지금쯤 보다 나은 초상화를 그리고 있었을 것이다. 홍은오가 홍천기를 쳐다보았다. 알아보는 눈빛이었다. 그 눈빛이 말했다.

"이 젊은이가 아까부터 계속 같은 말만 합니다. 난감하게……."

"아, 아버지! 저를 알아보시겠습니까?"

"네, 자주 오는 화공 아닙니까? 앞의 젊은이도."

김문웅의 짓인 걸 알고 나서 처음 만나는 아버지였다. 여전히 다친 머리는 회복되지 않았다. 영원히 회복하기 힘들다고 하였다. 어쩔 수 없이 왔지만 아버지를 마주할 자신이 없었다. 자꾸만 마음이 무너져서 견딜 수가 없었다.

"개놈아, 가자."

"난 봤다. 개충아! 난 봤다고!"

"나 여기 서 있기 힘들다. 가서 이야기하자."

"그건⋯⋯, 그림이 아니었다. 그냥 사람이었어. 어떻게 그리는 거냐고 안 여쭤 볼 수가 없었다. 여기로 안 뛰어올 수가 없었다. 나는⋯⋯, 붓도 제대로 못 잡는 놈이었어."

차영욱이 최경의 뒤통수를 사정도 없이 후려갈겼다.

"정신 차려! 네가 그렇게 말하면 나는 접시 물에 코 박고 죽으랴? 야! 개충아, 이 자식 죽여 버려!"

"하고 싶으면 네가 해. 살인을 왜 나한테 떠넘겨?"

"난 처자식이 있잖아."

홍천기와 차영욱의 눈이 동시에 휘둥그레졌다. 갑자기 이용이 최경의 멱살을 잡아 일으켰기 때문이다. 그러고는 화를 참지 못하고 질질 끌고 가면서 말했다.

"따라와! 내 손으로 죽여 버릴 테니까! 감히 내 눈앞에까지 도달한 그림을 날려 버려? 그르친 기회를 어떻게 만회할 거냐고! 내 그림 내놔!"

농담으로 외치는 소리가 아니었다. 이용의 분노는 진짜였다. 이렇게까지 화가 난 이용은 처음 보는 듯했다. 태종 임금의 어용이 이용의 그림이 아닌 건 차치하고서라도, 공들였던 기회를 날려 버린 건 최경의 잘못이었다. 최경도 여기에 대해선 입이 열 개라도 할 말은 없었다. 게다가 신분이 까마득하게 높은 분이 화를 내고 있었다. 반항 한번 못 하고 끌려갈 수밖에 없었다. 홍천기와 차영욱도 말릴 엄두조차 내지 못한 채 뒤를 따랐다. 그리고 그 뒤를 한숨 푹푹 내쉬는 청지기가 따랐다.

| 세종 20년(무오년, 1438년) 음력 5월 12일 |

사헌부가 떠들썩했다. 그중에서도 하람이 외치는 소리가 가장 쩌렁쩌렁했다.

"함문도 없이 이게 어떻게 된 일입니까!"

쾅!

하람의 주먹이 탁자 위를 내리쳤다. 나무 탁자가 떨렸을 정도였기에 하람도 상당한 통증이 있었다. 하지만 조금도 느낄 수가 없었다. 홍천기가 이곳 사헌부 감옥에 들어와 있었다. 아침에 입궐하려고 경복궁으로 들어가기 직전에, 앞에서 기다리고 있던 사헌부 관원들에 의해 잡혀 온 것이다.

처음 이 소식을 전해 들은 하람과 공방에 있던 사람들은 어용이 들통 난 줄 알고 사색이 되었다. 부랴부랴 내막을 알아보니 근정전 소동으로 인한 것이었고, 지금까지 어안이 벙벙한 상태였다.

"하 시일! 대과나 소과 급제자도 아니고, 한낱 잡과 관리들까지 함문으로 주고받을 만큼 이곳 사헌부가 한가하지 않소."

"사전 통보도 없이 갑자기 이럴 수는 없습니다."

문 감찰監察이 의자에서 일어나 조금 전에 흔들렸던 탁자에 걸터앉았다. 이 자세 덕분에 하람과의 거리가 가까워졌다.

"우리도 지금 입장이 곤란해서……."

사헌부 내에서도 임금의 탄신 하례에 있었던 근정전 소동이 풍속을 심각하게 해치는 수준은 아니라고 판단하고 크게 문제 삼지 않았다. 그런데 최근 들어 계속 들어오는 건의는 무시하기 힘들었다. 오히려 밤에 술 취해서 근정전에 있었던 소동이 더 큰 문제였지만, 이것은 대군도 포함된 건이라 아무도 건드리지 않았다. 징계 수위를 정하는 것도 애매했다. 난동도 아니고 귀여운 수준의 소동에 불과하기에 녹봉을 삭감하는 선에서 정리하려고 했지만, 하필 녹봉이 지급되지 않는 관직이라 이도 불가능했다. 그래서 며칠간만 사헌부 감옥에 넣었다가 풀어 주는 것으로 결정을 내렸다.

"찜찜한 거 털고 간다고 생각하게. 이렇게라도 해 두면 우리도 다른 중요한 일에 지장을 덜 받고."

"그런데 왜 하필 지금에 와서……."

선원전 봉안 날짜가 19일이다. 7일 정도밖에 남지 않았다. 오늘이나 내일쯤에 어용을 어떻게 할지 결정이 날 것이다. 그 어떤 방법을 강구하더라도 감옥에 있는 한에는 어용을 볼 수가 없었다. 어쩌면 그 어용을 볼 수 있는 마지막 기회를 감옥 안에서 보내게 될지도 모른다. 하람은 그런 홍천기가 안타까워서 여기까지 한달음에 올 수밖에 없었다.

"더 이상 미룰 수도 없었네."

"감옥에는 얼마나 있습니까?"

"5일. 조서 작성하는 건 하루나 이틀이면 되는데, 5일은 둬야 뒷말이 없거든."

"5일이나?"

"자네 입장이야 길다고 느끼겠지만, 주상 전하 탄신 하례에 앞서 근정전에서 추태를 부린 사안이면 5일은 관대한 걸세."

"홍 회사는 무사합니까? 혹시 거칠게 다루신 건 아니겠지요?"

"하! 거칠게? 무사하지 못한 것도 우리 관원들이고, 거칠게 다뤄진 것도 우리 관원들일세. 홍 회사가 아니라. 저쪽에 있는 관원들 좀 보게. 아 참! 자네는 안 보이지?"

문 감찰은 한숨을 푹 쉬면서 하람의 어깨를 위로하듯 두드렸다.

"홍 회사와 혼인할 생각인가?"

"네, 당연하지요."

"다시 생각해 보는 게 어떻겠는가? 보통 우악스러운 게 아닐세. 저쪽에 다들 만신창이가 돼서 쉬고 있는 걸 자네한테 보여 주고 싶으이."

하람은 눈을 감은 채로 주변의 기척을 확인했다. 공간 안에 피곤에 찌든 인간들로 가득한 느낌이었다.

"누구든 여기 끌려오는 건 무서울 테니까요."

"그게 아니라, 잘못은 자기한테만 있다고, 하 시일은 아무 상관없다고 난리를 친 걸세. 어휴!"

보이지 않아도, 보지 않았어도 상상이 가고도 남는 행동이었다. 그래서 웃음이 나오고 말았다.

"허허. 웃는군. 웃는 지금이 좋을 때지. 쯧쯧."

"면회하고 싶은데 가능한가요? 잠깐이면 됩니다. 많이 놀랐을 텐데…….”

“많이 놀란 건 자네 같지만, 따라오게.”

문 감찰이 앞서 걸었다. 여기는 낯선 장소였다. 지팡이로 바닥을 확인하고, 동시에 문 감찰과 만수의 기척에 귀를 기울여 걸어야만 한다. 그래야 실수하지 않는다.

홍천기는 문 감찰이 들어오는 걸 발견하기에 앞서, 그의 뒤에서 함께 들어오는 하람을 먼저 발견하고 일어섰다. 그러고는 감옥 틀에 바짝 붙어 섰다.

“홍 회사!”

“네! 저 여기 있습니다. 이쪽…….”

성큼성큼 걸어오면서 뻗은 하람의 손을 홍천기가 감옥 창살 너머로 팔을 빼서 잡았다. 계산 없이 움직였지만 그녀에게 이끌린 걸음은 실수하지 않았다. 간절했던 그녀의 체온이 손을 통해 전해지자, 그제야 하람이 안심 어린 한숨을 내쉬었다. 함께 들어온 만수는 울먹임을 참느라 제 입술을 꼭 깨물었다.

“이런 누추한 곳까지 왜 오셨습니까?”

여전히 씩씩한 목소리였다. 하람이 홍천기의 얼굴을 손으로 더듬었다. 그러더니 이내 손으로 위치를 확인한 입술 위에 자신의 입술을 올렸다. 예상치 못한 입맞춤이었다. 어리둥절했던 홍천기의 눈동자가 하람의 입술이 멀어지자 미소로 변했다. 만수와 문 감찰, 감옥 안에 갇혀 있던 죄수 두 명은 당황하여 이미 등을 돌리고 난 뒤였다.

“와! 저 감옥에 자주 들어와야겠습니다. 그런데 여기 사람들도 있는데⋯⋯."

"내가 앞 못 보는 맹인이라 그건 미처 몰랐소."

모르지 않았다. 알면서도 참을 수가 없었다. 입술을 맞추지 않았다면 눈물을 흘렸을 것이기에.

"이렇게 하시면 조서 쓸 때 조금 곤란합니다. 귀공이 평소에는 손도 한번 안 잡아 줘서 내가 그 소동을 일으킨 건데, 여기서 이러시면 아무도 안 믿을 거 아닙니까? 하던 대로 하십시오. 문 감찰마님! 하 시일이 제가 감옥 들어와서 인심 쓴 겁니다. 오해하시면 안 됩니다."

씩씩한 걸 넘어 명랑하기까지 한 목소리였다. 애쓰고 있는 게 느껴져 더 안타까웠다.

"여기 오래 계시면 안 됩니다. 감옥은 아무래도 음습한 장소이다 보니 혹시나 마魔, 아니, 안 좋은 기운이 다시⋯⋯."

"품에 호도를 넣어 왔소. 괜찮소? 다친 곳은 없고?"

정신을 챙길 겨를도 없었던 하람을 대신해서 품에 호도를 챙겨 넣은 건 만수였다.

"네, 멀쩡합니다. 그래도 저만 들어와서 다행입니다. 전 귀공도 들어오는 줄 알고 얼마나 노심초사했던지."

하람은 홍천기의 손을 두 손으로 모아서 꼭 쥐었다.

"왜 쓸데없이 내 걱정을⋯⋯. 여기에 당신 혼자 어떻게 두지?"

"안 보여서 모르시나 본데, 여기 엄청 좋습니다. 제가 여자라고 여기 한 칸은 혼자서 사용하라며 완전히 비워 주더라고요. 여기보다 더 엉망인 곳에서도 많이 자 봤는걸요, 뭐. 여긴 널찍한 것이 궁궐이 따로 없습니다. 그리고 사헌부 관원이라고 하면 성질 더럽고 무서울 줄 알았는데, 다들 친절하고요. 뒷간도 다모가 데리고 가 준답니다. 엄청 괜찮죠? 저는 그냥 여기서 지긋지긋한 일도 안 하고 모처럼 푹 쉬다가 나가면 돼요. 옆 칸에 계신 분들도 비리에 연루돼서 들어오셨다는데, 다 점잖으세요. 먹을 것도 나눠 주시고. 아! 진짜 비리를 저지르신 건 아니랍니다. 억울하시대요. 그리고 음……, 음…….”

“그만……, 그만 말해도 되오. 나를 안심시키기 위한 말임을 아니까.”

“진짠데. 보여 드릴 수도 없고, 참. 진짜 여기 좋은데…….”

감옥에 들어와서 힘든 게 아니었다. 이로 인해 그가 자신의 마음을 학대할까 봐 그것이 힘들었다. 이 때문에 홍천기는 자꾸만 주절주절 말하지 않을 수 없었다. 하람이 그녀의 볼을 천천히 쓰다듬었다. 홍천기를 위로하고 싶었지만, 그녀의 체온을 통해 정작 위로를 받은 쪽은 하람이었다.

“봐! 정말로 여기가 좋은 증거. 귀공이 제 손을 이렇게 꼭 잡아 주시기도 하고, 볼도 쓰다듬어 주시기도 하고. 호호호.”

문 감찰이 하람의 어깨를 잡아끌면서 말했다.

“하 시일! 이제 그만하고 나가세. 우리도 바쁘다네.”

“자, 잠깐만…….”

“어허! 말 듣게. 한 달이나 1년도 아니고, 고작 며칠 헤어져 있는 걸 가지고 뭐가 이리 애가 타는가?”

감옥에 갇힌 죄수들도 웃으며 놀렸다.

"내가 예전에 멀리 3년 유배 떠날 때도 아내와 저렇게까지 애절하지 않았는데. 하하하."

"저렇게 죽고 못 사니 그 소동을 일으켰지. 하여간 요즘 젊은것들은 때와 장소도 가릴 줄 몰라. 쯧쯧."

하람은 거의 강제적으로 끌려 나갔다. 홍천기는 멀어져 가는 그의 뒷모습을 보면서 입술을 깨물었다. 언제나 경복궁에 홀로 남겨 두고 가는 발이 떨어지지 않았다. 가다가 서고, 가다가 서기를 되풀이하다가 결국 최경의 구박을 듣기 일쑤였다. 그런데 지금 이 순간, 남겨지던 그의 슬픔을 느낄 수 있었다. 하람은 언제나 외롭게 멀어져 가는 발소리에 귀를 기울였다. 하람도 지금 이 순간, 남겨 두고 가던 그녀의 슬픔을 느낄 수 있었다. 서로의 심정은 언제나 같았음을 느낄 수 있었다.

최원호는 쓰러지지 않고 걷는 게 기적이었다. 간간이 견주댁의 부축을 받아 가며 사헌부로 향했다. 그의 머릿속은 온통 훔쳐 온 어용뿐이었다. 견주댁이라고 사색이 안 된 건 아니었지만, 최원호보다는 강했다. 그녀가 사헌부 대문 앞에 있는 하람을 먼저 발견했다.

"하 시일마님!"

하람은 즉각 견주댁임을 알아차렸다. 그리고 최원호도 함께 왔으리라는 걸 알 수 있었다. 이것은 만수가 귀띔으로 확인해 주었다. 최원호가 다 타 버린 잿더미처럼 휘적휘적 달려가 하람의 손을 덥석 잡았다.

"어, 어떻게 된 겁니까? 왜 우리 반디가 이 흉악한 사헌부에……."

하람은 최원호의 머릿속에 있는 내용이 무엇인지 알아차렸다.

"아! 생각하시는 큰 사건은 아닙니다. 저번에 근정전에 있었던 작은 소동 때문에……."

최원호의 눈에 생기가 조금 돌아왔다. 어용 때문은 아니라는 뜻이다. 그러자 여기까지 오면서 잊고 있던 분노가 깨어났다.

"이 자식은 관직 받은 지 얼마나 됐다고 벌써 말썽을 일으켜! 이걸 그냥!"

최원호가 사헌부로 뛰어 들어갔다. 하람은 따라 들어가려는 견주댁의 발소리를 붙잡았다.

"견주댁!"

"네, 말씀하세요."

"상의드릴 게 있습니다. 홍 회사 옥바라지 문제로."

"헉! 가, 감옥에 오래 계시는 건가요?"

"네."

견주댁이 충격으로 휘청했다. 오래라면 한 달? 1년? 하람의 표정에서 유추하면 족히 5년은 걸릴 듯했다.

"어, 얼마나요?"

"5일이나."

"5일이나. 네? 5일? 아이고, 놀래라. 뭐, 경우에 따라서는 5일이 굉장히 긴 시간이기는 하겠네요."

"감옥은 단 하루도 긴 시간입니다."

472

견주댁이 빙그레 웃으면서 고개를 끄덕였다. 하루도 긴 시간이라는 말에 대한 끄덕임이기도 하였지만, 홍천기를 생각하는 하람의 표정에 대한 만족감이기도 하였다.

3

"아이고, 왔구나."

임금은 안평대군이 온 목적을 알고 있었다. 어차피 다 들통
난 마당에 굳이 숨길 이유는 없었다. 그래서 어용을 걸어 두라
는 지시를 내리고 난 뒤에 이용을 방으로 들어오도록 허락했
다. 이용은 열린 방문 사이로 들어오다 말고 걸음을 뚝 멈췄다.
어용이 보란 듯이 방에 걸려 있었다. 이용은 귀신에 홀린 것처
럼 임금에게 인사도 올리지 않고 어용 앞으로 끌려 들어갔다.

"안평대군! 인사는 해야지."

임금의 호통이 들리지가 않았다. 그림을 보기만으로도 정신
이 없었다. 임금도 처음에는 인내심을 가지고 기다렸다. 그런
데 아들은 시간이 지나도록 어용에서 빠져나올 기미가 보이지
않았다. 결국 임금의 인내도 바닥이 났다. 자리에서 일어난 임

금은 아들의 귀를 잡아당겼다.

"악! 누구야!"

"나다."

이용의 시선이 그림에서 겨우 떨어졌다.

"아, 아버지, 아니, 아바마마!"

임금이 아들의 귀를 놓으면서 한숨을 쉬었다.

"정말 걱정되는구나. 어용 앞에서 정신을 놓다니."

"아바마마! 이건 어용이기에 앞서 그림이옵니다. 이처럼 뛰어난 그림은 구경하기도 쉽지 않사옵니다."

임금이 어용을 바라보았다.

"네 눈에 그렇게 보인다면, 정말 좋은 어용이라는 의미겠지?"

"소자에게 주시옵소서! 정성을 다해 소장하겠사옵니다."

임금은 놀라지 않았다. 이용의 입에서 충분히 나올 법한 말이라고 생각했다.

"나는 지금 고민이다."

"무슨 고민이신지는 모르오나, 이 그림은 소자에게 주시옵소서."

"이걸 선원전에 모셨으면 하는데……."

"그래도 소자에게 주시……. 네?"

"선원전에 모셨으면 한다. 그런데 문제가 조금 있는 어용이라……."

이용의 놀란 눈이 잠시 임금에게 머물렀다가 다시 어용으로 돌아갔다.

"아깝사옵니다."

"무엇이?"

"선원전에 걸어 놓기가. 이렇게 뛰어난 그림은 제 품에 있어야 하옵니다. 소자가 정말 마음을 다해 사랑해 줄 수 있는데, 왜 하필 선원전 같은 곳에."

이용은 진심이었다. 그래서 목소리에서 서운함과 퉁명스러움이 묻어 나왔다.

"이 뛰어난 그림이 자신의 자리로 가길 원한다면, 임금으로서 들어줄 수밖에 없다."

"정 그러시다면, 이 어용과 관련해서 소자가 아는 이야기들을 해 드릴 수밖에……."

"어떤?"

"아주 중요한 이야기이옵니다. 제 이야기를 들으시면 고민도 해결될 것이옵니다."

"해 봐라."

"그전에 한 가지 조건이 있사옵니다."

임금은 선뜻 약속하지 못하고 이용의 다음 말을 기다렸다.

"이 어용을 오늘 하룻밤만 소자에게 빌려 주시옵소서."

"뭐라고!"

"단 하룻밤만 소자의 집에 모시면 되옵니다."

"그건 곤란하구나."

이용은 임금의 허락과는 상관없이 자신이 아는 이야기들을 말하기 시작했다.

이용과 임금의 대화가 끝나고 얼마 지나지 않아, 도화원으로 어명 하나가 전달되었다. 홍은오가 그린 태종 임금의 어용을 모사가 아닌, 있는 그대로 선원전에 봉안하라는 어명이었다. 족자를 비롯하여 어용 주변을 치장할 각종 장식품을 준비할 5일 동안, 도화원에서는 어용을 꼼꼼하게 살펴보라는 지시도 내려왔다. 앞으로 5일 동안은 어용을 볼 기회가 생긴 것이다. 그런데 이것은 홍천기가 감옥에 있는 기간과 겹쳐 있었다.

매죽헌 사랑채에 태종 임금의 어용이 걸렸다. 그 앞에 나란히 앉은 이용과 흑객은 각자의 술상에서 술을 따라 마시며 그림을 감상했다. 오래된 벗처럼 간간이 인간다운 농담도 주고받았다. 그렇게 날이 저물고 어두워져도 그들의 그림 감상은 멈추지를 않았다.

인경이 울리고도 한참이 지나, 길에는 순라군 이외에는 지나다니는 사람이 모조리 사라진 시간이었다. 감옥 안에 불빛이라고는 없었다. 그나마 달이 어둡지 않아 무서움은 조금 덜었다. 홍천기는 벽에 기댄 채로 웅크리고 앉아 잠이 들었다. 하지만 눈만 감았을 뿐이다. 옆 칸에서 사람들의 움직임이 느껴질 때마다 화들짝 깨어났다.

그런데 갑자기 불빛들이 하나둘씩 켜졌다. 시끌벅적한 소리들이 가까워지는 듯싶더니, 이내 감옥 안으로도 불이 들어왔다. 홍천기를 비롯하여 건너 칸에 투옥 중이던 죄수 두 명도 깨어나 앉았다.

"대체 이 오밤중에 무슨 일이야?"

옥지기가 건너 칸의 자물쇠를 풀고 문을 열었다. 문 감찰의 호통이 들렸다.

"들어가, 이 자식들아!"

네 명의 남자가 비틀거리면서 들어왔다. 그들은 몸도 제대로 가누지 못한 상태로 건너 칸에 들어가자마자 꼬꾸라지듯 전부 쓰러졌다.

"으! 술 냄새! 아니, 죄다 이 칸에 밀어 넣으면 어떻게 합니까? 비좁아 터졌구먼. 이러면 누울 수도 없다고."

"저 칸은 혼자 널찍한데, 여긴 미어터지고. 공평하지가 않소이다."

원래 사헌부 감옥은 전옥서와는 쓰임이 달랐다. 범죄자를 가둬 두는 것이 아닌, 심문하는 동안만 잠시 넣어 두는 용도였다. 죄수가 전부 관원들이다 보니 심문을 마치면 죄의 정도에 따라 즉시 유배지로 보내졌기 때문이다. 그러니 감옥 자체가 수용 인원이 적었다. 꼬꾸라졌던 이들 중에 한 남자가 손을 번쩍 들고 일어났다.

"저요! 제가 저쪽으로, 딸꾹! 가겠습니다!"

"가긴 어딜 가! 그냥 자빠져 자라!"

"이야! 여자다. 저쪽으로 넣어 주십시오!"

홍천기는 고개를 반대편으로 돌리고 잔뜩 웅크렸다. 옥지기가 다시 자물쇠를 채우는 소리가 들렸다. 문 감찰이 하품을 참아 가면서 말했다.

"네 녀석들 때문에 자다 깼잖아! 날 밝는 대로 심문할 테니까, 그때 보자. 지금은 원래 계시던 분들께 폐 끼치지 않도록 차곡차곡 포개서 자라."

문 감찰과 옥지기가 나가면서 불빛도 사라졌다. 잠시 후, 달빛이 다시 자리를 잡았다. 술 냄새를 풍기며 자던 남자들 중 한 명이 슬그머니 일어나 홍천기가 있는 쪽으로 바짝 붙어 앉았다. 다행히 감옥 창살이 가로막아 주었다.

"이봐요, 안 자는 거 압니다."

홍천기는 고개를 반대편으로 돌린 채로 악착같이 자는 척했다.

"고개를 돌리고 있다고 홍 회사가 미인인 거 모르지 않는데?"

홍천기가 눈을 번쩍 떴다. 그렇다고 고개까지 움직인 건 아니었다. 곰곰이 생각해 보니 익숙한 목소리는 아니어도 그렇다고 낯선 목소리도 아니었다. 천천히 고개를 돌렸다. 그러고는 어둠 속에서 장난스럽게 웃는 남자의 얼굴을 확인했다.

"홍 회사, 접니다. 서거정."

얼굴을 구분해 냈다. 성균관 유생이자 전문 방해꾼, 서거정이 분명했다.

"어? 여기는 어쩌다가 들어왔습니까?"

"활 쏘고 놀다가 기분 좋게 술 마시고 성균관으로 돌아가는데, 순라군들이 길을 막지 뭡니까. 하하하."

조금 전까지는 인사불성인 것 같았는데, 지금은 술 냄새만 풍길 뿐 멀쩡했다. 혀도 전혀 꼬이지 않았다.

"홍 회사, 눈 좀 붙이십시오. 제가 안전하게 불침번 설 테니까."

"제가 여기 있는 거 알고 들어오신 것 같은데? 누구 계략입니까?"

"전체적인 계략은 안평대군, 세밀한 부분의 계략과 비용 제공은 하 시일. 그 외 다수 협조. 뭐, 이 정도? 우리한테 술을 제공한 사람도 하람 형님입니다."

"아무리 그래도 사헌부 감옥에 들어올 생각을 하시다니요."

"이럴 때는 성균관 유생이란 신분이 제일 편하거든요. 하하하. 게다가 하람 형님께서 저한테 자금 지원 약속까지 해 주셨고."

"가난한 유생은 아니신 것 같은데, 자금은 왜 필요하십니까?"

"우리끼리 재미있는 서책 좀 발간할까 하는데, 그러자면 돈줄이 필요하거든요. 여기서 이틀 밤만 버텨 주면 하람 형님이 전부 책임져 주시겠다는데 안 할 이유가 없지요."

"저 여기 5일 정도 있는데, 왜 3일?"

"그전에 나갈 방도를 찾아내시겠답니다."

"시간이 지나갈 때까지 조금만 참으면 되는데, 다들 고생스럽게 이렇게까지……."

"기다릴 수 없는 이유가 있어서요. 전해 달라는 말이 있습니다."

서거정이 목소리를 죽이자 홍천기도 가까이 다가가 귀를 기울었다.

"모사 없이 원래 어용 그대로 봉안하기로 결정 났답니다. 저는 뭔 말인지 모르지만, 이렇게만 말해도 알아들을 거라던데요? 그래서 최대한 3일에서 4일을 넘기면 안 된다고……."

서거정의 말이 들리지 않았다. 구석진 곳에 외로이 긴 세월을 보냈을 아버지의 마지막 그림이 세상 밖에 내걸린다. 이 사실이 믿기지가 않아 그저 멍하니 앉아만 있었다. 속에서 시시각각 변하는 수많은 감정들을 일일이 느낄 겨를이 없었기에 점점 더 멍해져 갔다.

| 세종 20년(무오년, 1438년) 음력 5월 13일 |

"뭐? 지금 누가 어디에 들어와 있다고?"

"성균관 유생 서거정과 그 패거리가 사헌부 감옥에 들어와 있습니다."

"아이고!"

이번에 사헌부 대사헌에 제수된 남지는 짜증을 참아 가며 의자에 털썩 앉았다. 탁자 위에 산적해 있는 서류들이 가슴을 짓눌렀다. 서거정이 누구인가, 바로 돌아가신 대학자 권근 선생의 외손이 아닌가. 아직도 권근을 추앙하는 제자들이 조정에 대거 포진되어 있는 탓에 서거정은 상당히 껄끄러운 죄수가 아닐 수 없었다. 게다가 하필이면 서거정이 권근의 핏줄 중에 가장 똑똑해서 기대와 비호를 한 몸에 받는 중이었다.

"이번 기회에 그 녀석도 고생 좀 해 봐야 돼. 그 좋은 문장을 이상한 데에다가 써먹지를 않나. 며칠 감옥에서 썩히면 말썽도 좀 줄겠지. 놔두게!"

산더미같이 쌓인 서류 중에 제일 위에 것을 꺼내 펼쳤다. 그래도 걱정을 버릴 수는 없었다. 감옥에서 어쩌고 있는지 눈으로 확인해 봐야 마음이 놓일 것 같았다. 결국 남지는 문 감찰을 앞세워 감옥으로 갔다. 그러곤 문밖에 몸을 숨기고 몰래 훔쳐보았다. 서거정이 보였다. 다른 죄수들과 떨어져서 어느 한쪽을 향해 혼자 앉아 있었다. 표정은 생기발랄하였다.

"괘씸한 놈 같으니. 혼자 신났구먼. 풀 죽어 있어도 시원찮을 마당에. 쯧쯧."

그래도 잘 있는 걸 보았으니 조금은 안심이 되었다. 돌아서는 남지의 눈으로 서거정이 쳐다보고 있는 죄수가 얼핏 들어왔다. 여자였다. 그제야 도화원의 여자 화원이 감옥에 들어와 있는 걸 깨달았다. 그녀는 서거정이 눈을 떼지 못하는 게 이해가 될 정도로 미인이었다. 재빨리 다시 몸을 숨기고 관찰했다. 서거정은 어찌나 바짝 붙어 있던지 중간에 가로막은 감옥 창살을 부러뜨릴 기세였다. 실제는 비밀 대화를 위한 행동이었지만, 남지의 눈에는 다르게 보였다. 홍천기의 미모가 그의 눈에 덧씌워진 탓이다.

남지가 무거운 걸음을 떼었다. 그러다가 몇 발짝을 옮기다 말고 멈췄다.

"저대로 두면 안 될 것 같은데……."

"홍 회사요? 굳이 감옥에까지 넣어 둘 필요가 없긴 하지요."

"아니, 서거정 녀석. 전부 유생들이지? 그냥 내보내는 게 어떻겠는가?"

문 감찰이 고민하다가 말했다.

"그건 좀……. 고작 하룻밤 갇혀 있었습니다."

"성균관 유생들일세. 원래 그들한테는 법이 박하지가 않으이."

"안 그래도 성균관 유생들에게 많은 배려를 해 주는데, 이 배려가 계속 쌓이게 되면 그들에게는 특권이 됩니다. 그 특권을 이용해서 인경이 울리고 난 뒤에 무슨 짓을 하고 돌아다닐지 생각해 보십시오. 젊은 치기로 이상한 벽서라도 붙이고 다니면 어떻게 감당할 겁니까? 어떤 경우에라도 선례를 남기는 건 좋지 않습니다."

"벽서? 뭘 그렇게까지 생각하는가? 마치 유생 시절에 벽서 제법 붙여 본 사람처럼. 어차피 감옥도 비좁은데, 속히 놓아주게. 더 이상 심문할 것도 없지?"

"홍 회사도 더 이상 심문할 건 없습니다만?"

"그쪽은 아직 안 되고."

"죄의 경중을 따지자면 유생들이 홍 회사에 비해 그리 가벼운 편은 아닙니다."

"문 감찰! 그냥 풀어 주게. 그게 홍 회사에게도 좋을 걸세. 서거정 녀석이 눈을 못 떼고 있는 거 보게. 저러다 큰일 나지."

"휴! 알겠습니다."

문 감찰이 감옥으로 들어가 옥지기에게 문을 열라고 지시했다.

"유생들은 나가도 좋다."

이 말에 반색했어야 한다. 보통의 죄수들이라면 그렇다. 그런데 서거정과 패거리는 정반대의 얼굴을 하였다.

"나가도 된다니까!"

"왜요? 우리 아직 제대로 된 심문도 안 받았는데……."

"됐으니까 나가."

서거정이 고개를 절레절레 저었다. 그러고는 감옥 창살을 꽉 붙잡고 말했다.

"그럴 수는 없습니다. 전 여기 더 있을 겁니다."

감옥 밖에서 이 말을 들은 남지는 기가 막혔다. 지금이라도 발견했기에 망정이지 더 가둬 뒀으면 정말 큰일 날 뻔했으리라 생각했다. 남지가 옆의 군졸들에게 말했다.

"강제로 끌어내라!"

군졸들이 감옥 안으로 들어가서 서거정을 잡아당겼다. 그럴수록 서거정은 더욱더 창살을 끌어안고 매달렸다. 그의 억울한 고함 소리가 감옥을 들썩였다.

"공적인 일 처리가 이렇게 빠른 법이 어디 있습니까? 죄인의 말을 충분히 물어서 고사考辭를 받아, 옳고 그름을 분별한 뒤에 천천히 처리해야지요! 신중하셔야 합니다! 이러면 안 됩니다!"

서거정이 감옥 밖으로 끌려 나오다가 남지를 발견했다.

"대사헌 영감! 감옥에 다시 넣어 주십시오. 이대로 갈 수는 없습니다!"

"이 녀석 멀리 끌고 가서 놓아줘라."

서거정은 군졸들 손에 질질 끌려가면서 남지를 향해 계속 소리쳤다.

"아저씨! 정말 이러실 겁니까? 공과 사는 구별하셔야지요! 대사헌의 위엄을 보여 주십시오! 아저씨!"

하람의 집으로 들어간 서거정과 패거리는 사랑채 대청 위에 오르자마자 일제히 뻗었다. 하람과 이용이 그들 옆에 앉아도 쉽게 일어나지를 못했다. 감옥에서의 하룻밤이 힘든 이유도 있었지만, 숙취 탓이 더 컸다. 힘겹게 몸을 일으킨 서거정이 과장되게 한숨을 푹 내쉬며 말했다.

"최선을 다했는데, 풀려나고 말았습니다. 사헌부의 공과 사는 글러 먹었습니다."

하람이 웃으면서 말했다. 미소가 평온했다.

"수고했다. 방에 들어가서 쉬어라."

"아닙니다. 오늘 밤에 다시 시도하……."

서거정이 말을 멈췄다. 사랑채 방에서 누가 나오고 있었기 때문이다. 신숙주였다. 누구의 눈에도 보이지 않았지만 청의동자도 살랑살랑 걸어서 나왔다.

"어? 신 진사가 여기는 왜……."

"오늘 밤은 제가 거기 들어갑니다."

신숙주가 청의동자를 힐끔 보았다. 위험한 선택을 할 때는 반드시 가로막는데, 그런 기색이 전혀 없었다. 그래서 안심하고 이 일에 끼어들 수 있었다. 서거정이 눈을 껌벅거리다가 말했다.

"혹시……, 우리가 하루 만에 풀려날 걸 예상하셨습니까?"

이용이 어깨를 으쓱하면서 대답했다.

"어느 정도는. 권근 선생의 외손을 모른 척할 수는 없을 테니까. 하하하."

하람이 신숙주에게 말했다.

"오늘 성균관 유생들을 하루 만에 풀어 주었으니 신 진사도 오래 가둬 두지는 못할 거요. 만약에 하루 만에 풀어 주지 않는다면……."

"염려 마십시오. 만약에 차별을 한다면 저도 가만히 수긍할 성격은 못 됩니다."

서거정이 퉁명스럽게 끼어들었다.

"아무렴, 장원 출신인데. 나보다 더 함부로 못 하지. 그런데 신 진사는 대가로 무얼 받기로 했소?"

"구하기 어려운 책 몇 권 받기로 하였소."

"고작 책? 나처럼 자금을……. 앗! 약속했던 건 어떻게 되는 겁니까? 설마 하룻밤만 보내고 나왔다고 못 받는 겁니까?"

"절반은 성공했으니 주마. 절반만."

"에? 절반은 너무합니다. 조금만 더 주십시오."

"원래 계약에 따르면 절반도 많다고 생각하는데?"

서거정은 감옥에서도 죽지 않은 풀이 지금에 이르러서야 푹 죽었다.

"네. 전 다 좋은데 흥정을 못 해. 그나저나 모자라는 절반은 또 어디 가서 구하나. 휴!"

| 세종 20년(무오년, 1438년) 음력 5월 14일 |

하람이 있는 서운관으로 들어선 맹사성은 노쇠한 몸을 의자에 기댔다. 온양에 있던 맹사성을 이번에도 의논을 핑계로 임금이 한양으로 불러 올린 것이다. 조금 전까지 임금과 여러 대신들이 어울려 국정을 논의하고 나오는 길이었다.

"아이고, 이제 온양과 한양을 오가는 건 더 이상 못 하겠구나. 이렇게 힘들어서야, 원."

하람은 만수가 건네주는 물그릇을 받아, 맹사성 앞에 놓았다.

"그나저나, 오늘 사헌부에서 주상 전하께 술 금지를 계청드린 사실을 아느냐?"

"네? 아……, 몰랐습니다. 이유는 무엇입니까?"

"이유? 글쎄다. 왜 금주령을 계청드렸을까? 다른 일로도 바쁜 사헌부가. 허허허."

"윤허도 내려졌습니까?"

"그럼. 밤마다 유생들이 술에 취해 돌아다닌다는데, 주상 전하께오서 어찌 걱정하지 않으시겠느냐. 이 녀석아, 장난이 심했어. 허허허."

"어차피 가물어서 기우제를 지내야 하니, 금주령은 마땅합니다."

잠시 웃음을 멈췄던 맹사성이 무언가를 떠올리고 다시 웃기 시작했다. 그 웃음은 차츰 커지다가 급기야 숨이 넘어갈 듯 요란해졌다.

"저기, 왜 그렇게……."

"그, 근정전에서……, 홍 회사와 요상한 소동이 있었다며? 허허허!"

"소문과는 조금 다릅니다."

"그런 소동이 없지는 않았구나. 허허허. 아주 좋구나. 혹시 오늘 사헌부에 네가 갈 생각이냐?"

"네? 그건 어떻게 아셨습니까?"

"지금까지 깔아 놓은 판을 보면 알 수 있지. 차 한 잔만 다오, 좋은 걸로. 마시고 사헌부는 내가 가마."

만수가 차를 준비하기 위해 쪼르르 달려 나갔다. 하람이 당황하여 말했다.

"대감마님이 가시면 너무……."

"쉽지?"

"그렇지요. 그건 옳지 않습니다."

"걱정 마라. 내가 다 알아서 할 터이니. 이런 일 한두 번 해 봤겠느냐? 아차! 혼례는?"

"해야지요. 제가 홍 회사에게 완벽하게 안전한 사람이 되면."

"완벽하게 안전한 사람이라……. 그렇게까지 기다리게 할 필요가 있느냐?"

맹사성은 흑갈색으로 변한 하람의 눈동자를 보았다. 그 안에 스며 있는 미소를 보았다.

"아직은 제가 불안정해서요. 자신을 죽이려고 하는 남자와 한 이불 아래에서 살게 할 수는 없지 않겠습니까."

아버지는 그렇게 보냈다. 魔의 손에 당한 것도 알지 못하고 살았다. 그것이 지금도 가슴에 한이 되어 있었다. 홍천기까지 아버지처럼 만들 수는 없었다.

"그건 그렇지. 방법은 있고?"

"제 눈을 되찾아 오면 魔는 더 이상 제게 들어오지 못한답니다. 제 눈을 가지고 있는 인간의 얼굴도 알고 있으니까 조만간 해결할 수 있을 겁니다."

눈을 빌려 간 존재가 말했다. '잠시만'이라고. 신령의 시간과 인간의 시간은 크게 다르다. 그 존재가 말한 '잠시만'은 인간의 의미와는 완전히 다를 것이다. 그러니 돌려받을 시기도 짐작할 수가 없다. 어쩌면 지금으로부터는 그리 머지않을 가능성도 있었다. 이것이 하람이 품은 희망이었다. 만수가 차 도구들을 가지고 와서 탁자 위에 올렸다. 그러고는 다시 뛰어나가서 뜨거운 물을 가지고 들어와, 찻주전자에 부었다. 하람이 주전자에 찻잎을 넣으면서 말했다.

"제가 안정되면, 청혼을 할 겁니다."

"행복해 보이는구나, 우리 람이."

"네. 홍 회사가 저를 행복하게 합니다."

환하게 웃는 하람의 머릿속으로 호령의 목소리가 들렸다.

"우와! 맛있는 차다. 나도 줘."

하람이 만수에게 말했다.

"만수야. 여기 잔 하나만 더 갖고 오너라."

만수가 쪼르르 달려가 잔 한 개를 가지고 들어왔다. 하람이 잔 세 개를 나란히 놓는 모습을 맹사성이 흥미롭게 쳐다보았다.

"오호! 법궁의 터주신께서 와 계시구나."

"네. 지금 제 눈으로는 볼 수 없지만 소리는 아직 들을 수 있습니다."

"터주신께서는 아직도 눈을 가져간 존재를 모르신다더냐?"

"네. 다른 분이 물줄기를 따라 움직이는 존재일지도 모른다고 하는데, 기해년의 기억에 따르면 그 존재가 땅 위로 발을 올리지는 않았습니다. 어쩌면 호령의 영역을 침범하지 않았는지도 모릅니다."

국초부터 나라의 기반을 다질 당시, 조정의 중심에서 일했던 대신들 중에 풍수를 모르는 이는 드물었다. 맹사성도 마찬가지로 풍수에 밝은 인물이었다.

"풍수에서 가장 어려운 게 땅 위가 아니라, 땅 아래거든. 땅은 산 위에 올라 살필 수는 있어도 땅 아래는 전혀 알 수가 없어. 그중에 가장 중요한 게 땅 아래로 흐르는 물줄기인데, 이건 아무도 모른다."

"경회루 연못. 땅 아래의 물줄기……."

고민에 빠진 하람이 잔의 위치를 각각 확인하고 찻주전자를 들었다. 그러곤 번갈아 가며 우러난 차를 조금씩 따랐다.

"그건 그렇고, 알아냈느냐?"

"뭐를요?"

"네 안에 있는 마魔가 왜 하필 홍 회사를 죽이려고 했는지."

예전에 맹사성으로부터 한번 받았던 질문이었다. 똑같은 질문을 다시 받은 것에 불과했다. 그런데 이번에는 하람의 표정이 달랐다. 피부에 핏기가 가시고, 잔을 채우던 주전자의 움직임도 멈췄다. 그동안 몸에서 마魔를 빼내는 것과 눈을 가져간 자를 찾는 것, 이 두 가지 과제에 집중했었다. 마魔를 빼낸 후에는 눈을 가진 인간을 찾아내는 과제에 매몰되어, 마魔가 왜 홍천기를 죽이려고 하는지에 대한 질문은 뒤돌아볼 겨를이 없었다. 이미 지나간 질문이라고 여겼는지도 모른다. 그런데 다시 받은 질문은 이전과 전혀 다르게 와 닿았다. 호령의 목소리가 머릿속에서 울렸다.

"요즘 왜 홍천기가 안 보여? 나를 보는 사람이 없으니까 심심해."

'호, 호령아, 너를 볼 수 있는 사람은 진짜 나뿐이야?'

"넌 지금 나를 못 보잖아."

"내 눈만이 너를 볼 수 있느냐고!"

맹사성이 갑자기 내지르는 하람의 고함 소리에 깜짝 놀랐다. 하지만 금세 터주신에게 외친 말임을 알아차렸다.

"그래, 너 외에는 못 봐. 무당 따위도 나를 못 봐. 내 땅에 살도록 허락한 인간은 너밖에 없으니까."

'홍천기의 눈은……'

"음……, 그건 나도 모르겠어. 그 눈은 왜 나를 볼 수 있는 거지? 너 이외는 허락한 적이 없는데."

쨍그랑!

하람의 손에 있던 찻주전자가 바닥으로 떨어져 박살이 났다. 그 안에 있던 뜨거운 물이 여기저기로 튀었다. 맹사성이 벌떡 일어나 그의 손을 잡았다. 하람의 손이 갈피를 잡지 못하고 떨리고 있었다.

"라, 람아. 왜 그러느냐? 안 좋은 생각이라도 떠올랐느냐? 터주신이 뭐라고 하셨기에?"

먼 과거, 기해년 때부터 시작해서 최근까지 겪었던 일들과 들었던 수많은 이야기들이 한꺼번에 하람의 머릿속에서 꿈틀거렸다. 홍천기가 말했던 그녀의 생일도 기억났다. 하람이 눈을 잃은 날과 같은 6월 8일!

"대감마님, 알 것 같습니다. 제 안에 있던 마魔가 왜 홍 화사를 죽이려고 했는지……."

신숙주의 말에 따르면 마魔는 인간의 분노와 욕망, 요사스럽고 나쁜 기운인 사기 등에 반응한다. 이러한 기운을 받아 뚜렷한 목적이 생성되면 숙명처럼 오직 그것만을 향해 간다. 마치 화마가 오직 그림만을 향해 가는 것처럼. 몸 안에 있던 마魔의 뚜렷한 목적은 하람의 몸이었다.

거지 노파의 말을 참고하면, 마魔가 목적을 이루는 데 불리한 것이 크게 세 가지가 있었다. 경복궁과 홍천기가 그린 세화, 그리고 언제가 될지는 정확하게 모르지만 다시 돌아올 하람의 진짜 눈. 경복궁의 호령은 마魔가 대적할 수 있는 영역이 아니다. 하지만 경복궁 밖으로 나가면 상황은 달라진다. 거기서는 세화와 눈만 없으면 몸을 차지하는 데 아무런 방해도 받지 않는다. 홍천기를 죽이면 세화와 함께 하람의 눈도 사라지는 것이고, 그렇게 되면 경복궁 밖의 하람의 몸은 영원히 마魔의 것이 될 수 있다. 최근 들어 마魔가 내상을 당한 상태로도 조급하게 움직였던 건, 어쩌면 눈이 돌아올 날이 가까워졌음을 의미하는지도 모른다.

자신의 짐작이 어처구니가 없었던 하람은 실성한 사람처럼 웃기 시작했다. 그런데 반대로 한쪽 눈에서는 눈물이 흘러내렸다. 저잣거리에서 보았던 여인의 얼굴이 선명하게 떠올랐다.

"제가 본 그 얼굴이……, 홍 회사였습니다. 그 아름다운 여인이 홍천기입니다."

눈을 빌려 간 존재가 '잠시만'이라고 하였다. 어쩌면 그때의 '잠시만'은 지금으로부터 그리 머지않은 미래일지도 모른다. 힘겹게 되찾은 흑갈색 눈동자가 눈물 속에 일그러졌다. 여인의 얼굴이 소중했던 캄캄한 세상과 함께 일그러지고 있었다.

사헌부가 긴장에 휩싸였다. 관원들은 비상이라도 걸린 듯 일제히 뛰어다녔다. 어깨가 굳은 남지는 눈썹을 휘날리며 감옥으로 들어갔다.

"맹 대감! 갑자기 기별도 없이 오시다니요."

남지가 맹사성 앞에 공손히 두 손을 모으고 허리를 푹 숙였다.

"한양에 온 김에 들러 봤소."

"이곳 감옥에는 왜……."

남지의 시선이 다른 죄수 두 명에게 갔다가 한발 늦게 홍천기 쪽으로 이동했다. 홍천기가 멋쩍게 웃었다.

"설마 여기 화원을 보러 오신 건 아니실 테고……."

"왜 아니라고 생각하시오?"

"에? 그럴 리가!"

"내가 우리 하 시일과 각별한 사이인 걸 모르셨나 보오."

"모르는 건 아니지만……, 아! 그, 그, 그렇게 되는군요."

감옥 안이 그렇게 더운 것도 아닌데, 남지는 땀을 뻘뻘 흘리기 시작했다.

"저번에 한양 왔을 때 내 초상화 제작에 도움을 준 화원이기도 하고."

"에? 에, 에, 그 그렇습니까? 인연이 있으셨……군요."

남지가 손등으로 땀을 훔쳤다. 맹사성이 빙그레 웃으면서 말했다.

"덥소?"

"아, 아닙니다. 아차! 이곳은 맹 대감께서 계실 곳이 아닙니다. 제 방으로 모시겠습니다."

"지나던 길에 잠시 들른 건데……, 그럼 그럴까? 늙어서 그런지 잠시 쉬었으면 하던 차였소."

"이쪽으로!"

맹사성은 홍천기에게 인자한 미소를 보낸 뒤에 남지의 안내를 받아 감옥을 나섰다. 그러고는 대사헌의 방으로 가서 의자에 앉았다.

"남 대사헌."

남지도 의자에 앉으면서 대답했다.

"네, 말씀하십시오."

"우리 홍 회사가 글자를 드문드문 알아서 긴 조서를 쭉 읽어 내지 못한다오. 혹시 사실과 다르게 적은 거라도 있는지 홍 회사를 대신해서 봐 줘도 되겠소?"

"네? 아, 안 될 건 없지만 맹 대감 같으신 분이 굳이 그런 하찮은 일까지……."

"원래는 하 시일이 와서 확인할 예정이었다면서? 그냥 내가 하지, 뭐."

남지의 눈짓에 따라, 문 감찰이 얼른 제 책상으로 가서 홍천 기 조서를 가지고 왔다. 맹사성이 받아 읽으면서 말했다.

"하 시일이 왔으면 더 까다롭게 보았을 거요. 나인 걸 다행으로 아시오."

"맹 대감과 친분이 있는 줄도 모르고……. 지금 당장 홍 회사를 내보내겠습니다."

"그럼 안 되지! 관원이 죄를 지었으면 마땅히 벌을 받아야 기강이 해이해지지 않는 법이오. 사헌부가 흔들리면 주상 전하가 흔들리고, 그러면 나라 전체가 흔들리는 것이오."

"그, 그렇게 말씀해 주시니, 마음이 놓입니다."

맹사성이 조서를 훑다가 인자하게 물었다.

"그런데 이게 다요?"

"네? 네."

"음……, 무슨 죄를 지은 거요? 이걸로는 모르겠는데?"

"아, 그게, 거기 쓰여 있는 그대로입니다. 주상 전하의 탄신 하례가 있는 날, 근정전에서 홍 회사가 갑자기 하 시일을 덮쳤지요. 망측하게도."

"그게 죄요?"

"그게 어째서 죄가 아닙니까? 신성한 장소에서 풍속을 어지럽혔는데. 관원들의 불만이 엄청났습니다."

"여인이 관직을 받아서 괘씸한 게 아니고?"

남지는 할 말을 잃고 이마에 맺힌 땀을 닦았다.

"때와 장소를 보건대, 여인이 사내의 몸을 덮친 건 그냥 넘어가기 애매하긴 하오."

남지의 얼굴이 환해졌다.

"그렇지요? 그렇게 말씀해 주시니 마음이 놓입니다."

"아! 그런데 성균관 유생들은 밤 질서를 어지럽히고도 하루 만에 풀려났다고?"

남지의 얼굴이 급격히 어두워졌다.

"네? 아, 네."

"친분에 따라 죄의 경중을 판단한 건 아닐 테고……. 홍 회사는 며칠? 5일?"

"아, 네, 5, 5일입니다."

"하루와 5일이라……. 남 대사헌이 알아서 판단하셨겠지. 허허허! 그런데 하룻밤에 풀어 준 경우가 한 번도 아니고 이틀 연속 거듭된 일이라고?"

"네? 아……, 그, 그랬나 봅니다."

"한 번이라면 친분으로 인한 특이한 경우라 생각하겠지만, 두 번 연속이면 적절한 징계라 판단했다는 건데, 하루와 5일의 차이는 어디서 나왔을꼬. 허허허."

"그게 상황이 조금은 다른지라……."

"조금이라……. 듣자 하니 가물어서 기우제를 앞두고 술 금지를 한다고?"

맹사성이 갑자기 화제를 다른 곳으로 돌려 주는 바람에 남지는 겨우 숨을 쉴 수 있었다. 맹사성이 이어서 말했다.

"가물면 억울한 옥살이부터 줄이는 게 순서이거늘, 일 처리가 어째 앞뒤가 없소?"

남지의 얼굴이 다시 어두워졌다.

"억울한 옥살이라면……."

"하루와 5일이라……. 허허허!"

맹사성은 그저 인자하게 웃기만 할 뿐이었다. 남지가 자포자기하여 고개를 끄덕였다.

"아, 네. 5일……. 5일은 길긴 하지요. 형평성에도 맞지 않고."

"판단은 사헌부에서 하는 거요. 다른 관원들 눈치 보고 판단하는 것이 아니라. 허허허!"

홍천기가 맹사성 앞에 허리를 푹 숙이고 인사했다.

"고맙습니다, 대감마님!"

"어이구, 씩씩하구먼. 허허허! 어차피 하 시일과 여러 사람들이 다 깔아 놓은 판에 나는 뒤늦게 설거지만 한 격이라 인사 받기가 민망허이."

"그렇지가 않습니다. 와 주셔서 얼마나 감사한데요."

홍천기는 방긋이 웃으며 주변을 끊임없이 살폈다. 하람을 찾고 있음이 뻔히 보였다. 맹사성의 가슴이 묵직해졌다.

"하 시일은 안 왔단다."

"바쁜가 보다……. 아! 다행입니다. 저 씻은 지도 오래돼서 얼굴도 엉망이고 몸에서 냄새도 나는데. 왔으면 쥐구멍으로라도 도망쳐야 했거든요. 아, 다행이다."

얼굴에 서운함이 뚝뚝 떨어지는데도 애써 웃는 모양이 가슴을 더욱 묵직하게 만들었다. 하람이 왜 오지 못했는지 말해 줄 수가 없었다. 이번은 저번과 달랐다. 맹사성이 끼어들 수 있는 무게가 아니었다. 하람에게 충고도 할 수 없었고, 하람이 지금의 고통을 견디고 나서 어떤 결정을 할지 모르기에 홍천기에게 귀띔을 해 줄 수도 없었다. 오로지 두 사람이 감당해야 할 운명이었다.

"저……, 혹시 하 시일에게 무슨 일이라도?"

"그럴 리가 있겠느냐. 진짜 바쁘더구나."

"진짜 별일 없는 거지요? 그렇지요?"

"그렇다니까."

"기분이 이상합니다. 아무래도 안 되겠어요. 가서 봐야……."

"홍 회사, 늦었다. 다들 퇴궐하는 시간이니, 홍 회사도 오늘은 집으로 돌아가거라. 가서 씻어야지?"

홍천기는 가슴속에서 슬그머니 일어나는 불길한 예감을 애써 누르고, 맹사성의 상냥한 말에 따랐다. 하지만 백유화단으로 가는 길 내내 불길한 예감이 사라지지가 않았다. 오히려 경복궁과 멀어질수록 불길함은 점점 강해졌다. 그래서 자꾸만 걸음을 멈춰 서서 경복궁을 돌아보지 않으면 안 되었다.

달이 밝았다. 하지만 하람의 눈에는 보이지 않는 빛이었다. 이제는 유일하게 볼 수 있었던 마음의 빛마저 꺼져 가고 있었다. 홍천기가 보고 싶었다. 홍천기의 곁에서 살고 싶었다. 그녀와 함께, 세상과 더불어 평범하게 살고 싶었다. 그렇게 살기 위해서는 눈을 되찾아 와야 한다. 홍천기의 목숨을 위협하지 않으려면, 안전을 지켜 주기 위해서는 그래야 한다.

그런데 홍천기는 그림을 그리는 사람이다. 그림을 그리지 않으면 살아갈 수 없는 사람이다. 그런 사람에게서 눈을 되찾아 오는 것은, 모든 것을 빼앗아 오는 것과 다르지 않았다. 눈을 되찾아 오지 않을 수도 없고, 되찾아 올 수도 없었다. 하람이 할 수 있는 선택은 이 중에서 아무것도 없었다.

4

도화원 뒤편의 깊숙한 별채, 유사시 어용재소로 쓰이는 이
곳의 문이 열렸다. 그 문 안으로 홍천기가 들어갔다. 맞은편 벽
에 한가득 걸린 죽은 임금의 모습이 가운데 여백을 두고 홍천
기와 마주했다. 머리를 다치기 전, 이제는 만날 수 없는 젊은
아버지와 마주했다. 닮고 싶은 실력의 화공과 마주했다. 지나
간 과거와 마주했다. 여백을 건넜다. 시간을 거슬러 그곳의 시
간과 만났다. 홍천기의 손끝에서 만져진 것은 가장 기운 왕성
했던 시절의 아버지 체온이었다.

"무섭지 않냐? 이 전체를 한 사람이 다 그렸다는 거."

최경의 목소리가 먼 미래로부터 들려왔다. 그 어느 부분도

다른 화공과 나누지 않았다. 나눌 수가 없었을 것이다. 간윤국의 역할과 홍은오의 역할을 동시에 하였기에 혼자서 이 어용을 완성시킬 수밖에 없었을 것이다. 이것은 이용과 최경과 차영욱, 그리고 홍천기의 공통된 의견이었다. 또한 흑객의 첨언이기도 하였다.

태종 임금의 얼굴이 어느새 아버지의 얼굴로 변해 있었다. 그리고 홍천기의 뒤로 저잣거리의 사람들이 분주하게 오가고 있었다. 홍천기는 아버지 앞에 앉은 채로 오랫동안 바라보았다. 여전히 아버지는 그녀의 미래였다. 아름다운 미래였다. 홍천기가 환하게 웃으며 아버지에게 손을 내밀었다.

"아버지, 집에 가요. 엄마한테."

홍은오는 물끄러미 쳐다보다가 주섬주섬 그림 도구들을 챙겨 보자기에 싼 뒤에 손을 뻗었다. 그러고는 아무 말 없이 홍천기의 손을 잡아 주었다.

"내 딸은 태어나자마자 죽었는데……."

"그럼 딸이라고 생각하세요."

두 사람은 손을 잡은 채로 집을 향해 천천히 걸었다.

"그림 그리는 거 정말 즐겁죠?"

"아무렴, 제일 재밌지요."

"행복하지요?"

"아무렴, 행복하고말고요."

"저도 그래요. 호호호. 그러니까 홍 화공님도 붓 놓으시면 안 돼요. 행복한 일은 그만두시면 안 됩니다."

"놓을 수가 없는걸. 내 의지가 아니니까."

"저도 그래요. 근데, 왜 하필 저잣거리에서 그림 그리세요?"

"원래부터 그곳에서 그렸는데. 스승님이 데리고 갔지요."

"아! 간윤국 스승님이 저기서 그림 그리던 홍 화공님을 알아보고 도화원으로 데리고 갔다, 이 뜻이지요?"

"네."

"앞으로 백유화단에서 그리시는 건 어떠세요? 거기도 그림 그리는 곳이고, 간윤국 스승님이 만드신 곳인데. 요즘 그림 주문은 대부분 그쪽으로 들어오니까."

"백유화단……, 들어 본 곳인데. 내가 가도 되나요?"

"물론이지요! 제가 말씀드려 놓을게요. 거기서는 그림만 그리시면 됩니다."

"그림만 그릴 수 있으면……."

"네, 그림만 그릴 수 있으면. 백유화단이건, 도화원이건, 저잣거리건 다 좋습니다. 저도 그래요. 아버지와 닮았으니까."

"산수화도 그리게 해 줍니까?"

"우리 홍 화공님이 그리시겠다는데 뭔들 안 되겠습니까? 그리고 싶은 건 아무거나 다 됩니다. 그런데 홍 화공님도 어려운 그림이 있습니까?"

"안 어려운 그림은 없지만……, 사람 손?"

"앗! 저도요! 저도 사람 손이 가장 어려워요. 우와! 저랑 꼭 닮았다. 초상화에서 여백은 어떻게 걷어 냅니까? 너무 빼곡한 여백은 틈을 내놓지 않던데……."

"한곳으로 모으면 됩니다."

"어디로?"

"단 두 곳의 여백으로."

"아……, 검은 눈동자에 있는 작은 빛! 그곳에 모은 여백이 생기를 만드는구나. 홍 화공님, 그리고 또 궁금한 것이 있는데……."

두 사람은 아버지와 딸로, 같은 화공으로 끊임없이 대화하며 집으로 갔다. 그리고 소리 내어 웃었다. 그림을 그렸었고, 그리고 있고, 앞으로도 그려 나갈 것이기에, 이들은 행복했다.

김덕심은 손잡고 나란히 걸어 들어오는 부녀를 보고 한동안 말을 잇지 못했다. 홍천기가 달려가 어머니를 끌어안았다.

"엄마! 아버지 모시고 왔어."

"네가 웬일로……."

홍천기는 아무 말 없이 어머니만 끌어안았다. 딸을 기억 못하는 건 아버지의 잘못이 아니었다. 과거의 그 어떤 것도 아버지의 잘못은 없었다. 홍은오는 그림 도구들을 내려놓고 마루에 걸터앉아 하늘을 보았다. 기분 좋은 표정이었다.

"엄마, 나 아버지 그림 봤어."

김덕심이 딸의 어깨를 쓰다듬었다. 그러곤 울먹이며 말했다.

"그랬구나. 다행이야. 나도 보고 싶었는데."

"엄마도 본 적 없어? 예전에 정상이셨을 때의 그림."

"그림 쪼가리 하나도 구경해 본 적 없어. 집에 들어오면 눈

만 잠깐 붙었다가 나가기 바쁘셨으니까. 그나마 한 달에 한 번
도 겨우 들어오셨어. 뭔 일이 그렇게 많으셨는지…….”

“처용화는 그려 주시잖아.”

“우리 집에 처용화가 붙기 시작한 건 네 아버지 다치고 난 이
후부터였어. 그 이전은 그거 한 장 그려 줄 시간도 없으셨거든.”

“졸라서라도 보지. 정말……, 정말 대단한 그림인데.”

“내가 뭐, 그림 볼 줄이나 알아야지. 얘! 그러는 너는 나한테
그림 한번 보여 준 적 있니?”

“없어?”

“응. 단 한 번도!”

“그랬나?”

“너 백유화단에 들어가기 전에 그렸던 그림은 봤어.”

“엄청 어렸을 땐데?”

“요즘도 한 번씩 꺼내 봐.”

“아직 있어?”

“그럼.”

“으악! 창피하게 그걸 왜 가지고 있어?”

“네 아버지가 좋아하셔.”

홍천기가 놀란 눈으로 어머니와 아버지를 번갈아 보았다.
김덕심은 방 안으로 들어가 소쿠리 하나를 가지고 나왔다. 그
안에서 괴발개발로 그린 그림 한 장을 홍은오에게 건넸다. 그
것을 받아 든 아버지는 정말로 환하게 웃었다. 홍천기의 눈에
눈물 한 방울이 차마 떨어지지 못하고 고였다. 그러고 보니 어

머니뿐만이 아니라 아버지에게도 그림을 보여 준 적이 없었다. 어릴 때 백유화단에 들어가서부터 그랬던 적이 없었다.

"엄마! 아버지 그림 도구 좀 빌릴게."

홍천기가 아버지의 그림 도구를 빌려 부모님께 보여 드릴 그림을 그리는 동안, 어용재소에 있는 태종 임금의 어용 앞에는 화원들이 모여들었다. 연륜이 있는 화원부터 아직 영글지 않은 생도에 이르기까지, 존경의 눈을 담아 어용을 살피고 배웠다.

홍은오는 딸의 그림을 머리맡에 놓고 편안하게 잠들었다. 통증도 줄어들어 요즘은 자다 깨서 술을 찾아 나가는 일이 줄었다. 아버지의 편안한 숨소리는 홍천기의 마음도 편안하게 하였다. 김덕심은 어두운 불빛 아래에 앉아 바느질을 시작했다. 고단한 어머니의 눈을 보면서 홍천기가 말했다.

"아버지가 별 사고 없이 지금까지 도화원에서 그림을 그리고 계셨다면 엄마도 이렇게 고생스럽지는 않았겠지?"

김덕심이 어처구니없는 듯이 웃으며 대꾸했다.

"호호호. 얘는. 우리 삶이 뭐가 그리 크게 달랐겠니. 거기서 거기겠지. 어차피 쌀 한 되도 못 가지고 들어오는 관직 아니니."

"그래도⋯⋯."

"난 우리 세 식구 이렇게 함께 있는 것만으로도 좋아. 여기서 더 욕심내면 못써."

"나는 아버지가 조금이라도 나를 알아봐 주시면 좋겠어. 이것도 욕심인가? 왜 자꾸 내가 태어나자마자 죽었다고 하실까? 태어났을 때 안 좋았나? 아! 저번에 의원들한테 나 어디 안 좋았다고 말했잖아. 맞다, 눈! 그래서 지금도 두통의 원인일 거라고."

"별거 아니었어. 그때도 내가 무식해서, 정말 실수할 뻔했던 거야. 진짜 아픈 쪽은 네가 아니라, 네 아버지였는데. 혹시 네 아버지가 그 일을 아셨나? 의식이 거의 없어서 모를 거라고 생각했는데……."

"대체 무슨 일이었는데?"

"네가 볼 수 없는 눈으로 태어났었거든."

"보, 볼 수 없는…… 눈?"

"순전히 내 착각이었어. 그래도 그때는 어찌나 세상이 암담하던지, 도저히 살아갈 엄두가 나질 않더라."

홍천기의 얼굴이 천천히 굳어져 갔다. 바느질을 하느라 이를 보지 못한 김덕심은 이미 지나간 과거였기에 이제는 행복하게 웃으면서 이야기할 수 있었다.

| 세종 1년(1419, 기해년) 음력 6월 8일 |

아기는 눈을 뜨지 않았다. 어쩌다 한번 눈을 떠도 햇빛에 전혀 반응하지 않았다. 김덕심은 제대로 가누지 못하는 몸을 일으켜 앉아 아기의 눈만 계속 관찰했다. 잠자코 자고 있을 때나, 젖을 물 때나, 칭얼거릴 때는 여느 갓난아기와 다르지 않았다. 눈 이외에는 아무 문제가 없었다.

건넛방에서 남편의 고통스러운 비명 소리가 들려왔다. 귀를 틀어막았다. 눈도 질끈 감았다. 보고 싶지도 않고, 듣고 싶지도 않았다. 몸을 웅크리고 입술을 깨물었다. 광증이 시작된 남편, 눈이 보이지 않는 딸을 데리고 쇠털같이 많은 날을 헤쳐 나갈 자신이 없었다.

"엄마……, 어떡해……. 나 어떻게 살아, 엄마."

죽고 없는 엄마를 찾았다. 매달려 볼 사람이 아무도 없었기에, 죽은 엄마만 찾았다. 엄마 외에는 아무도 생각나지 않았다. 하지만 죽은 사람은 아무런 응답이 없었다. 김덕심이 머리에서 그리는 비참한 미래 외에는 어떠한 미래도 제시해 주지 않았다.

김덕심은 넋을 놓았다. 아기의 눈은 가망이 없다고 판단했다. 남편의 광증은 더 가망이 없다고 판단했다. 손에 잡히는 대로 옷을 입고 밖으로 나갔다. 몇 가지 없는 빈한한 장독대로 향했다. 가물어 마실 물이 없어도 꼬박꼬박 올려 두던 물그릇이 텅 비어 있었다. 아무리 햇빛이 강하고 가물어도 저녁까지 바닥이 마른 적은 없었는데, 이번에는 해가 저물지도 않았는데 완전히 증발된 상태였다. 하지만 눈에 들어오지 않았다.

빈 그릇을 들고 부엌으로 들어갔다. 그런 뒤 물을 채워 장독대에 올리고 손을 모았다. 아무것도 빌지 않았다. 그저 무의식이 행한 행동일 뿐이었다. 어머니가, 어머니의 어머니가, 어머니의 어머니의 어머니가 오래전부터 해 온 것이기에 버릇과도 같았다.

방으로 들어가 아기를 포대기에 싸안고 밖으로 나갔다. 신을 막 신으려던 때였다. 남편의 괴로운 신음 소리가 발을 잡았다. 아기가 작은 소리로 울기 시작했다. 무엇이 서러운지 작은 얼굴을 잔뜩 구기고, 치아 하나 없는 잇몸을 벌리고, 목구멍이 보이도록 울어젖혔다.

홍은오는 아직 아기를 보지 못했다. 보여 주고 싶은 마음과 보여 주면 안 된다는 마음이 충돌했다. 갈등하는 사이에 방문이 휙 열렸다. 그 안에서 홍은오가 사력을 다해 엉금엉금 기어서 나오고 있었다. 김덕심의 눈에서 눈물이 쏟아져 내렸다. 불쌍하고 가여워서 차마 볼 수가 없었다.

기어서 나온 홍은오가 마루에 망연자실하여 앉은 김덕심에게로 손을 뻗었다. 아기의 울음소리가 있는 포대기를 향해서였다. 그의 손은 잠시 아기의 머리 위에 닿았다가 힘없이 툭 떨어졌다. 고통을 이기지 못하고 기절한 것이다. 아기의 울음소리도 그쳤다. 김덕심은 다시 아기 포대기를 힘껏 감싸 안고 일어났다.

집을 나섰다. 터덜터덜 걸어 언제나 오가던 저잣거리를 지났다. 길가 모퉁이에 꼬부랑 할머니가 웅크리고 앉아 있었다. 예전부터 한 번씩 나와서 동냥하는 거지 노파였다. 김덕심은 그 앞에 넋을 놓고 앉았다.

"오늘은 빈손이에요."

"난 아무것도 필요 없어. 가! 귀찮아."

김덕심이 일어서다가 말고 다시 앉아 제 머리에 있던 비녀를 빼서 노파 앞에 놓았다.

"전 이제 필요 없어요. 할머니 드릴게요. 싸구려 나무 비녀지만."

"나도 필요 없어. 갖고 가. 귀찮아진단 말이야."

김덕심은 비녀를 두고 일어나 가려던 길을 갔다. 노파가 짜증스러운 표정으로 중얼거렸다.

"이런다고 너를 기억해 주지는 않을 테니까 그렇게 알아!"

노파가 앞을 보았다. 빈 곳을 보면서 다시 중얼거렸다.

"쯧쯧. 귀鬼가 울면서 따라가는구나."

그러고는 앞에 놓인 비녀를 잠시 쳐다보다가, 마지못해 주워 들어 뒤통수에 꽂았다.

"기억은 해 줄 수 없지만, 한 번은 살려 주마. 살아라, 부디. 귀鬼의 울음이 그치도록."

마루에서 기절해 있는 홍은오 곁으로 화마가 다가갔다. 무거운 걸음이었다. 그는 신발을 벗어 두고 마루에 올라 홍은오를 어깨에 걸쳤다. 그러고는 방으로 데리고 들어갔다. 방금까지 김덕심이 아기와 함께 있던 방이었다. 그곳에 홍은오를 눕히고 헝겊을 칭칭 감은 시커먼 손으로 그의 다친 머리를 잡았다.

"못 고쳤구나. 인간이 또 내 화공을 망쳤어."

품속에서 은화가 든 묵직한 삼베 주머니를 꺼낸 화마가 그것을 홍은오의 손에 꽉 쥐여 주었다. 그러고는 애통한 심정을 담아서 말했다.

"홍 화공의 그림이 이대로 끊어지지 않기를……. 부디 다시 계약이 성립되기를······."

마魔의 기원은 방 안에 고인 채로 흩어지지 않았다.

날이 어두워졌다. 넋을 놓은 김덕심과 아기는 산속으로 들어가고 있었다. 김덕심의 손에는 오면서 길에서 주운 새끼줄이 있었다. 달빛은 고사하고 별빛조차 없어, 한 치 앞도 구분하기 힘들어졌다. 제법 널찍한 공간이 나왔다. 나무가 듬성듬성 베어져 나간 곳인 듯했다. 마치 맹인처럼 손으로 더듬어 평평한 바닥을 찾아냈다. 그곳에 아기를 살포시 놓았다. 아기의 얼굴이 보이지가 않았다. 이번에도 손으로 더듬어 아기의 얼굴을 확인했다. 새근새근 잘도 자고 있었다.

새끼줄을 꽉 잡고 일어섰다. 그러고 나서 보이지 않는 산속으로 조금 더 들어갔다. 커다란 나무가 더듬어졌다. 발을 돋워 나뭇가지를 확인했다. 손으로 더듬어 본 바로는 적당한 장소인 것 같았다. 바닥을 손으로 더듬어 커다란 돌덩이를 끌어와 나뭇가지 아래에 놓았다. 그곳에 올라서서 새끼줄을 걸었다. 그런데 살짝 잡아당겼을 뿐인데 멀쩡했던 새끼줄이 투둑! 하고 끊어졌다. 남아 있는 것 중에 대충 비교해서 짧은 쪽을 버리고 긴 쪽을 다시 걸었다. 이번에도 먼지가 바스러지듯이 끊어졌다. 가져온 새끼줄은 더 이상 쓸모가 없었다.

손을 다시 더듬었다. 나뭇가지들을 찾아내, 껍질을 길게 뜯어냈다. 이것을 여러 겹으로 만들어 돌덩이 위에 다시 올라섰다. 나무껍질을 굵직한 나무줄기에 걸어 자신의 목을 매달았다. 그런데 이번에는 나무줄기가 부러져 땅으로 떨어지고 말았다. 김덕심이 다리에 힘을 잃고 털썩 주저앉았다.

"왜……, 왜 죽을 수가 없는 거지? 살아갈 자신이 없는데, 왜!"

비명과도 같은 외침이 산속에 쩌렁쩌렁하게 울렸다. 갑자기 오랫동안 가물었던 하늘에서 억수 같은 비가 쏟아져 내리기 시작했다. 김덕심은 빗속에서 억눌렀던 울음을 토해 냈다.

"나더러 살라는 건 너무 잔인하잖아. 어떻게 살라고……."

목을 놓아 우는 그녀의 온몸을 타고 비가 흘러내렸다. 정신이 번쩍 들었다.

"비! 아, 아기. 내 아기가……."

이렇게 비 오는 한가운데에 아기를 두었다. 일어나서 주위를 살폈다. 칠흑 같은 어둠 외에는 아무것도 보이지가 않았다. 손으로 눈을 타고 내리는 빗물을 쓸어 내며 왔던 길로 추정되는 곳을 향해 걸었다. 얼마 가지 않아서였다. 김덕심의 걸음이 멈췄다. 멀지 않은 곳에 억수 같은 비와 어울리지 않는 초록빛들이 점점이 보였다. 도깨비불이라고 하기에는 점점이 매우 작았다. 팔랑팔랑 움직이는 모양이 반딧불이 같았다. 아기가 있는 위치였다.

김덕심이 비를 헤치고 달려가니 반딧불이들에 비친 아기가 보였다. 아기와 초록빛들 주위로만 비가 없었다. 아기가 작은 손을 어설프게 툭툭 뻗었다. 그리고 눈동자는 빛을 따라 움직이고 있었다. 김덕심이 아이를 안아 올렸다. 그러자 반딧불이

들이 사라지고 아기가 있는 곳에도 비가 쏟아졌다.

| 세종 20년(무오년, 1438년) 음력 5월 16일 |

날이 밝아 오고 있었다. 홍천기는 벽에 기대앉은 채로 한숨
도 자지 못했다. 모으고 이어 붙여 볼 파편들이 너무 많았다.
하람의 몸에서 빠져나간 마魔, 호령, 하람이 눈을 도둑맞은 날,
홍천기가 태어난 날, 눈…….

"아니야. 아닐 거야."

이렇게 되뇔수록 자신의 혐의는 더욱 짙어졌고, 절망은 더
욱 깊어졌다.

아침 일찍, 아버지의 손을 잡고 백유화단으로 갔다. 홍은오
는 자신의 그림 도구들을 챙겨 들고 얌전하게 따라갔다. 홍천
기에게 이름을 부르지도 않고, 딸이라고 하지도 않았지만, 거
부하지도 않았다.

최원호는 흔쾌히 승낙했다. 견주댁은 혹시라도 발작으로 행
패를 부리더라도 힘으로 막아 줄 수 있으니 걱정 말라며 안심
까지 시켜 주었다. 홍은오도 백유화단의 분위기가 마음에 드는
듯 자주 미소를 지었다. 홍천기도 웃었다. 겉으로는 그랬다. 정
작 본인은 자신이 지금 무슨 일을 하고 있는지, 어떻게 움직이
고 있는지 전혀 알지 못했다.

경복궁이 아닌, 도화원으로 갔다. 어용에 이상이 없는지 확
인하는 동안은 이곳으로 사진하기로 되어 있었다. 새벽부터 분

주하게 움직인 셈이다. 하지만 홍천기의 머릿속은 어젯밤에 정지되어 있었다. 텅 빈 의식으로 안견의 방으로 들어갔다.

"무슨 일이냐?"

안견의 물음에 멍하니 있다가 약간 늦게야 여기 온 목적을 떠올리고 대답했다.

"경복궁에 다녀오겠습니다."

"지도는 잠시 놔두고 한동안은 어용만 보라니까."

"그건 최 화사가 하고 있으니까……."

"네 아비의 마지막 그림이지 않느냐. 봉안 후에는 언제 또 보게 될지 모르는데."

"마지막 그림 아닙니다. 아버지는 지금도 그림을 그리고 계십니다. 그러니 그건 아버지가 그리신 수많은 그림들 중에 하나일 뿐이지요."

안견은 아무 말 없이 홍천기를 보았다. 침묵은 긍정의 의미에 가까웠다.

"전 오늘 경복궁이 급해요."

"무슨 일로? 뭐 놔두고 온 거 있나?"

선뜻 답하지 못했다. 그녀도 왜 경복궁으로 가야 하는지 알지 못했다. 초점 없는 눈동자를 여기저기 굴리다가 입에서 나오는 대로 대답했다.

"훔쳐 온 게 있어서……."

"뭐? 궐내 물건에 손을 댔단 말이냐?"

"아뇨, 하 시일 거……."

"휴! 놀래라. 그건 다음에 돌려줘도 된다."

"그래서 가는 거 아닙니다. 돌려주고 싶어도 방법을 모르고, 돌려주면 어떻게 살아야 할지도 몰라서⋯⋯."

힘없이 중얼거리는 이 말은 홍천기가 하는 것이 아니었다. 머리와는 상관없는 말이었다. 그저 머리에 담기지 않은 채로 무의식이 뱉어 내는 말에 불과했다.

"그럼?"

이번에도 무의식이 대답했다.

"그냥⋯⋯, 그 사람이 보고 싶어서요."

"헐!"

안견은 기가 막혀 입을 떡 벌렸다. 이런 말을 대놓고 할 수 있는 여인은 세상천지에 또 없을 것이다. 홍천기의 뒤로 들어오던 최경도 같은 표정이었다. 최경이 비아냥대면서 말했다.

"훔쳐 온 게 하 시일 마음이라느니 하는 소름 돋는 말 듣기 전에 보내 주십시오. 개충이 녀석이 감옥에서 나온 뒤로 본 적이 없어서 미쳐 가나 봅니다."

안견은 어쩔 수 없이 승낙했다. 최경은 홍천기가 나가고 나서야 고개를 갸우뚱거렸다.

"저 녀석, 어딘가 이상하지 않습니까?"

"언제는 안 저런 적 있었고?"

"그렇긴 하지만⋯⋯"

최경이 문에 붙어 서서 멀어져 가는 홍천기의 뒷모습을 관찰했다. 그러고는 엄지로 바깥을 가리키며 안견 앞으로 다가왔다.

"확실히 이상합니다. 완전히 정신이 나갔는데요?"

"너는 좀 덜 이상해졌군. 한동안 엉망이더니."

"재능 없는 저를 언제까지 짓밟고 있을 수는 없으니까요."

안견이 최경의 한쪽 어깨를 조심스럽게 잡았다.

"숙명처럼 붓을 잡는 자들은 그 자체가 재능이야. 최 화사는 왜 자신에게 있는 재능을 등한시하는지 모르겠어. 홍 회사와는 다른 재능이 있는데."

소금 캐는 광부의 아들로 태어나 곡괭이가 아닌 붓을 잡았다. 누가 시킨 것도 아니었다. 돌멩이로 땅에 그림을 그리는 것이 좋았고, 그것은 자연스럽게 최원호의 눈에 들게 하였고, 붓을 쥐게 하였다. 그게 재능이라면 부정할 수 없었다. 최경의 한쪽 입꼬리가 올라갔다. 썩 나쁜 표정은 아니었다.

"위로는 싫습니다."

"자네의 실력이 노력만으로 될 것 같으면, 이 도화원에 있는 화원 모두가 자네처럼 그려야지."

"제 노력이 훨씬 앞서니까요."

"나도 피나는 노력을 했다. 예전부터 도화원에서 절실했던 건 초상화 화공이었는데, 결국 해내지 못했어. 노력해도 뛰어넘지 못하는 뭔가가 있었어. 그게 재능인데, 자네는 가뿐히 뛰어넘었지. 나보다 새파랗게 어린 놈한테 좌절감을 맛보는 거, 그리 좋은 기분은 아니다."

최경이 허탈하게 웃었다. 그 웃음은 차차 기분 좋은 미소로 바뀌었다.

"선화마님, 저한테는 어릴 때부터 개충이를 알고 지낸 게 복일지도 모르겠습니다."

"복이다, 서로에게. 차 회사도."

최경이 곁에서 고집스럽게 자신만의 그림을 그려 준 덕에 홍천기도 좋은 영향을 받았다. 이것은 차영욱도 같은 생각이었다. 두 사람을 따라 뛰지 않았다면 지금의 실력까지 오지 못했으리라는 걸 알고 있었다. 때로는 이로 인해 서럽기도 하고, 자신에게 화가 나기도 했지만 잘 견뎌 낸 덕분이었다.

"그렇다면 저도 개충이가 안 미치기를 바라야 하나요? 미쳐도 상관없었는데. 하하하."

도화원 대문을 넘지 못했다. 어디를 가려고 나섰는지 잊었다. 잊은 사실도 잊었다. 대문 밖으로 지나가는 사람들만 바라보았다. 바라보는 사실도 잊었다. 눈으로 들어오는 것이 없으니 눈을 뜨고 있어도 보고 있다고 할 수 없었다. 누군가가 부르고 있었다. 무슨 말을 하는지 알아들을 수가 없었다. 어깨를 쳤다. 가까스로 고개를 돌렸다. 사람의 형체인데 누구인지 구분할 수가 없었다.

"개충아! 여기 서서 뭐 하냐고! 안 들려?"

"아……, 개둥이. 너로구나."

"뭐 하냐고 몇 번을 물었어."

"뭐 하던 중이었더라? 어디 가던 중이었는데……."

의식 없는 다리가 대문을 넘어갔다. 다리는 저절로 걸었다.

그러다가 점점 느려졌다. 그러고는 이내 제자리에 섰다. 자신의 손바닥이 보였다. 뒤집으니 손등도 보였다. 울퉁불퉁한 땅이 보였다. 흙도 보였다. 즐비하게 늘어선 건물들도 보였다. 곳곳에 듬성듬성 늘어선 초록의 나무도 보였다. 제각각의 모양들이 보였다. 파란 하늘이 보였다. 바람 자국이 난 하얀 구름도 보였다. 눈이 시렸다.

다리가 뒤돌아 도화원을 향해 섰다. 그러곤 걸었다. 하지만 얼마 못 가서 멈췄다. 다리는 다시 경복궁을 향했다. 걸음이 또 느려졌다. 지친 눈으로 바느질을 하는 어머니가 보였다. 거칠었던 어머니의 손바닥이 볼을 쓸어내렸다. 그래도 걸었다. 아기 포대기를 안고, 새끼줄을 들고 들어가던 깊은 산속 길을 걸었다. 캄캄한 어둠 속을 걸었다. 그럼에도 불구하고 오직 한 곳을 향해 걸었다. 홍천기의 앞으로 경복궁이 천천히 다가왔다.

경복궁 내서운관에 하람은 없었다. 터덜터덜 걸어서 뒤편의 낭료로 갔다. 그곳에도 하람은 없었다. 방문을 열었다. 그 안에도 없었다. 예전처럼 찾으러 다니고 싶은데, 그럴 기운이 남아 있지 않았다. 보고 싶은 마음이 예전보다 더 넘치는데도 자꾸만 주저앉고 싶었다. 그래서 하람의 방 앞 마루에 걸터앉아 기둥에 기댔다. 세상이 온통 멍청했다.

얼마 동안 앉아 있었을까? 시간의 흐름을 가늠하기 힘든 어느 시점에 하람이 좁은 마당으로 걸어 들어왔다. 관복 차림인 걸로 봐서는 임금께 다녀오는 길인 듯했다. 아니면 궁궐 내 어딘가를 다녀왔으리라. 어찌 되었건 왔으면 되었다. 이렇게 가만히 앉아서도 만났으니 되었다.

아무런 움직임이 없었는데 하람이 앞을 더듬던 지팡이와 걸음을 멈췄다. 어쩌면 홍천기를 발견한 만수가 먼저 걸음을 멈췄기 때문일 수도 있었다. 하람이 홍천기를 보고 있었다. 보이지 않는 흑갈색 눈동자로 보고 있었다. 한동안 많이 옅어졌던 슬픈 표정이 한층 짙어져 있었다. 홍천기는 일어서지를 못했다. 하람도 다가오지를 못했다. 그래서 두 사람은 닮은 표정으로 멀찌감치 서로를 바라보고만 있었다. 그사이에 만수는 심상치 않은 분위기를 느끼고 슬그머니 자리를 비켰다.

긴 시간이 흐른 뒤, 하람이 지팡이를 들고 먼저 한 발짝 다가왔다. 그의 움직임이 홍천기를 일어서게 하였다. 하지만 발걸음은 옮기지 못했다. 무너지지 않으려면 의지하고 있는 기둥을 떠날 수가 없었다. 하람이 가까워졌다. 슬픈 얼굴이 가까워졌다. 홍천기가 가까워졌다. 슬픈 숨소리가 가까워졌다.

하람이 기둥을 짚었다. 언제나 마루에 오르기 위해서 거치던 길이고 행동이었다. 홍천기가 기둥과 하람의 품 사이에 덩그러니 놓였다. 소맷자락이 그녀를 덮었다. 이대로 모른 척 올라가 방으로 들어가야 하는데, 하람의 다리는 그대로 멈췄다. 울음조차 느껴지지 않는 홍천기의 숨소리가 그를 잡았다.

"제 눈이 호령을…… 볼 수 있는 이유가……."

이 여인도 알게 되었구나. 그래서 웃음도 잃고, 당장이라도 무너질 듯한 몸으로 슬픔을 버티고 섰구나. 기둥을 짚은 하람의 손이 어느새 주먹으로 변했다. 그 주먹에는 점점 힘이 들어갔다. 하람이 말했다. 주먹을 쥔 감정과는 다르게 담담한 목소리였다.

"이제는 정말로 내게 오면 안 되오."

이 남자도 알게 되었구나. 그래서 아무런 연락도 없었구나. 할 수 없었구나. 하람의 멱살을 잡았다. 거칠지 않았다. 하염없이 간절했다.

"방법을 알려 줘요. 안 올 수 있는 방법."

지팡이가 땅으로 떨어져 굴렀다. 입술은 목소리가 들려온 방향으로 움직였다. 눈이 보이지 않는 죄로 입술이 아닌 볼에 닿았다. 하지만 금세 미끄러지듯 입술을 찾아갔다. 이것은 魔의 의식도, 하람의 의식도 아니었다. 본능만이 저지를 수 있는 일이었다. 거칠게 움직이던 하람의 입술이 떨어졌다.

"내게서 달아나시오. 되도록 멀리."

홍천기는 기대어 있던 기둥에서 떨어져 하람의 목을 끌어안았다. 발아래에 낭떠러지라도 있는 양 힘껏 매달렸다. 그러고 나서 그의 입술을 다시 찾았다. 하람은 밀어내지 않았다. 오히려 조금 전보다 더 깊이 움직였다. 홍천기의 입술이 떨어졌다. 하지만 찰나였을 뿐이다. 하람의 팔이 그녀의 허리를 감아 안고 다시 입술을 잡았다. 그렇게 마음을 잡았다. 천천히 입술이 떨어졌다.

"달아날 수 있는 방법을 알려 줘요. 당신을 찾아 헤매지 않을 방법을 알려 줘요. 내 의지가 나를 이길 수 있는 방법을 알려 줘요."

누가 먼저였는지는 알 수 없었다. 아마도 동시였을 것이다. 하람이 그녀의 허리를 잡고 마루 위에 눕혔다. 홍천기는 그의 목을 끌어안은 채로 뒤로 넘어갔다. 놓고 싶지 않았다. 놓으면 안 될 것 같았다. 그러면 영원히 이 남자를 만날 수 없을 것 같았다. 행동과는 다른 말이 하람의 입에서 나왔다.

"당신의 마음에서 나를 지우면 되오."

하람의 몸이 홍천기의 몸 위에 겹쳐졌다.

"귀공이 먼저 마음에서 저를 버리세요. 저도 저를 사랑하지 않는 남자한테 매달리지는 않으니까. 당신이 하면, 저도 할게요."

또다시 입술도 겹쳐졌다. 하람의 정교한 손이 홍천기의 옷고름을 풀었다. 손끝으로 그녀의 몸을 그리다가 치마를 잡아 올렸다. 그 안에 겹겹이 쌓인 속치마도 한 겹, 한 겹 걷어 올렸다.

"이건 하 시일께 여쭤 봐야 하는데……."

서류를 챙겨 든 박 사력이 서운관 본채를 두리번거리며 하람을 찾다가 낭료로 갔다. 조금 전에 강녕전을 다녀왔으니, 지금쯤은 그곳에서 옷을 갈아입고 있을 것이다. 본채 뒤편으로 가서 낭료로 통하는 사잇문을 열었다. 그러고는 안으로 들어갔다.

문을 통과했다. 그런데 굉장히 넓은 마당이 있었다. 지은 지 얼마 되지 않은 듯한 건물도 보였다. 서운관의 낭료는 마당도 좁고 건물도 오래되었다. 당황한 박 사력이 건물에 걸린 글자를 읽었다.

"자선당. 응? 자선당?"

자선당은 세자가 기거하는 곳으로, 내서운관에서 동쪽으로 한참 떨어진 곳에 있는 건물이었다. 깜짝 놀란 박 사력이 얼른 문을 나왔다. 한동안 어리둥절하고 섰던 그는 다시 내서운관으로 돌아왔다. 밤을 새우는 업무에 지쳐 정신을 놓았거나, 무언가에 홀린 게 분명했다. 이번에는 실수가 없도록 정신을 바짝 차리고 낭료로 들어가는 사잇문을 열었다. 다행히 좁고 오래된 건물이 눈앞에 나타났다.

하람은 홍천기로부터 나오는 모든 소리에 집중했다. 자그마하게 새어 나오는 신음 소리, 부드럽게 서로의 살결이 스치는 소리, 미세한 솜털이 쓸리는 소리조차 놓치지 않았다. 그렇기에 이외에서 들려오는 어떤 소리도 하람의 귀로 들어갈 수가 없었다.

"문소전?"

좁은 마당과 오래된 건물은 내서운관에 딸린 낭료가 아니라, 경복궁 내에서 북쪽 구석에 있는 문소전이었다. 내서운관에서 한참 떨어진 곳이다. 박 사력은 또다시 귀신에 홀린 양 어안이 벙벙했다. 소름이 돋았다. 이제껏 살면서 이토록 괴이한 일을 당한 것은 처음이었다. 떨리는 다리로 문소전을 나왔다. 그러고는 휘청거리면서 서운관을 향해 걸었다.

박 사력이 경복궁 내의 건물들 사이에서 헤맬 동안, 만수는 밀려오는 잠을 주체하지 못하고 본채 구석에 웅크리고 잠에 빠져 있었다.

아무도 오가지 않는 텅 빈 근정전 월대 위에 거대한 호랑이
한 마리가 엎드려 있었다. 잠시 수염이 꿈틀하더니 고개를 들
고 입을 있는 힘껏 벌려 하품을 하였다. 그러고서 다시 앞발,
혹은 손 두 개를 겹치고 그 위에 턱을 얹었다.

"하가를 성가시게 하지 마라. 지금만큼은."

하람의 애절한 흑갈색 눈동자가 홍천기를 향해 있었다. 보
고 싶은 마음이 눈빛에 고스란히 담겼다. 하람의 머릿속에는
저잣거리에서 보았던 여인의 얼굴이 있었다. 손끝으로 홍천기
의 이목구비를 하나하나 짚어 가며 머릿속의 얼굴과 비교했다.
아마도 아름다움을 구분하기 어려운 눈을 하고서도 막연하게
아름답다고 느낀 이유는 그것이 홍천기의 얼굴이었기 때문이
리라. 사랑하는 마음이 만들어 낸 느낌이었으리라.

"당신의 얼굴이 너무도 궁금하였는데, 이미 알고 있었다니.
당신이 그 얼굴은 추녀의 표본이라고 하였던가?"

"기억나지 않습니다. 저도 미인의 표본이라고 하지 않았던
가요?"

하람의 입꼬리가 올라가다가 다시 원 위치로 돌아왔다.

"내 눈을 준 대가로 당신을 만난 거라면, 나는 그때 수지맞
는 거래를 하였소."

"귀공이 잃은 삶이 너무나 많습니다."

하람은 잠을 잘 수가 없었다. 꿈이 축복에서 저주로 변했기 때문이다. 매번 잠에서 깨어나면 자신의 손과 옷에 피가 낭자했다. 그 앞에는 홍천기의 시신이 있었다. 목이 부러지고, 허리가 꺾이고, 피투성이가 되어 있는 시신을 끌어안고 오열하다가 잠에서 깨어나기를 되풀이하였다.

"이제 우리는 어떻게 하오?"

"정말 어떻게 하면 좋을까요?"

"어떻게 하면 당신을 행복하게 해 줄 수 있는지 모르겠소."

홍천기도 하람의 얼굴을 손끝으로 더듬었다. 손이 느끼는 그의 얼굴은 슬프고 또 슬펐다.

"귀공의 웃는 모습이 좋은데……. 그러면 설레서 덩달아 행복해지는데……. 웃어 주면 행복할 수 있는데……. 제가 귀공의 웃음을 훔쳐 온 줄도 모르고……."

"완벽하게 안전한 남자가 되어 당신 곁에 있고 싶었는데……."

"모든 인간이 그렇습니다. 오늘 미칠지 내일 미칠지 모르고, 오늘 죽을지 내일 죽을지 모르고 살아갑니다. 언제 어떻게 화를 당할지 모르면서도 살아갑니다. 인간에게는 완벽하게 안전한 삶이란 없어요, 어차피……."

"그래도 내 손으로 당신을 해치고 싶지 않소. 또다시 그런 일은 겪고 싶지 않아."

꿈속의 일은 겪고 싶지가 않아. 하지만 당신을 떠나보내고 싶지도 않아.

"그래도 함께 있고 싶어요. 이 눈이 멀어 당신을 볼 수 없더라도, 당신 손에 죽더라도, 당신의 마음이 있는 한에는 곁에 있고 싶어요."

"난 당신에게서 눈을 되찾아 오고 싶지가 않소."

홍천기가 손끝을 하람의 눈 위에 올렸다. 긴 속눈썹이 와 닿았다.

"이 눈은 제게 와서 참 호강했습니다. 세상에서 가장 좋은 것을 이렇게 보았으니까⋯⋯."

"내 눈은 세상의 이곳저곳을 다 보면서, 심지어 나조차 보면서, 정작 내가 가장 보고 싶은 당신만 못 보고 있었소. 가엾게도⋯⋯."

5

백유화단에 홍은오가 있었다. 심지어 그림을 그리고 있었다. 비록 여전히 엉망진창이긴 했지만. 최경은 밥 먹으러 온 사실도 잊고 그의 앞에 앉았다.

"어떻게 된 겁니까? 왜 여기 계세요?"

옆의 화공이 대신 대답해 주었다.

"이제부터 이분도 백유화단 소속 화공이야."

"개충이도 압니까?"

"개충이가 모시고 왔다."

"오! 그 녀석이 웬일로? 개과천선했나?"

최경은 싱긋이 웃으며 그림 그리는 홍은오를 바라보았다. 붓이 움직이는 모양도 지켜보았다. 붓을 쥔 손도 관찰했다. 다른 화공보다 짧게 잡는 버릇이 있는 듯했다.

"지금 그리시는 게 뭡니까?"

"암탉과 병아리 떼."

"아……."

그렇게 보이지는 않았다. 하지만 붓의 움직임에 따라 암탉과 병아리들을 구분해 보려고 애를 썼다. 암탉과 병아리 떼는 안방에 두는 그림으로 다산과 다복함을 비는 세화의 일종이었다. 주로 시집가는 딸에게 주는 그림이었다.

"이건 누구 주시려고요?"

"내 딸이라는 화공."

아직 긴가민가한 듯한 어투였지만, 이 정도도 상당한 진전이었다. 괜히 최경의 마음이 흡족해졌다.

"좋은 화공이 되고 싶은데 그림을 그릴수록 그것에서 멀어지는 것 같습니다."

"좋은 화공은 무엇을 더 채워 넣는가가 아니라, 무엇을 덜어내야 하는가를 아는 자인데, 경력이 쌓여 갈수록 욕심이 쌓여서 그럴 수도 있습니다."

"어렵습니다."

"나도 어려워요. 비워 둬도 좋을 여백에 여전히 욕심으로 꾸역꾸역 채우려고 하거든. 이놈의 망할 붓이."

"저도 망할 놈의 붓이 꼭 사달을 냅니다. 하하하."

"인간의 눈도 말썽이지요. 눈동자 크기는 작으면서 그 안에 담는 것은 끝도 없으니까. 그러니 붓에 욕심이 생길 수밖에."

"아……. 앞으로 건강 조심하십시오. 홍 화공님께 궁금한 거

많거든요. 지금처럼 대답해 주셔야 합니다."

옆에서 두 사람을 가만히 지켜보던 화공이 바짝 다가와 앉으며 의아한 듯 말했다.

"최 화공, 여기 홍 화공 얼굴 말이야."

최경이 화공 쪽으로 고개를 돌렸다. 그러고는 눈으로 다음 말을 재촉했다.

"자네가 그리는 홍녀 초상화와 꼭 닮은 것 같네."

"부녀지간이니까 닮았죠. 당연한 걸."

"아니, 자네 초상화가 홍녀보다는 여기 홍 화공을 더 닮았다고."

주위에 있던 화공들도 일제히 동의했다.

"혹시 최 화공은 홍녀의 얼굴에 여기 있는 홍 화공의 얼굴을 덧씌워서 봐 온 거 아니야?"

"그럴…… 수도 있습니까?"

"더러는 그런 경우도 있지. 사람의 눈은 불완전하니까. 아마도 어렸을 때 최 화공에게는 홍 화공이 매우 강렬했던 모양이야."

최경이 홍은오의 얼굴을 찬찬히 살폈다. 어쩌면 화공들의 말처럼 홍천기에게서 홍은오를 봐 왔는지도 모른다. 어린 최경에게는 엉망진창으로 그린 그림조차 신비로웠고, 그를 보고 온 날에는 잠을 설치곤 하였으니까. 홍은오가 뛰어난 화공일 거라는 막연한 확신은 결국 증명이 되었다. 최경이 홍은오의 그림에서 보이지도 않는 암탉과 병아리를 찾으면서 중얼거렸다.

"내 눈도 한꺼번에 너무 많은 것을 담았던 건가?"

거지 노파의 자리는 이번에도 비어 있었다. 자주 귀찮게 한 탓인지, 손에 든 것이 아무것도 없어서인지 이제는 불러도 나타나 주지 않았다. 그나마 오늘은 부를 힘조차 없었다. 홍천기는 거지 노파의 자리에 웅크리고 앉았다. 따뜻한 기운이 온몸을 감싸 안는 느낌이었다. 모처럼 편안했다. 그래서 좀 더 이러고 있고 싶었다.

"청승맞게 왜 이러고 있어?"

노파의 목소리였다. 반가운 마음에 고개를 번쩍 들었다. 하지만 그보다 앞서 노파에게 밀려 옆으로 기우뚱하고 넘어졌다. 홍천기를 밀어낸 자리를 다시 차지하고 앉은 노파가 퉁명스럽게 말했다.

"잠 잘 시간도 부족하구먼. 왔으면 불렀어야지."

"요즘은 불러도 안 나타나셨잖아요."

"바빴으니까."

"무슨 일로요?"

"무슨 일이긴, 하 대감 일이지."

"하 시일이 왜요? 그 사람한테 또 무슨 일이 생긴 건가요?"

"그날 몸에서 빠져나간 마魔, 그거 행방 쫓느라."

생각지도 못한 말이 노파의 입에서 나오자, 홍천기는 놀란 눈으로 한동안 쳐다보았다. 그러고는 이내 노파의 목을 끌어안았다.

"고맙습니다, 할머니! 정말 할머니밖에 없어요."

"놔! 너 때문에 한 일이 아니니까."

노파가 홍천기의 팔을 풀어 내팽개쳤다. 야박한 손길이었지만 홍천기는 신경도 쓰지 않았다.

"예전에 하 대감한테 신세 진 일이 있어서. 난 받으면 갚아."

노파가 말하는 하 대감은 하람이 아닐 것이다. 아마도 경복궁이 세워지기 전, 그곳에서 살던 하람의 핏줄일 것이다.

"그럼 그때 하 시일의 집까지 와서 도와주신 게 저를 위해서가 아니라……."

"당연하지. 내가 왜 너한테 그런 수고를 해 줘?"

"칫! 빈말이라도 저를 위해서 해 주셨다고 하면 안 되나?"

"아닌 건 아닌 거다. 부당한 빚은 지우지 않아."

"마魔는 찾으셨습니까?"

"없어."

"없어요?"

"그래, 아주 미세한 흔적조차 없어."

절망 틈에 있던 홍천기에게는 한 줄기 빛과도 같은 말이었다. 하람도 집에서 여러 번 밤을 지새워 봤는데 윤도 지남침에 아무런 반응이 없었다고 그랬다.

"소멸한 건가요?"

"누누이 말했지? 마魔는 소멸하지 않는다고."

잠시 기뻤던 마음이 실망으로 푹 꺼졌다.

"마魔는 인간의 분노와 욕망에 가장 민감하게 반응한다. 지금까지 찾지 못하는 것을 보면, 그 근처에 있던 어떤 인간의 강한 야욕에 끌려 들어간 것 같다. 마魔의 힘이 약해져 있던 터라 더 쉽게 끌려갔을 거다. 마魔의 의지로 들어간 게 아니라."

"그럼 언제쯤 다시 나올까요?"

"그 야욕이 어느 정도인지에 따라 다르지. 5년일지, 10년일지, 아니면 100년일지는……. 분명한 건 2, 3년 안으로는 회복이 불가능하다는 거. 회복하고 하 대감 몸을 다시 찾을지, 그곳에 눌러앉을지도 모르고."

미래는 여전히 불확실했다. 그럼에도 불구하고 홍천기는 만족스럽게 고개를 끄덕였다.

"그 정도만이라도 좋습니다, 우리는……. 할머니, 하 시일이 본 할머니 얼굴이 저인 것 같아요. 아뇨, 접니다. 하 시일의 눈을 제가 가지고 있어요."

"그래? 음……, 그것 참 안됐구나. 어쩔 수 없지, 뭐."

너무도 대수롭지 않은 투여서 힘이 쫙 빠졌다. 신령 같은 존재의 눈으로 보면 인간의 죽고 사는 대단한 일들이 그저 소소하게만 느껴질지도 모를 일이다. 홍천기가 노파 앞에서 몸을 잔뜩 웅크렸다. 머리까지 돌돌 말았다. 이윽고 고개에 힘을 잔뜩 넣어서 세웠다.

"할머니! 소원을 무를 수도 있나요?"

"알아듣게 말해라. 난 네 소원 들어준 적 없다."

"저 말고 우리 엄마."

"네 어미고 뭐고 간에 누군지 모른다. 소원 따윈 들어주지도 않고."

"할머니 머리에 꽂고 있는 나무 비녀, 그거 준 사람 몰라요? 기해년에 우리 엄마가 산으로 가는 길에 할머니 드렸다던데."

"인간은 구분하기 힘들어서. 그래도 이 비녀는 기억한다."

"그때 우리 엄마한테 들어주신 소원을 물러 주시면 안 되나요?"

"이 비녀의 주인은 어떤 소원도 말하지 않았다. 그냥 주고만 갔어."

"네? 엄마 소원이 제 눈 아니었나요? 그래서 제게 하 시일의 눈을⋯⋯."

"난 그런 짓은 하지 않아. 인간의 소원도 함부로 들어주지 않고. 작은 움직임 하나가 수많은 풍랑을 만들어 내거든. 그건 정말 귀찮은 일이야."

"그럼 할머니는 비녀에 해당하는 값은 지불하지 않았습니까?"

"음⋯⋯, 하긴 했어."

"어떤⋯⋯."

"비녀 주인의 목숨. 귀鬼가 울어서 어쩔 수 없이 봐준 건데⋯⋯. 내가 해 준 건 딱 거기까지야. 나머지는 나도 몰라. 내 알 바 아니고."

엄마의 목숨⋯⋯. 이건 무를 수 있는 것이 아니었다.

"할머니, 저 어떻게 하지요?"

"그걸 왜 나한테 물어? 너 자신에게 묻고, 너 자신이 답해야지. 남이 해 주는 대답은 해답이 아니야. 설마 눈을 돌려주고 싶은 게냐?"

"이 세상에 맹인이 되고 싶은 사람이 어디 있습니까? 그러고 싶지 않아요! 하지만……, 안 돌려주면 안 되겠지요? 그 사람이 너무 가여우니까……."

"나한테 그 얘기를 하는 이유는?"

"할머니가 저 대신에 물줄기를 따라 이동하는 존재한테 말씀드려 주시면 안 되나요? 제 눈을 다시……. 아아, 못 하겠어요. 눈이 먼 채로 살아갈 자신이 없어요. 그림을 그릴 수도, 볼 수도 없게 되는데. 눈 없이 어떻게 살아요, 그 사람이 보고 싶어서. 방금 보고 왔는데도 이렇게 보고 싶은데……."

홍천기는 다시 몸을 웅크리고 얼굴을 숨겼다. 흐르는 눈물을 감추기 위해서였다.

"그래도 돌려주고 싶습니다. 나를 바라보는 그 사람의 얼굴이 더 이상 안 슬펐으면 좋겠어요."

"내가 할 수 있는 일은 아니라서 답을 줄 수 없구나. 때 되면 자연스럽게 돌아가겠지. 뭐하러 급하게 굴어? 어차피 인간이 이승에서 머무는 시간은 정말 찰나인데."

"찰나……. 잠시보다 더 짧은 찰나. 제가 그 사람을 사랑할 수 있는 시간이 찰나보다 더 짧네요."

"어쩌면……, 너에게 눈을 준 존재는 네 어미의 정성에 응답한 것이었는지도 모르겠다. 네 어미를 살게 하는 유일한 방법은 미래에 대한 희망, 곧 너의 눈이었을 테니까. 그 존재가 살리고 싶었던 것은 네가 아니라, 네 어미였어."

경회루 연못 앞에 하람이 무릎을 꿇고 허리를 숙였다. 기해
년에 기우제를 올렸던 그 장소였다. 그곳을 향해 무작정 빌었
다. 어쩌면 하소연에 더 가까웠다.

"이 목소리가 들린다면, 제 눈은 지금의 사람에게 두어 주시
기를……. 그러면 원망도 하지 않을 테니까."

하지만 연못에는 어떠한 변화도 없었고, 하람의 귀로 어떠
한 소리도 들리지 않았다. 그럼에도 하람의 결심은 명확해졌
다. 속에 있는 울분을 말로 토해 내고 나니 더 확고해졌다.

| 세종 20년(무오년, 1438년) 음력 5월 17일 |

하람이 도화원 앞에서 기다리고 있었다. 홍천기는 그를 발
견하고 잠시 숨을 멈췄다. 또다시 밀어내면 어쩌나, 겁이 났다.
하람은 다가오지 않았다. 만수의 기척으로 알아차렸을 터인데
도 먼저 움직이지 않았다. 견디지 못한 홍천기가 앞으로 다가
갔다. 그래도 가만히 있었다. 발끝을 지팡이에 슬쩍 붙였다. 그
래도 반응이 없었다. 덜컥 무서워졌다.

"저, 접니다."

"왔군, 내 앞에."

하람이 더 이상의 말은 하지 않은 채 등을 돌려 걷기 시작
했다. 만수가 두 사람을 번갈아 힐끔거리다가 하람의 앞으로

쪼르르 달려가서 걸었다. 불안해진 홍천기가 뒤를 따랐다. 하람의 등이 멀어지지 않게끔 바짝 따라붙었다. 그것으로도 안심이 되지 않아 등의 옷자락을 꽉 잡았다. 두 눈 멀쩡한 사람이 앞 못 보는 맹인을 앞세운 모양새였지만, 홍천기는 놓을 수가 없었다. 어디로 가는지 묻지 않았다. 그것은 중요하지 않았다.

하람을 따라 간 곳은 그 어디도 아닌, 그냥 그의 집이었다. 문을 두드렸다. 잠시 후, 언제나처럼 돌이가 환하게 웃으며 맞아 주었다.

"주인마님 오셨습니까? 어? 홍 회사마님도……."

하람이 들어가려는 틈으로 홍천기가 잽싸게 먼저 들어갔다. 그가 들어가서 문을 닫아 버릴지도 모른다는 걱정을 떨쳐 내기 위해서였다. 하람은 홍천기의 움직임에도 일언반구 없이 집으로 들어갔다. 대문을 넘고 나서부터는 꼼짝하지 않고 멈춰 섰다. 하람의 등 뒤로 돌이가 눈치를 살피면서 대문을 닫아걸었다. 하람은 여전히 아무 말이 없었다. 움직이지도 않았다. 하지만 앞에 마주 보고 선 홍천기에게서 눈을 놓지 않았다. 이상함을 느낀 돌이가 만수만 데리고 슬그머니 자리를 비켰다.

"따라오지 않았다면 좋았을 것을."

겨우 열린 하람의 말이었다. 그런데 무슨 말인지 알아듣지 못했다. 하람이 앞으로는 지팡이를 짚고, 뒤로는 대문에 등을 기대고 섰다. 대문의 삐걱거리는 소리가 홍천기의 침 삼키는 소리를 덮었다.

"그러면 놓아주었을 텐데."

대문에 기댄 것이 아니었다. 나가지 못하게 막아선 것이다. 홍천기는 비로소 그의 말을 이해하기 시작했다.

"당신 발로 걸어 들어왔으니, 이젠 돌이킬 수 없소. 내가 당신을 죽이게 되는 한이 있더라도, 나는 당신과 살아야겠소."

홍천기가 그에게로 천천히 다가갔다. 그러곤 그의 볼을 쓰다듬어 보았다. 전해져 오는 체온은 따뜻했다. 하람의 다정한 흑갈색 눈동자가 달콤하게 속삭였다.

"나에게 목숨을 걸어 주시오."

"……기꺼이."

"나는 여전히 불안정하고 위험하오."

미래는 오지 않았다. 아직 오지 않은 미래를 두고 미리 겁먹을 필요는 없었다.

"내일 죽임을 당하더라도, 당신과 함께 있을 겁니다. 당신을 떠난 삶은 더 불안정하고 위험하니까."

"당신을 놓아주면 도저히 내가 살아갈 자신이 없소. 아무리 생각해 봐도 결론은 하나밖에 없었소."

"저도 결론은 하나밖에 없었습니다. 뻔뻔하기 짝이 없지만."

하람이 홍천기의 머리카락을 손끝으로 쓰다듬었다. 그 어떤 바람도 이처럼 부드럽게 매만진 적이 없었다. 하람의 입술이 홍천기의 입술 위로 내려앉았다. 동시에 눈을 감았다. 서로의 입술 안에서는 그 어떤 눈도 필요가 없었다. 입술을 오랫동안 함께 주고받았다. 부드러움을 주고받았다. 하지만 입술이 떨어지고 난 뒤에 처음 나온 홍천기의 목소리는 쌜쭉했다.

"제가 안 따라왔으면요?"

"아마도……, 그래도 놓아주지 않았을 거요. 나는 애초에 당신을 놓아줄 생각이 없었으니까."

"뭐야, 괜히 저만 간 졸였던 겁니까? 우와! 나쁜 사람!"

"내 간은 더 졸아들었소."

하람의 입꼬리가 화사해졌다. 눈꼬리도 마찬가지였다. 모처럼 만나는 미소였다. 이렇게 웃으면 곤란한 건 홍천기 쪽이었다. 설레서 다른 감정들을 잊어버리게 된다.

"혹시 내가 사랑한다는 말을 했던가?"

"그럴 리가요. 귀공이 얼마나 인색하신데."

"그랬군."

뒷말을 기다렸다. 간절하게 기다렸다. 그런데 하람은 고개를 들고 먼 곳을 향해 외쳤다.

"돌이야! 어디 있느냐!"

사랑한다는 말을 하는 데 왜 돌이가 필요한지는 모르겠지만, 홍천기의 눈은 하람의 입에서 떨어지지가 않았다. 멀리서 돌이가 달려왔다.

"부르셨습니까, 주인마님?"

"혼례 준비를 해라."

그러니까 사랑한다는 말은 언제 할 거냐고.

"호, 호, 혼례요? 정말요? 진짜 준비해도 되는 겁니까?"

놀라서 말까지 더듬던 돌이에게 하람이 웃으며 말했다.

"그래. 홍 회사 댁과 본가 쪽에 각각 연락해서 절차를 의논하도록 해라. 홍 회사는 지금부터 여기서 살 거니까 이 부분도 준비하고."

돌이가 감격에 겨워서 울먹였다.

"드디어……. 얼마나 학수고대한 일인지……."

그러니까 사랑한다는 말은 언제 할…….

"네? 혼례요? 아, 아니, 지금부터 여기 살아요? 제가?"

"싫소? 나도 여기서 살 건데?"

"아니, 싫은 게 아니라……, 좋습니다. 좋지만 제가……, 그 정도까지 염치없는 사람은 아니라, 혼례까지는 생각해 본 적이 없어서……. '잠시만'이라는 시간이 지난 후에 눈을 돌려주게 되면, 전 폐만 될 텐데……."

돌려받지 않을 것이다. 가져갈 때 물어보고 가져간 것처럼 돌려줄 때도 그렇게 할 가능성이 높고, 그 존재가 다시 나타나 물어본다면 답은 정해졌다. 그러니 갈등할 필요가 없었다. 홍천기에게서 눈을 돌려받고 안전한 삶을 주는 것보다, 눈을 그 대로 두고 불안전한 삶을 주는 것을 선택했다. 만약에 선택의 여지없이 반대의 일이 전개된다고 해도 바뀔 것은 없었다.

"우리가 서로의 곁에서 함께 살아가는 것보다 중요한 게 있소?"

"하지만 저는 완전하지 못해서……."

"나보다 완전하지 않은 사람 있소?"

"저한테서 눈을 돌려받으면 완벽하지요."

"그건 그때 가서 생각해도 늦지 않으리라 보는데? 아! 이건 당신이 평소에 하던 말인가?"

용기를 내야 한다. 이 사람이 용기를 낸 만큼.

"네, 늦지 않습니다. 그때 가서 생각해도……."

얼마 가지 않아 눈이 멀지도 모른다. 어쩌면 그보다 먼저 미쳐 버릴지도 모른다. 그럼에도 불구하고 이 사람을 볼 수 있는 이 시점은 함께 있고 싶었다. 사랑하고 싶었다. 허공을 더듬는 하람의 손이 보였다. 홍천기가 잽싸게 그의 손을 가로챘다. 하람이 손을 꽉 잡았다.

"들어가오. 함께."

하람이 앞서가면서 손을 끌어당겼다. 그가 웃었다. 홍천기도 따라서 환하게 웃었다. 고민을 미래에서 미리 가불해 올 필요가 없었다. 고민해서 해결할 수 있는 거라면 열심히 해야겠지만, 그런 성질의 것이 아닐 경우에는 닥쳐서 하는 것이 상책이다.

"혹시 잊으신 거 없습니까?"

"음……, 없소."

"잘 생각해 보십시오. 혹시 하고 싶은 말 중에 빠뜨린 게 있다거나……."

"아! 돌이야, 저녁상 빨리 들여라. 홍 회사 배고프시다."

배보다 말이 더 고프다고!

원래도 웃음이 많은 돌이였지만 이번은 실성에 가깝게 웃어대며 뛰어갔다. 그리고 보니 배가 고프긴 하였다. 두 사람은 잡은 손을 놓지 않고 사랑채로 갔다. 여름이 시작되고 있어서 더웠지만 서로의 손에서는 따뜻함만 느껴졌다.

"난 좀 자고 싶은데…….."

손바닥으로 홍천기의 놀란 마음이 전해져 왔다.

"아! 그런 뜻이 아니고……, 잠. 그동안 잠을 못 자서…….."

"어머! 제가 뭔 말 했습니까? 음흉하기도 하셔."

"아니면 되었소. 하하하."

"그렇다고 금방 아니라고 할 것까지는 없지 않습니까?"

퉁퉁거리는 말과는 달리, 홍천기는 방으로 들어서자마자 먼저 손을 놓고 이불 쪽으로 갔다. 하람이 갓을 벗는 동안 민첩하게 요를 깔고 이불을 펼쳤다.

"이불 폈습니다. 밥상 들어오기 전까지 잠시라도 눈 붙이세요. 걱정되니까."

목소리를 따라 다가온 하람이 그녀의 몸을 끌어안고 이불 위로 넘어갔다. 그렇게 누워서 눈을 감았다. 몹시도 피곤했다. 홍천기의 체온과 체취가 잠으로 이끌었다. 하람이 잠으로 빠져들면서 속삭였다.

"사랑하오. 내가 긴 세월을 찾아 헤맨 건 내 눈이 아니라, 당신이었어…….."

마치 꿈에서 말하듯 몽롱한 목소리였다. 하람의 숨소리가 차츰차츰 조용해졌다. 옷도 제대로 벗지 못한 채였지만 완전히 잠들었다. 편안한 숨소리가 홍천기의 마음도 편안하게 하였다. 홍천기가 앞섶에서 노리개를 떼어 내어 뚜껑을 열었다. 지남침도 편안했다. 윤도를 하람의 머리맡에 놓고 홍천기도 긴장을 풀었다. 그의 숨소리가 홍천기마저 잠으로 이끌었다. 그렇게 두 사람은 서로의 체온과 숨소리에 기대 다디단 잠을 잤다. 그리고 어느 누구도 악몽을 꾸지 않았다.

| 세종 20년(무오년, 1438년) 음력 5월 19일 |

완성된 선원전에 홍은오가 그린 어용이 봉안되었다. 그것을 본 나이 든 대신들은 예전에 영의정이 그랬던 것처럼, 마치 경기를 일으키듯 놀라움에 사로잡혔다. 더러 공포를 느끼는 사람도 있었다. 하지만 이용에게는 그저 그림일 뿐이었다. 제 손에 넣지 못해 더 아깝고도 아까운 그림.

이날 밤, 선원전 지붕으로 부엉이가 날아들었다. 한 마리가 아니었다. 두 마리도 아니었다. 여러 마리의 부엉이가 거대한 날개를 펼치고 날아와 자리를 잡았다. 부엉이 떼는 시커멓게 모양을 바꾸면서, 선원전 지붕 속으로 안료가 스며들듯 연기처럼 들어갔다. 부엉이 떼가 사라진 지붕 위에는 시커먼 얼룩이 남았지만, 기와 색깔로 인해 아무도 알아차린 사람이 없었다.

근정전 마당을 어슬렁거리던 호랑이의 귀가 잠시 곤두섰지만, 죽어서조차 원한을 버리지 못하고 끊임없이 태종 이방원을 찾으러 다녔던 원귀들이 비로소 잠들 곳을 정한 것이기에, 금방 원래의 귀 모양대로 돌아갔다. 이것들은 하람에게는 아무런 영향을 미치지 않을 뿐만 아니라, 다른 인간과 귀鬼는 호령의 관심이 아니었다.

김덕심이 주룩주룩 내리는 비를 막기 위해 머리에 바가지를 얹고 장독대로 달려갔다. 올려 둔 물그릇이 빗물을 받아 넘쳐 흐르고 있었다. 한 달 가까이 긴 장마가 이어지는 중이었다. 잠시 비가 소강상태에 들 때도 있었지만, 하루나 이틀 정도뿐이었다. 곳곳에서 크고 작은 홍수로 난리였고, 태양을 보지 못한 곡식들은 여물지 못한 채로 썩어 들어갔다.

이 동안에도 김덕심의 정성은 멈춘 적이 없었다. 가득 찬 물을 비우고 새 물을 떠서 장독대에 올렸다. 그러고는 잠시 손을 합장하고, 보이지 않는 구름 위를 향해 식구들의 평안을 빌었다. 잠깐의 사이에도 물그릇에 쏟아져 내린 빗물로 인해 다시 넘쳐흐르기 시작했다.

사대문에서는 오늘 태일太一을 맞아 기청제祈晴祭를 올리고 있었다. 입추 이전에는 기우제를 여러 차례 올렸는데, 이후부터는 기청제만 여러 차례 올렸다. 비가 필요할 때는 가물고, 태양이 필요할 때는 비가 내린 셈이다. 이 때문에 임금의 시름은 깊었고, 건강도 나빴다.

하늘의 별이 보이지 않는다고 하여 서운관이 한가한 것은 아니었다. 비가 오는 양을 측정하고, 방비하는 것도 서운관의 업무였다. 여러 차례 있었던 기청제 택일도 서운관의 몫이었다. 그러니 맑은 날보다 이런 장마철이 더 정신이 없었다.

비를 헤치고 가는 하람의 걸음이 바빴다. 잠시 간의대 쪽을 살피고 내서운관으로 돌아가던 중이었지만, 공방에 있는 홍천기에게 돌아가는 것과 다르지 않았다. 그래서 마음은 걸음보다 더 바빴다.

경회루를 지날 때였다. 지팡이로 연못을 피해 걷던 하람의 귀가 갑자기 먹먹해졌다. 걸음을 멈추고 귀에 집중했다. 아무 소리도 들리지 않았다. 시끄럽게 때리던 빗소리조차 들리지 않았다. 당황한 하람이 큰 소리로 외쳤다.

"아, 아무도 없습니까? 누구라도 좋으니 응답해 주십시오!"

눈에 이어 귀까지 누가 가져갔단 말인가? 절망에 사로잡힌 하람의 머릿속으로 홍천기의 얼굴이 떠올랐다. 홍천기의 얼굴인 걸 몰랐을 때도 끊임없이 떠올렸던 그 얼굴이었다. 이제는 아내가 되어 있는 여인의 모습이었다.

7월 초까지 하람과 홍천기는 신행新行을 위해 양주까지 오갔다. 마을은 붉은색 눈동자가 사라진 하람에게 쳐 놓았던 새끼줄을 걷어 냈다. 그리고 일일이 손을 잡아 주며 과거를 털어 냈다. 어쩌면 낯가림이라고는 없는 아름다운 신부에게서 비롯된 효과였는지도 모른다. 그 덕분에 비록 보이지는 않으나 어머니의 얼굴을 마주할 수 있었고, 처음으로 아버지의 산소 앞에서 머리를 숙일 수가 있었다.

혼례를 마치고 서운관으로 돌아와서부터 계속 바쁜 일상이었다. 하지만 상관없었다. 여전히 홍천기는 내서운관의 공방에서 일하고 있었기 때문이다. 비록 마魔의 흔적은 오리무중이지만, 언제 눈이 되돌아올지 알 수 없지만, 하람의 삶은 안정이 되었다. 이 이상 나빠지지 않으리라는 생각 때문이었다. 그런데 귀가 들리지 않았다. 절망을 뚫고 들려오는 한 가지 소리에 집중했다. 자신의 숨소리였다. 귀가 먼 것은 아닌가? 아니면, 자신의 숨소리는 느끼는 것인가? 귀머거리인 적이 없었기에 가늠이 되지 않았다. 하람이 절망을 떨쳐 내기 위해 하늘을 향해 외쳤다.

"호령아!"

대답이 없었다. 그 어떤 소리도 없는 곳에 홀로 갇뒤져 있는 느낌이었다. 아무것도 보이지 않았기에 더 그러했다.

"너의 목소리를 들었다."

갑자기 귀가 아닌, 머릿속으로 들려온 목소리는 호령의 것이 아니었다. 예전 기해년에 들었던 목소리 같았다. 그렇다면 지금은 그 예전에 그랬던 것처럼 모든 장면이 멈추고 소리까지 멈춘 순간일 터이다.

"제 눈을 빌려 갔던 존재입니까?"

"그렇다. 아직 시간은 남았다만, 너의 목소리를 듣고 왔다. 그렇게 되기를 원하느냐?"

무엇을 묻는지 알 것 같았다. 경회루 연못에 대고 한없이 빌었던 소원일 터이다.

"네! 제 눈을 지금 가지고 있는 인간에게 계속 두어 주십시오."

"네가 원한다면 잠시만 더 빌려 둘 수는 있다."

"잠시만……."

이제는 이 존재가 말하는 '잠시만'이 짧은 시간은 아님을 알고 있었다. 하람이 고개를 끄덕였다.

"네. 그 정도라도 좋습니다."

"약속은 지키마."

목소리가 사라지는 느낌이 들었다. 그 목소리를 향해 외쳤다.

"왜 저였습니까!"

사라져 가던 목소리가 다시 들렸다.

"후회하느냐?"

생각이 필요한 물음이었다. 20년에 가까운 세월은 인간에게는 결코 '잠시'라는 시간이 아니었다. 더구나 이 세상은 맹인으로 살기에 그리 녹록한 곳은 아니었다. 먼 과거로부터 쭉 되살아난 기억들은 홍천기의 얼굴에서 멈췄다.

"이제는 아닙니다."

"나도 몰랐다. 왜 너였어야만 했는지. 이제야 알겠구나. 왜 너여야만 하는지. 네가 후회하지 않고 원망하지 않을 유일한 인간이었기에, 운명을 만드는 인간의 의지, 즉 네가 스스로 나를 네 앞에 데려다 놓았음을. 지금 내리는 비를 거두어, 이전 너에게서 눈을 빌렸던 때로 가져가마."

목소리가 점점 멀어져 갔다. 이윽고 요란한 빗소리가 귓속으로 쏟아져 들어왔다. 하람은 얼굴을 타고 떨어지는 빗물을 손으로 닦으며 지팡이로 주변을 더듬었다. 서 있는 곳이 어딘지 가늠이 되지 않았다. 방금까지 연못 근처였기에 조심하지 않으면 안 되었다. 그런데 도무지 동서남북을 찾을 수가 없었다. 지팡이에 걸리는 것도 없었다. 그러는 사이에 빗소리가 잦아들고 있었다.

하람의 등으로 누군가가 와 닿았다. 그것은 아주 부드럽게 허리를 감았다. 하람의 눈가에 미소가 담겼다.

"내 몸에 묻은 빗물이 옮겨 가겠소."

"당신 몸에 있던 것이라면 뭐든 좋습니다."

"여긴 어떻게 왔소?"

홍천기가 흠뻑 젖은 등 뒤에 얼굴을 파묻고 대답했다.

"호령이 들어가라는 문으로 왔더니 당신이 있었습니다."

"호령이가?"

"호령도 따라잡기 힘든 시간을 지나는 존재라서 겨우 알아차렸대요."

"지신 위의 시간을 사용하는 존재라는 건가?"

"호령이 말했습니다. 하늘과 땅을 자유롭게 오갈 수 있는 유일한 존재, 하지만 그 어디도 머무르지 않는 존재가 지금 빗속에 섞여 잠시 머물러 있다고……."

물줄기라고 했던 거지 노파의 말이나, 호령의 말을 종합하면 물의 개념과 일맥상통했다. 결국 물과 관련이 있는 천신일 가능성이 높았다. 비가 완전히 걷히고 구름 사이를 햇빛이 뚫고 나왔다. 투명한 어떤 것이 마치 용과 같은 움직임으로 공기 속을 가르고 돌다가 서서히 사라졌지만, 이것을 본 사람은 아무도 없었다.

홍천기가 하람의 손을 잡고 연못 근처에서 떨어지게 하였다.

"거지 노파는 땅의 존재인지, 하늘의 존재인지 모르겠소."

"어떤 존재이건 간에 마魔만 아니면 되지요. 그런데……, 여기가 어딥니까? 연못 너머에 현판이 있습니다. 경회루라고 적혀 있네요."

"이젠 제법 글자를 읽을 줄 아는군."

미소로 말하는 하람에게 홍천기도 미소로 답했다. 비록 웃는 얼굴이 눈에 보이지는 않으나, 서로의 미소는 느꼈다.

"밤새 책 읽어 드리려면 이 정도는 알아야지요. 내서운관으로 가려면 여기서 어느 방향으로 가야 하지요?"

"어디로 가든 간에 가기만 하면 되지 않소? 나는 당신 손만 있으면 되오."

하람의 팔을 끌어안은 홍천기가 윤도 노리개를 꺼내 지남침을 확인했다. 보지 않고서도 움직임을 알아차린 하람이 말했다.

"북쪽 반대편으로 방향을 잡으면 되오."

"그럼 이쪽입니다."

홍천기가 다시 손을 잡고 걸었다. 하람이 마주 잡은 손을 더욱 힘주어 잡았다. 지팡이는 짚지 않았다. 오직 홍천기의 손에만 의지해서 걸었다. 그렇게 두 사람은 함께 걸으면서 다정한 대화를 주고받았다.

"사람들이 수군거리는 소리를 들었소. 앞 못 보는 맹인이 절세미인을 아내로 얻었다고."

"남들 눈에는 그렇게 보이나 봐요? 그 반대인데……."

終章
一

보천가步天歌

"개둥아! 개놈 자식 못 봤어? 하루 종일 코빼기도 안 보인다."

말하고 있는 홍천기 뒤로 최경이 불쑥 들어왔다.

"여기 있다, 코빼기."

"어디 갔었어?"

최경은 대답 없이 입을 크게 벌리고 하품을 하였다. 홍천기가 눈을 가늘게 뜨고 말했다.

"우리한테 일 다 떠넘기고, 또 어디 처박혀서 자다가 왔군."

"어제 한숨도 못 잤다."

"네 돈벌이하느라 그랬겠지. 너 빚은 다 갚았잖아."

"돈은 많을수록 좋은 법. 벌 수 있을 때 바짝 벌어 둬야지.

네 빚은?"

"으흐흐흐, 나도 조만간 빚 청산한다. 오직 내 그림으로만 다 갚았다는 거 아니니. 호호호."

차영욱이 탁자 위에 얼굴을 묻고 한숨을 푹 쉬었다.

"좋겠다. 난 어째 일을 하면 할수록 빚이 더 는다."

"그야 벌어 먹일 처자식이 줄줄이 있으니까."

최경이 의자를 당겨 앉으면서 말했다.

"날 찾은 이유는?"

"아, 맞다! 너 어제 또 우리 아버지한테 술 드리고 이것저것 막 여쭤보고 그랬니?"

"좋은 가르침은 공유를 해야지, 너 혼자 독점하면 안 되는 거다."

홍천기가 최경의 멱살을 우악스럽게 움켜잡고 소리쳤다.

"우리 아버지 약 드시는 중이라서 술은 안 된다고 그랬지?"

"엄청 급한 일이었다. 너 지금 이 멱살잡이 후회할 텐데?"

최경이 소맷자락에서 곱게 접어 둔 종이를 거만한 손짓으로 꺼냈다. 이를 본 홍천기가 슬그머니 멱살을 놓고 주름진 옷섶을 폈다.

"미안. 내 손이 노망났나 봐. 왜 착하디착한 우리 최 화사마님의 멱살을 잡고 그럴까. 이게 내가 부탁한 거?"

"두 손으로 공손히 받아야지?"

"네, 네. 아무렴 여부가 있겠습니까?"

홍천기는 앞에 두 손바닥을 가지런히 모으고 고개를 숙였다. 최경이 그 위에 종이를 올려 주었다. 홍천기가 받은 종이를 조심스럽게 펼쳐서 탁자 위에 놓았다. 하람의 초상화였다.

"네 남편 얼굴은 여전히 어렵다. 홍 화공님 말씀대로 해도."

"그래도 붓이 움직여지는 게 어디야."

마魔가 빠져나간 덕분인지는 모르지만, 그 이후부터 하람의 초상화에서 붓은 움직여졌다. 하지만 만족스러운 그림은 나오지가 않았다. 홍천기도 그랬고, 최경도 그랬다. 이유는 아직 알 수 없었다. 섬세한 얼굴선 탓일 수도 있고, 아니면 이목구비가 약간의 먹 번짐 오차도 허용하지 않는 균형미를 가진 탓일 수도 있었다. 홍천기의 입에서 웃음소리가 실실 새어 나왔다. 차영욱이 말했다.

"입 찢어지는 거 봐라. 개충아, 네 남편이 그렇게 좋냐?"

"솔직하게 말해도 돼?"

질색한 최경이 단호하게 주먹을 쥐어 보이며 말했다.

"으, 아니! 솔직하게 말하면 죽여 버린다! 야! 개둥이 넌 왜 얘한테 쓸데없는 질문을 하냐? 얘네 부부 몰라? 눈 뜨고는 절대 볼 수 없는."

"미안. 순간 내가 회까닥 했었나 보다."

홍천기는 이에 아랑곳하지 않고 다시 초상화를 보면서 말했다.

"확실히 초상화는 개놈만큼 그리는 화공이 없어."

"조금만 더 기다려 봐라. 뭔가 감이 잡히는 느낌이거든."

차영욱이 분노에 가까운 고함을 질렀다.

"야! 이것도 엄청나. 여기서 뭘 더 욕심내는 건데? 나쁜 자식들!"

홍천기가 당의 옷자락에서 종이 하나를 주섬주섬 꺼냈다. 자신이 그린 하람의 초상화였다. 이것을 최경의 그림 옆에 나란히 놓았다. 한 사람을 그린 그림이건만, 다른 얼굴이었다. 하지만 두 그림을 보고, 어느 한쪽도 하람의 얼굴이 아니라고 말할 사람은 없었다.

"내가 다른 건 몰라도 내 남편 얼굴만큼은 개놈을 따라잡고야 만다."

"그게 쉬울 것 같냐? 해 볼 테면 해 봐라. 하하."

"우리 아버지한테 비법 좀 캐내지 마라."

"아! 홍 화공님 그림 제법 괜찮아지셨더라?"

"네 눈에도 그렇게 보이지? 이젠 그림에서 몸통이나 다리가 구분이 돼. 산수화는 여전히 뭐가 뭔지 모르겠지만. 호호호."

그림만 괜찮아진 것이 아니었다. 건강도 좋아지고, 홍천기가 '아버지'라고 부르면 망설이기는 해도 '응'이라는 답을 주었다. 홍천기가 기분 좋게 초상화를 챙겨서 소맷자락에 넣었다. 그러고는 나머지 그림 도구들을 정리해 놓고 도화원을 나섰다. 그런데 최경과 차영욱도 뒤를 따라왔다. 홍천기가 장옷을 반쯤 벗으며 물었다.

"뭐야? 왜 이쪽으로 오는데?"

"이쪽에 볼일이 있으니까."

"다들 안 바빠? 일감 쌓였잖아."

두 사람은 홍천기의 말을 무시하고 앞서 걷기 시작했다. 얼마 가지 않아서였다. 멀리서부터 벽제 소리가 들려왔다.

"물렀거라! 진양대군 행차시다!"

임금의 둘째 아들이었다. 개떼들은 얌전하게 한쪽 벽으로 붙어 서서 고개를 숙였다. 길을 가던 행인들도 일제히 갈라져서 벽으로 붙었다. 모두가 고개를 숙인 채로 행차가 지나가기만을 기다렸다. 행렬을 따르는 인원이 제법 많았다. 아마도 원거리를 떠나는 일행인 듯했다. 갑자기 홍천기의 앞섶에 매달아 둔 윤도 노리개가 땅으로 툭 떨어졌다. 바로 앞에 말을 탄 진양대군이 지나고 있을 때였다. 앞을 지나는 이가 안평대군이라면 바로 몸을 움직여 윤도를 주웠겠지만, 상대가 다른 탓에 끝날 때까지 윤도만 노려보면서 참았다.

행렬이 끝났다. 홍천기가 몸을 숙이려는데, 이보다 먼저 최경이 주워 올렸다.

"몸조심해라. 함부로 허리 팍팍 접고 그러는 거 아니다."

"고마워."

홍천기가 윤도를 받아들고 이상 유무를 확인하기 위해 뚜껑을 열었다. 지남침이 천천히 두세 바퀴 돌아가다가 멈췄다. 소스라치게 놀란 홍천기가 숨을 참아 가며 미세한 움직임까지 죽였다. 다행인지 지남침은 다시 얌전해졌다. 착각인가?

"뭘 그렇게 뚫어지게 쳐다보느냐?"

바로 옆에서 툭 튀어나온 목소리는 안평대군이었다. 다른 행인들과 마찬가지로 길옆으로 비켜서서 기다렸던 모양이었다. 뒤에 멀찌감치 선 청지기의 어이없는 표정이 이를 말해 주었다. 홍천기가 윤도 뚜껑을 닫고 다시 앞섶에 매달면서 대답했다.

"아니옵니다. 혹시나 고장 났나 해서. 안평대군이시야말로 여기 서서 무얼 하시옵니까?"

"내가 형님을 부르고 나서면 행렬이 멈출 테고, 그럼 행인들도 그만큼 더 멈춰 서 있어야 할 게 아니냐. 그건 서로에게 몹쓸 짓이지. 우리도 가자."

마치 처음부터 일행이었던 것처럼 이용은 자연스럽게 개떼들 틈에 스며들었다. 그러고는 홍천기보다 두어 걸음 앞서서 걸었다.

"방금 행차하신 대군 나리께서는 멀리 가시나 보옵니다."

"충청도 온수현에 있는 온천에 가신다고 들었다. 나도 두세 달 전에 어마마마를 모시고 형님과 다녀왔거든. 등에 난 피부병 때문에 다시 가고 싶어 하시더니, 기어이 길을 떠나시는구나."

"피부병이요?"

"별거 아니야. 피부병이라기보다는 몽고반점 같은 거. 처음에는 아주 작은 불그스름한 점이었는데, 점점 커진다며 고민하셔서 봤더니, 엄지손톱만 한 크기밖에 안 되더라고. 어차피 옷 입으면 보이지도 않아."

"그래도 신경은 쓰이시겠지요."

"피부병은 핑계일 뿐이다. 저렇게 움직이면 경비가 많이 드니까 주상 전하께서 우리한테 온천 행차 자주 못 하게 하시거든. 나야 저런 돈 있으면 그림 한 점 더 사서 흑객과 안주 삼아 나누는 게 더 낫다만. 사람마다 돈을 즐기는 법이 다르니. 하하하."

"설마 또 흑객과 어울리셨사옵니까?"

이용이 최경과 차영욱의 팔을 잡아당겨 앞에 방패로 나란히 세웠다. 그러고는 뒤에 숨어서 말했다.

"이제는 그림 없이도 술 동무 하러 오거든. 하하. 지금까지 자그마치 10년치의 시간을 비축해 뒀다."

마치 홍천기를 위해 한 일인 양 생색을 냈지만, 실상은 화마에게 다른 그림을 보여 주는 대신에 이용은 그만큼 홍천기의 그림을 사 갈 수 있었다.

"홍 회사, 아니, 홍 화사. 요즘 흑객 본 적 없지?"

"음……, 그때 훔쳐 왔던 어용 돌려주면서 본 뒤로는……."

"제법 사람 같아졌다. 피부도 검은색에서 조금씩 벗어나고 있고. 요즘은 한 번씩 농담도 해. 물론 그 농담도 다 내가 가르쳐 준 거지만. 하하하."

뒤에서 따라오고 있는 청지기의 한숨 소리가 홍천기의 귀에까지 들렸다. 청지기는 흑객에 대해서 누구라도 붙잡고 하소연을 하고 싶은 걸 참는 중이었다. 입이 한번 열리면 석 달 열흘을 꼬박 말해도 속에 있는 천불을 다 털어 낼 수 없었기에 참을 뿐이었다. 이 천불 속에는 주인에 대한 걱정이 대부분을 차지했다. 고맙게도 홍천기가 그의 걱정을 대신해 주었다.

"그래도 화마와 그렇게 자주 어울리시는 건……."

"그림 동무 중에 그만 한 사람이 없어. 흑객이 없었으면 내가 무슨 재미로 사나 싶을 정도다. 해코지를 하는 것도 없고. 그러니 걱정하지 마라."

대화를 하다 보니 어느새 홍천기의 집 앞에 도착했다. 다들 지나갈 거라고 생각했는데, 이용을 비롯하여 다른 두 남자도 대문을 두드렸다.

"볼일 있다며? 설마 그 볼일이 우리 집에 있었던 거야?"

"하 부수찬副修撰[*]이 밥 먹으러 오랬거든."

"왜?"

대문이 열리기도 전에 돌이의 웃음소리가 먼저 들리고 그 뒤에 얼굴이 쏙 나왔다.

"하하하! 다들 오셨군요. 그러잖아도 먼저 와서 기다리고 계십니다."

대문 안에서 음식 냄새가 퍼져 나왔다. 그리고 사람들 소리도 들렸다. 문을 들어가니, 마당에는 사람들이 삼삼오오 모여 앉아 밥을 먹고 있었다. 중간에는 음식을 들고 나르는 일꾼들이 오갔다. 사람들의 인사를 받으며 안으로 들어가는 이용의 뒤로, 홍천기가 최경을 잡고 물었다.

"뭔 날이니?"

"아무 날도 아니다. 고작 네가 태어난 날이니까."

"하 부수찬도 참 대단하시다. 제 아내 생일잔치를 이렇게까지 하다니."

---

[*] 집현전의 종6품 관직.

최경과 차영욱이 빈정거리면서 들어갔다. 이 빈정거림이 축하한다는 말을 대신한 것임을 모르지 않았다. 그래서 홍천기도 싱긋이 웃으며 들어갔다. 하람의 뒷모습이 보였다. 보이지 않는 눈을 하고서도 사람들과 일일이 인사를 나누고 있었다. 막 도착한 이용과도 따로 떨어져서 귓속말에 가까운 대화를 나누었다. 그러고 나서 최경과 차영욱과도 인사를 하였다.

만수가 보였다. 중금을 할 나이가 넘어서 이제는 관두고, 이 집에서 과거 공부에 매진하는 중이었다. 훌쩍 커 버려서 외모도 제법 남자같이 변했다. 하람의 중금은 다른 사내아이가 이어 받았다. 최원호와 안견은 반쯤 등을 돌려 앉았으면서 굳이 겸상을 하고 있었다. 그래도 주고받는 대화는 끊어지지 않았다. 강춘복을 비롯하여 백유화단의 화공 식구들도 보였다. 견주댁도 보였다. 손님으로 와서는 부지런한 몸을 가만두지 못하고 일을 거들고 있었다.

"엄마! 아버지!"

홍천기가 부모님 앞으로 가서 인사했다. 두 사람은 술병을 잡고 실랑이 중이다가 홍천기를 발견하고 활짝 웃었다.

"왔어? 넌 어서 방에 들어가서 좀 쉬어."

그 잠깐 틈에 아버지가 술병을 낚아채는 데 성공했다. 거지 노파도 상 하나를 차지하고 있었다. 더러운 행색으로 인하여 옆에는 아무도 없었다.

"할머니!"

홍천기가 반갑게 끌어안았지만 노파는 퉁명스럽기만 하였다.

"귀찮아 죽겠는데, 하 대감이 굳이 밥 먹으러 오라잖아. 마지못해 왔다."

"잘 오셨습니다."

"밥만 먹고 갈 거다. 귀찮게 하지 말고 넌 방에 들어가라. 몸조심해야지."

"네!"

견주댁도 빈 그릇들을 들고 지나가면서 한마디 하였다.

"홍 화공님, 여기 계시지 말고 얼른 들어가세요. 조금이라도 다리 뻗고 앉으셔야 해요."

"알았어요."

홍천기는 모두의 재촉을 받아 어쩔 수 없이 방으로 들어갔다. 방에 홀로 앉아 바깥의 소란한 소리를 들으면서 윤도의 뚜껑을 열었다. 여전히 지남침은 얌전했다. 이번에는 소맷자락에 넣어 둔 초상화를 꺼냈다. 하람의 얼굴을 보며 히죽히죽 웃고 있는데, 종이 너머로 실물이 들어왔다. 하람의 흑갈색 눈동자에 미소가 가득 담겼다. 어긋남 없이 다가온 그는 엎드려서 홍천기의 허리를 조심스럽게 끌어안았다. 그러고는 그녀의 배에 귀를 가져다 대었다.

"아직은 안 들린대요. 배가 조금 더 불러야 된다고……."

"난 다른 이들보다 귀가 좋으니까."

"손님들 모셔 놓고 우리 둘 다 여기 있으면 안 되지요."

"나갈 거요. 잠시만."

"호령이는요? 그저께 근정전 조회 올리러 가서 봤는데, 또 보고 싶네요."

"당신 생일을 축하하는 뜻에서 호령에게도 맛있는 차를 대접하고 나왔소. 오늘 하루 어땠소?"

"무사히 잘 보냈습니다. 당신은요?"

하람의 눈가에 후회 없는 화사함이 피어났다.

"나는 오늘 하루도 당신이 보고 싶었소."

《홍천기》 끝.

《홍천기》 독자들을 위한 첨언

* 《조선왕조실록》이란, 조선 시대 왕들의 업무와 생활을 연월일 순서에 따라 기록한 책. 소설 본문의 날짜는 《조선왕조실록》에 기록된 날짜를 기반으로 하였다.

* 하람이 해석한 태사성의 예언대로, 맹사성은 그해(1438년, 세종 20년) 10월에 세상을 떠났다.

* 1443년(세종 25년)에 쉬운 글자인 한글이 창제되었으나, 홍천기는 이것을 만든 사람을 업고 다닐 수가 없었다. 한글을 만든 사람이 임금인 세종이었으므로. 그리고 청의동자로 인해 많은 언어와 글자를 습득했던 신숙주가 한글 창제에 지대한 공을 세웠으나, 그 또한 홍천기가 업고 다니지는 못하였다.

* 하람이 투자했던 이천 땅은 토지 개간에 성공, 나날이 인구가 유입되어 불모지였던 곳까지 가옥들이 들어섰고, 1444년(세종 26년)에 현에서 도호부로 승격되어 여러 관청도 세워졌다. 그리고 이 땅에서 생산된 쌀은 이후 임금의 수라상에 대대로 진상되었다.

* 1445년(세종 27년)부터 나이 젊고 영리한 맹인들을 선발한 후, 서운관에 배속시켜 교육시키는 일에 본격적으로 착수하였다. 그리고 시험을 통과한 이들에게 관직을 내렸다.

* 세종의 수릉지는 여러 차례 변경이 되었으나, 결국 왕릉은 아버지였던 태종의 곁으로 정하였다. 하지만 세종을 뛰어넘는 임금은 나오지 않았다. 세종은 아직까지도 한국인이 가장 사랑하고 존경하는 왕이다.

* 1445년(세종 27년)에 진양대군을 수양대군으로 이봉하였다. 그럼에도 불구하고 귀수를 비롯하여 여러 별들이 예언한 대로, 세종이 승하한 이후, 1453년에 계유정난을 일으킨 수양대군은 수백 명의 목숨을 도살하고 왕위를 찬탈하였다. 이 과정에서 안평대군도 죽임을 당하여, 결국 귀鬼(세종)가 곡소리를 내게 하였다. 왕위를 찬탈한 수양대군은 평생을 원인 모를 지독한 피부병으로 고생하다가 이로 인해 사망하였다.

* 안평대군은 죽기 전까지 220여 점이 넘는 방대한 양의 뛰어난 그림을 수집하였다. 중국의 유명한 작품들을 비롯하여, 안견의 그림도 수십 점에 달하였다. 그는 수집한 그림으로 홍천기에게서 발현될지도 모르는 광증을 오랫동안 늦출 수 있었다. 그렇게 자신의 취미를 즐김과 동시에, 친구가 된 화마로부터 자신만의 방법으로 사랑하는 여인을 지켰다.

* 홍천기의 그림은 현존하는 것이 없다. 최경은 왕과 왕후의 어용을 여러 점 남겼으나 임진왜란 때 전부 소실되었다. 다만, 안견의 그림인 〈몽유도원도〉는 현존하는데, 여기에 당대 명필이었던 안평대군의 서체와 신숙주, 서거정 등의 시문이 함께 실려 있다. 이 〈몽유도원도〉는 현재 일본 덴리 대학교 중앙 도서관에서 고향을 그리워하며 잠들어 있다.

* 고집 센 호령은 하람의 핏줄 이외에 어느 누구도 경복궁 터에 사는 것을 허락하지 않았다. 그렇기에 세종 이후의 왕들은 경복궁을 저주받은 법궁이라 부르며 또다시 자주 비워 둘 수밖에 없었다. 그나마도 임진왜란을 거치면서 전소되어 없어진 후, 이 땅을 꺼렸던 여러 의견으로 인해 궁궐은 다시 지어지지 못하고 아무도 살지 않는 빈터로 수백 년간 방치되었다. 지금 현존하는 경복궁은 1867년에 새로 완공된 건물이다. 하지만 이 건물에서도 사람은 살 수가 없었다. 지금까지도.